Yoon Seo Yong

KOREAN Rhapsody

Brighton Verlag® GmbH

1. Auflage Framersheim Juli 2021
ISBN 978-3-95876-888-8
Covergestaltung: Ernst Trümpelmann,
unter Verwendung einer Illustration von ©Korean Art Agency®
Satz: Ernst Trümpelmann
Lektorat: Brighton Lectors®

Verlag und Druck:
Brighton Verlag® GmbH, Mainzer Str. 100, 55234 Framersheim
www.brightonverlag.com
info@brightonverlag.com
Geschäftsführende Gesellschafterin: Sonja Heckmann
Zuständiges Handelsregister: Amtsgericht Mainz
HRB-Nummer: 47526
Mitglied des Deutschen Börsenvereins: Verkehrsnummer 14567
Mitglied der GLS Gemeinschaftsbank eG Bochum
Mitgliedsnummer: 58337
Genossenschaftsregister Nr. 224, Amtsgericht Bochum

Bibliografische Information der Deutschen Nationalbibliothek:
Die Deutsche Nationalbibliothek verzeichnet diese Publikation in der Deutschen Nationalbibliografie; detaillierte bibliografische Daten sind im Internet über http://dnb.d-nb.de abrufbar.

누나 너를 만날 때까지 나는 항상 혼자였다.

하지만 네가 내 여자 친구가되었을 때 나는 뭔가를 깨달았다.

세상에 친구가 한 명이라도 외롭지 않을 것입니다.

그리고 인생은 재미있을 수 있습니다.

Für Noona

Bis ich dich traf, war ich immer alleine.
Aber als du meine Freundin wurdest, habe ich etwas erkannt.
Auch wenn man nur einen einzigen Freund auf der Welt hat,
wird man nicht einsam sein.
Und das Leben kann Spaß machen.
Ji Song Joon

KAPITEL 1

Sein lautes Schluchzen hallte durch den Schlafsaal und verstummte binnen von Sekunden wieder. Er legte schnell die Hand auf den Mund, um zu verhindern, dass ein weiterer Laut über seine Lippen kam. Nur noch sein schnelles Atmen und ein kurzes Quietschen seines Bettes waren zu hören, als er sich darauf fallen ließ.

Er zuckte zusammen und lauschte angespannt.

Es war alles still. Regungslos blieb er sitzen, um sich nicht zu verraten. Jeden Laut von ihm würde man bis auf den Hof hören können. Die Wärme des Sommers drang durch die geöffneten Fenster herein und er vernahm das Zwitschern einiger Vögel. Sie sangen ein Lied, das von Freiheit. Einer Freiheit, die er nicht mehr hatte. Denn er war beim Militär.

Tränen bahnten sich unerbittlich ihren Weg über seine Hand, die er noch immer auf seinen Mund drückte, bis die Fingerspitzen weiß wurden. Sie fielen hinab zum Boden und auf seine verdreckten Stiefel. Sein Blick folgte ihnen und er sah, wie sich eine Träne über seinen Stiefel zog und eine Spur hinterließ, bis sie verschwunden war.

Er löste seine Hand und atmete tief ein und aus, während er die Augen schloss und seine Hände auf seine knochigen Oberschenkel legte. Er konnte nicht so einfach verschwinden. Dies war ihm nicht möglich. Er war beim Militär und musste sich dem Dienst und seinen Kameraden stellen, die letztendlich keine waren. Von Beginn an wurde er gemobbt: Er wurde verraten und musste Strafen für Dinge ertragen, die er nicht getan hatte. Und er wusste nicht, warum.

Er war allein. Wieder einmal. An einem dunklen, traurigen Ort, wie der, den er in seinem Herzen spürte.

Seine Familie, seine Eltern, die stets auf ihn geachtet hatten, wollten, dass es ihm einmal besser erging. Dass er dem Leben den Rücken kehrte, das von Hunger und dem täglichen Überlebenskampf geprägt war. Sein Vater wollte, dass er einmal keinen Hunger mehr leiden und keine harten Arbeiten verrichten musste für einen kargen Lohn.

Er sah seine kleine Schwester, die ihr ganzes Leben noch vor sich hatte. Doch seines fühlte sich jetzt bereits leer und tot an.

Früher hatte er Tagebücher geschrieben, all seine Erlebnisse eingetragen, die ihm Freude bereitet hatten. Diese Zeit war vorüber und würde nie mehr zurückkommen. Sein Leben war im Moment die Hölle und er wusste nicht, was die Zukunft für ihn bereithielt. Er bat darum, dass ihn das Schicksal verschlingen möge oder ihn endlich befreite. Doch ein Leben wie jetzt wollte er nicht mehr fortführen. Da war er sich sicher.

Erschöpft ließ er den Kopf in seine Hände fallen. Er war müde. Wieder hatten ihn Albträume die ganze Nacht über gejagt und nun durchlebte er sie in der Realität. Tränen füllten seine Augen, als er an all die Demütigungen dachte, die ihn ereilt hatten und es wieder tun würden, bis er endlich von hier fortgehen konnte. Ein kleiner Lichtblick, der noch so weit entfernt von ihm war. Monate lagen noch vor ihm und allein dieser Gedanke erzeugte bei ihm pure Angst und Übelkeit.

Sein Magen krampfte sich zusammen und er rannte schnell zu einem der geöffneten Fenster. Noch ehe er dort angekommen war, hatte er sich bereits übergeben und fing es noch mit seinen Händen auf. Es bereitete ihm Mühe, das Erbrochene in seinen zittrigen Händen zu halten. Er taumelte zum Fenster, wo er es durch seine Hände gleiten ließ. Erneut überkam ihn ein Würgegefühl, doch sein Magen war leer und es kam nur noch Galle, die unangenehm in seiner Speiseröhre brannte.

Ungelenk wischte er die Hände an seiner Hose ab und blickte sich verstohlen um. Alles war still. Niemand war auf dem Hof oder den umliegenden Gebäuden zu sehen. Sie waren alle draußen, übten im nahe gelegenen Waldstück, doch er hatte sich davongestohlen. Nur für einen Moment, einen für sich allein, um wieder klar denken zu können. Stattdessen erdrückten ihn die Gedanken mehr als je zuvor. Sein Körper zitterte und er spürte einen Schwindel, der ihn zum Wanken brachte. Er musste sich hinlegen. Er ging die ersten Schritte zu seinem Bett, als er erneut würgte und sich erbrach. Dieses Mal im Zimmer.

Entsetzt blickte er auf den nassen Fleck vor sich. Er musste ihn reinigen, schnell. Wenn man ihn entdecken würde … Angst kroch in ihm hoch. Zitternd blickte er sich nach einem Tuch um, doch er fand nichts. Alles war verschwunden, selbst seine Sachen, die akkurat vor seinem Bett gestanden hatten, waren weg.

Und dann hörte er sie. Schritte, die sich dem Saal näherten, und Stimmen, die er so gut kannte und die ihn an Schmerzen erinnerten. Solche, die er niemals mehr in seinem Leben spüren wollte. Er fühlte, dass sich etwas verändern würde, und Angst übermannte ihn immer mehr, denn er wusste nicht, ob es noch schlimmer werden konnte. Die Schritte kamen näher, nicht mehr lange und sie wären bei ihm. Sein Blick fiel wieder auf die Pfütze vor ihm. Er würgte erneut, doch es kam nichts.

Bilder von längst vergessenen Wünschen und Sehnsüchten tauchten vor ihm auf und ihr Ruf wurde eindringlicher als jemals zuvor. Sie suchten sich ihren Weg und trugen ihn hinweg, doch durfte er sich dem hingeben, jetzt?

Die Schritte kamen näher. Dann sah er sie, wie sie in den Saal kamen und ihre Blicke suchend über die Betten schweifen ließen.

Er musste weg von hier. Das Verlangen, einfach zu gehen und zu verschwinden, war groß. Er blickte zum offenen Fenster. Wie weit würde er kommen? Das Verlangen wurde größer, doch die Angst, zu versagen und es nicht zu schaffen, noch größer. Schlimmer als der Tod, der für ihn keine Bedeutung mehr hatte, denn er war bereits am Sterben. Und das seit vielen Jahren und mit jedem Tag ein wenig mehr …

***

Zitternd wachte Choi Hyeong-Joon auf. Die Geister der Vergangenheit hatten ihn offensichtlich auch diese Nacht wieder begleitet. Der Traum war so nah, so realistisch gewesen, dass er das schnelle Schlagen seines Herzens noch immer spürte. Kalter Schweiß bedeckte seinen Körper und vereinzelte Tropfen sickerten in die Bettwäsche.

Er öffnete langsam die Augen und blickte in das Dunkel der Nacht. Wo war er? Panik ergriff ihn, denn er konnte noch immer die Schritte aus dem Traum hören, die näherzukommen schienen. Nur langsam verstummten sie und er erkannte die Lichter der gegenüberliegenden Hoteltower. Er erinnerte sich: Er war in einem Hotelzimmer in Seoul.

Auch wenn ihm dies eine vorübergehende Sicherheit gab, so war seine Seele im Moment genauso dunkel wie dieses Hotelzimmer. Wie viel Uhr mochte es sein? Es war unerheblich, denn man hatte alles bereits für ihn geplant. Als er mit zwanzig Jahren das Militär verlassen und kurze Zeit später einen Vertrag als Sänger angeboten bekommen hatte, war dies der vermeintliche Himmel für ihn gewesen. Die Wünsche seines Vaters schienen sich zu erfüllen: wo er und seine Schwester ein sorgenfreies Leben führen würden, er seine Familie unterstützen könnte. Ein Leben weitab dessen, was er bisher kannte. Dass diese Unterzeichnung einen Verkauf seiner Seele darstellte, erkannte er erst später. Zu spät. Er war nun gefangen und sie griffen in sein Leben ein. Mehr, als es das Militär jemals hätte tun können.

Sie änderten seinen Namen, planten seinen gesamten Tagesablauf, gaben ihm vor, wann und was er zu essen hatte, welche Kleidung er tragen musste. Ein eigenes, selbstbestimmtes Leben gab es seit der Unterschrift nicht mehr, denn er war nun eine Marionette. Gefangen an Fäden, welche von verschiedenen Leuten gehalten wurden. Und einer Bühne, in dessen grellen Scheinwerfer er stand. Und niemand sah die Dunkelheit dahinter.

Einer von denen, die ihn unablässig bewachten, stand bereits mit einer Schere in der Ecke und lauerte. Ein falscher Schritt, ein Vergehen und er würde kommen und die Fäden abschneiden. Für immer.

Sein Herz schlug heftig, als er dieses Bild wieder vor Augen hatte, das sich im Lauf der Zeit in seine Seele eingebrannt hatte. Er musste noch schlafen, sie würden sicherlich merken, wenn er wach gewesen war und unausgeschlafen wirkte. Das bedeutete dann Ärger. Den wollte er unter allen Umständen vermeiden, da er bereits von körperlichen Bestrafungen gehört hatte, jedoch bisher verschont geblieben war. Zu dem Preis, dass er all das tat, was sie forderten. Auch wenn ihn dies immer öfter an seine körperlichen und vor allem seelischen Grenzen brachte.

Es gab Gerüchte, dass es zu Züchtigungen kam. Nicht nur bei seinem Management, sondern auch all den anderen. Gezielt wurden Schläge so platziert, dass dem nächsten Auftritt nichts im Wege stand – aber der Künstler genau wusste, dass ein Widersetzen nicht schön für ihn enden würde. Beweise dafür hatte er nie gesehen. Dennoch war die Bedrohung präsent. Immer. Und es war keine Seltenheit, dass er zusammenzuckte, wenn sich ihm jemand vom Management mit grimmigem Blick näherte.

Hyeong-Joon strich sich über die schweißnasse Stirn. Noch immer zitterte sein Körper. Dieses Mal nicht wegen des Traumes, sondern dem, was ihn erwartete. Heute war sein Auftritt. Dieser war wichtig, hatte ihm das Management gesagt, denn hochrangige Gäste, auch aus Europa, wären vor Ort. Man würde ihm später einen Auftrag erteilen.

Um was es sich genau handelte, sagte man ihm nicht. Wie immer würde er erst Minuten vorher informiert. Eine Taktik, die dazu führte, dass er ständig unter Hochspannung stand.

Hyeong-Joon wurde nervös, wenn er an den Auftrag dachte, und er malte sich verschiedene Szenen aus. Würde er auf einer Privatparty singen? Für ein wichtiges Unternehmen? Oder wollte man etwas anderes ganz anderes von ihm …?

Er hatte von diesem anderen gehört. Hinter vorgehaltener Hand wurde getuschelt. Sie nannten es Casting Coucher. Was sich genau dahinter verbarg, wusste er nicht. Es konnte nichts Gutes bedeuten. Denn es folgten beschämte Blicke, sobald die Rede davon war. Das schien schlimmer, als es körperliche Züchtigungen sein konnten. Umso mehr musste er sich heute anstrengen, dass sein Auftritt gut war. Besser als jemals zuvor. Damit er nicht dieses andere tun musste.

Seit seiner Kindheit hatte man Hyeong-Joon zu Höchstleistungen und Gehorsam angespornt. Zwei Attribute, die tief in ihm verankert waren, in seiner Seele, die sich nun einsamer anfühlte als jemals zuvor.

Vielleicht war jemand unter den Gästen, der ihm zum großen Ruhm verhelfen konnte. Einem Ruhm, bei dem er endlich frei war. Doch wäre er das wirklich? Nein, kam die niederschmetternde Antwort. Durch den Ruhm würde man die Fäden, an denen er hing, noch straffer führen.

Er war verloren. Weit oben über den Dächern von Seoul in einem renommierten Hotel, das keinen Wunsch offenließ. Außer seinem: frei zu sein.

Was auch immer heute Abend geschehen mochte, er war gefangen und blieb es. Und wenn er nicht wieder in das arme Leben zurückkehren wollte, aus dem er einst gekommen war, musste er gehorchen. Auch seiner Familie zuliebe, die dank ihm ihrem alten Leben hatte entfliehen können. Er drehte sich zur Seite, schob die Bettdecke über seinen Kopf und zog seine Beine näher an sich heran. Eine Stellung, die er einst im Leib seiner Mutter eingenommen hatte und die ihm jetzt ein wenig Trost spendete, ehe er wieder einschlief.

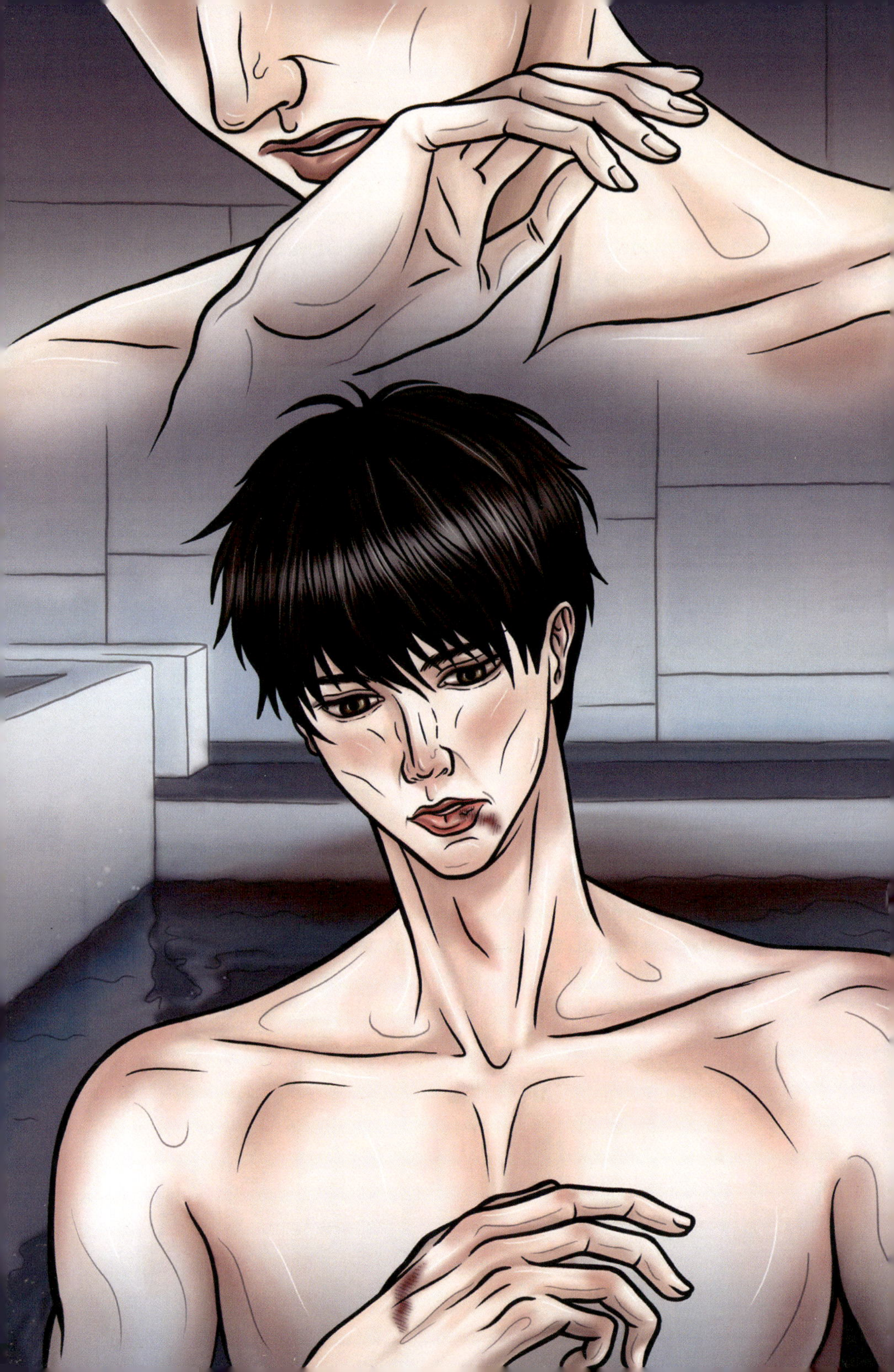

Kapitel 2

Als Susanne ihre Augen öffnete, sah sie als erstes seine Mannespracht. Eine, die sie seit vielen Jahren begleitete, auch wenn sie ihr letztendlich niemals wirklich gehören würde. Immerhin war Sajan Rohit Kaur verheiratet. Dieser irgendwie ein wenig selbstverliebte Mann befand sich zwischen ihr und dem offenen Bad und wirkte im Schimmer der kleinen Lichtquelle wie eine Statue von Leonardo da Vinci. Sein muskulöser Körper baute sich vor ihr auf und erzeugte noch immer ein Kribbeln in ihrem Bauch. Dieser Mann, der sich gerade entblößt in ihrem Zimmer bewegte, führte mit starker unnachgiebiger Hand und äußerst zugeknöpft als Großanteilseigner ein Imperium, bei dem es einem schwindelig werden konnte.

Neben seinem Haupterwerb frönte er seinem Hobby „Investor". Hotels weltweit fürchteten seinen Besuch und seine Entscheidungen. Ein Federstrich von seinem Schreibtisch aus konnte Existenzen erschaffen oder vernichten. Und hier stand er, nackt und völlig ohne Deckung. Nichts an ihm war mehr angsteinflößend. *Was würde wohl die Hotelführung denken, wenn sie ihn so sah? Und erst sein Management oder gar seine Ehefrau*, überlegte Susanne und verkniff sich ein Lächeln.

Sie lag in einem kuscheligen Bett, das in einem Traum von Zimmer stand. Große Spiegel, in denen man sich in allen erdenklichen Posen wiederfand, und geschmackvoll drapierte Möbelstücke in einem Hauch von Beige. Und sie mittendrin, wie Gott sie geschaffen hatte, noch versteckt unter einer dicken Bettdecke aus Seide.

Wo waren sie heute? Ah ja. Seoul. Ein wichtiges Event stand an, ein Meet & Greet für zukünftige Veranstaltungen. Natürlich exklusiv aufgeführt in den Bankettsälen der hauseigenen Hotelkette. Wir investieren ja nur, wenn das Geld im Hause bleibt, dachte sie.

„Jaan, habe ich dich aufgeweckt?", fragte er und sah sie abwesend an. Eigentlich interessierte es ihn nicht, denn er war bereits mit seinen Gedanken bei heute Abend, und er verschwand, noch ehe sie geantwortet hatte, im Bad.

Jaan. Ein Ausdruck aus dem Indischen für: mein Leben.

War sie es noch? Seit einigen Monaten beschlich sie immer häufiger das Gefühl, als ob das Jahrzehnt, in dem sie ihn auf seine Tourneen begleitet hatte, zu Ende ging. Eine lange Zeit. Aber sie wusste seit ihrer Jugend, dass irgendwann ein Abschied nahte. Immer. Die Frage, ob dies nun Schicksal war oder herbeigeführt durch ihre eigenen Handlungen, hatte sie bisher nicht beantworten können und wollte es auch nicht. Sie wusste, dass sie einen großen Anteil an dem hatte, was geschah. Sie war ein Querdenker, ein Mensch, der andere Wege ging, als man es normalerweise in der Gesellschaft erwartete.

Als Minderjährige war sie von zu Hause ausgezogen. Sie war nicht wie einige andere auf der Straße gelandet, sondern hatte sich ihre Ausbildung erkämpft, einen Beruf, in dem sie angesehen war, bis sie eine tückische Krankheit ereilte. Statt aufzugeben, arrangierte sie ihr Leben um ihre Krankheit. Nahezu niemand merkte ihr an, wie es wirklich um sie stand. Ob es an ihrem Auftreten lag? Sie war CEO ihrer Firma CU: Communication Unlimited. Es gab nichts, was sie aufhalten konnte. Nicht einmal ihre Erkrankung.

Sajan Rohit Kaur, der nun im Marmorbad stand und seine Haare föhnte, war von ihrer Leistung beeindruckt gewesen. Vor Jahren hatte sie ihn als kleine Angestellte während ihres Urlaubs auf seine Tourneen oder zu Auftritten begleitet. Heute war sie eine angesehene Geschäftsfrau, in deren Händen Ideen Gestalt annahmen und erfolgreich wurden. Ihre Beziehung gestaltete sich von der Angestellten zur Geliebten und schließlich zu Partnern. Eine Liaison, von der beide Seiten profitierten. Nicht nur, dass sie gemeinsam hinter verschlossenen Türen ihre Sexualität ausleben konnten. Sie funktionierten auch geschäftlich sehr gut zusammen. Wie heute Abend.

Als Musikagentin und Eventmanagerin wurden ihr alle erdenklichen Türen geöffnet, auch ohne seine Hilfe. Das Eintauchen in diese Welten bot neue Chancen. Doch für sie gab es immer nur einen Aspekt, an den sie sich hielt: kann und nicht müssen. Ein Rat ihres Vaters, der sie einst zur Seite genommen hatte: „Kindchen, du kannst die Firma gründen und ich weiß, dass du es schaffen wirst, doch denke immer daran: Du kannst alles tun und du wirst es auch erreichen. Aber lass es niemals zu, dass du es tun *musst*, denn dies ist der falsche Weg und macht dich abhängig." Ein Rat, den sie bis heute beherzigte, und der ihr stets Erfolg gebracht hatte.

Sie erhob sich ein wenig aus dem Bett und betrachtete Sajan genauer. Ein stolzer Pathan, ein Rajputenprinz – mit einer Anmut und Grazie, die sie all die Jahre fasziniert hatte. *Hatte.* Wieder wurde ihr bewusst, dass sich etwas veränderte und es kein Zurück mehr gab. Doch es lag nicht an ihrer beider Welten, die zu weit entfernt lagen. Es lag an ihr selbst.

Sajan kam aus Indien, einer Weltmetropole, in der er seit Jahren ein gefeierter Superstar war. Allerdings war dies nur die offizielle Seite, denn hinter den Kulissen gab es keine Superstars, sondern nur Menschen, die dienten oder bedient wurden. Ein Wissen, das sie sich verinnerlicht und zunutze gemacht hatte, als sie ihr Geschäft aufbaute. Sie lernte von ihren Geschäftspartnern und begriff früh: Zeige niemals dein wahres Ich, sonst bist du verloren, denn sie suchen deine Schwachstelle. Und gehe niemals ohne Plan B in ein Meeting.

Deshalb war Susanne stets darauf fokussiert, alle Eventualitäten im Vorfeld zu berücksichtigen, sodass sie abgesichert war. Sowohl rechtlich als auch sachlich.

Ein weiterer Bestandteil ihres Erfolges war, dass sie mit Leichtigkeit Sprachen erlernen konnte. Das öffnete wichtige Türen.

In den Kreisen, in welchen sie verkehrte, war eine Frau als CEO ungewöhnlich. Noch ungewöhnlicher war, dass sie sich mit den mächtigen Männern auf gleiche Augenhöhe stellte und keine Angst oder Skrupel zu haben schien. Das brachte ihr schnell den Namen *Icequeen* ein und der Initiatorin dieser Benennung die Kündigung.

Das lag hinter ihr und vor ihr weitere Projekte, die sie derzeit plante. Weit ab von hier, diesem glamourösen Hotel in Seoul. Sie wollte in Zukunft mehr von ihrer Heimatstadt Zürich aus arrangieren.

Noch vor ihrer Erkrankung lebte sie in einer kleinen Wohnung, abseits der belebten Straßenzüge ihrer Heimat, nur zur Miete. Seit ihrer Selbstständigkeit hatte sich vieles verändert. Sie konnte sich Dinge leisten, von denen sie nie zu träumen gewagt hatte, konnte ihr Leben um ihre Krankheit herum einrichten, wie sie es wollte. Bei allem blieb sie sich stets selbst treu. Und vorsichtig. In der Vergangenheit hatte sie einige Male schmerzhaft gelernt, dass es nur einen gab, dem sie es bedingungslos vertrauen konnte: sich selbst.

Liebe war für sie ein leeres Wort. Eines, das man zur Beschreibung von Gefühlen benutzte. Selbst damals, als sie Sajan Rohit Kaur bei einer seiner Veranstaltungen per Zufall kennengelernt hatte, war es nur bei ihm Liebe auf den ersten Blick gewesen. Sie hatte ihn anziehend gefunden, erregend, aufregend. Aber Liebe? Nein, das waren nur

Hormone. Susanne nippte an einem Tee, den der Zimmerservice gebracht hatte, und starrte auf Sajans Rücken.

Indien. Mumbai. Und ein extrem schwüles Wetter.

Nicht das Schicksal hatte sie in das Marriott getrieben, sondern die Klimaanlage. Sajan sah dies anders. Sie ließ ihm seinen Traum. Für sie stand insgeheim fest: Bei 40 Grad und 60 Prozent Luftfeuchtigkeit war es die Klimaanlage gewesen, die sie beide auf einen gemeinsamen Lebensweg geführt hatte. Liebe? Unsinn.

Ihre Gedanken drifteten ab zu jenem Abend, als ihre Liaison begonnen hatte.

***

An jenem Abend war sie nur zufällig auf ihn getroffen, er war ihr nicht einmal bekannt gewesen. Zumindest war sie kein Fan. Sie besuchte eines der Konzerte, an dem mehrere Künstler in Reih und Glied nacheinander die Bühne bevölkerten, entertainten und dann im Nachgang die Möglichkeit einer Autogrammstunde im Backstage-Bereich anboten.

Der Andrang zu dem Event war riesig, mehr als sie erwartet hätte, und als er die Bühne betrat, stürmten die zumeist weiblichen Fans kreischend auf ihn zu. Ihr war dieses Verhalten zuwider und Übelkeit überschwemmte ihren Geist. Auch eventuell deshalb, weil sie seit dem Morgen nichts mehr gegessen hatte, das Wetter nicht gewohnt war und ihr Kreislauf gefährliche Züge annahm. Schwindel kam immer wieder in ihr auf und der Raum bot keinerlei Frischluft. Auch wenn es in diesem Fall keine gewesen wäre, da es Sommer war und der Monsun frohlockte.

Mehr als über vierzig Grad im Außenbereich und hier drinnen gefühlt weitaus mehr. Ihr Kleid klebte an ihr, der Kreislauf spielte immer mehr verrückt und um sie herum kreischende, schlecht parfümierte Frauen, die seinen Namen schrien: Sajan. Sie drängte sich nach draußen, um dieser klebrigen Hitze zu entfliehen, und bemerkte, dass es einen Raum gab, zu dem einige Zuschauer eilten. Intuitiv richtete sie ihre Schritte dorthin und atmete erleichtert auf. Ja, in dem Raum ließ es sich aushalten. Eine Klimaanlage brachte wohltuende Linderung.

Der Sicherheitsdienst leitete sie in eine Richtung. Natürlich, das hier war der Backstage-Raum, wo die Künstler nach ihrem Bühnenauftritt Autogramme verteilten. Nach stundenlangem, nervigem Anstehen würden die Fans nichts als ein gekünsteltes Lächeln und ein vorgefertigtes Massenautogramm erhalten, um Sekunden später von der Security aus dem Raum gedrängt zu werden.

Susanne hätte gut und gerne auf diesen Zirkus verzichtet. Aber sie brauchte ein paar Minuten, ehe sie sich von der Monsunhitze erholt hatte und wieder nach draußen gehen konnte. Ehe sie wirklich Zeit fand, den Raum genauer zu untersuchen, strömten weitere Frauen herein und dann betrat Sajan Rohit Kaur den Raum und setzte sich an einen der Autogrammtische. Sajan-Rufe wurden nun auch hier laut. Es schien, als ob der Mann alle weiblichen Fans um den Verstand brachte.

„Sajan, Sajan, Sajan! Sajan Rohit Kaur!", rief eine junge Frau direkt neben ihr und winkte wie verrückt. Das reichte aus, um ihren Unmut explodieren zu lassen.

„Er weiß, wie er heißt!", fauchte sie die Frau an.

Es waren nicht Susannes Worte, die weitere Rufe sofort im Keim erstickten, sondern ihre Augen, die gefährlich ihr Gegenüber anblitzten. In diesem Moment passierte es. Nicht nur die Frau hatte Susannes autoritäre Aura gefühlt, auch Sajan hatte sie bemerkt. Susanne war dies nicht bewusst und es interessierte sie auch nicht. Sie hatte genug und brauchte jetzt unbedingt etwas zu essen, egal was. Sonst würde sie hier unter dem Gekreische zusammenbrechen oder einen Mord begehen.

Sie sah sich um und erblickte im hinteren Bereich eine kleine Bar, an der man Getränke anbot und Stücke von aufgeschnittenen Wassermelonen. Sie löste sich von der noch immer schreienden Meute und eilte zur Bar. Nur noch wenige Meter trennten sie von einer Abkühlung, auch wenn diese vermutlich nur aus einer warmen Wassermelone bestand. Es war ihr egal. Sie musste etwas essen oder sie würde umfallen, da war sie sich sicher.

Wider Erwarten spürte sie wenige Augenblicke später die angenehme Kühle der Melone in ihrem Mund. Sie schmeckte herrlich süß, genau wie seine Küsse, die sie ab diesem Abend für lange Zeit begleiteten.

***

Susanne nippte von ihrem Tee und lächelte ein wenig. Bei ihr war es damals der Anfang eines Abenteuers gewesen, das bis heute andauerte. Bei ihm angeblich Magie der Liebe, das Feuer des Schicksals. Doch diese Magie war verschwunden, das Feuer erloschen, da war sie sich sicher. Ihrem Bauchgefühl hatte sie schon immer trauen können.

Sie hörte, wie er die Dusche abstellte. Das Rauschen des Föhns vermischte sich mit seinem Gesang. Lieder, die sie damals verzaubert hatten. Ob auf der Bühne oder in den unzähligen Filmen. Herzschmerz, der jede Frau dahinschmelzen ließ. Nur nicht sie. Denn Verlieben oder Liebe waren nicht ihre Welt. Sie war mit ihm zusammen, genoss seine Küsse und Zärtlichkeiten, aber nie öffnete sie ihm ihr Herz. Es war und blieb oberflächliche, körperliche Vereinigung.

Bereits vor ihm hatte sie sich von seiner Heimat fasziniert gefühlt. Mit ihm konnte sie alles intensiver erleben und verstehen. Ihr gefielen die Kostüme, die Farben, das bunte Treiben in den Städten, das Tanzen, die Gerüche und die Mentalität. Eine Welt, die an die alten Traditionen gebunden war und immer zwischen der puren Lebenslust und einer tiefen Melancholie balancierte. Ihr gefiel dies und führte dazu, dass sie nicht nur die Sprache erlernte, sondern auch für zwei Jahre in Indien lebte. Erfahrungen, die ihr Wesen prägten und sie in ihrem jetzigen Tun bestärkten.

Schon immer war sie anders als die Frauen in diesen Kulturen, war Anpassung und Untergebenheit für sie ein Fremdwort. Das würde es immer bleiben, gleichgültig wie lange sie in Indien lebte oder von dort lernte. Sie kannte ihre Stärken, ihre Ausstrahlung und wusste um ihre Erscheinung, wenn sie einen Raum betrat. Ihre Aura war kraftvoll, so wie ihr Geist.

Dann kam ihre Krankheit. Sie hatte ihren Körper verändert. Durch die Medikamente und ihre natürliche Veranlagung wurde er fülliger und erinnerte ein wenig an die Damen von Rubens. Doch sie lebte und wollte leben. Das war für sie das Einzige, was zählte. Was war ein schöner Körper, wenn der Geist schwach war? Was war wichtig an einem von Diät geprägten Leben, wenn man nie wusste, ob es ein Morgen geben würde? Susanne war auch ohne Krankheit nie eine der Sorte Frauen gewesen, die stets einen Spiegel zur Hand haben mussten, um ihr Make-up zu prüfen oder um nachzusehen, ob die Haare noch richtig sitzen.

Sajan hatte diese Veränderungen an ihr miterlebt und dennoch an seiner Liebe festgehalten. Er war von ihrer Aura fasziniert, hatte ihren Werdegang bis nach oben verfolgt und sie Jahr um Jahr mehr begehrt, so schien es ihr.

Sie hatte gelernt, auf konventionelle Dinge zu verzichten, ein angenehmes Leben in Einfachheit zu führen und sich nicht von ihrer Krankheit diktieren zu lassen, sondern diese wie ihre ungezähmte Frisur in ihrem Leben zu akzeptieren und zu integrieren. Sie lebte ihr Leben ganz so, wie sie wollte. Es gefiel ihr, dass sie tun und lassen konnte, was sie wollte, denn sie war frei. Sie konnte alles, aber musste nichts, wie es ihr Vater einst prophezeit hatte.

Sajan beendete seinen Gesang und kontrollierte nun seine Haare, ob sie perfekt geföhnt waren. Das lenkte Susannes Gedanken zu dem heutigen Abend. Was würde er ihr bringen? Sicherlich wieder unzählige Kontakte und Visitenkarten, die man ihr zusteckte und die sich am Ende ungelesen in ihrer Tasche finden würden. Irgendwann landeten sie in einem der Mülleimer in Zürich. Darüber dachte niemand nach. Es zählte, dass sie beide hier waren und Präsenz zeigten. Sie selbst hielt Ausschau nach Dingen, die für sie interessant werden könnten. Vielleicht tat sich etwas auf, dass sie für ihre Projekte in Zürich gebrauchen konnte.

Sie stellte ihre Teetasse auf einem zierlichen Tischchen ab und ließ ihre Blicke durch den Raum gleiten.

Sein Management hatte für ihn eine Suite gemietet und dies nicht zuletzt, weil sie wussten, dass er in Begleitung war. Man hatte sie als seine ständige Begleitung akzeptiert. Schnell war sie ein Teil seiner Tourneen geworden. Oftmals wusste sie erst kurz zuvor, wo sie sich als nächstes sehen würden. Erfahren hatte sie es meist durch die Flugtickets und dem Shuttle, der sie vom Flughafen direkt zu ihm brachte. Gestohlene Stunden auf offiziellen Tourneen in prunkvollen Hotels, so wie hier. Und einer Ehefrau, weit entfernt, die ihr eigenes Leben führte und bewusst ignoriert wurde. Denn man war nur an einem interessiert: Geld.

Sajan beherrschte dieses Spiel perfekt. Er wusste, dass er tanzen musste, wie sein Management es wollte, wenn er frei und reich sein wollte. Für ihn war dies völlig in Ordnung, denn er wollte Macht. Ihm gefiel es, dort oben zu sein, auch wenn dies Entbehrungen mit sich brachte. Susanne gehörte zu einem der angenehmen Teile seines Lebens, die sein Leid für eine kurze Zeit ein wenig erträglicher machten. Hinter verschlossenen Türen war alles möglich.

Susanne wurde in Momenten wie diesen klar, dass sie inzwischen selbst zu einem Fake in einer Fake-World geworden war. Indem sie neben ihm zu den Veranstaltungen ging, spielte sie das Spiel dieser Leute mit, die sein Leben und irgendwie damit auch ihr Leben steuerten. Sie schob diesen Gedanken beiseite und ließ ihn nicht an sich herankommen.

Ich kann sein, was ich will!, dachte sie und glaubte fest daran. Sie war frei und dies genoss sie, wie heute. Punkt.

Es lag ein freier Tag vor ihr, im Gegensatz zu seinem. Er musste Promotion-Termine und Fotoshootings über sich ergehen lassen, auf denen sie ihn zuvor immer begleitet hatte. Neuerdings nicht mehr. Alles veränderte sich.

Das Hotel hatte ein wunderschönes Schwimmbad. Dort würde sie die Zeit verbringen, bis er von seinen Terminen zurückkam. Spätestens zum Abendessen, das nicht wirklich eines war, wäre er wieder an ihrer Seite. Sie nahm teil, um Ausschau nach interessanten Dingen zu halten, er, um seine Karriere voranzutreiben und weil es letztendlich sein Management von ihm so einforderte. Ein Pflichttermin für ihn, eine angenehme und lukrative Abwechslung für sie.

Um darüber weiter nachzudenken, war jetzt keine Zeit mehr. Nackt wie Gott ihn schuf, kam Sajan lächelnd aus dem Bad und fixierte sie mit seinen Augen. Sie konnte sehen, wie sehr er sie begehrte, und das gefiel ihr.

„*Jaan, mera naam isqh*", sagte er und ging auf sie zu.

Ja, dein Name ist Liebe, dachte sie bei sich. Doch ist er das auch für mich? Erneute Zweifel stiegen in ihr auf, als er näherkam. Sie kannte diesen Blick. Er wollte sie, jetzt sofort und es gab kein Entrinnen. Ein letzter gemeinsamer Tag lag vor ihnen, ehe sie morgen wieder im Flieger in ihre eigenen Welten zurückkehrten.

„Jaan", wiederholte er und beugte sich zu ihr. Sie spürte seine Lippen auf den ihren, während er die Bettdecke zur Seite schob und sich auf sie legte. Seine Küsse waren heiß und verführerisch, wie der erste, und hatten nichts von ihrem Reiz verloren. Nur ihr Gefühl war anders, doch sie schob es in diesem Moment beiseite und genoss die fordernden Berührungen seiner Hände, die sich zwischen ihre Schenkel schoben, und seine Lippen, die ihren nackten Körper bedeckten.

***

Wie erwartet war der Saal dekoriert, als wäre es eine Gala und nicht eine Veranstaltung, bei der man Geschäfte anbahnte. Wie im Osten üblich zierte Gold die Säulen und Decken, die mit feinstem Stuck verziert waren und dem Saal etwas Feierliches gaben. Stuhlhussen suchte man vergebens, denn die Designerstühle durften nicht verdeckt sein. Alles, was Susanne sah, ob Stühle, Arrangements oder kleine Give-aways, war Teil einer Inszenierung, in der sie einer der Hauptdarsteller war.

Das Licht hatte man gedämpft, um eine ruhige Atmosphäre zu schaffen. Gleichzeitig diente es dazu, die Gesichter der Anwesenden im diffusen Licht kaum bis gar nicht zu erkennen. Dabei war das unnötig, da man sich untereinander bereits oftmals kannte. Leise Pianomusik untermalte diese Aufführung, die einem Pantomimentheater glich. Sie war dabei das Zentrum der Spielenden, die allmählich wie Statisten ihre Plätze einnahmen, um auf ein bestimmtes Zeichen ihre einstudierten Rollen zu spielen, und sie animieren sollten, ebenfalls in dem Reigen mitzuwirken.

Fake in einer Fake-World. Daran musste sie unwillkürlich denken, als sie den Saal betrat. Wie erwartet, zog sie bereits beim Eintreten die ersten Blicke auf sich. Nicht wegen ihres auffälligen roten Kleides, das mit Pailletten bestickt war, sondern wegen ihres unvergleichlichen Charismas, der Aura von Macht.

Die Blicke waren zumeist anerkennend und respektvoll und man beobachtete jeden Schritt von ihr. Auch Sajan Rohit Kaur waren die Blicke der anderen nicht entgangen und er spürte, dass Susanne mehr Aufsehen erregte als er, ein Star. Etwas, das seinem Management, das sich unauffällig im Hintergrund bewegte, nicht entging und offensichtlich missfiel. Susanne bemerkte es ebenso, sah den Neid und die Missgunst in deren Gesichtern.

Wie üblich schritt sie mit gleichmütiger Miene voran. Ihr Haupt hoch erhoben, nur ein aufgesetztes, höfliches Lächeln in ihrem Gesicht, steuerte sie auf die Tische zu. Ihr Blick war wie sie: undurchsichtig, unnahbar. Selbst Sajan Rohit Kaur hatte es bisher nicht geschafft, hinter diese Fassade zu schauen. Man kannte die Gori, wie man europäische, hellhäutige Frauen nannte, und wusste, wie sie ihr Geschäft führte. Sie war niemand, der auf solche Veranstaltungen ging, um Sponsoren oder Kooperationspartner zu suchen. Sie selbst war ein lukrativer Sponsor oder Kooperationspartner für all diese Leute, die nun einen erhöhten Herzschlag bekamen, weil sie den Saal betreten hatte. Sie war eine der wenigen, die all die anderen hier unterstützen konnte, doch nicht wollte.

Etwas, dass sie nicht wussten und auch nicht aus ihrem Verhalten lesen konnten. Für Susanne gehörte das zur Aufführung, *ihrer* Aufführung.

Ihr Blick schweifte über die Tische hinweg, welche festlich eingedeckt waren mit großen Kerzenhaltern und drapierten, edlen Blumengestecken. Einer der Bediensteten kam zögerlich auf sie zu und bat sie, ihm zu folgen. Sajan Rohit Kaur lächelte, vermied jedoch instinktiv, ihre Hand zu nehmen. Auch wenn die meisten die Beziehung zwischen beiden kannten oder zumindest erahnten, wahrte man den Schein, denn es ging um mehr. Viel mehr. Solch ein Abend konnte ein Projekt leben, aber auch sterben lassen.

Es dauerte nicht lange, nachdem sie Platz genommen hatten, als sie ein Erster ansprach. Der junge Mann wirkte nervös und sein schnelles Sprechen unterstrich ihre Vermutung.

„Gestatten Sie mir die Ehre, Ihnen die Karte zu überreichen?", fragte er und hielt ihr mit zittrigen Händen einen Umschlag entgegen.

Rot, wie mein Kleid, dachte sie und schnaubte teils genervt, teils abwertend.

Der junge Mann riss seine Augen auf und wandte sich hastig um. Susanne folgte seinem Blick und entdeckte nicht weit entfernt einen Mann, der sie beobachtete. Sie kannte ihn. Er war Mitarbeiter eines einflussreichen, koreanischen Konzerns. Als er ihre Musterung wahrnahm, wandte er seine Augen von ihr ab und ging ein paar Schritte. Jetzt ruhten seine Blicke auf dem Boten. Susanne wusste genau, dass eine Nichtannahme des Briefes nur dazu führte, dass man dem jungen Mann dafür die Schuld gab und es Folgen für ihn geben würde. Wie hier üblich, Züchtigungen in unterschiedlich hohem Ausmaß.

„Sehr gerne, danke", erwiderte sie deshalb, nahm den Umschlag entgegen und steckte ihn in ihre Tasche.

Die Erleichterung war dem jungen Mann anzusehen. Er verneigte sich mehrere Male, ehe er davoneilte und sie ihn den ganzen Abend nicht mehr zu sehen bekam.

Der Saal füllte sich indes und kurz darauf wurde das Essen serviert. Ein mehrgängiges Menü mit exklusiven Speisen stand ihnen bevor. Die Pausen zwischen den einzelnen Gängen wurden für die Weitergabe von Karten oder kurzen Gesprächen genutzt. Wie erwartet, war ihr Ruf ihr auch hier wieder vorausgeeilt. *Icequeen*. Nur wenige Gesprächsinteressenten fanden deshalb den Weg zu ihr. Ein aus ihrer Sicht willkommener Umstand, der es ihr ermöglichte, in diese Welt weiter einzutauchen und die Geschäfte zu beobachten. Sie musste nicht bei den Gesprächen mit dabei sein, um zu sehen, was dort vor sich ging. Es war klar.

Nur eine Handvoll an Menschen waren wie sie: jemand, der Geschäfte ermöglichen konnte. Der Rest bestand aus Suchenden, die gerne profitieren wollten, genau wie Sajan Rohit Kaur. Auch er wartete darauf, dass sich vielleicht eine andere und vor allem bessere Chance an diesem Abend entwickeln würde. Wie viele andere wurde er enttäuscht.

Schließlich wurde das Dessert serviert. Andächtig stellten die steifen Kellner mit ihrem klischeehaften weißen Tuch über ihrem rechten Arm die zu großen Teller auf den Tisch. Mehrere bunte Kugeln und Kleckse zierten ihn und ließen nur erahnen, um was es sich handelte.

Susannes Augen suchten Sajan, der nicht weniger überrascht die Augenbraue hob, ehe er wieder seinen Blick auf die anderen Gäste warf. Er war noch immer auf der Suche nach einem neuen Deal, einem Auftritt oder gar einem Investor und wirkte zusehends verzweifelter. Er war nicht mehr der Jüngste, sein Erfolg hing von seinem Aussehen und vor allem dem einen Hit-Angebot ab, das ihm den Ruhm für weitere ein bis zwei Jahre sicherte. Im Gegensatz zu Susanne, der es völlig egal war, wie sie hinter den Kulissen aussah oder wie sie wirkte, war es bei Sajan unabdingbar, ein erfolgreicher Strahlemann und sexy Selfmademan zu sein. Susanne konnte es sich leisten, Angebote abzulehnen. Sajan nicht.

Der Abend war fast vorüber und die von ihm so ersehnte Chance blieb aus. Zumindest was Kooperationen anging. Doch nunmehr, zu fortgeschrittener Stunde, ergaben sich andere Chancen für Geschäftspartner, die gerne die Aufmerksamkeiten der Interessenten annahmen. Der Saal füllte sich mit jungen Männern und Frauen, die nur eine Aufgabe hatten: den potenziellen Geschäftspartner bei Laune zu halten oder gar ein Geschäft für ihr Management durch ihre Dienste anzubahnen. Hier und jetzt und später vielleicht in seinem Zimmer.

Susanne kannte dieses Geschäftsgebaren. In der Vergangenheit hatte man ihr immer wieder junge Männer angeboten, die teilweise halb so alt waren wie sie. Nie hatte sie dies angenommen und würde dies auch zukünftig nicht tun. Sie hatte ihre Prinzipien und diese waren klar definiert. Ein Geschäft war interessant oder nicht, aber es wurde nicht dadurch interessant, dass man ihr für eine Nacht einen jungen Mann zur Verfügung stellte.

Die Männer und Frauen waren sehr jung, wie Susanne aus den Setkarten ersehen konnte. Angeboten wurden sowohl erfahrene Casting Coucher als auch junges Fleisch, Unerfahrene, für die es sicherlich der erste Kontakt dieser Art war. Es war unübersehbar, dass sie alle nervös waren, ihre Augen sich schnell durch den Saal bewegten. Immer wieder zupften sie an ihren Anzügen oder Kleidern. Viele dieser jungen Talente hatten wahrscheinlich noch die Illusion, dass der CEO, der sich ihrer annahm, an dem Menschen interessiert war. Oder dass sie es schaffen würden, dass es nicht bei dieser einen Nacht blieb.

Susanne nippte an ihrem Drink. Ob bei solchen Abenden eine längere Verbindung oder gar ein Geschäft zustande kam, bezweifelte sie. In diesen Kreisen war es üblich, dass man solche Veranstaltungen nur besuchte, um auf seine eigenen Kosten zu kommen. Aber nicht, um ernsthaft zu investieren. Abscheu stieg in ihr auf, als sie die jungen Gesichter sah, die mit ihren ängstlichen Augen fahl in dem spärlichen Lichtschein wirkten. Die Pianomusik war verstummt und man wusste, dass der Abend nun zu Ende gehen würde, da bereits die „Sandwiches", wie sie es nannte, auf manchen Tischen verteilt wurden. Teller, auf denen tatsächlich Sandwiches lagen, die jedoch nicht zum Verzehr dienten. Stattdessen fand dort der Interessent die Zimmernummer und die Handynummer seiner nächtlichen Begleitung. Ob die jungen Frauen und Männer bereits vorher Kenntnis davon hatten, wem sie ihren Dienst heute Nacht erbringen mussten? Ekel stieg in ihr auf, während ihr Blick über die Geschäftsmänner glitt. Aufgequollen von zu viel Wein und gutem Essen würden sie sich an Leuten vergehen, an die sie normalerweise durch ihre abartige Erscheinung niemals gekommen wären.

„Lass uns gehen", bat sie Sajan Rohit Kaur, der daraufhin nur resigniert nickte.

Seine Gespräche, unter den Augen seines Managements, waren so erfolglos verlaufen wie seine Hoffnung, dass sich etwas ändern würde. Geistesabwesend nahm er ihre Hand und verließ mit ihr unter den irritierten Blicken der anderen den Saal. All seine Hoffnungen waren wieder einmal zerplatzt und der Griff zu ihrer Hand, gab ihm in diesem Moment einen Halt. Den er jedoch bald verlieren würde, wie seine Träume.

KAPITEL 3

Susanne seufzte. Erst vor wenigen Monaten war sie hier gewesen. Keine vier Räume weiter. Müde öffnete sie mit ihrer Karte die Tür ihres Zimmers. Auch wenn sie dieses Mal nicht in einer Suite wohnte, so war das Ambiente nicht weniger prächtig. Der gleiche süßliche Geruch wie damals. Es war auch Abend gewesen. Während sie hineinging, tauchte die Erinnerung wie ein dunkler Schatten auf.

Damals hatte Sajan Rohit Kaur nicht geahnt, dass es die letzte Nacht mit ihr sein würde. Zu sehr war er damit beschäftigt gewesen, seine Wunden zu lecken. Nach jenem Abend, an dem er vergeblich versucht hatte, weitere Kontakte zu knüpfen, um den Durchbruch in Europa zu schaffen, hatte sich seine Liebe zu ihr in Neid verwandelt. Er wusste, dass sie erfolgreich war, doch sein Stolz hätte niemals zugelassen, dass sie Türen für ihn öffnete. Er war ein Star und somit reichte es aus, wenn er vor Ort war, um alle zu beeindrucken. Der Abend hatte ihm und seinem Management gezeigt, dass dem nicht mehr so war. Die Frau an seiner Seite hatte ihm die Show gestohlen. Auch wenn er versucht hatte, es zu überspielen, spürte sie noch heute seine Enttäuschung und Verbitterung, die er an ihr ausgelassen hatte. Genau an diesem Abend und aufgrund seiner Worte hatte ihre langjährige Beziehung ein abruptes Ende gefunden.

Aber es lag nun hinter ihr. Sajan Rohit Kaur und seine Karriere und was auch immer daraus wurde. Sie legte ihre Tasche auf den Stuhl vor dem Sekretär und ließ ihren Blick zum Fenster wandern. Die Stadt war hell erleuchtet und unter ihr war ein buntes Treiben aus Geschäftigkeit, dem sie nun entkommen war. Ihre Füße schmerzten und sie befreite sie aus den schwarzen Lackschuhen.

Ein letzter Termin stand für heute Abend noch an. Dann war es erneut die letzte Nacht für sie in diesem Hotel. Sie würde wieder zurückkehren, mit vielen Eindrücken und Informationen, welche sie zu Hause in Ruhe überdenken und vielleicht umsetzen wollte. Zahlreiche Visitenkarten und Einladungen waren ihr in den letzten Tagen zugesteckt worden, doch nur wenige davon waren das, wovon sie sich einen wirklichen Erfolg versprach. Ein heißes Bad und dann den Abend hinter sich bringen, dachte sie ein wenig erschöpft, als ihr Blick an einem der Fenster gegenüber hängen blieb. Es war ebenfalls eine Premium-Suite, nahezu identisch mit ihrem Domizil. Die Vorhänge waren ganz aufgezogen, sodass sie in das hellbeleuchtete Zimmer blicken konnte. Ein junger Mann saß auf einem Bett und schien mit jemanden zu reden, den sie nicht sah und der offenbar ein wenig abseits im Zimmer stand.

Sie wollte sich schon wegdrehen, als ihre Erinnerung ihr schemenhaft ein Signal sendete. Es war der junge Mann, der ihr damals den roten Umschlag gegeben hatte. Er gehörte wohl zum festen Team bei Festlichkeiten. Wie hypnotisiert starrte sie auf die Szene. Der junge Mann saß mit angespannter Körperhaltung auf dem Bett. Er redete mit leichten Gesten, stoppte immer wieder, bis er plötzlich instinktiv die Hände nach oben riss, um sein Gesicht zu schützen.

Sie schrak zusammen. Niemals, oder? Obwohl sie ahnte, was nun kommen würde, wollte sie es nicht glauben. Sie spannte sich an und hielt unbewusst sogar den Atem ein. Augenblicke später wusste sie, dass sie sich nicht getäuscht hatte. Einer der Geschäftsleute trat aus dem Schatten heraus, ging mit schnellen Schritten auf den jungen Mann zu und schlug auf ihn ein. Ein kurzer Schrei des Entsetzens entglitt ihrer Kehle und dann war sie ungewollt Zeugin von etwas, das sie bisher nur erahnt, aber niemals real gesehen hatte.

Der körperlich überlegene Manager schrie den jungen Mann an, riss seine Hände weg, sodass er ihn ansehen musste. Susanne atmete keuchend aus. Live und in voller Farbe. Unmöglich! Doch es war nicht wegzublinzeln. Genau dort, nicht mal sechs Meter vor ihrem Fenster spielte sich ein Drama ab. Verängstigte Augen blickten zu dem Manager auf und es schien, als würde der andere ihm nun Anweisungen geben. Die Augen des jungen Mannes wurden größer und es gab keinen Zweifel, dass er geschockt war von dem, was der Manager zu ihm sagte. Susannes Herz pochte heftiger. Sie wollte nicht glauben, was da geschah. Unwillkürlich wich sie einen Schritt nach hinten, obwohl sie von den beiden gar nicht bemerkt wurde und sich darum auch nicht verstecken oder zurückziehen musste. Aber ihr graute vor dem, was gleich kommen würde, und konnte dennoch nicht wegsehen.

Ein weiterer Faustschlag machte den jungen Mann gefügig. Zitternd folgte er den Worten seines Peinigers, öffnete zaghaft dessen Hose und begann damit, ihn mit seinem Mund zu befriedigen.

Susanne presste die Lippen aufeinander. Ekel stieg in ihr auf und sie wandte den Blick ab. Es war widerwärtig. Etwas, was sie niemals selbst tun würde oder forderte. Ihr Puls raste vor Zorn und auch Hilflosigkeit. Zu gerne wäre sie jetzt dort, würde den jungen Mann von diesem Monster befreien. Aber es ging nicht. Jetzt einzugreifen, in dieser archaischen Gilde, wäre nicht gut. Schon morgen wäre der nächste Peiniger da und würde den nächsten Job fordern. Der junge Mann und auch all die anderen Castingboys waren hoffnungslos unterlegen. Ein unerbittlicher Kreislauf, den sie niemals in dieser Geschäftswelt durchbrechen konnte.

Susanne schluckte ihren Ekel hinunter und warf einen letzten Blick auf den Manager, den sie kannte. Er hatte inzwischen bekommen, was er wollte und verließ sichtlich zufrieden das Zimmer. Der junge Mann saß wie gebrochen auf dem Bett und starrte regungslos vor sich hin.

Sie schloss ihre Vorhänge, ging ins Badezimmer und ließ sich Wasser ein, auch wenn der anfängliche Gedanke, ein Entspannungsbad zu nehmen, nun getrübt war. Wut über die menschenverachtende Selbstverständlichkeit und diese entwürdigenden Praktiken mit Hostess-Diensten und Casting Couching stieg in ihr auf.

Während das heiße Wasser die Badewanne füllte, blieb ihr Blick am Spiegel hängen. *Icequeen* hatte man sie inoffiziell getauft. Das, was sie jetzt sah, war es auch. Sie wirkte fahl im Gesicht. Der bleiche Anblick war nicht ihr Naturell, sondern die Wut über das, was sie gesehen hatte. Wut, Hilflosigkeit und vielleicht ein klein wenig Resignation?

Ihre Augen sagten ihr, was sie längst wusste. Sie war müde, eigentlich zu müde, um den heutigen Abend noch durchstehen zu wollen. Doch sie hatte der Einladung zugesagt und somit hielt sie ihr Wort und würde erscheinen. Der Gedanke, dass sie mit ihrem Erscheinen sicherlich wieder einige verunsicherte, versüßte ihr den Abend ein wenig. Seufzend zog sie ihr Kleid aus, um in die gefüllte Marmorbadewanne zu steigen. Mit einem Mal spürte sie ihre schmerzenden Füße und sehnte sich nach der Entspannung im Wasser. Da klopfte es an ihrer Tür.

***

Hyeong-Joon hatte einen Auftrag, auch wenn er nicht genau wusste, was er eigentlich tun sollte. Von dem letzten, vor ein paar Monaten, war er wieder befreit worden, warum auch immer. Hätte er vielleicht singen sollen und man hat es sich anders überlegt? Oder war es eine der Missionen, von denen man hinter vorgehaltener Hand sprach?

Ein Schauer rann über seinen Rücken und er spürte, dass der Anzug sich mehr und mehr wie ein Korsett anfühlte. So, als ob er immer enger wurde, je näher er dem Zimmer kam. Man hatte ihm gesagt, dass es sich um eine wichtige Geschäftsfrau handelte. Aus Europa, die sehr einflussreiche Freunde hatte und seiner Karriere förderlich wäre. Er solle ihr zur Verfügung stehen, hatte man ihm klar zu verstehen gegeben, jedoch nicht weiter ausgeführt, was dies genau bedeutete.

Fünf Stockwerke trennten ihn von dieser Frau. Einer CEO, wie man mehrfach betont hatte. Jemand, dem er noch nicht einmal in die Augen sehen sollte, da er weit unter ihrer Würde stand. Wie sollte er ihr seine Dienste anbieten, wenn er ihr nicht in die Augen sehen durfte?

Je näher der Aufzug seinem Ziel kam, umso schneller schlug sein Herz. Der Aufzug hielt an. War er schon da? Angst stieg in ihm auf. Nein, es war noch nicht so weit. Ein junges Paar stieg ein. Sie sahen ihn nicht. Eindeutig Europäer, dachte er und drängte sich in eine Ecke des Fahrstuhls. Sie bemerkten ihn noch immer nicht, denn sie hatten nur Augen füreinander. Es war offensichtlich, dass der Mann verrückt nach ihr war, denn kaum, dass sich der Fahrstuhl geschlossen hatte, begann er sie zu küssen. Hemmungslos. Dabei wanderten seine Hände über ihren schlanken Körper hinab zu ihren Hüften und pressten sie gegen seine.

Hyeong-Joon wurde übel, als sich ein Gedanke in seinem Kopf manifestierte. Er würde wissen, was er zu tun habe, wenn es so weit sei. War es *das*, was man von ihm erwartete? Sollte er dieser Frau, dieser CEO *diesen* Dienst anbieten?

Er hatte von Liebe und Sex gehört, aber er war Jungfrau! Nie hatten seine Lippen eine Frau berührt. Auch nicht solche Stellen, die der Mann nun vor seinen Augen liebkoste. Entsetzt beobachtete er, wie der Mann seinen Mund öffnete und seine Zungenspitze den Hals der jungen Frau entlangglitt. Ein tiefer Seufzer, der sich zu einem kurzen Stöhnen wandelte, kam über ihre Lippen.

Hyeong-Joon erstarrte, seine Wangen brannten. Er dachte für Sekunden an seinen Kollegen, der vor wenigen Minuten mit geschwollenem Auge an ihm vorbei ins Bad gestürmt war und eine beendete Mission verkündet hatte. Mission. Dienst. CEO. Was wurde erwartet? Er musste raus, so schnell wie möglich. Nur noch ein Stockwerk, dachte er und wankte zwischen Erleichterung und Sorge. Was würde ihn in Zimmer 5142 letztendlich erwarten?

Als der Aufzug endlich anhielt, schob sich Hyeong-Joon an dem wild küssenden Paar vorbei und atmete tief durch. So etwas machten hier auch nur Ausländer! Noch nie hatte er ein koreanisches Paar gesehen, das solche Berührungen in der Öffentlichkeit zeigte!

Hyeong-Joon seufzte. Mission.

Er stand in einem langen Gang, der hell beleuchtet war, und für einen Moment fühlte er sich wie auf der Bühne. Nur, dass er jetzt nicht hier war, um zu singen. Das wurde ihm immer klarer. Er dachte an das küssende Paar zurück und spürte, dass seine Hände feucht wurden. Was, wenn diese CEO seine Dienste wollte? Ihm war gesagt worden, dass sie schwierig sei und er sich anstrengen müsse. Was hatte er zu tun? Vielleicht das Gleiche wie der Mann und dann …? Erneute Zweifel machten sich in ihm breit und pure Angst. Mission. Wie sollte er wissen, was genau wann welcher Dienst war? Was, wenn sie diesen Dienst nicht mochte?

Der Gang verschwamm vor seinen Augen und er hatte das Gefühl, als würde er jeden Moment die Besinnung verlieren. Auftrag. Er hatte einen Auftrag, rief sein Verstand ihn wieder zurück. Du musst den Auftrag ausführen, hatte man ihm gesagt. Egal, was immer sie auch will.

Er sah auf die Beschilderungen. Nur drei Türen trennten sie von ihm. Auftrag. Es war sein Auftrag und er hatte ihn zu erfüllen. Langsam ging er den Gang entlang. Je näher er der Tür kam, umso zittriger wurde er. Dann war er da, blieb stehen und lauschte. Im Zimmer war es leise. Vielleicht ist sie nicht da, hoffte er und klopfte. Stille. Vielleicht ist sie nicht da, dachte er wieder. Bis er schnelle Schritte hörte, die sich der Tür näherten und mit jedem weiteren Schritt seinen Atem nahmen.

***

Genervt über das Klopfen zog Susanne den Bademantel über und lief mit schnellen Schritten zur Tür. Beherzt griff sie zum Türgriff und öffnete mit solch einem Schwung, dass ihr Gegenüber für einen Moment zusammenzuckte.

„Was?!", fuhr sie den jungen Mann an. Statt etwas zu sagen, sah ihr nur ein erstaunt aufgerissenes Augenpaar entgegen. Es dauerte ein paar Sekunden, ehe sich dieser Junge wieder gefasst hatte und endlich zu sprechen begann, ohne dabei jedoch ihr in die Augen zu blicken.

„Sehr geehrte Frau CEO Susanne Dorothea Cramer. Mein Management schickt mich und ich möchte Ihnen gerne meine Dienste anbieten", vernahm sie seine weiche Stimme, die etwas Ängstliches an sich hatte.

Dienste. Sofort sah Susanne den jungen Mann von gegenüber vor sich und erneut schwappte Wut in ihr auf. Hatte sie in den letzten Jahren nicht deutlich genug gemacht, dass sie für solche Dienste nicht zugänglich war? Sie blitzte ihn zornig an, was er nicht bemerken konnte, da er weiterhin zu Boden starrte.

„Was für Dienste?"

„Ich bin Sänger und mein Management sagt, dass …"

Weiter kam er nicht. Dienste, Management, sie hatte das Bild von dem jungen Mann vor Augen, wie er die Hose öffnete und das schrumpelige Teil in seinen Mund steckte.

„Sagen Sie Ihrem Management", fuhr sie ihn grob an, „es soll keine Zeit verschwenden, mir Casting-Gutscheine und Dienstleister zu schicken. Meine Dosis an aufstrebenden Möchtegern-Künstlern ist bereits vollends gedeckt. Gute Nacht!"

Erbost knallte sie ihm die Tür vor der Nase zu. Mit zusammengepressten Lippen starrte sie einen Moment auf sie. Schließlich warf sie den Kopf in den Nacken und schloss die Augen, während sie einen tiefen Atemzug nahm. Viel zu lebendig hatte sie die Bilder von dem jungen Mann vor sich, wie er den mächtigen CEO befriedigte. Genau diese *Chance* hätte sie nun auch gehabt und der Dienstleister stand vermutlich noch vor ihrer Tür.

Das Management schickt mich … Sie konnte und wollte es nicht mehr hören. Doch was würde mit dem jungen Mann passieren, wenn er nun unverrichteter Dinge zurückkehrte? Auf den anderen Mann war eingeprügelt worden, bis er seinen Job zur Zufriedenheit des Managers erledigt hatte. Zweifel stiegen in ihr auf. Sie sah bereits, wie man ihn bestrafte, und ehe sie nachdenken konnte, riss sie die Tür wieder auf.

Er war weg. Sie verbot sich, weiter darüber nachzudenken. Langsam schloss sie die Tür und kehrte ins Badezimmer zurück. Sie legte sich in das heiße Wasser. Ein Gefühl der Wärme und Geborgenheit umhüllte sie für einen kurzen Moment, bis ihre Gedanken wieder bei heute Abend waren. Wo sie noch einmal all das Elend spüren würde, das wohlweislich hinter den Kulissen verborgen wurde und sie heute binnen kurzer Zeit zwei Mal hautnah erlebt hatte.

Kapitel 4

Er hatte noch immer Schmerzen. Sein Gesicht brannte und er wusste nicht, ob es an den Schlägen lag oder der Schminke, die man darüber gelegt hatte, um die Verfärbungen zu verdecken. Instinktiv wollte er mit seiner Hand über die schmerzenden Stellen tasten. Der Blick seines Managers Lee Sukh-Jae, der nicht weit entfernt von ihm stand, hielt ihn davon ab. Er beobachtete ihn genau. Es schien, als würde sein Manager jeden Atemzug von ihm überwachen, ebenso wie gleich den Auftritt. Noch genauer, als er es ohnehin schon immer getan hatte.

Es lag an dem Auftrag, den er nicht zu dessen Zufriedenheit ausgeführt hatte. Er fühlte sich schlecht. Nicht nur, dass er bei seinem Manager versagt hatte, sondern auch bei der Frau. Der CEO. Sie lehnte ihn ab. Davon geschickt, weil sie ihn nicht haben wollte! Nachdem sie die Tür zugeschlagen hatte, war er den Gang entlang gerannt. Zurück zum Aufzug, auf dessen Knopf er immer wieder drückte, bis endlich das ersehnte Signal ertönte und sich die Türen öffneten und er darin verschwinden konnte. Er musste zu seinem Manager und ihm von seinem Dienst berichten. Oder in diesem Fall, was eben nicht geschehen war.

Sein Puls raste, seit er von der Dame zurückgekehrt war. Er wusste nicht, warum, doch selbst jetzt, als er an sie dachte, begann sein Herz zu beben. Er hatte sie nur für einen kurzen Moment gesehen. Viel zu kurz, um in ihm etwas auszulösen. Aber es war etwas geschehen, das er sich nicht erklären konnte. Noch nie hatte er einer Frau so in die Augen gesehen. Bisher war er umringt gewesen von Assistentinnen oder Stylistinnen, die meist kaum älter waren als er. Einer Frau wie ihr war er noch nie begegnet. Sie hatte nach Wiese geduftet und schien aus einem Rubens-Gemälde zu ihm herabgestiegen zu sein.

Wehmut überkam ihn, denn er dachte an ihre Augen. Obwohl er sie nicht anblicken sollte, hatte er es getan. Ihre zornige Stimme, die von einem unbekannten Schmerz erfüllt bebte, hatte ihn verlockt, ihr in diese seelenvollen Augen zu sehen. Er hatte das Gefühl, als ob sie schon viel Schmerz gesehen hätten.

Sein Management hatte ihm eingeschärft, dass sie großen Einfluss hätte und mit hochrangigen Künstlern wie Sajan Rohit Kaur befreundet war. Ein Name, den er bereits gehört hatte und dessen Erfolg weit über seine Grenzen hinaus bekannt war. Es wäre die Chance für sein Management gewesen, vielleicht auch für ihn. Doch er hatte versagt. Sie wies ihn ab und ignorierte sein Angebot. Eines, von dem er nur erahnen konnte, um was es gegangen wäre.

Langsam verstand er sie. Sie war nicht bereit, seine Dienste anzunehmen, um danach Geschäfte mit dem Management zu tätigen. Sie wollte nicht Teil dieses Arrangements werden. Sie entschied, was sie wann haben wollte. Sie war eine CEO, die Macht besaß. Aber ihre Augen sagten ihm etwas anderes. Sie hatte ein Herz und Mitgefühl. Ohne dass er es bemerkt hatte, war sein eigenes Herz noch immer bei ihr. Aufregung mischte sich nun mit Angst und Trauer. Er hatte kein Recht, auf eine Erwiderung von ihr zu hoffen, denn er war ein Niemand. Und sie eine CEO. Er war ein Gefangener unter der Leitung seines Managers, der ihm sagte, was er zu tun hatte. Einen freien Willen gab es für ihn nicht mehr, denn sein Leben wurde geplant. Ohne ihn.

Hyeong-Joon seufzte. Er tastete heimlich über seine Wange. Seine Schmerzen erinnerten ihn an seine Rückkehr zum Management. Sie hatten ihn gefragt, warum er schon wieder zurück sei. Als er ihnen ihren Wortlaut mitteilte, wurden sie zornig. Er wusste in dem Moment nicht, ob es daran lag, dass die Frau offenbar sein Management nicht ernst nahm oder sie ihn nicht wollte. Er hatte seine Dienste angeboten und sie hatte ihn abgelehnt. Es musste an ihm liegen. Ohne Zweifel, sonst wäre er nicht zu Lee Sukh-Jae geschickt worden, dem er alles noch einmal erzählen musste. Noch ehe er geendet hatte, schlug der ihn mehrmals mit der Faust in das Gesicht. Er schrie ihn immer wieder an, welch ein Dummkopf er sei, dass er seinen Auftrag nicht ausgeführt hätte. Er wäre ein Nichts, ein Niemand. Ohne das Management wäre er tot, nicht lebensfähig. Worte, die ihn ängstigten, denn sie ließen keine Option. Für ihn gab es nur noch eines: Singen oder Tod. Andere Möglichkeiten bekam er nicht.

Sein Manager wurde von einem der Veranstalter angesprochen und verschwand. Hyeong-Joon atmete kurz durch und tastete vorsichtig mit der Hand über seine Rippen. Noch immer zuckte er zusammen, wenn er an die Schläge zurückdachte. Erst im Gesicht und als er die Hände zum Schutz vor sich gehalten hatte, in die Rippen. Wieder und wieder, bis sich bereits blaue Striemen abzeichneten. Wie sollte er sich umziehen, ohne dass all die anderen es sahen? Verstohlen blickte er sich um, doch es war vergebens. Es waren einfach zu viele hier, auch weitere Sänger.

Einer von ihnen war Kim Tae-Jong. Sein Freund und Vertrauter. Ein aufstrebender Künstler, der es bereits zu großen Konzerten gebracht hatte. Größere als die, auf denen er bisher auftreten durfte. Einmal nur hatte Hyeong-Joon ein Gefühl dafür bekommen, was es heißen musste, dort oben zu sein. Den Preis, welchen er dafür zahlen würde, erahnte er bisher nicht.

Bis heute. Er blickte auf seine beiden Pullover, den schwarzen mit Rollkragen und einen roten. Auch seine schwarze Bundfaltenhose hielt er ehrfürchtig über seinem Arm, sodass sie keinerlei Falten abbekam und er nicht erneut den Zorn von Lee Sukh-Jae auf sich zog.

Bei all der Tragik, die er nun in sich spürte und dieser neuen Erfahrung der körperlichen Züchtigung durch seinen Manager, waren seine Gedanken noch immer bei ihr. Sie hatte ihn verzaubert, für sich eingenommen, ohne dass sie auch nur etwas davon ahnte.

Ihm wurde bewusst, welch ein trauriges Dasein er führte. Ein Arbeitstag von mehr als zwanzig Stunden und Termine, die aneinandergereiht kaum Luft zum Atmen ließen. Wenn er nicht probte oder Auftritte absolvierte, musste er seinen Körper trainieren, bis seine Muskeln brannten, um sich seine Schüssel Reis im Nachgang zu verdienen. Tränen stiegen in seine Augen, als er sich dessen wieder einmal bewusst wurde.

Nur noch wenige Minuten, dann würde er auftreten müssen. Hyeong-Joon erhaschte einen kurzen Blick auf die Bühne. Grelles Licht schien dem Sänger ins Gesicht. Professionell wie er war, hielt er die Augen weit geöffnet, während er sein Lied sang. Hinter ihm befand sich eine Reihe von kleinen Bäumen, welche als Dekoration angebracht waren, um die kahle Wand zu verdecken. Alles nur Show, dachte er und begann, sich hinter der Bühne langsam umzuziehen. Während er die Knöpfe seines Hemdes öffnete, blickte er sich immer wieder verstohlen um, ob ihn jemand beobachtete oder schlimmstenfalls nach seinen Verletzungen fragte. Doch sie waren alle zu sehr mit sich selbst beschäftigt. Ein kurzer Seufzer entglitt seinen Lippen, als er sein Hemd auszog. Schnell sah er sich um, doch niemand schien ihn gehört zu haben. So gut es ging, versuchte er den Rollkragenpullover überzuziehen, doch die Schmerzen waren kaum auszuhalten.

„Was ist mit dir passiert?“, hörte er plötzlich eine Stimme neben sich.

Es war sein Freund, Kim Tae-Jong. Er sah furchtbar aus. Was er an Blessuren an seinem Körper trug, war weitaus harmloser als das, was er vor sich sah.

„Nichts“, antwortete er deshalb. „Und, bei dir?“

Statt einer Antwort sah er, wie sich plötzlich Tränen in seinen Augen bildeten. Hyeong-Joon erschrak. Noch nie zuvor hatte er ihn so erlebt. Bis dato kannte er seinen Freund nur als fröhlichen und offenen Menschen. Jetzt wirkte er erschüttert und apathisch. Hatte er auch einen Auftrag nicht ausgeführt? Hyeong-Joon zog seinen roten Pullover über und nahm seinen Freund dann ein wenig zur Seite. Vorsichtig blickte er sich um. Niemand achtete im Moment auf sie.

„Was ist los?“, fragte er.

„Sie ist weg.“

Hyeong-Joon sah ihn irritiert an. „Wer?“

Schnell blinzelte Kim Tae-Jong die aufkeimenden Tränen fort und atmete tief ein und aus. Ein seltsames Gefühl überkam Hyeong-Joon, wenn er Kim Tae-Jong so betrachtete.

„Seri“, hörte er ihn flüstern und verstand es kaum, da der Künstler auf der Bühne sein Lied beendet hatte und tosender Applaus die Halle füllte. Hyeong-Joon blickte fragend.

„Seri, meine große Liebe“, ergänzte Kim Tae-Jong und die erste Träne fand ihren Weg über seine Wange. Unbeholfen wischte er sie weg und sah sich im gleichen Moment unsicher um, ob ihn jemand vom Management beobachtete. Doch niemand hatte es bemerkt. Dachte er zumindest, denn deren Gesichter schienen entspannt die ganze Situation hinter der Bühne zu kontrollieren.

„Kann ich dir helfen?“, bot Hyeong-Joon ihm in seiner Herzensgüte an, auch wenn er sich nicht vorstellen konnte, bei was und vor allem wie. Er war selbst ein Gefangener und sein Gegenüber bereits ein Star.

Kim Tae-Jong blickte zu ihm auf und etwas Verächtliches lag in seinen Augen. „Wie willst du mir helfen? Ich kann mir ja selbst nicht helfen. Du bist noch mehr ein Niemand als ich.“

Worte, die Hyeong-Joon mitten ins Herz trafen, obwohl er genau wusste, dass sein Freund es nicht so meinte. Er fühlte sich hilflos, ihn dort leidend stehen zu sehen und nichts tun zu können. Wieder blickten sie zu den Managern. Sie deuteten Kim Tae-Jong, dass er gleich singen müsse.

„Du kannst mir nicht helfen", sagte er noch einmal, „ich muss jetzt auftreten."

„Aber was ist passiert?"

Kim Tae-Jong schwieg, denn der andere Sänger kam unter dem Jubel der Zuschauer zu ihnen herunter und lief mit schnellen Schritten an ihnen vorüber. Das eben noch für die Fans strahlende Gesicht war verschwunden und Abneigung und Hass prägten das Antlitz des Mannes.

Kim Tae-Jong wusste, dass nun er dran war und es kein Zurück gab. Er betrat die erste Stufe, als Hyeong-Joon ihn am Arm fasste.

„Was ist passiert?", fragte er eindringlicher.

„Sie haben sie gezwungen, das Land zu verlassen. Und nur, weil ich sie liebe. Ich werde sie nie mehr sehen." Er befreite seinen Arm und ging die Stufen zur Bühne hinauf.

Hyeong-Joon war geschockt. Sein Freund hatte sich verliebt. Wen er mit *sie* meinte, war offensichtlich. Es war das Management. Zum dritten Mal an diesem Tag wurde ihm schmerzlich klar, dass sie alle nur ein Produkt waren, das man vermarktete und das funktionieren musste.

Was, wenn er sich eines Tages verlieben würde? Oder hatte er es bereits? Sein Herz schlug schneller, als er daran dachte und sie wieder vor sich sah, die CEO aus Zimmer 5142. Es war nur dieser eine Moment gewesen, der seine bisherige Welt ins Wanken brachte. Doch sie hatte es geschafft.

Ein Blick zu seinem Manager, der nicht weit von ihm entfernt stand, zeigte ihm deutlich, dass er ihn beobachtete und im Auge behielt. Was immer er auch tat. Schnell schlüpfte er aus seiner Jeans und zog die Bundfaltenhose über. Es war ihm peinlich, denn weitere Angestellte und Sänger waren bereits da und warteten ebenfalls auf ihren Auftritt. Auch sie würden sich unwohl fühlen, genau wie er, denn Umkleidekabinen gab es nicht. Für niemanden. Sie waren alle Produkte, dachte er, als plötzlich ein Schrei die Halle durchflutete.

„Seriiiiiiii, I love you", hörte er Kim Tae-Jong schreien und danach ein lautes Schluchzen.

Ehe er sich versah, stießen ihn mehrere Männer zur Seite und rannten zur Bühne hinauf. Wenige Sekunden später hatten sie seinen Freund brutal herunter gezerrt und zogen ihn hinter sich her. Kaum hinter der Bühne angekommen, schlugen sie wieder und wieder auf ihn ein. Selbst als er am Boden lag, ließen sie nicht von ihm ab. Statt die Schmerzen stumm zu ertragen, wie er es tat, lachte sein Freund. Laut und hysterisch, als wäre alles ein Spiel. Je stärker sie auf ihn einschlugen, desto lauter lachte er und schrie immer wieder ihren Namen, bis sie ihn auch von hier wegzerrten und er ihn nicht mehr sehen oder hören konnte.

Hyeong-Joon war geschockt. Noch nie hatte er ein solch brutales Vorgehen gesehen. Seinen Manager schien dies weniger zu beeindrucken, denn seine Augen sagten nur eines: Wer nicht funktioniert, dem wird es nicht anders ergehen.

Er war völlig durcheinander und spürte, wie er zu schwitzen begann. Er hatte heute Abend vermutlich sein Herz an eine Frau verloren, die er nicht kannte und die ihn nicht wollte. Wenn er nicht aufpasste, würde es ihm genauso ergehen wie seinem Freund. In seinem Fall konnte man die Frau nicht außer Landes bringen, denn sie war CEO und Europäerin. Und sie wollte ihn nicht, erinnerte er sich. Ja, sie hatte es klar gesagt, auch wenn ihre Worte an das Management gerichtet waren. Er war schuld und nicht gut genug, dass sie seine Dienste anzunehmen bereit war.

Hyeong-Joon sah sein Leben an sich vorüberziehen. Sein Zuhause, das Militär, all die Schläge und Erniedrigungen, die ihn auch jetzt wieder ereilten, bis zu einem Hoffnungsschimmer, der vor weniger als drei Stunden vor ihm stand und ihn nicht wollte. Er war verloren und zu allem Unglück musste er auch noch ein Lied singen, in dem es um Liebe ging. Eine tiefe Liebe zwischen einem jungen Mann und einer älteren Frau. Genau wie bei ihm. Nur, dass diese Frau ihn nicht wollte! Es war zu viel.

Hyeong-Joon spürte, wie sich alles um ihn herum zu drehen begann, bis er wieder den Blick seines Managers bemerkte. Er war gleich dran und musste singen. Wie konnte er jetzt noch singen? Sein Körper schmerzte von den Schlägen. Er war Zeuge gewesen, als man seinen Freund brutal von der Bühne geprügelt hatte und vielleicht noch immer schlug und das nur, weil er sein Herz an jemanden verloren hatte. Genau wie er.

Er begann zu zittern und hatte Mühe, seine Hände unter Kontrolle zu halten. Wie sollte er das Mikrofon halten, ohne dass jemand das Zittern sah?

Ein Blick zu seinem Manager, der ihn keine Sekunde aus den Augen ließ. Der Druck wurde stärker. Jeden Moment musste er auf die Bühne und die Last, die er nun trug, war die Schwerste, die er je tragen musste. Der Moderator kündigte ihn an und der Applaus begann.

Mit jeder Stufe, die er zur Bühne hinauf schritt, fühlte er sich schlechter. Er war ein Produkt. Vermarktet und verkauft durch das Management. Angst und Unsicherheit breiteten sich in ihm aus. Er war ein Niemand. Er durfte keine Gefühle zeigen, keine Gefühle haben. In seinem Kopf wirbelten so viele Gedanken und Erinnerungen herum. Ihre Augen, die so viel Schmerz gesehen hatten und verstanden. Und er wusste jetzt, dass er niemals frei lieben dürfte. Niemals. Auf der Bühne angekommen musste er sich erst vorstellen. Die genauen Worte waren vom Management gewählt worden und er durfte sich keinen weiteren Fehler erlauben.

Mit zittrigen Händen verneigte er sich unter tosendem Applaus und begeisterten Zurufen der meist weiblichen Zuschauer und begann mit leiser, brüchiger Stimme zu reden. Sein Blick wirkte nervös und dies bemerkte auch jemand aus seinem Management, der inmitten der Zuschauer saß. Seine Augen wurden zu kleinen Schlitzen und Hyeong-Joon spürte, dass er immer nervöser wurde.

Nur noch vier Sätze, rief er sich in Gedächtnis zurück. Vier Sätze, singen und dann ist der Auftritt vorüber.

Es ist deine Chance, hatte das Management ihm wieder und wieder gesagt. Seine Chance, so wie bei der CEO. Er musste es schaffen, musste das Management dieses Mal zufriedenstellen.

Endlich war die Vorstellung vorbei, der letzte Satz gesprochen und die Musik setzte sein. Noch immer pochte sein Herz gegen seine Brust, als würde es jeden Moment herausspringen. Er hob das Mikrofon, ließ seinen Blick über die Menschen schweifen und da sah er sie. In der ersten Reihe sitzen. Seine CEO. Sie sah ihn an. Hyeong-Joon spürte, dass ihr erneuter Anblick ihm die Kehle zuschnürte. Es wurde von ihm erwartet, dass er Blickkontakt zu den Zuschauern hielt, und er tat es und begann zu singen. Bereits nach der zweiten Strophe hörte er wieder die Zurufe der weiblichen Fans. Es interessierte ihn nicht. Auch sie schien dies wenig zu beeindrucken. Sein Blick wanderte über die Zuschauer hinweg, bis sich ihre Augen wieder trafen. Er sang für sie, nur für sie und das Lied war ihres. Vielleicht konnte er sie nicht nur von sich, sondern auch seinen Gefühlen überzeugen, dachte er und sang mit solch einer Hingabe, dass selbst der Mann aus seinem Management zufrieden schien.

Plötzlich stand sie auf und ging. Sie verließ während seines Auftritts den Saal. Hyeong-Joon spürte eine unendliche Traurigkeit. Es war offensichtlich, dass es niemals eine Zukunft für sie beide geben würde. Alles Leben schien ihn zu verlassen, so wie sie den Saal. Tränen traten in seine Augen und er versuchte, sie zu unterdrücken. Doch er hatte keine Chance. Es war alles zu viel. Der Tag, der misslungene Auftrag, sein Freund und nun ging sie, noch ehe er geendet hatte. Er begann zu weinen. Vergeblich versuchte er, weiter zu singen. Seine Stimme versagte. Genau wie er. Er musste dieses Lied noch durchstehen. Nur noch zwei Mal der Refrain, rief er sich ins Gedächtnis, doch es war vergebens. Immer wieder brach er ab, bis das Lied endlich vorüber war. Noch ehe der Applaus einsetzte, rannte er von der Bühne. Die Stufen hinab und genau in die Arme seines Managers, der ihm sofort eine Ohrfeige gab und erneut ausholte. Er drängte sich an ihm vorbei und rannte, so schnell er konnte.

Hyeong-Joon sah alles verschwommen, die Tränen wollten nicht enden. Schnell rannte er den Gang entlang. Er hörte bereits seinen Namen und laute schnelle Schritte hinter sich. Sein Manager und einige der Mitarbeiter. Er musste verschwinden, hämmerte es in seinem Kopf. Ehe er nachdenken konnte, sah er eine Tür und drückte die Klinke herunter. Hastig öffnete er die Tür und entdeckte ein dunkles Nichts. Er verschwand darin, schloss die Tür und lehnte sich dagegen. Sein Herz schlug im Gleichklang der Schritte, die immer lauter wurden und näherkamen. Sie durften ihn nicht finden, nicht jetzt. Er hatte Angst und wollte allein sein. Wie damals beim Militär, wenn er wieder einmal gequält worden war. Was ihn jetzt noch mehr schmerzte, war, dass sie gegangen war. Der Gedanke ließ seine Kräfte schwinden.

Erschöpft sank er zu Boden, während er noch immer seinen Namen rufen hörte. Er wollte am liebsten sterben. Er lebte und war dennoch innerlich tot, denn sie war inmitten seiner Performance aufgestanden und gegangen. Sie war so nah in seinem Herzen und doch so weit weg.

Hyeong-Joon fasste sich an die schmerzende Brust. Seit er sie gesehen hatte, war sein Herz lebendig. Und doch würde es nun Tag für Tag ein wenig sterben, da er wusste, dass es ein Traum blieb. Für immer. Ihm würde es nicht anders ergehen als seinem Freund. Ihm würde nicht erlaubt sein, seine Liebe jemals zu finden. Er fühlte sich alleine und so unendlich traurig, dass er bitterlich zu weinen begann. Im Geiste stand sie vor ihm, er sah ihre Augen, die von einem Schmerz erzählten, der ihr zugefügt worden war. Da war er sich sicher.

Wieder hörte er die Schritte von mehreren Männern und ihre Stimmen, die seinen Namen riefen. Er unterdrückte für einen Moment den Tränenstrom, bis sie verschwunden waren. Alles drehte sich in seinem Kopf. Sie war der Grund dafür, denn sie hatte sein Leben auf den Kopf gestellt. Er sah ihre Augen, ihren Blick und fühlte zum ersten Mal in seinem Leben richtige Freude und Glück. So musste sich Liebe anfühlen. Er hatte sie bisher nie gespürt und jetzt füllte sie seinen ganzen Körper mit einer unbekannten Erregung. Seine Liebe zu ihr, wie ein zartes Leuchten. Seine Tränen versiegten und für einen Moment spürte er Ruhe in sich.

Bis wieder dunkle Schatten aufzogen und alles überdeckten und seine Liebe verschwunden war. Er hatte mit offenen Augen geträumt, doch die Realität holte ihn zurück. Sie war gegangen, hatte ihn ein zweites Mal abgewiesen und er würde sie nie mehr sehen, davon war er überzeugt …

KAPITEL 5

Der warme Wind des Spätsommers drang durch die geöffneten Fenster des Taxis. Es war bereits Oktober, dennoch war die Luft mild und süßlich. In der Schweiz gab es Tage wie diese auch, jedoch nicht mit dem Blau des Himmels, in den sich die Wolkenkratzer von Tokio emporhoben. Fast ehrfürchtig folgte ihr Blick den langen Glasfassaden, die sich aneinanderreihten. Es war abends und langsam wurden die Schatten länger, doch das Treiben auf den belebten Straßen, Geschäften und Restaurants blieb davon unberührt.

Genau wie auf der Messe, von der sie gerade kam. Seit sie ihre Firma gegründet hatte, reiste sie mehr denn je. Holte sich so neue Eindrücke und Inspirationen, die ihr weitere berufliche Erfolge brachten. Sie hatte ein untrügliches Gefühl für Trends entwickelt und brauchte keine Prognosen oder Ratschläge von anderen. Es gab nur eines, auf das sie vertraute: sich selbst.

Auch heute hatte sie wieder genügend neue Ideen aufgesogen und war froh, wenn sie endlich im Hotel war. Der Taxifahrer verhielt sich zurückhaltend, wie alle Menschen hier, und es war ein Attribut, das sie gerade in Momenten wie diesen zu schätzen wusste.

Diese Reisen nach Asien erinnerten sie immer wieder an ihn zurück: Sajan Rohit Kaur. Fast zwei Jahre waren nun vergangen, seitdem sie sich getrennt hatten. Für sie war es leichter, denn es war nicht seine Entscheidung, sondern ihre gewesen.

Eine schmerzliche Erfahrung für ihn, der dachte, dass ihm die Welt zu Füßen liegen würde, genau wie sie. Er hatte zu lange nicht gemerkt, dass sie sich veränderte. Sich immer mehr von ihm distanzierte. Es lag nicht daran, dass sie mehr wollte und eine Scheidung erwartete, sondern an den unterschiedlichen Erwartungen an das Leben.

Sie war eine erfolgreiche Geschäftsfrau und zufrieden mit Kleinigkeiten. – Er war stets auf der Suche nach neuen Erfolgen, um die ganze Welt zu erobern.

Sie war glücklich, wenn man sie nicht sah. Sie wollte beobachten, abwägen und danach entscheiden ohne Beeinflussung durch Beigaben. – Er war verzweifelt, wenn man ihn nicht sah. Denn der Druck war groß und Abende, wie in Seoul, konnten sein Aus bedeuten.

Sie tat nur das, was sie wollte. – Er tat alles, was andere wollten. Um dortzubleiben, wo er war.

Seinem Management war damals nicht entgangen, dass die europäische Investorin kein Interesse zeigte und sich nicht verbiegen ließ. Mit wie vielen Annehmlichkeiten sie auch zu ködern versuchten, Susanne war nicht darauf eingegangen. Ihre Beziehung zu Sajan fand außerhalb deren Manipulationen statt.

Sajan allerdings hatte sich nicht dem Druck entziehen können. Sein Management, aber auch die öffentliche Meinung formten und veränderten ihn. Sie erkannte Züge an ihm, die er vorher nicht zeigte oder in dieser Form auslebte.

Anfangs war sie seine Göttin, wie er es nannte. Zu Beginn hatte er sie nahezu auf Händen getragen. Die letzten Male dagegen fühlte sie sich fast wie eine Ehefrau oder eine der Bediensteten. Früher war er losgelaufen, wenn er etwas haben wollte, und hatte ihr angeboten, für sie etwas mitzubringen. Am Schluss hatte er sie nahezu angewiesen, ihm etwas zu holen. Ein Umstand, den ihr Ego ebenso wenig verkraftete, wie seine Gedankenlosigkeit, während ihrer gemeinsamen intimen Stunden ein Telefongespräch anzunehmen.

Susanne schüttelte den Kopf, als sie daran zurückdachte, und war froh, dass sie ihn nicht geliebt hatte. Oder doch? Nein. Gefühle waren für sie ein heikles Thema, das schmerzte. Sie würde nicht zulassen, dass man ihr Schmerzen zufügte, und so waren Gefühle, ganz besonders Liebe für sie tabu. Für jetzt und für immer.

Von Weitem sah sie bereits die Auffahrt zu ihrem Hotel. Grand Hyatt Tokyo. Ein weiterer Wolkenkratzer, der sich nun vor ihr auftürmte. Der Taxifahrer hielt direkt vor dem Eingang, während bereits ein Angestellter auf den Wagen zueilte und ihr die Tür öffnete.

„Guten Abend", begrüßte er sie freundlich.

„Guten Abend", erwiderte sie ebenso freundlich und stieg aus.

Sie war müde und froh, nach diesem anstrengenden Tag bald in ihrem Zimmer zu sein. Vielleicht noch etwas essen, ein entspannendes Bad nehmen und dann Koffer packen. Morgen früh würde sie nach Hause fliegen in ihr Leben, an das sie sich die letzten zwei Jahre gewöhnt hatte. Auch wenn es weniger aufregend und vor allem einsamer war als noch zu Zeiten mit ihm. Ein kurzer Seufzer glitt über ihre Lippen, während sie die Eingangshalle mit der langen Rezeptionstheke betrat. Ihre Absätze hallten auf dem beigen Marmorboden, sodass die Empfangsdame zu ihr aufblickte.

„Guten Abend, Frau Cramer", lächelte sie freundlich.

„Guten Abend", erwiderte sie und wollte bereits Richtung der Aufzüge laufen, als sie die Stimme der Dame ein weiteres Mal vernahm.

„Darf ich für Sie einen Tisch in unserem Restaurant reservieren?"

Susanne hielt abrupt inne. Ja, warum nicht?, dachte sie und zögerte. Eigentlich wollte sie jetzt nur noch Ruhe. Auch wenn das Angebot verlockend war, sehnte sie sich nach vier Wänden, in denen nur ihre Geräusche zu vernehmen waren. Keine Gespräche, Musik oder weitere Menschen. „Nein, danke, ich ziehe heute etwas Ruhe vor", entgegnete sie freundlich, aber bestimmt und ging weiter.

Die Dame verstand, auch wenn sie für einen kurzen Moment irritiert wirkte. Wie immer in solchen Ländern war das Wohl des Gastes deren höchstes Gut und dies sollte in ihrem Fall nicht anders sein.

„Dürften wir Ihnen vielleicht etwas auf Ihr Zimmer bringen?"

Susanne stoppte erneut und wandte sich zu der Dame um. „Ja, das wäre eine Option", lächelte sie.

„Ich habe hier eine Menükarte", bot sie ihr an und legte sie bereits auf den Tresen vor sich. „Oder Sie bestellen es über den Zimmerservice. Eine weitere Menükarte liegt auf dem Sekretär."

Ja, neben meinem Laptop, dachte Susanne und erinnerte sich an die in dickes Leder gebundenen vier Seiten, die sich dort befanden. Bereits beim Einchecken hatte sie diese gesehen und kurz durchgeblättert. Das Hotel führte offenbar eine Steakbar und genau danach war ihr heute. Ein Steak mit Salat.

„Kann ich gleich bei Ihnen bestellen?"

„Ja, sehr gerne", freute sich die Dame und nahm bereits einen Stift, um sich die Bestellung auf ihrer Unterlage zu notieren.

„Ein Rib Eye, medium well, sowie einen Salat."

„Sehr gerne und was möchten Sie dazu trinken?"

Sie überlegte kurz und dachte für den Hauch einer Sekunde an einen Wein, entschied sich dann dagegen. Sie trank nicht gern allein.

„Eine Flasche Mineralwasser, ohne Kohlensäure."

„Bis wann dürfen wir Ihnen das Essen bringen?"

Sie blickte auf ihre Uhr. Siebzehn Uhr. Sie wollte noch ein Bad nehmen und sich umziehen.

„Um 18.30 Uhr wäre mir recht."

„Sehr gerne", bestätigte die Dame und nickte ihr mehrfach zu. „Ich wünsche Ihnen noch einen schönen Abend, Frau Cramer."

„Danke, den wünsche ich Ihnen auch", erwiderte sie und setzte ihren Weg zum Aufzug fort.

Das Abendessen war gesichert und einem ruhigen Ausklang, ehe sie morgen wieder nach Hause fliegen würde, stand nichts mehr im Weg. Sie wusste nicht, warum, jedoch fühlte sie sich mit einem Mal einsam.

Sie fuhr mit dem Aufzug in den siebten Stock. Auf dem Weg zu ihrem Zimmer begegnete ihr niemand. Sie war allein, das wurde ihr schmerzlich bewusst. Warum schmerzte es sie gerade jetzt? Waren es die Erinnerungen an Hotels wie diese, welche sie automatisch mit Sajan verband? Vermisste sie gar das aufregende Leben an seiner Seite? Die Zeit des Genießens, ehe jeder in sein eigenes Leben zurückkehrte mit dem Wissen, es gibt bald eine Fortsetzung?

Sie wusste nicht, was es war, doch sie spürte es immer deutlicher. Vielleicht wurde ihr alles zu viel. Nur was? Ihr Geschäft lief hervorragend, sodass sie weitere Angestellte einstellen konnte. Sie hatte genug Aufregung, wenn sie Messen wie die letzten drei Tage besuchte. Dennoch fehlte etwas in ihrem Leben. Dies wurde ihr immer deutlicher.

Sie schloss ihr Zimmer auf, stellte ihre Tasche auf das Sofa und öffnete das Fenster. Ihr Blick wanderte ins Leere, so wie sie sich innerlich fühlte. Ja, da war eine Leere, die sie zuvor nie so verspürt hatte. Sie war einundvierzig Jahre alt. Hatte sie eine Krise? Und wenn ja, welche?

Offenbar eine Luxuskrise, stellte sie sachlich fest.

Sie hatte ein gut gehendes Unternehmen, Ideen, die umgesetzt werden wollten, und sie stand in einem Hotelzimmer über den Dächern von Tokio. Und fühlte sich schlecht!

Geistesabwesend schüttelte sie den Kopf und blickte zu dem Sekretär, auf dem ihr Laptop lag. Sie steuerte bereits darauf zu, als sie etwas abhielt. Ein Gefühl. Sie wollte ihre Mails prüfen, doch wofür? Würde dies die dunklen Gedanken vertreiben? Ein weiterer Seufzer glitt an diesem Abend über ihre Lippen und sie ging ins Bad. Es war weitaus größer als das in ihrem Haus und bot auch mehr Annehmlichkeiten, dennoch wünschte sie im Moment, sie wäre zu Hause. Sie sehnte sich nach etwas Gewohntem um sich herum. Was sie sah, war fremd, Standard, und der nächste Gast würde es ebenso vorfinden wie sie.

Im Spiegel traf sie auf eine Frau mittleren Alters. Die blonden Haare, die bis zur Schulter reichten, waren wie immer unbezähmbar. Genau wie sie selbst, stellte sie fest. Doch die Augen, die ihr Markenzeichen waren, wirkten fahrig. Fast traurig und müde.

Schnell wandte sie den Blick ab und ging zur Dusche. Sie wusste genau, dass ein Bad sie nur weiter zum Grübeln brachte. So stellte sie die Dusche an und begann damit, sich auszuziehen, als sie ein Klopfen vernahm. Rasch schlüpfte sie in ihre Bluse und ging zur Tür. Ein Blick auf ihre Uhr bestätigte, was sie bereits vermutet hatte: Das Essen konnte es nicht sein. Vermutlich wieder jemand, der ihr seine Dienste anbieten wollte. Sie schnaubte und riss die Tür auf.

„Ja?", kam es ein wenig zu barsch über ihre Lippen, sodass die Dame kurz zusammenschrak.

„Frau Cramer, ich bringe Ihnen etwas, das für Sie abgegeben wurde", hörte sie die schüchterne Stimme der Dame kaum.

„Für mich?", fragte sie und sah auf den Servierwagen, auf dem zwei Päckchen lagen. Sie waren schmal und das Papier sehr einfach. Das war kein Geschenkpapier, eher diente es zum Schutz.

„Ja, bitte sehr", erwiderte die Dame und reichte sie ihr, zusammen mit einer Karte.

„Danke", sagte sie knapp und nahm die Sachen entgegen. Sie spürte, dass es sich um Bücher handeln musste. Wer schickte ihr Bücher? Hier und jetzt? Ihr letzter Tag in Tokio war fast vorüber und ihre Tasche mit unzähligen Karten und Einladungen gefüllt.

„Ich wünsche Ihnen noch einen schönen Abend", vernahm sie die Stimme der Frau, die sich kurz verbeugte, ehe sie mit dem Wagen wieder auf dem Gang verschwand.

Noch immer stand sie mit ihren zwei Paketen in der Tür und blickte verwundert darauf. Sie nahm die Karte und las die Aufschrift.

Willkommen, Frau CEO-Nim SusanneShi
Ich wünsche Ihnen einen schönen Aufenthalt und gute Erholung.
Da Sie gerne Bücher lesen, erlaube ich mir, Ihnen einige
Kunstwerke über mein Land zu schenken.
Ich hoffe, sie gefallen Ihnen.
Mit freundlichen Grüßen, Choi Hyeong-Joon

Sie hob den Kopf und blickte in den Gang. Choi Hyeong-Joon. Wer war das?

Weit entfernt vernahm sie den Signalton des Aufzugs und kurze Zeit später, wie sich die Türen öffneten. Darauf das Klappern von Metallrädern. Es war die Frau mit dem Servierwagen, welche ihr die Pakete gebracht hatte, die nun wieder verschwunden war.

Susanne ging in ihr Zimmer und schloss die Tür. Noch immer überlegte sie, wer dieser Mann war. Bisher hatte man ihr stets Annehmlichkeiten in Form von Schokolade oder Pralinen und Blumen geschickt. Dieses Mal war es eindeutig anders. Viel zu schwer. Ihre Neugier wurde größer, aber auch das Verlangen nach einer Dusche. Was auch immer es war, es würde wie all die anderen Dinge in einem Mülleimer in der Schweiz landen. Nur sehr wenige Karten hatten es bis dato überlebt. Lieblos ausgesuchte Alibi-Geschenke noch kein einziges.

Sie legte die Bücher auf den Sekretär neben ihren Laptop und ging ins Bad. Das heiße Wasser lief noch immer und hatte bereits den großen Spiegel mit einer dünnen Schicht Kondenswasser überdeckt, sodass sie sich nicht mehr darin sehen konnte. Während sie die Knöpfe ihrer Bluse öffnete, waren ihre Gedanken bei den beiden Paketen. Niemanden, der so hieß, hatte sie die letzten Tage kennengelernt. Wieder und wieder ließ sie die Bilder an ihren Augen vorübergleiten. Es gab nicht einen Mann, zu dem das Geschenk passen wollte. Ihre Bluse glitt zu Boden, genau wie wenige Sekunden später der Rest ihrer Kleidung. Langsam öffnete sie die Glastür der Dusche und trat darunter. Es fühlte sich gut an, als das heiße Wasser ihre Haut berührte. Auch wenn ihre Gedanken noch immer bei den beiden Paketen waren, die ausgepackt werden wollten. Sie verteilte Duschgel über ihren Körper und dachte mit einem Mal wieder an Sajan zurück.

Wie oft hatten sie zusammen geduscht. Er liebte seine Göttin, wenn sie nass war. Ihre nassen Haare und die Tropfen, die sich auf ihrem Körper verteilten. Es war nahezu ein Fetisch gewesen, dachte sie nun zurück, bevor ihre Gedanken wieder bei den beiden Paketen waren. Sie wusste nicht, warum, aber die Neugier wurde von Minute zu Minute größer. Weniger, wer dieser Choi Hyeong-Joon war, sondern was sich in den Paketen verbarg. Ehe sie überlegen konnte, hatte sie die Dusche abgestellt und stand mit ihrem Bademantel vor dem Spiegel. Vorsichtig wischte sie mit dem Handtuch über die beschlagene Fläche und sah sich an.

Was hatte er damals in seiner nassen Göttin gesehen? Ihre blonden Haare hingen herunter und waren, wie sie es nannte, wenig ansehnlich.

Ein Blick in ihre Augen. Sie hatten etwas Glänzendes angenommen, was sie nur wenige Momente zuvor vermisst hatte. Sie wusste, woher diese glitzernde Lebendigkeit kam. Das Handtuch landete im Waschbecken, ehe sie ins Wohnzimmer ging. Zum Sekretär. Noch einmal nahm sie die Karte und las sie. Das brachte sie auch nicht weiter als bisher. Warum auch immer, diese Pakete zogen ihre Neugier auf sich. Langsam nahm sie eines und öffnete es vorsichtig. Zum Vorschein kam ein Buch über Südkorea. Sie ließ die Seiten durch ihre Finger gleiten und sah, dass es sich um einen Bildband handeln musste. Aufnahmen des Landes, seiner Städte und der Menschen. Sie war entzückt. Nie zuvor hatte man sich die Mühe gemacht, ihr etwas zu schenken, worüber man sich Gedanken gemacht hatte. Die üblichen Give-aways bestanden stets aus Schokolade und Blumen in jeglicher Form. Sie legte das Buch zur Seite und nahm nochmals die Karte.

Da Sie gerne Bücher lesen, erlaube ich mir, Ihnen einige Kunstwerke über mein Land zu schenken.

Woher wusste derjenige, dass sie gerne Bücher las? Sie war CEO einer Eventfirma und Musikagentin. Für Bücher blieb meist keine Zeit, auch wenn es stimmte und Lesen eines ihrer wenigen Hobbys war. Woher wusste er davon? Es gab nur eine Antwort. Er hatte sich über sie informiert. Dunkel erinnerte sie sich, dass es einen Beitrag gab, in dem dies erwähnt worden war. Ein Interview von einer Zeitung aus ihrer Heimatstadt. Es handelte sich um ein privates Interview, wer hinter der CEO stand.

Susanne war beeindruckt. Jemand hatte sich die Mühe gemacht und weit, sehr weit gegraben, um diese Information zu finden und sie zu nutzen. Ein Schauer lief über ihren Rücken, als ihr Blick auf das Buch fiel. Wer war dieser Mann, der so weit in ihr Leben vorgedrungen war und sich die Mühe gemacht hatte, einen Zeitungsartikel zu übersetzen? Denn dass er über deutsche oder gar schweizerische Sprachkenntnisse verfügte, stand außer Frage. Die Karte war in englischer Sprache verfasst und über einen Computer ausgedruckt.

Sie legte die Karte zur Seite und packte das zweite Geschenk aus. Es war leichter und als sie es öffnete, wusste sie auch, warum. Sie hielt einen Restaurantführer von Korea in ihren Händen. Ausgewählte und edle Etablissements, die sie selbst bei ihrem Aufenthalt vor über zwei Jahren nicht gesehen hatte.

Vor zwei Jahren war sie in Südkorea gewesen, in Seoul! Wieder sah sie die Bilder von damals vor sich. Das letzte Treffen mit Sajan. Damals war ihr auch niemand mit diesem Namen begegnet. Sie schüttelte die Gedanken wieder ab und legte den Restaurantführer zurück.

Wer war dieser Mann, der sich so viel Mühe machte und sie besser kannte als sie ihn? Warum zeigte er sich ihr nicht? Er wusste, dass sie hier war, doch warum überbrachte er die Pakete nicht selbst? Noch während sie es sich fragte, wusste sie schon die Antwort: weil es unüblich war. Persönlich wurden nur dann Geschenke überreicht, wenn dazu gewisse Dienste angeboten wurden, die sie immer abwies.

Ihre Neugier wurde größer, wer dieser Mann war. Dieses Mal nahm sie die Karte und öffnete ihren Laptop. Sie schaltete ihn ein und während er ein Netzwerk suchte, ließ sie die Karte durch ihre Hände gleiten, bis sie feststellte, dass auf der Rückseite eine Nummer stand. Es handelte sich offenbar um eine Telefonnummer. Für den Hauch einer Sekunde war sie nah dran, das Handy aus ihrer Tasche zu ziehen, doch sie hielt inne. Bevor sie mit ihm sprach, wollte sie mehr über ihn wissen und so gab sie seinen Namen in die Suchmaschine ein.

Choi Hyeong-Joon. Unzählige Zeilen mit großen Überschriften und seinem Namen wurden ihr angezeigt. Sowie Fotos am äußeren Rand. Sie erstarrte, denn sie kannte ihn. Der junge Mann, der vor zwei Jahren in einem Hotelzimmer vor ihr gestanden und seine Dienste angeboten hatte. Und den sie natürlich abgewiesen hatte! Es war der gleiche junge Mann, der kurz danach auf der Bühne gestanden und performed hatte.

Sie war damals gegangen. Nicht wegen seines Gesanges, sondern wegen dem, was vorher geschehen war. Man hatte einen Künstler heftig mit Tritten malträtiert. Zu groß war ihr Entsetzen darüber, als dass sie wie all die anderen dort einfach sitzen bleiben konnte und so tun, als wäre nichts gewesen!

Es war offensichtlich, dass der Sänger seinen Herzschmerz herausgesungen, geradezu herausgeschrien hatte. Jeder von ihnen war Zeuge geworden, wie ihn Männer brutal von der Bühne zerrten und hinter die Kulissen brachten. Auch der Moderator, der versucht hatte, hierfür Worte zu finden und die Lage zu beschwichtigen, konnte nicht über das

Hinwegtäuschen, was sich im Hintergrund abspielte. Schläge, die auf nackte Haut trafen, und seine verzweifelten Rufe und das hysterische Lachen überdeckten alles.

Als Choi Hyeong-Joon auf die Bühne kam und zu singen begann, wurde ihr bewusst, was sie gerade gesehen hatte. Und das war zu viel gewesen. Erst der junge Mann, der einen Manager befriedigen musste, später ein anderer junger Mann, der ihr im Auftrag seines Managers seine Dienste anbot. Und dann der junge Mann, welcher verprügelt wurde, teils vor ihren Augen. Das Showbiz, eine Hölle. Hatte Sajan dies auch durchmachen müssen? Es reichte ihr. Sie hatte an dem Abend mehr von der Brutalität und den erniedrigenden Praktiken gesehen, als sie wollte.

Susannes Gedanken wanderten zurück zu Choi Hyeong-Joon, der an die Hotelzimmertür geklopft hatte. Wie mochte es dem Jungen ergangen sein, nachdem sie ihn weggeschickt hatte? Ein ungutes Gefühl überkam sie. Sie sah sich mehrere Berichte und Auftritte von ihm an, blickte in seine Augen, die sie von unzähligen Bildern ansahen. Es gab keinen Zweifel. Dies war der Junge, den sie abgewiesen hatte. Er war nun ein aufstrebender Star, keine Frage. Doch die Fotos wirkten allesamt traurig, nicht so, wie ein Star eigentlich glühen sollte. Tieftraurig. Wie ihre Augen, die sie noch vor einer Stunde im Spiegel betrachtet hatte. Und die seit der Ankunft seiner Pakete verändert wirkten.

Hyeong-Joon. Er kam aus Südkorea. Mehr noch: aus Seoul. Bücher aus seinem Land hatte er ihr zukommen lassen. Zurückhaltend und devot, aber mutig. Niemals zuvor hatte sie so etwas erhalten, noch davon gehört, dass man sich in dieser Branche derart Gedanken machte. Susanne überlegte und suchte dann im Internet nach besagter Veranstaltung von vor zwei Jahren. Selbstverständlich fand man nichts über den Zwischenfall des Sängers, es war vertuscht worden. Wie immer. Doch den Auftritt von Choi Hyeong-Joon konnte sie sich ansehen.

Susanne nippte an ihrem Drink und drückte Play. Eine angenehme Stimme erfüllte den Raum. Susanne schloss die Augen und lauschte. Er sang von Liebe. Einer Liebe zwischen einem jungen Mann und einer älteren Frau. In Korea. Dies war ungewöhnlich, denn meist war es umgekehrt. Sie öffnete einen weiteren Link, der sie geradewegs auf seine Internetseite brachte. Bilder von Auftritten und offenbar aus Filmausschnitten wurden ihr angezeigt. Er war kein aufstrebender Star. Er war bereits oben! Sie sah eine Auflistung seiner Auftritte in Shows und Filmen sowie Serien, in denen er bereits mitgewirkt oder die Filmmusik geliefert hatte, auch einen kurzen Auftritt von heute. Auf der gleichen Messe, welche sie besucht hatte!

Ihr Herz schlug etwas schneller und ein Schauer rieselte über ihren Körper. Er musste sie gesehen und Nachforschungen angestellt haben. Woher wüsste er sonst ihren Aufenthaltsort? Was wollte er von ihr? Geistesabwesend blätterte sie wieder durch die Bücher, während ihre Gedanken bei ihm waren. Warum machte er sich so viel Mühe, so viele Gedanken? Sie fühlte sich geschmeichelt, auch wenn sie nicht wusste, was sie damit anfangen sollte. Er war über zehn Jahre jünger als sie. Hinzu kam, er war ein Star, der offenbar ohne Bodyguards nicht mehr allein unterwegs sein konnte.

Weitere Bilder zeigten ihn auf Veranstaltungen, inmitten von schreienden Fans, die von Männern in dunklen Anzügen zurückgehalten wurden. Susanne verließ die Seite und sah sich weitere Videoclips zu ihm an. Kurze Mitschnitte aus Veranstaltungen, auf denen er sang, oder von Fernsehshows, zu denen er eingeladen worden war. Er wirkte schüchtern trotz seiner Bekanntheit und erinnerte sie an den Mann, der vor ihrer Tür gestanden und ihr seine Dienste angeboten hatte. Sie lächelte, bis sie Aufnahmen sah, auf welchen er nur mit einer Hose und einem offenen weißen Hemd bekleidet war. Ihr stockte der Atem und ohne es zu wollen, begann ihr Herz heftiger gegen ihren Brustkorb zu klopfen. Ohne Zweifel. Er war ein Mann. Sie ertappte sich bei dem Gedanken, dass sie ihn vor zwei Jahren nicht abgewiesen hätte, wenn sie über diesen atemraubend attraktiven Körper Bescheid gewusst hätte.

Sie erschrak über sich selbst. Wie konnte eine nackte Männerbrust sie so aus dem Gleichgewicht bringen und ihre Prinzipien vergessen lassen? Mehr noch, wie schaffte er es, dass Gefühle in ihr erzeugt wurden, die sie bisher nicht kannte? Schnell weg mit den Gedanken und den Büchern und ihn und … übereilt wollte sie den Laptop herunterfahren und schließen, als sie ein versehentlicher Klick auf seine Homepage brachte. Zu all den Terminen. Einer fiel ihr sofort ins Auge: ein Fantreffen in fünf Monaten in Hongkong.

KAPITEL 6

Seine Augen wanderten über die tobende Menge unter ihm hinweg. Das charmante und antrainierte Lächeln verzückte die weiblichen Fans, deren hysterische Schreie die gesamte Halle erfüllten. Sie schienen im Lauf der Zeit immer lauter zu werden und so manches Mal hatte er Mühe, sie mit seiner Stimme und dem Gesang zu übertönen. Jede Bewegung, jedes Wort oder Lächeln erzeugten eine neue Welle der Euphorie, die ihn jedoch nicht wie viele andere Sänger zu immer größeren Leistungen anspornte, sondern ihm nahezu peinlich und unangenehm war. Er fühlte sich mit all dieser offensichtlichen Zuneigung, welche ihm die Fans damit zeigen wollten, überfordert.

Sex war tabu in seiner Kultur, Wissen über Sex noch mehr. Berührungen aller Art, die nicht innerhalb der Familie getätigt wurden, gab es nicht. Dennoch schrieben ihm junge Frauen offenherzig, was sie alles mit ihm tun wollten. Statt sich geschmeichelt oder gar angetörnt zu fühlen, spürte er nur eine enorme Unsicherheit gepaart mit Überforderung.

Es gab nur einen Menschen, an den er sich gedanklich näher heranwagen wollte. Doch dies war ein Wunsch, der unerfüllt blieb. Für immer.

Wie vorgegeben bedankte er sich bei den Besuchern, seinen Fans und trat dann von der Bühne. Die Bodyguards sowie sein Manager warteten bereits auf ihn. Lee Sukh-Jae sagte kein Wort, aber er sah es an seinen Augen. Der Auftritt war gut gelaufen und der Manager zufrieden.

Hyeong-Joon hatte seit damals dazu gelernt. Seit diesem einen Abend, an welchem sich so viel für ihn verändert hatte. Erst traf er sie, seine, wie er es nun mittlerweile nannte, große Liebe. Es musste Liebe sein, denn nie zuvor hatte er solche Gefühle gespürt, die immer stärker wurden, von Tag zu Tag. Selbst wenn er an das Zusammentreffen mit ihr dachte, als sie seine Dienste abgewiesen hatte, dann seinen Auftritt, als sie aufgestanden und gegangen war und ihm zu verstehen gegeben hatte, dass sie ihn nicht wollte. Sein Herz hatte er an sie verloren, auch wenn sie weder seine Dienste noch seinen Gesang wollte. Er wusste nicht, warum, aber er konnte und wollte diese Gefühle nicht abstellen. Selbst dann nicht, als sie ihn nach dem Auftritt fanden und ihn schlugen. Härter bestraften als zuvor, als sie seine Dienste nicht gewollt hatte und das Management ihm dafür die Schuld gegeben hatte.

Es war nun vier Wochen her, dass er sie auf der Messe in Tokio gesehen hatte. Sie bemerkte ihn, wie bereits erwartet hatte, nicht. Ihre Augen wanderten über ihn genauso hinweg wie seine heute Abend über die tobende Menge. Dennoch hatte er das Bedürfnis verspürt, sich ihr zu nähern, auch wenn es nur durch Bücher war. Hyeong-Joon wusste, dass sie gerne las. Ein Hinweis, den ihm der Himmel schickte, nachdem er monatelang immer wieder ihren Namen aufgerufen und alles von ihr gelesen hatte, was er finden konnte. Er kannte ihre Homepage auswendig. Die Leitartikel von Zeitungen über sie und ihr Unternehmen. Sie war, genau wie er, sehr bewusst damit umgegangen, was sie von sich preisgeben wollte. Er, durch ein Management kontrolliert, das ihm genau sagte, was er zu tun und zu unterlassen hatte. Sie, weil er genau das in ihren Augen gesehen hatte. Eine Verletzung, die ihn selbst jetzt noch berührte. Eine starke Frau mit einem weichen Herzen. So beschrieb er sie für sich.

Hyeong-Joon war froh, dass sein Freund Jong-Hun ihn zu dem Auftritt vor vier Wochen begleitet hatte. Denn Jong-Hun war es gewesen, der für ihn nachforschte, in welchem Hotel sie in Tokio wohnte. Er hatte auch die Bücher besorgte, ohne dass jemand vom Management oder gar die Bodyguards etwas mitbekommen hatten. Er konnte sich auf Jong-Hun verlassen. Sie hatte die Bücher erhalten, dennoch blieb es bei einem einsamen Erfolg. Denn sie hatte bis heute nicht geantwortet oder sich gemeldet.

Wehmut stieg in ihm auf, während er seinen Bodyguards zum Wagen folgte und brav einstieg. Nicht mehr lange und er wäre wieder zu Hause. In seinem Haus, das er sich mittlerweile erarbeitet oder, wie er es nannte, erlitten hatte. Seit seinem Auftritt vor zwei Jahren war sein Erfolg stetig gewachsen. Durch kleine Nebenrollen, in denen er seine vielseitige Art an Komik performte, überzeugte er hochrangige Produzenten und begeisterte die meist weiblichen Zuschauer. Er wurde ein Star, fast über Nacht, und ein Produkt, wie er es nannte, das durchgereicht wurde. Wer zahlte, sollte ihn auch erhalten. Nur eines blieb ihm bisher erspart: Casting Coucher. Offenbar hatte das Management genügend andere Möglichkeiten und vor allem Angebote, sodass er hiervon noch verschont blieb. Aber es war eine Frage der Zeit. Wenn die Nachfragen nachließen, wäre dies sicherlich eine Option, die auch das

Management in Betracht ziehen musste, um Gewinn aus ihm herauszuholen. Ihm wurde übel, wenn er nur daran dachte. Es gab nur einen Menschen, dem er sich nähern wollte, und das war sie. Auch wenn er keine Vorstellung davon hatte, was er mit ihr tun würde, so dachte er an ihre Augen, die ihn vollends eingenommen hatten. Damals und vermutlich für immer.

Der verdunkelte Wagen fuhr die Straßen von Seoul entlang. Er sah die neugierigen Blicke der Menschen, als sie an ihnen vorüberfuhren. Sie mochten sich fragen, wer sich hinter den verdunkelten Scheiben befand. Er glaubte nicht, dass sie sich wirklich für ihn interessierten. Es waren seine Rollen und Auftritte, die ein Bild von ihm zeigten, das so nicht existierte und niemals existieren würde. Was sich hinter den Filmen, Serien und Shootings verbarg, interessierte niemanden.

Schmerzlich dachte er an seinen Freund Kim Tae-Jong zurück. Wut und Aggression bauten sich in ihm auf und er ballte für einen kurzen Moment seine Fäuste, bis sich die Nägel schmerzlich in seine Innenflächen bohrten. Schnell wandte er den Blick zum Fenster und blinzelte die aufkeimenden Tränen weg. Er wusste nicht, was schlimmer war. Das, was er damals gesehen hatte. Die brutalen Schläge, vermischt mit seinem hysterischen Lachen und dem verzweifelten Ruf des Namens seiner Freundin. Oder die Tragik am nächsten Tag. Als man bekannt gab, dass er sich das Leben genommen hatte. Erinnerungen, die für ihn jeden Tag präsent waren, mehr als er wollte.

Hyeong-Joon spürte, dass sein Leben nicht anders war. Nur, dass er es anders ertrug. Und seit er sie gesehen hatte, wurde es leichter, auch wenn man die Fäden, an denen er hing, straffer gezogen hatte. Er war auf der Reise nach oben. Ganz oben, wie es ihm das Management immer wieder prophezeite. Das hieß für ihn, noch härter zu arbeiten, als er es ohnehin schon tat. Aber heute war ein guter Tag. Er hatte eine exzellente Leistung abgeliefert und durfte sich etwas gönnen, das sonst verboten war: ein Sandwich von Subway.

Allein bei dem Gedanken schmeckte er es bereits und konnte es kaum noch erwarten, bis er es zwischen seinen Händen hielt. Eine Ausnahme, die ihm das triste Leben versüßte, wenn auch nur für den Hauch eines Moments, denn danach war er wieder in seiner eigentlichen Welt. Spätestens in fünf Stunden hatte er die nächsten Termine. Fotoshooting, Proben zu einer Fernsehmoderation und Krafttraining, um seinen gestählten Körper in Form zu halten. Andere mochten dahinschmelzen, wenn sie ihn sahen, für ihn war es eine Qual. Eine Schüssel Reis als Belohnung für vier Stunden hartes Training.

Wieder musste er feststellen, dass seine Seele gefangen war. In einem goldenen Käfig, zu dem es keinen Schlüssel gab, weil man die Tür entfernt hatte. Ein Entkommen war zwecklos, denn lebend würde er ihn vermutlich nicht verlassen können. Er war ein Star. Obwohl er wusste, dass das Management sehr gut an ihm verdiente, gaben sie ihm immer das Gefühl, dass er von ihnen abhängig war, was letztendlich auch stimmte. Denn wäre er weg, würden sie ihn gegen einen anderen Star, eine andere Marionette austauschen und er wäre verschwunden. Vielleicht für immer …

Und seine Familie? Wie würde es ihr ergehen? Er dachte an seinen Vater, seine Mutter und die kleine Schwester. Dank ihm ging es ihnen gut, auch wenn er einen schmerzlichen Preis dafür zahlte. Tag für Tag. Er verspürte einen kurzen Moment Übelkeit, als er an seine Situation dachte, und am liebsten hätte er den Schmerz hinausgeschrien. Es ging nicht. Er war in einem fahrenden Wagen mit drei Bodyguards, von denen einer das Fahrzeug steuerte. Genauso leise, wie es im Wageninneren war, so leise war es in ihm. Er unterdrückte den Schmerz, seine Gefühle. Bis er wieder ihre Augen sah. Ihre blonden Haare, die widerspenstig von ihrem Kopf standen. Sie war in diesem Moment die schönste Frau, die er je in seinem Leben gesehen hatte, und verlor sich in ihr.

„Wie immer?“, hörte er den Fahrer fragen.

Hyeong-Joon blickte nach vorn und sah, dass er am Drive-Inn die Bestellung aufgeben wollte.

„Ja, wie immer“, bestätigte er und hoffte, dass er bald zu Hause sein würde.

Zu Hause. Auch diese Aussicht versprach nicht weniger Traurigkeit. Das Haus verkörperte ihn. Klar strukturierte Möbel, die in den sechs Räumen platziert worden waren. Alles an seinem Platz. Nur sehr wenige Freunde fanden zu selten den Weg dorthin. Noch nicht mal seine Eltern. Er war bei ihnen ausgezogen und somit für sich selbst verantwortlich. Es war seine Welt und sein Haus und dennoch unterstand alles dem Management, so wie er.

Der Bodyguard fuhr ein Stück weiter, wo ihm eine Tüte in den Wagen gereicht wurde. Hyeong-Joon roch bereits die Soße und nahm die Tüte dankbar entgegen. Seit heute Morgen hatte er nichts mehr gegessen und er spürte, wie sich sein Magen schmerzvoll zusammenzog. Nur noch wenige Minuten trennten ihn von seinem Zuhause und dem Sandwich.

Er schaute aus dem Fenster und seine Gedanken waren wieder bei ihr. Wie mochten ihr die Bücher gefallen haben und warum hatte sie sich nicht gemeldet? Je mehr Zeit verging, desto verunsicherter wurde er. Er wusste, dass er ein Niemand war, weit unter seinem Management und vor allem weit unter einer CEO. Somit stand ihm nicht zu, überhaupt etwas zu erwarten.

War es Hoffnung gewesen, die ihn dazu getrieben hatte, ihr Bücher zu schicken? War es ein Wunsch, den er zwei Jahre in sich versteckt gehegt hatte, noch bevor er sie auf der Messe zufällig wiedersah?

Er war da. Das Tor zu seinem Anwesen öffnete sich und der Wagen steuerte auf seine Haustür zu. Endlich hielt er an und Hyeong-Joon konnte dieses kleine Gefängnis verlassen. Sie würden hier vor dem Haus bleiben und ihn bewachen auf Anraten des Managements. Aber nur bis heute Abend. Über Nacht war er hier allein. Mit seiner Einsamkeit.

Andere in seinem Alter würden vermutlich den Abend mit telefonieren oder chatten verbringen. Für ihn war Kommunikation nach außen in jeglicher Form untersagt und somit unmöglich. Alles wurde von seinem Manager überwacht und an Mitarbeiter delegiert. Sie bekamen genaue Anweisungen, was sie zu tun hatten, und dies band auch mit ein, dass sie ihn überwachten. Sobald er sich gegen die Regeln benahm, musste es gemeldet werden. Auch Kleinigkeiten, nicht genug Einsatz bei Shootings, eine falsche Position bei Fantreffen, wurden dem Management übermittelt und sorgten mindestens für eine Rüge. Er wusste, andere gingen härter vor. Er konnte dankbar sein, wenn sein Manager es bei einem mündlichen Verweis beließ.

Ein Lächeln umspielte seine Lippen, während er die Tür öffnete und eintrat. Er dachte wieder an sie und war froh, dass die Bodyguards ihn nicht sehen konnten. Sie hätten sich sicherlich gefragt, warum er lächelte und vielleicht Meldung an den Manager abgegeben. Ein Kreislauf an Überwachung.

Er legte seine Jacke ab und ging ins Wohnzimmer. Es dämmerte bereits und er schaltete das Licht an. Er sah den Wagen vor seinem Haus stehen. Nicht mehr lange und sie wären weg. Doch jetzt wollte er für sich sein. Allein.

Er ließ die elektrische Jalousie herunter und verschloss die Haustür. Nun war er allein in seinem Haus und unbeobachtet. Er fühlte sich mit einem Mal besser, auch wenn dies trog, denn sie standen noch immer vor seiner Tür. Mindestens noch zwei Stunden, ehe sie fuhren. Aber sie würden wiederkommen und ihn abholen, denn das nächste Shooting stand an. Bis dahin wollte er die Zeit auskosten. Er biss in sein Sandwich, noch ehe er seine Schuhe ausgezogen hatte. Genießerisch blieb er stehen. Ein warmes Gefühl strömte durch ihn. Es schmeckte herrlich. Ein Stück nach Freiheit, das er morgen wieder abtrainieren musste.

Langsam ging er zu seiner Couch, setzte sich und biss noch einmal ab. Er liebte die Soße, den würzigen Geschmack. So anders als der Reis, den er sonst immer erhielt. Eine kleine Kostbarkeit für ihn. Kostbarkeit … sofort dachte er an sie. Während er sein Sandwich genoss, musste er an sie und ihre Augen denken. Diese tiefe Traurigkeit in ihnen, der Schmerz. Er sehnte sich danach, ihr diesen Schmerz zu nehmen, wusste aber nicht, wie er es anstellen konnte. Die Bücher hatten anscheinend nicht ihre Zustimmung gefunden. Er würde sich etwas anders überlegen.

Hyeong-Joon blickte auf den letzten Bissen. Gleich hatte er diese kurze Pause von seinem straff geplanten Leben verzehrt. Er würde duschen, noch ein oder zwei Stunden schlafen und danach zum Shooting gefahren werden. Es war ein Nachtshooting für einen renommierten Parfümhersteller über den Dächern von Seoul. Eigentlich war es ihm egal, denn er konnte und durfte es sich nicht aussuchen. Alles wurde für ihn geplant, sogar seine Freizeit verlief nach festen Regeln. Es hatte sich nichts geändert. Nur eines: Er kannte seinen Tagesablauf bereits zwei Tage vorher.

Er aß den letzten Bissen und erlaubte sich ein Seufzen. Es war nicht nur ein genussvoller Seufzer, es lag auch ein Stück Wehmut darin, weil das Gefühl von Freiheit mit diesem letzten Stück davonglitt.

Hyeong-Joon stand auf, ging ins Bad und entkleidete sich. Er stieg in die Dusche und ließ das heiße Wasser von seinem Kopf über den Körper laufen. Blinzelnd blickte er auf seinen Körper, sah den schwarzen Streifen nach, die an ihm vorüber in den Abfluss liefen. Es war seine Haartönung, die er morgens ins Haar einmassierte und die ihn für den Tag völlig anders aussehen ließ. Eine weitere Maskerade, die das überdeckte, was er war: ein junger, sensibler und warmherziger Mann, dessen Außenwelt es nicht interessierte, wie es in ihm aussah.

Seine Fans liebten den jungen, charismatischen, charmanten und vor allem oftmals auch humorvollen Mann. Eine Rolle, die jedoch weit von seinem wahren Naturell entfernt war. Dieses Bild von ihm wurde bewusst vermarktet. Selbst seine offiziellen Accounts wurden von zahlreichen Mitarbeitern gefüttert, die damit die Lust der Zuschauer und Fans antrieben und letztendlich auch befriedigten. Darum das Verbot nach Außenkontakt, damit er das mühsam gepflegte Bild von sich nicht mit der Wirklichkeit entstellte.

Hyeong-Joon trug das Duschgel auf und schloss für einen Moment die Augen. Er war müde. Da sah er sie wieder vor sich. Ihre Augen, die ihn nahezu gefesselt hatten. Es war dieser eine Moment, der sein Herz zum Schmelzen gebracht hatte und Gefühle erzeugte, die er bis dahin nicht kennengelernt hatte. Er erinnerte sich an ihre blonden Haare, die verwegen um ihren Kopf gestanden hatten. Auch vor vier Wochen, als er sie in der Menschenmenge entdeckt hatte und sein Herz für einen Moment zu schlagen aufhörte, um danach umso schneller in seiner Brust zu pochen. Ihr Haar war offen und wild gewesen, so wie ihre ganze Erscheinung. Es zeugte von Kraft und einem starken Willen, sich durch niemanden bändigen zu lassen. Ganz anders als er.

Die letzten Seifenreste perlten von seinem Körper herunter, verschwanden im Abfluss, so wie die Farbe zuvor. Er trat aus der Dusche und trocknete sich ab. Vier Wochen war es jetzt her und doch hatte sie nicht geantwortet. Vielleicht lag es an den Büchern, versuchte er sich einzureden, dass sie ihr nicht gefielen. Sie las gern, aber vielleicht mochte sie andere Bücher lieber. Oder lag es an ihm? Zeigte sie ihm wieder einmal, dass sie nichts von ihm wollte, so wie sie ihn nicht wollte?

Er ging zu seinem Bett und dachte an den Abend zurück. Es war einer seiner letzten Auftritte als Sänger gewesen, denn das Management hatte große Pläne mit ihm. Verträge für weitere Filme und Serien waren verhandelt worden, in denen er mitspielen sollte. Zu den neuen Verträgen gehörten auch besondere Fantreffen, welchen er sich stellen musste. Bereits bei dem Gedanken, dass ihm eines der kreischenden Mädchen zu nahekam oder sich gar an ihn drückte, wurde er nervös und bekam einen Schweißausbruch. Bereits in vier Monaten stand ihm das erste bevor. In Hongkong.

KAPITEL 7

Susanne war aufgeregt, auch wenn sie nicht wusste, warum. Eigentlich ahnte sie es und wollte es nur nicht vor sich selbst zugeben, denn er war der Grund: Choi Hyeong-Joon.

Seit er ihr die Bücher und seine Karte geschickt hatte, drehte sich ihr Leben nicht mehr im gleichen Kreislauf wie bisher. Die Monotonie ihres Lebens, aufstehen, arbeiten und hin und wieder mit Bekannten oder Geschäftsfreunden Essen gehen, war durchbrochen. Er hatte es geschafft, ihre Aufmerksamkeit auf sich zu lenken. Durch zwei Bücher und eine Karte.

Sie zog die Karte aus ihrer Tasche und blickte wie bereits hunderte Male zuvor darauf. Aber sie rief nicht an. Sie würde warten und nicht in Versuchung geraten. Seine Geschenke waren anders. Er hatte sich Gedanken gemacht und dies gefiel ihr immer mehr. Denn nach seinen bekam sie weitere Geschenke, von anderen, die an Geschäften mit ihr interessiert waren. Immer waren es wie gewohnt Schokolade oder Blumen. Dinge, die sie aufgrund ihrer Erkrankung nicht vertragen konnte. Keiner machte sich Gedanken über ihre Gesundheit.

Choi Hyeong-Joon war anders, er hatte recherchiert und ihr Bücher geschenkt, mit denen er sich wohltuend von den Massenpräsenten absetzte. Mehrfach hatte sie sie abends mit auf ihr Sofa geholt und darin geblättert. Er wollte ihr sein Land zeigen, seine Heimat und damit berührte er sie. Mehr, als sie es jemals gewollt hatte. Denn sie hatte sich geschworen, niemals Gefühle und schon gar nicht Liebe in ihr Leben zu lassen. Außerdem war er über zehn Jahre jünger als sie.

Warum machte sie sich darüber überhaupt Gedanken? Er schickte ihr Geschenke, weil er etwas von ihr als Gegenleistung dafür erwartete. Sie dachte sofort an eine gemeinsame Zukunft. Oder würde bereits eine einzige Nacht mit einem so jungen Mann ihre Gefühle derart verwirren? Nein. Sie war mit ihren Gedanken viel zu weit. Sie musste in Betracht ziehen, dass er ihr diese Geschenke aufgrund seines Managements gemacht hatte und damit nur eines bezweckte, einen Sponsor oder Kooperationspartner zu finden.

So viel sie auch über ihn nachdachte und seine möglichen Beweggründe, tief in sich fühlte sie, dass es Unsinn war. Sie hatte sich in den letzten Wochen und Monaten unzählige Bilder, Videos und Auftritte von ihm angesehen und eines war für sie hierbei spürbar. Er war kein Star, wie sie bereits viele aufgehen und wieder verglühen gesehen hatte. Nein, er hatte eine tiefe Traurigkeit an sich, die wohl nur jemand bemerken konnte, der Ähnliches im Leben erfahren hatte.

Warum nur hatte sie es nicht an dem Abend gespürt, als er an ihre Tür geklopft und seine Dienste angeboten hatte? Oder später, als er dieses Lied sang, von einem jungen Mann, der eine ältere Frau liebt? Ein Song für eine Serie, die sie bisher noch nicht gesehen hatte. Zumindest stand sie aber inzwischen in ihrem Schrank und wartete darauf, dass Urlaubszeit war. Noch immer verspürte sie ein Unwohlsein, wenn sie daran zurückdachte, denn es war der Abend mit den vielen erschreckenden Erkenntnissen, die sie so nicht gewollt hatte.

Sie ließ die Karte wieder in ihrer Tasche verschwinden und blickte sich in der Halle um. Leute, wohin das Auge reichte, welche sich alle an den Ständen aufreihten, um einen Blick auf die neuesten Bücher zu erhaschen oder eines der begehrten Autogramme von Autoren. Sie lächelte, denn sie war längst aus dem Alter heraus, um für eine Signatur anzustehen.

Außer vielleicht heute, dachte sie und ein weiteres Lächeln huschte über ihre Lippen. In weniger als zwei Stunden würde sie ihn sehen. Auf einem seiner Fantreffen. Wie würde er reagieren? War es ein Fehler gewesen hierherzukommen?

Erste Zweifel beschlichen sie, doch es war zu spät. Der Direktor des Hotels hatte ihr bereits den Zugang zu dem Raum, in welchem das Fantreffen stattfand, zugesagt. Ein Zurück gab es nicht mehr. Nicht in diesem Fall.

Sie atmete tief durch, auch wenn sie nicht wusste, weshalb ihr Herz nun schneller zu schlagen begann. Konnte sein Geschenk tatsächlich solch eine enorme Wirkung auf sie haben? Ihr Herzschlag beruhigte sich auch nicht, als sie darüber nachdachte, wie er reagierte, wenn er sie sah. Freundlich, reserviert wie auf all seinen Videos? Sollte sie sich bei ihm für die Bücher bedanken? Oder doch nur nach einem Autogramm fragen und ihn beobachten, ob er erschreckt oder sogar gleichgültig war und sie vielleicht nicht erkannte?

Sie wusste nicht, was mit ihr los war, denn erneut reihten sich unzählige Gedanken aneinander, wie die vielen Menschen vor den Ständen. Sie spürte, dass die Aufregung immer stärker wurde, je näher der Zeitpunkt des Fantreffens kam. Deshalb entschloss sie sich, die Messe vorzeitig zu verlassen, um noch ein wenig an die frische Luft zu gehen. Sie straffte ihre Schultern, drückte ihre Handtasche enger an sich und ging Richtung der Ausgänge.

Menschenmassen strömten ihr entgegen, sie aber war in Gedanken wieder im Hotel. Bei einem Fantreffen, das für sie nun offenbar so aufregend wurde, wie die Wartezeit für all die Fans, welche noch immer für ihre Autogramme anstanden.

Susanne erreichte den Ausgang und schritt durch die großen Türen. Die Kühle des Frühlings kam ihr entgegen und die frische Luft tat ihrem Geist gut. Sie brauchte jetzt einen klaren Kopf, denn zu sehr war ihr Inneres durcheinander.

In der Regel kannte sie Veranstaltungen wie dieses Fantreffen. Der Star saß an einem Tisch, umringt von Bodyguards und einem Management, das sich meist unauffällig im Hintergrund hielt. Dennoch war es präsent, denn die Stars blickten immer wieder verstohlen zu ihm, um zu prüfen, ob sie ihre Arbeit auch richtig machten. Selbst an solchen Terminen, die eigentlich ungezwungen sein sollten. Ein Autogramm, ein paar Worte und vielleicht noch ein gemeinsames Foto.

Susanne kannte das Geschäft. Selbst hier war alles vorher bereits geplant. Was der Star sagte, was er antwortete und vor allem wie er sich bewegte, welche Mimik. Einfach alles. Ihr wurde wieder einmal bewusst, welche Freiheit sie genießen durfte. Auch heute. Sie trug ein schwarzes, elegantes Kleid, das ihre weiblichen Kurven gut zur Geltung brachte. Niemand sagte ihr, dass sie es zu tragen hätte oder gar ein anderes. Der kühle Wind verfing sich immer wieder in ihren blonden Haaren und wirbelte sie durcheinander. Niemand kümmerte es, am wenigsten sie, ob nun jede Strähne wieder dasaß, wo sie hingehörte. Es war ihr egal und alle anderen ginge es nichts an. Sie war frei, über ihre Kleidung, ihren Körper und auch ihre Frisur zu entscheiden.

Das Hotel war nicht mehr weit entfernt. Nur noch wenige hundert Meter trennten sie von einem Wiedersehen mit Choi Hyeong-Joon, auch wenn sie sich im Moment erneut fragte, weshalb sie sich überhaupt dazu hatte hinreißen lassen.

***

Er war auf dem Weg zum Fantreffen, gefolgt von seinen Bodyguards, die ihn seit Herauskommen aus seinem Zimmer begleitet hatten. Selbst im Aufzug ließen sie ihn nicht aus den Augen. Eine Anweisung von Lee Sukh-Jae. Hyeong-Joon spürte, dass er ihn mehr denn je beobachtete, auch wenn er nicht genau wusste, warum. Alles lief so, wie Lee Sukh-Jae es wollte. Dennoch schien er seinen Manager aus irgendeinem Grund zu verunsichern.

Ja, er hatte sich verändert. Seine Set-Karten oder Bilder von Shootings konnten nicht darüber hinwegtäuschen. Mittlerweile war er Profi darin, sich stets so in Position zu bringen, wie es von ihm erwartet wurde. Aber er fühlte, dass sich etwas in ihm verändert hatte und man es sehen konnte. An seinen Augen. Offenbar hat es auch Lee Sukh-Jae bemerkt.

Wieder waren seine Gedanken bei ihr. Fast auf den Tag genau waren nun fünf Monate vergangen und noch immer hatte sie sich nicht gemeldet. Er wusste, was sie tat. Es verging kein Tag, an dem er nicht nach neuen Artikeln oder Fotos von ihr suchte. Zeitungsausschnitte von Berichten, in denen sie erwähnt wurde, oder Wirtschaftszeitschriften, in denen sie Interviews als CEO gab. Aber niemals hatte er mehr ein Interview gefunden wie in der Schweizer Zeitung, in welcher sie einen kleinen Einblick in ihr Privatleben gegeben hatte. Vergeblich suchte er nach Informationen, ob sie verheiratet war oder zwischenzeitlich geheiratet hatte. Würde sie so etwas preisgeben? Niemals. Sie war eine Geschäftsfrau, eine CEO und das war es, was sie nach außen tragen wollte.

Er betrat den großen Raum des Hotels, in welchem in weniger als einer Stunde das Fantreffen stattfinden sollte. Unmengen an Leuten, die er teilweise kannte, brachten die Tische in die richtige Position, stellten die großen Lautsprecher auf, während ein anderer die Mikrofone testete. Stimmengewirr und hektische Bewegungen füllten den Raum und er mittendrin. Er wurde zunehmend nervöser, auch wenn er bereits seine Instruktionen erhalten hatte. Sein Platz war an einem langen Tisch, auf den nun eine weiße Tischdecke gelegt wurde. Weitere Sachen wie verschiedene Autogrammkarten und Stifte hatte man bereitgelegt. Links und rechts von ihm würden etwas abseits seine Bodyguards postiert werden, um ein Zunahekommen zu verhindern. Sein Manager Lee Sukh-Jae hatte bereits seinen Platz eingenommen. In einer Ecke, von der er jeden Atemzug von ihm sehen könnte. Ein erneuter Schweißausbruch überkam ihn, als er laute Rufe von Mitarbeitern seines Managements hörte. Fast aggressiv wiesen sie die Fernsehleute und Fotografen an, ihre vorgesehene Position einzunehmen. Schnell wurden die Kameras auf ihren Stativen in Stellung gebracht, die nur eines im Fokus haben würden. Seinen Platz, der jetzt noch leer war. Aber nicht mehr lange.

Hyeong-Joon blickte sich um und sah am Ende des Raumes eine lange Bar. Tabletts mit gefüllten Sektgläsern standen bereit sowie einige Flaschen mit Wasser. Er hatte heute noch nichts gegessen und spürte, dass der Kreislauf langsam verrücktspielte. Heute Morgen vier Stunden Work-out, gefolgt von einem vierstündigen Fotoshooting, danach ein Interview bei einer bekannten Modezeitschrift und nun das Fantreffen. Er sehnte sich nach etwas zu essen. Und wenn es nur seine so gut bekannte Schüssel Reis wäre. Doch er musste warten, bis man ihm etwas gab. In den nächsten Tagen standen weitere Shootings an, insbesondere solche, in denen er seinen Körper zur Schau stellte. Hierfür hieß es, gut aussehen und in seinem Fall hungern. Etwas Wasser durfte er zu sich nehmen.

Er deutete seinen Bodyguards, ihm zu folgen, und lief zu der Bar. Eine junge Frau lächelte ihn freundlich an.

„Was darf ich Ihnen bringen?", fragte sie ihn.

„Bitte nur ein Wasser."

Während die Dame ein Glas füllte, blickte er sich verstohlen um. Die Augen seines Managers waren wie erwartet auf ihn gerichtet. Als er das Glas entgegennahm und davon trank, sah er bereits dessen Blick, den er so gut kannte: Nicht zu viel, das reicht. Schnell trank er noch einen Schluck, ehe er das halb volle Glas wieder zurückstellte und sich langsam zu dem Tisch begab.

Die Geräuschkulisse hatte sich etwas gelegt. Alles war an seinem Platz und die Fotografen und Fernsehsender warteten nur darauf, dass es endlich losging. Der Ablauf war klar. Keine Bilder zuvor, keine danach. Erst ab dem Zeitpunkt, wenn die Koordinatoren des Managements entsprechende Zeichen gaben.

Hyeong-Joon setzte sich an den Tisch und die Visagistinnen brachten nochmals seine Haare in Ordnung und trugen mit Pinseln etwas Puder im Gesicht auf. Nur noch wenige Minuten, dann war es so weit. Große Blumenarrangements wurden von den Hotelangestellten drapiert und noch einmal überprüft, ehe einige Mitarbeiter des Managements ihnen klare Zeichen gaben, nun den Raum zu verlassen. Nur noch sie, Presse, Fernsehen, seine Bodyguards und Lee Sukh-Jae waren im Raum, der mit einem Mal so viel größer wirkte. Die Türen wurden verschlossen und Lee Sukh-Jae gab letzte klare Anweisungen an sein Personal sowie die Gäste.

Der Druck in Hyeong-Joon wurde größer und erneut brach ihm der Schweiß aus. Er trug ein weißes Hemd. Hoffentlich würde man nichts darauf erkennen, schrak er zusammen und tastete vorsichtig mit seiner Hand über den Rücken. Nein. Es war trocken. Noch. Niemand würde ihn von hinten sehen können. Alles war auf seine Front gerichtet. Sein Gesicht, dass offenbar so viele verzückte und dennoch so einsam war.

Er hörte das kurze Klatschen eines Mitarbeiters und wusste, es begann. Jeder musste nun an seine Position. Auch seine Visagisten mussten gehen und hinter einer der aufgestellten Trennwände verschwinden. Die Türen wurden geöffnet und die ersten geladenen Fans traten ein. Meist junge Frauen. Sein Management hatte auch einige Geschäftsleute eingeladen, damit sie sich ein Bild von ihm machen konnten und weitere Geschäfte und Kooperationen anboten. Vielleicht auch in ganz Europa.

Wie erwartet hielten sich die Geschäftspartner in ihren Anzügen abseits nahe der Bar auf. Kellner hatten die Tablets von dem langen Bartresen genommen und boten sie den Gästen an. Die Geschäftsleute nahmen dies dankend an, während die weiblichen Fans dies unbeachtet ließen und ihre Blicke einzig und allein auf ihn richteten. Im Gegensatz zu seinen früheren Auftritten und Konzerten verhielten sie sich ruhig. Fast schüchtern und kaum ein Laut kam über ihre Lippen, außer ein kurzes Wispern oder Flüstern. Mit schnellen Schritten kamen sie auf ihn zu. Da traten die Bodyguards vor den Tisch und gaben den Fans damit klar zu verstehen, Abstand zu halten.

Es folgte zuerst die offizielle Begrüßung durch seinen Manager, ehe er selbst das Wort ergriff und danach für seine Fans zur Verfügung stand. Während sein Manager eines der Mikrofone nahm und die Gäste begrüßte, wanderte Hyeong-Joons Blick über die jungen Gesichter der Damen und Mädchen hinweg. Sie strahlten ihn an und es war offensichtlich, dass sie das Gerede von Lee Sukh-Jae nicht interessierte. Sie traten nervös von einem Fuß auf den anderen oder spielten mit ihren Händen. Alle waren perfekt gestylt, als ob sie aus einem Modekatalog entsprungen wären. Und dies alles nur für ihn.

Wieder wurde ihm schmerzlich bewusst, dass sie jemanden in ihm sahen, der er letztendlich nicht war. Und wieder überkam ihn dieses Gefühl der Einsamkeit. Hier und jetzt in einem Raum voller Menschen, deren Großteil sich offenbar nichts sehnlicher wünschte, als ihm einmal nahe zu sein. Und wenn es nur für ein Foto war, das sie vermutlich bis ans Ende ihres Lebens in Ehren halten würden. Länger, als es ihn überhaupt geben würde.

Lee Sukh-Jae beendete seine Ansprache und er war an der Reihe. Er stand auf und begrüßte die Fans mit einem gekonnten Lächeln, das er so oft geübt hatte, und seinem vorgegebenen Text. Als er sich setzte, sah er an der Seite des Tisches auf dem Boden Klebestreifen, welche die genaue Position angaben, auf der er und der Fan sich zu stellen hatten, wenn ein Foto gewünscht wurde. Im Hintergrund war ein großes Poster seines ersten Films mit ihm in der Hauptrolle angebracht. Nichts war dem Zufall überlassen und er hatte zu funktionieren.

Ein etwas herrischer Mann erklärte den Damen, wie man nun vorgehen würde. Sie sollten sich in einer Reihe aufstellen und wurden mit einem Handzeichen an den Tisch gewunken. Dort würden sie ein Autogramm bekommen, konnten eine Frage stellen und es bestand die Möglichkeit auf ein Foto. Er wies mit strenger Stimme darauf hin, dass es nur für den Eigengebrauch wäre. Sollten sie es veröffentlichen, würde man sie mit einer Strafe belegen. Ein Vorgehen, das Hyeong-Joon nur zu gut kannte. Man wollte vermeiden, dass sich Bilder von ihm im Netz wiederfanden, die ihn nicht so zeigten, wie das Management es wollte.

Die Damen positionierten sich, während durch die Lautsprecher eines seiner Lieder erklang. Lee Sukh-Jae legte sein Mikrofon zur Seite und nahm seine Position ein, von der aus er den ganzen Saal überblicken konnte, während der unfreundliche Mitarbeiter die erste Dame an den Tisch winkte. Schüchtern trat sie zu ihm und bat um ein Autogramm und ein gemeinsames Foto.

***

Susanne fluchte, denn wie erwartet, hatte sie sich in der Zeit vertan. Die wenigen hundert Meter waren mehr als erahnt und etwas außer Atem traf sie zu spät im Hotel ein. Sie wusste, wo das Fantreffen geplant war.

Überrascht bemerkte sie, dass man die Türen bereits geschlossen hatte. Zwei Männer in Anzügen standen davor und sahen sie fragend an.

„Mein Name ist Cramer und ich bin eingeladen", sagte sie klar und bestimmt.

„Die Veranstaltung hat bereits angefangen", erwiderte der eine.

„Das mag sein. Ich muss auch nicht eine der Ersten sein."

„Haben Sie eine Einladung?"

Ein Schnauben kam über ihre Lippen. Es war offensichtlich, dass er nicht wusste, wen er vor sich hatte. Es lag ihr fern, überheblich zu sein, aber sie kannte ihre Funktion innerhalb dieses Systems. Sie war eine Geschäftsfrau, die man hier sehr gerne sehen wollte. Er und sein Kollege waren lediglich angestellt, um für Ordnung zu sorgen.

„Selbstverständlich", sagte sie darum mit harter, kalter Stimme. „Die Einladung erfolgte über den Hotelmanager. Sie können gerne nachfragen. Cramer, CEO von …"

Weiter kam sie nicht, denn die drei Buchstaben erzeugten den gleichen innerlichen Aufschrei wie immer. Es folgte eine Entschuldigung mit mehreren Verbeugungen und schon öffneten sich die Türen.

Susanne betrat den Raum und versuchte, sich einen ersten Überblick zu verschaffen. Sie konnte nur erahnen, wo Choi Hyeong-Joon war, denn eine Menschentraube von Fans, die bereits eine der begehrten Autogrammkarten erhalten hatten, standen nicht weit entfernt von der Bar und tauschten sich untereinander aus. Andere standen noch immer geduldig in einer Schlange und warteten.

Sie wollte kein Autogramm oder doch? Sie war hier, um ihn zu sehen. Und dann? Mit einem Mal fühlte sie sich deplatziert. Aber zum Gehen war es zu spät. Einer der Kellner kam bereits mit einem Tablett auf sie zu und bot ihr eines der Gläser mit Sekt an.

„Nein danke, haben Sie vielleicht Wasser?", fragte sie höflich nach.

„Gerne, einen Moment, bitte", bat der Kellner und ging zur Bar.

Wenige Sekunden später kam er zurück und überreichte ihr das Glas.

„Vielen Dank", erwiderte sie und blickte zu einigen der jungen Frauen, die einen letzten Blick in ihren Taschenspiegel warfen oder sich ihren Lippenstift nachzogen. Sie lächelte, denn sie konnte nur erahnen, wie sie aussehen mochte nach dem langen Weg von der Messe bis hierher. Es war ihr egal. Bis sie ihn sah.

Er war aufgestanden und stellte sich nun mit einem weiblichen Fan vor eines seiner Plakate. Die junge Frau gab einem unfreundlich dreinblickenden Mann ihr Handy, der ein Foto machte, ehe er es ihr zurückgab und sie gehen musste. Einem Star so nahe zu sein und kurze Zeit später, nachdem das Foto gemacht worden war, wieder entrissen zu werden. Seltsam. Auf anderen Events solcher Art plauderten die Fans noch mit ihren Idolen. Hier war es klar getaktet. Jeder Schritt wurde überwacht. Sie sah die positionierten Mitarbeiter und Lee Sukh-Jae. Er war sein Manager, das hatte sie in den zahlreichen Einträgen über ihn herausgefunden. Im Moment schien er beschäftigt. Er unterhielt sich mit einem der Geschäftsleute, die sie noch von anderen Treffen kannte.

Immer wieder zog Susanne die Blicke auf sich und die jungen Frauen und Mädchen begannen offenbar über sie zu sprechen, denn deren verschämte Blicke lagen auf ihr. Wenn sie die Blicke erwiderte, sahen sie rasch weg. Sicher waren sie verwundert über ihre Anwesenheit, weil sie so ganz anders aussah, älter als alle anwesenden Frauen und nicht so aufgestylt. Es interessierte sie nicht. Sie war wegen ihm hier. Bei seinem Anblick spürte sie, dass es ihr nicht genügte, ihn nur zu betrachten. So entschloss sie sich, ein Autogramm von ihm zu holen.

Der Kellner war während seiner Runde durch den Saal bei dem Manager angelangt und so ging sie zur Bar, um ihr Glas selbst abzustellen. Ob es Unachtsamkeit war oder die Aufregung, sich von ihm ein Autogramm zu holen, wusste sie nicht. Sie stieß gegen ein Weinglas auf dem Tresen und dieses kippte gegen sie, ehe es zu Boden fiel. Ein kurzer Aufschrei entglitt ihrer Kehle, als sie den Weißwein auf dem Kleid und ihrer Haut spürte. Sofort richteten sich die Blicke der Umstehenden auf sie. Auch der von ihm, der gerade wieder vor seinem Poster mit einem der Fans stand.

***

Hyeong-Joon hörte einen kurzen Schrei und folgte ihm mit seinen Augen. Sein Herz blieb fast stehen. Sie war hier! Und sie war es, die schrie. Aber nicht, weil ihr etwas zugestoßen war, sondern offenbar etwas verschüttet hatte. Für einen Moment vergaß er das Mädchen an seiner Seite. Er hatte nur Augen für sie in ihrem wunderschönen schwarzen Kleid, das ihre weiblichen Formen betonte. Ihre blonden Haare wirbelten um ihren Kopf herum und entfachten eine Sehnsucht in ihm, ebenso herumwirbeln zu können, ein Stück Freiheit genießen zu dürfen. Mit ihr, an ihrer Seite.

Der Kellner war bemüht, das Glas wieder aufzuheben und ihr ein trockenes Tuch zu überreichen. Statt der normalen Reaktion, wie er es kannte, zeigte sie sich von ihrer ganz eigenen Seite. Sie lachte laut auf und zog somit weitere Blicke auf sich. Kaum hörbar vernahm er ihre Worte an den Kellner, dass sie heute etwas gedankenverloren sei, dabei tupfte sie mit dem Tuch auf ihrem Kleid herum. Sie blickte hoch und sah, dass man sie beobachtete.

„Alles in Ordnung, ein kleines Missgeschick", lachte sie erneut und gab dem Kellner das Tuch zurück.

Durch die heftigen Bewegungen wurden ihre Haare noch mehr durcheinandergebracht. Es wirkte, als wäre ein Wind durch sie hindurchgefahren. Teilweise standen sie ab. Dennoch war sie in diesem Moment die schönste Frau der Welt für ihn. Sie war natürlich, nicht wie die anderen Damen, die nun nochmals, offenbar verunsichert durch den Vorfall, ihre Täschchen öffneten und erneut Mascara, den Lidstrich oder den Sitz ihrer Haare korrigierten. Das brachte ihn zurück zu seinem Job. Er richtete sein Augenmerk zurück auf das Mädchen neben sich. Er lächelte gekonnt in die Kamera und bedankte sich bei dem Fan.

Während er sich setzte, ließ er seinen Blick zwischen ihr und Lee Sukh-Jae hin und her wandern. Zu ihr, weil er nicht glauben konnte, dass sie wirklich hier war, zu seinem Manager, weil er nicht sicher war, ob er sie eingeladen hatte. Blickte Lee Sukh-Jae verärgert, weil er für einen kurzen Moment abgelenkt gewesen war? Oder war er zufrieden, jetzt, da sich ein Kontakt zu der CEO anbahnte, wie es das Management seit zwei Jahren wünschte?

Hyeong-Joon wusste nicht, wie er sich verhalten sollte. Sein Herz schlug schneller und er spürte, dass er immer nervöser wurde. Was, wenn sie dem Management von den Büchern erzählt hatte? Er wagte nicht zu hoffen, dass sie seinetwegen gekommen war. Er war ein Niemand, sie eine CEO. Sein Innerstes brannte. Vor Sehnsucht, vor Angst und trotz allem auch vor Hoffnung.

Als wieder ein Fan ein Foto mit ihm wollte, war er dankbar. So hatte er die Möglichkeit aufzustehen und sie zu sehen. Im Sitzen war ihm dies nicht möglich. Sie war noch immer im hinteren Bereich in der

Nähe der Bar. Doch im Gegensatz zu den anderen tanzte sie. Zu seiner Musik und seinem Lied, das er damals auf der Bühne gesungen hatte, als sie davongelaufen war!

Er konnte es nicht fassen. Sie tanzte zu seinem Lied und es schien ihr zu gefallen. Sie lächelte versonnen und interessierte sich nicht dafür, was die anderen von ihr dachten. Auch Lee Sukh-Jae war diese Lady ein wenig suspekt. Sein Manager nahm es hin, da ihm nichts anderes übrig blieb. Sie war eine CEO, eine persönliche Bekannte eines geschätzten Geschäftspartners und Grenzen gab es für sie nicht. Und schon gar nicht hier und jetzt.

Ein kurzer Gong erklang. Dies war das Zeichen für eine Pause. Die Schlange mit den Damen löste sich auf und sie strömten an die Bar, um sich etwas zu trinken, zu holen. Seine Bodyguards standen bereit und begleiteten ihn ebenfalls zur Bar. Er wollte zu ihr, in ihrer Nähe sein, auch wenn er sie jetzt auf keinen Fall ansprechen konnte und durfte. Denn er war ein Nichts und Niemand und sie eine CEO. Aber er wollte sie sehen. Ihr so nah wie möglich sein. Langsam ging er auf die Bar zu und an ihr vorbei. Als sie ihn erblickte.

***

Pause.

Endlich Halbzeit, dachte Susanne und spürte noch immer die unangenehme Nässe des verschütteten Drinks auf ihrer Haut. Sie wollte sich gerade umdrehen, um sich im Damenraum etwas frisch zu machen, als ihr Bauchgefühl sie drängte, stehen zu bleiben. Und dann sah sie ihn. Choi Hyeong-Joon.

Seine Bodyguards hatten sich neben ihm aufgebaut und er kam direkt auf sie zu. So schien es im ersten Moment. Sein Blick wirkte unsicher. Sie setzte ihr breitestes Lächeln auf, das sie hatte. Er reagierte nicht auf ihr Lächeln, sondern steuerte auf die Bar hinter ihr zu. Mühsam hielt sie das Strahlen aufrecht, obwohl ihr Herz sie eine Närrin schimpfte. Sicher hatte sie sich alles nur eingebildet. Die besondere Auswahl der Geschenke hatte nichts mit persönlichem Interesse zu tun. Sie hatte sich da in etwas verrannt.

Er war fast an ihr vorbei, da sah er ihr direkt in die Augen. Kein oberflächliches Vorbeisehen, kein einzementiertes Lächeln, das er für seine Fans hatte. Er sah sie an und sie bemerkte das Blinzeln, eine irritierte Geste seiner Augen, als könne er ihr breites Lächeln nicht wirklich zuordnen. Ein weiterer Schritt, sie lächelte noch intensiver, mit dem Mund, den Augen, ja, mit dem ganzen Gesicht. Und nun wurde auch sein Lächeln für einen Moment ehrlich und erreichte seine Augen. Die tiefe Traurigkeit, die sie in jedem Bild und jedem Video bemerkt hatte, löste sich für den Bruchteil einer Sekunde auf, ehe das Strahlen erlosch. Denn mit dem nächsten Schritt war er an ihr vorbei, sie sah nur noch die Rücken von ihm und seinen Leibwächtern. Und sie wusste ganz einfach, jetzt hatte er wieder den Ausdruck, den ihm sein Management vorschrieb.

Unter den vielen Augenpaaren steuerte er zielgerichtet auf die Bar zu und trank dort offenbar ein Glas Wasser. Immer wieder wanderte sein Blick unsicher durch den Raum. Dabei schien er sie zu meiden. Und sie wusste auch, warum. Sein Manager war nicht weit entfernt und kontrollierte jede Bewegung von ihm. Insbesondere als er sein Glas nahm und davon trank. Natürlich war ihr klar, dass Menschen in seiner Position und auf dem Weg nach oben harte Disziplin kennenlernten, von einem geregelten Tagesablauf, der minutiös geplant war, bis zu speziellen Programmen, um ihren Körper in Form zu halten. Einen so perfekt definierten Körper, der ihr dank der vielen Fotos im Internet mittlerweile gut bekannt war, bekam man nicht, wenn man Fast Food aß.

Susanne war sich sicher, dass sie in dieser Pause nichts mehr erreichen konnte. Dieser kurze Blickkontakt war mehr, als sie erwarten durfte. Also konnte sie die restliche Pausenzeit nutzen, um das Kleid ein wenig zu trocknen. Mit schnellem Schritt ging sie Richtung der Türen. Zwei Bedienstete öffneten und sie schob sich an ihnen vorbei. Ihre Absätze klapperten auf dem Steinboden, sodass manche von den Gästen zu ihr hinsahen. Dies war, wie vieles andere in ihrem Leben, eine Nebensache. Die Neugier anderer Menschen interessierte sie nicht mehr.

Endlich hatte sie die Toiletten gefunden und ging schnell hinein. Einige von den anderen Damen, welche sie kurz zuvor gesehen hatte, standen vor den Spiegeln und brachten ihre Frisuren nochmals in Form. Etwas, das sie im Moment nicht interessierte. Sie musste dieses unangenehme Gefühl der Nässe wegbekommen. Den Geruch würde sie so leider nicht los. Sie griff sich einige der Tücher, die dort bereit lagen, und drückte sie fest auf die nasse Stelle. Sie war ein wenig erleichtert, dass es Weißwein gewesen war und ihr Kleid schwarz. So war bis auf einen leichten Schimmer kaum etwas zu sehen. Wenn man nichts von dem Malheur wusste, bemerkte man vielleicht gar nichts. Ihr Blick glitt suchend die Wand entlang nach einem Handtrockner. Leider waren sie viel zu weit oben angebracht, um den Fleck in ihrem Hüftbereich zu trocknen.

Sie wollte schon zurückgehen, als sie auf der Ablage unterhalb der Waschbecken einige Föhne bemerkte. Schnell griff sie nach einem, steckte das Kabel ein und begann, damit ihr Kleid zu trocknen. Höchste Stufe, da es nur noch wenige Minuten dauern konnte, bis es weiter ginge.

Als es sich Augenblicke später trockener und somit auch für sie angenehmer anfühlte, schaltete sie den Föhn aus und legte ihn wieder zurück. Ihr Blick fiel dabei in den großen Spiegel über den Waschbecken. Ihre Haare waren zerzaust. Schlimmer noch als sie es erwartet hatte.

Vielleicht daher seine etwas zurückhaltende Reaktion auf mein Lächeln, dachte sie und verwarf den Gedanken im selben Augenblick wieder. Sie hatte damals, als er ihr seine Dienste angeboten hatte, nicht viel anders ausgesehen. Eine Frisur, bei welcher jedes Haar an seinem Platz lag, gab es für sie nicht. Sie waren blond, manchmal lockig und vor allem widerspenstig wie sie.

Die Aufregung stieg wieder, als sie daran dachte, dass sie ihm gleich gegenüberstand. Wie würde es sein und wollte sie ihn etwas fragen? Vielleicht zu seinen Büchern? Nein. Ein Autogramm und vielleicht … Ein Gedanke durchfuhr ihren Körper. Und noch ehe es ihr Verstand richtig deuten konnte, hatte sie bereits ihre Tasche geöffnet und zog eine Visitenkarte aus einem der Seitenfächer. Sie war klein, gerade groß genug für ihre Handfläche und wenn sie es geschickt anstellte, war sie sein.

***

Sie war gegangen. Das letzte, was er von ihr sah, war ihr Rücken und die Schultern, auf der sich ihre blonden Haare geschmeidig gegen die Schwerkraft gewehrt hatten. Dann war sie weg. Wieder einmal. Und dieses Mal vermutlich für immer.

Hyeong-Joon stellte sein Glas an der Bar ab und ging zurück auf seinen Platz. Warum hatte sie ihn angelächelt und war dann gegangen? War das Lächeln für ihn bestimmt? Ja. Eindeutig. Denn als er ihr offen in die Augen geblickt hatte, lächelte sie noch intensiver und sah genau in seine Richtung. In seine Augen.

Sein Herz pochte bis zu seinem Hals und er spürte, dass er vermutlich langsam am Durchdrehen war. Sie kam wegen ihm und doch verließ sie ihn wieder. Er verstand die Welt nicht mehr und noch weniger die Gefühle, welche sie erneut durch ihr Erscheinen in ihm ausgelöst hatte.

Seit dem ersten Blick in ihre Augen wusste er, dass sie etwas Besonderes für ihn war und all die letzten Jahre wurde das Gefühl nicht weniger. Schlimmer noch. Es verstärkte sich von Tag zu Tag. Es wurde auch dann noch intensiver, als sie nicht auf seine Bücher reagiert hatte. Warum war sie heute hierhergekommen und wieder verschwunden? Wieso hatte sie ihn bis jetzt nicht angerufen? Er wusste nicht mehr, wie oft er sein Telefon geprüft hatte. Doch stets fanden sich Nummern und Anrufer darauf, die ihm nicht wichtig waren.

Der Gong ertönte erneut. Die Pause war vorüber und die jungen Frauen wurden angewiesen, sich wieder in einer Reihe aufzustellen. Die erste trat an den Tisch zu ihm und war sehr schüchtern. Er verstand kaum, was sie sagte, und es schien eine Ewigkeit zu dauern, bis sie eine Karte ausgewählt hatte, auf der er unterschreiben sollte. Der unfreundliche Mann des Managements wurde zusehends ungeduldiger und zog sie fast zu dem Klebestreifen, um das Foto zu machen, um das sie gebeten hatte.

Ihm war es unangenehm, dass man so mit seinen Fans umging. Aber viele weitere warteten und die Zeit war knapp. Er lächelte mit ihr in die Kamera und im nächsten Moment fiel sein Blick zur Tür, welche sich öffnete. Und auf sie! Sie war wieder da und wirkte stolz wie eine Königin. Hyeong-Joon freute sich. Sie war zurückgekommen. Und sie stellte sich in die Reihe der jungen Frauen! Irgendwann würde sie ihm gegenüberstehen und vielleicht auch ein Foto mit ihm wollen …

Sein Puls raste und er wandte den Blick wieder ab. Seinem Manager war dies nicht entgangen und er blickte von ihm zu ihr. Hyeong-Joon starb innerlich. Hoffentlich zog der Manager die falschen Schlüsse! Sicherlich erinnerte er sich an die blonde CEO und dachte an eine lukrative Partnerschaft mit ihr und nicht, dass sich etwas Privates zwischen seinem Star und der Frau abspielte.

Hyeong-Joon versuchte, sich zu beherrschen. Dennoch glitt sein Blick immer wieder zu ihr. Offenbar war sie die Einzige, die hiervon nichts mitbekam. Sie wippte mit ihren Hüften zu weiteren Liedern von ihm und wartete geduldig, bis sie an der Reihe war. Nur noch zwei jungen Frauen waren vor ihr. Ihm fiel es immer schwerer, sich zu konzentrieren und nicht unablässig zu ihr zu starren. Sein Herz schlug schneller und ihm brach der Schweiß aus. Sie jetzt so nah bei sich zu haben, raubte ihm nahezu die Luft. Doch er durfte sich nichts anmerken lassen.

Mit Schrecken fielen ihm erneut die Bücher ein und er hoffte, dass sie nichts davon sagen würde. Nicht vor den Bodyguards und dem unfreundlichen Mitarbeiter.

Ein letztes Foto. Er verabschiedete sich von dem Fan. Und sie stand vor ihm. Er wurde nervös, blickte ihr kurz in die Augen, ehe er den Blick wieder schüchtern abwandte. Er musste sich beherrschen. Sein Manager würde es sehen, wenn er jetzt zitterte oder irgendetwas anders machte als bei den Fans vorher.

„Ich hätte gerne ein Autogramm“, bat sie ihn und deutete auf eine der Karten.

Er biss die Zähne zusammen, zwang sich dennoch ein Lächeln ins Gesicht. Ihre Stimme war wunderschön, so wie ihre ganze Gestalt wunderschön war. Nervös griff er zu der Karte, unterschrieb und überreichte sie ihr.

„Vielen Dank“, hörte er sie sagen und sah, dass ihm ihre Hand hinhielt.

Eine Geste, die ungewöhnlich war. Wie sollte er reagieren? Vorsichtig sah er sich um. Seine Bodyguards waren auf die wartenden Damen fixiert, der unfreundliche Mann schob bereits die nächste Kandidatin in Richtung Tisch und sein Manager sprach mit einem Geschäftsmann. Niemand sah in seiner CEO eine Gefahr und keiner von ihnen schien zu ahnen, wie es tief in seinem Inneren aussah. So nahm er all seinen Mut zusammen und ergriff ihre Hand.

„Es hat mich gefreut, Sie persönlich kennenzulernen“, sagte sie und lächelte.

Sie zog ihre Hand zurück, steckte die Autogrammkarte in ihre Tasche und ging.

Zurück blieb er mit etwas in seiner Hand. Angst kroch seinen Nacken hoch. Obwohl er nicht wusste, was es war, durfte niemand davon erfahren. Ihre Heimlichkeit bedeutete ihm, dass sie wusste, die Bücher waren von ihm und nicht dem Management und sie hatte einen Weg gesucht, um ihm unbemerkt etwas zukommen zu lassen. Sie war geschickt gewesen und er steckte die Botschaft von ihr schnell in seine Hosentasche.

Die nächste Dame stand vor ihm und bat um ein Autogramm. Er erfüllte den Wunsch, wie bei all den anderen, die vor ihr hier gestanden hatten. Als er wieder aufstehen durfte für ein Foto, sah er gerade noch, wie sich die Tür hinter ihr schloss, seiner CEO.

Als Hyeong-Joon eine Stunde später in einem unbeobachteten Moment die kleine Karte aus seiner Tasche zog und verstohlen betrachtete, pochte sein Herz vor Freude. Dieses Mal war ihr Weggehen kein Abschied für immer. Sondern ein Anfang von etwas Wunderbarem.

Firma CU. Communication Unlimited CEO Susanne Dorothea Cramer Musikagentin | Eventmanagerin

Darunter die Adresse ihrer Firma und auf der Rückseite in ihrer Handschrift eine Telefonnummer.

***

Noch etwas zittrig lief Susanne hinaus. Sie riskierte keinen weiteren Blick, sondern ging so unauffällig wie möglich aus dem Saal. Sie war zu weit gegangen, das wusste sie. Was, wenn es jemand gesehen hatte? Bei dem Gedanken fühlte sie ein Engegefühl in ihrer Brust. Sie hatte ihn gefährdet. Ein weiteres Mal, auch wenn sie nicht wusste, was beim ersten Mal geschehen war.

Oh mein Gott, dachte sie bei sich und eilte zu den Aufzügen, kaum dass sie den Saal verlassen hatte. Sie wollte nur noch weg. Was hatte sie getan? Schlimmer noch, was würde er nun denken? Dass sie seine Dienste plötzlich wollte? Erneute Zweifel kamen in ihr auf und dieses Mal schlimmer als je zuvor. Hielt er sie nun für eine gewissenlose CEO, die sich nicht für sein Wohlergehen interessierte, sondern nur an ihre eigenen Bedürfnisse dachte?

Bestürzt drückte sie auf den Knopf des Aufzuges, immer wieder. Endlich kam das ersehnte Signal. Schnell stieg sie ein und wählte ihr Stockwerk. Die Türen schlossen sich und sie atmete tief durch.

Er musste es zu deuten wissen, sagte sie sich. Wenn sie seine Dienste wollte, hätte sie einen Kontakt zu ihm über sein Management eingefordert. Gerade ihre Heimlichkeit musste ihm deutlich machen, dass es ihr nicht um *so etwas* ging. Aber um was ging es ihr denn?

Sie war verwirrt über ihre eigenen Handlungen. Dabei hatte sie noch einen kurzen Moment gezögert, als sie seine schüchternen Blicke sah. Er kaum ein Wort sprach und mit zittrigen Händen etwas auf die Autogrammkarte schrieb, das nicht wirklich lesbar war. Bei keiner der anderen Damen war ihr dies so aufgefallen wie bei ihr. Ob er sich melden würde?

Der Aufzug stoppte und die Türen glitten auf. Ein wenig gelassener verließ sie ihn und schritt zu ihrem Zimmer. Sie öffnete die Tür, dachte an seinen Blick, der eine liebevolle Wärme geoffenbart hatte. Dachte an den Händedruck, so fest und warm. Sie schloss die Tür und mit ihr schloss sie tief in ihr Herz diesen einen Moment, der nicht aufregender sein konnte, und dennoch war er zuckersüß wie ihr Lächeln an diesem Tag.

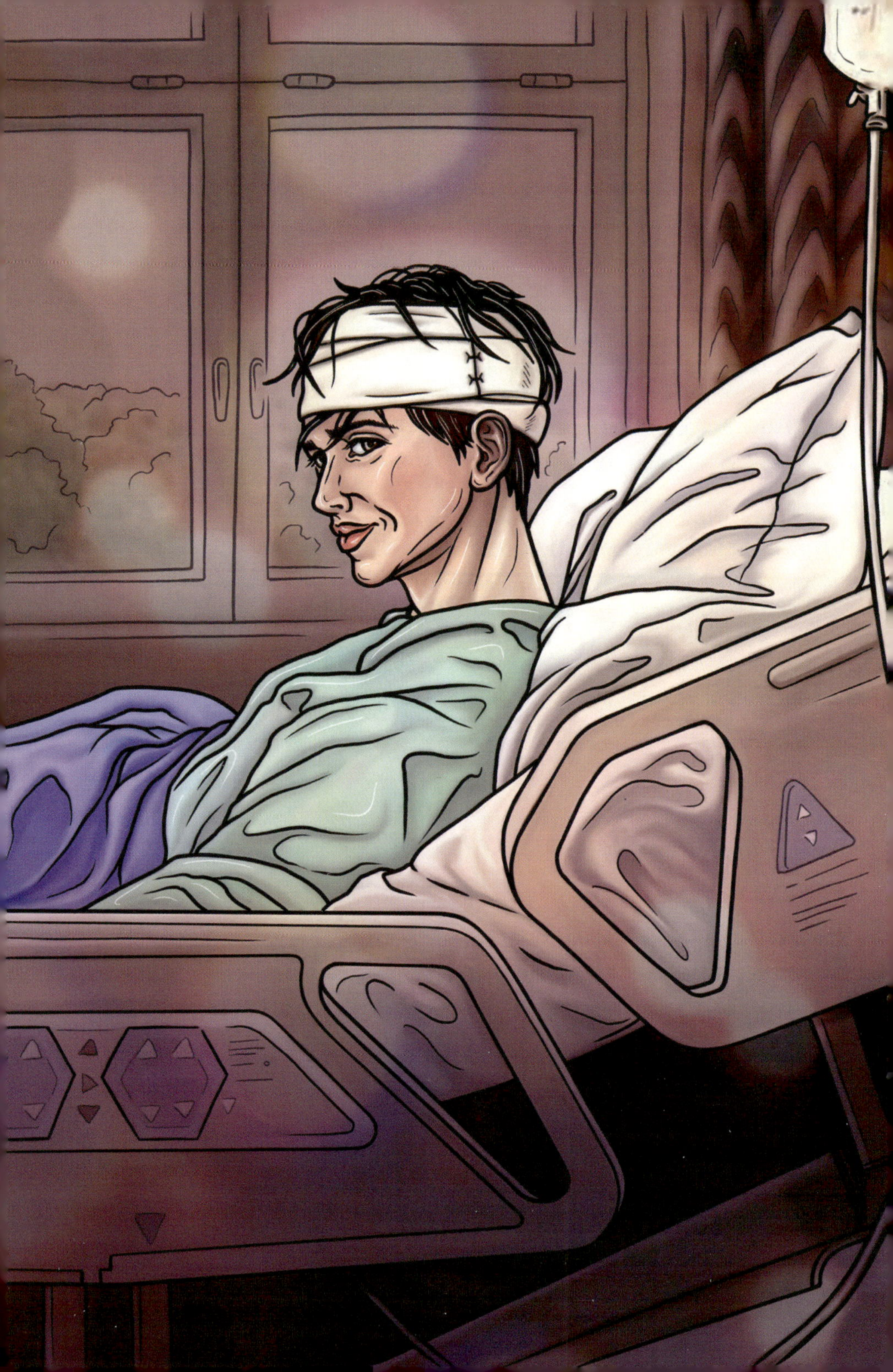

KAPITEL 8

Susanne öffnete die Tür ihres Hauses und ein wohlbekannter Duft strömte ihr entgegen. Der Geruch von Zuhause. Ihrer kleinen Ruheoase in der Schweiz, wo sie den Stress der großen, weiten Welt hinter sich lassen konnte.

Sie trat ein und stellte ihre Handtasche auf die Kommode im kleinen Flur und streifte die Schuhe ab. Mit einem Lächeln dachte sie an gestern zurück. Es waren nur wenige Stunden vergangen und fühlte sich noch immer so nah an. Sie lief in ihr Wohnzimmer und stellte den Reisetrolley neben dem Glastisch ab. Im Moment wollte sie nicht die Treppen nach oben ins Schlafzimmer laufen. Jetzt war ihr danach, sich in die dicke rote Schmusedecke zu kuscheln und die heimische Atmosphäre in sich aufzusaugen. Dabei eines seiner Bücher in die Hand zu nehmen und wenigstens einige Augenblicke von ihm zu träumen.

Rasch schlüpfte sie aus ihrer Jacke, kuschelte sich auf das schwarze Ledersofa und atmete tief ein. Ihr Blick glitt über die modernen weißen Möbel, die schön und pflegeleicht waren. Das kam ihren vielfältigen Krankheiten entgegen, bei der MCS vorherrschend ihr Leben beeinflusste.

Nach außen sprach sie immer von einer Erkrankung, aber in Wirklichkeit handelte es sich um ein Sammelsurium, das sich ungünstig in ihr vereint hatte. Deshalb hatte es sehr lange gedauert, bis sie endlich Hilfe fand. Ihre anfänglichen Beschwerden waren als stressbedingt abgetan worden, denn sie konnten nun mal nicht einer einzelnen Krankheit zugeordnet werden. Weil die fachärztlichen Diagnosen fehlten, bekam sie auch keinen Rückhalt im Freundeskreis. Obwohl es keine Freunde waren, nicht wirklich, wie sie rückblickend wusste.

Als sie zu dem Reiseführer griff, ruhte ihr Blick einen Moment auf der roten Wand, ein kräftiges Rot. Sie hatte es gewählt, weil es Kraft und Stärke, Lebendigkeit und pulsierendes Leben für sie bedeutete. Jetzt dachte sie an etwas anderes, etwas Symbolträchtigeres und ihr Herz schlug schneller, ihr Lächeln wurde breiter. Liebe.

Sie verwarf den Gedanken so schnell, wie er gekommen war. Solche Gefühle existierten nicht für sie. Was auch immer da zwischen ihr und Choi Hyeong-Joon stattfand, es hatte nichts mit Liebe zu tun.

Ihr Blick glitt durch eines der bodentiefen Fenster nach draußen und verlor sich im Nichts.

Sie hatte keine Zeit für Gefühle, solche Gefühle. Als Businessfrau war sie viel unterwegs, arbeitete härter als andere und hatte auch die Wochenenden kein frei. Sie war immer am Arbeiten, plante schon die nächsten Werbestrategien, um ihre Firma noch besser darzustellen, sichtete Projekte, in die sie investieren konnte, hörte Musikproduktionen an, um zugreifen zu können, ehe der Star von jemand anderem entdeckt wurde, prüfte Locations für das nächste geplante Event. Die Arbeit hörte nie auf.

Und doch hatte sie gestern in einem überfüllten Saal geduldig in einer Menschenschlange gestanden und auf ein Autogramm gewartet. Ihre Gesichtszüge wurden bei der Erinnerung weicher.

Das war auch sie. Eine Businessfrau mit Herz. Ungewöhnlich, aber vielleicht war es genau das, was ihr zu solch einem Erfolg verholfen hatte. Niemand wusste, wer hinter der CEO wirklich stand. Dieses Geheimnis machte neugierig.

Genau das spiegelte auch ihr Büro wider. Sie nannte es liebevoll ihr Mahal. Ein großer Name für ein Gebäude, das mit seinen sieben ebenerdigen Zimmern überschaubar war. Es war nur wenige Kilometer entfernt von ihrem Zuhause auf einem Privatgrundstück außerhalb der Stadt in einem Bungalow. Der ehemalige Besitzer lebte dort noch in seinem eigenen Haus, in dem er auch Fremdenzimmer vermietete. Ein Umstand, der ihr einige Vorteile brachte, denn niemand konnte ungesehen in ihre Firma eindringen und die Post wurde grundsätzlich angenommen. Heimlich Informationen sammeln konnte man so nicht bei ihr.

Jetzt war sie zu Hause und trotzdem fühlte sie sich einsamer als jemals zuvor. Auch wenn sie bereits seit fast zweieinhalb Jahren allein war, so fühlte es sich im Moment anders an als jemals zuvor.

Susanne seufzte und verdrängte ihre herumwandernden Gedanken. Sie hatte sich entspannen wollen für einen Moment. Sie betrachtete das Buch in ihrer Hand und dachte wieder an Choi Hyeong-Joon. Gestern noch hatte sie Schmetterlinge im Bauch. Und auch jetzt spürte sie sie, eigentlich immer, wenn sie an ihn dachte. Er hatte ihre Karte und vielleicht würde er sich melden. Oder?

Der Tag war fast vorüber und die Nacht brach langsam herein. Sie stand auf, nahm den Trolley und ging hinauf in ihr Schlafzimmer. In aller Ruhe packte sie ihre Sachen aus. In ihren Gedanken war sie dabei bei ihm. Er hatte sie verzaubert und Gefühle in ihr geweckt, die sie so nicht von sich kannte. Eine Mischung aus Unsicherheit und Angst krochen in ihr hoch. Etwas, das ihr seit langem unbekannt war. Sie behielt immer die Kontrolle, egal was sie tat. Schon in ihrem Angestelltenverhältnis, später als die Krankheit in ihr Leben platzte, auch als sie sich selbstständig machte und sogar in ihrer Beziehung mit Sajan Rohit Kaur: Immer hatte sie die Kontrolle behalten. Jetzt fühlte es sich anders an.

Was war nur los mit ihr? Eine Frage, auf die sie keine Antwort finden würde, dachte sie und packte weiter ihre Sachen aus. Eine neue Woche mit viel Arbeit stand ihr bevor.

Wie mochte es ihm jetzt gehen und würde er sich melden? Vielleicht hatte sie zu hoch gepokert und er würde niemals anrufen. Und dann? Ihre Gedanken drehten sich im Kreis und sie war verunsichert. Würde er es wagen, sie abzuweisen oder sich nicht zu melden? Mehr und mehr kamen Zweifel in ihr auf. War es falsch gewesen, dass sie dort hingeflogen war und ihm ihre Karte gab? Was hatte sie sich davon versprochen? Dass er aufsprang und vor Freude tanzte, nachdem sie ihn bereits einmal an ihrer Tür abgewiesen und nicht auf seine Geschenke reagiert hatte?

Sie wusste es nicht, nur, dass sie verunsichert war. Mehr denn je.

Fünf Monate hatte sie nun hinter sich, in denen sie mehr und mehr über ihn erfahren hatte. Und je mehr sie wusste, umso mehr wuchs er in ihr Herz, auch wenn sie nicht wusste, woran es lag.

Susanne verspürte etwas Hunger und lief die Treppen nach unten in ihre Küche. Ein fast leerer Kühlschrank erwartete sie. Außer ein paar Essiggurken, der Butter und ein paar Flaschen mit verschiedenen Soßen war nichts darin. Ein typischer Singlekühlschrank, dachte sie bei sich und schloss ihn wieder. Vielleicht sollte sie sich etwas zu essen bestellen und liefern lassen? Nein, sie wollte heute ihre Ruhe, schließlich lag eine anstrengende Woche vor ihr. Sie hatte ihre Mitarbeiter so eingeteilt, dass sie das Büro diese Woche für sich allein hatte und so hoch konzentriert arbeiten konnte.

Sie war allein … oder doch nicht? Mit klopfendem Herzen holte sie ihren Laptop und setzte sich erneut mit ihrer Schmusedecke auf die

Couch. Zu lange schien der Laptop zu brauchen, um das heimische Netz zu finden. Aber dann, endlich, sie sah ihn wieder.

Seine braunen, charismatischen Augen und das Lächeln, das so selbstsicher wirkte. Anders als das, welches sie vor nicht einmal zwanzig Stunden gesehen hatte. Es war nahezu scheu. Sie mochte die Einzige gewesen sein, die es bemerkt hatte und letztendlich auch ernsthaft interessierte. All die Damen waren begeistert gewesen, ihn so nah bei sich zu haben. Auch wenn sich der Körperkontakt nur auf eine flüchtige Berührung während des Fotografierens beschränkte.

Sie alle, die dort im Raum gestanden hatten, sahen einen Star.

Die einen betrachteten ihn mit den Augen eines Fans, der für wenige Augenblicke seinem Idol nahe sein konnte und viel dafür bezahlt hatte, um dann wie am Fließband abgefertigt zu werden.

Das Management sah in ihm eine wertvolle Ware, die sie zum höchstmöglichen Preis verkauften, solange er ganz oben stand.

Was war mit ihm? War er genauso erfreut wie die Fans und ließ er es sich auch teuer bezahlen?

Sie betrachtete die Bilder von ihm. Einen jungen Mann mit einem gestählten Körper, einer Stimme zum Dahinschmelzen und einem Humor, der echtes Lachen hervorrief. Der Preis, den er für seinen Ruhm zahlte, war offensichtlich. Einsamkeit. Sie sah es in seinen Augen. Je mehr Fotos und Videos sie betrachtete, umso klarer wurde es ihr. Er schien verloren in dieser Glitzerwelt, die nicht konträrer sein konnte.

Sie sah einen weiteren Link zu einem Video und öffnete ihn. Er stand in einem Tonstudio und hielt die Augen für einen Moment geschlossen, während sanfte Klaviertöne erklangen und er zu singen begann. Sie verstand nichts, doch dies brauchte sie auch nicht, denn um was es in diesem Video ging, war offensichtlich.

Zunächst sah sie eine junge Frau, welche in einem Meeting verschiedene Männer sowie ihren Chef beeindruckte, der ebenso kalt wirkte wie Choi Hyeong-Joons Manager. Knallhart und stets auf seinen Profit aus. Die Männer beklatschten ihren Vortrag, während seine sanfte Stimme noch immer zu ihr drang. Eindringlich. Wenige Augenblicke später verstand sie auch, warum. Die junge Frau lief durch die Straßen von Seoul, wirkte zuerst verloren, bis sie auf ihn traf. Immer wieder sah man ihn allein im Tonstudio, während er all seine Liebe und seinen Schmerz heraussang, und dann beide. Die junge Frau, welche offensichtlich zu viel getrunken hatte, erbat nun seine Hilfe, um wieder nach Hause zu kommen. Wie erwartet half er ihr, brachte sie zu ihrer Wohnung und deckte sie zu. Nachdem sie auf dem Sofa eingeschlafen war, sah er auf sie hinunter.

Susanne spürte, wie ihr Herz schneller schlug bei dieser Szene.

Als nächstes war er in einem Tonstudio, das notdürftig ausgestattet war. Er hatte die Augen geschlossen, während er den Refrain sang. In einer Einblendung konnte sie mitverfolgen, wie ein Eindringling offenbar auf die Frau losging und sie niederschlug. Er versuchte, ihr zu helfen, und wurde selbst verletzt.

Auch wenn es in diesem Video nur gespielt war, wusste Susanne, dass dies eine der bitteren Wahrheiten war, die es vermutlich in seinem Leben gab. Es waren keine Eindringlinge wie hier, die ihm alles raubten, sondern sein Management.

Wut kroch in ihr empor, als sie in diesem Moment wieder die Bilder des jungen Mannes vor Augen hatte, der den Geschäftsmann im Hotelzimmer befriedigen musste, und den Sänger, dessen Schreie sie noch nicht vergessen hatte. Auch er hatte seinen Herzschmerz herausgesungen, geradezu herausgeschrien, bis man ihn brutal von der Bühne gezogen hatte. Was wohl mit ihm geschehen war?

Ihr Blick wanderte wieder auf den Bildschirm, wo sie die letzte Szene sah, in welcher beide auf der Bühne standen und sich küssten. Schüchtern. Anders, als all das, was sie kannte. Dass Sexualität in Vietnam ebenso zurückhaltend gelebt wurde wie in Indien, war ihr vertraut. Doch wie war er hinter den Kulissen? Hatte er eine Freundin? Zum ersten Mal kam dieser Gedanke in ihr auf und verursachte einen Hauch von Übelkeit. Ihr Herz schlug schneller und schmerzlich wurde ihr bewusst, was sie getan hatte. Was wollte sie zum Teufel? Nur mal mit ihm reden oder vielleicht *mehr*? Aber was mehr? Resigniert klappte sie den Laptop zu und schloss die Augen. Sie war über ein Jahrzehnt älter als er und vermutlich hatte er bereits eine junge, hübsche Freundin, schlank und immer gestylt. Er war ein Star! Bodyguards umringten ihn und er verteilte Autogramme gegen Eintrittsgeld.

Wer war sie, dass sie irgendwann an mehr gedacht hatte? CEO, die Icequeen, vor der so mancher Geschäftsmann in die Knie ging und … und?

Trotz der aufkeimenden Zweifel fühlte sie, dass es richtig gewesen war. Richtig, ihn wieder getroffen zu haben und auch richtig, ihm ihre Karte zu geben. Es war ein Wink des Schicksals, dass niemand es gesehen hatte und er sie annahm.

Vermutlich war es nur das Überraschungsmoment und sein Anstand, ermahnte sie ihr Verstand. Zum Teufel mit den Gedanken!, schimpfte sie und stellte ihren Laptop auf den Tisch. Sie war müde und brauchte dringend Schlaf, ehe sie morgen in ihr zweites Zuhause fuhr und sich dem widmete, was sie so gut konnte. Ihrem Geschäft.

Kapitel 9

Susanne blickte auf ihr Handy. Noch immer kein Anruf oder eine Nachricht. Überlegte er noch, ob er sie anrufen sollte, oder hatte er ihre Karte längst vernichtet? Sie war es nicht gewohnt zu warten. Dieses Gefühl war neu.

Sie dachte an die Zeit mit Sajan Rohit Kaur zurück. Hatte sie da nicht auch gewartet? Meist, denn sie trafen sich immer nur dann, wenn er unterwegs war. Auf Tourneen oder Veranstaltungen. Eine begrenzte Zeit, die ihr damals ausgereicht hatte. Damals. Für einen Moment war sie in Gedanken in der alten Zeit, in der sie ihn begleitet hatte. Jetzt schien diese wie ein Hauch an ihr vorüber zu ziehen. Schatten der Vergangenheit, welche nur noch einen bitteren Nachgeschmack hatten. Irgendwann erkannte sie, dass die Göttin keine mehr war, sondern ihren Status gewechselt hatte. Sic war eine Trophäe geworden, welche er gerne zeigte und dabei vergaß, dass sie ihn nicht brauchte. Er sie jedoch schon. Eine schmerzliche Erkenntnis, die für ihn zu spät kam und die ihn sein ganzes Leben begleiten würde.

Sie blickte auf ihr Handy. Noch immer kein Anruf oder eine Nachricht. Nichts. Enttäuscht legte sie es zur Seite und las weiter ihre Mails. Ihre Augen wanderten über Anfragen und Angebote, auch von Geschäftsleuten aus Korea. Sie überflog sie und musste bald erkennen, dass keine etwas mit ihm zu tun hatte. Sie war sich bewusst, dass sein Manager sie gesehen und jeden Schritt beobachtet hatte, bis zu diesem einen Moment. Ein Wink des Schicksals.

Gänsehaut beschlich sie noch immer, wenn sie daran zurückdachte. Nicht auszudenken, was geschehen wäre, hätte man es entdeckt. Doch sie verwarf den Gedanken. Sie war die Icequeen und Konsequenzen hätte es nur in eine Richtung gegeben, nämlich, dass man ihn nochmals gezielt auf sie angesetzt hätte. Vielleicht hätte er an diesem Abend wieder vor ihrer Tür gestanden, doch dieses Mal hätte sie ihn nicht abgewiesen … zu viele *hätte*.

Sie lächelte und prüfte die anderen Mails. Anfragen für Events, welche sie organisieren und planen sollte. Ihr tägliches Geschäft, mit dem sie ihr Geld verdiente und das ihr in Fleisch und Blut übergegangen war. Etwas, dass sie in diesem Moment mehr denn je brauchte, denn sie ertappte sich immer wieder dabei, dass sie in Gedanken viele Tausende Kilometer entfernt war. 9295. Und dennoch war er ihr so nah wie nie zuvor. Sie erinnerte sich an seine kräftige Hand und die Karte, wie er sie entgegennahm. An seinen überraschten Blick, für einen kurzen Wimpernschlag, ehe er wieder der distanzierte Star war. Der stets lächelte und die Herzen seiner Fans höherschlagen ließ. Ebenso wie ihres.

Sie sah es wieder vor sich. Schüchtern, erstaunt, als er die Karte spürte, aber professionell genug, um sie unbemerkt in der Hosentasche verschwinden zu lassen. Hätte er es so gekonnt vertuscht, wenn da nicht mehr wäre?

Sie schrak zusammen, als ihr Handy klingelte. Eine unbekannte Nummer, eindeutig aus dem Ausland. Noch ehe sie nachdenken konnte, hatte sie bereits nach ihrem Handy gegriffen und meldete sich.

„Cramer."

„Spreche ich mit Frau Cramer, CEO?", vernahm sie eine zögerliche, ältere Männerstimme. Obwohl er Englisch mit ihr sprach, war sein Akzent unverkennbar. Koreanisch. Ihr Herz schlug schneller und gleichzeitig keimte ein wenig Enttäuschung in ihr auf, denn es konnte sich unmöglich um ihn handeln oder seinen Manager!

„Ja, das ist richtig. Und mit wem spreche ich?", kam ihre leicht genervte Gegenfrage. Der Anrufer schien überrascht und es dauerte ein paar Sekunden, bis er fortfuhr.

„Wir haben Ihnen eine Mail übersandt mit Setkarten zu Shi Hyon-Woo, vielleicht hätten Sie …" Weiter kam er nicht.

„Einen Moment", unterbrach sie barsch und ihr Blick war bereits auf eine der Mails gerichtet. Shi Hyon-Woo. Als sie den Anhang öffnete, sah sie einen jungen Mann. Einer von vielen, denen der Himmel auf Erden versprochen wurde, der sich letztendlich nur als eines präsentierte. Die Hölle. Sie kannte diese Bilder zur Genüge. Mehrfach in der Woche erhielt sie solche Mails mit Angeboten. Junge Männer, welche ihre Dienste durch ihr Management anboten. Sie waren stets jung und attraktiv und immer hatten sie eines gemeinsam. Alle wurden ihr angeboten wie Ware. Die Setkarten glichen einem Katalog, aus welchem man sich Dinge bestellte. In diesem Fall Dienstleistungen und Menschen.

„Ich habe kein Interesse", kam die knappe und kalte Antwort.

Noch ehe er etwas erwidern konnte, hatte sie aufgelegt.

Sie war wütend, aber vor allem enttäuscht. Fast zwei Tage lagen nun hinter ihr und er hatte sich nicht gemeldet. Vorgestern war sie bei ihm gewesen. Wieder keimten Zweifel in ihr hoch. Was, wenn man es bemerkt und ihn im Nachgang zur Rede gestellt hatte? Mit Schaudern dachte sie daran, was sie in all den Jahren über Bestrafungspraktiken gehört hatte und einmal sogar als entfernte Zeugin miterlebt. Sie versuchte die Gedanken beiseitezuschieben. Es gelang ihr nicht. Je mehr sie sich in ihre Arbeit vergraben wollte, umso schwerer fiel es ihr.

Sie würde heute nicht wie sonst bis spät abends bleiben, denn Müdigkeit hatte sie bereits seit den Mittagsstunden übermannt. Jetzt kamen noch schleichende Kopfschmerzen dazu, die nicht weiter verwunderlich waren. Sie brauchte zwei Gehirne. Eines, das sich auf die Arbeit konzentrierte, und das andere, welches das Treffen mit ihm und all seine Videos und Eindrücke in Dauerschleife an ihren Augen vorbeiziehen ließ. Trotz der Kopfschmerzen lächelte sie, als sie das Büro abschloss und nach Hause fuhr. Er begleitete sie die ganze Zeit. Den ganzen Tag. Und auch wenn er sich nicht bei ihr gemeldet hatte, gab sie die Hoffnung nicht auf.

Was hatte sie erwartet? Dass er sie sofort nach dem Fanmeeting anrufen würde? Vielleicht am nächsten Tag? Sie wusste nicht, was sie erwartet hatte. Es war anders mit ihm. Anders als alles, was sie bisher kannte.

Bei Sajan Rohit Kaur war es einfacher gewesen. Sie hatten sich getroffen und ab dem Tag waren sie zusammen gewesen. Hatten sich ihrer gemeinsamen Lust und Sinnenfreude hingegeben.

Bei Choi Hyeong-Joon waren völlig andere Voraussetzungen. Sie kannte die Geschäftsgebaren von Indien und auch von Korea. Auch wenn sie sich in manchen Dingen glichen, so waren sie bei ihm weitaus komplexer. Wieder war da die unbeantwortete Frage, was sie sich von all dem versprach. Was, wenn er sich meldete? Welchen Grund hatte sie gehabt, ihm die Karte so zu geben? Heimlich und nicht offiziell über das Management. Hatte sein Manager ihr Interesse bemerkt und ihr vielleicht eine Setkarte geschickt, die wie viele andere in den Ordner „Ablage“ verschwunden war? Sie wollte es wissen und am besten sofort. Sie trat aufs Gaspedal und erreichte wenige Minuten später ihr Zuhause.

Wie mochte er wohnen, überkam sie der Gedanke, als sie ihren Wagen in der Garage abstellte. Er war da, immer häufiger schlich er sich in ihre Gedanken und nahm mehr und mehr Raum in ihrem Leben ein. Sie wusste noch so wenig über ihn und wollte so gerne alles wissen.

Ihr Herz schlug schneller, als sie die Tür aufschloss und ins Wohnzimmer lief. Sie legte ihre Tasche auf den Esstisch und ging in die Küche. Sie brauchte etwas zu trinken. Ihre Kehle war trocken und es lag nur an ihm. Aufregung kroch in ihr empor, als sie endlich verstand.

Als Choi Hyeong-Joon ihr die Bücher geschickt hatte, war das seine Art, sie mit seiner Heimat vertraut zu machen. Es gab keine Setkarte, keine offizielle Einladung vom Management. Nichts. Es war er selbst, der es wollte. Schnell nahm sie die Mineralwasserflasche aus dem Kühlschrank. Ihre Hände zitterten, während sie ihr Glas füllte und an ihn dachte. Sie sah ihn vor sich. Schüchtern und doch gereifter. Ein Mann. Jung, attraktiv, dem die Frauenherzen zu Füßen lagen.

Würde er auch an andere Bücher verschicken?, meldete sich sofort wieder ihr Verstand. Ein kurzer Zweifel, den sie mit einem großen Schluck des kalten Wassers hinunterspülte. Nein. Er würde das nicht tun, denn die Auswahl der Bücher zeigte ihr, dass er sich Gedanken gemacht hatte. Etwas persönliches von ihm. Sein Land, sein Leben. Sie fühlte sich ihm so nah und allein der Gedanke an ihn brachte ihre Wangen zum Glühen. Gedankenverloren stand sie in ihrer dunklen Küche und schloss für einen Moment die Augen, während sie die heißen Wangen mit ihrem kalten Glas etwas kühlte.

Wenn er sich nicht meldete? Keine Frage. Sie würde ihn finden und es noch einmal probieren. Aber erst morgen. Die Müdigkeit wurde stärker und sie wollte nur noch eines: schlafen und ihrem Körper endlich die ersehnte Ruhe geben. Nach einer heißen Dusche legte sie sich in ihr Bett. Kaum berührte ihr Kopf das Kissen, war er wieder da. In ihren Gedanken. Doch nun war sie zu Hause und konnte den Bildern freien Lauf lassen, bis sie eingeschlafen war.

***

Ein unangenehmes Geräusch riss sie aus dem Schlaf. Es kam wieder und wieder und wollte nicht aufhören. Verschlafen lauschte sie einen Moment. Die Alarmanlage ihres Wagens, ihr Wecker … nein. Schlaftrunken richtete sie sich auf. Es war ihr Handy, das noch in ihrer Tasche auf dem Esstisch im Wohnzimmer lag. Wer mochte das sein? Ihr Vater, eine ihrer Schwestern oder … ehe sie darüber nachdenken konnte, stand sie auf und tastete sich zur Treppe und dem ersehnten Lichtschalter. Kaum dass sie ihn fand und die erste Stufe betrat, wurde es wieder ruhig. Nur noch das laute Klopfen ihres Herzens begleitete sie den Rest der Treppe hinunter bis ins Wohnzimmer.

Wieder ein Geräusch. Sie zuckte zusammen. Dieses Mal war es nur ein kurzes Piepen. Ihr Herz schlug bis zum Hals, als sie ihr Handy mit zittrigen Fingern aus der Tasche zog. Das Display leuchtete auf und mit ihm eine Nummer, die sie nicht kannte. Und eine Nachricht. Schnell öffnete sie sie und starrte ungläubig auf die wenigen englischen Worte.

> Grüße Sie, sehr verehrte CEO-Cramer
> Ich wünsche Ihnen einen wunderschönen Tag.
> Mit freundlichen Grüßen. Choi Hyeong-Joon

Sie ließ sich auf einen der Stühle sinken und las die Nachricht wieder und wieder. Für den Hauch einer Sekunde dachte sie daran, ihn anzurufen, doch im nächsten Moment verwarf sie den Gedanken so schnell, wie er gekommen war. Stattdessen las sie wieder seine Nachricht.

Ich wünsche Ihnen einen wunderschönen Tag. Bei ihr war es früher Morgen, wie ihr die Uhr des Fernsehers anzeigte. Drei Uhr. Er war sicherlich ausgeschlafen und hatte bereits gefrühstückt. Hatte er die neun Stunden Zeitverschiebung vergessen? Es war egal, denn er hatte geschrieben! Und wider Erwarten war die Nachricht persönlicher als gedacht. Er wünschte ihr einen wunderschönen Tag.

Sie musste antworten! Was sollte sie ihm schreiben? Wünsche ich ihnen auch … nein, das klang wie die Standardantwort auf einen Serienbrief. Ihr Herz schlug schneller. Nur ein paar Worte, eine kurze Antwort. Doch mit einem Mal war ihr Kopf leer. Wieder las sie seine Zeilen, bis sie endlich eine passende Antwort gefunden hatte.

> Danke Ihnen, Choi Hyeong-Joon. Ich werde später eine Tasse Kaffee trinken und an Sie und Ihre guten Wünsche denken. Machen Sie es gut.
> Susanne Dorothea Cramer

Bevor sie darüber nachdachte, schickte sie die Nachricht ab. Aufgeregt blickte sie auf das Display. Die Nachricht war zugestellt. Wann würde er sie sehen? Die Frage wurde wenige Augenblicke später beantwortet.

Er hatte sie gelesen! Würde er erneut schreiben? Ihre Augen hingen an dem Display, doch nichts geschah. Zu gern hätte sie gewusst, was er jetzt dachte. Sie wartete und wartete. Wie lange wollte sie noch vor dem Handy sitzen und es anstarren? Sie war Geschäftsfrau, eine CEO, die heute wieder einen Betrieb zu führen hatte.

Mit diesem Gedanken legte sie das Handy in ihre Tasche zurück und ging hinauf in ihr Bett. Dieses Mal fühlte es sich anders an, als ihr Kopf in dem Kissen versank. Sie fühlte sich leichter und unbeschwerter. So, als ob eine Last von ihr gefallen wäre. Er hatte sich gemeldet. Auch wenn es nur ein paar Zeilen waren, doch er hatte es getan. Freude, aber auch ein wenig Anspannung machten sich in ihr breit. Wann würde er sich wieder melden? Er hatte ihre Nachricht gesehen, da gab es keinen Zweifel, warum antwortete er nicht? Gedanken, die sie begleiteten, bis sie wieder eingeschlafen war.

Übermüdet hörte sie ihren Wecker wenige Stunden später und wäre am liebsten liegen geblieben. Kaum erinnerte sie sich an seine Nachricht, war sie hellwach. Hatte sie geträumt? Oder … sie verschaffte sich Gewissheit, eilte die Treppe nach unten und blickte auf ihr Handy.

Es war kein Traum! Er hatte sich gemeldet. Nach ihrer Antwort war er leider wieder verstummt. So sollte es auch bleiben.

Ihr Arbeitstag verging wie im Flug. Die nächsten Tage und Abende hörte sie nichts von ihm. Wenn sie sich auf Meetings und Planungen konzentrieren wollte, schlich er sich in ihre Gedanken. Abends, wenn sie auf ihrem Sofa saß, las sie seine Nachricht und sah sich seine Bücher an. Sie kannte die Bilder und den Wortlaut dazu mittlerweile fast auswendig, so oft hatte sie sie bereits betrachtet und gelesen. Eine weitere Nachricht war ihr nicht vergönnt. Weder in den nächsten Tagen noch den darauffolgenden Wochen. Sie spürte, dass sie enttäuscht war, und fragte sich immer wieder, warum er sich nicht meldete. Sollte sie vielleicht …? Nein!

So sehr sie sich danach sehnte, wieder von ihm zu hören, beherrschte sie sich. Sie hatte ihm geschrieben, nun war es an ihm, den nächsten Kontakt zu suchen. Anfangs fiel es ihr unendlich schwer. Dann ließ die Sehnsucht nach und eine leichte Enttäuschung breitete sich in ihr aus. Tage und Wochen lagen hinter ihr. Sie war müde, darüber nachzudenken, was in ihm vorgehen mochte. So begann sie damit, ihn wieder aus ihren Gedanken zu verbannen. Langsam, aber beharrlich.

Was wollte sie eigentlich? So oft sie es sich fragte, sie fand keine Antwort. Vielleicht waren es seine Geschenke, die ihr Interesse geweckt hatten. Oder die Tatsache, dass die Beziehung zu Sajan Rohit Kaur mehr als zwei Jahre beendet war und sie sich wieder nach etwas anderem sehnte als den monotonen Tagesablauf.

***

Ein arbeitsreicher Tag lag hinter ihr. Viele Anfragen und Aufträge, die sie vermutlich für die nächsten Wochen und Monate beschäftigen würden. Noch zwei Tage und es war Wochenende. Doch eigentlich gab es dies nicht für sie. Vermutlich scherzten ihre Mitarbeiter, weshalb sie noch immer Single war. Sie wusste es selbst nicht. Oder doch? Gab es jemanden, der ihr Herz wirklich berührt hatte? Nicht wirklich. Die zwischenmenschlichen Erfahrungen hatten ihr gezeigt, dass sie nur einem vertrauen konnte, sich selbst. Eine sichere Sache, aber auch eine, die ihr nur Einsamkeit brachte.

Sie verdrängte die Gedanken schnell wieder und steuerte auf die Einfahrt zu ihrem Haus zu. Die Garage stand bereits offen und sie stellte ihren Wagen ab. Ein weiterer Abend stand ihr bevor, welchen sie vermutlich mit einem heißen Bad und etwas Musik beenden würde, ehe sie sich in ihr Bett verkroch. Ein wenig Behaglichkeit, die ihr jetzt guttat.

Während das heiße Wasser in die Badewanne lief, ging sie hinunter in die Küche und trank ein Schluck Orangensaft. Er schmeckte herrlich süß. Für einen kurzen Moment war sie gedanklich wieder in dem Hotel in Hongkong und bei einer Nachspeise, die fast genauso geschmeckt hatte. Sofort war er wieder da. Der Gedanke an ihn. Sie wurde immer wieder an ihn erinnert. Ob sie nun wollte oder nicht.

Weitere Setkarten und Anfragen hatten sie in den letzten Tagen und Wochen erreicht und immer wieder war in ihr die Hoffnung erwacht, dass etwas von seinem Management dabei sein könnte.

Wollte sie das denn? Nein. Er war für sie ein Mann, der mehr war als der Star, welcher auf der Bühne stand, in TV Shows smarte Interviews gab oder Filme drehte, in welchen er seine Vielseitigkeit unter Beweis stellte.

Sie stellte das Glas unsanft auf ihre Arbeitsplatte, sodass sie schon befürchtete, es würde zerbrechen. Warum brachte er sie so zum Nachdenken und Überlegen? Sie schüttelte den Kopf, als ob sie dadurch alle Gedanken an ihn abwerfen könnte, und ging hinauf ins Bad. In ihr heißes Schaumbad, das sie in eine wohlige Wärme einhüllte. Eine, die sie jetzt brauchte.

Es war April und die Abende noch immer kühl. Die Sonne legte ihre letzten Strahlen über das Haus. Für Susanne ging es bereits auf die Nacht zu, denn sie war müde. Von der Arbeit, den unzähligen Telefonaten und Mails, aber auch von den wiederkehrenden Fragen, auf die sie keine Antworten fand.

Sie stieg aus der Wanne, trocknete sich ab und ging in ihr Bett. Nachdem sie das Licht ausgeschaltet hatte, lag sie im Dunkeln und blickte zum Fenster hinaus. Die ersten Sterne zeichneten sich am Himmel ab, während Schleierwolken am Vollmond vorüberzogen, bis er zu ihr ins Schlafzimmer schien. Ob Choi Hyeong-Joon ihn auch sehen würde, jetzt? Wieder waren ihre Gedanken bei ihm.

Schluss damit, ermahnte sie sich und drehte sich auf die andere Seite, damit ihr ein weiterer Blick nach draußen verwehrt wurde. Weg mit den Gedanken. Es ist alles Unsinn, dachte sie. Sie hatte sich etwas eingebildet, das es nicht gab, und wo sollte es enden? Ein junger erfolgreicher Mann, eine ältere erfolgreiche Frau. Jeder in einer anderen Welt. Mit Terminen und Verpflichtungen. Sie hatten nur eines gemeinsam: Erfolg. Dies schien ihr Schicksal zu bleiben. Für immer. Eine Erkenntnis, die sich wie eine schwere Decke auf sie legte, bis sie eingeschlafen war.

***

Er schloss seine Augen und sog den süßen Duft der Rose ein. Er wurde genauso vom Wind hinweg getragen wie er. Vorsichtig hielt er sie zwischen seinen Fingern und konnte sich von ihr kaum lösen. Er sah sie vor sich. Ihre blauen Augen, die ihn angefunkelt hatten, und ihre blonden, wilden Haare. Wie mochten sie riechen? Sich anfühlen? Und ihre Haut. So zart wie die Rosenblätter, welche er zwischen seinen Fingern samtig fühlte? Ein Gedanke, der ihn erregte und im gleichen Moment verstörte. Seine Wangen wurden rot und er öffnete schnell die Augen und prüfte, ob ihn jemand beobachtete. Niemand war zu sehen. Er war allein. Wer sollte auch hier sein? Es war sein Haus, sein Anwesen, das mit Kameras und Bodyguards überwacht wurde. Ein goldener Käfig, wie er es mittlerweile sah, und einer, der ihn für immer gefangen halten würde. Oder er wäre wieder da, wo er nicht mehr hinwollte.

Er überlegte. Würde er wieder tauschen? Ein Leben in Fülle gegen ein kleines Zimmer und Tagelohnarbeit. Undenkbar, denn er würde seiner ganzen Familie das bescheren, was sie ihm immer ersparen wollten. Den Preis hatten sie dabei nicht bedacht, oder doch?

Er legte die Rose auf einen Stein und fotografierte sie mit seinem Handy. Würde sie ihr gefallen? Genauso, wie sie ihm gefiel? Wieder begann sein Herz zu pochen und voller Sehnsucht sah er auf die Zeilen.

Danke Ihnen, Choi Hyeong-Joon. Ich werde später eine Tasse Kaffee trinken und an Sie und Ihre guten Wünsche denken. Machen Sie es gut. Susanne Dorothea Cramer

Würde sie an ihn denken, auch jetzt noch? Wochen waren bereits vergangen. Es hatte ihn Überwindung, aber noch mehr Mut gekostet, sich ein Handy zu besorgen, von dem niemand außer ihm wusste. Niemals durfte irgendwer davon erfahren oder nur erahnen, dass er mit jemanden Kontakt aufnahm, von welchem das Management nichts wusste. Und schlimmer noch zu einer CEO, die eine höhere Stellung einnahm als sein Management.

Er hatte die Anstandsregeln gebrochen. Nicht nur, als er ihr die Bücher übersenden ließ, sondern indem er ihr Gefühle entgegenbrachte, die seiner nicht würdig waren. Er war ein Nichts, ein Niemand. Eine Puppe, der man Kleider anzog, die er präsentierte. Aus seinem Mund kamen Worte und Texte, die er von Blättern ablas und auswendig lernte. Lustige und ernste Worte und Worte voller Liebe, die er nicht verspürte.

Bis er sie sah. Die schönste Frau, stolz, stark und voller Leid in den Augen. Der Beginn einer Liebe, die unerreichbar schien. Bis vor über einem Monat. Als er sie wiedersah, ihre zarte Hand in seiner großen fühlte, die Karte sich gegen seine Handinnenfläche drückte. Sein Herz schlug schneller, als er an diesen Moment in Hongkong zurückdachte. Gut beschützt lag ihre Visitenkarte in seinem Safe, denn er hütete sie wie einen Schatz, obwohl es nur ein kleines Stück Papier war. Sie hatte sie berührt, in ihren Händen gehalten und ihm gegeben. IHM!

Wer war er, dass sie ihm so viel Zuwendung schenkte? Ein Niemand, kam die mahnende Stimme in seinem Kopf, welche ihn sein ganzes Leben begleitet hatte. Zuerst, weil er arm war, und später, weil man ihm klar aufzeigte, dass er ohne das Management nichts wäre. Selbst der Erfolg und die Fans ließen ihn nur für kurze Zeit vergessen, dass er unwichtig war. Denn er wusste, dass sie etwas in ihm sahen, was es nicht gab. Während sie abends zu Hause saßen, ihn vor dem Fernseher anhimmelten oder seiner Musik lauschten, war er schon bei einem neuen Termin von vielen. Ein weiterer Tag, der nach über zwanzig Stunden zu Ende ging und ihm nicht mehr an Vergnügen bot als eine Schüssel Reis, da am nächsten Tag ein weiteres Fotoshooting anstand, zu dem er schlank und in Bestform antreten musste. Ein Leben, in das er hineingewachsen war. Er kannte es nicht anders.

Seit der Begegnung mit ihr fühlte es sich seltsam fremd an. Sie hatte in ihm etwas ausgelöst, das er nicht kannte. Allein der Gedanke an sie brachte ihn um den Verstand. Wieder sah er ihre Lippen, so rot wie die Rose auf dem Stein. Wie fühlten sie sich an?

Ein kurzes Zischen glitt über seine Lippen, ehe er verschämt zu Boden blickte. Was für Gedanken! Er erschrak über sich selbst. Dennoch spürte er einen nie da gewesenen Mut, seit sie ihm ihre Karte zugesteckt hatte.

Er lächelte, wenn er daran dachte, wie oft er die Karte angesehen hatte oder daran gerochen … Wieder wurden seine Wangen heiß und er blickte auf sein Handy. Genau wie bei seiner letzten Nachricht war er zu Hause, ehe er zu den nächsten Auftritten oder Filmdrehs aufbrechen musste. Ein paar Tage durchatmen. Als er in seinem Haus eingetroffen war, hatte er seinen Safe überprüft. Alles war an seinem Platz. Ihre Karte und sein neues Handy. Heute würde er ihr wieder schreiben. Es war der neunzehnte, genau wie beim letzten Mal. Ein Datum, das sich in seinen Kopf eingebrannt hatte. Der gleiche Tag wie der, an dem sie ihm seine Karte gegeben hatte. Doch würde sie sich auch melden? Etwas unsicher blickte er auf das Display. Sein Herz schlug schneller und mit jedem Schlag wurde er nervöser, bis er wieder las *Ich werde später eine Tasse Kaffee trinken und an Sie und Ihre guten Wünsche denken.* Sein Mut kam langsam zurück und so wählte er die Worte sorgsam aus.

***

Erschrocken zuckte sie zusammen, als sie ein Geräusch vernahm. Sie versuchte, in der Dunkelheit etwas zu erkennen. Außer den gespenstischen Silhouetten ihres Schranks und der Kommode konnte sie nichts Auffälliges sehen.

Es war wieder still. Alles blieb ruhig und sie vernahm nur ihr Atmen und den schnellen Herzschlag. Dennoch wusste sie, dass sie etwas gehört hatte, daran gab es keinen Zweifel. Langsam stieg sie aus ihrem Bett und lief Richtung Treppe. Alles war still, bis auf den Schrei einer Katze, welcher von der Straße bis zu ihr drang. Langsam stieg sie die Treppe hinunter. Als sie im Wohnzimmer ankam, wusste sie, was das Geräusch gewesen war. Das Blinken ihres Handys war unübersehbar. Ein kurzer Blick zur Uhr bestätigte ihre Vermutung, die ihr Herz beschleunigte. Kurz nach drei. Schnell lief sie zum Tisch und griff nach dem Handy. Eine Nachricht. Von ihm! Sie öffnete sie und sah eine rote Rose. Ein Kribbeln überflutete ihren Körper und brachte ihr Herz noch schneller zum Schlagen.

Grüße Sie, sehr verehrte CEO-Cramer
Ich bin heute Morgen durch den Garten gegangen und eine Rose blühte. Bitte nehmen Sie diese rote Rose als herzlichen Gruß von jemandem jenseits des großen Meeres an.
Mit freundlichen Grüßen, Choi Hyeong-Joon

Sie verschob die Nachricht, um wieder die Rose zu sehen. Ob es sein Garten war, in welcher die Rose blühte? Sie war verzaubert. Nie zuvor hatte ihr jemand das Foto eine Rose geschickt. Seit sie von ihren vielen Krankheiten betroffen war, ertrug sie keine echten Blumen, deren Duft bei ihr zu unerträglichen Kopfschmerzen führte. In diesem Fall blieb ihr der Schmerz erspart.

Sie wischte mit ihren Fingern über das Display, um die Rose noch besser sehen zu können. Ein wundervolles dunkles Rot, welches ihrer Decke auf dem Sofa glich. Es schmeichelte ihr, dass er an sie dachte, wenn er im Garten stand und die Rose sah. Eine weitere Aufmerksamkeit, die sie noch neugieriger auf ihn machte. Sie wollte zurückschreiben, am besten gleich. Vielleicht würde er dieses Mal sofort antworten, überlegte sie und ließ ihre Blicke durch das Wohnzimmer wandern.

Was sollte sie ihm schreiben? Eine kurze Antwort, in der sie sich bedankte? Ja, aber ihre Worte sollten so gewählt sein, dass er ihre Sympathie spüren konnte. Sie atmete tief durch. Viele Ideen schwirrten ihr durch den Kopf. Aber keiner wollte so recht passen. Vielleicht war es besser, wenn sie erst später zurückschrieb, in ein paar Stunden, wenn sie ohnehin aufstand.

Sie legte ihr Handy auf den Tisch zurück und wollte wieder ins Schlafzimmer hinauf, als ihr Blick auf die Rose fiel. Nein, sie wollte jetzt zurückschreiben. Vielleicht wartete er darauf, überlegte sie und atmete noch einmal tief durch, ehe sie zu schreiben begann.

> Danke, Choi Hyeong-Joon. Ich mag die Farbe Rot sehr. Ich mag auch Rosen, aber ich kann sie nicht mehr riechen, ohne Kopfschmerzen zu bekommen. Ihr Geschenk macht mich also glücklich. Wenn Sie die Rose wieder treffen, grüßen Sie sie von mir.
> Susanne Dorothea Cramer

Sie las noch einmal die Zeilen und schickte sie mit klopfendem Herzen weg. Sekunden später sah sie, dass er die Nachricht erhalten hatte. Wann würde er sie öffnen? Ihre Hände begannen zu zittern, während sie das Handy in ihrer Hand hielt und auf das Display starrte. Er hatte sie geöffnet und würde sie genau in diesem Moment lesen! Ihr Herz schlug noch schneller. Sie fühlte bereits ihren Puls bis zu ihrem Hals schlagen. Sie wagte kaum noch zu atmen. Minuten vergingen. Nichts geschah.

Wie lange müsste sie warten, bis sie die nächste Nachricht bekam? Sie wartete noch einige Zeit, ehe sie sich entschloss, wieder ins Bett zu gehen. Es war bereits vier Uhr und in weniger als zwei Stunden würde ihr Wecker klingeln. Sie wollte das Handy gerade auf den Tisch zurücklegen, als ihr Blick auf das Display fiel. Es war der neunzehnte des Monats. Konnte es sein, dass er abergläubisch war, oder handelte es sich um einen Zufall?

Sie seufzte. Heute Nacht würde sie diese Frage nicht lösen können. Egal, was noch geschehen mochte, er hatte es erneut geschafft, sie zu überraschen. Ihr Herz auf eine subtile Art zu berühren, wie es bisher noch nie jemand in ihrem Leben geschafft hatte. Erleichtert, aber auch tief berührt ging sie in ihr Schlafzimmer hinauf und war in Gedanken bei ihm und der Rose. Rot wie die Liebe, dachte sie und schlief mit einem Lächeln auf ihren Lippen ein.

Ihr erster Blick am nächsten Morgen galt dem Handy. Er hatte nicht geantwortet. Etwas enttäuscht ging sie ins Bad und duschte.

Was für eine zauberhafte Rose, dachte sie bei sich und verteilte das Duschgel auf ihrem Körper. Das warme Wasser hüllte sie in ein wohliges Gefühl. Gestern noch hatte sie überlegt, warum er sich nicht mehr meldete. Jetzt waren diese Gedanken einem Gefühl der Lebendigkeit gewichen. Auch wenn der Grund nur aus einigen Wörtern und einem Bild bestand.

Ob es sein Garten war oder er die Rose auf einem seiner Shootings gesehen hatte? Susanne zog sich an und ging hinunter in die Küche, um sich ihren morgendlichen Kaffee zu machen. Die erste Stärkung des Tages, um den restlichen Schlaf aus ihrem Körper zu vertreiben. Während sich die Tasse langsam füllte, prüfte sie erneut ihr Handy.

Keine weiteren Nachrichten von Choi Hyeong-Joon, nur einige Mails, die letzte Nacht eingegangen waren. Vermutlich von ausländischen Geschäftspartnern, deren Tag bereits vor mehreren Stunden begonnen hatte. Während sich das Mail-Programm öffnete, nahm sie ihre Tasse und nippte ein wenig von dem heißen Kaffee, bis ihr Blick auf etwas stieß. Eine Mail mit dem Betreff Einladung und einem Anhang. Sie war etwas verwundert und überflog das übliche Anschreiben mit den ihr so bekannten Höflichkeitsfloskeln. Man bot ihr eine Reise nach London an. Vier Tage in einem erstklassigen Hotel, um sich vor Ort jemanden anzusehen. Einen vielversprechenden Star, einen Ausnahmesänger. Sie nahm einen weiteren Schluck von ihrem Kaffee, bis sie den Namen des Verfassers las. Lee Sukh-Jae. Höchstpersönlich.

Es verschlug ihr den Atem und mit ihm fand der Kaffee einen anderen Weg als geplant. Sie konnte gerade noch die Tasse auf dem Tisch abstellen, ehe sie zu husten begann. Ein Gefühl des Erstickens legte sich um ihren Hals, dennoch hielt sie das Handy fest in ihrer Hand. Lee Sukh-Jae. Es war *sein* Manager. Konnte es ein Zufall sein? Schnell öffnete sie den Anhang und sah ihn. Verschwommen nahm sie die Silhouette eines Mannes wahr, da der Husten nicht enden wollte. Tränen liefen ihr über die roten Wangen und vergebens versuchte sie, diese mit der Hand wegzuwischen.

„Verflucht", schimpfte sie, richtete sich auf und nahm einen tiefen Atemzug.

Es wurde besser und der Husten beruhigte sich, jedoch nicht ihr Herzschlag. Ein letztes Mal wischte sie über ihre Augen und blickte auf die geöffnete Datei. Die Silhouette entpuppte sich als fünf Bilder.

Er war es: mit einem schwarzen Mantel, verwegen in einer Lederjacke, einem Profilbild, das sie nahezu an ein Passbild erinnerte, und eines, bei welchem er direkt in die Kamera blickte. Das fünfte stach heraus. Er schien zu sitzen und lehnte seinen Arm auf sein abgewinkeltes Knie. Es war ein Schwarz-Weiß-Bild und seine Haare schienen zerzaust. Frech, wie sie lächelnd bemerkte, und einem Blick, der ihr Herz zum Rasen brachte, aber auch zum Erfrieren. Seine Augen waren so leer, so traurig, dass sie ihn am liebsten in ihre Arme genommen hätte.

Susanne zuckte für einen kurzen Moment über ihre eigenen Gedanken zusammen. In den Arm nehmen, ihn bei sich haben, ihn spüren …? Sie hatte sich verliebt. Daran gab es jetzt keinen Zweifel mehr. Hatte sie es nicht die ganze Zeit bereits gewusst? Als sie ihn in dem Video gesehen hatte, wie er neben dem Mädchen saß und am Schluss küsste? Ja, er hatte ihr Herz erobert. Still und leise.

Die Einladung nach London war ein Wink des Schicksals. Und wie sie das Gebaren von solchen Managements kannte, wusste sie genau, dass er keine Ahnung hatte. Üblicherweise würde er erst kurz zuvor informiert werden und Instruktionen erhalten, was er zu tun und leisten hätte. Wie damals, als er vor ihrer Tür gestanden und seine Dienste angeboten hatte, unerfahren und unsicher. Über die Folgen seiner Nichterfüllung wollte sie nicht nachdenken. Es schmerzte sie, denn sie fühlte sich ihm bereits zu sehr verbunden.

Sie verzog seufzend den Mund. Für das Management war er nur eine Ware, die dem Meistbietenden verkauft wurde. Für sie war er weitaus mehr, auch wenn niemand davon wusste.

Ein Gedanke keimte in ihr heran. Sie würde die Regeln definieren. Regeln, an die sich das Management sicherlich erst noch gewöhnen musste.

Wer zahlt, bestimmt, dachte sie lächelnd und wusste genau, wo sie in einem halben Jahr sein würde. In London. Und er würde nichts davon wissen.

KAPITEL 10

Es war September und London zeigte sich heute von seiner seltenen, aber schönsten Seite. Die Sonne war gerade aufgegangen und Susanne stand bereits am Fenster und beobachtete einige Schiffe, welche über die Themse hinwegfuhren. Es schien ein schöner Tag zu werden. Anders als gestern, als sie mit dem Flieger angekommen war und London sie mit Regen begrüßt hatte. Die Straßen lebten und pulsierten. Sie sah Fahrzeuge, die sich durch die engen Straßen wanden oder über die Towerbridge fuhren. Menschen, die in Geschäftskleidung zur nächsten U-Bahnstation eilten, um zur Arbeit zu fahren.

Sie arbeitete auch, aber dieses Mal bereitete ihr die Geschäftsreise eine besondere Freude. Das Leben hier war anders als in Zürich, wo meist erst zwei Stunden später die Stadt und ihre Bewohner erwachten. Sie kannte London und das pulsierende Leben und genoss das geschäftige Treiben. Heute jedoch fühlte es sich anders an. Sie war in geheimer Mission hier, denn niemand außer ihr wusste den wahren Grund der Reise. Für ihre Mitarbeiter handelte es sich um eine normale Geschäftsreise, für Choi Hyeong-Joons Management eine Chance, den europäischen Markt mit ihm zu erobern, und für sie selbst … Viel mehr und das spürte sie, seitdem sie London vom Flieger aus gesehen hatte.

Natürlich hatte man sie vom Flughafen standesgemäß mit einer Limousine abgeholt und ins Hotel gebracht. Wie erwartet war eine Suite gebucht worden und einige Annehmlichkeiten in ihrem Zimmer hinterlegt, um ihr den Aufenthalt so angenehm wie möglich zu gestalten.

Heute würde sie ihn sehen. Der Manager hatte sie eingeladen, bei einem Fotoshooting dabei zu sein. In einem hinduistischen Tempel außerhalb von London. Eine besondere Location für einen besonderen Menschen, hatte sie gedacht, als man es ihr erzählt hatte.

Susanne kannte den Neasden-Tempel nur von außen. Dies auch nur, weil ein oder zwei Mal ihr Weg zufällig daran vorbeigeführt hatte. Der Tempel wirkte verloren inmitten eines Industriegebietes und war eingezäunt mit einer Wand aus Ziegelsteinen. Nur die schwarzen Eisentore, welche mit Mustern und Gold verziert waren, ließen vermuten, dass der lang gezogene Marmorbau mit seinen Türmen etwas Besonderes sein musste.

Sie nahm ihr Handy und sah auf die Uhrzeit. Sechs Uhr morgens. Erst in drei Stunden würde man sie abholen. Genug Zeit, um noch ein wenig die Gedanken fließen zu lassen. Auch wenn sie bereits wusste, wo sie waren. Bei ihm. Sie sah sich noch einmal seine Bilder an. Er wirkte verloren, genau wie manch einer, der gerade unter ihrem Fenster die Straßen entlangeilte. Sie hatte das Gefühl, ihn beschützen zu müssen. Vor was auch immer. In ihre Arme zu nehmen und für ihn da zu sein.

Seit über einem halben Jahr erreichten sie immer am neunzehnten eines Monats kurze Zeilen. Sie waren zurückhaltend, dennoch fühlten sie sich jedes Mal etwas persönlicher an. Zumindest schien es ihr so.

> Grüße Sie, sehr verehrte CEO-Cramer
> Danke für Ihr Vertrauen und dass Sie mir von Ihrer Gesundheit erzählt haben. Wenn wir uns wiedersehen, werde ich dafür sorgen, dass es rote Rosen gibt – aber nur als Bilder. Mit freundlichen Grüßen, Choi Hyeong-Joon

> Guten Morgen, Choi Hyeong-Joon. Dann freue ich mich darauf, Sie bald zu treffen. Da ich rote Rosen liebe und Männer, die den Anstand haben, mir viele Papierblumen zu schenken. SDC

Noch immer wurden ihre Wangen rot, wenn sie ihre Antwort las. *Sie bald zu treffen* und *Da ich rote Rosen liebe und Männer …* Wie mochte er darauf reagiert haben? Bekam er einen falschen Eindruck von ihr? Sie konnte es nur erahnen und hoffte, er verstand es richtig. Sie wollte auf keinen Fall, dass er glaubte, dass sie Männer liebte, viele Männer liebte. Es hatte ein Kompliment an ihn sein sollen.

> Grüße Sie, sehr verehrte CEO-Cramer
> Da Sie rote Blumen lieben, möchte ich Ihnen heute eine rote Tulpe schicken. Der Duft ist süß und erinnert mich an umherschwirrende Bienen. Mit freundlichen Grüßen, Choi Hyeong-Joon

Danke, Choi Hyeong-Joon. Ich genieße wirklich Ihre Freundlichkeit. Wenn Sie mich weiterhin mit Ihren schönen Texten und Fotos verwöhnen, könnte ich Ihnen sehr ans Herz wachsen. SDC

Beim Lesen dieser alten Nachrichten wurde ihr bewusst, wie sehr sie sich geöffnet hatte. Es waren nur ein paar Zeilen. Aber sie waren klar formuliert und so, wie sie es von sich nicht kannte. Sie erinnerte sich nicht einmal ansatzweise daran, irgendjemand in ihrem Leben so etwas geschrieben zu haben. Es war persönlich, besonders für sie.

Sie, die Icequeen, welche nicht umsonst den Namen trug, öffnete sich. Langsam, aber stetig, wie ihr die nächsten Nachrichten zeigten.

Grüße Sie, sehr verehrte CEO-Cramer
Wenn Sie mir erlauben, davon zu träumen, dass Sie meine Botschaften mögen, würde sich mein Herz sehr freuen und wäre glücklich.
Mit freundlichen Grüßen, Choi Hyeong-Joon

Guten Morgen, Choi Hyeong-Joon. Ich will natürlich nicht schuld sein, wenn Ihr Herz nicht glücklich ist. Also ja, ich erlaube Ihnen, davon zu träumen, dass ich Ihre Botschaften mag. Ich freue mich, wenn Sie meine Tage bunt, vor allem rot und hell machen.
SDC

Es klopfte an der Tür und Susanne schloss schnell ihr Handy, ehe sie öffnete. Es war der Zimmerservice, welcher ihr das Frühstück brachte. Ein älterer Herr im Anzug schob den Servierwagen zu ihr ins Zimmer und nachdem sie ihm ein Trinkgeld gegeben hatte, verschwand er wieder so schnell, wie er gekommen war. Der Kaffee duftete herrlich und das Management hatte auch hier dafür gesorgt, dass es ihr an nichts fehlte. Etageren mit allerlei Köstlichkeiten, die sie niemals alle essen konnte. Es war viel zu viel, besonders heute, wo sie ihn wiedersah und aufgeregt und nervös war.

Susanne ahnte, dass er im gleichen Hotel wie sie wohnte. Ein gekonnter Schachzug, wie das Management vermuten mochte. Für sie ein weiterer Wink des Schicksals. Dass es so sein musste, ahnte sie seit gestern, als sie Lee Sukh-Jae in der Lobby des Hotels mit einem anderen Geschäftsmann stehen sah.

Nur noch wenige Stunden und sie würde ihn wiedersehen. Das letzte Mal war er noch schüchtern und zurückhaltend. Wie würde es dieses Mal sein?

Anders, kam die klare Antwort ihres Verstandes. Sie gab den Ton an und das Management würde nichts tun, um sie zu verärgern. Eher im Gegenteil. Sie würden alles tun, um sie bei Laune zu halten. Und sie? Sie würde ihm und sich den Himmel auf Erden bereiten. Und seinem Management die Hölle.

***

Choi Hyeong-Joon war gesagt worden, dass das Shooting für die Cosmopolitan im Neasden-Tempel stattfinden würde, umso enttäuschter war er, dass es sich um das Nebengebäude handelte. Zu gerne hätte er den Tempel von innen gesehen. Bereits als sie mit dem Wagen vorfuhren, war er überwältigt. Ein Tempel, wie er ihn hier, einem Vorort vor London, nicht erwartet hätte.

Der Neasden-Tempel erhob sich hinter einer typischen Ziegelsteinmauer gen Himmel. Kleine Hecken, welche in kunstvollen Mustern angelegt waren, zierten das Anwesen und grenzten an die lange Treppe, welche zum Eingang führte. Zu gerne wäre er die Stufen hinaufgegangen und hätte sich das Innere angesehen, doch er wurde direkt in das Nebengebäude geführt. Es wirkte weniger ansehnlich und offenbar diente es für Shootings und Besprechungen. Helle Räume mit hohen Wänden, in denen teilweise Stühle und Tische standen. Von Weitem hörte er, wo das Shooting stattfinden sollte. Leute, die hektisch Möbel und Accessoires drapierten, liefen aufgeregt in dem großen Raum herum. Es wirkte alles chaotisch, genau so kannte er es.

Während man für ihn einen Stuhl zurechtgestellt hatte, auf dem man ihn schminken und frisieren würde, waren alle anderen damit beschäftigt, eine Kulisse zu inszenieren. Dieses Mal mit einem alten Schreibtisch und einem Büroschrank mit offenen Fächern, die ihn ein wenig an längst vergangene Zeiten erinnerten. Ein Kleiderständer mit unzähligen Hosen, Hemden und Jacken stand nicht weit von ihm entfernt. Hyeong-Joon entdeckte auch Kleider und blickte etwas irritiert zu seinem Manager, der nun zu ihm herüber kam.

„Du wirst heute Unterstützung bekommen. Von …"

Mehr hörte er nicht, denn er sah sie bereits. Eine junge Frau, die wie er einem Katalog entsprungen zu sein schien, saß nicht weit von ihm entfernt. Sie wurde gerade geschminkt. Auch wenn er ihre Augen nicht sehen konnte, spürte er, dass sie nach oben wollte. Er kannte sie von ein paar Bildern, die er auf einigen Zeitschriften gesehen hatte. Es war eine Art von Bildern, die sein Management stets ablehnte. Hyeong-Joon stand nur für hochrangige Marken zur Verfügung. Offenbar sollte er heute ein Sprungbrett für sie sein. Er wusste genau, dass, wenn ihr Name mit seinem in Verbindung gebracht wurde, ihr dies zugutekam.

Seinen Weg und seine Prinzipien kannte Hyeong-Joon, aber ihre? Sie wirkte kalt und zielorientiert, obwohl sie regungslos auf ihrem Stuhl saß und sich gerade die Wimperntusche auftragen ließ. Der zu dünne, fast zerbrechliche Körper war in ein schwarzes, kurzes Kleid gehüllt und hatte etwas Geisterhaftes. Nicht einmal die glitzernden Strasssteine am Rand des Kleides mochten ihr etwas Lebendiges geben. Ihr Körper war wie bei ihm nur ein Kleiderständer, für den Zweck, etwas zu präsentieren. Hyeong-Joon fühlte sich zusehends unwohler. Er wusste, dass er einen Körper hatte, der gefordert wurde. Er kostete ihn viel Arbeit, viel Verzicht und noch mehr Disziplin, um ihn in der geforderten Form zu halten. Mittlerweile hatte er sich daran gewöhnt, zu gehorchen und das zu tun und zu glauben, was man ihm sagte.

„Hast du verstanden?", hörte er die mahnende Stimme seines Managers Lee Sukh-Jae.

„Ja, das habe ich", bestätigte er pflichtbewusst, auch wenn er nicht wusste, von was sein Manager gesprochen hatte.

Der Anblick der jungen Frau lenkte seine Gedanken zu seiner großen Liebe. Wann würde er sie wiedersehen? Bisher hatten sie nur geschrieben. Kurze Nachrichten, die von ihr immer wieder positiv erwidert wurden. Wusste sie oder spürte sie in seinen Worten die große Liebe, welche er für sie empfand? Sein Herz klopfte schneller, wenn er an sie dachte.

Hyeong-Joon zwang sich, die Gedanken an sie zu verdrängen. Für sehnsuchtsvolle Erinnerungen war jetzt keine Zeit. Niemand durfte ihm ansehen, wie sehr er sich nach einer Frau verzehrte. Jetzt musste er sich umziehen. Zu seiner Überraschung gab es dieses Mal zumindest provisorische Trennwände. Nicht wie sonst, wo man den anderen fast nackt zu Gesicht bekam. Eine Assistentin reichte ihm einige Bügel mit Kleidungsstücken und schwarze Lackschuhe. Während er zur Trennwand ging, sah er auf die Sachen in seinen Händen. Eine hellblaue Jeans, braungrünes Sakko und eine graue Weste.

„Das Hemd fehlt", wandte er sich zu der Assistentin um, die daraufhin ihre Unterlagen prüfte.

„Nein, nur die Weste und das Sakko", erwiderte sie und sah ihn freundlich an.

Er nickte kurz und verschwand hinter der provisorischen Umkleide. Sein Blick fiel erneut auf die Weste und mit Entsetzen sah er, dass sie einen tiefen V-Ausschnitt hatte. Somit würde man seine ganze Brust sehen. Ein weiteres Nachfragen oder gar die Bitte, ein Hemd zu bekommen, würde nur zu einem führen: dass man es seinem Manager sagte. Was das bedeutete, war ihm klar. Ärger.

Er war das Model und hatte das anzuziehen, was der Kunde forderte. In diesem Fall forderte der Kunde seine nackte Brust. Nicht umsonst wurde er gezwungen, sich in Form zu halten. Morgendliche und stundenlange Trainingseinheiten, die ihn manchmal bis an seine Grenzen brachten. Tagelanger Verzicht auf Essen und Trinken und wenn, dann nur begrenzt auf eine Schüssel Reis und etwas Wasser. Gerade so viel, um nicht während eines Shootings oder Drehs umzukippen.

Nachdem er die Weste angezogen hatte, bestätigte sich das, was er bereits geahnt hatte. Seine gesamte Brust war sichtbar. Für jedermann. Er ahnte bereits, welchem Zweck dies diente. Es ging letztendlich um die Kleidung aber auch um ihn. Und in diesem speziellen Fall um *sie*. Eine junge Frau, die jetzt nicht weit von ihm entfernt stand, denn er hörte eine männliche Stimme, die Anweisungen gab. Eindeutig an sie. Wie sie sich zu positionieren hatte.

Schnell zog er sich um und kam wenige Minuten später wieder aus der Umkleide heraus. Bewundernde Blicke trafen ihn von den Assistentinnen. Eine davon kam direkt auf ihn zu und wies ihn an, ihr zu folgen. Sie führte ihn zu einem Stuhl, wo sie ihn bat, sich zu setzen, während sie von dem kleinen Tisch gegenüber einige Pinsel und Puderdosen nahm. Nun wurde er geschminkt. Er mochte es nicht, denn es war eine Verkleidung, wie er es nannte. Eine Maske, hinter die er sich versteckte. Genau wie seine Mimik. Mal charmant lächelnd, nachdenklich oder herausfordernd.

Er spürte den weichen Pinsel auf seiner Wange und roch den süßlichen Duft des Puders. Ein Schauer überzog seinen Rücken. Ob sie sich auch schminken würde und fühlte sie dabei das gleiche wie er? Wieder waren seine Gedanken bei ihr. Sie begleitete ihn. Tag für Tag seit jenem Abend, als er vor ihrer Tür gestanden und seine Dienste angeboten hatte. Wann würde er sie wiedersehen?

„Hallo?", vernahm er weit entfernt die Stimme der Assistentin.

„Ja?" Er sah sie etwas verwundert an.

„Sie sind fertig", sagte sie schnell und deutete Richtung der aufgebauten Kulisse mit dem Schreibtisch und dem offenen, alten Büroschrank. Sein Manager sah bereits zu ihm herüber, ebenso der Fotograf. Alles war bereit und sie schienen nur noch auf ihn zu warten.

Er stand sofort auf und machte eine knappe Verbeugung Richtung seines Managers, ehe er zu dem Schreibtisch ging. Die junge Frau stand bereits daneben und ein vielsagendes Lächeln umspielte ihre Lippen, während er immer näherkam. Ihr Blick wanderte von seinen Augen zu seiner Brust. Er fühlte sich unwohl. Nahezu nervös und wünschte, er wäre nicht hier. Nicht mit ihr.

„Du setzt dich auf den Schreibtisch, nur die Kante", wies ihn der Fotograf an.

Hyeong-Joon setzte sich wortlos, wie ihm befohlen worden war.

„Und du stellst dich so zu ihm", wandte der Fotograf sich nun an die junge Frau.

Ehe er sich versah, hatte der Fotograf sie zu ihm geschoben, dass sie sich nun gegenüberstanden. Der Fotograf drapierte ihren Arm um Hyeong-Joons Schulter und deutete ihr, das Bein so anzuheben, als würde sie sich jeden Moment auf ihn setzen wollen. Es kam noch schlimmer.

„Und du legst nun einen Arm um ihre Taille und die andere legst du auf ihren Oberschenkel, als wolltest du sie an dich ziehen."

Seine Augen weiteten sich und pures Entsetzen sprach daraus. Er sah den Blick seines Managers und des Geschäftspartners, für dessen Ware er hier warb, und tat, wie ihm befohlen. Widerwillig legte er seine Hand auf ihren nackten Schenkel. Genug entfernt von dem zu knappen schwarzen Kleid. Er spürte an seinen Fingern die Lackstiefeletten und ein weiterer Schauer jagte ihm über seinen Rücken, als er ihre Blicke sah. Unaufgefordert lagen sie auf seiner Brust, während ihr Unterleib seinem noch näherkam. Etwas, das keiner bemerkte. Alle blickten auf einen jungen Mann, der eine Frau im Arm hielt und wenige Sekunden später professionell in die Kamera sah. Herausfordernd. Das war es auch für ihn.

Ihr Blick lag noch immer auf ihm, seiner Brust und es schien ein Wink des Himmels für sie zu sein, dass dieser Blick auch so gefordert wurde.

Er wollte weg. So schnell wie möglich und es schien eine Ewigkeit zu dauern, bis die Bilder endlich fertig und sowohl der Auftraggeber als auch sein Manager zufrieden waren. Sie blickten immer wieder auf Bildschirme und irgendwann kam ein zustimmendes Nicken von beiden.

„Gut, nächste Einstellung", hörten sie die Stimme eines Assistenten, der mit einem Klemmbrett auf sie zukam.

„Ihr müsst kurz warten, bis die andere Szene steht. Setzt euch so lange dort hin", wies er sie an und zeigte auf zwei Stühle, die nicht weit entfernt standen.

Sie setzten sich dorthin und beobachteten die Assistenten und Arbeiter, welche damit begannen, den Schreibtisch und den offenen Büroschrank mit kleinen Wagen wegzubringen.

„Aufregend, nicht?", hörte er plötzlich die Stimme der jungen Frau dicht neben sich. Er schrak zusammen, denn sie beugte sich so nah zu ihm, dass sich ihre Gesichter fast berührten.

„Ja", bestätigte er kurz und nickte zustimmend. Er wich ein wenig zurück.

„Ich habe so etwas schon öfter gemacht", plapperte sie munter weiter und beugte sich wieder näher zu ihm. Sie ignorierte, dass er erneut zurückwich und lächelte.

„Das freut mich für dich", entgegnete er freundlich und sah sich verstohlen um, ob das nächste Set stand.

Er wollte weg. Von ihr und eigentlich auch dem Shooting. Als er seinen Manager mit dem Geschäftsmann in der Ecke stehen sah, fühlte er erneut, dass es kein Entrinnen gab. Ehe er sich versah, war sie aufgestanden und positionierte sich vor ihm, sodass er sie ansehen musste.

„Ich habe dich schon auf so vielen Covern gesehen. Beeindruckend, dass du jetzt vor mir sitzt“, lachte sie.

Sie trat näher an ihn heran und er ahnte, was sie vorhatte. Unruhe überkam ihn.

„Das ist nett, danke“, erwiderte er freundlich und hoffte, dass es nun bald weiter ging.

Dekorationen, hohe Bodenvasen und große Glasquader, welche wie Eiswürfel aussahen, wurden gebracht und auf einem flauschigen Teppich drapiert.

„Kann noch dauern, bis die nächste Szene steht“, sagte sie, nachdem ihr Blick auf die umherhuschenden Assistenten gefallen war.

„Ich denke, sie werden schnell fertig sein“, meinte er zaghaft und wusste, dass es mehr einem Wunsch als der Wahrheit entsprach. Man hatte ihm zuvor gesagt, welche Einstellungen kommen würden, und für diese waren die jetzigen Kulissen eindeutig zu wenig.

„Bis dahin müssen wir uns die Zeit anders vertreiben“, sagte sie und ehe er sich versah, hatte sie sich auf seinen Schoß fallen lassen und legte ihren Arm um ihn.

Hyeong-Joon war unfähig zu reagieren. Am liebsten hätte er sie von seinem Schoß geschubst. Er wusste, das wäre nicht nur unhöflich, sondern konnte Ärger mit seinem Manager bedeuten. Der Geschäftspartner wünschte offenbar, dass da mehr zwischen ihr und ihm geschah. So ließ er es widerwillig zu.

Sie sah ihn mit ihren großen Augen erwartungsvoll an und begann zu erzählen. Dass sie bereits für Zara gemodelt hätte und wie schwer es sei, einen Job zu ergattern … Nach dem fünften Satz schaltete sein Gehirn ab. Sie saß auf seinem Schoß und plapperte eifrig, während er freundlich nickte und seine Gedanken ganz weit weg waren. Viele Tausende von Kilometern entfernt.

***

Nur noch wenige Meter trennten sie von ihm. Susanne blickte zum Fenster der Limousine hinaus und sah weit vorne den Tempel, wie er sich emporhob. Weiß spiegelten sich die Türme in den Sonnenstrahlen, die nun das ganze Areal überfluteten. Für den Hauch einer Sekunde fühlte sie sich weit entfernt, nicht mehr hier in London, sondern in

Indien. Allerdings nur so lange, bis der Wagen vor dem Eingang hielt und sie auf die Ziegelsteinmauer und das Tor blickte.

„Wenn Sie mir bitte folgen würden", bat der Fahrer, als er ausgestiegen war und ihr die Tür geöffnet hatte.

„Danke", erwiderte sie knapp und stieg aus.

Keine Assistenten, kein Manager, der ihr bereits entgegenkam. Weder am Tor noch an der lang gezogenen Treppe. Susanne war etwas überrascht, denn eigentlich hatte sie dies erwartet. Doch niemand außer ihr und dem Fahrer waren zu sehen.

„Frau Cramer", sagte er und deutete ihr, ihm zu folgen.

Galant öffnete er das Eisentor und lief, nicht wie erwartet den Kiesweg Richtung Treppe und dem Tempel, sondern zu einem der Nebengebäude. Ein lauter Seufzer glitt über ihre Lippen und der Fahrer drehte sich überrascht zu ihr um.

„Etwas nicht in Ordnung, Frau Cramer?"

„Warum?"

Die Frage kam so schnell und unerwartet, dass er nichts darauf antwortete, sondern sich abwandte und seinen Weg zum Nebengebäude fortsetzte.

Nicht mehr weit, dachte sie und spürte, dass sich ihr Herzschlag immer mehr steigerte, je näher sie dem Anbau kamen.

Eine kleine weiße Mauer führte von den Treppen des Tempels zum Nebengebäude, das mit seinem Fachwerk im ersten Stock manchen Häusern in Zürich ähnelte und nicht hierher zu passen schien. Sie fühlte ein wenig Wehmut, denn sie liebte ihre Heimat. Schnell folgte sie dem Fahrer und ihr Herzschlag beschleunigte sich. Nicht nur vom eiligen Laufen, sondern wegen des Wissens, dass sie ihn bald sehen würde. Nur noch an den Holzsäulen vorbei und dann war sie bei ihm! Am liebsten wäre sie zum Eingang gerannt, doch sie behielt innere Contenance, auch wenn sie es kaum noch aushielt.

Der Fahrer öffnete die schwere Holztür und eilig drängte sie sich an ihm vorbei. Etwas unsicher sah er sie an, nachdem sie nun in einer großen Halle standen und ihre Augen bereits alles genau prüften.

„Darf ich Sie noch zu Lee Sukh-Jae führen?", fragte er und schien von ihrer Dominanz und Selbstsicherheit eingeschüchtert.

„Nein, nicht nötig", sagte sie und ihr Blick war eindeutig: Verschwinde.

Auch wenn sie keine Ahnung hatte, wie sie Choi Hyeong-Joon fand, wollte sie allein sein, wenn sie ihn entdeckte, und nicht unter den beobachtenden Augen eines Lakaien des Managements stehen. Der Mann nickte und verschwand wieder nach draußen.

Ein langer Gang lag vor ihr und viele Türen. Keine Beschilderung, nichts war zu sehen. Dies war auch nicht weiter verwunderlich, denn es war sein Job gewesen, sie in den richtigen Raum zu führen, und nun war er weg. Sie nahm einen tiefen Atemzug und lief los. Als sie die ersten Türen erreichte, war es noch immer still. Nur das Klacken ihrer Absätze war zu hören, welche in dem langen Gang widerhallten.

Schließlich entdeckte sie weit entfernt einige Leute. Sie schoben geschäftig volle Kleiderständer in eines der Zimmer. Dort war also das Shooting, daran gab es keinen Zweifel. Sie steuerte geradewegs auf die Räume zu.

Langsam, rief sie sich ins Gedächtnis. Sie wollte keinesfalls, dass er sie zu früh sah. Abgehetzt und außer Atem. Vielmehr bestand ihr Vorhaben darin, sich ein eigenes Bild zu machen. Eines, das ihr nicht vom Management gezeigt wurde, sondern das, was sie wirklich sehen wollte. Ihn. In Momenten, in denen er unbeobachtet war und nicht der Schauspieler, Sänger oder, wie in diesem Fall, das Model. Sein Management wollte, dass sie einer der Sponsoren wurde, und sie war gewillt, sich darauf einzulassen. Jedoch mit ihren Konditionen. Denn das, was sie zu geben hatte, war mehr als die Opfer, welche sie von den anderen einforderte.

Langsam näherte sie sich den beiden gegenüberliegenden Räumen. Sie trat an eine der Türen und blickte verstohlen hinein. Etwas enttäuscht wanderte ihr Blick über die weißen Wände, welche offenbar drapiert wurden, um die Illusion eines weiteren Ganges zu mimen, den es in Wahrheit nicht gab. Außer den Wänden waren nur ein paar Arbeiter zu sehen, die versuchten, sie in die richtige Position zu rücken. Sie wandte sich der anderen Tür zu und ehe sie auch nur einen Blick hineinwerfen konnte, hatte man sie bereits entdeckt.

„Frau Cramer“, hörte sie die überraschte Stimme von Lee Sukh-Jae. Sein Manager. Somit konnte er nicht weit sein.

„Hallo“, begrüßte sie ihn in ihrer reservierten Art und reichte ihm ihre Hand.

„Wo …“, begann er und sah über sie hinweg.

„Sie suchen den Fahrer?", fragte sie kühl.

„Ja, ich hatte ihm gesagt, dass er Sie ..."

„Denken Sie, dass ich den Weg nicht selbst finde?", unterbrach sie ihn, ehe er seine Frage aussprechen konnte. Ihr kühler Gesichtsausdruck und die Art, wie sie ihre Worte betonte, gaben ihm genauso wie vorher dem Fahrer klar zu verstehen, dass sie keine Hilfe benötigte und wollte.

„Es wird gerade das nächste Set aufgebaut und dort hinten ...", begann der Manager eifrig, als sie ihn erneut unterbrach.

„Ich sehe ihn oder denken Sie, ich bin blind?", konterte sie und in ihrem Blick lag etwas Gefährliches.

Wie erwartet, zuckte Lee Sukh-Jae kurz mit den Wimpern, verkniff sich aber jeden weiteren Kommentar und nickte nur.

Die Karten waren gemischt, stellte sie zufrieden fest, und sie war diejenige in dem Spiel, nach dessen Regeln gespielt wurde. Sie spürte, dass in Lee Sukh-Jae langsam die Nervosität stieg.

Er tappte für einen Moment von einem auf den anderen Fuß. Alle Höflichkeiten, welche man ihr zeigte und versuchte zu geben, wurden von ihr sukzessive abgeblockt und schlimmer noch, stets so dargestellt, als würde man sie für unfähig halten. Bereits das Hotel hatte ihm mitgeteilt, dass sie die Annehmlichkeiten des Essens nicht angenommen hatte. Dies alles waren für ihn Zeichen, dass sein Vorhaben sich vermutlich nicht erfüllen sollte. Er wurde unsicher und musterte sie verstohlen, während ihr Blick durch den Raum wanderte und plötzlich wieder an einem bestimmten Punkt innehielt. Er verfolgte ihn und ein zufriedenes Lächeln zeichnete sich auf seinen Lippen ab, als er sie wieder anblickte. Denn zum ersten Mal an diesem Tag lächelte sie. Ihr Gesicht nahm etwas Weiches an und die Hoffnung, dass doch noch ein Geschäft zustande kam, rückte wieder näher.

Er schrak zusammen, als sie sich plötzlich zu ihm drehte und ihm geradewegs in die Augen sah. Sie sagte nichts, doch ihre Züge waren wieder strenger und Unbehagen stieg in ihm auf. Er blickte zu Hyeong-Joon und die junge Frau. Diese junge Frau in ihrem schwarzen engen Kleid und den zu hohen Stiefeletten hatte sich auf seinen Schoß gesetzt. Lee Sukh-Jae ahnte, dass dies der Grund für ihren Zorn sein musste. Sein Geschäftspartner wünschte eine gewisse Art von Fotos, bei denen eine solche Nähe von Vorteil war. Das schien ihr zu missfallen.

„Ist etwas nicht in Ordnung?“, fragte er vorsichtig.

Er dachte erst, dass sie ihn nicht gehört hatte, denn sie gab ihm keine Antwort, sondern blickte starr zu seinem Model und der Frau, die sich auf dessen Schoß immer wohler zu fühlen schien.

Susanne beobachtete die Szene. Wut stieg in ihr hoch. So hatte sie sich das Wiedersehen nicht vorgestellt. Eine wunderschöne, junge Frau saß auf dem Schoß des Mannes, in den sie sich selbst verliebt hatte. Diese zerbrechliche Schönheit rieb sich fast schon an ihm, lachte und genoss seine Nähe offensichtlich. Ganz im Gegensatz zu ihm. Er wirkte unsicher und unangenehm berührt. An seiner Körperhaltung konnte sie ablesen, dass sein höfliches Lächeln aufgesetzt war und er ihr aufdringliches Verhalten verabscheute. Mindestens genauso sehr wie sie.

Susanne dachte an die Nachrichten, welche sie in den letzten Wochen und Monate ausgetauscht hatten. Zaghaft hatten sie sich einander genähert. Ob er es gespürt hatte, genau wie sie? Sie war nicht sicher, ob er so empfand wie sie selbst. Aber sie fühlte die Eifersucht in sich wachsen und musste dagegen etwas unternehmen. Allerdings nicht auf die herkömmliche Art, wie es jede andere Frau tun würde: hingehen und dem schamlosen Treiben ein Ende setzen. Nein, sie war CEO und es gewohnt, Dinge sachlich zu klären und vor allem endgültig und nicht nur für den Moment.

Sie wählte ihre nächsten Worte und Gesten genau, denn sie wollte Lee Sukh-Jae klar zu verstehen geben, dass sie sich mehr vorstellen konnte als nur eine Investition. Er sollte ihre Wünsche mit Wohlwollen aufnehmen und alles dafür tun, um sie zu ermöglichen.

Mit verkniffenem Mund nickte sie in Richtung der beiden Models.

„Und?“, fragte sie und sah den Manager herausfordernd an.

„Ich verstehe nicht ganz“, gab er ehrlich zu. Sein Blick huschte zwischen ihr und den Models hin und her.

Ihre Augen formten sich zu schmalen Schlitzen. Sie zeigte ihm sehr deutlich, dass es ihr missfiel, weil er sie nicht direkt verstand. Damit verunsicherte sie ihn und verschaffte sich eine bessere Verhandlungsposition. Es war sein Anliegen, jeden ihrer Wünsche zu erfüllen, noch bevor sie ihn geäußert hatte. Soeben versagte er darin.

„Ich werde keine Geschäfte mit jemandem machen, dessen Ware ein anderer bereits im Mund hatte“, konterte sie und deutete mit einem Nicken wieder zu den beiden.

Susanne war sicher, dass Choi Hyeong-Joon noch Jungfrau war. Er wirkte viel zu schüchtern und eher unbeholfen im Umgang mit dem ungewöhnlich attraktiven Model. Ein Mann mit Erfahrung hätte die Situation ganz anders gehandhabt. Deshalb durfte sie herausfordernd und sexistisch klingen. Immerhin war bekannt, dass die großen und kleinen Stars auf dem Weg zum Aufstieg mit ihrem Körper bezahlen mussten. Irgendwann. Diesen Umstand nutzte sie nun für sich aus, selbst wenn sie dieses Geschäftsgebaren verabscheute und keineswegs umzusetzen gewillt war. Das konnte Lee Sukh-Jae nicht wissen. Er sah eine überaus einflussreiche Investorin, die Interesse an seinem Star hatte und anscheinend auch persönliche Dienstleistungen in Erwägung zog zur Anbahnung des Geschäfts.

Genau in diesem Moment, wo sie die ersten Geschäftskontakte einleiteten, rutschte die junge Frau noch näher an Choi Hyeong-Joon heran, sodass sich fast ihre Lippen berührten. Lee Sukh-Jae schien endlich das zu sehen, was sie sah, auch wenn es ihn weniger emotional erfasste.

„Ich verstehe“, erwiderte er, nickte und sein Blick wurde ernster.

Ja, er hatte verstanden. Die junge Frau ging zu weit und ihm drohte dadurch der Verlust einer potenziellen Kundin, die weitaus höher stand als sein derzeitiger Geschäftspartner.

„Wenn Sie mich kurz entschuldigen würden“, bat er freundlich und deutete eine Verbeugung an.

„Wenn Sie das Problem beseitigen wollen, gerne.“

Er nickte und eilte davon. Geradewegs zu einem Mann, der er einen Anzug trug und geschäftlich wirkte. Er stand etwas abseits und hatte von der Position nicht nur einen guten Blick auf Susanne, sondern auch die junge Frau, die offenbar sein Model war.

Als der Mann Lee Sukh-Jae auf sich zukommen sah, lächelte er. Doch dies erstarb, als der Manager bei ihm war und zu reden begann. Sie wusste genau, was sie sprachen, und sicherlich hätte der andere gerne zu ihr herübergesehen, doch er verbot es sich und blickte nur für den Hauch einer Sekunde zu den beiden jungen Models. Wieder lachte das Mädchen und redete weiter auf Choi Hyeong-Joon ein. Nicht mehr lange, dachte Susanne und wusste, dass die Stunden der Kleinen gezählt waren.

Der Geschäftsmann griff zum Telefon, sprach ein paar Worte und ließ es in seiner Jackentasche verschwinden. Für einen kurzen Moment schweifte sein Blick zu Susanne. Sie sah es, deshalb deutete er eine höfliche Verbeugung an, die sie mit erhobenem Haupt und einem zuckersüßen Lächeln durch ein angedeutetes Nicken erwiderte.

Das Mädchen hatte vielleicht noch ein paar Stunden mit Choi Hyeong-Joon vor sich, aber es war das letzte Shooting. Zumindest mit ihm. Ein zufriedener Seufzer glitt über Susannes Lippen. Es war Zeit zu gehen. Sie hatte alles gesehen, was für sie notwendig war, und ohne einen weiteren Blick wandte sie sich um, verließ den Raum und ging den langen Gang wieder zurück. Dieses Mal war ihre Aufregung und die vorherige Wut verschwunden. Denn sie ihn gesehen und wie er auf die junge Frau reagierte. Es gab keinen Zweifel mehr. Tief in sich drinnen fühlte sie es längst und seit diesem Shooting war sie sich sicher. Sein nahezu angewidertes Gesicht, als sich die junge Frau ihm unaufgefordert näherte, sagte ihr alles. So klar, wie in diesem Moment, hatte sie ihn noch nie gesehen. Sein Inneres, das mit ihrem, wenn sie sich nicht täuschte, verbunden war. Durch ein paar Sätze. Ihre Gefühle, die im Lauf der letzten Monate immer mehr gewachsen waren. Genau wie ihr Wunsch, ihn für sich zu haben. Nur für sich und nicht teilen zu müssen. Weder mit einer jungen Frau noch mit sonst irgendwem.

Sie würde wie erwartet ihrem Ziel bald näherkommen. Denn dass das Management ihr nur jeden erdenklichen Wunsch erfüllen würde, um sie als Investorin zu gewinnen, stand nach dieser Aktion außer Frage.

***

Hyeong-Joon spürte, wie sein Herz immer schneller schlug. Es begann, nachdem ihn das Management vor zwei Stunden zu sich geholt hatte. Nichts Ungewöhnliches, bis man ihm Anweisungen gab. Zuerst waren es die üblichen, welche er kannte. Höflichkeiten, Komplimente, Zurückhaltung und all das, um den möglichen Interessenten bei Laune zu halten. Bis er bemerkte, dass man von einer Sponsorin sprach.

„Sie ist sehr wichtig für uns und könnte vieles ermöglichen", sagte Lee Sukh-Jae eindringlich.

Sein Manager stand vor ihm, während er auf einem Stuhl saß und zu ihm aufblickte. Eine weitere Gestik, die er so sehr hasste. Es zeigte ihm erneut, dass er unter ihm war. Weit unter ihm und all das tun musste, was er wollte. Ob er es nun mochte oder nicht. *Sie ist sehr wichtig für uns …* hallten die Worte in ihm nach. Eine Sie!

Bisher war er um diverse Dienste herumgekommen, in denen er sich anbieten müsste. Aber dieses Mal gab es keine Chance. Die nachfolgenden Worte bestätigten seine Sorge.

„Sie hat Kontakte, welche von großem Nutzen für uns sein könnten, daher tue alles, was sie fordert", sagte Lee Sukh-Jae hart. Dann wurde seine Stimme leiser. Er beugte sich hinunter und sah ihm in die Augen. „Was immer es auch ist."

Hyeong-Joon wurde übel. *Was immer es auch ist.* Ein Satz, der einem Freibrief gleichzusetzen war. Er durfte keinen eigenen Willen mehr haben. Er war nur eine Marionette und heute Abend würde es vermutlich über einen Auftritt hinausgehen. Immer wieder hatte er von Services gehört. Dinge, welche hinter vorgehaltener Hand gesagt wurden, bei denen zumeist ihre Körper verkauft wurden. War es nun bei ihm so weit? Musste er sich ihr heute Abend hingeben? Oder schlimmer noch, sie befriedigen? Er war Jungfrau! Er hatte keine Ahnung, was er tun musste! Ein Schock durchzuckte seinen Körper und selbst sein Manager schien dies zu bemerken.

„Was ist los?", fragte er leicht verärgert, denn ihm ging es darum, dass Hyeong-Joon heute Abend seine Pflicht erfüllte.

„Es ist nichts, ich werde mein Bestes tun", sagte dieser und nickte eifrig.

„Das Beste wird hierbei nicht ausreichen. Bisher hat sie keinen einzigen Dienst angenommen. Von niemanden!" Lee Sukh-Jae wurde eindringlicher. „Du wirst nicht dein Bestes tun, du wirst *alles* tun!"

Hyeong-Joon wurde nervöser und spürte, dass alle Erwartungen nun bei ihm lagen. Er durfte nicht versagen. Auch wenn sich alles in ihm sträubte.

Seine Gedanken wanderten zu seiner CEO, der er seit Monaten kleine Nachrichten schrieb, die in seinem Herzen ruhte. Sie war seine Liebe, sein Leben. Und nun sollte er einer anderen Dame seine Dienste zur Verfügung stellen. Nach so vielen Jahren im Showgeschäft sollte es ausgerechnet jetzt so weit sein. Ihm wurde schlagartig bewusst, was das heißen würde. Niemals könnte er das tun! Es fühlte sich nach all den Nachrichten wie ein Verrat an.

Das Restaurant kam näher und von Weitem sah er bereits die helle

Beleuchtung. Sie wirkte unwirklich. Genau wie die Welt, in welche er nun erneut gezwungen wurde. Wieder und wieder hatte ihn der Assistent vom Manager instruiert. Wie wichtig dieses Essen sei und welche Möglichkeiten für sie alle bestanden.

Er wusste genau, wer mit alle gemeint war. Das Management. Für ihn ging die Knechtschaft weiter. Je erfolgreicher er wurde, umso mehr bekam er das Gefühl, nicht freier, sondern eher noch je gefangener zu sein. Denn er war die goldene Kuh, die Milch im Überfluss gab. Man stellte ihr etwas Gras zur Verfügung und verkaufte die Milch an den Meistbietenden. Heute Abend jedoch wurde nicht nur die Milch verkauft, sondern die gesamte Kuh.

Ein Schauer überzog seinen Rücken und er begann zu schwitzen. Die erste kleine Perle lief an seiner Schläfe entlang. Ehe die Bodyguards und der Assistent sie sehen konnten, wischte er sie schnell weg. Aber die Angst blieb. Gleich musste er sich und seinen Körper einsetzen für etwas, das er nicht kannte. Wie sollte er sich verhalten? Wie machte er es richtig? Verzweiflung stieg in ihm auf. Obwohl er vier Männer um sich sitzen hatte, so konnte ihm in diesem Moment niemand helfen. Es gab keinen, der ihm etwas erklären konnte. Er war allein. Wieder einmal und diese Nacht sogar mit einer Frau. Zum ersten Mal in seinem Leben! Die Angst in seinem Magen verdichtete sich so sehr, dass er Übelkeit verspürte.

„Wir sind gleich da. Und vergiss nicht, was ich dir gesagt habe", hörte er die mahnenden Worte seines Managers vom Beifahrersitz.

Auch wenn er ihm mit den Rücken zugewandt war, so hörte Hyeong-Joon an der Härte der Stimme, was ihm blühte, sollte er versagen. Er rief sich die Gespräche seiner Leidensgenossen ins Gedächtnis zurück. Es waren nicht die angenehmen Szenen wie Küssen oder Berühren. Nein, vor seinen Augen waren es solche, die ihm Angst bereiteten. Eine Frau zu verführen, was auch immer das heißen sollte. Sie auszuziehen und zu verwöhnen. Woher sollte er wissen, was er tun musste?

Hyeong-Joon blickte auf seine Hände. Seine zartgliedrigen Finger, die außer seinem Körper noch nie jemanden auf diese besondere Weise berührt hatten. Vielleicht bei einer flüchtigen Umarmung eines Fans oder bei einem Fotoshooting oder einer romantischen Szene im Film. Dabei waren sie immer von vielen anderen umringt und die Szene letztendlich nur gestellt.

Die Lichter kamen näher und mit ihnen die Angst. Sollte er fragen …? Sein Herz schlug viel zu schnell. Wen konnte er fragen? Verzweifelt blickte er sich um. Die Augen der Bodyguards waren damit beschäftigt, bereits die Umgebung zu prüfen, und blickten starr zu den verdunkelten Scheiben der Stretch Limousine hinaus. Nur der Assistent des Managers wirkte entspannter und tippte etwas auf seinem Handy ein.

Der Wagen hielt und schon war der erste Bodyguard ausgestiegen und wartete darauf, dass auch er ausstieg. Wortlos folgte er seinem Manager, der behände die zwei Stufen zum Eingang hinauflief. Die Tür des Restaurants wurde geöffnet und ein freundlicher Mann im Anzug begrüßte ihn erfreut. Sie schienen sich zu kennen. Als der Mann ihn begrüßte, wusste er auch warum. Sein Namensschild und seine Funktion prangten auf der Brusttasche des Anzugs. Es handelte sich um den Restaurantmanager des Hauses, der es sich nicht nehmen lassen wollte, seine besonderen Gäste persönlich zu begrüßen. Er deutete Lee Sukh-Jae, ihm zu folgen, und ging in das Innere des Restaurants.

Die Tische waren nahezu alle besetzt. Als sie dem Manager quer durch den Raum folgten, zogen sie die Blicke auf sich. Daran war Hyeong-Joon gewöhnt. Dennoch mochte er es nicht, so im Mittelpunkt zu stehen.

Im hinteren Bereich hatte man mehrere Tische für sie eingedeckt. Edel und mit Weinen bestückt. Der Manager setzte sich und wies ihn an, sich direkt neben ihn zu setzen.

Wo sollte sie sitzen, fragte er sich und sah sich um. Jetzt erst erkannte er die Taktik von Lee Sukh-Jae. Wer auch immer kam, würde sich gegenüber von ihm setzen müssen. Denn neben ihm saß bereits sein Manager und dann endete der Tisch. Ein Stuhl, wie er üblicherweise an Tischenden stand, war hier offenbar absichtlich entfernt worden. Hyeong-Joon fühlte sich noch schlechter. Links von ihm sein Manager, gegenüber vermutlich die Frau und neben ihr der Assistent. Somit hatten ihn drei Augenpaare im Visier. Ein Albtraum. Der Abend hatte noch nicht einmal begonnen und er fühlte sich bereits, als ob er alle Kraft verloren hatte angesichts der Vielzahl an unbeantworteten Fragen.

Ob es sich um ein Omen handelte? Waren das die ersten Anzeichen, dass dieser Abend ein tragisches Ende nehmen würde? Erneut bekam Hyeong-Joon einen Schweißausbruch. Er versuchte, seinen Atem unter Kontrolle zu bekommen. Ihm wurde heiß und kalt. Seine Hände begannen zu zittern und wieder kreisten seine Gedanken um die fremde Frau und seine Aufgabe. Er hatte einen Service zu erbringen. Er musste alles tun, auch wenn er es auf gar keinen Fall wollte. Sein Herz raste und er wollte sterben. Am besten sofort. Jetzt und hier, ehe ihn das Schicksal verschlang.

Sein Manager stand auf und stieß ihn mit dem Fuß an. Er sollte sich ebenfalls erheben. Es war so weit. Sie war da. Er hob den Kopf und folgte dem Blick seines Managers. Da sah er sie und traute seinen Augen nicht.

***

Susanne stand in ihrem Zimmer und überlegte, was sie anziehen sollte. Heute war ein besonderer Abend und genauso besonders wollte sie sein. Es war ihr wichtig, alle Blicke auf sich zu ziehen und zu zeigen, dass sie tun und lassen konnte, was sie wollte. Sie war CEO und genoss es, diese Manager vor sich krabbeln zu sehen. Diese Männer, die ihre eigenen Leute bis zum Rande des Wahnsinns trieben oder in den Tod.

Ein Schauer durchfuhr sie. Kürzlich hatte sie einen Artikel entdeckt über den jungen Mann, der seine Liebe auf der Bühne hinausgeschrien hatte, hinter der Bühne verprügelt worden war und dennoch nicht aufgehört hatte, ihren Namen zu schreien. Man fand ihn einen Tag nach seinem Auftritt tot in seinem Zimmer. Ein Selbstmord, wie in den Medien durchgesickert war.

Sie war es so leid, Teil dieser menschenverachtenden Maschinerie zu sein, und fragte sich manchmal, warum sie sich in dieses Haifischbecken begab, in welchem sie als Frau ein Unikat war. Vielleicht war es genau das. Als Frau war sie anders und erfuhr eine andere Behandlung. Oder hegte sie die Hoffnung, ein klein wenig die Welt zu verbessern, indem sie einen Weg einschlug, der für eine Frau höchst ungewöhnlich war?

Es war ihr egal, welche Gründe sie dazu gebracht hatten, immer wieder nach Asien zu fliegen. Jetzt zählte für sie nur eines: Choi Hyeong-Joon.

Sie holte ihr grünes Kleid aus dem Schrank. Dazu noch ihr rotes Halstuch und die rosa Plateau Converse. Sie lächelte sich zufrieden an, als sie wenige Minuten später angezogen vor dem Spiegel stand.

Nur noch die Haare, überlegte sie und hielt sie ein Stück nach oben. Vielleicht hochstecken, auch wenn sie nicht die Masse an Haaren zu bieten hatte wie manch andere. Doch wie? Sie blickte sich kurz im Zimmer um und sah einen Stift. Binnen Sekunden hatte sie ihre Haare zu einem kleinen Dutt gedreht und fixierte ihn mit dem Bleistift. Noch ein wenig von ihrem auffallenden roten Lippenstift und Sekunden später lächelte sie zufrieden ihrem Spiegelbild entgegen. Es würde nicht mehr lange dauern, bis man sie abholte. Obwohl das Restaurant nicht weit entfernt lag, bestand das Management darauf, sie dort hinzufahren.

Lächerlich, stellte sie kopfschüttelnd fest, aber es gehörte alles zu dem Spiel, in welchem sie eine der Spielfiguren war. Nur mit dem Unterschied, dass sie die Figur war, welche alle anderen zum Tanzen brachte. Und das, wann immer sie wollte.

Das Management hatte sich gut über sie informiert. Sie kannten ihre Vorlieben und was sie verabscheute. Jedoch nicht die wahre Susanne Dorothea Cramer. Die aufgeregt wie ein kleines Mädchen darauf wartete, dass es endlich an ihrer Tür klopfte und man sie abholte. Zu ihm brachte.

Susanne hatte darauf bestanden, dass Choi Hyeong-Joon nicht darüber informiert wurde, wer sich da mit ihm treffen wollte. Sie wollte den Augenblick genießen, wenn er sie entdeckte und voller Erstaunen ansah. Natürlich hatte sie das nicht als Grund für ihr Verlangen vorgebracht. Sie hatte überhaupt keinen Grund genannt. Sie war wichtig, zu wichtig, um diesen offensichtlich kleinen Wunsch nicht zu berücksichtigen oder zu hinterfragen.

Es klopfte an der Tür und für einen Moment zuckte sie zusammen und spürte, wie ihr Herz schneller schlug. Showtime.

„Ich komme“, rief sie, griff nach ihrer Tasche und ging zur Tür.

Wie erwartet stand der gleiche Fahrer wie am Morgen vor ihr und begrüßte sie mit einer kurzen Verbeugung. Sie sagte nichts, schloss die Tür hinter sich und folgte ihm zum Wagen.

Kapitel 11

Wie erwartet zog sie alle Blicke auf sich, nachdem sie das Restaurant betreten hatte. Obwohl der Restaurantmanager sie gerne an den Tisch geführt hätte, drängte sie sich an ihm vorbei und trat ein. Schnell war ihr klar, dass das Management ein Separee gebucht hatte. Sie lief schnurstracks darauf zu und wenige Momente später trafen sich ihre Blicke.

Susanne hatte Mühe, ein Lächeln zu unterdrücken, als sie seine aufgerissenen Augen sah. Sein Erstaunen lag nicht an ihrem Outfit, wie bei manch anderem Gast, der sie irritiert betrachtete, sondern an ihr. Sein Blick wandelte sich binnen Sekunden von überrascht und erschrocken bis hin zu Bewunderung. Er glühte innerlich und hatte Mühe, seine Gefühle hinter seiner Maske zu verstecken. Eine von vielen, die er im Lauf der Jahre gelernt hatte, so einzusetzen, wie es von ihm erwartet wurde.

Lee Sukh-Jae lief Susanne bereits entgegen und verbeugte sich. Sie erwiderte den Gruß durch ein kurzes Nicken. Er führte sie an den Tisch und deutete ihr, sich neben seinen Assistenten zu setzen, doch sie blieb neben ihm stehen. Fragend sah der Manager sie an und ehe er etwas sagen konnte, hatte sie ihn bereits zur Seite gedrängt und setzte sich neben Choi Hyeong-Joon. Ihr Herz schlug schneller und sie spürte, dass er sie erstaunt anblickte und nur kurz grüßend nickte.

„Sie können gerne hier Platz nehmen“, versuchte der Manager, sie auf den für sie reservierten Stuhl hinzuweisen, vergebens.

„Sie sehen, dass ich bereits sitze, oder?“

Die Antwort klang forsch und sogar frech. Aber das Management gab sich keine Blöße. Ihre Schrulligkeit wurde hingenommen.

„Sehr wohl, wie Sie wünschen“, sagte Lee Sukh-Jae freundlich und setzte sich neben seinen Assistenten. „Was möchten Sie trinken. Vielleicht Wein?“

„Ich sage Ihnen, was ich möchte. Ich will Zeit mit ihm verbringen“, erwiderte Susanne kühl und deutete auf Choi Hyeong-Joon.

***

Mit ihm, hallte es in seinem Kopf. Noch immer spürte er die Aufregung, seitdem er sie erblickt hatte. Er war außer sich vor Freude und

Glück, doch keinesfalls durfte es jemand merken. Außer ihr. Bereits als sich ihre Augen trafen, wusste er genau, dass es ihr nicht anders ging als ihm selbst. Sie war die Icequeen und heute hatte sie es erneut unter Beweis gestellt. Kühl und abweisend kam sie ihnen entgegen und nahm den Platz seines Managers ein. Sie wollte Zeit mit ihm verbringen, aber für was? Eine Frage, die Sekunden später beantwortet wurde.

***

„Mit ihm, Sie meinen allein?", kam die hoffnungsvolle Frage des Managers.

Sie sah, dass er bereits an typische Serviceleistungen dachte, die sie so sehr hasste. Es war an der Zeit, dass sie deutlich aussprach, was sie wollte, auch wenn der Manager es nicht wirklich verstehen könnte. Niemals durfte er herausfinden, dass sie ernsthaft an Choi Hyeong-Joon interessiert war und nicht nur an seinem Körper, seiner Dienstleistung. Doch wenn sie den jungen Mann retten wollte, musste sie das Spiel um Dienstleistungen mitspielen.

„Ja, alleine. Danach entscheide ich mich, ob und mit wem ich künftig arbeiten möchte."

***

Das saß. Für Sekunden schien niemand mehr an diesem Tisch zu atmen, inklusive ihm. Ihre kühne Art und mit welch einer Selbstverständlichkeit sie es gesagt hatte, ließen keinen Zweifel aufkommen. Sie wollte Zeit mit ihm verbringen. Hoffnung keimte in ihm auf, dass er sie dieses Mal von sich überzeugen könnte. Endgültig. Dass er den Mut aufbrachte, ihr zu zeigen, wie er für sie empfand.

Er sah sie bewundernd an. Ihre energische Stimme, mit der sie sich gegen seinen Manager durchgesetzt hatte, beschleunigte seine Atmung. Ihre blonden Locken, die sie mit einem Bleistift drapiert hatte und ihn nahezu zum Wahnsinn trieben, ließen sein Herz schneller schlagen. Dieses Mal nicht vor Angst, sondern aus ganz anderen Gründen. Auch ihre bunte Farbenvielfalt weckte eine Lust in ihm, die er sich kaum erklären konnte. Er fühlte so viel für sie und trotzdem war es ausgeschlossen, mit ihr über seine Gefühle zu sprechen. Er liebte sie, von ganzem Herzen, und wollte ihr Herz endgültig erobern und nie wieder verlieren.

„Wie Sie wünschen", stimmte Lee Sukh-Jae freundlich zu und rückte seine Krawatte zurecht.

***

Sie kannte sich mit Körpersprache aus und wusste, dass sie ihn durcheinanderbrachte. Ob es an ihrem Aussehen oder ihrer Art lag, es war ihr egal. Ein Geschäftsessen, wie er es bisher kannte, gab es für sie nicht. Dieser Abend würde sich herumsprechen und allen klar machen, dass die Icequeen es erneut geschafft hatte, alle Regularien über den Haufen zu werfen. Lee Sukh-Jae würde höchstpersönlich dafür sorgen, dass dieses ungewöhnliche Geschäftsessen bei allen in seiner Branche bekannt würde.

Es war für sie nicht relevant. Es gab nur einen Grund, warum sie hier war, das war Choi Hyeong-Joon. Er wirkte etwas verloren zwischen ihr und dem Management. Sie erinnerte sich an die kleinen Nachrichten der letzten Monate und wusste, er konnte auch anders sein. Gefühlvoll, freundlich. Sie lächelte leicht und blickte auf seine Hand, die auf seinem Bein ruhte.

***

Er bemerkte ihren Blick. Was sollte er tun? Sollte er ihre Hand nehmen, die wie seine unterhalb der Tischplatte auf ihrem Schoß lag? Spielte sie selbst mit dem Gedanken, seine Hand zu ergreifen?

Unsicher huschte sein Blick zu seinem Manager. Der gab ihm mit dem Kopf ein Zeichen und sah leicht verärgert aus. Er glaubte sicher, dass er sich verweigern wollte und darum nichts tat. Aber so war es nicht. Wie gerne würde er sie berühren. Ihre Finger miteinander verschränken und noch einmal die Weichheit ihrer Haut an seiner spüren. Nur nicht hier, wo alle zusehen konnten. Niemand wusste, dass es sich um eine Herzensangelegenheit handelte.

Hyeong-Joon nahm seinen Mut zusammen und befolgte die Anweisung seines Managers. Gerade als sie ihre Augen wandern ließ, legte er seine Hand auf ihre. Er erschrak, als ihre Hand zuckte und sie ihn direkt anblickte. Doch ihre Augen sagten ihm in diesem Moment nur eines: Du bist sicher und alles ist gut.

„Was möchtest du essen?“, fragte sie ohne Umschweife.

Mit großen Augen blickte er sie an. Zu einer Antwort kam er nicht, denn ein einflussreicher Geschäftsmann näherte sich ihrem Tisch. Der Mann schien genauso fasziniert von ihr zu sein wie er, denn seine Blicke waren herausfordernd, nahezu sexistisch.

„Oh, CEO Cramer. Wie schön, Sie hier zu sehen. Ich dachte mir ...“, begann er überschwänglich, ehe sie ihm ins Wort fiel. Kurz und knapp.

„Verpissen Sie sich.“

Die Augen aller Anwesenden um sie herum weiteten sich. Niemand wagte, auch nur einen Laut von sich zu geben. Der Geschäftsmann schien entrüstet, atmete tief ein und wollte sicherlich noch etwas sagen, bis er das Blitzen in ihren Augen sah.

„Wie Sie meinen“, antwortete er knapp, nickte den anderen kurz zu, ehe er auf dem Absatz kehrtmachte und verschwand.

Hyeong-Joon hatte das Gefühl zu sterben. Sie hatte den Mann gefühllos abserviert. Hoffentlich würde ihm nicht das gleiche bevorstehen. Er kannte diese Art von ihr nicht und fürchtete sich ein wenig davor. Sein Blick fiel auf ihre Hand, die noch immer unter seiner lag. Er betete, dass es so bleiben würde.

„Was möchtest du nun essen?“, fragte sie ihn erneut.

Alle am Tisch waren sprachlos. Was war sie nur für eine Frau? Eben noch hatte sie einen bekannten Geschäftsmann mit Wörtern vertrieben, die in seinem Land vermutlich die Todesstrafe verdienten, und nun fragte sie mit freundlichem, fast sanftem Tonfall nach seinen Wünschen. Unsicher hielt er den Blick gesenkt auf ihre Hand.

„Lieber Fleisch oder Fisch? Was sind deine Vorlieben?“, fragte sie und ließ sich nicht beirren. Sie wirkte, als wäre der Vorfall von soeben nicht geschehen. Am liebsten hätte er laut gerufen: Du bist meine Vorliebe, weil ich dich liebe und begehre, seit ich dich das erste Mal sah!

Hyeong-Joon war aufgeregt, weil sie neben ihm saß. Er war aufgeregt, weil er noch immer unter seiner großen Hand die Wärme ihrer zarten Haut fühlen durfte. Er war aufgeregt, weil sie ihn mit liebevoller Stimme ansprach. Und nun fragte sie, was er essen wollte! Niemand hatte ihn bisher, so weit seine Erinnerung in diesem Moment reichte, gefragt, was er mochte. Es interessierte niemanden, bis auf sie, die nun neben ihm saß und ihn erwartungsvoll ansah und noch immer seine Hand auf ihrer duldete.

Hyeong-Joon war außerstande zu reagieren, denn er fühlte sich überfordert. Seine große Liebe saß neben ihm! Er war völlig durcheinander. Sein Herz schlug noch schneller als sonst. Ihn überkam die Angst, dass er vor Aufregung und Hunger ohnmächtig werden würde. Sein Magen war nahezu leer vom kärglichen Essen, das er heute wegen des Fotoshootings erhalten hatte. Ihm wurde schwindlig angesichts der Forderungen, die alle an ihn stellten.

Sie spürte offenbar seine Aufregung, denn plötzlich nahm sie ihre Tasche und suchte etwas darin. Zeit für ihn, um sich zu beruhigen. Auch wenn er bedauerte, dass sie ihm ihre kleine, zarte Hand entzogen hatte.

Die Augen von Lee Sukh-Jae und seinem Assistenten lagen auf ihren Händen, welche in der Tasche herumwühlten. Als die Männer ihren Blick bemerkten, sahen sie schnell zur Seite und taten so, als ob sie sich unterhielten. Eine merkwürdige Situation, wie Hyeong-Joon fand. Es gefiel ihm, wie sie alle zum Springen brachte, und zwar so, wie sie es wollte.

Sie holte einen roten Lippenstift aus der Tasche und zog sich die Lippen nach. Einfach so, mitten im Restaurant. Er bewunderte sie in diesem Moment mehr denn je. Nicht nur, dass sie offenbar auf alle Konventionen verzichtete, sie sogar bewusst boykottierte, benahm sie sich anders als alle Frauen, die er bisher gesehen hatte.

„Wenn du willst, können wir auch gerne an die Themse etwas spazieren gehen. Es gibt dort einen schönen Imbiss am Turm", bot sie ihm an, während sie ihren Lippenstift wieder in der Tasche verschwinden ließ.

„Aber natürlich wird er Sie begleiten. Es ist ihm eine Ehre und er wird alles tun, um Sie zufriedenzustellen", antwortete sein Manager und lächelte.

***

Susanne hasste es. Warum ließ man ihn nicht selbst für sich sprechen? Natürlich würde er alles tun, denn es war ihm sicherlich wieder und wieder gesagt worden. Den ganzen Tag. Sie war wütend, denn er saß wie eine Ware neben ihr und zwei Vertragspartner verhandelten über ihn. Aber so war es nicht! Sie spürte Liebe und sie war nicht verhandelbar. Ja, sie wollte einen Deal eingehen, aber nur, um ihn für sich zu haben, sofern er es auch wollte. Und um ihn zu schützen.

„Ist er stumm?"

„Wie … wie meinen Sie das?", fragte der Manager irritiert und blickte hilfesuchend von Choi Hyeong-Joon, zu seinem Assistenten und wieder zu ihr.

„Weil Sie für ihn antworten", kam die kalte Antwort.

Der Manager fixierte nun Choi Hyeong-Joon und gab ihm mit dem Kopf stumme Zeichen.

„Ich würde Sie sehr gerne begleiten", sagte Choi Hyeong-Joon und sie hörte das Zittern in seiner Stimme. Er war nervös.

Ein gutes Zeichen, dachte sie bei sich und stand auf.

„Gut, dann gehen wir. Sie können hierbleiben", erklärte sie und blickte den Manager fest an. Er verstand sofort, immerhin hatte sie zu Gesprächsbeginn klargestellt, dass sie mit ihm alleine sein wollte. Sie würden somit nur von Bodyguards begleitet in respektvollem Abstand.

„Wie Sie wünschen", stimmte sein Manager ihr zu und stand ebenso wie sein Assistent auf, um sie zu verabschieden. Sie nickte kurz, nahm ihre Tasche und wartete, bis auch Choi Hyeong-Joon aufgestanden war. Er wirkte unsicher, denn sein Blick wanderte immer wieder zu Lee Sukh-Jae.

„Gehen wir", forderte sie ihn auf und ein kurzes Lächeln umspielte ihre roten Lippen. Ein Signal, das er sofort richtig deutete und sich zusehends entspannte. Er lächelte zurück und nickte zustimmend.

„Auf Wiedersehen", sagte sie zum Manager und dessen Assistenten und ging Richtung Ausgang.

Nach mehreren Schritten merkte sie, dass Choi Hyeong-Joon ihr nicht folgte. Sie drehte sich um und sah, wie Lee Sukh-Jae ihn am Arm festhielt und mit ihm sprach. Seine Lippen waren dicht neben seinem Ohr. Choi Hyeong-Joons Blick wirkte sehr ernst. Das Lächeln von eben war verschwunden. Wie immer, wenn das Management seine Hand nach ihm ausstreckte. Sie ahnte bereits, dass er weitere Instruktionen bekam, wie er sie an diesem Abend behandeln sollte. Zuvorkommend, freundlich, aber vor allem sollte er ihr jeden Wunsch erfüllen. Am besten noch, ehe ihr selbst bewusst wurde, was sie eigentlich wollte.

***

„Du wirst alles tun, um sie zufriedenzustellen, hast du verstanden? Du gehst auf alle Bedürfnisse von ihr ein. Nur weil du bisher versagt hast, schicken wir ihr noch immer Setkarten von dir. Also versage jetzt nicht, sonst …“ Der Manager musste nicht weiterreden, denn Hyeong-Joon ahnte, was ihn erwartete. Es stand viel auf dem Spiel, mehr, als vor zwei Jahren. Damals war er geschlagen worden. Dieses Mal würden sie viel weiter gehen. Er wollte nicht wissen, wie weit. Deshalb nickte er nur und ging mit ihr. Die Bodyguards folgten ihnen mit gebührendem Abstand.

„Was für ein herrlicher Abend“, hörte er sie sagen, als sie endlich auf der Straße standen. Die kühle Luft der hereinbrechenden Nacht drang ihnen mit dem Lärm Londons entgegen.

„Ja, ein wunderbarer Abend“, bestätigte er zurückhaltend. Noch immer hatte er die Stimme seines Managers im Ohr. Seine Anweisungen, welche letztendlich Drohungen waren. Er hatte Angst zu versagen. Nicht nur wegen Lee Sukh-Jae, sondern auch wegen ihr. Was würde sie von ihm denken, wenn er nicht in der Lage war, ihre Wünsche zu erfüllen?

„Ich denke nicht, dass wir Sie brauchen“, rief sie den Bodyguards entgegen, die daraufhin etwas verwirrt blickten.

Hyeong-Joon bemerkte, dass es sie zu amüsieren schien, dass sie den Ton angeben konnte und jeder nach ihren Wünschen sprang. Aus den Augenwinkeln sah er, dass sein Manager nicht weit von der großen Fensterfront des Restaurants gemeinsam mit dem Restaurantmanager sie beobachtete. Leichter Schweiß brach ihm aus. Was musste er tun, um alle zufriedenzustellen?

„Ihr könnt gehen oder denkt ihr, dass er mich nicht beschützen kann?“

Hyeong-Joons Herz schlug schneller. Sie wollte tatsächlich von ihm beschützt werden? Wenn sie es so formulierte, durften die Bodyguards nichts riskieren, denn ihre Wünsche zu erfüllen, war für alle oberstes Gebot.

Sie war ein Teufel, dachte er in diesem Moment und musste ein Lächeln unterdrücken.

„Was ist? Meines Wissens ist Choi Hyeong-Joon ein Martial-Arts-Kämpfer. Was kann schon passieren?“

Die Männer blickten sie noch immer verwirrt an. Einer sah zum anderen, schließlich entdeckten sie Lee Sukh-Jae, der alles durch die

Scheibe beobachtete. Ehe sie antworten oder reagieren konnten, hatte sie ihm bereits zugenickt und lief die Straße Richtung Towerbridge entlang. Er folgte ihr rasch mit ein wenig Abstand. Erst als sie ihm aufmunternd zunickte, holte er auf und lief an ihrer Seite weiter.

Sie war eine umwerfende Frau. Eine Wärme breitete sich in ihm aus und sein Herz schlug rasend schnell. Er fühlte sich lebendig wie nie zuvor und wäre gerne für immer neben ihr hergelaufen.

Selbstbewusst und zielstrebig eilte sie an den Passanten vorbei. Sie näherten sich der Towerbridge.

Was kann schon passieren? Das hatte sie die Bodyguards gefragt. Hyeong-Joon war sicher, dass sein Manager zu ihnen geeilt war, kaum dass sie beide außer Sichtweite waren. Während die Bodyguards glaubten, sie würde nun Dienste von ihm einfordern, erwartete sein Manager sehr viel mehr. Indem sie nun wirklich ganz allein mit ihm war, war die angestrebte Kooperation in greifbarer Nähe.

Sie war die mutigste Frau, die er bislang gesehen hatte oder ... dumm? Was, wenn er sie vergewaltigen würde? Sah sie denn keine Gefahr in ihm?

Du Idiot, schimpfte er sich innerlich. Sie überging alle Vorgaben, um mit ihm allein zu sein, und er dachte so einen Unsinn. Sie kannte ihn ein wenig, sicherlich hatte sie sich über sein Management, seine Filme und Fotoshootings informiert. Er hatte mit ihr geschrieben. Warum sollte sie also so etwas befürchten? Vergewaltigen. Wie kam er nur auf so eine dumme Idee?

Da tauchte der nächste Gedanke auf. Er musste völlig durcheinander sein, dass er nicht aufhören konnte, zu grübeln. Aber ... wie ging das überhaupt? Er, der noch nie mit einer Frau ... Sein Puls raste, sein Herz schlug schmerzhaft gegen seine Rippen. Schnell verdrängte er die Gedanken. Sie machten ihm Angst. Fast so viel Angst wie der Gedanke, dass sie genau das heute Nacht von ihm wünschte, dieses Etwas, von dem er keinerlei Ahnung hatte.

Hyeong-Joon war so sehr in seine Grübeleien vertieft, dass er mit ihr zusammenstieß. Ihr weicher, fraulicher Körper schmiegte sich an seinen dünnen, muskulösen und entfachte einen Wirbelwind an Begierden in ihm. Sein Herz schien für einen Moment auszusetzen. Hastig trat er einen Schritt zur Seite und verneigte sich, eine Entschuldigung murmelnd. Er hatte sie berührt, so nah gespürt, wie es sich nicht gehörte. Sein Blick fiel auf ihre roten Lippen, die ihm so verlockend entgegenleuchteten. Sein Herz konnte sich nicht beruhigen in ihrer Nähe. Er wünschte sich nichts sehnlicher, als sie einmal richtig zu berühren, nur ein einziges Mal. Ihren Körper auf seinem zu spüren.

„Du stößt mit mir zusammen?“ Sie lächelte. „Ich bin sicher keine Frau, die du übersehen kannst, oder?“ Bei diesen Worten knuffte sie ihn auf seinen Arm.

Eine weitere kurze Berührung, die ihn erneut ins Wanken brachte. Er ein hochgewachsener Mann, wurde durch sie schwach wie ein Kind.

„N…nein, sorry“, brachte er mühsam heraus und schämte sich, dass er stammelte. Sah sie in ihm einen Kämpfer und fühlte sich nun enttäuscht, weil er so unsicher und schwach erschien? Die Verwirrung in ihm wuchs. Er wusste nicht, was sie von ihm erwartete. Wieder drangen Befehlsfetzen von Lee Sukh-Jae durch seinen Kopf. *Du wirst alles tun, um sie zufriedenzustellen.*

Sie lächelte einen kurzen Moment, schenkte ihm ein Lächeln von ihren wunderschönen roten Lippen. Sie war nicht enttäuscht, nicht verärgert. Er atmete erleichtert auf, erwiderte zaghaft das Lächeln und verneigte sich noch einmal, ehe sie weitergingen.

Die Themse kam näher und mit ihr der Geruch von Essen und Trinken. Kleine Stände säumten das Ufer und boten allerlei köstliche Dinge an.

„Möchten Sie vielleicht einen Kaffee?“, fragte er höflich.

„Nein, bitte nur ein Wasser.“

Er nickte zustimmend und ging an einen der Stände. Er gewann an Sicherheit. Es war einfach, ihr diesen Wunsch zu erfüllen. Außerdem konnte er sich etwas beruhigen. Den rasenden Puls unter Kontrolle bekommen, der in ihrer Nähe viel zu schnell schlug. Kaum hatte er die Getränke bezahlt und drehte sich zu ihr um, war er erneut nur ein zitternder, verwirrter Mann. Sie war so schön. So berauschend anders und vollkommen gelassen trotz ihrer bunten Kleidung. Bis hierher konnte er ihre roten Lippen leuchten sehen. Ihre wunderbare füllige Gestalt berauschte ihn und er spürte, wie der Wunsch in ihm drängender wurde, sie Haut an Haut zu berühren.

Nein, dachte er, sie war eine CEO und er ein Niemand. Sie bestimmte, was passieren sollte und er musste gehorchen. Rasch eilte er zu ihr zurück.

„Ihr Wasser“, sagte er und reichte es ihr. Sie nahm es dankend entgegen.

„Ich habe eine Krankheit, bei der ich auf meine Nahrung achten soll. Ich muss vorsichtig sein, da man nie genau weiß, welche Inhaltsstoffe in den Getränken oder dem Essen sind. Daher nur Wasser“, erklärte sie und öffnete die Flasche.

Jeder sah sie in dieser Branche als schwierigen Geschäftspartner, der sich rücksichtslos nahm, was er wollte. Jetzt offenbarte sie ihm einen Teil der wahren Frau, die dahinterstand. Eine, die verletzlich war und nichts mehr von der harten Seite zeigte, die alle anderen kannten. Hyeong-Joon wusste, dass sie Blumen nicht vertrug, das hatte sie ihm bereits in einer der Nachrichten geschrieben. Vielleicht würde sie ihm eines Tages mehr davon erzählen.

„Wollen wir ein paar Schritte gehen?“, fragte sie, nachdem sie einen kleinen Schluck von ihrem Wasser getrunken hatte.

„Ja, gerne“, erwiderte er.

Noch immer hielt er seinen Kaffeebecher krampfhaft fest und wagte nicht, zu trinken. Sein Puls raste und der Kaffee würde ihn zusätzlich antreiben. Er hätte sich besser auch ein Wasser geholt.

Sie lief geradewegs auf die Towerbridge zu. Als sie die Brücke erreicht hatten, blieb sie stehen und ihre Augen wanderten für einen Moment über sie hinweg.

„Ich liebe diese Brücke und diese Bank“, sagte sie und ihre Augen leuchteten. „Sie ist ein wichtiger Platz in meinem Lieblingsbuch, in dem das Paar oft herkommt, um über Probleme zu reden.“ Sie blickte zu ihm hoch, ehe sie wieder zur Brücke hinübersah und einer Bank, die nicht weit von ihnen entfernt stand. Sie sah die Szene offenbar genau vor ihren Augen, denn sie lächelte und es schien, als wäre sie mit ihren Gedanken ganz weit weg.

Er beobachtete sie genau. Wie sie sprach und lachte. Oder jetzt gedankenverloren eine Brücke und eine Bank betrachtete. Ihre Art, welche viele fürchteten, bekam vor ihm Risse. Sie zeigte sich gefühlvoll und verletzlich.

„Aber es gibt auch romantische Szenen“, lachte sie nun und deutete ihm, ihr zu folgen und sich neben sie auf die Bank zu setzen.

Was war Romantik? Ein Candle-Light-Dinner, das er nur vom Hören kannte oder von Bildern? War das für sie romantisch? Oder meinte sie etwas völlig anderes und erwartete genau das von ihm? Vielleicht schon heute Abend?

Wieder lag sein Blick auf ihren roten Lippen und er spürte eine Erregung, die er kaum noch kontrollieren konnte. Er musste es wissen, was war für sie romantisch?

„Romantische Szenen?", hakte er deshalb nach, während er sich setzte.

„Ja. Das Paar bespricht nicht nur Probleme, wenn sie hier sitzen. Sie versöhnen sich auch auf zärtliche Weise", erklärte sie. „Ich mag diese Bank, da man die ganze Brücke überblicken kann. Von hier sieht man, wer kommt und wann. Man könnte sich hier küssen und ausziehen und niemand wird Zeuge."

Küssen und ausziehen und niemand wird Zeuge … Sie hatte recht. Es waren nur wenige Leute auf der Brücke unterwegs und wenn diese sich ein paar Meter weiter auf der Brücke befanden, würde sie keiner hier im Dunkeln der Bank mehr sehen können.

Oh Gott! Er war mit ihr allein und sie machte Andeutungen … küssen … ausziehen … Schweiß bildete sich auf seinem Rücken und er spürte, wie sein Atem schwerer ging. Er sah ihre Augen, die auf ihm ruhten. Hatte sie das vielleicht schon mit anderen Männern hier getan und erwartete es nun auch von ihm? Verlegen begann er zu hüsteln.

„Sprechen Sie aus eigener Erfahrung?"

Ehe er es verhindern konnte, war ihm dieser Satz über die Lippen gekommen. Mit großen Augen starrte er sie an. Er war tot. Wie hatte er so unhöflich sein können?

Idiot, dachte er, sie ist eine CEO!

Der Schweiß rann nun seinen Rücken hinab und sein Herz raste. Er sah seinen Manager vor sich. Wie sollte er ihm diese Unhöflichkeit erklären? Es war nicht möglich. Am liebsten wäre er gestorben. Hyeong-Joon spürte, dass sich seine Kehle immer stärker zusammenzog. Mehr und mehr, bis er glaubte, ersticken zu müssen. Er blickte in ihre leicht geweiteten Augen, sah aus den Augenwinkeln, wie sie ihre Hand hob.

Er schrak für einen Moment innerlich zusammen. Zu oft hatte er diese Situation durchlebt und sie bedeutete nichts Gutes. Er wollte seine Augen zukneifen und warten, bis es vorbei war. Sie ihn geohrfeigt hatte und wutentbrannt ihren Unmut an seinem Manager auslassen würde. Aber er riss sich zusammen, hielt den Blick auf sie gerichtet und versuchte, die Strafe für seine Beleidigung anzunehmen.

Während sie die Hand hob, fing sie an zu lachen. Verwunderung keimte in seinem Blick, als ihre Handfläche nicht zuschlug, sondern vorsichtig über seine Wange strich. So zart und warm. Steif saß er neben ihr und verstand es nicht.

„Eigene Erfahrung?“ Sie lächelte ihn an und ihre Hand lag noch zärtlich auf seiner Wange. Langsam löste sich die Spannung in ihm und das Begehren wuchs erneut heran. „Ich bin egoistisch. Ich will die Einzige sein, die meinen Partner sieht, deshalb würde ich es nie tun.“

Sie grinste und er sah dieses Funkeln in ihren Augen. Sprach sie wirklich von ihm oder von allen Männern, mit denen sie sich traf? Wollte sie ihn ausziehen, nur nicht hier? War das einer der Dienste, die sie einfordern würde, dass er sich vor ihr entblößte? Er wusste es nicht und war völlig hilflos. Was erwartete sie und was sollte er jetzt tun?

Sie knuffte ihn erneut am Arm und blickte in sein irritiertes Gesicht.

„Dummer Mann. Ich werde meine Liebe auf mein Zimmer bitten. Ich habe eine Visa, da kann ich mir ein Hotel leisten. Warum sollte ich in der Kälte bleiben und frieren?“

Er war einem Herzinfarkt nahe. Sie würde ihre Liebe auf ihr Zimmer bitten. War er ihre Liebe? Ein sanfter Windstoß erfasste sie und trug den Geruch ihres Duschgels zu ihm. Er schmolz dahin und nichts war von der abendlichen Kühle zu spüren. Der Duft hüllte ihn ein, genau wie sie, die mit ihren roten Lippen neben ihm saß und ihn erwartungsvoll anblickte. Als er sich etwas beruhigt hatte und sein Atem langsamer wurde, wagte er es, ihr wieder in die Augen zu sehen.

„Hast du es denn schon einmal in der Öffentlichkeit gemacht?“

Erschrocken riss er die Augen auf. Er schluckte und wusste nicht, wie er auf die Frage angemessen reagieren sollte. Niemals könnte er ihr sagen, dass er …

„Macht es dir Spaß an öffentlichen Orten?“, fragte sie, ehe er den Gedanken zu Ende bringen konnte.

Der Becher mit seinem Kaffee glitt aus seinen Händen und fiel zu Boden. Mit einem Platsch ergoss sich der Inhalt und spritzte gegen seine Hose. Er bemerkte es nicht, zu sehr war er von ihren Fragen entsetzt.

Sie fragte ihn tatsächlich, ob er schon einmal in der Öffentlichkeit … Er, der noch Jungfrau war! Am liebsten hätte er die Hände vor sein Gesicht geschlagen und wäre verschwunden. Einfach nur weg von hier, weg von London, ganz weit weg, auf das Land, wo er herkam. Zurück zu dem Nichts. Das, was er letztendlich war und ihm seit Jahren immer wieder gesagt wurde.

„Macht es dir etwas aus, wenn ich mich ein Stück bei dir anlehne? Es ist verdammt kalt", sagte sie etwas leiser, als er ihr die Antworten schuldig blieb. Vorsichtig sah er hoch. Schluckte mühsam und versuchte, sein Schamgefühl zu unterdrücken. Sie nahm einen Schluck von ihrem Mineralwasser und ein kleiner Wassertropfen blieb auf ihrer Lippe zurück. Er fixierte ihn und fühlte, dass es ihn erregte. Dabei war er gerade noch zutiefst verzweifelt gewesen. Ihr gelang es, ihn immer wieder aufs Neue zu verwirren.

„N…nein. Das macht mir nichts aus", kam es über seine Lippen.

Schon spürte er die Wärme ihres Körpers. Es waren nur ihr Arm und ihre Schulter, für ihn in diesem Moment das größte Glück auf Erden. Sie saß dicht neben ihm. Seine große Liebe, nach der er sich so sehr sehnte. Sie begann zu reden. Über ihre Künstler und Planungen für eine Musikmesse. Sie nannte Namen und zeichnete ihm ein Bild, das sie in ihrem Kopf sah und ließ ihn daran teilhaben.

Hyeong-Joon betrachtete ihre Lippen, saugte ihre Weichheit und die Wärme in sich auf. Der sanfte Duft ihres Duschgels verwirrte ihn noch mehr. Es war um ihn geschehen. Sein Körper lehnte sich nicht länger gegen die Macht der Gefühle auf. Die Spannung in den Lenden wuchs heran, so stark wie nie zuvor. Noch wusste er nicht wirklich, wie seine harte Männlichkeit mit ihrem fraulichen Körper zusammenpassen könnte. Die Sehnsucht brannte in ihm, es herauszufinden. Nicht hier und vielleicht nicht heute. Aber auf jeden Fall mit ihr.

Schon tauchte in seinen Gedanken das nächste Problem auf. Im Sitzen kaschierte der weite Schnitt seiner Hose den verdächtigen Anblick. Was, wenn sie aufstanden? Seine Wangen färbten sich dezent rot vor Verlegenheit. Er begehrte sie so sehr, dass er sich nicht kontrollieren konnte. Sein Blick huschte von seiner Hose wieder hoch zu ihren Augen. Er erschrak.

Ihre Augen waren nach unten gerichtet. Zur verräterischen Stelle. Offenbar war sie seiner Kopfbewegung gefolgt. Statt vor Schreck zurückzuweichen, verspürte er ein deutliches Pulsieren und sein Puls schnellte in die Höhe. Sein ganzer Körper reagierte auf sie!

Sie sah nach oben und lächelte ihn an. Er spürte, wie die Röte in sein Gesicht wanderte. Immer mehr. Sie lachte laut, wackelte mit dem Kopf und begann ein Lied zu summen, während ihr Blick über die Themse glitt. Es war offensichtlich, dass sie das Zusammensein genoss. Seine Schüchternheit, die er nur schwer verbergen konnte, genau wie seine Erregung, die sich nicht nur an seinen roten Wangen abzeichnete. Sie genoss ihn und das machte ihn noch glücklicher.

Seine Augen lagen auf ihren Lippen. Er spürte sie, sah ihren Mund, den er so gerne berühren wollte, und sog ihren Duft ein. Er trug ihn hinweg. Denn er roch nach Freiheit. Einem Leben, das unbeschwert war, genau wie sie. Stark und dennoch so verletzlich, wie er es immer wieder in ihren Augen sah. Es war ein Gefühl, als müsste er sterben. Für sie.

Er spürte etwas Nasses auf seiner Hand. Es war ein Tropfen. Als er zum Himmel hochsah, erkannte er, dass es bald regnen würde. Sorge keimte in ihm heran. Auf keinen Fall durfte sie nass werden! Schnell zog er sein Jackett aus und legte es um ihre Schultern. Dass er mit seinem weißen Hemd, das noch feucht von seinem Schweiß war, neben ihr saß, störte ihn nicht. Wichtig war nur ihr Wohlergehen.

„Hallo, Bollywood“, lachte sie und zog seine Jacke dankbar enger um sich.

Hyeong-Joon war irritiert. Warum dachte sie jetzt, hier in London, an indische Liebesfilme?

„Weißt du nicht“, sagte sie lächelnd, „romantische Szenen beginnen zumeist mit Regen.“

Nein, er wusste es nicht. Hatte er doch keine Zeit, um Filme zu sehen. Nur seine eigenen musste er immer wieder in allen möglichen Einstellungen studieren, um zu lernen, immer besser zu werden.

Die ersten Tropfen fielen herunter und er spürte sie durch sein Hemd hindurch auf seiner Haut. Er war unsicher, noch mehr als je zuvor. Seine Erregung war nicht abgeflaut, ganz im Gegenteil. So durfte er auf keinen Fall aufstehen. Andererseits konnten sie auch nicht im Regen sitzen bleiben. Er musste eine Entscheidung treffen. Zu ihrem Wohl.

„Es ist besser, wenn wir gehen“, sagte er schnell und stand auf.

Der Regen wurde stärker und als sie auch aufgestanden war, blickte sie auf sein Hemd. Es war nass und klebte an seinem muskulösen Oberkörper. Er folgte ihrem Blick und erstarrte.

Seine Muskeln und die Brustwarzen zeichneten sich so deutlich ab, als ob er gar kein Hemd trug. Er präsentierte sich auf unschickliche Weise. Dabei hatte sie vorhin deutlich gemacht, dass sie egoistisch war und niemandem gönnte, ihn entblößt zu sehen. Konnte der Abend noch schlimmer werden?

Ja, sie blickte auf seine Haare. Und lächelte. Wie mochte er nur aussehen? Er hatte Stunden gebraucht, um gut für sie auszusehen, und nun war alles zerstört. Sie waren nass und vermutlich würden sie wie Fäden an ihm herabhängen. Sollte er einen Hauch von Dankbarkeit verspüren, dass er keine schwarze Farbe aufgetragen hatte? Nicht auszudenken, wenn ihm schwarze Rinnsale über das Gesicht in das weiße Hemd liefen!

Noch während er sorgenvoll vor ihr stand, hatte sie ihn am Arm genommen und zog ihn mit sich. Er wollte schneller laufen, um sie vor dem Regen zu schützen, doch sie hielt inne und blickte ihn an.

„Nein, nicht schneller laufen. Ich will die schöne Aussicht so lange wie möglich genießen. Etwas Wasser von oben schadet nicht."

Er nickte nur und folgte ihrem Blick zur Towerbridge. Die Besucher eilten an ihnen vorbei mit geöffneten Regenschirmen. Sie aber standen für einen Moment nur da und blickten auf die Themse, ehe sie wieder Richtung Hotel gingen. Der Regen wurde immer stärker und er spürte, dass ihm der Regen von der Haut hinunterrann. Sein Hemd war tropfnass. Er befürchtete, dass es ihr ähnlich erging. Sein Jackett mochte den Regen ein wenig abhalten, aber nicht, wenn es ihm die ganze Zeit ausgesetzt war. Wie jetzt.

Sie schien es nicht zu stören. Sie lachte und plauderte von ihrer Arbeit und den Events. Er konnte ihren Worten nicht folgen. Viel zu groß war die Scham in ihm, dass er mit durchsichtigem Hemd neben ihr ging. Dass seine Haare ungepflegt an ihm herunterhingen. Einzig seine Erregung war abgeflacht, was kein Wunder war.

Endlich kamen sie am Hotel an. Der Portier begrüßte sie höflich, aber sein Blick war irritiert. Hyeong-Joon fühlte sich unwohl und wollte am liebsten verschwinden. Sich umziehen und wieder seine Haare richten. Er bekam nicht die Chance. Sie lief zielstrebig zum Aufzug und drückte einen der Knöpfe. Es war ihre Etage, ihr Zimmer. Sie fragte nicht nach seiner, was so viel hieß, dass er sie begleiten würde!

Panik überkam ihn. Wie sollte er ihr Liebesdienste schenken, wenn er vollkommen durchnässt war und mit ungepflegten Haaren vor ihr stand? Sein Herz schlug schneller, auch wenn sie ihn immer wieder aufmunternd anlächelte.

„In welcher Etage bist du?“, fragte sie ihn freundlich, nachdem sich die Aufzugtüren geschlossen hatten.

„Eine Etage weiter“, antwortete er und fühlte Hoffnung, aber auch Furcht. Hoffnung, dass er sich anständig bekleiden und frisieren durfte, Furcht, dass sie ihn nicht mehr sehen wollte, weil er irgendetwas falsch gemacht hatte.

Während der Aufzug nach oben fuhr, begann er zu verstehen. Der Abend war vorbei! Er hatte wieder versagt! Was würde sein Management sagen und vor allem tun? Pure Angst überkam ihn, denn er konnte nur erahnen, was dies für Folgen für ihn hatte. Er wagte kaum noch, zu atmen, die Gefühle nahmen überhand und er begann, zu zittern.

Ein kurzer Summton erklang, ehe sich die Tür öffnete. Sie sah zu ihm auf und lächelte.

„Gut, dann kannst du dir etwas Trockenes anziehen und danach treffen wir uns in meinem Zimmer. Nummer neunzehn.“

Seine Augen weiteten sich. Hatte er sie richtig verstanden? Sie schickte ihn nicht fort, sondern gab ihm die Chance, sich für sie herzurichten? Hoffnung breitete sich wie ein warmer Umhang in ihm aus.

„Ich werde mich beeilen … Nummer neunzehn“, erwiderte er eifrig nickend. Sie schenkte ihm ein breites Lächeln mit ihrem herrlich roten Mund, ehe sie den Fahrstuhl verließ und sich die Türen schlossen.

Hyeong-Joon ließ sich gegen die Aufzugwand fallen und seufzte laut. Für einen Moment schloss er die Augen. Ihre roten Lippen und der Bleistift, der bis zuletzt in ihren Haaren gesteckt hatte. Die Regentropfen, wie sie über ihr Gesicht liefen, hinab zu ihrem Hals und ihrem Dekolleté. Sein Atem ging schneller und er schlug die Hände vor sein Gesicht. Was machte sie nur mit ihm?

Plötzlich setzte sich der Aufzug in Bewegung. Er schrak zusammen, denn er hatte keinen Knopf gedrückt. Zu seiner Beruhigung stellte er fest, dass es seine Etage war, in welcher der Aufzug halten würde.

Wenige Sekunden später öffneten sich die Türen. Ein Geschäftsmann im edlen Anzug stand vor ihm und sah ihn irritiert an. Kein Wunder. Ein nasses Hemd, das ihn nahezu nackt aussehen ließ, und tropfende Haare. Kein passender Anblick in diesem Hotel.

Hyeong-Joon nickte nur kurz und eilte mit raschen Schritten zu seinem Zimmer. Schnell umziehen und dann wieder zu ihr. Die Zeit würde nicht reichen, um die Haare so zu frisieren, dass sie wie zu Beginn des Abends aussahen. Sein ganzer Körper zitterte, als er sein Zimmer betrat. Hastig zog er seine nasse Kleidung aus und ging unter die Dusche. Er seifte seinen Körper mit Duschgel ein und dachte an sie.

Ob sie ihn heute Abend berühren würde? Vielleicht genau wie er jetzt, seine Arme, seine Brust oder mehr? Ihm stockte der Atem, wenn er nur daran dachte. Sein Blick glitt hinunter auf seine Männlichkeit. Er erschrak.

Würde es heute Abend geschehen? Würde sie …?

Angst beschlich ihn und gleichzeitig Erregung. Nie zuvor war er mit einer Frau allein gewesen. Keine Filmkameras, keine Bodyguards, kein Management würde da sein, wenn er zu ihr ins Zimmer ging.

Es war klar, was sie wollte. Seine Dienste. Er musste sie erfüllen und sie auf jeden Fall zufriedenstellen. Mehr noch, er musste sie glücklich machen und ihre Wünsche erfüllen, noch ehe sie ausgesprochen waren. Sein Management würde kein weiteres Versagen dulden.

Er duschte sich kalt ab, um die aufwühlenden Gedanken zu verscheuchen. Vergeblich. Schnell drehte er das Wasser ab und griff nach dem Handtuch. Im Bad blieb sein Blick am Spiegel hängen und an seinem Körper. War er schön genug für sie? Würde ihr gefallen, was sie sah, oder würde sie ihn wegschicken?

Erneute Zweifel krochen in ihm hoch. Er war nicht schön. Nein, seine Augen waren zu eng geformt. Chinesenaugen, hatte man ihm gesagt und geraten, sie operieren zu lassen. Hätte er es tun sollen? Würde sie ihn wegen seiner Augen wegschicken?

Er spürte, wie sich sein Herzschlag beschleunigte und er zu schwitzen begann. Er blickte auf die Wassertropfen, welche noch seinen muskulösen Körper übersäten, bemerkte die Gänsehaut. Sie zog sich über ihn hinweg, bis zu seinen Füßen! Wenn sie das sehen würde! Schnell trocknete er sich ab und zog sich an. Dieses Mal wählte er eine dunkelblaue Bundfaltenhose, die weit geschnitten war, und ein hellblaues Hemd, das er locker über der Hose trug. Nur noch seine Schuhe, dann war er fertig.

Ob sie auch geduscht hatte? Der Duft ihres Duschgels schwirrte durch seine Erinnerung und er spürte, wie sein ganzer Körper elektrisiert reagierte. Schon begann sich etwas zu regen. Gleich darauf keimte Sorge in ihm hoch. Hoffentlich würde sie nicht krank werden! Sie war ebenso wie er nass geworden.

Ehe er nachdenken konnte, hatte er bereits das Telefon genommen und wählte den Room Service.

„Mister Choi, was können wir für Sie tun?“, hörte er eine freundliche Damenstimme.

„Was hilft, wenn man friert und keine Erkältung bekommen soll?“

Die Dame wirkte etwas irritiert, als sie antwortete. „Was genau meinen Sie? Eine Heizdecke oder Medikamente?“

„Nein, keine Medikamente“, brach es aus ihm heraus. Undenkbar, dass er sie in Gefahr brachte! „Ich meine, was wärmt einen von innen?“

„Oh, Sie meinen etwas Heißes zu trinken?“

„Ja, genau. Etwas, das den Körper von innen wärmt.“

„Wie wäre es mit einem heißen Tee oder …“

„Was trinkt man im Westen, in Europa?“

„Heiße Milch mit Honig.“

„Dann bringen Sie mir bitte ein Glas heiße Milch mit Honig.“

„Sehr gerne, wir bringen sie Ihnen gleich. Darf es sonst noch irgendetwas sein?“

„Nein, danke, das ist alles. Aber beeilen Sie sich, bitte“, wies er die Dame noch an, ehe er auflegte.

Er ging zurück ins Bad und blickte in den Spiegel. Die Kleidung war perfekt, aber seine Haare! Mit ein paar gekonnten Griffe frisierte er sie so, dass sie denen von heute Abend zumindest ähnelten. Hoffentlich würden sie ihr gefallen. Sein Herz begann zu rasen, als er daran dachte, dass er sie in ein paar Minuten wiedersah. Nur ein Glas heiße Milch mit Honig trennten sie noch voneinander.

Es klopfte. Hyeong-Joon rannte zur Tür und riss sie auf.

„Ihre Milch“, sagte der Kellner und blickte auf die Tasse, welche einsam auf einem Servierwagen stand.

„Danke“, antwortete er und zog bereits die Tür hinter sich zu.

Der Kellner wirkte für einen Moment irritiert. Hyeong-Joon achtete nicht darauf. Er nahm die Tasse mit der Serviette und eilte Richtung Aufzug. Nur noch wenige Minuten trennten sie voneinander. Ob sie sich freuen würde? Erste Zweifel beschlichen ihn, bis der Aufzug endlich kam und er einsteigen konnte. Vielleicht war es eine dumme Idee, überlegte er. Es war zu spät. Die Türen schlossen sich bereits. Er atmete tief durch und drückte den Knopf ihrer Etage. Je näher er ihr kam, desto nervöser wurde er.

Der Aufzug öffnete sich und mit pochendem Herzen lief er zu ihrer Tür. Er klopfte zaghaft. Seine Hände zitterten immer stärker und er hatte Mühe, die Milch nicht zu verschütten. Sie war heiß und roch nach süßem Honig. Genau wie sie, dachte er und ein kurzes Lächeln huschte über seine Lippen, bis sie die Tür öffnete und es augenblicklich erstarb.

„Ah, da bist du ja. Komm herein“, forderte sie ihn auf und deutete ihm, ihr zu folgen.

Vorsichtig trat er ein. Es dauerte einige Sekunden, ehe er ihre Bekleidung realisierte. Sie trug nur einen Bademantel. Es schien, als ob sie nicht vorhätte sich umzuziehen, denn sie setzte sich in einen der Sessel und blickte ihn aufmerksam an.

„Ich … ich habe Ihnen eine heiße Milch gebracht. Mit Honig, damit Sie sich nicht erkälten.“

***

Sie schmolz dahin, genau wie der Honig in der Milch. Da stand er mit einer Tasse in der Hand und wirkte so süß verlegen, dass sie ihn am liebsten in ihre Arme genommen hätte. Ihr war bewusst, dass es nicht nur Verlegenheit war, sondern auch Angst. Er dachte sicherlich immerzu an seinen Manager, der ihm bis zuletzt eingetrichtert hatte, was er tun musste, und bestimmt auch, was er auf gar keinen Fall tun durfte: sie verärgern.

„Das ist nett von dir. Stelle sie bitte auf den Tisch“, forderte sie ihn auf und deutete auf den kleinen Beistelltisch vor ihr.

Er trat näher und stellte die Tasse ab. Sie sah seine Aufregung, denn seine Hände zitterten. Seine Finger wirkten so zart und zerbrechlich. Wie geschaffen, um so etwas filigranes wie eine Tee- oder in ihrem Fall eine Milchtasse zu halten.

Ob er schon viele Frauen mit diesen starken, feingliedrigen Händen berührt hatte? Susanne schrak über ihre Gedanken. Nicht nur war sie wieder einmal viel zu schnell und weit mit ihren Wünschen und Sehnsüchten. Nein, sie spürte auch das unangenehme Ziehen in ihrem Bauch, wenn sie nur daran dachte, er könnte eine andere liebkost haben. Sofort dachte sie an den Vormittag und die junge Dame auf seinem Schoß. Sie würde niemals mehr ein Shooting mit ihm absolvieren. Ein zufriedenes Lächeln glitt über ihr Gesicht, das ihm nicht entging.

„Setz dich doch, dann unterhalten wir uns ein wenig", sagte sie und deutete auf ihr Bett, das gegenüber von ihr stand.

Das Management hatte ihr ein Zimmer reservieren lassen, in dem es kein Sofa gab. Da war nur das Bett, der Sessel, in dem sie selbst saß, und der kleine Beistelltisch. Choi Hyeong-Joon war sichtlich irritiert, dass er sich auf ihr Bett setzen sollte, aber er gehorchte. Wie aufgeregt er war, bewies seine Atmung. Sein muskulöser Brustkorb bewegte sich schnell auf und ab. Auch seine Augen huschten viel zu nervös hin und her. Kaum, dass er saß, begann er, seine Armbanduhr am Handgelenk zu drehen. Offensichtlich wusste er nicht, was sie mit ihm vorhatte, und das machte ihn so unsicher.

Susanne begann zu erzählen, um ihm die Angst zu nehmen. Sie sah seinen Blick, der nun auf ihr lag. Obwohl sie von ihrer Arbeit erzählte, schien er mit den Gedanken weit weg zu sein. Mit einem Lächeln registrierte sie, dass er von ihrem Hals zu dem Spalt hinunter sah, wo der Bademantel leicht geöffnet einen Hauch ihrer weiblichen Wölbungen offenbarte. Natürlich kannte er Brüste, schließlich hatte sie jeden seiner Filme und jedes Foto gesehen. Gerade heute hatte das Model sehr viel von ihrem gertenschlanken Körper dargeboten.

Susanne schluckte. Die Frauen, mit denen er abgebildet wurde, waren immer jung und schlank. Ganz anders als sie. Dieses Wissen machte sie unsicher und verletzlich. Saß er nur deshalb hier in ihrem Zimmer, weil sein Management es forderte und sie ihn für diesen Service gebucht hatte? War sie zu frivol, indem sie hier so offenherzig saß und ihn zu verführen versuchte? Ihr Herz schlug heftiger und eine Mischung aus Sorge und Begehren flatterte durch ihren Bauch.

Wie vorhin auf der Bank und beim Spaziergang sprach nur sie. Er hörte zu oder beobachtete sie vielmehr. Seine Augen betrachteten jeden Zentimeter ihres Körpers. Von ihrem Oberkörper glitt er hinunter zu ihren nackten Beinen. Sie konnte nur ahnen, was in ihm vorging. Seine prächtige Wölbung wies zumindest in eine angenehme Richtung. Minderwertigkeitsgefühle brauchte sie also keine zu haben, er begehrte sie trotz ihres Alters und ihrer Leibesfülle.

Vom vielen Erzählen wurde ihr Mund ganz trocken, so griff sie zur

Tasse und nahm einen Schluck. Sie bemerkte, wie seine Augen auf ihren Lippen lagen, so begehrlich. Wie gerne hätte sie sich neben ihn gesetzt und ihren Mund auf seinen gepresst, seine Hände gespürt, wie sie unter den Bademantel glitten. Man konnte es ihr nicht ansehen, aber sie war mittlerweile feucht zwischen den Beinen und sehnte sich nach so viel mehr als nur einen Monolog.

Es wäre zu früh, mahnte sie sich in Gedanken. Kein Wort über Gefühle, weder ihre noch seine. Nicht jetzt.

Sie sprach über ihre weiteren Pläne und plauderte vor sich hin. Genoss seine anschwellende Wölbung und die begehrlichen Blicke, die sie selbst immer mehr erregten. Er wurde von Minute zu Minute nervöser. Als sie erneut einen Schluck von der Honigmilch nahm und ein Tropfen von der Lippe zu tropfen drohte, schleckte sie ihn mit ihrer Zunge behutsam weg. Nervös nestelte er an seiner Uhr und sah sie mit aufgerissenen Augen an.

Lächelnd stellte sie die Tasse weg und erzählte weiter.

***

Hyeong-Joon erschauerte. Nie zuvor hatte er eine Frau im Bademantel gesehen. Am liebsten wäre er vor Scham im Boden versunken. Er erinnerte sich an ihre Fragen, ob er diese gewisse Sache schon in der Öffentlichkeit getan hatte und ob es ihm Spaß machte. Sie war so. Freier und offener als alle Frauen, die er je getroffen hatte.

Nun saß er auf dem Bett, konnte nur ihren wunderschönen Körper anstarren, der sich ihm geradezu präsentierte, und wusste nicht, was sie erwartete.

Wollte sie jetzt einen Dienst von ihm? War dieser unverfroren offene Bademantel ihr erster Schritt und er sollte nun seinen tun? Sein Herz raste vor Angst. Er würde aufstehen müssen und sie würde sehen können, wie sehnsuchtsvoll er an sie dachte. Wie sehr er sie begehrte.

Er wollte sie in seinen Armen halten und vielleicht mehr? Allein bei diesem Gedanken spürte er, wie die Erregung in ihm anschwoll und allmählich gegen den Hosenstoff drückte. Ein flüchtiger Blick, noch war seine Hose weit genug. Oder hatte sie erfahrenere Augen als er und bereits alles erkannt?

Sein Puls beschleunigte sich vor Aufregung und Erregung, was noch kommen würde, vor allem wegen ihrer roten Lippen. Sie hatte sie frisch geschminkt. Das Rot glänzte ihn verlockend an. Er musste sich beruhigen oder er würde bersten vor Verlangen! Hastig griff er nach seiner Armbanduhr. Fuhr mit seinen Fingern über die einzelnen Glieder des Stahlarmbandes und blickte zu ihr. In ihre wunderschönen blauen Augen, die roten Lippen, hinab zu ihren Beinen. Nein, er durfte nicht auf ihre nackten Beine blicken! Das war respektlos! Trotzdem verirrte sich sein Blick immer wieder nach dort unten. Seine Fantasie reichte nicht aus, um sich vorzustellen, wie sie sich anfühlte und wie sie wohl schmeckte, wenn er sie mit seinen Lippen liebkoste.

Hyeong-Joon hielt den Atem an und dachte, er würde sterben. Ihre Schönheit, wie sie die Milch trank, die Lippen ableckte, mit sanfter Stimme sprach, seine Männlichkeit hob sich stahlhart empor. Schnell ließ er von seiner Uhr ab und legte seine Hände schützend auf seinen Schoß. Zu spät. Sie hatte es gesehen.

Unbeirrt lächelte sie und sprach weiter. Was machte sie nur mit ihm? Wie weit würde sie heute gehen? Wieder sah er seinen Manager vor sich. Er durfte nicht versagen! Dieses Mal musste er seinen Service erfüllen. Ganz.

„Könntest du mir vielleicht behilflich sein?", fragte sie und stand auf.

Hyeong-Joon sah irritiert zu ihr hoch. Er hatte nicht gehört, was sie vorher gesagt hatte. Er war nicht einmal sicher, ob sie zuvor überhaupt etwas erzählt hatte, bei dem er ihr helfen sollte. Seine Augen folgten ihr, aber nicht weit. Denn sie beugte sich nur nach vorne. Ihm stockte der Atem. Für den Bruchteil einer Sekunde sah er viel mehr, als ihm zustand! Ihr weiches Fleisch, die prachtvollen, hellen Wölbungen, die fast schon greifbar vor seinen Augen baumelten. Nur mühsam unterdrückte er ein Ächzen und wandte den Blick ab, höher, zu ihren Augen. Nein, am Rande des Blickwinkels sah er noch immer ihre wogende Pracht. Hastig konzentrierte er sich auf das Tischchen, auf dem die Tasse stand. Ihre Hand umfasste ein kleines Fläschchen. Es war so rot wie ihr Lippenstift.

Sie richtete sich wieder auf, das Fläschchen in ihrer Hand. Sein Puls beruhigte sich ein wenig. Seine Männlichkeit würde etwas länger dafür brauchen. Ihre Wirkung auf ihn war berauschend. Er würde alles für sie tun, ihr bei allem helfen. Sie war die schönste und wundervollste Frau, der er je begegnet war.

„Könntest du mir die Fußnägel lackieren?"

Er blickte von ihr zu der kleinen Flasche. Unsicherheit schoss in ihm hoch. Mit ihr erlebte er immer wieder neue Dinge und er war nicht sicher, ob er alles richtig machte. Fußnägel lackieren? Hier? Wenn er nun so sehr zitterte, dass er etwas verschüttete, oder es nicht so auftrug, wie sie es wünschte?

„Ich setze mich zu dir", sagte sie und nahm neben ihm Platz. Ehe er sich versah, hatte sie ihm das Fläschchen in die Hand gedrückt und zog ein kleines Tuch aus der Tasche ihres Bademantels.

„Ich vertrage den Geruch nicht", entschuldigte sie sich und drückte bereits das Tuch auf ihr Gesicht, während sie ihm deutete, die Flasche zu öffnen.

Mit zittrigen Händen drehte er den Verschluss auf. Unsicher, was er nun tun sollte, blickte er sie an. Sie streckte ihm ihren Fuß entgegen und nickte mit dem Kopf. Wahrscheinlich sollte er anfangen. Er schluckte nervös, hielt in der einen Hand das kleine Fläschchen, in der anderen den Pinsel und wusste nicht weiter. Er durfte keinen Fehler machen!

Er sah zu ihr. Sie hatte den Kopf weit nach hinten gelegt, das Tuch fest auf ihrem Gesicht. Das rüttelte ihn auf. Er musste es ordentlich und vor allem schnell machen. Der chemische Geruch des Lacks ließ sie leiden. Sie würde sich bei seinem Manager beschweren, wenn er an dieser unbedeutenden Kleinigkeit scheiterte.

Hyeong-Joon stellte das Fläschchen auf dem kleinen Tisch ab und griff zu ihrem Fuß. Es durchzuckte ihn wie ein kleiner Feuerstoß, heiß und verzehrend. Ihre Haut war zart, sie schien überall nur weich und zart zu sein. Verlangend drängte seine Männlichkeit wieder gegen die Hose. Aber er hatte keine Zeit, um ihre Haut zu streicheln und zu liebkosen. Er musste sich beeilen.

Mit zittrigen Fingern trug er den Nagellack auf. Immer wieder blickte er zu ihr. Sie verharrte still in ihrer Haltung. Als er den ersten Fuß fertig lackiert hatte, räusperte er sich zaghaft. Sie verstand sofort und hob den anderen Fuß ihm entgegen. Auch dieser war so weich und duftete nach dem Duschgel. Fast bedauerte er, den Lack mit seinem chemischen Geruch auftragen zu müssen. Ihre Haut und das Duschgel machten ihn vor Sehnsucht richtig benommen. Er war erregt, mehr denn je zuvor, und froh, dass er die verräterische Wölbung wenigstens kurz mit seinen Armen bedecken konnte, während er ihre Nägel lackierte.

Die Zeit verging zu schnell für ihn. Hatte er nicht gerade erst angefangen? Bedauernd steckte er den Pinsel in die kleine Flasche zurück und verschloss sie fest. Sie machte mit der Hand ein Zeichen und er verstand. Er ging zum Fenster und öffnete es, um die kühle, erfrischende Nachtluft hereinzulassen. Sie vermischte sich mit den Düften im Raum und nahm den chemischen Geruch mit sich fort. Als er sich zu ihr drehte, glitt ihr Blick prüfend über ihre Zehen. Sie nickte zufrieden und er atmete erleichtert auf. Er schloss das Fenster und kam zu ihr zurück.

„Das hast du sehr schön gemacht. Gefällt dir der Nagellack?"

„Ja, sehr", sagte er nervös.

Er stand vor ihr, konnte sehen, dass der Bademantel weiter geöffnet war durch ihre Bewegungen vorhin beim Lackieren. Bis zu den Oberschenkeln leuchtete ihm ihr helles Fleisch entgegen. Er konnte nichts mehr verstecken. Seine Lust drückte übermächtig gegen seine Bundfaltenhose und er war sicher, jetzt würde sie das wollen, von dem er nichts wusste und nicht einmal ahnte, was es war. Er hatte Angst und gleichzeitig eine neugierige Hoffnung. Bald gehörte er nicht mehr zu den ahnungslosen Jungfrauen. Bald …

„Es ist schon spät. Ich denke, ich werde jetzt schlafen", sagte sie plötzlich, stand auf und ging zur Tür.

Seine Gedanken überschlugen sich. Sie wollte keinen Service? Sie schickte ihn weg? Nein! Das durfte nicht sein! Beim letzten Mal hatte er nur Schläge erhalten. Doch nun? Wie sollte er dem Management erklären, dass er mit ihr in einem Zimmer gewesen war, sie nur einen Bademantel getragen hatte. Und dann hatte sie ihn fortgeschickt!

„Es war ein aufregender Tag. Wir sehen uns morgen zum Stadtbummel. Gute Nacht", sagte sie und gab ihm einen Kuss auf die Wange.

Er starrte sie an. Es dauerte ein wenig, bis ihre Worte zu ihm vorgedrungen waren. Sie schickte ihn nicht weg, sondern wollte weitere Zeit mit ihm verbringen. Morgen. Und sie hatte ihn geküsst. Mit ihren roten Lippen auf seine Wange. Erleichtert, aber vor allem überfordert nickte er nur und lächelte schüchtern, ehe er zur Tür hinausging und Richtung Aufzug lief. Als er sich umdrehte, hatte sie bereits die Tür geschlossen. Natürlich, sie trug nur einen Bademantel.

War dies ein Traum? Warum hatte er sie nicht in seine Arme genommen, sie geküsst? Auf ihre Wange, auf ihre Lippen … Nein. Er konnte nicht und er wusste genau, was ihn daran gehindert hatte. Der Satz *Verpissen Sie sich*, den sie nur wenige Stunden zuvor zu einem angesehenen Geschäftsmann gesagt hatte. Wie konnte er wissen, ob sie ihn nicht ebenso abwies?

Hyeong-Joon zuckte zusammen, als er das Signal seines Handys hörte.

Gute Nacht

las er und sein Atem stockte. Zwei Worte von ihr, die so viel mehr aussagten. Er spürte, wie sein Herz schneller schlug. Er wollte, ja er musste ihr antworten. Sie wartete sicherlich darauf. Ehe er sein Zimmer erreicht hatte, tippte er bereits die Antwort.

Annoseyong CEO-Nim SusanneShi. Bitte ruhen Sie sich gut aus. Der Regen heute war nicht gut für Ihre Gesundheit. Ich wünsche Ihnen eine gute Nacht. Mit freundlichen Grüßen Hyeong-Joon.

Er schickte die Nachricht mit zittrigen Fingern ab, lächelte und ging in sein Zimmer. Kaum, dass er dort angekommen war, bekam er eine Antwort von ihr. Sie freute sich bereits auf den morgigen Tag und welche Geschäfte sie mit ihm besuchen wollte.

Hyeong-Joon war überrascht, aber vor allem fassungslos. Vor wenigen Minuten bat sie ihn, zu gehen, da sie schlafen wollte, und nun schrieb sie ihm Nachrichten und wollte sich offenbar unterhalten. Er ließ sich auf sein Bett fallen und antwortete ihr.

Auch er freute sich. Mehr als alles andere auf der Welt wünschte er sich, die Zeit mit ihr zu verbringen. Dies konnte er so nicht schreiben. Es war in seinen Augen respektlos. So schrieb er ihr förmlich, aber freundlich seine Antworten. Die Stunden vergingen, bis sie ihm erneut eine gute Nacht wünschte. Sie würde jetzt schlafen, schrieb sie ihm. In seinen Gedanken sah er sie im Bett liegen, auf welchem er nur wenige Stunden zuvor gesessen hatte.

Hyeong-Joon seufzte. Wie gerne würde er jetzt bei ihr sein, ihren Kopf auf seiner Brust, sein Arm um ihre Schultern. Es war vermessen, ein unerfüllbarer Wunsch. Zumindest auf die Art, wie er es sich wünschte. Denn er dachte voller Liebe an sie, während sie ihn als Service gebucht hatte. Er, ein Niemand, träumte von einer Liebe mit einer CEO!

Das Management würde es begrüßen, wenn er mit ihr in einem Bett läge und sie zärtlich hofierte. Er musste ja alles tun, damit sie einen Vertrag unterschrieb. Nur Liebe, die würde sein Manager niemals dulden.

Hyeong-Joon tippte einen Gute-Nacht-Gruß an sie und legte sein Handy beiseite. Mit offenen Augen dachte er an den Abend zurück. Ihre wunderschönen blauen Augen, die blonden Haare, die vom Bleistift festgehalten worden waren, die herrlich roten Lippen, die verheißungsvoll geglänzt hatten.

Er schloss die Augen und dachte an ihren Bademantel, die Haut, die sich ihm dargeboten hatte. An ihre üppigen Rundungen, die ihn gelockt hatten, als sie den Nagellack ergriffen hatte. Zu all seiner Sehnsucht und Begierde kam nun Sorge hinzu.

Was, wenn er verschlafen würde? Sie hatten verabredet, dass sie ihn abholen wollte, wenn sie mit Frühstücken fertig war. Nein, er durfte nicht schlafen. Keinesfalls. Er wollte pünktlich und vor allem fertig sein, wenn sie vor seiner Tür stand. Er musste wach bleiben. So duschte er, kleidete sich wieder an und zog einen der Stühle neben die Tür. Er setzte sich und wartete. Es würde noch Stunden dauern, bis er ihr Klopfen vernehmen würde. Aber er durfte nicht einschlafen. Er musste ordentlich aussehen, wenn sie ihn holen kam.

Bereits nach wenigen Minuten spürte er, dass der Stuhl unbequem wurde. Doch für sie würde er jeden Schmerz der Welt ertragen.

KAPITEL 12

Susanne nippte gerade von ihrem Tee, als ihr Handy vibrierte. Sicherlich wieder eine Nachricht aus ihrem Büro. Als sie den Absender las, weiteten sich ihre Augen. Choi Hyeong-Joon.

Schnell blickte sie sich im großen Frühstückssaal um. Doch weit und breit war nichts von ihm zu sehen. Wollte er das heutige Treffen absagen? Ein Gefühl der Enttäuschung übermannte sie.

Unmöglich, beruhigte sie sich sofort. Das Management würde dies keinesfalls zulassen.

Da war es wieder. Der Geschäftsgedanke, der sich mit ihren Gefühlen vermischte. Für sie war es längst kein Geschäft mehr, auch wenn sie es nach außen hin so zeigen musste. Sie hatte es gestern von seinem Gesicht ablesen können, als er vor ihrer Tür stand. Er dachte, dass er ihr seinen Dienst erweisen musste. Umso mehr gefiel es ihr, dass sie ihn durch ihre Erzählungen offenbar schier um den Verstand brachte. Sie lächelte bei der Erinnerung an seine scheuen und dennoch begehrlichen Blicke, die ihre nackte Haut abgetastet hatten.

Susanne stellte ihre Tasse Tee zur Seite und öffnete die Nachricht.

> Annoseyong CEO-Nim SusanneShi. Ich freue mich schon auf unsere heutige London-Sightseeing-Tour. Wenn ich für Sie ein Eis besorgen soll, so lassen Sie es mich wissen. Mit freundlichen Grüßen Hyeong-Joon.

Sie lächelte und las sie erneut. Er war um sie besorgt und tat alles, um ihre Wünsche zu erfüllen. Er hatte an ein Eis gedacht, noch ehe sie selbst daran dachte. Er war schüchtern, wirkte unsicher und doch war etwas in seinem Blick, das sie verzauberte. Er war so rein, so klar, voller Vertrauen ihr gegenüber. Woher nahm er nur die Sicherheit, dass sie nicht mit ihm spielte?

Susanne legte ihr Handy beiseite und biss ein Stück vom Croissant ab. Buttrig weich zerging es fast schon auf der Zunge. Ein Wohlgeschmack.

Choi Hyeong-Joon befand sich in einem Haifischbecken. Geprägt von Gehorsam, Schlägen, Anforderungen, die nicht enden wollten, und Druck, der so manchen zerbrach. Und dies alles für eine gute Zukunft, auch wenn man dafür seine Seele verkaufen musste.

Etwas Wehmut kroch in ihr hoch, wenn sie wieder an den jungen Mann dachte, den sie damals vom Hotelzimmer aus beobachtet hatte. Der geprügelt worden war, bis er dem Manager zu Diensten war. Niemals würde sie ihre hohe Position nutzen, um solche Dinge einzufordern. Bei niemanden und am wenigsten bei Choi Hyeong-Joon.

Er hatte ihr Herz berührt. Still und heimlich hatte er sie mit seinem Charme erobert. Niemand wusste von ihnen und so musste es auch bleiben. Was wäre, wenn das Management … sie wollte gar nicht daran denken, sondern nur eines. Den bevorstehenden Tag mit ihm genießen.

Ein leichtes Lächeln umspielte ihre Lippen, als sie das restliche Croissant aß, ihren Tee trank und dabei an ihn dachte. Gleich würde sie sich auf den Weg zu ihm machen und sie hoffte, dass er sich genauso freute wie sie selbst.

***

Es klopfte an seiner Tür. Endlich war es so weit, dachte Hyeong-Joon und stand von seinem Stuhl auf. Schnell stellte er ihn zu den anderen zurück. Ein letzter prüfender Blick in den Spiegel, ehe er die Tür mit zittrigen Händen öffnete.

„Guten Morgen", begrüßte ihn Lee Sukh-Jae und drängte sich an ihm vorbei ins Zimmer. Sein Assistent sowie zwei Bodyguards folgten ihm.

Noch ehe Hyeong-Joon etwas sagen konnte, setzten sich Lee Sukh-Jae und sein Assistent, während die Bodyguards ihre Stellung hinter ihnen bezogen.

„Du wirst gleich die verehrte CEO treffen. Wie wir gehört haben, wurdet ihr gestern nass und du hast ihr deine Jacke geliehen."

Er nickte zustimmend. Was konnte er sonst tun? Sein Manager war hier, um ihm klarzumachen, dass er keinen einzigen Schritt tun konnte, ohne dass das Management davon wusste. Auch wenn sie eine Begleitung und Beobachtung abgelehnt hatte, kam das für Lee Sukh-Jae nicht infrage. Besorgt überlegte Hyeong-Joon, ob es irgendeine Situation gab, die ihm gefährlich werden könnte. Ihm fiel nichts ein. Aber was wusste er schon?

„Du hast deinen Kaffee fallen lassen", hörte er seinen Manager erneut und dessen Stimme bekam etwas Scharfes.

„Ich … ja." Hyeong-Joon senkte entschuldigend den Kopf.

„Du bist dumm. Halte ihn das nächste Mal besser fest. Was, wenn du sie getroffen hättest?", herrschte sein Manager ihn nun an und stand auf.

Instinktiv zuckte Hyeong-Joon zusammen und trat einen Schritt zurück. Auch wenn dies sinnlos war. Denn vor der Tür standen bereits weitere Bodyguards. Es gab kein Entkommen. Schweiß rann an seinem Rücken entlang und er versuchte, seinen Atem unter Kontrolle zu halten. Es gelang ihm nicht. Die durchwachte Nacht hatte ihm zu viel abverlangt. Sein Brustkorb hob sich zusehends schneller auf und ab und dies entging auch seinem Manager nicht.

„Heute wirst du mit ihr den Tag verbringen. Sie hat mich wissen lassen, dass sie wieder auf Begleitung verzichtet", sagte er ernst und blickte ihm drohend in die Augen. „Hör genau zu: Du wirst ihr jeden Wunsch erfüllen. Du wirst ihn ihr von den Augen ablesen. Noch bevor sie selbst daran denkt."

Hyeong-Joon blieb wie immer nichts anderes übrig, als zustimmend zu nicken.

„Wir wollen mit ihr ins Geschäft kommen", sagte Lee Sukh-Jae und sah ihn aufmerksam an. Er atmete geräuschvoll ein.

„Und", fuhr er fort, „du wirst alles tun, dass es dazu kommt. Ein Versagen dulde ich nicht. Wenn wir mit ihr Geschäfte machen, bringt uns das ein Ansehen. Niemand hat es bisher geschafft, mit ihr Geschäfte zu machen. Niemand!"

Der Druck wuchs und mit ihm das Gefühl der Angst und Panik. Sie schrieben sich seit vielen Monaten kleine Nachrichten. Sie bestand darauf, mit ihm allein Zeit zu verbringen, wie ihm sein Manager soeben erneut bestätigte. Würde sie sich wirklich auf eine Zusammenarbeit einlassen? Oder war nach diesem Wochenende alles vorbei? Das Geschäft, aber auch bei ihnen? Er war völlig durcheinander. Dies merkte auch sein Manager, der ihn zweifelnd ansah.

„Du hast eine große Verantwortung und du wirst nicht versagen", sagte er eindringlich.

Hyeong-Joon konnte nicht antworten. Die Angst presste ihm die Luft aus den Lungen. Statt einer Antwort nickte er schnell. Das machte seinen Manager wütend. Er wollte keinen verunsicherten Künstler, denn das war nicht das, was die Icequeen wollte. Da war sich der Manager sicher.

„Du wirst nicht versagen, hörst du?“, schrie er.

Er sah es kaum, es ging so schnell, schon spürte er eine Faust in seinem Magen. Er krümmte sich für einen Moment und blickte zu seinem Manager auf.

„Haben wir uns verstanden?“

„Ja“, kam seine knappe Antwort und er erntete ein zufriedenes Lächeln. Nicht nur von ihm, sondern auch dem Assistenten und den Bodyguards.

„Gut. Ich denke, wir verstehen uns“, erwiderte Lee Sukh-Jae und machte eine kurze Handbewegung.

Sein Assistent stand auf und auch die Bodyguards bewegten sich Richtung Tür und öffneten sie.

„Viel Vergnügen“, wünschte der Manager und verließ wenige Augenblicke später das Zimmer.

Hyeong-Joon blieb zurück. Allein, wie so viele Male zuvor in seinem Leben. Geschlagen und erniedrigt.

Langsam raffte er sich auf und strich vorsichtig über seinen Bauch. Er schmerzte, doch dies war nur der körperliche Schmerz. Die der Seele lagen tief verborgen in seinem Inneren. Weit entfernt von diesem Zimmer und vor allem seiner großen Liebe. Ihr.

Es klopfte. Er zuckte zusammen und starrte atemlos auf die Tür. Nein, sie würden nicht wiederkommen. Sein Manager hatte seine Worte nachdrücklich übermittelt und war mit seinem Anhang gegangen. Sicherlich würden sie auch heute über jeden Schritt informiert werden. Er musste sein Bestes geben und alles tun, um ihr einen angenehmen Tag zu bescheren. Doch nicht wegen des Geschäftes, sondern weil er sie liebte.

Hyeong-Joon straffte die Schultern, atmete tief ein und öffnete die Tür. Seine Schmerzen waren vergessen, als er sie dort stehen sah. Sie trug ihren roten Lippenstift. Dieses Mal waren ihre Haare offen. Blonde Locken, die ihr Gesicht umspielten und sie noch verlockender machten, als sie ohnehin schon war. Dazu ihr roter Hosenanzug und die gleichen rosa Plateau Converse wie am Vortag. Sie war eine auffällige Schönheit, nach der sich jeder umdrehen musste.

„Guten Morgen. Bist du bereit?“, fragte sie lächelnd und blickte ihn mit großen Augen an.

„Ja. Ich habe auf Sie gewartet“, antwortete er und spürte, dass seine Aufregung stieg. Vorfreude durchzog ihn und verdrängte den körperlichen Schmerz in seiner Magengrube.

„Dann lass uns gehen. Hast du gut geschlafen?“

Er schloss die Tür hinter sich und sah sie irritiert an. Sie fragte ihn, wie er geschlafen hatte. Ihn, einen Niemand. Sie interessierte sich für ihn, es gab keinen Zweifel. Wie sollte er angemessen antworten? Auf solche Fragen war er nicht vorbereitet.

„Danke der Nachfrage. Ich habe sehr gut geschlafen“, brachte er zaghaft vor. Jetzt wurden ihm die Schmerzen im Rücken von der letzten Nacht auf dem Stuhl bewusst. Das war etwas, das er ihr nie sagen dürfte. Er durfte nicht schwach erscheinen. Sie würde keinen schwachen Mann wollen.

Susanne fühlte, dass er nervös war. Noch mehr als gestern. Sie ahnte, dass es etwas mit seinem Management zu tun hatte. Ob sie ihn ermahnt hatten, weil sie ihn gestern in sein Zimmer zurückgeschickt hatte? Ein Schauer fuhr über ihren Rücken bei dem Gedanken, dass diese kleine Geste eine Bestrafung für ihn bedeutet haben konnte. Möglichst unauffällig musterte sie ihn. Er war groß, seine schwarzen Haare ordentlich gestylt, die dunklen Augen glänzten. Ob vor Aufregung oder Vorfreude konnte sie nicht erkennen, aber er schien unversehrt.

Sie atmete erleichtert auf und nahm ihn mit zu einer kleinen Entspannungstour. Eine Busfahrt durch London konnte jeden ablenken. Susanne hatte einige Zeit in London gelebt und kannte sich aus. So saßen sie wenige Minuten später in einem der beliebten Sightseeing Busse.

„Bist du schon einmal in solch einem Bus gefahren?“, fragte sie ihn, nachdem sie sich gesetzt hatten.

„Nein, bisher noch nicht“, antwortete er und seine Augen strahlten.

Zufrieden registrierte sie, dass er wesentlich entspannter war. Dennoch belastete sie, dass er nur wenig sprach und gar nichts von sich erzählte. Ganz anders waren die westlichen Stars. Sie bekamen den Mund kaum zu, wenn sie wussten, eine Musikagentin stand vor ihnen.

Der Touristenführer pries über sein Mikrofon die Sehenswürdigkeiten an. Choi Hyeong-Joon schaute nach rechts oder links und wirkte interessiert. In seinen Augen lag eine Lebendigkeit, die sie am Tag zuvor nicht hervorlocken konnte. Vielleicht brauchte er nur etwas mehr Zeit mit ihr, um zu erkennen, dass sie nicht nur einen Service von ihm wollte.

Susanne überlegte. Konnte es sein, dass seine Englischkenntnisse ein weiterer Grund seiner Zurückhaltung waren? Seine Antworten waren meist knapp, seine schriftlichen Nachrichten fast wie einstudiert. Er war höflich, zuvorkommend und freundlich, aber auch sehr schüchtern und vielleicht nicht ganz so sprachbegabt. Das sollte kein Hindernis für sie beide sein.

Nachdem sie einige Zeit mit dem Bus gefahren waren, zog sie eine Flasche Mineralwasser aus ihrer Tasche und einen Apfel. Er wirkte verwundert. Sie lächelte nur und holte ein kleines Messer hervor, dazu ein Schälchen. Sie blickte in seine fragenden Augen und reichte ihm den Apfel und das Messer. Nun verstand er. Er nahm die Frucht und begann, den Apfel zu zerteilen und zu schälen. Sie beobachtete, wie er sorgsam die Schale entfernte, und fühlte sich in seiner Umgebung immer wohler. Er zelebrierte es nahezu und als er ihr die einzelnen Stücke überreichte, berührten sich ihre Finger. Leider viel zu kurz. Eine Sehnsucht erwachte in ihr. Sie wollte so viel mehr von ihm und fürchtete, dass er dieses mehr nur tun würde, weil es sein Management so wollte.

Seufzend schob sie sich ein Apfelstück in den Mund. Erfrischend süß und leicht säuerlich, eine belebende Mischung. War er nicht auch so?

Sie bot ihm ein Stück ihres Apfels an. Für einen kurzen Moment verzog er sein hübsches Gesicht, ehe er dankend ablehnte. Sie kannte die Vorgehensweisen in seiner Branche. Er durfte nichts essen, um für jeden Auftritt und jedes Shooting perfekt auszusehen. Was er wohl später für diesen Entspannungstag büßen musste? Immerhin konnte er nicht trainieren, sondern saß fast nur herum oder spazierte ein paar Meter. Ob er gestern noch gegessen hatte oder heute Morgen?

Susanne blickte auf den Apfel, den er so liebevoll zubereitet hatte. Sie hatte gefrühstückt und aß schon wieder, während er mit Sicherheit noch nichts erhalten hatte. Er sorgte sich um ihr Wohlbefinden und sie genoss es. Etwas, das sie nicht kannte. Wann hatte man sich das letzte Mal so um sie bemüht?

Sie schob sich das Stück in den Mund und kaute gedankenverloren. Es war an der Zeit, dass auch er umsorgt wurde. Sie wusste, dass er von seinem Management instruiert worden war, ihr die Zeit so angenehm wie möglich zu machen. Sie hatte in all den Jahren auch gelernt, dass man in den östlichen Ländern über Sex und seine Praktiken nicht sprach. Noch weniger, wie man verführte. Wenn sie ihn richtig einschätzte, war er noch Jungfrau. So wie er für ihr leibliches Wohl sorgte, so würde sie für seines sorgen, obwohl sie nicht nur an Essen dachte.

Lächelnd holte sie aus ihrer Tasche einen Schokoriegel hervor und reichte ihm diesen. Er konnte unmöglich ablehnen. Das wäre unhöflich. Tatsächlich nahm er ihn mit höflichem Nicken und Dankesworten entgegen. Während sie ihren Apfel aß, packte er zaghaft den kleinen Schokoriegel aus. Seine Blicke wirkten scheu, als ob er sich beobachtet fühlte, doch dann aß er ihn mit einem Genuss, wie sie ihn noch nie zuvor bei jemanden gesehen hatte. Als sie den Bus wieder verließen und durch die Straßen liefen, wurde er zusehends entspannter. Er fühlte sich in ihrer Gegenwart wohl und nun wollte sie sich erkenntlich zeigen.

„Lass uns in diesen Laden gehen“, sagte sie und deutete auf einen lang gezogenen Häuserkomplex mit grünen Markisen, welche die Schaufenster vor der Mittagssonne schützten. Harrods. Ein Muss für jeden, der London einmal besuchte, und nun auch für sie beide. Er lächelte etwas schüchtern und folgte ihr.

***

Als der Sicherheitsmann die Tür öffnete, um sie einzulassen, ahnte Hyeong-Joon noch nicht, was ihn erwartete. Er war überwältigt. Dies war kein Kaufhaus, wie er sie kannte, sondern eine Mischung aus Museum und Palast. Marmor, Säulen und Nischen so weit das Auge blicken konnte. Reich verzierte Skulpturen, Fresken und Balkone zierten den Innenraum. Nur die modernen Rolltreppen ließen erahnen, dass man sich im zwanzigsten Jahrhundert befand und nicht ein paar hundert Jahre zuvor.

„Komm mit“, forderte sie ihn auf und lief zielstrebig auf ein Geschäft zu, das durch weiteres Sicherheitspersonal am Eingang bewacht wurde. Als die Männer sie erblickten, nickten sie höflich und öffneten ihnen die Tür. Kaum hatten sie den Laden betreten, kam ein älterer Mann im Anzug, der sie freundlich begrüßte.

„Guten Tag, die Herrschaften. Mein Name ist …"

„Ich sehe, wer und was Sie sind", unterbrach sie ihn und nickte Richtung seines Namensschildes, welches an seiner linken Brust prangte.

Er wirkte etwas überrascht, behielt jedoch seine Contenance. „Wenn ich Ihnen vielleicht …"

„Nein, danke. Ich weiß, was ich will und wo ich es finde", antwortete sie knapp und ihre Augen wanderten bereits über die Auslagen.

Hyeong-Joon fragte sich in diesem Moment, ob sie diesen Laden öfter besuchte, denn man schien sie zu kennen. Zumindest nahm der Manager ihre ruppige Art gelassen auf.

Ein unangenehmer Gedanke tauchte in ihm auf. Sie kannte sich aus und wusste, wo sie fand, was sie wollte. Was, wenn sie schon einmal mit einem anderen Mann hier gewesen war. Vielleicht mit verschiedenen und er war … Nein, daran durfte er nicht einen Moment lang denken! Sie war eine wundervolle Person und ihre Augen sagten ihm, dass sie mehr empfand. Sie war gewiss keine CEO, die ihn nur als Dienst in Anspruch nehmen wollte.

„Möchten Sie, dass ich Ihnen einen Bodyguard zur Seite stelle", fragte der Mann und sein Blick huschte zu ihm. Es war unübersehbar, dass er wusste, wen er vor sich hatte. Sie lächelte nur, blickte kurz zu Hyeong-Joon, ehe ihr Blick wieder zu dem Manager wanderte.

„Wie Sie sehen, übt er Kampfsport aus und sein Sixpack macht jeden Ihrer Bodyguards überflüssig."

Die Augen des Managers weiteten sich ebenso wie die von Hyeong-Joon. *Sein Sixpack.* Woher kannte sie es, überlegte er und all seine Bilder, die im Internet von seinen Filmen und Auftritten kursierten, rasten durch seinen Kopf. Die ganze Welt kannte vermutlich sein Sixpack, aber dass sie es auch kannte und nun auch noch öffentlich erwähnte, machte ihn sprachlos und nervös.

Sie kannte es. Aus welcher Szene, von welchem Shooting? Hatte es sich seitdem verändert? Würde es ihr gefallen?

Seine Gedanken entglitten ihm, er sah sie bereits vor sich, wie sie auf seinen nackten Oberkörper starrte. Vielleicht bereits in wenigen Minuten, denn wie er nun mit Entsetzen feststellen musste, handelte es sich offenbar um ein Bekleidungsgeschäft für Herren.

Oh mein Gott, dachte er und spürte, wie er zu schwitzen begann. Ob sie mit in die Umkleidekabine kommen würde? Half sie ihm beim Ausziehen oder sah sie nur zu, wie er sein Hemd öffnete und von seinem Körper streifte?

Hyeong-Joon war so erschrocken, dass er nicht bemerkt hatte, dass der Manager bereits gegangen war und sie nun mit ihm sprach.

„Wie gefällt dir das?", fragte sie und hielt ihm ein weißes Hemd entgegen.

Noch immer waren seine Gedanken, bei seinem Sixpack, der Umkleidekabine und ob sie ihm vielleicht beim Umkleiden zusehen würde. Sein Puls stieg und mit ihm die Angst, dass er ihr nicht gefiel. Er hatte trainiert, besonders die letzten Tage und Wochen, da mehrere Shootings anstanden. War es gut genug für sie? Zweifel stiegen in ihm auf, die immer stärker wurden. Es gab kein Entrinnen. Sie deutete ihm bereits, ihr zu folgen, und lief geradewegs auf eine Umkleidekabine zu.

Je mehr er sich näherte, umso unsicherer wurde er. Was, wenn sie mit reinkam, was, wenn sie ihn mit nacktem Oberkörper sah? Nicht nur durch ein regennasses Hemd, sondern seine nackte Haut direkt vor ihren Augen. Sein Puls raste. Ihm fiel der Schlag in den Bauch ein. Was, wenn es dort eine Verfärbung gab? Es war zu spät für Ausreden, obwohl ihm sowieso keine eingefallen wären. Sie hatten die Umkleidekabine erreicht und sie öffnete den Vorhang, damit er eintreten konnte.

„Bitte probiere es an, ich warte hier und sehe mich noch ein wenig um", lächelte sie und überreichte ihm das Hemd.

Mit großen Augen starrte er sie an und er sah ihren fragenden Blick. Ehe sie es sich anders überlegen konnte, ergriff er das Hemd und verschwand in der Kabine. Hastig zog er den Vorhang zu und entzog sich so ihren Augen, die ihn so sehr verwirrten und gleichzeitig erfreuten. Sein Herz pochte bis zum Hals und er nahm einen tiefen Atemzug. Sie war hinter dem Vorhang, nicht weit von ihm entfernt und doch fühlte er sie so nah. Allein wenn er an sie dachte, roch er ihr Duschgel, das er so sehr liebte.

„Passt es?", kam bereits die Nachfrage.

„Einen Moment noch", bat er und zog sein Hemd aus.

Peinlich berührt schlüpfte er in das weiße Hemd und schloss die Knöpfe. Er hatte sie warten lassen. Weil er sich in seinen Erinnerungen verloren hatte, musste sie dort stehen und warten. Hyeong-Joon war sicher, dass sie, nein, dass er beobachtet wurde. Welche Strafe würde er dafür bekommen, dass er diese wichtige CEO wie eine Bittstellerin hatte warten lassen? Nervös öffnete er den Vorhang und trat hinaus.

„Ein ausgezeichneter Schnitt, es passt hervorragend", hörten sie die Stimme des Managers, der wieder auf sie zukam. Ein breites Lächeln zog sich über sein Gesicht, das erstarb, als er sie ansah.

„Ich denke, wir kommen zurecht. Wie Sie sehen können, bin ich in der Lage, die richtige Größe auszuwählen, oder?" Ein kurzer Satz, der so viel sagte und ihm einen Schauer über den Rücken jagte.

„Ja … ja, natürlich, Madam. Sollten Sie noch Fragen haben …"

„Ich weiß, wo ich Sie finde, wenn ich Sie brauchen sollte", fiel sie ihm ins Wort und ihre Augen wurden schmaler.

Sie war genervt, er konnte ihren Unmut fühlen. Sein Magen verkrampfte sich, denn er erinnerte sich an ihre gestrigen Worte: *Verpissen Sie sich*. Sie war keine Frau, deren Zorn man auf sich ziehen wollte.

So schnell ihr Ärger gekommen war, so rasch war er verschwunden. Als sie sich zu ihm drehte, lächelte sie zufrieden und trat näher an ihn heran. Nun konnte er ihr Duschgel wieder riechen. So frisch. Wie ihre ganze Erscheinung.

„Es sitzt in der Tat perfekt. Ein perfektes Hemd für einen perfekten Körper." Etwas Schelmisches lag in ihren Augen, aber auch eine Traurigkeit, die er bereits so viele Male zuvor gesehen hatte.

Susannes Augen glitten über das Hemd. Sie konnte nicht anders und fuhr mit ihren Fingern darüber, strich hier und da ein paar nicht vorhandene Falten glatt und dachte an den vergangenen Abend. Den Spaziergang zur Towerbridge und den Regen, der ihr Herz in Wallung brachte. Die Regentropfen, welche sich auf seinen Körper legten, sein Hemd durchnässten und ihr etwas zeigten, dass sie mehr denn je begehrte.

Keinesfalls wollte sie ihm das Gefühl geben, dass er für sie nur einer war von vielen. Sie hasste das Vorgehen des Managements. Seines als auch das der anderen. Menschen wie ihn wie Ware anzubieten, um Geschäfte abzuschließen. Neue Investoren zu finden, welche dann Geld fließen lassen würden, um diesen geschundenen Seelen weitere Jahre der Knechtschaft zu bringen. Nein, Choi Hyeong-Joon war etwas Besonderes. Niemals würde sie ihn so sehen wie all die anderen, deren Setkarten sich in ihrem Computer stapelten.

„Ich denke, das nehmen wir, oder?"

Er blickte an sich herab und nickte zustimmend. Er konnte in diesem Moment nicht reden. Sie hatte ihn berührt, nur zaghaft, doch jede noch so kleine Berührung brachte sein Herz in Wallung. Und wenn es nur ein kurzer Moment war, der sie für den Hauch einer Sekunde körperlich verband.

„Oder gefällt es dir nicht? Vielleicht eine andere Farbe? Welche gefallen dir?", fragte sie und sah ihn aufmunternd an.

Es schien, als wäre er überfordert. Genauso wie im Restaurant, als sie ihn fragte, was er essen wollte. Sie ahnte, unter welchen Umständen das Management seine Cash Cows, wie sie es nannte, behandelte. Dass oftmals eine Schüssel Reis am Tag die einzige Nahrung war, welche sie bekamen. Und selbst diese gestrichen wurde, wenn man nicht gehorsam war. Er war schüchtern, das stand für sie fest. Aber diese Zurückhaltung tendierte mehr aus einer Angst und unter dieser Schüchternheit war ein wundervoller Charakter versteckt.

„Nein, ich finde es schön, ich mag weiße Hemden", lächelte er und sah sie etwas unsicher an.

„Dann nehmen wir es", stellte sie zufrieden fest und deutete dem Manager zu kommen. Wie erwartet stand er nur wenige Meter entfernt und hatte sie nicht aus den Augen gelassen.

„Wir nehmen das Hemd", sagte sie bestimmend und streckte ihm bereits ihre Kreditkarte entgegen.

„Sehr wohl, die Dame. Der Herr möchte das Hemd bereits tragen?"

„Ja, das möchte er, oder?", fragte sie und blickte zu Choi Hyeong-Joon.

„Ja, gerne", lächelte er und nickte zustimmend.

„Dann lassen Sie sein anderes Hemd bitte einpacken", forderte sie und deutete auf den Stuhl in der Kabine, auf welchem es lag.

„Selbstverständlich, einen Augenblick bitte", erwiderte der Manager, nahm das Hemd und die Kreditkarte und verschwand.

Es imponierte Hyeong-Joon, wie sie mit den Menschen umging. Sie schien zu wissen, was sie tat und mit wem. Auch wenn ihre Art ihn so manches Mal erschreckte, so wusste er auch, dass sie es oftmals nur aus Selbstschutz tat.

Man hatte sie verletzt, vielleicht viele Male, dachte er und wartete mit ihr, bis der Manager wenige Augenblicke wieder auf sie zukam.

„Ihre Karte“, sagte er und reichte sie ihr. „Und das Hemd“, begann er, doch sie unterbrach ihn.

„Lassen Sie es ins Hotel bringen“, sagte sie schnell und gab ihm eine Karte des Hotels und von ihr.

„Sehr wohl, die Dame, wie Sie wünschen.“ Er nickte und nahm die Karten entgegen.

„Auf Wiedersehen“, verabschiedete sie ihn und blickte zu Hyeong-Joon. „Komm mit, ich möchte mir gerne etwas mit dir ansehen.“ Sie lächelte und deutete ihm ihr zu folgen.

Unter den Verabschiedungen des Managers und der Türsteher verließen sie den Laden und kurz darauf auch Harrods. Die belebten Straßen von London hatten sie wieder. Aber nicht für lange, denn nur wenige Minuten später erreichten sie die Art Galerie von London. Die Sonne war verschwunden und erste dicke Wolken zogen über den Himmel.

„Hoffentlich regnet es nicht wieder“, hörte er sie sagen, als sie die vielen Stufen zur Galerie hinaufgingen, und ein Lächeln umspielte ihre Lippen, während ihr Blick für einen kurzen Moment sein neues Hemd streifte.

Er wusste, worauf sie anspielte. Die Art, wie sie es tat, ließ ihn völlig neue Gefühle in sich entdecken. Es war nicht abwertend, nicht benutzend, wie all die anderen Blicke, welche ihn die letzten Jahre oftmals so verletzend getroffen hatten. Ein leichter Schauer durchzog seinen Körper. Intensiver noch als vorhin bei ihrer Berührung, die so leicht und dennoch überwältigend gewesen war.

„Magst du Museen?“, fragte sie ihn, während sie durch den Eingang schritten. Vorbei an den großen Säulen und hinein in das schimmernde Innere. Ein Duft aus Holz und Farbe drang ihnen ebenso entgegen wie der von Schimmel. Er sah ihr an, dass sie sich unbehaglich fühlte. Richtig, sie hatte ihm erklärt, dass sie bestimmte Düfte nicht ertrug. Er hoffte, dass sie nicht krank wurde, nur weil sie ihm etwas zeigen wollte.

„Was möchten Sie anschauen?“, fragte er höflich, nachdem sie in der riesigen Eingangshalle mit der verzierten Kuppel über ihnen standen.

„Alles, doch zuerst will ich wissen, was dir gefällt. Warst du schon einmal hier?“

„Ja … äh, nein“, begann er und seine Augen wanderten neugierig durch die Halle.

„Ja oder nein?", hakte sie nach und erhielt mit der knappen, klaren Frage wieder seine Aufmerksamkeit.

„Ich habe mir die Galerie einmal im Internet angesehen. Hier soll es Bilder von Rubens geben", antwortete er und mit dem Aussprechen des Malers begannen seine Augen zu glänzen.

„Rubens? Du meinst den Maler mit den dicken Frauen?" Ihre Worte schienen ihn zu schockieren, denn er riss die Augen auf und sah sie unsicher an.

„Ich meine, mit den Frauen, die sehr freizügig sind", versuchte sie, die für ihn offenbar unangenehme Situation, zu retten.

Vergeblich. Das Wort *freizügig* zauberte binnen von Sekunden eine rötliche Farbe auf seine Wangen und sein Brustkorb hob und senkte sich auffällig schnell. Er war nervös. Bestimmte Begriffe galten in seiner Kultur als anstößig und würden sicher nur im Privatraum ausgesprochen oder nie. Es tat ihr leid, dass sie unbedacht gesprochen hatte. Sie wollte, dass er sich in ihrer Gegenwart entspannte und die Schüchternheit ablegte, keinesfalls, dass er sich vor Scham zurückzog.

Susanne lächelte, um die peinliche Situation zu entschärfen. Sie wollte auf jeden Fall weitere Missverständnisse vermeiden.

„Dann lass uns doch mal sehen, wo wir sie finden", sagte sie und blickte auf einige der Hinweisschilder. „Ich denke, wir müssen hier entlang."

Kaum ausgesprochen, ging sie bereits Richtung der Beschilderungen. Vorbei an Gemälden der Moderne, Statuen und undefinierbaren Gebilden kamen sie in einen lang gezogenen Saal. In der Mitte hatte man Bänke drapiert, auf denen man sich ausruhen, aber vor allem die Bilder in Ruhe betrachten konnte. Nur die Absätze einiger Damen waren zu hören und hallten durch den Raum. Eine bedächtige Stille trat ein, als sie allein waren. Die einfachen Holzbänke wirkten konträr zu den riesigen quadratischen Lichtern, die man an der Decke angebracht hatte. Genauso wie die Gemälde von Rembrandt und Rubens. Aufgereiht hingen sie mit großen Abständen an den einfachen weißen Wänden. Schwarze, kniehohe Eisenstützen waren mit einfachen Seilen verbunden, die den Besuchern den Abstand zu den Bildern wiesen.

Es wirkte fast gespenstisch. Die Stille, sie beide allein und nur umgeben von Bildern aus längst vergangenen Tagen. Abbildungen von Frauen, die leicht bekleidet so manch anzüglichen Blick freigaben und seine Wangen erneut zum Glühen brachten, auch ihre.

Sie war berührt, denn sie sah seine anerkennenden und vor allem bewundernden Blicke, als er vor einem der Bilder stand. Es hieß *Aurora entführt Cephalus.*

Was mochte nur in seinem Kopf vorgehen, überlegte sie und wandte ihren Blick von ihm zum Bild und wieder zu ihm zurück. Er war fasziniert und dennoch sah sie etwas in seinen Augen glitzern. Ehe sie es genauer fixieren konnte, hatte er es wieder weg geblinzelt.

Choi Hyeong-Joon war nervös. Fast aufgebracht, nur wegen des Bildes? Weil die Frau fast nackt war, genau wie sie nur einen Tag zuvor, als sie im Bademantel vor ihm saß? Nein, es musste mehr sein als nur eine flüchtige Erinnerung an diesen Moment in ihrem Zimmer. Susanne ahnte nicht, wie sehr ihn dieses Bild schmerzte und doch so viel Hoffnung gab.

Aurora entführt Cephalus. Eine blonde Schönheit, deren Beine und rechte Schulter frei waren, während ein wehendes Kleid aus Gold den Rest ihres beleibten Körpers bedeckte. Sie reichte dem sitzenden Cephalus ihre Hände, als wollte sie ihm helfen aufzustehen. Er hatte seinen Kopf zur Seite geneigt, so als ob er zweifeln würde und sich nicht traute, in ihre Arme zu kommen. Sein Speer und seine beiden schlafenden Jagdhunde kauerten auf dem Boden. Dicke Wurzeln von einem großen Baum zogen sich unter ihnen hinweg und wirkten dunkel, gar bedrohlich. Wie seine Vergangenheit. Nur der goldene, offene Wagen einer Kutsche mit zwei Schimmeln, welcher hinter Aurora zu sehen war, brachte etwas Licht in dieses dunkle Bild. Die Schimmel bäumten ihre Vorderbeine gen Himmel und es schien, als würden sie jeden Moment loslaufen.

Hyeong-Joon sah sie beide in dem Bild. Er, der am Boden saß, das Management, das bedrohlich in Form von den Hunden neben ihm lag, und sie, die wie ein Engel in sein Leben trat und ihm nicht nur ihre Hilfe anbot und ihn bat, ihr zu folgen, sondern auch dafür gesorgt hatte, dass er verschwinden konnte. In der goldenen Kutsche hinter ihr. Hinweg mit ihr.

Dieses Bild war ein Wink des Schicksals, ein Hinweis und vielmehr noch ein Zeichen. Genau wie das, als sie ihre Tür geöffnet hatte, und später, als sie ihm ihre Karte heimlich zusteckte. Er bemerkte, dass sie ihn beobachtete, und sah sie schüchtern an. Sie sagte nichts und er hatte das Gefühl, als ob sie darauf wartete, dass er etwas sagte.

„Mir gefallen die Bilder von Rubens“, begann er und blickte aufmerksam in ihre Augen.

„Und was gefällt dir daran?“

Eine Frage, die er erwartet hatte, trotzdem scheute er sich einen Moment, darauf zu antworten. Zu groß war die Scham, sie vielleicht mit seiner Aussage zu brüskieren oder gar direkt anzusprechen. Auch wenn es der Wahrheit entsprach.

Sie sah ihn aufmerksam an. Er musste ihr antworten, irgendetwas.

„Mir gefällt, wie er die Frauen malt“, sagte er schließlich.

Sie nickte zustimmend und ging ein Stück weiter. Zum nächsten Bild. *Das Urteil von Paris* war auf dem goldenen Schild darunter zu lesen. Neugierig folgte er ihr und erstarrte. Drei nahezu nackte Frauen standen auf einer Wiese und wurden von zwei Männern beobachtet. Es handelte sich offenbar um Schäfer, denn einer der beiden Männer trug einen Schäferstab bei sich und hinter ihnen konnte man grasende Schafe sehen. Die Frauen waren in der Nähe eines Waldes und nur wenige Meter von ihnen entfernt. Einer der Männer reichte einen Apfel herüber, während der andere an einem Baum lehnte und sie mit versonnenem Blick beobachtete.

Ein seltsames Bild, so empfand Hyeong-Joon. Die Frauen schienen sich nicht zu schämen, vielmehr genossen sie die Blicke der Männer. Undenkbar! Wieder hatte er mit aufkommender Nervosität und roten Wangen zu kämpfen. Verstohlen blickte er sich im Raum um. Keine weiteren Bilder, die so viel preisgaben wie dieses, stellte er erleichtert fest.

„Gefällt es dir?“

Er brauchte etwas länger, bis er antwortete. Trotz seiner Unsicherheit schaffte er es, ihr in die Augen zu blicken. In ihre interessierten blauen Augen, die ihn wie einen Menschen und nicht wie eine Marionette behandelte. Sie wollte immer wieder wissen, was ihm gefiel. Er könnte ihr so viel erzählen und wagte es nicht.

„Ja“, kam seine kurze Antwort. Es war zu wenig. So fügte er an: „Aber das gefällt mir noch besser.“

Er ging einige Schritte und hielt dann vor einem, das sie bisher noch nie so wahrgenommen hatte. Es zeigte eine jüngere Frau in einem ausladenden Kleid und einem Dekolleté, das ihre Brüste bedeckte aber gut zur Geltung brachte. Dazu einen schwarzen Hut, der mit Federn geschmückt war. Sie stand im Freien, denn der dunkle Himmel sowie der Teil eines Waldes waren zu sehen. Ihr Blick war klar und ihre schwarzen Augen stachen aus dem feinen Gesicht heraus. Sie wirkten schüchtern, genau wie seine, aber ihre Haltung sprach eine andere Sprache. Ihr Gewand wirkte mittelalterlich mit großen Puffärmeln und sie hielt ihre Arme verschränkt. Nicht so streng, wie er es kannte von seinem Manager oder Personen, die offenkundig ihre Abneigung zeigten. Nein, vielmehr lagen die Handgelenke übereinander, während ihre Hände auf ihrem Bauch zu ruhen schienen.

Sie betrachteten das Bild sehr lange. In seinen Augen lag Bewunderung und sein Herz schlug schneller. Er erwartete ihre Frage, sie musste sie einfach stellen.

„Was gefällt dir daran?"

Hyeong-Joon war aufgeregt. Sie hatte gefragt und er würde antworten. So oft hatte er das Bild im Internet betrachtet. Nun wollte er sich ihr öffnen. Sie waren allein, standen vor einem Bild, das ihr glich. Und er würde es wagen.

„Sie ist stark, man sieht es an ihren Augen. Sie ist auch gütig, denn sie verschränkt ihre Arme, doch nur die Hände. Sie ist wie Sie", sagte er und seine Stimme wurde leiser.

Susanne spürte, wie sich ihr Herzschlag beschleunigte. Es war das erste Mal, dass er sich ihr in dieser Form offenbarte.

„Wie ich?", kam nun auch ihre Frage etwas zögerlich.

Sie fühlte sich von ihm berührt. Seine Worte hüllten sie in eine nie da gewesene Wärme und sie hoffte, dass sie nie mehr vergehen mochte.

„Ja, sie ist eine starke Frau, angesehen und auffallend, wenn ich das sagen darf. Dennoch sieht man Traurigkeit in ihren Augen", sagte er und hielt inne. Erschrocken.

Was hatte er gesagt? Traurigkeit in ihren Augen? Wer war er, dass er so etwas sagen konnte und vor allem durfte? Er war ein Nichts, ein Niemand! War es ihre freundliche Art, wie sie mit ihm umging, dass er sich nun öffnete?

Hyeong-Joon schrak über sich selbst zusammen. Aber es war gesagt. Rasch wandte er den Blick von ihr ab. Dass sie nicht antwortete, war für ihn ein Zeichen, dass er sie verletzt hatte und respektlos gewesen war. Er hätte nicht mutig sein dürfen, denn es war dumm gewesen.

„Wie alt bist du?", kam die überraschende Frage von ihr.

Wie alt? Er zuckte kurz zusammen und wusste nicht, was er ihr antworten sollte. Hielt sie seine Frage für so dumm, dass sie ihn nun nach dem Alter fragte? Oder wollte sie mehr, so wie er es aus ihren Nachrichten der letzten Monate herausgelesen hatte, und fragte darum nach seinem Alter? Ja, es gab einen deutlichen Altersunterschied. Was machte dieser schon aus, wenn man sich liebte? Er liebte sie, da war er sich ganz sicher, doch was war mit ihr? Er hatte Angst sie zu verlieren, noch ehe sie Sein war und so blieb ihm nur eine Möglichkeit.

„Ich bin einhundert, wenn es um Wissen geht, doch sechzehn, wenn es darum geht, dumm zu sein."

Statt einer Antwort lächelte sie und bat ihn, sich neben sie auf die Bank zu setzen und ihre Hand zu nehmen.

Sein Herz schlug immer schneller, als er ihre Hand spürte und sich neben sie setzte. Wieder roch er ihr Duschgel und schloss für einen Moment die Augen und sog den Duft ein. Ihre Hand war warm und weich, so wie er es erträumt hatte. Sie saßen einige Zeit auf der Bank und blickten auf das Bild. Dieser Augenblick gehörte ihnen allein, genau wie der Raum mit den Bildern. Ihre Gedanken trugen sie hinweg und doch waren sie vereint.

„Möchtest du mit mir zur Towerbridge kommen?", fragte sie und blickte in seine versonnenen Augen. Sie erinnerten sie an die Augen des einen Schäfers auf dem Bild zuvor.

„Ja, gerne", antwortete er.

„Wollen wir gehen?"

„Aber wir haben nur Rubens gesehen, wollen Sie nicht noch die anderen Gemälde und Skulpturen sehen?"

„Nein, denn es war mir wichtig, das zu sehen, was dir gefällt. Und das haben wir, oder?"

Sie lächelte und dieses Mal war es weicher. Genau wie das der Frauen auf den Bildern, die wie Engel wirkten.

Sie verließen die Galerie und blickten zum Himmel hinauf. Er wirkte bedrohlich dunkel und die Wolken wurden immer dichter.

„Es gibt nur schlechte Kleidung", grinste sie und er wusste, dass sie auf jeden Fall zur Towerbridge wollte.

Sie liebte den Ort, hatte sie ihm beim letzten Mal gesagt, und nun verstand er auch, warum. Das Wetter hatte die meisten Touristen vertrieben und nur wenige Leute nahmen die Brücke zu Fuß. Sie hatten sie für sich nahezu allein. Noch immer hielt er ihre Hand, bis sie sich plötzlich von ihm löste. Er war überrascht und überlegte, ob er etwas falsch gemacht hätte, bis er sah, dass sie zu einem der Stände ging. Wenige Augenblicke später kam sie mit einem Eis zurück und reichte es ihm.

„Für mich?“, fragte er irritiert.

„Ja“, lachte sie.

Er durfte nichts essen. Wie sollte er es ihr erklären? Wenn das Management das mitbekäme, nicht auszudenken! Sollte er ablehnen? Unmöglich, das war respektlos. Vielleicht würde das Management diese Erklärung verstehen, schließlich sollte er jeden ihrer Wünsche erfüllen, aber vielleicht würde es ihm trotzdem Prügel einbringen. Es ging nicht anders, er musste das Risiko eingehen. Also packte er das Eis aus, während sie ihren Lippenstift nachzog.

Verstohlen blickte er auf ihre Lippen und spürte, dass es ihn erregte. Wie sie ohne Spiegel dastand und sich ihre Lippen nachzog. Sie leuchteten in einem verführerischen Rot. Genau wie gestern und wie ihre Nägel! Er dachte an den Tag zuvor, als er ihre Nägel lackiert hatte, ihre Füße in seinen Händen hielt. Wie weich sie waren, wie die Hand, die er soeben noch halten durfte.

Sie bemerkte seine bewundernden Blicke und spürte, dass sie nervös wurde.

„Schmeckt dir das Eis nicht?“, versuchte sie abzulenken, nachdem er nur wenig davon aß.

„Eigentlich darf ich kein Eis essen, es ist verboten. Der Figur wegen“, gab er ehrlich zu und fühlte sich ein wenig erleichtert, aber auch respektlos, dass er ihr Geschenk nicht annehmen wollte. „Warum essen Sie keines? Damit Sie nicht zunehmen?“

„Weil ich es nicht vertrage, wegen meiner Erkrankung“, erwiderte sie sachlich.

Es versetzte ihm einen Stich ins Herz. Er wurde wieder an ihre Krankheit erinnert, eine, die er nicht greifen konnte und die ihm Angst machte. Sie war nicht kalkulierbar und schlimmer noch, nicht heilbar. Was, wenn sie … daran wollte er nicht denken. Nicht jetzt, wo sie neben ihm stand und er ihre roten Lippen vor sich hatte.

„Iss dein Eis“, forderte sie ihn auf. „Keine Sorge, nach diesem Eis bist du immer noch sexy wie die Hölle.“ Sie grinste und schob ihren Lippenstift wieder in ihre Tasche.

Sexy wie die Hölle? Hyeong-Joons Wangen glühten. Was machte sie nur mit ihm? Er spürte in diesem Moment nichts mehr, noch könnte er sich später an alles weitere erinnern. Weder was sie sprachen noch wie sie ins Hotel zurückgekommen waren. Sein Gehirn setzte aus, denn sie sprach Dinge aus, die er noch nicht einmal zu denken wagte. Er atmete tief ein und aus, während ihr Blick über die Themse glitt.

Langsam genoss er sein Eis. Der süße Geschmack breitete sich in seinem Mund aus, doch so süß wie ihre Lippen, würde er niemals sein. Oh Gott, was dachte er nur? Sie stand ihm gegenüber und erzählte von ihrer Zeit in England, während er an seinem Eis aß und in Gedanken bereits ihre Lippen auf den seinen spürte.

„Ich denke, wir gehen wieder zurück, es wird bald Abend und das Wetter wird nicht besser", sagte sie und hielt ihm ihre Hand hin.

Es begann zu regnen, genau wie das letzte Mal, und wieder trug er ein weißes Hemd. Dieses Mal nicht, mahnte er sich, auch wenn sie ihm anerkennende Blicke schenkte, wenn ihre Augen auf seiner muskulösen Brust ruhten.

Sie erinnerte sich an das letzte Mal, wie sich seine Brust durch das Hemd abgezeichnet hatte. Wieder und wieder hatte sie sich in der Nacht ertappt, wie sie in Gedanken das Hemd geöffnet hatte und sie die Brust mit Küssen bedeckte. Nein, nicht jetzt, hielt sie inne und nahm wieder seine Hand.

„Lass uns zurückgehen", bat sie und lief bereits los.

Er wirkte verändert, war ruhig und folgte ihr. Sie wusste nicht, was passiert war, bis sie wieder an den Moment dachte, als sein Schweigen begann. *Nach diesem Eis bist du immer noch sexy wie die Hölle*. Ein Spruch, der ihr schneller über die Lippen gekommen war, als es ihr Verstand erfasste. Hatte sie ihn damit überfordert?

Zum ersten Mal wurde ihr bewusst, dass sie ihn so sah. Nie zuvor hatte sie etwas in dieser Art gesagt. Und vor allem nicht zu ihm. Ihre bisherige Konversation bestand aus Annäherung, kleinen, versteckten Äußerungen, niemals in einer klaren, direkten Form wie dieser. Sie spürte, dass es ihr ein wenig peinlich war.

Wie am Abend zuvor nahm der Regen zu und wandelte sich binnen Sekunden in einen Platzregen. Ihr Herz schlug schneller. Nicht vom Laufen oder der Nässe, die sie einhüllte. Nein, er war der Grund. Immer wieder schaute sie auf sein nasses Hemd, seine muskulöse Brust und seine Brustwarzen, die deutlich hervorstachen und sehnsüchtige Gefühle in ihr weckten.

Tropfnass kamen sie beim Hotel an, liefen zu den Aufzügen und beeilten sich, zu ihren Zimmern zu fahren. Sein Atem ging schneller und verlegen versuchte er immer wieder, das Hemd ein wenig von seinem Körper zu lösen. Vergebens, denn kaum hatte er es angehoben, legte es sich wieder wie eine zweite Haut über seine Brust. Er fror, das war unübersehbar und sie sorgte sich.

„Wollen wir in die Sauna gehen und uns ein wenig aufwärmen?"

Eine Frage, die so leicht und vertraut klang und doch nahm es ihm den Atem.

In die Sauna, hier, mit ihr?, dachte er und sah sie fast schon ängstlich an.

„Wie ich sehe, frierst du", fuhr sie fort und blickte auf sein nasses Hemd.

Er fror, da gab es keinen Zweifel, doch die Vorstellung, mit ihr in die Sauna zu gehen ... In seinem Land ging man oftmals zusammen in die Sauna, mit der ganzen Familie. Jeder bekam ein Handtuch und genoss die Wärme. Er hatte gehört, dass man in Europa nackt war. Wie konnte er in die gleiche Sauna gehen wie sie? Niemals!, pochte es in seinem Kopf. Zu groß war die Scham, aber vor allem der Respekt, den er für sie empfand. Was konnte er tun?

„In fünfzehn Minuten in der Sauna?"

Es gab kein Entrinnen, das war ihm klar, und so nickte er nur und sah zu, wie sie den Aufzug verließ und Richtung ihres Zimmers lief. Die Tür schloss sich wieder und mit ihr seine Hoffnung, dass er dem Saunabesuch doch noch entkommen würde. Je näher er seinem Zimmer kam, umso aufgeregter wurde er. Als er sein Zimmer mit zittrigen Fingern öffnete, schlug sein Herz bereits bis zum Hals. Schnell entkleidete er sich, zog seinen Bademantel über und wagte einen letzten Blick in den Spiegel. Nein, so konnte er nicht gehen. Unmöglich. Er sah einen Teil seines Halses und fühlte sich zusehends unwohler. Noch mehr, als er daran dachte, dass er darunter komplett unbekleidet war.

Scham durchzuckte ihn. Was, wenn sich seine Männlichkeit bei ihrem Anblick regte und alle es sahen? Er fühlte sich hilflos. Er musste alles tun, was sie wünschte. An Sauna hatte er nie gedacht. Niemals würde er es wagen, sich in der Öffentlichkeit nackt zu zeigen. Auch nicht, wenn es sich nur um einen Gang zur Sauna handelte. Etwas, das hier so normal war wie ein Restaurantbesuch.

Hyeong-Joon ließ den Bademantel zu Boden gleiten und zog ein weißes Shirt an sowie seine Badeshorts.

Wie mochte es auf die anderen wirken, dachte er und streifte den Bademantel über. Für die anderen würde er sicher seltsam aussehen, zumal er noch gar nicht wusste, ob und was er letztendlich in der Sauna ausziehen würde. Aber nackt, nein, das war für ihn keinesfalls eine Option. Allein bei dem Gedanken begann er bereits zu schwitzen.

Er prüfte seine Haare, sie waren etwas zerzaust, aber sie jetzt noch zu stylen, war vergebens. Denn spätestens in der Sauna und durch die Wärme würden sie sich wieder verändern. Es brachte nichts, sich jetzt Gedanken darüber zu machen. Außerdem war sie sicherlich schon auf den Weg zur Sauna. Er musste sich beeilen.

***

Hyeong-Joon nahm sein Handtuch und verließ mit klopfendem Herzen sein Zimmer. Als er in den Aufzug trat, sah er bereits den Button, welcher ihn zur Sauna bringen würde. Mit zittrigen Händen drückte er ihn und hielt seine Zimmerkarte an einen Sensor. Augenblicklich schloss sich die Tür und der Aufzug setzte sich in Bewegung. Je näher er der Etage kam, umso nervöser wurde er. Seine Wangen brannten vor Aufregung und sein Atmen wurde immer schneller.

Ein kurzes Signal, ehe sich der Aufzug öffnete. Er stand bereits in einem Vorraum, in welchem Spinde standen. Andere Gäste legten ihre Wertsachen hinein und verschwanden dann durch eine Tür, die offenbar direkt in die Sauna führte. Er war für einen Moment irritiert, denn sie trugen noch ihre Bademäntel.

Vielleicht war dies eine Sauna, wie er es aus seinem Land kannte, schöpfte er Hoffnung und lief zielstrebig zu der Tür. Als er sie öffnete, wurden alle seine Befürchtungen wahr. Dahinter lag ein weiterer Raum, in welchem nun die Gäste ihre Bademäntel auszogen und sie an entsprechende Garderoben aufhingen. Sie waren nackt! Manch einer nahm eines der bereitgelegten Handtücher, doch die meisten verzichteten offenbar darauf. Nackte Haut, so weit seine Augen reichten, bis auf eine Person. Seine CEO! Da stand sie, eingehüllt in ein weißes Handtuch, das nur ihre Schultern und Teile der Waden zeigten. Sie lächelte, als sie ihn erblickte, und spürte, dass er aufgeregt war.

„Gut, du bist da. Dann können wir in die Sauna gehen", sagte sie und es schien, als würde sie auf etwas warten.

„Willst du dich nicht ausziehen?", fragte sie und blickte auf sein Shirt.

„Äh … nein. Wenn es Ihnen nichts ausmacht."

„Mir? Ich denke, es ist für dich unangenehm, nicht für mich. Die Sauna ist sehr heiß", grinste sie.

Die Tür von dem Vorraum öffnete sich wieder und ein untersetzter Mann trat ein. Er nickte ihnen kurz zu, ehe er seinen Bademantel auszog und ihn zur Garderobe brachte. Wie selbstverständlich lief er nun nackt an ihnen vorbei und geradewegs zur Sauna.

Hyeong-Joons Atem stockte und mit ihm sein Herz. Nicht nur, dass der Mann nackt an ihnen vorbeigelaufen war. Er war behaart wie ein Bär und seine Männlichkeit wurde offen zur Schau gestellt. Entblößt, vor ihr! Hyeong-Joon wollte am liebsten vor Scham im Boden verschwinden. Doch es war zu spät. Sie hatte den Mann kurz beim Vorbeigehen gemustert und auch ihr war die stramme Männlichkeit des anderen nicht entgangen. Er starb. Das wusste und fühlte er in diesem Moment. Im Gegensatz zu ihr. Sie blieb cool, lächelte und sah ihn aufmunternd an.

„Also wollen wir nun in die Sauna?"

Er war emotional völlig erschöpft und fand keine Worte. Stattdessen nickte er nur und folgte ihr. Ein Schwall heißer Luft drang ihm entgegen, als sie durch die Tür in die Sauna traten. Wie erwartet war es heiß. Er registrierte es nicht wirklich, zu groß war die Anspannung durch das, was er gerade gesehen hatte.

Es gab zahlreiche Bänke in dieser Luxussauna, die durch Arrangements voneinander abgeteilt waren. So wurde eine gewisse Privatsphäre geboten. Er folgte ihr und setzte sich mit ein wenig Abstand neben sie. Zu seiner Verwunderung trug sie noch immer ihr Handtuch, bis sie es plötzlich öffnete. Seine Augen weiteten sich und er versuchte, sie nicht anzusehen. Es war unmöglich. Seine Sehnsucht nach ihr und seine Neugier waren größer als seine Scham. Vorsichtig blickte er aus den Augenwinkeln auf sie. Langsam glitt das Handtuch über ihren Rücken.

„Willst du nicht lieber doch deinen Bademantel ausziehen?", fragte sie und blickte ihn direkt an.

Er wollte sie ansehen, denn eine Antwort ohne Augenkontakt schien ihm respektlos, wobei er sich fragte, was nun unhöflicher war. Sie nicht anzusehen oder ihre Nacktheit anzustarren.

Statt zu sprechen, schüttelte er nur den Kopf. Hilflos. Es war alles zu viel.

Sie saß nackt vor ihm. Nur der Hauch eines Handtuchs verdeckte ein paar Stellen, alles andere war frei. Er hatte Probleme, sich auf sie zu konzentrieren und nicht mit seinem Blick hinabzuwandern. Über ihren wunderschönen Körper, dessen Haut so weich sein würde ... Oh Gott. Er träumte von ungehörigen Dingen. Instinktiv zog er den Kragen seines Bademantels enger an sich, als würde er etwas verstecken wollen. Auch seine Männlichkeit meldete sich und verstohlen blickte er kurz hinunter, ob etwas zu sehen war. Man sah zum Glück nichts.

Hyeong-Joon spürte, dass es immer heißer wurde und ihn so mancher Gast merkwürdig musterte. Er konnte nicht anders. Es fühlte sich merkwürdig an. Unbehagen stieg in ihm auf, wenn er seine große Liebe so neben sich sitzen sah, noch mehr, als weitere Gäste kamen und sie nackt an ihnen vorüberliefen. Unverhohlen blickten sie zu ihr, auf ihre Brüste und ihre Beine.

Sein Gefühl des Unwohlseins schlug in Wut um! Wie konnten sie nur? Am liebsten hätte er sie alle umgebracht! Sie saß neben ihm, in ihrer Geburtskleidung, wie er es nannte, und diese Männer sahen in ihr nur Sex! Das war unübersehbar. Aber was sollte er tun? Das gleiche wie sie? Ihr war es offensichtlich egal, denn sie ignorierte diese Männer und begann stattdessen mit ihm ein Gespräch. Es war belanglos, als ob sie in einem Restaurant saßen.

Hyeong-Joon war aufgeregt, erregt und vor allem eines: Er liebte sie und niemand außer ihm sollte sie jemals so sehen dürfen. Hatte er das Recht, so zu denken? Über eine CEO, während er nur ein Künstler war, ein Nichts und Niemand, wie ihm das Management immer wieder sagte?

War es noch so? Er spürte, dass sie etwas verändert hatte. Sein Denken. Sie gab ihm das Gefühl, etwas anderes zu sein als das, was man ihm seit seiner Geburt immer sagte. Er hatte Angst davor, denn es war ein Gefühl von Leben, das er bisher nicht kannte. Es schmeckte nach Freiheit und Glücklichsein. Weit entfernt von dem, was er bisher erlebt hatte.

Morgen war alles wieder vorbei. Mit Schrecken musste er feststellen, dass die gemeinsame Zeit bald hinter ihnen liegen würde. Jeder kehrte wieder in sein eigenes Leben zurück. Sie, in ein freies, selbstbestimmtes Leben, er in eines voller Entbehrungen. Ihm wurde schmerzlich bewusst, dass er sie vorerst nicht mehr sehen würde. Wann das nächste Mal sein würde, war unklar. Ihrer beider Welten lagen nicht nur hier auf Erden weit entfernt, sondern auch auf Geschäftsebene. Wie hatte er es nur die letzten Jahre ausgehalten? All die Dinge ertragen, welche durch ihre freundliche Art und Weise, wie sie ihn behandelte, nun völlig anders auf ihn wirkten. Sie zeigten eine widerwärtige Fratze, die ihn schon sein ganzes Leben begleitete. Durch sie hatte sich etwas verändert, zum Guten. Das stand außer Frage.

Wie weit würde sie noch sein Leben beeinflussen? Eine Frage, die ihn ängstigte, aber auch erregte.

„Wollen wir dann gehen?“, hörte er weit entfernt ihre Stimme.

Sie wollte gehen? Jetzt und was kam danach? War es heute so weit, dass sie mehr wollte, als nur ein Gespräch oder Nägel lackieren? Er hatte seinen Service noch nicht so ausgefüllt, wie es das Management vermutlich erhoffte. Er hatte gehört, dass eine Serviceleistung anders verlief. Man wurde aufs Zimmer geholt, erbrachte die Leistung und am selben oder nächsten Tag wurde das Management darüber informiert, ob es eine künftige Zusammenarbeit geben würde oder nicht.

Hatte man sie bereits angerufen und angefragt? Nein, undenkbar. Man vertraute darauf, dass er seinen Dienst erbrachte und sie zufriedenstellte. Zumal man es ihm eindringlich gesagt hatte. Allein bei dem Gedanken spürte er den Schlag in seine Magengrube und Unsicherheit kam in ihm auf. Was, wenn sie ihn nicht wollte und er keinen Dienst erbringen konnte? Er war durcheinander.

„Ja, gerne“, antwortete er nur und überlegte, was nun kommen würde.

Keinesfalls wollte er sie beobachten, während sie wieder das Handtuch um ihren Körper drapierte, und so stand er schnell auf. Er wandte ihr den Rücken zu. Vor allem wollte er ein Schutzschild sein für alle Männer, welche noch hereinkamen. Niemand erhaschte mehr einen Blick auf sie, ehe ihr Handtuch nicht wieder alles bedeckte. Ein kleiner Trost, auch wenn es nur für diese paar Minuten war. Er folgte ihr hinaus aus der Sauna und wartete, bis sie ihre Tasche aus einem der Spinde geholt hatte.

„Geht es dir gut?“, fragte sie besorgt, als sie zum Aufzug liefen.

„Ja, warum fragen Sie?“ Er bemerkte, dass sich sein Bademantel geöffnet hatte und sein Shirt völlig durchnässt war. „Ich werde mich gleich umziehen“, erklärte er verlegen.

Susanne nickte nur und lächelte.

Es war eine seltsame Situation. Morgen war alles wieder vorbei. Wann würde sie ihn wiedersehen? Das Management wartete auf eine Antwort, da sie nun zwei Tage mit ihm verbracht hatte. Obwohl klar war, dass er seinen Dienst zu ihrer Zufriedenheit ausgeführt hatte, musste sie es mitteilen. Sie wollte das Management noch ein wenig warten lassen, auch wenn sie ihnen versichern würde, dass alles perfekt gewesen sei – vor allem der Service. Eine Aussage, die nur teilweise stimmte, aber ihn vor jeglichen Repressalien schützte.

Susanne zog ihren Bademantel über und lief neben Choi Hyeong-Joon Richtung Aufzug. Sie versuchte, die Situation ein wenig zu lockern, indem sie ihm von ihren Erfahrungen in London erzählte. Seine Augen sagten ihr etwas anderes. Sie waren voller Fragen. Ob und was noch kommen würde. Sie konnte sie ihm nicht beantworten. Was blieb, war das Gefühl, mit dem sie bereits hierhergekommen war. Liebe. Das durch dieses Wochenende noch stärker war als jemals zuvor. Der Summton zeigte ihre Etage an. Was sollte sie tun? Ihn noch zu sich bitten und dann?

„Ich wünsche dir eine gute Nacht“, sagte sie und blickte in seine traurigen Augen.

„Das wünsche ich Ihnen auch“, erwiderte er.

Es war nicht nur ein Wunsch. Bei ihm wusste sie, dass er es auch so meinte. Sie wollte ihm noch so viel sagen, aber es war weder der richtige Ort noch die richtige Zeit. Vielleicht gab es für sie keine Zukunft. Ein Gedanke, der sie schmerzte, und er schien ihre Gefühle zu spüren. Das Strahlen seiner Augen war wieder einer Traurigkeit gewichen.

Hyeong-Joon blickte ihr nach, als sie den Aufzug verließ und sich die Türen schlossen. Am liebsten hätte er geweint. Sie in seine Arme genommen und sie gehalten. Erneut erklang der Summton und er war in seiner Etage. Traurig lief er zu seinem Zimmer und streifte seine nasse Kleidung ab. Er brauchte eine kalte Dusche, die all seine Gedanken für einen Moment zum Schweigen brachte. Danach legte er sich in sein Bett und versuchte zu schlafen. Die Bilder dieser zwei Tage, aber vor allem die Gefühle übermannten ihn immer mehr, bis er zu weinen begann.

Mit jeder Träne zog sich sein Körper mehr zusammen, bis er in seinem Bett kauerte. Er liebte sie, mehr als sein Leben. Sie hatte ihn an ihrem Leben teilhaben lassen. Ihm das Gefühl gegeben, etwas Besonderes zu sein. Und nun war wieder alles vorbei. Spätestens morgen Mittag saß er im Flieger zurück in ein Leben, das für ihn ihm Moment unerträglich schien.

Er schrak von einem Geräusch auf. Es war sein Handy, in Windeseile stand er auf, zog es vom Tisch und begann, die Nachricht zu lesen.

> Guten Abend, Choi Hyeong-Joon. Ich wünsche dir eine angenehme Nacht und schöne Träume. SDC

Wieder und wieder wanderten seine Augen über die Buchstaben. Er wischte die Tränen aus seinem Gesicht und begann zu lächeln. Sie dachte an ihn. Nur eine Etage entfernt. Dennoch so weit weg. Er wollte ihr zurückschreiben, mehr noch wollte er sie ein letztes Mal sehen. Sollte er es wagen?

> Grüße Sie, sehr verehrte CEO-Cramer
> Danke für Ihre guten Wünsche. Morgen reisen wir ab. Ich bin traurig, ich habe gerne Zeit mit Ihnen verbracht. Möchten Sie mit mir frühstücken? Mit freundlichen Grüßen, Choi Hyeong-Joon

Sein Herz pochte schneller, als er auf Senden drückte. Er beobachtete die Nachricht. Sie las sie. Kein Zweifel. Wie würde sie antworten? Er hielt das Handy in seiner zitternden Hand und starrte auf das Display. Nichts geschah. War er zu weit gegangen, hatte er sie brüskiert? Es leuchtete kurz auf und die Meldung einer eingegangenen Nachricht erschien. Seine Finger wollten nicht mehr gehorchen. Nur mit viel Mühe gelang es ihm endlich, die Nachricht zu öffnen.

> Choi Hyeong-Joon. Es wäre mir eine Ehre. SDC

Am liebsten hätte er vor Freude laut geschrien. Dies verbot seine Erziehung, wie er es seit seiner Geburt gewohnt war. Keine Gefühle zu zeigen, weder gute noch schlechte. Stattdessen überschlugen sich sein Herz, seine Gefühle und noch mehr sein Verstand.

Wo sollte er mit ihr frühstücken? Hier im Hotel undenkbar. Nicht, solange das Management in der Nähe war. Auch wenn sie sich vornehm zurückzogen, würde man sie beobachten und vielleicht Schlüsse ziehen, die ihn oder sogar sie in Gefahr bringen würden. Unter allen Umständen wollte er vermeiden, dass man etwas von seinen Gefühlen zu ihr bemerkte und schlimmer noch, gar den Kontakt künftig verbot. Er musste sich mit ihr woanders treffen, keinesfalls hier. Er nahm seinen Laptop und prüfte einige der Restaurants, bis er eines fand, das er für geeignet hielt. Der Skygarden. Weit oben über den Dächern von London, wie für sie gemacht. Es gab eigene Räume, die man anmieten konnte, und binnen Sekunden, hatte er solch einen Raum gebucht. Nur für sie beide allein. Was würde sie dazu sagen?

Ich bitte die Störung zu entschuldigen, sehr verehrte CEO-Cramer. Ich wollte Ihnen mitteilen, dass ich Sie morgen im Skygarden mit Freude erwarten werde. Ich weiß, Sie mögen keine Höhen. Ich werde dafür sorgen, dass Sie keinen Platz am Fenster bekommen. Ich würde sehr gerne noch ein paar Minuten mit Ihnen verbringen. Mit freundlichen Grüßen, Choi Hyeong-Joon

Mit Freude erwarten werde … er las nochmals die Wörter, es war zu spät. Er hatte sie bereits geschickt. Dieses Mal blieb er jedoch ruhiger, denn er wusste, dass sie bereits zugesagt hatte, und sicherlich war der Skygarden kein Ort, den sie ablehnen würde, wie ihre eintreffende Antwort auch so bestätigte.

Du störst nicht, Choi Hyeong-Joon. Gerne werde ich Deiner Einladung folgen. SDC

Ein kurzer Schrei entglitt seiner Kehle und Erleichterung überflutete seinen Körper, ebenso wie Glück. Solches, das er vor ihr noch nie zuvor in seinem Leben gespürt hatte und das ihn nicht nur in sein Bett trug, sondern auch in eine Nacht voller Träume von ihr.

KAPITEL 13

Hyeong-Joon blickte auf London hinab. Tief unter sich sah er die belebten Straßen mit unzähligen Fahrzeugen, die sich durch die Stadt schoben. Menschen, die noch zu ihrer Arbeitsstätte oder den Bussen eilten. Während er hier oben auf die Themse und zur Towerbridge blickte. Er würde weder die vergangenen Tage noch die Stunden jemals wieder vergessen. Sie hatten sich in sein Gedächtnis eingebrannt, genau wie sie.

Die Homepage dieser Lokation hatte nicht zu viel versprochen. Ein gläserner Gebäudekomplex, der weit in den Himmel ragte. Nur die letzte Etage bildete den Skygarden. Glasfronten verbanden die Eisenträger, welche puristisch wirkten und dem Ganzen etwas Besonderes verliehen. Den alten Flair, welchen London oftmals noch zeigte, suchte man hier vergebens. Eine moderne Bauweise mit stylishen Tischen und Stühlen inmitten von hochgewachsenen Pflanzen. Ein Hauch von Wintergarten mit einem Ausblick zum Träumen.

„Danke für die Einladung", hörte er plötzlich und sein Herz machte einen Hüpfer. Hyeong-Joon wandte sich von der Fensterfront ab und lief zu ihr.

„Ich danke, dass Sie gekommen sind", erwiderte er und sah sie bewundernd an. Sie trug wieder diesen verführerischen Lippenstift und am liebsten hätte er sie berührt, zärtlich geküsst.

Nein, rief er sich zur Vernunft. Keinesfalls dürfte er sich ihr nähern, wenn sie es ihm nicht klar sagte oder zeigte. Alleine, dass das Küssen in seinem Kopf kreiste, war schon unanständig. So hielt er entsprechend Abstand und geleitete sie zum Tisch. Er stand nicht weit entfernt von der Stelle, wo er gerade gewesen war, und bot den gleichen atemberaubenden Ausblick. Im Gegensatz zu ihm schien sie dieser nicht so sehr zu interessieren. Ihre Blicke und die Art ihrer Körperhaltung galten heute nur ihm.

Heute trug sie keinen roten Hosenanzug, der ihr schon vortrefflich gestanden hatte. Nein, dieses Mal umschmeichelte ein rotes Kleid ihre Formen, setzte sie noch mehr in Szene als sonst und brachte ihn nahezu um den Verstand.

„Bitte setzen Sie sich doch", forderte er sie auf und half ihr, den Stuhl zurechtzurücken.

Sie setzte sich und ließ ihn nicht aus den Augen, bis auch er sich gesetzt hatte.

„Du hast gut geschlafen?", fragte sie beiläufig und griff nach der Frühstückskarte.

„Ja, danke der Nachfrage. Und Sie?"

Seine Gegenfrage kam so schnell, dass er zu spät erkannte, wie respektlos sich dies anhören musste. Mit Sorge blickte er zu ihr, doch sie schien es nicht weiter zu bemerken.

„Auch gut, danke", lächelte sie ihn an, ehe sie wieder die Karte studierte.

„Du willst nichts essen?", fragte sie nach kurzer Zeit und blickte zu ihm auf.

Eine Frage, die ihn verunsicherte. Normalerweise wurde ihm gesagt, was er zu essen hatte. Mit ihr wurde er immer wieder vor die Herausforderung gestellt, selbst zu entscheiden. Es gab eine Sonderregelung, welche manches Mal bei Shootings angeboten wurde, sofern Gäste wie sie anwesend waren. Dort mussten er und all die anderen Kollegen warten, bis die Geschäftsleute sich vom Buffet bedient hatten. Wenn sie ihm eine Schale mit Essen gaben, war dies das Zeichen für ihn, dass er sich ebenfalls bedienen durfte. Erfolgte diese Freigabe nicht, bekam er nur eine Schale Reis.

Heute war es anders, wie vieles, seit er sie kannte.

„Doch, wir werden zusammen frühstücken", sagte er zaghaft und griff ebenfalls zu einer Karte.

Sein Herz klopfte heftig gegen seine Brust. Er sah auf die Speisen und wusste nicht, was er nehmen könnte. Immer wieder linste er über den Kartenrand zu ihr herüber. Ob sie schon wusste, was sie nehmen wollte? Würde es sie beleidigen, wenn er einfach sagte, er würde das gleiche wie sie nehmen? Sorge kroch in ihm hoch. War es wirklich eine gute Idee gewesen, sich hier zum Frühstück zu verabreden?

Sie legte die Karte zur Seite. Die Bedienung, welche nicht weit von ihnen entfernt gestanden hatte, kam an den Tisch und nahm die Bestellung auf. Er hörte ihr aufmerksam zu und wählte fast das gleiche, nur nahm er schwarzen Kaffee statt Tee. Mit großem Appetit aßen sie und sie plauderte ein wenig. Er hörte ihr gerne zu. Aber irgendwann hatten sie ihr Frühstück beendet.

Hyeong-Joon seufzte wehmütig. Sein Flug würde in einigen Stunden gehen. Bald war diese Zeit mit ihr nur noch eine Erinnerung in seinem Herzen. Er würde sie für immer festhalten. Niemand konnte ihm diese besonderen Momente mehr nehmen. Weder jetzt noch irgendwann anders. Es war Zeit zu gehen.

Galant half er ihr beim Aufstehen und ging mit ihr Richtung Aufzug. Es dauerte nicht lange, bis er herbeikam. Bereits beim Hochfahren war Hyeong-Joon aufgefallen, wie groß der Innenraum war. Genug Platz, um Abstand halten zu können, wenn mehrere Gäste darinstanden. Zu viel in ihrem Fall.

Wie gerne würde er jetzt näher bei ihr stehen, ihr Duschgel riechen und sie kurz spüren dürfen. Nur für einen Moment und wenn es nur die schüchterne Berührung der Hand oder ihres Armes gewesen wäre.

Er dachte an den Abend zurück, als er ihre Fußnägel lackiert hatte. Oder als sie ihm ihre Hand an der Towerbridge gab. Ihre Haut an seiner. Ein übermächtiges Gefühl durchströmte ihn. Er musste die Gedanken verdrängen, denn sie übermannten ihn mehr, als er wollte.

Fünfunddreißig Stockwerke trennten sie noch von einem Abschied. Er spürte, dass sein Herz immer schwerer wurde. Die Türen schlossen sich und mit ihnen die Hoffnung, dass er sie bald wiedersehen würde. Sie standen nicht weit voneinander entfernt, doch zu weit, als dass er sie hätte berühren können, wenn auch nur beiläufig. Er hasste diesen Moment, der immer schmerzlicher wurde. Er blickte kurz auf, als der Aufzug in der nächsten Etage hielt und weitere Gäste eintraten. Leider zu wenige, er brauchte nicht näher an sie herantreten, um den Zugestiegenen Platz zu geben.

Sie schien seine Gedanken zu erraten. Zumindest lächelte sie und zwinkerte ihm kurz zu. Dann holte sie ihren Lippenstift aus ihrer Tasche und zog ihre Lippen nach. Er hielt den Atem an. Wieder dieses verführerische Rot! Nervös blickte er zur Seite und spürte, wie sich der Aufzug erneut in Gang setzte. Der Lärmpegel nahm zu, die Gäste lachten und unterhielten sich. Nur sie beide hatten ihre eigene Sprache, die der Augen und des Lächelns.

Der Aufzug kam erneut zum Stehen. Eine große Gruppe an chinesischen Geschäftsleuten trat ein und drängte alle anderen nach hinten. So stark, dass er plötzlich ihren Körper an seinem spürte. Nur etwas und noch mit ein wenig Abstand. Aber er spürte sie. Es fühlte sich an, als ob Strom durch seinen Körper floss. Der Aufzug setzte seine Fahrt fort, jedoch nur bis zur nächsten Etage. Es war ein Segen aber vor allem ein Fluch! Sie war bei ihm, ganz nah und er hatte das Gefühl, er müsste jeden Moment durchdrehen. Einige Leute stiegen aus, auch die Gruppe der chinesischen Geschäftsleute. Was folgte, war jedoch unvorhersehbar. Eine größere Gruppe von japanischen Touristen drängte in die Kabine. Es gab keine Chance zu entkommen, weder körperlich noch, in seinem Fall, vor Erregung. Sie trat so nah an ihn heran, dass ihm schwindlig wurde. Gott sei Dank stand sie mit dem Rücken zu ihm, sodass sie ihn nicht sehen konnte. Sein Atem ging schneller und er hatte Mühe, seine wachsende Männlichkeit zu unterdrücken. Vergebens.

Als sich die Türen schlossen, hörte er einen leisen Fluch. Er kam von ihr. Bei seinem nächsten Atemzug wusste er auch, warum. Einer der Herren trug ein starkes Parfum! Er wusste, dass dies für sie gefährlich werden konnte. Was sollte er tun?

„Wollen Sie meinen Schal?“, fragte er sie und fasste bereits an seinen Hals.

„Nein, danke“, antwortete sie und ehe er sich versah, hatte sie sich zu ihm umgewandt und vergrub ihr Gesicht an seiner Brust.

Es war die Hölle! Sie stand dicht bei ihm, nichts mehr trennte sie. Kein Abstand, nichts. Er wagte kaum noch, zu atmen, und spürte ihren Körper immer stärker. Wie sich ihr Brustkorb auf und ab bewegte, ihre weichen Wölbungen, die gegen seine harten Muskeln drängten. Ihr Atem, der durch sein Hemd bis auf seine Haut drang, heiß und gleichmäßig. Ihre Hände, die sie stützend an seine Hüften gelegt hatte. Er schloss für einen Moment die Augen. Wann war das vorbei? Scham und Erregung fluteten ihn. Was mussten die anderen von ihnen denken, so eng umschlungen, wie sie standen. Sein Verstand hämmerte ihm ein, dass es unschicklich war, absolut unangemessen. Sein Herz aber sagte, dass er sie nur schützte vor den gefährlichen Duftstoffen.

Etage 30. Wie lange konnte er seine Begierde noch zurückhalten? Seine Männlichkeit schrie geradezu nach ihr. Sie durfte keinesfalls etwas spüren oder bemerken. Aber wie? In einem Aufzug voller Menschen, in dem sie dicht an ihm gedrängt ihr Gesicht an seiner Brust vergrub. Nur ein Schritt näher und sie würde ihre Hüfte an … Er ballte die Fäuste zusammen, bis sich die Nägel schmerzlich in den Innenflächen vergruben und schloss die Augen. Nur nicht weiterdenken. Zusammenreißen um jeden Preis.

Erneut blieb der Aufzug mit einem Ruck stehen, was dazu führte, dass sie die Position ihres Kopfes änderte und er nun ihren Atem an seinem Hals spürte. Es gab kein Entrinnen. Noch achtundzwanzig Stockwerke. Sie an seiner Brust, ihr Atem, der immer wieder seinen Hals streifte, und eine Männlichkeit, die ihm nicht mehr gehorchte. Er biss sich auf die Lippen, ballte die Fäuste noch fester zusammen. Der Aufzug setzte sich wieder in Gang. Er fuhr an der nächsten Etage vorbei und noch eine, ehe er wieder zum Stehen kam.

Etage 26. Es dauerte zu lang. Nur wenige stiegen aus, schon setzte sich der Aufzug wieder in Fahrt.

Hyeong-Joon blickte kurz zu ihr. Ihre Augen trafen sich. Ein Rucken des Aufzuges, ihr Atem an seinem Hals und das warme Gefühl ihres Körpers, das ihn elektrisierte. Er vernahm ein kurzes Seufzen von ihr. Eines, dass ihn vollends zum Erliegen brachte. Es gab kein Halten mehr. Er schloss die Augen und presste die Lippen aufeinander, um keinen Laut von sich zu geben. Dann war es geschehen.

Wieder und wieder hielt der Aufzug in den weiteren Etagen. Es stiegen Leute ein, es stiegen welche aus. Er bekam dies nicht mehr mit. Scham brannte in seinem Inneren, das Wissen, die eiserne Kontrolle verloren zu haben. In aller Öffentlichkeit und mit ihr an seinem Körper. Erst als er einen eisernen Geschmack in seinem Mund spürte, bemerkte er, dass er sich auf die Lippen gebissen hatte.

Er war gekommen. Hyeong-Joon begriff langsam, was passiert war. In einem Aufzug im neunzehnten Stockwerk, in den Armen seiner großen Liebe. Oder zumindest mit ihr dicht an seinem Körper. Ein Erlebnis, wie er es nie für möglich gehalten hätte. Und ausgerechnet jetzt stand der Abschied bevor.

Als sie unten angekommen waren, entschuldigte er sich und eilte schnell zu einer der Toiletten. Notdürftig beseitigte er die Spuren. Wieder brannte in ihm die Scham über seinen Kontrollverlust. Ob sie es bemerkt hatte?

Als er wieder herauskam und sie noch auf ihn wartete, fühlte er Erleichterung.

„Geht es Ihnen gut?“, fragte er unsicher und sah sie aufmerksam an.

„Ja, es geht. Ich werde gleich Medikamente nehmen, zur Vorsorge“, erwiderte sie und so beeilten sie sich, ins Hotel zurückzukommen. Sie waren beide schweigsam. Jeder hing seinen Gedanken nach, wobei er an den Vorfall im Aufzug dachte und sie ihre Übelkeit niederzukämpfen versuchte.

„Ich danke dir für diese schöne Zeit“, sagte sie, nachdem sich die Aufzugtüren auf ihrer Etage öffneten.

„Ich möchte auch Ihnen danken“, lächelte er charmant und versuchte, seine Traurigkeit zu überspielen.

Sie sah ihn mit schwerem Herzen an. Was sollte sie ihm sagen? Wir sehen uns bald wieder? Aber wann? Sie wusste es selbst nicht und wollte nichts Unüberlegtes tun, um keine Hoffnungen zu schüren, die nicht erfüllt werden konnten. Außerdem gab es noch immer den Altersunterschied … Ein Schatten, der sie das ganze Wochenende über begleitet hatte. Sie lächelte und gab ihm zum Abschied die Hand.

„Ich wünsche dir einen guten Flug.“

„Vielen Dank, den wünsche ich Ihnen auch und dass Sie alles gut überstehen.“

„Überstehen?“, hakte sie nach.

„Das gerade mit dem Parfum“, antwortete er und sah sie besorgt an.

„Ich werde jetzt gleich meine Medikamente nehmen. Auf Wiedersehen.“

„Auf Wiedersehen“, antwortete er und blickte ihr nach.

Sie trat einen Schritt zurück und die Türen schlossen sich. Dieses Mal fühlte er nicht nur Traurigkeit, sondern vor allem Einsamkeit. Er lief zu seinem Zimmer und dachte nur an sie. Die Zeit war zu schnell vergangen, nicht nur das Wochenende, sondern auch die am Morgen. Er musste sich beeilen. Es blieb ihm kaum mehr eine halbe Stunde, dann würden ihn die Bodyguards abholen und zum Flughafen bringen. Er musste dankbar sein, dass sein Manager wegen eines anderen Geschäftsmannes schon unterwegs war.

Hyeong-Joon beeilte sich, zu duschen. Nie zuvor war er einfach so gekommen. Es war das erste Mal, dass er seine Lust in dieser Form gespürt hatte und das nur, weil sie vor ihm stand. Was soeben in diesem Aufzug mit ihm passiert war, konnte er nicht einmal ansatzweise begreifen. Was wohl geschehen würde, wenn er sie irgendwann wirklich spürte?

Er hielt den Atem an. Was dachte er nur? Sie hatte ihm mit keinem Zeichen zu verstehen gegeben, dass sie ihn körperlich wollte. Es war unklar, ob und wann er sie jemals wieder sah. Er war hin- und hergerissen. Zwischen Liebe, Freude und seinem Leben, in das er nun wieder zurückmusste.

Gerade als er seine letzten Sachen in seinen Koffer gepackt hatte, wurde er schon abgeholt. Gemeinsam mit den Bodyguards fuhr er mit dem Shuttle zum Flughafen. Eine nicht enden wollende Traurigkeit begleitete ihn. Wie immer hatte er sie unter Kontrolle. Niemand durfte von seinen wahren Gefühlen wissen.

Schweren Herzens blickte er auf die belebten Straßen, Menschen, die lachten, Eis aßen oder mit vielen Tüten bepackt waren und aus den unzähligen Läden strömten. Nicht mehr lange und er ließ London hinter sich und all das freie Leben, das er in den letzten Tagen durch sie kennenlernen durfte. Er sah bereits die ersten Flieger, welche sich in den Himmel erhoben und hinter der dicken Wolkenschicht verschwanden.

Es begann zu regnen. Wie so oft in den letzten Tagen und es erinnerte ihn an sie. Die gemeinsame Zeit und sein weißes Hemd, das nass an seiner Haut geklebt und sie bewundernd betrachtet hatte. Niemals hatte sie ihm das Gefühl gegeben, eine Ware zu sein. Nicht für einen Moment, sondern eher etwas Besonderes.

Sie waren da. Der Shuttlefahrer gab ihm seinen Koffer und gemeinsam mit seinen Bodyguards betrat er den Flughafen. Nicht weit entfernt sah er bereits das Management. Er nickte ihnen kurz zu und folgte den Beschilderungen, um einzuchecken. Wie erwartet folgten sie ihm mit angemessenem Abstand, es war ihm letztendlich egal. Sein Herz blutete und er sehnte sich nach der gemeinsamen Zeit mit ihr zurück.

Die Kontrolle lief wie erwartet schnell ab. Eines der Privilegien, die ihm sein Beruf brachte, und so stand er wenige Zeit später in der Abflughalle. Wie er vernahm, würde sich sein Flug verzögern. So hatte er viel Zeit. Noch ließ ihn sein Management in Ruhe. Sie würden ihn hier in der Öffentlichkeit nicht befragen.

Hyeong-Joon schlenderte gemächlich an den Boutiquen vorbei. Er hatte Zeit, so viel Zeit, die er viel lieber mit ihr verbracht hätte. In einer der Boutiquen waren Taschen von Gucci und Prada ausgestellt. Eine davon war rot. Wie ihr Lippenstift. Selbst hier erinnerte ihn alles an sie. Mit traurigem Herzen betrachtete er die Tasche. Schließlich wandte er sich ab. Als er weiter schlenderte, erblickte er sie.

Sie? Hier? Er rieb kurz seine Augen, es gab keinen Zweifel. Sie hatte ihn ebenfalls entdeckt und kam bereits auf ihn zu.

„Was für eine Überraschung, du bist noch hier."

Sie lachte ihn an und ihre Haare wippten auf ihren Schultern. Sie waren durch den Wind offenbar ein wenig zerzaust worden, dies machte sie noch unwiderstehlicher. Er war hingerissen.

„Komm, wir setzen uns", forderte sie ihn auf und nahm einen Schluck von ihrem Mineralwasser, das sie in der Hand hielt.

„Ich freue mich, dass wir uns doch noch richtig verabschieden können", begann sie und packte ihre Flasche Wasser wieder in die Tasche.

„Ja, das freut mich auch, Frau Cramer."

„Frau Cramer? Nicht so förmlich, nenne mich Susanne", forderte sie ihn auf und sah seine aufgerissenen Augen.

In seinem Land war es respektlos, jemanden bei dem Vornamen zu nennen, und er war irritiert. Das westliche Land war für ihn schwer zu verstehen, aber er musste ihr gehorchen.

„Wie Sie wünschen, SusanneShi."

„Nicht Sie, wir sind nun beim du. Sprechen wir uns in Europa mit dem Vornamen an, duzen wir uns", verbesserte sie ihn und blinzelte ihm kurz zu.

Sein Blick wanderte zu seinen Bodyguards. Auch sie schien diese nun zu bemerken. Sie ignorierte die Männer und begann, sich mit ihm zu unterhalten.

„Mein Flug geht bald. Lass uns dir ein schönes Geschenk besorgen, damit du mich nicht vergisst."

Sie vergessen? Wie sollte das gehen? Sie waren zwei Tage zusammen in London gewesen, hatten heute Morgen gemeinsam gefrühstückt und jetzt saßen sie hier am Flughafen und sprachen erneut. Wie konnte er sie vergessen?

Sie lief geradewegs zu einem Geschäft, in dem es Handys gab.

„Warte einen Moment", bat sie ihn und ging hinein. Nur wenige Augenblicke später kam sie heraus und überreichte ihm ein Handy-Pad.

„Für mich?", fragte er etwas unsicher und hielt es in seinen Händen.

„Ja, für dich, damit du mich nicht vergisst."

Als er es umdrehte, erblickte er den Aufdruck: *With love.*

Er war überwältigt. Von dem Geschenk, dass sie noch bei ihm war, und der Botschaft. With love. Noch vor wenigen Stunden hatte ihr Kopf an seiner Brust gelegen, er hatte ihren Atem gespürt und war ihr zum ersten Mal sehr nah gekommen. Er wusste vor der Fahrt zum Flughafen nicht, ob und wann er sie jemals wiedersehen würde, und nun hielt er ein Handy-Pad mit der Aufschrift *With love* in seinen Händen. Hyeong-Joon hätte am liebsten laut geschrien, getanzt und gelacht.

Stattdessen dachte er wieder an den Aufzug und wurde rot. Ob sie etwas bemerkt hatte? Und wenn, sie gab ihm dieses Geschenk und es bedeutete ihm so unendlich viel.

„Vielen Dank, ich werde es in Ehren halten, SusanneShi", sagte er leise und sie fühlte, dass er mit den Tränen kämpfte. Der Abschied nahte und auch sie empfand Wehmut, gehen zu müssen, und noch mehr, diese wunderschöne Zeit mit ihm hinter sich zu lassen. Die Ansagen der Abflüge hallten durch die Lautsprecher und sie lauschte kurz. Ihr Flieger wurde aufgerufen und würde in wenigen Minuten starten.

„Ich muss leider gehen, ich danke dir für die vergangenen Tage", sagte sie tapfer, obwohl ihr Herz schmerzte.

„Ich danke dir, sie gehören zu meinen schönsten, die ich je erlebt habe."

„Auf Wiedersehen, Choi Hyeong-Joon", sagte sie und gab ihm einen flüchtigen Kuss auf die Wange.

Er riss die Augen auf und sah sie überrascht an. Doch sie lächelte nur und liebte seinen Blick. Mehrfach hatte sie diese überraschte Verwunderung bei ihm beobachtet und mehr und mehr begann sie ihn zu lieben. Daran gab es keinen Zweifel.

„Auf Wiedersehen, SusanneShi", sagte er und spürte, wie er innerlich zu zittern begann. Vor Freude aber auch Angst, sie vielleicht nie mehr wieder zu sehen.

„Wir werden uns wiedersehen", sagte sie, lächelte und eilte davon.

Auch ihr fiel der Abschied schwer. Er spürte es und versuchte erst gar nicht, ihr zu folgen, um noch ein paar letzte Worte auszutauschen.

„Bis wir uns wiedersehen", murmelte er vor sich hin, während er ihr hinterher sah, bis sie verschwunden war. Die Bodyguards waren zwar seinen Blicken gefolgt, sie schienen aber im Gegensatz zu ihm entspannt zu sein.

Sein Flug wurde ausgerufen und er ging in Richtung des Gates. Sein Herz wurde von Schritt zu Schritt schwerer. Sie war noch hier am Flughafen, nicht weit entfernt, dennoch unendlich weit weg. Es gab kein zurück. Nicht jetzt und heute. Doch irgendwann, daran hatte er keinen Zweifel mehr. Denn sie war stark und würde es ermöglichen. Wie auch immer.

Hyeong-Joon bekam eine Sonderabfertigung und konnte direkt in den Flieger. Wieder waren seine Gedanken bei ihr, also zog er sein Handy aus der Jackentasche. Er vergewisserte sich, alleine zu sein, und schrieb ihr eine heimliche Nachricht.

> SusanneShi. Ich bin jetzt an meinem Gate, betrete gleich den Flieger. Ich hoffe, ich habe dich im Aufzug nicht verletzt. Diese japanischen Touristen haben dich ganz schön gegen mich gedrückt. Geht es dir gut?

Würde sie überhaupt zurückschreiben? Sicherlich saß sie bereits im Flieger, genau wie er. Es dauerte nur wenige Sekunden und er erhielt bereits ihre Antwort.

> Ja, Joona, alles gut. Mir hat nichts wehgetan, ich habe mich an deiner Brust beschützt und geborgen gefühlt.

Seinen Wangen brannten und er spürte, wie er zu schwitzen begann. Joona! Sie hatte ihm soeben einen Kosenamen geschenkt. Hyeong-Joon lächelte und senkte schnell den Blick. Joona!

Er spürte sie noch immer an seinem Körper und wünschte, er könnte sie jetzt in seinen Armen halten. Er war berührt von ihren Worten und der Liebe, die darin zu spüren war. Wie sollte er nur die nächsten Tage, Wochen und Monate ohne sie überleben? Konnte er es überhaupt noch, nach solch einem Wochenende?

> Ich bin überwältigt. Danke für dieses Geschenk: Joona. Jetzt mache ich mir keine Sorgen mehr wegen des Aufzugs. Ich bin sehr glücklich.

Hyeong-Joon verdrehte die Augen. Was mochte sie von ihm denken? Hatte er geschrieben, dass er überwältigt war? Vor Wochen wäre diese Offenheit noch undenkbar gewesen, aber nun war es ein Gefühl der Lebendigkeit.

Ich steige jetzt ein. Ich schalte ab. Ruf mich an, wenn du in Seoul bist. Machst du das?

Was für eine Frage, natürlich würde er das tun. Das Erste, an was er denken würde, sobald der Flieger wieder gelandet war.

Natürlich! Ich gehöre ganz dir. Joona

Ein Satz, der all das aussagte, was er spürte. Und sie würde es ebenso spüren, hoffte er und wurde für seinen Mut belohnt.

XX SusanneShi

Hyeong-Joon lächelte, auch wenn es schmerzte. Die Türen wurden geschlossen und der Flieger setzte sich in Bewegung. Langsam rollte er der Startbahn entgegen und immer stärker wurde ihm bewusst, dass es ein Abschied war. Vielleicht für immer. Bis er auf das Pad blickte und die Nachrichten. Hoffnung keimte auf.

Er wollte sie wiedersehen, am besten sofort. Dies war nicht möglich. Weder in den nächsten Tagen noch Wochen. Denn unzählige Termine standen an und freie Zeit war ihm nicht bekannt. Ohnehin würde das Management ihn bezüglich der CEO ausfragen. Was sollte er ihnen sagen, dass er sich verliebt hatte? Undenkbar! Dann würde er sie nie wieder in seinem Leben sehen!

Er spürte einen unangenehmen Druck in seinem Bauch. Das kam nicht vom Flieger, der sich nun gen Himmel erhob. Es war ein inneres Zittern, das ihn schon einmal erfasst hatte. Damals, als er im Bett gelegen hatte, ehe er zu weinen begann.

Nicht jetzt. Nicht hier, ermahnte er sich. Der Druck wurde stärker. Er konnte ihm nicht standhalten. Kaum, dass der Flieger seine Höhe erreicht hatte, sprang er von seinem Sitz auf und lief eilig zur Toilette. Schnell schloss er die Tür, ließ sich auf den Boden fallen und begann zu weinen.

KAPITEL 14

Susanne war wieder zu Hause und schloss die Tür hinter sich. Der Flug war kurz gewesen, sicherlich um vieles kürzer als seiner. Bestimmt war er noch im Flugzeug und würde vielleicht an sie denken. Sie lächelte bei dem Gedanken, denn ein *vielleicht* gab es nicht. Er würde es sicher tun.

Sie packte ihren Koffer aus und dachte an die Zeit in England zurück. Wunderschöne Momente, die sie für immer in ihrem Herzen festhalten würde. Genau wie ihn, wäre da nicht der Altersunterschied. In London gab es ihn nicht, aber hier. Unerbittlich sah sie sie Zahl vor sich, die sie vom Alter, aber nicht vom Herzen trennten.

Sie liebte ihn, da gab es keinen Zweifel. Hatte ihre Liebe eine Zukunft? Niemals, kam die prompte und ernüchternde Antwort. Sie kannte die Gepflogenheiten von Korea und diese betrafen nicht nur das Management und wie es mit seinen Stars umging, sondern auch die Knebel-Verträge, welche weit über die Arbeit hinaus reichten.

Susanne seufzte. Ihr war klar, dass auch Choi Hyeong-Joon, Joona, einem solchen Vertrag unterworfen war. Eine der Klauseln besagte, dass er, das Produkt, dem Management gehörte. Man konnte mit ihm machen, was man wollte. Selbst verheiraten und das „beste finanzielle Ergebnis durch diese Heirat erzielen". Ob er wollte oder nicht. Unvorstellbar für sie und viele weitere Länder auf Erden.

Nach wie vor gab es, auch wenn es offiziell dementiert wurde, nicht nur in Indien die arrangierte Ehe, sondern auch in Korea. Heiraten war ein Geschäft, um die Zukunft und das Vermögen zu sichern. Was, wenn … daran wollte sie jetzt nicht denken. Sie hatten wunderschöne Tage hinter sich und einzelne Bilder zogen an ihren Augen vorüber. Der Spaziergang an der Themse, sein nasses Hemd oder auch der Besuch im Museum.

Sie erinnerte sich an seine Antwort nach dem Alter. Hundert vom Wissen und sechzehn, wenn es darum ging, dumm zu sein. Von dumm war er weit entfernt. Für sein Alter mochte er in sexuellen Dingen unerfahren sein, alles andere meisterte er mit solch einer Professionalität, die weit über sein Alter hinaus reichte.

Sie spürte, dass sich etwas in ihr verändert hatte. Vor zwei Jahren war er nur ein junger Mann, dessen Dienste sie nicht in Anspruch hatte nehmen wollen. Dann wurde sie, warum auch immer, auf ihn aufmerksam. Mehr und mehr wurde ihr Interesse geweckt und mit ihm auch Gefühle. Sie wusste nicht, warum, aber er berührte sie auf seine ganz eigene Weise. Weit entfernt von allem, was ihr bisher widerfahren war und weit entfernt von Sajan Rohit Kaur.

Wenn sie jetzt an Sajan dachte, verspürte sie Abscheu. Wie er sie behandelt hatte, bei anderen über sie sprach und sich mit ihr brüstete. Ein ganzer Mann, athletisch, patriarchisch, dominant. Der krasse Gegensatz zu Choi Hyeong-Joon. Scheu, verlegen, vorsichtig und bemüht, stets freundlich und aufmerksam zu sein. Nicht, um den Anforderungen des Managements zu folgen. Auch nicht, um sie zu beeindrucken. Nein, es war anders. Choi Hyeong-Joon war nicht berechnend. Seine Zuneigung kam aus seinem Herzen und egal was er tat, sie spürte es. Selbst als sie in der Sauna waren, hatte sie es gemerkt.

Schüchterne Blicke, die kurz auf ihr ruhten, und rote brennende Wangen, die nichts mit der Wärme der Sauna zu tun hatten. Sie sah ihn wieder genau vor sich. Wie er mit seinem Bademantel und dem Shirt neben ihr saß. Mühe hatte zu atmen, was nicht allein an der Sauna lag. Denn seine Atmung wurde noch stockender, als sie das Handtuch öffnete und heruntergleiten ließ. Manch anderer hatte sie beobachtet und sie wusste, dass es Choi Hyeong-Joon missfallen hatte. Nicht zuletzt, als sie sich entschlossen hatte zu gehen und er sich schützend vor sie stellte. Sie fand es süß und vor allem ehrlich, es war eine ganz besondere Art, seine Zuneigung zu zeigen. Anders als bei Sajan Rohit Kaur. Er hätte all die anderen Männer stolz angesehen, dass er solch ein Prachtweib an seiner Seite hatte. Doch Choi Hyeong-Joon ertrug es nicht, dass sie andere anstarrten, und so hatte sie ihn erlöst und war mit ihm gegangen.

Wann würde sie wieder von ihm hören, ihn vielleicht sogar sehen? Der Hauch einer Sehnsucht stieg in ihr auf.

Erschrocken über dieses neue, unbekannte Gefühl schüttelte sie den Kopf, verdrängte den Gedanken und ließ sich Wasser in die Badewanne ein. Als sie ihr Kleid auszog und auf ihre Füße blickte, lächelte sie erneut. Wieder waren die Gedanken bei ihm. Als er ihre Fußnägel lackiert hatte. Seine zittrigen Finger, mit denen er den Nagellack auftrug und sein fragender Blick, ob es so passte. Und ob es in Ordnung war, sie so anzufassen. Als er den Kopf gesenkt hatte, um akribisch genau den Lack aufzutragen, hatte sie einen Blick auf sein Genick erhascht. Und war innerlich erstarrt. Dort zeichneten sich eindeutig blaue Flecken ab! Während Choi Hyeong-Joon sich voll auf seine Arbeit konzentrierte, erinnerte sie sich daran, dass er mehrfach unbewusst seine Rippen befühlt hatte. Und dass er Magenschmerzen zu haben schien, als ob ihn jemand in den Magen geboxt hätte.

Susanne fröstelte es. Hatten sie ihn etwa malträtiert, ihr ja jeden Gefallen von den Augen abzulesen? Wie sehr musste er geschunden worden sein? Wie viele dunkle Momente gab es in seinem Leben? Ein Schauer überzog ihren Rücken, während sie in die Badewanne stieg und sich langsam setzte.

Das Wasser war herrlich warm, umspülte ihren Körper und gab ihr das Gefühl von Geborgenheit. Eine, die er vermutlich noch nie zuvor in seinem Leben verspürt hatte. Die sie ihm seltsamerweise gerne geben wollte. Eine harte Schule war auch ihr nicht unbekannt. Körperliche Verletzungen, aber vor allem seelische hatte sie ebenfalls erfahren. Dennoch war es nichts gegen das, was er erlebt haben musste und was ihm vielleicht noch bevorstand. Sie schloss die Augen in der Hoffnung, alle dunklen Gedanken zu vertreiben. Sie schaffte es fast, denn sie verzogen sich in einen Winkel ihres Körpers, wo sie all diese kleinen, dunklen Schatten ihrer Vergangenheit aufbewahrte.

Während das Wasser sie einhüllte, rechnete sie nach. Er war fast zeitgleich mit ihr gestartet. Sein Flug dauerte mindestens dreizehn Stunden, somit würde er sich vermutlich nicht vor morgens um vier Uhr melden. Genügend Zeit für sie, das Bad zu genießen und noch ein wenig zu schlafen. Wie gerne würde sie ihn jetzt bei sich haben. Hier in Zürich. Sicherlich würde er im Bademantel und seinem Shirt neben ihr stehen und unsicher über sie hinwegblicken. Sie lachte kurz auf und hoffte, dass dies nicht der Fall sein würde, wenn sie sich wieder begegneten. Aber warum warten? Warum sollte man sich nicht früher sehen? Wie jetzt in der Badewanne mit ein paar Teelichter. Es gab so viele Spielereien der Technik. Wie Skype …

Nein. Sie würde ihn überfordern. Das war ihr mehr als bewusst und keinesfalls wollte sie dies. Zarte Berührungen, ein flüchtiger Kuss auf die Wange und der Moment im Aufzug. Er war erschrocken gewesen, aber sie hatte es genossen, so an ihn gedrückt zu werden. Zum ersten Mal hatte sie seinen Körper gespürt. Der sich noch mehr versteifte, als sie an ihn gedrückt wurde. Auch wenn dies nicht immer unbedingt an einem drängelnden Gast gelegen hatte, dachte sie und lächelte. Sie war nicht wirklich eine Icequeen, sondern ein Teufel, und das wusste sie.

Es war Zeit, noch etwas zu essen, denn ihr Magen meldete sich. So stieg sie aus der Wanne, um sich abzutrocknen. Kaum, dass sie den Boden unter ihren Füßen hatte, hörte sie ihr Handy klingeln. Ehe sie überhaupt nachdenken konnte, rannte sie die Treppen hinunter und griff in ihre Tasche.

„Hallo“, meldete sie sich fast atemlos und sah zu ihrem Entsetzen, dass sie nicht nur nackt, sondern auch noch nass war. Feine Spuren des restlichen Schaums liefen an ihren Beinen hinab und bildeten bereits kleine Pfützen.

„SusanneShi?“, hörte sie einen Mann ihren Namen sagen.

„Ja, wer ist da?“, fragte sie forsch und Enttäuschung kroch in ihr hoch.

Es bildeten sich weitere Pfützen und sie begann, ein wenig zu frieren. Gänsehaut zeichnete sich auf ihrem Körper ab und sie beschloss, nach oben zu gehen und ihren Bademantel überzuziehen.

„Störe ich, Sunbae?“, entgegnete die Stimme und wirkte mit einem Mal verlegen. Auch wenn sie noch nicht genau wusste, mit wem sie sprach, fühlte Susanne sich ein wenig schuldig, so unhöflich gewesen zu sein.

„Entschuldigen Sie, mit wem spreche ich?“

„Oh, tut mir leid. Ich bin es. Lee Baekhyun.“ Lee Baekhyun. Es dauerte nur einen Wimpernschlag, ehe sie ihn wieder vor sich sah. Sie hatte seine Stimme nicht erkannt! Schande und Asche auf ihr Haupt!

***

Lee Baekhyun. Ein gefeierter Star, der einst in den Händen von einem gnadenlosen Management gefangen war. Gutaussehend und mit einem Körper, der jedes Frauenherz zum Schmelzen brachte. Sie hatte ihn vor langer Zeit in London kennengelernt. Eigentlich wollte sie einen Termin mit ihm, doch seine Agentur hatte sie abgewiesen. Offenbar schien sie ihnen nicht wichtig genug, was dazu führte, dass sie sich zu einem Stadtbummel entschloss und einen Laden mit Hüten entdeckte.

Wenn kein Star, dann wenigstens ein Hut, hatte sie gedacht und war hineingegangen. Umso erstaunter war sie, als sich der Verkäufer zu ihr umdrehte. Lee Baekhyun.

„Kein Wunder, dass niemand von Ihrer Agentur auf meine Anfragen eingeht. Wenn sie Sie als Verkäufer in einem Londoner Laden beschäftigt. Was ist los? Sind die Auftritte rar?“, kam die anklagende Frage über ihre Lippen. Sie sah sein erstauntes Gesicht, doch nur für einen kurzen Moment. Er war Profi genug, um sein Gesicht zu wahren.

„Wie kann ich Ihnen weiterhelfen, möchten Sie vielleicht ein Autogramm?“, fragte er höflich und machte sich bereits auf den Weg zu seinem Schreibtisch.

„Warum sollte ich ein Autogramm von Ihnen haben wollen? Ich kenne Sie nicht, ich mag Sie nicht. Ich arbeite nicht mit Ihnen. Also keine große Sache, Sie zu vergessen.“

Sie wirkte so kalt und abgebrüht, dass ihm für einen Moment die Luft wegblieb. Er hatte Mühe, seine Contenance zu wahren und sah sie fragend an. Keine Frau hatte es bisher gewagt, so mit ihm zu reden, oder ihn in dieser Form abzuweisen.

„Was wollen Sie von meiner Agentur, wenn Sie kein Autogramm von mir wollen?“

„Ich wollte mit Ihnen an einem Buch und einem Fotoshooting arbeiten. Da Ihre Agentur kein gutes Fan-Merch macht. Da ich die Königin des Merchandising-Himmels bin, sehe ich, dass Ihr Team aufgepimpt werden muss. Sonst vergisst man noch Ihr Gesicht.“ Eine Aussage, die Lee Baekhyun schmerzte. Ihre Worte bedeuteten: Deine Agentur ist scheiße. Und diese Aussage stammte von einer völlig fremden Frau, die mit einem lila Regencape und grünen Gummistiefeln vor ihm stand.

***

Susanne lächelte, ob dieser Erinnerung. Sie hatte ausgesehen, wie ein getönter Knallfrosch. Er, der modebewusste Künstler, musste heftig gelitten haben. Dass sie dennoch gute Freunde wurden, musste für jeden Außenstehenden völlig abwegig erschienen sein.

„Lee Baekhyun! Wie geht es dir?“, fragte sie erfreut und zog sich ihren Bademantel etwas umständlich über.

„Gut und soweit ich gehört habe, geht es dir auch gut.“

„Soweit du gehört hast?“, hakte sie nach, nahm ein Handtuch und ging wieder hinunter.

„Ja, du bist in aller Munde“, begann er vorsichtig.

„Das klingt gut. Es geht nichts über Publicity“, lachte sie, doch nachdem er nichts sagte, verging ihr das Lachen.

„Was meinst du?“, fragte sie nun sachlich und ihre Stimme nahm etwas Ernstes an, was auch er nicht überhören konnte.

„Nichts, was dir Sorgen bereiten müsste“, begann er vorsichtig.

„Das weiß ich selbst. Es gibt nichts, was mir Angst machen müsste“, konterte sie und er sah für einen kurzen Moment die Frau vor sich, welche bei ihm im Laden gestanden hatte.

Susanne wollte gerade einen weiteren Scherz über Medien machen, als sich ein Gesicht vor ihrem Geiste formte. Choi Hyeong-Joon. Joona, durchfuhr es sie. Instinktiv presste sie das Telefon stärker an ihr Ohr. War etwas mit Joona? Er war noch im Flieger … oder? Unsicherheit keimte für einen Moment auf. Sie musste es wissen.

„Du spielst auf Choi Hyeong-Joon an?“, fragte sie gerade heraus und spürte, dass sie damit ins Schwarze getroffen hatte. Denn er schwieg einen Moment, ehe er wieder zu reden begann.

„Ja, es geht um Choi Hyeong-Joon.“

Ihr Herz schlug schneller. Gab es Ärger mit dem Management? Wusste er etwas über ihn, das er ihr sagen musste oder sollte?

„Was ist mit ihm?“, fragte sie so ruhig, wie es nur ging.

„Ich kenne ihn.“

„Das ist alles?“, entfuhr es ihr schärfer als gewollt. Sie hatte Angst, sah Tausende Bilder vor sich, was mit ihm geschehen seine mochte, und er sagte: *Ich kenne ihn?* Warum auch nicht. Sie waren beide im gleichen Business. Für so eine Information war kein Anruf nötig.

„Du hast dich mit ihm getroffen. In London, oder?“

„Ja, warum fragst du?“

„Ich möchte dir etwas über ihn erzählen.“

„Und was?“, fragte sie etwas ungeduldig und putzte mit ihrem Handtuch die Wasserlachen am Boden auf.

„Ich habe ihm viel zu verdanken.“

„Du?“, fragte sie irritiert und setzte sich auf ihr Sofa.

„Ja. Ihm habe ich es unter anderem zu verdanken, dass ich wieder Fuß gefasst habe. Ohne ihn wüsste ich nicht, wo ich jetzt wäre.“

Ihre Augen weiteten sich vor Erstaunen. Sie sah diesen jungen Mann vor sich. Unsicher, schüchtern und sensibel. Verletzt und gedemütigt von einer grausamen Industrie. Er sollte seinem fast zwanzig Jahre älteren Kollegen geholfen haben, damit er wieder, wie er es nannte, Fuß fassen konnte?

„Du schweigst. Das zeigt mir, dass du gerade überlegst, wie er mir geholfen haben könnte. Eher würdest du vermuten, dass es umgekehrt wäre, oder?“

„Ja, du hast recht“, stimmte sie ihm zu und wurde immer neugieriger. Was hatte Joona für ihn getan?

„Ich besuchte ein Etablissement.“

„Du meinst einen Puff?“, unterbrach sie ihn und schrak im nächsten Moment zusammen. Ihre verdammte, direkte Art! Daran musste sie arbeiten. Sie befürchtete schon, dass er aufgelegt haben könnte, als sie ein Lachen vernahm.

„Nein, nicht ganz“, antwortete er und lachte noch immer.

„Es … entschuldige. Ich dachte …“

„Ein Mann besucht ein Etablissement, was soll er da wollen? Ich verstehe dich, doch ich muss dich enttäuschen. Ja, ich war dort. Ein Treff für all diejenigen, welche es geschafft haben und ganz oben sind. Nur wenige besitzen die Karte, um dort ein und ausgehen zu dürfen. Ich hatte diese Chance und war einige Male da. Ich sah es mir an und …“

„Nein, du brauchst es nicht zu erzählen, wenn du nicht willst. Ich habe den Eindruck, dass es dich belastet.“

„Belasten würde ich nicht sagen, denn es liegt hinter mir. Aber vergessen werde ich es nie.“ Er stoppte und atmete hörbar ein.

„Auch nicht, was er getan hat.“ Wieder stoppte er und sie spürte, dass er mit sich rang. Es war ein Zwiespalt. Er ahnte vermutlich, dass zwischen ihr und Joona mehr war, denn dass sie, die Icequeen, jemanden für einen Service buchte, war nahezu ein Wunder.

„Ich war einsam, dumm, geil und eklig und ich benutzte Frauen“, sagte er ruhig und etwas unerwartet Hartes lag in seiner Stimme. Ihr Herz begann schneller zu pochen und sie presste das Telefon noch stärker an ihr Ohr, sodass sich die Fingerspitzen bereits weiß färbten.

„Niemals, das glaube ich nicht“, erwiderte sie so ruhig wie möglich und hatte Mühe, ihre Gefühle unter Kontrolle zu halten. Er war in ihren Augen ein perfekter Gentleman. Damals, als sie ihn in seinem Hutgeschäft zum ersten Mal getroffen hatte, und auch später, als sie sich immer wieder bei verschiedenen Events zufällig sahen. Niemals war er das, was er gerade selbst von sich sagte.

„Das glaube ich nicht, das ist nicht wahr“, wiederholte sie eindringlicher.

„Ich wiederhole nur das, was die Presse über mich schrieb“, antwortete er und Resignation lag in seiner Stimme. Er hatte längst aufgegeben, denn seine Hasser hatten ihr gnadenloses Urteil gefällt und würden weiterhin recht behalten, auch wenn es Lügen waren. Die Öffentlichkeit schrie nach Skandalen und die Wahrheit blieb, wie so vieles andere auch, auf der Strecke und hinterließ nur Scherben.

Susanne seufzte. Sie hatte all diesen Quatsch über ihn damals in den Medien gelesen. Es hatte sie nie interessiert, denn Medien sind Medien. Und in Korea sogar das Instrument für Hop oder Top schlechthin.

Erst jetzt fiel ihr auf, dass sie sich nie Gedanken darüber gemacht hatte, welche Auswirkungen diese Medien-Hatz auf sein Leben, seine Musik, seine Filme und gar sein Einkommen genommen hatte.

„Was ist damals wirklich geschehen?“, hakte sie nach und stand auf, um sich etwas zu trinken zu holen. Ihre Kehle war mit einem Mal trocken. Sie goss sich etwas Mineralwasser ins Glas und versuchte, den bitteren Geschmack in ihrem Mund loszuwerden.

„Ich will deine Geschichte hören“, sagte sie eindringlicher. Er atmete erneut tief ein und stockte einen Moment, ehe er weitersprach.

„Also gut. Die Wahrheit ist, dass ich dort eine junge Frau traf. Wir unterhielten uns und sie erzählte mir von ihrem harten Leben. Dass ihre Eltern arm seien, sie studiere und Mühe habe, das Geld hierfür aufzubringen. Ich bot ihr Geld an, doch sie lehnte ab. Sie hatte ihren Stolz, so dachte ich, und ich bat sie, einige Dienste für mich zu erledigen.“ Wieder stoppte er.

„Und?“

„Ich dachte schon, du denkst, dass ich Sex wollte“, scherzte er und lachte gequält.

„Nein, das denkst vielleicht du. Ich nicht. Du weißt, was ich von dir halte. Also, was war wirklich?“

Er wirkte angespannt und die Erinnerung daran schien ihn immer noch zu schmerzen. Ein Schmerz aus Wut über die Täuschung, aber vor allem über sich, dass er sich darauf eingelassen hatte.

„Ich bat sie zum Beispiel meine Kleidung aus der Reinigung zu holen. Kleine Dienste wie diese und gab ihr einen Umschlag mit Geld zum Dank.“

Er stoppte erneut und entfachte dadurch noch mehr Neugier in Susanne. „Das war aber nicht der Grund, dass dich die Presse so titulierte, oder?"

„Nein. Eines Tages bot sie mir in der Tat andere Dienste an, du weißt, was ich meine. Ich hatte ein komisches Gefühl, dennoch ging ich zu ihr. Ich bezahlte sie danach für eine völlig andere Sache. Meine finanzielle Zuwendung hatte nichts mit unserem Zusammensein zu tun. Nur wenige Tage später versuchte sie, mich zu erpressen. Ich war in eine Falle getappt. Es gab einen Film, der nicht nur unsere gemeinsamen Stunden dokumentierte. Sondern auch eine Szene, in der ich Geld auf den Tisch lege. Es gab nur zwei Möglichkeiten: Bis ans Ende meiner Tage zu zahlen oder …"

„Die Polizei. Eine Selbstanzeige", warf Susanne dazwischen.

„Ja. Ich ging zur Polizei, zeigte mich an wegen ‚Überprüfung, ob ich mich wegen Nutzung von Prostitution' straffällig gemacht hatte. Den Rest wirst du gleich sehen", sagte er leiser und sie hörte, dass er etwas eintippte. „Öffne bitte deine Mails", bat er sie und seine Stimme hatte etwas Ernstes angenommen.

„Einen Moment", flüsterte sie und lief bereits zu ihrem Esstisch, um den Laptop zu öffnen. „Eine Sekunde, der Log-in dauert ein wenig, doch es müsste …"

Sie endete abrupt und blickte mit Entsetzen auf Hunderte von Zeitungsausschnitten. Sie sah ihn auf der Titelseite abgebildet. Ein Blick, der wie versteinert wirkte und über ihm die Worte mit all den Benennungen, die er ihr vorhergesagt hatte. Sie war geschockt und schlug vor Schreck die Hand vor den Mund. Sie hatte einen, oder zwei Artikel damals gesehen. Aber das hier. Das waren Hunderte. Die Medien hatten ihn nicht nur gejagt. Sondern nahezu fertiggemacht. Dies war ihr nicht bewusst gewesen.

„Bist du noch da?"

„Ja … ja. Ich … ich bin geschockt."

„Glaube mir, das war ich auch. Doch es ist vorbei. Lange vorbei", beteuerte er und es klang, als würde er sich damit selbst beruhigen wollen.

„Hast du nie versucht, die Wahrheit ans Licht zu bringen?"

„Wie sollte das gehen? Es gab ein Video, das Geld und alles, was ich annähernd versuchte zu sagen, wurde als Ausreden dargestellt."

„Was geschah dann?"

„Ein dreckiges Spiel, in dem ich der Verlierer war. Ich war geächtet."

„Das heißt?"

„Du wirst zu keiner Party oder einem Event mehr eingeladen, was jedoch wichtig ist, denn du brauchst ..."

„Das Netzwerk." Sie nickte, auch wenn er es nicht sehen konnte.

„Ja, das Wichtigste, was es gibt. Produzenten sagen den Regisseuren, dass sie dich nicht casten sollen, also bekommst du keine Arbeit mehr. Die Werbefirmen verbannen dein Foto aus Werbungen, Fernsehen, Zeitungen, Zeitschriften. Also kein Einkommen – da du nur mit Tantiemen abgespeist wirst. Deine ‚Freunde' meiden dich, da du die vorhergehenden Punkte nicht mehr erfüllst und somit wertlos bist. In Restaurants bekommst du vielleicht einen Tisch, aber es kann sein, dass dich niemand bedient und ignoriert. Und wenn du Glück hast, verlässt dich dein Ehepartner", endete er und ein raues Lachen kam über seine Lippen.

Susanne kannte seine Frau. Sie war ebenfalls eine Schauspielerin, aber offenbar hatte sie ihm verziehen.

„Was geschah mit der Frau?"

„Nichts. Sie war abgereist. Unauffindbar Ich hingegen verlor fast alles, was ich hatte."

„Das ist hart."

„Ja, das war es auch. Bis ich ihn traf. Choi Hyeong-Joon. Es war an einem wichtigen Essen, denn alles, was Rang und Namen hatte, war geladen sowie die Medien. Eine Liveaufzeichnung, wenn du es so nennen willst. Ich war auch da. Jedoch mehr eine Randerscheinung, bis er mich sah. Und mich aufforderte, sich nicht nur an seinen Tisch zu setzen, sondern auch direkt neben ihn."

„Was? Er bat dich, sich neben ihn zu setzen?", fragte Susanne atemlos und war überwältigt.

Aufgrund Ihrer Asienreisen kannte sie die Kultur, Regeln, Do's und Don'ts in- und auswendig. Sie wusste, wenn ein gefeierter, ranghöherer Star einen Geächteten an seinen Tisch bat, war das Stigma aufgehoben und er gehörte wieder dazu. Sie rang um Fassung und sah das hundertjährige Wissen, welches Joona ihr im Museum genannt hatte.

„Ja. Seitdem sind wir – sagen wir – befreundet. Soweit man sich überwinden kann, einen anderen als Freund anzusehen und ihm zu vertrauen."

„Aber warum erzählst du mir das alles?"

„Die Nachrichten, dass die Icequeen es auf Choi Hyeong-Joon abgesehen hat, sickerte durch. Ich schätze dich nicht so ein, dass du den Service im herkömmlichen Sinne nutzen würdest. Deshalb möchte ich es aus erster Hand wissen. Ich weiß, dass Hyeong-Joon etwas ganz Besonderes ist. Und das weißt und fühlst du auch, oder? Hast du privates Interesse an ihm? Seid ihr ein Paar?“

Die Fragen brachten sie in Verlegenheit, denn der Altersunterschied war plötzlich extrem präsent. Scheinbar war sie die Einzige, die sofort bei Paar an „SugaMama sucht BoyToy“ dachte. Baekhyun schien dies genauso wenig zu kümmern wie Joona. Ihm ging es offenbar nicht nur um Choi Hyeong-Joon, sondern um ihr beider Seelenwohl. Susanne spürte, wie ihre Wangen zu brennen begannen, und sie trank noch einen Schluck ihres Mineralwassers.

„Ja. Er ist etwas ganz Besonderes“, bestätigte sie etwas vage und schloss für einen Moment die Augen. Sicherlich spürte er, dass sie mehr empfand. Doch Gentleman, wie er war, hielt er seine Gedanken zurück und schwieg. „Ich danke dir für deine Offenheit.“

„Nichts zu danken. Ich wollte nur, dass du weißt, dass er etwas ganz Besonderes ist und ich ihm vieles zu verdanken habe.“

„Ich nutze nicht den herkömmlichen Service. Ich werde ihn nicht benutzen oder gar verletzen.“

„Das weiß ich.“

„Aber wenn du das weißt, warum hast du mir dann alles erzählt?“

„Weil er dich liebt und das schon sehr lange.“

Susanne war geschockt. Dass er sie liebte, daran zweifelte sie spätestens seit London keinen Moment mehr, doch lange?

„London ist nicht gerade lange“, scherzte sie.

„Ich rede nicht von London“, antwortete Baekhyun ruhig.

„Von was dann?“ Sie sprang von ihrem Sofa auf und lief aufgeregt auf und ab.

„Einen Moment bitte“, hörte sie ihn und dann eine männliche Stimme, die offenbar mit ihm sprach.

„Ich muss mich verabschieden, ein Mitarbeiter braucht Hilfe“, entschuldigte er sich.

„Von was dann?“, wiederholte sie ihre Frage energischer und presste das Telefon wieder stärker an ihr Ohr. Ihr ganzer Körper fühlte sich an, als würde er unter Strom stehen.

„Was? Ach, seit wann? Seit er vor deiner Tür stand und du ihn abgewiesen hast. Er nutzt manchmal meinen Laptop, weil ihn dann niemand kontrollieren kann. Also sehe ich die Suchverläufe. Er hat dich so oft gegoogelt, genavert, gewaibot, gefacebooked, da ist mir völlig klar, dass dieser Junge an dir interessiert ist. Aber kein Wort zu ihm, denn er ist zu schüchtern. Ich muss jetzt leider los, entschuldigst du mich bitte?“

Es kam keine Antwort. Sie war zu aufgewühlt.

„Hallo? SusanneShi, bist du noch dran?“

„Ich ... ja. Alles okay. Danke für deinen Anruf, noch einen schönen Tag“, kam es mechanisch über ihre Lippen, denn ihre Gedanken waren weit, weit weg.

„Danke, das wünsche ich dir auch. Wir reden bald!“, lachte er und legte auf. Das Hotelzimmer, der Blick hinüber zu dem jungen Mann, der einen Dienst verrichten musste gegen seinen Willen. Ein Klopfen und ein junger Mann, der seine Dienste anbot und den sie forsch abwies. Und später, das Lied ... das Lied ...

Schnell schloss sie ihre Mails und suchte seinen Namen und die entsprechenden Videos. Aufgeregt scrollte sie durch die Dateien und suchte die Videos ab, bis sie ihn fand. Da war er! Der rote Pullover, auf der Bühne ... Sie öffnete die Datei und hörte bereits das Kreischen der jungen Frauen, als er zu singen begann. Ein Lied, das von einer älteren Frau und einem jungen Mann handelte. Er liebte sie und kämpfte um sie und ... da war sie, wie sie aufstand und ging! Unfassbar, sie war gegangen. Schmerzhaft wurde ihr auch bewusst, warum. Sie dachte noch immer an den jungen Mann und an das, was vorher geschehen war. Nun sah sie sich den ganzen Auftritt an. Kaum, dass sie den Saal verlassen hatte, begann er zu zittern. Erst seine Stimme, dann sein ganzer Körper. Er hatte Mühe, noch weiter zu singen. Wegen ihr?

Seit er vor deiner Tür stand und du ihn abgewiesen hast hörte sie wieder die Worte von Lee Baekhyun.

Sie war geschockt, überrascht, aber vor allem verletzt, dass sie damals nichts bemerkt hatte. Wie auch? Sie hatte ihn nur Sekunden vor ihrer Tür gesehen und später auf der Bühne. Er hatte sich damals bereits in sie verliebt? Unfassbar! Und diese Liebe war bis heute ungebrochen? Mit einem Mal war der Altersunterschied verschwunden. Zumindest für den Moment. Denn sie fühlte nur noch eines: unendlich viele Schmetterlinge in ihrem Bauch. Und es lag nicht an der Kohlensäure des Mineralwassers.

Kapitel 15

Hyeong-Joon konnte kaum atmen. Bald war es so weit. Nicht mehr lange und er würde sie wieder hören. Doch dieses Mal wäre es anders. Sie hatten sich über Skype verabredet. Das erste Mal, dass er sie nicht nur hören, sondern endlich wieder live sehen würde! In ihrem Zuhause. So weit entfernt und doch für den Moment so nah. Sein Herz pochte bereits den ganzen Tag wie wild.

Seitdem sie ihm die Nachricht geschrieben hatte, dass sie ihn am heutigen Abend über Skype sehen wollte, war er voller Vorfreude. Auch wenn er dafür die Nacht aufbleiben musste, da ihr Abend sein früher Morgen war, ertrug er das gerne. Sie live zu sehen und mit ihr auf diese Weise zu kommunizieren, war aufregend. Mehr, als er sich jemals zuvor hätte vorstellen können.

Sechs lange Monate lagen nun hinter ihnen seit London. Wieder und wieder sah er die Bilder, die Eindrücke und vor allem sie vor seinen Augen. Er liebte sie mehr denn je. Sie brannte in seinem Herzen, in seinem ganzen Körper und es begann bereits zu schmerzen, so groß war seine Sehnsucht.

London. Wie er erwartet hatte, war in Seoul die Zeit der Entspannung vorbei gewesen. Das Management hatte ihn gleich nach Ankunft zu sich beordert. Er hatte überlegt, was er sagen könnte.

Wir waren spazieren. Bei Harrods. Im Museum. In der Sauna. Aber ansonsten ist nichts passiert. Das wäre für das Management Anlass gewesen, ihm ein wenig Erziehung angedeihen zu lassen. Bereits beim Landeanflug hatte sich sein Magen schmerzhaft zusammengezogen, weil er eine harte Bestrafung für sein Versagen erwartet hatte. Nur seine Liebe zu ihr hatte ihm die Kraft gegeben, nicht zusammenzubrechen. Umso überraschter war er, dass man ihn freundlich empfing, eine kleine Feier veranstaltete und ihn sehr lobte.

Im Laufe des Abends war ihm dann klar geworden: Sie hatte persönlich bei seinem Management angerufen und erklärt, dass sie mit seinen Diensten äußerst zufrieden gewesen wäre. Sie hatte ihn nicht nur vor den erwarteten Schlägen gerettet, sondern auch vor weiteren anderen Diensten. Ganz klar hatte die CEO erklärt, dass sie an ihm interessiert sei und sie sich vorstellen könnte, zu investieren. Sofern seine

Dienste exklusiv bleiben würden. Ein Gedanke, der beim Management zu Zufriedenheit führte. Jedoch stellte Hyeong-Joon sich die Frage, wie lange. Niemals durfte jemand erfahren, dass seine Gefühle mehr waren als nur ein Service, der zu einem Geschäft führen sollte.

Dass es mehr war, zeigte ihm täglich sein Handy-Pad. Sie liebte ihn und es gab keinen Zweifel. Ihre Nachrichten machten ihn glücklich. Auch wenn er hin und wieder etwas Unbehagen spürte, sie zu verlieren. Vielleicht lag es daran, dass er sie so sehr liebte und keinesfalls mehr in seinem Leben missen wollte.

Bisher hatten sie Textnachrichten geschrieben und er wählte seine Worte nach wie vor sorgsam aus. Bald jedoch wollten sie sich sehen. Das freute ihn und machte ihm höllische Angst. Sie vor sich zu haben, etwas zu sagen und es notfalls revidieren oder klären zu können, war etwas anderes, als nur etwas zu schreiben.

Er konnte es kaum erwarten, auch wenn es ihn gleichzeitig verunsicherte. Er hatte sich bereits mehrmals umgezogen, verschiedene Einstellungen geprobt und doch schien ihm nichts gut genug. Zum ersten Mal würde sie sein Zuhause sehen. Auch wenn es nur ein Teil eines Raumes war. Hyeong-Joon saß auf seinem Stuhl und sein Blick glitt von der Laptopkamera zu seinem Handy. Sie wollte ihm eine Nachricht schicken, wenn sie so weit war. Damit er sich in seinen Laptop einloggen konnte für die Übertragung. Dabei war sein Laptop längst eingeschaltet. Er musste nur noch online gehen.

Hyeong-Joons Herzklopfen war kaum zu bändigen gewesen, als sie den Vorschlag mit Skype gemacht hatte. Nie hätte er an so etwas gedacht. Er müsste online gehen, was ihm verboten war. So verboten, wie sein geheimes Handy, das er schon so lange in seinem Safe versteckte. Jetzt war ein Internetstick dazu gekommen. Natürlich konnte er diesen nicht selbst besorgen. Wieder musste er seinen Freund Kim Jong-Hun bitten, der damals die Bücher und das Handy besorgt hatte.

Für Jong-Hun war es extrem gefährlich gewesen, das Hyeong-Joon-Management abermals zu hintergehen, auch wenn er selbst einem anderen Management angehörte. Dennoch hatte er auch dieses Mal geholfen.

Als ihm sein Freund den Stick bei einem Besuch gegeben hatte, schien es Hyeong-Joon nur gerecht, den Grund für diese Besorgung zu nennen. Zuerst hatte er nur ein paar Worte gesagt, um die Reaktion zu sehen und vor allem abschätzen zu können, ob er es wirklich wagen konnte, Jong-Hun zu vertrauen.

Dieses Wissen, weitergetragen an die falschen Stellen, hätte ihn mindestens beruflich ruinieren können, vielleicht auch sein Leben kosten können. Etwas in Jong-Huns Augen sagte ihm, dass er ihm trauen konnte. Und so erzählte Hyeong-Joon ihm schließlich die gesamte Geschichte.

Anfangs wirkte Jong-Hun reserviert, als er ihm jedoch von London erzählte und wie seine CEO ihn behandelt hatte, stieg nicht nur dessen Interesse, sondern er erlaubte sich, seine Maske fallen zu lassen.

Hyeong-Joon war verliebt. Und diese Frau schien ihn ebenso zu lieben. In einer Welt wie der ihren, in der es kaum Möglichkeiten für Gefühle gab, war das ein Schatz, den es zu schützen galt. Nicht jedem von ihnen war es vergönnt, Liebe kennenzulernen. Alles war klar strukturiert und wurde geplant. Vom Management oder den Eltern, die Beruf, Leben und Ehe bestimmten und arrangierten.

Jong-Hun freute sich für seinen Freund. Eine zarte Liebe, die sich anbahnte, auch wenn sie im Moment nur aus Nachrichten bestand. Allen Gefahren zum Trotz. Diese Aussicht auf einen Lichtstrahl im Dunkel ihres Lebens bewegte ihn dazu, nicht nur einen einfachen Stick für Hyeong-Joon zu besorgen, sondern einen, der die Eingabe der SIM-PIN erforderte.

Mehr noch. Die beiden vertrauten einander Dinge an, die man normalerweise in ihrer Kultur niemals angesprochen hätte. Tiefste, privateste Geheimnisse, die es unbedingt zu schützen galt. Wie die Tatsache, dass Jong-Hun schwul war. Undenkbar für einen Künstler, der Mädchenherzen erobern musste.

Hyeong-Joon lächelte, als er sich an das ernste, mutige und verletzlich wirkende Gesicht seines Freundes bei diesem Geständnis erinnerte. Schwul. Das gab es nicht. Kein Idol, Star, Schauspieler oder Sänger würde und dürfte öffentlich einräumen, das gleiche Geschlecht zu lieben. Das gab es nicht. Niemals.

Sich zu outen, war brandgefährlich. Und dennoch hatte Jong-Hun es ihm gesagt. Minutenlang hatten sie sich an den Händen gehalten, weil ihnen beiden klar war, wie wichtig diese Geheimnisse für sie waren. Sie waren verbunden. Sie hatten jemanden gefunden, dem sie voll und ganz vertrauten.

Vertrauen. Ein Wort, das heilend auf die geschundenen Seelen der jungen Männer wirkte und ihnen noch mehr bestätigte, einen treuen Freund an der Seite zu haben. Dieses Vertrauen führte auch dazu, dass Hyeong-Joon ihm von einem SOS-Zeichen mit seiner CEO erzählte. Sollte einer von beiden sich aus welchem Grund auch immer nicht mehr bei dem anderen zum vereinbarten Zeitpunkt melden, so würde er oder sie das Signal senden. Ein Posting auf einer ganz bestimmten Social-Media-Plattform. Wo es für Uneingeweihte unter den vielen anderen Posts untergehen würde, jedoch für Eingeweihte ein geheimes Zeichen blieb. SOS!

Gleich war es so weit. Er würde zum ersten Mal den Stick benutzen und hoffte, dass das Management nichts davon erfuhr. Nur noch wenige Minuten trennten ihn von ihr. Hyeong-Joon spürte, wie er erneut zu schwitzen begann. Sein Rücken war bereits nass und seine Hände begannen zu zittern. Dieser Raum mit den vielen Computern, Kameras und Mikrofonen war sein Spielraum, wie er es nannte. Dort schaute er sich vergangene Auftritte an, prüfte, was er besser machen konnte, verbrachte Zeit mit komponieren und entspannte sich mit Videospielen.

Er schob den Stuhl hin und her, zupfte die Haare in Form, drehte die Kamera. Alles, um die letzten Minuten zu überbrücken und sich perfekt in Szene zu setzen. Sie würde ihn sehen, diesen Raum. Er schluckte. Ihm wurde bewusst, dass er noch nie privat etwas von sich preisgegeben hatte. Nie war jemand außer ihm und dem Management in diesem Raum gewesen. Das machte ihn nervöser.

Hyeong-Joon konzentrierte sich auf ihr letztes Treffen in London, um den rasenden Herzschlag unter Kontrolle zu bekommen. Er erinnerte sich an ihre Freundlichkeit, die leichten Berührungen, ihre Sorge um sein Wohlergehen. Der Schokoriegel und das Eis. Ein Lächeln huschte über sein Gesicht.

Dann drifteten seine Gedanken zu seinem regennassen Hemd, der Sauna und schließlich dem Aufzug. Als ihn ihre Nähe so sehr überwältigt hatte, dass er die Kontrolle über seine drängende Lust verlor.

Wieder erhöhte sich sein Pulsschlag. Sein Herz schlug heftig gegen seine Brust. Die Erinnerung an ihren Duft, die Weichheit ihrer Haut und den heißen Atem an seinem Hemd und schließlich dem Hals. Seine Männlichkeit erwachte. Seine Atmung beschleunigte sich. Er war verloren. Wie sollte er einen Videochat überstehen?

Hyeong-Joon sah sich um. Hatte sie nicht gesagt, er solle sich einen bequemen Ort aussuchen? War sein Studio ein bequemer Ort? Keinesfalls. Schnell nahm er seinen Laptop und das Handy und ging ins Schlafzimmer hinüber, setzte sich auf sein Bett und wartete. Erneut lief Schweiß seinen Rücken hinab. Gerade wollte er aufstehen, um sich nochmals umzuziehen, als er die Nachricht auf sein Handy bekam, dass sie nun online ging. Rasch tippte er die SIM-PIN ein, um den Internetstick zu aktivieren und ebenfalls online zu gehen.

Gebannt starrte Hyeong-Joon auf den Bildschirm, bis er ein kurzes Klicken hörte. Dann sah er sie. Seine Augen weiteten sich, als er begriff. Schüchtern zog er die Bettdecke vor seinen Körper, als könnte sie ihn vor dem schützen, was er dort sah. Sie lag in der Badewanne! Er fühlte, wie seine Wangen brannten. Um ihn herum war es dunkel, er traute sich nicht, aufzustehen und das Licht anzumachen. Seine Augen waren auf den Bildschirm und sie fixiert.

„Guten Abend, Joona", begrüßte sie ihn und lächelte ihn aus ihrem Schaumbad an. Er sah schemenhaft die Umrisse eines Bades, kleine Teelichter, welche auf dem Badewannenrand drapiert waren und sie. Ihren Kopf und die Schultern, den Rest verdeckte der Schaum.

„Guten Abend, SusanneShi", erwiderte er atemlos und spürte, wie sich seine Anspannung in Erregung wandelte.

Sie lächelte und ließ ihren Arm aus dem Wasser gleiten. Er rückte näher an den Bildschirm, denn sie hielt etwas in ihrer Hand. Einen Schwamm, den sie nun über ihr Bein gleiten ließ, das sich immer mehr aus dem Wasser erhob.

Er war außer sich. Niemals zuvor hatte er so etwas gesehen noch beobachten dürfen und nun sah er es direkt vor sich. Lasziv lächelnd fuhr sie mit dem Schwamm über ihr Bein hinweg und blickte in die Kamera. So, als ob sie ihn beobachtete.

Auch wenn es ihr schwerfiel, etwas zu sehen, da es so dunkel bei ihm war, erkannte sie die Erregung in seinen Augen. Nicht zuletzt, da sie sein schweres Atmen vernehmen konnte.

Hyeong-Joon schloss für einen Moment die Augen, sah sie wieder in der Sauna neben sich sitzen. Eine Erinnerung, die nun immer mehr Gestalt annahm, denn sie lag nackt vor ihm in der Wanne. Nur von dem Schaum bedeckt, der sich im Wasser bewegte und immer wieder vereinzelte Hauptpartien preisgab. Sie war das Schönste, was er jemals in seinem Leben gesehen hatte. Niemals zuvor war ihm solch eine Perfektion begegnet, noch hatte er diese Liebe empfunden.

„Warum versteckst du dich, ich will dich sehen", hörte er sie sagen.

Er spürte, dass seine Aufregung ins Unermessliche stieg. Sie wollte ihn sehen! Nackt, genau wie sie? Undenkbar! Aus irgendeinem Grund gehorchte er, wie er es immer in seinem Leben getan hatte, und begann damit, seinen nassgeschwitzten Pullover auszuziehen. Sie lächelte anerkennend und erhob sich ein wenig, um ihn besser sehen zu können.

„Und, was ist mit dem Rest?"

Dem Rest? Sie wollte ihn nackt sehen?

„Ich soll mich ausziehen, ganz?", hörte sie ihn unsicher fragen.

„Ja, ich bin auch nackt", lachte sie und ehe er sich versah, war sie aufgestanden und zeigte ihm nun ihren Körper. Auch wenn an einigen Stellen noch Schaum haftete, sah er das Wesentliche Ihre prallen Brüste, die rundliche Hüfte, die wundervollen Beine. So viel nackte Haut, schimmernd im Schein der flackernden Teelichter.

Hyeong-Joon schloss die Augen. Er sammelte all seinen Mut, schob den Laptop ein Stück zur Seite, stand auf und ließ seine Kleidung zu Boden gleiten. Er wagte nicht, in die Kamera zu blicken. Was sie wohl sah? Ob es ihr gefiel? Schüchtern und erregt setzte er sich wieder aufs Bett und zog die Decke über sich. Dann erst blickte er in die Kamera. Sie wirkte zufrieden, denn sie lächelte.

„Ich will alles sehen", forderte sie und er wusste, was sie meinte.

Er schämte sich, denn er hatte sich noch nie jemandem nackt gezeigt. Er senkte seinen Blick und atmete hastig. Keinesfalls wollte er sie verärgern oder enttäuschen. Sein Herz pochte schmerzhaft, seine Hände hielten sich krampfhaft an der Decke fest. Hatte es ihr denn nicht gereicht, ihm dabei zuzusehen, wie er die Kleidung abstreifte? Sie hatte mehr gesehen von ihm als je ein Mensch zuvor.

„Darf ich dich ansehen?"

Ihre Stimme klang weich, ganz sanft. Sie glitt wie eine Liebkosung in sein Inneres und Hyeong-Joon nickte schüchtern. Er wagte, die Augen zu heben und gleichzeitig vorsichtig die Decke zur Seite zu streifen. Ein glückliches Lächeln lag auf ihren roten Lippen und sie ließ sich wieder in die Wanne zurückgleiten. Statt unter dem Schaum zu verschwinden, schob sie ihn ein wenig zur Seite und begann damit, ihre Brüste zu streicheln.

Hyeong-Joon starrte fassungslos auf seinen Laptop. Aber auch erregt. Er war fasziniert von ihrem Mut und spürte, wie der Druck seiner Männlichkeit immer stärker wurde.

Vorsichtig strich sie mit ihren rot lackierten Fingernägeln über ihre Brüste und blickte sehnsüchtig in die Kamera. Dann öffnete sie ihre angewinkelten Beine und ließ ihre eine Hand hinabgleiten. Von der Brust über den Bauch, bis sie zwischen ihren Beinen verschwunden war. Aufgelöst und schwer atmend blickte er auf den Bildschirm, spürte seine Männlichkeit, die zu gerne an Stelle ihrer Hand gewesen wäre, und ertappte sich im gleichen Moment dabei, dass seine Wangen vor Scham heiß brannten.

„Willst du dich auch anfassen?“, fragte sie sanft und sah ihn interessiert an.

„Ja … natürlich“, bekam er gerade noch heraus und nahm sein Glied in die Hand.

Er stellte sich vor, wenn er jetzt mit ihr in der Wanne wäre. Sie berühren würde, sie riechen und schmecken könnte. Die bisherigen Berührungen waren eher flüchtig und zufällig gewesen. Bis auf die Momente, in denen sie seine Hand genommen hatte. Doch sie jetzt so zu sehen, mit ihr diesen Augenblick zu teilen, war Himmel und Hölle zugleich. Himmel, da er sie sah, Hölle, da er sie nicht wirklich spüren würde.

„Lass dich einfach fallen und zeig dich mir. Es ist alles okay“, sagte sie und begann mit der Zunge über ihre Lippen zu lecken.

Ihre roten Lippen, diese zarte, kleine Zunge … er spürte die pochende Männlichkeit in seiner Hand. Seine Gedanken schalteten ab, seine Augen gaben sich seinem Wunsch hin, alles an ihr zu entdecken. Ihre Lippen, ihre Hände, ihre Brüste, das flackernde Licht der Kerzen … seine Hände in der Dunkelheit kannten nur noch ein Ziel, Erlösung zu schenken.

Als er irgendwann schwer atmend in die Wirklichkeit zurückfand und sein Atem mit seinem Herzschlag in Einklang kam, lächelte er erfüllt. Er war gekommen, doch nicht allein.

Kapitel 16

Als Susanne am nächsten Morgen erwachte, fühlte sie sich entspannt. Ihre Gedanken waren bei ihm, wie in ihren Träumen. Sie sah ihn vor sich, wie er auf seinem Bett saß, sie mit großen Augen beobachtete und sich schüchtern selbst anfasste. Verführung war eine Gabe und sie hatte sie im Blut. Zu gerne hätte sie seine Selbstfindung noch ein wenig hinausgezögert. Aber seine Leidenschaft, seine Lust waren übermächtig. Etwas aufzuhalten, was man nicht kannte, war kaum zu bewältigen. So hatte sie es geschehen lassen.

Selbst für sie war es schwer gewesen, sich zurückzuhalten. Sein Körper, seine Gesten brachten ihr Herz zum Schmelzen und trieben ihre Lust an. Aber diese Augen? Wer konnte ihnen widerstehen? Sie dachte an seinen Gesichtsausdruck, nachdem er zum Höhepunkt gekommen war und sie überrascht aber vor allem glücklich angesehen hatten. Gerne hätte sie noch weiter an ihn gedacht und sich in ihr Bett gekuschelt. Leider lag ein langer Arbeitstag vor ihr. Meetings, Mailanfragen und ein Treffen mit ihrem Steuerberater.

Ein Blick auf ihr Handy zeigte ihr, dass Choi Hyeong-Joon gleich nach dem Wachwerden an sie gedacht hatte. Lächelnd las sie seine Nachricht. Er bedankte sich für die schöne Erfahrung und schrieb, dass er sich auf ihr nächstes Treffen freue. Heute Abend vielleicht?

Susanne überlegte, was sie sich dieses Mal einfallen lassen könnte. Denn dass sie von nun an jeden Moment ein klein wenig intimer gestalten wollte, stand für sie fest. Gestern hatte sie sich in der Badewanne gezeigt. Wie wäre es für ihn, wenn er sie im Bett sehen würde? Könnte er Vertrauen fassen und sein Licht diesmal anlassen?

Während sie duschte, malte sie sich bereits verschiedene Möglichkeiten aus, mit denen sie ihn beschenken wollte. Er war sicher fasziniert von ihren Dessous. Was ihn auf jeden Fall berauschte, war ihr roter Lippenstift. Ihr war aufgefallen, sobald sie ihre Lippen rot nachzog, dass er wie hypnotisiert auf ihren Mund starrte.

Sie kicherte wie ein junges Mädchen, als sie die Bilder vom Bad wieder vorüberziehen ließ. Seine großen Augen, sein Staunen, als er ihren Busen mit Schaum bedeckt betrachten durfte. Zuerst hatte sie gedacht, dass etwas nicht mit der Kameraeinstellung stimmte. Schnell erkannte sie, dass er nahezu in seinen Laptop hineinkrabbeln wollte! Und wie anmutig und scheu er die Decke über seine Männlichkeit gezogen hatte. Um sie ihr dann doch zu präsentieren.

Susanne seufzte und schloss die Augen. Er war so schüchtern und dennoch so herrlich offen. Er hatte einen traumhaften Körper und seine Männlichkeit vollendete diese Gnade der Natur. Wie mochte es sich anfühlen, ihn zu spüren? Wie würde er sich anhören, wenn er in ihr kam?

Sie schrak über sich zusammen und schüttelte den Kopf. Wie kam sie nur jetzt auf solche Gedanken? Eine erwachsene Frau, die in ihrem Bad stand, sich ankleidete und in weniger als einer Stunde bereits das erste Meeting leitete. Ein kurzes Lachen glitt über ihre Lippen. Sie war glücklich und dachte ununterbrochen an gestern Abend. Er war ihr so nah gewesen, auch wenn so viele Kilometer sie trennten. Sie hatte es genossen, ihn zu sehen, zu hören und die Zeit mit ihm zu verbringen.

Wie sollte sie den langen Tag heute überstehen?

Sie eilte die Treppe hinunter und machte sich einen Kaffee. Eine kleine Stärkung vor all den Themen, die sie erwarteten. Ob er ihr noch einmal schrieb? Es war bereits Nachmittag in seinem Land und vermutlich würde er jetzt ebenfalls einen Kaffee trinken, aber nicht zum Aufwachen, sondern eher zur Stärkung. Er hätte ein Shooting, so erzählte er ihr gestern, und würde lieber den ganzen Tag mit ihr verbringen. Das ging weder bei ihr noch bei ihm. Sie unterstand sich zwar selbst, hatte aber Verpflichtungen ihren Kunden und Mitarbeitern gegenüber. Er unterstand einem gnadenlosen Management, das keinen Ausfall duldete. Voller Sehnsucht nach ihm trank sie ihren Kaffee und machte sich auf den Weg ins Büro.

Susannes Mitarbeiter waren bereits fleißig, während ihre Gedanken überall waren, nur nicht hier in der Schweiz. Wieder und wieder ertappte sie sich dabei, von ihm zu träumen. Sie öffnete am Laptop Seiten, die ihn zeigten und die sie gefühlt schon über hundert Mal gesehen hatte. Dennoch bekam sie nicht genug. Sie wollte mehr, immer mehr und je öfter sie ihn sah und seit gestern sogar online, umso stärker wurde ihr Begehren, ihn wieder bei sich zu haben. Wo auch immer. Die Sehnsucht in ihr wurde so heftig, dass sie sich frivolste Dinge mit ihm ausmalte, die sogar ihr eine heiße Röte in die Wangen trieb.

Nur unwillig schob sie ihre Sehnsüchte beiseite. Aber ihr Job verlangte, dass sie sich konzentrierte. Dank ihrer guten Terminplanung hatte sie eine Struktur, an die sie sich klammern konnte. Es half ihr, den Tag zu überstehen. Dennoch ertappte sie sich dabei, wie sie immer wieder auf ihr Handy starrte. Noch heute Morgen hatte er ihr ein Herz geschickt, seit Stunden nichts mehr. Eigentlich war das nichts Ungewöhnliches. In der Vergangenheit gab es solche Momente immer wieder. Termine und Shootings, die sich hinauszögerten.

Ihre Gedanken wanderten weiter. Sie erinnerte sich, dass er in London fast schon verlegen den Schokoriegel gegessen hatte und zunächst das Eis ablehnen wollte. Wenn er von Termin zu Termin hetzte, erhielt er höchstens eine Schüssel Reis. Ein Umstand, der sie wütend machte. Wie konnte man einen Mann nur hungern lassen? Er war reich, konnte sich alles leisten und doch ließ er sich vorschreiben, wann und was er essen sollte.

Unfassbar, dachte sie und schüttelte den Kopf. Dann seufzte sie. Wieder einmal hatte sie mehr Zeit mit ihm verbracht als mit ihrer Arbeit. Ihre Mitarbeiter waren gegangen und sie saß alleine im Büro über den letzten Mails, die sie noch beantworten wollte, ehe sie nach Hause fuhr.

Nur noch drei Stunden und sie würde ihn wiedersehen. Sie hatte alles genau geplant, denn Zufälle gab es in ihrer Welt nicht. Die Kamera würde ihr Bett zeigen, mit ihr und einem verführerischen schwarzen Negligé. Ob er wieder so nah an die Kamera heranrutschen würde, dass sie seine Pupillen klar und deutlich sah? Sie lächelte voller Vorfreude und stöhnte gleich darauf. Wieder einmal lenkte sie sich von ihrer eigentlichen Arbeit ab.

Endlich, über eine Stunde später hatte sie es geschafft, die letzte Mail zu senden. Erleichtert schloss sie das Büro ab und machte sich auf den Heimweg. Die Nervosität stieg. Ihr zweiter Abend online und dieses Mal im Bett. Ob er wieder Lust hatte? Kurz kamen Zweifel in ihr auf, die binnen Sekunden verschwanden. Der gestrige Abend hatte alles übertroffen, was sie jemals in ihrem Leben vorher gesehen hatte. Ein junger, scheuer Mann, der einen Teil seiner Hemmungen verlor und sich von ihr führen ließ. Auf einen Weg, den er bisher noch nie mit einer Frau gegangen war und der für ihn den Himmel auf Erden bedeutete. Er würde sicherlich auch heute bereit für sie sein.

Als sie ihren Wagen in die Garage fuhr, stieg ihr Puls zusehends. Die Wiedersehensfreude war kaum noch auszuhalten. Sie sehnte sich unglaublich nach ihm. Ihr Körper kribbelte, in ihrem Bauch flatterten Schmetterlinge und ihr Herz hüpfte aufgeregt herum. Genau so fühlte es sich zumindest an.

Susanne lief ins Haus, legte ihre Tasche auf den Esstisch und eilte ins Bad hinauf. Bevor sie Joona traf, brauchte sie noch eine erfrischende Dusche. Der Arbeitstag hatte sie gefordert. Es lag weniger an ihren Terminen als vielmehr daran, dass er sich bis jetzt noch immer nicht gemeldet hatte. Das machte sie nervös.

Rasch zog sie sich aus und stellte sich unter die Dusche. Das Wasser lief über ihren Körper hinweg und hüllte sie in eine angenehme Wärme. Zusehends wurde sie entspannter und verdrängte die Gedanken, welche sie verfolgten. Warum hatte er sich nicht gemeldet?

Sie würde es bald erfahren, rief sie sich ins Gedächtnis zurück und cremte ihren Körper mit Duschgel ein. Wie würde es sein, wenn sie mit ihm zusammen duschte? In der Sauna waren sie einander bereits nahe gewesen und im Aufzug hatte sie ihn gespürt. Seine starke Brust, der Duft seiner Haut, die Wärme seines großen Körpers. Es trieb ihr noch immer einen Schauer über ihren Rücken.

Bevor sie sich erneut in ihren Erinnerungen verlor, spülte sie das Duschgel vom Körper und stellte das Wasser ab. Fast schon zu eilig trocknete sie sich ab und hastete ins Schlafzimmer. Mit bebenden Händen zog sie ihr Negligé an und schaltete ihren Laptop ein. Heute würde er von Beginn an all das sehen, was gestern durch den Schaum noch verdeckt war. Sie wählte sich ein und blickte gespannt auf den Bildschirm. Nichts geschah. Erneut fühlte sie eine Unsicherheit, die sie bereits den ganzen Tag über begleitet hatte. Vielleicht war ihm etwas zugestoßen, erfasste sie der Gedanke und verursachte eine Angst, die sie nie zuvor in ihrem Leben verspürt hatte.

Schnell stand sie auf, holte ihr Handy und blickte darauf. Keine Nachricht, kein Anruf. Nichts.

Ihr Atem ging schneller und passte sich dem Pochen ihres Herzens an. Es musste etwas passiert sein. Unzählige Bilder, die im Netz aufploppten und nur Sekunden später wieder verschwunden waren, zogen an ihrem inneren Auge vorüber. Sie erzählten die Geschichten hinter der glamourösen Scheinwelt, in welcher er und viele weitere sich befanden. Schläge waren an der Tagesordnung für Vergehen, die im westlichen Europa nur ein müdes Lächeln oder eine verbale Zurechtweisung erzeugt hätten. Bei ihm war der kleinste Fehler ein Tabu und musste bestraft werden. Sie kannte Beispiele, bei denen man junge Stars massiv geschlagen und misshandelt hatte, nur weil sie nach Meinung des Managements nicht engagiert genug ihre Aufgaben wahrgenommen hatten. Was konnten ein junger Mann oder eine junge Frau dafür, wenn der Investor sich umentschied? So etwas interessierte das Management nicht. Es war immer der Fehler des Stars, niemals des Kunden und wurde gnadenlos bestraft.

Susanne legte ihr Handy zur Seite und setzte sich wieder auf ihr Bett. Erneut wählte sie sich ein. Erleichtert sah sie, dass er online war. Ihre Schultern fielen herunter und ihr wurde mit einem Mal bewusst, wie angespannt sie gewesen war. Gleichzeitig erkannte sie, dass sie vollkommen hilflos war. Sie war in einem anderen Land, weit von ihm entfernt und könnte niemals helfen, wenn ihm etwas widerfuhr.

Einen Augenblick schaute sie auf den Bildschirm und wartete. Etwas musste mit der Einstellung seiner Kamera nicht stimmen, denn es war dunkel. Viel dunkler als gestern. Sie sah nichts, konnte jedoch ein leises Atemgeräusch hören.

„Joona? Bist du da?", fragte sie unsicher und nun war sie es, die geradezu in den Laptop hineinkrabbelte, um wenigstens einen Umriss zu erhaschen.

Es folgten einige endlos erscheinende Sekunden, ehe sie ein erneutes Atmen hörte. Jedoch klang es schwer, wie von einem alten Menschen. Da stimmte etwas nicht und es machte ihr Angst.

„Joona?" Ihre Stimme hatte etwas Besorgtes angenommen und endlich antwortete er ihr.

„Ja, ich bin da."

„Was ist los? Warum sehe ich dich nicht? Ist deine Kamera kaputt?"

Wieder dauerte es einige Sekunden, ehe er antwortete. Dieses Mal war seine Stimme kaum hörbar und klang gepresst. So, als ob er Schmerzen habe.

„Es ist alles in Ordnung. Ich möchte kein Licht."

„Bitte schalte das Licht an. Ich will dich sehen", forderte sie nachdrücklich. Es war etwas passiert, sie spürte es und wollte endlich wissen, was es war. „Bitte … Lass mich dich sehen."

Nach einem weiteren, schweren Atemzug hörte sie, wie er sich bewegte.

Er schaltete die Nachttischlampe ein, obwohl er es nicht wollte. Er hatte Angst vor ihrer Reaktion. Würde sie ihn verlassen, wenn sie ihn mit seinen Verletzungen sah? Gestern noch hatten sie eine gemeinsame wunderschöne Zeit. Heute wollten sie es wiederholen. Und er konnte nicht. Auch wenn sein Rollkragenpullover und die Jogginghose die Blessuren überdecken konnten, war er körperlich nicht in der Lage, wieder so etwas Wunderbares zu erleben.

„Was ist passiert? Warum trägst du einen Rollkragenpullover?"

Schweigen.

Wie sehr sie diese Situation hasste. Nicht ihn, sondern die Kultur, welche ihn so hatte werden lassen. Ein scheuer, junger Mann, der selbst dann, wenn man ihm unrecht tat, noch immer das Gefühl hatte, dass es seine Schuld wäre. Er konnte nicht einmal in die Kamera blicken, sondern ließ seine Augen unsicher in dem Raum herumwandern.

„Was ist passiert?", wiederholte sie ihre Frage und er hörte, dass aus ihrem Tonfall nicht nur Anspannung, sondern auch Angst sprach.

„Ich will nicht, dass du mich so siehst."

„Wie soll ich dich nicht sehen?", fragte sie und ehe er antworten konnte, forderte sie: „Bitte ziehe deinen Pullover aus."

Er schrak für einen Moment zusammen, denn ihr Ton wurde wieder härter. Was sollte er nur tun? Er liebte sie. Er hatte so viele Jahre gewartet und sie nun endlich für sich gewinnen können. Sie sah in ihm einen starken Mann, der sie beschützen konnte.

Wie sollte er ihr erklären, dass er schwach war? Vielleicht war er in ihren Augen kein Mann mehr, sie wäre enttäuscht und würde ihn verlassen! Sein Atem ging schneller und Schweiß rann ihm am Rücken und den Schläfen hinab.

„Bitte ziehe deinen Pullover aus, ich will dich sehen", forderte sie erneut.

„Aber wenn ich das tue, dann liebst du mich vielleicht nicht mehr."

Sie blickte ihn irritiert an. Weshalb sollte sie ihn nicht mehr lieben, wenn er seinen Pullover auszog? Was auch immer er darunter verbergen mochte. Nichts würde sie dazu bringen, ihn nicht mehr zu lieben. Außer … ihr wurde heiß und kalt. Was, wenn er vielleicht Kratzspuren oder andere markante Merkmale auf seiner Haut trug, wie sie bei einem heißen Liebesspiel zustande kamen? Sie spürte, dass ihr Puls stieg. Entschlossener als zuvor wollte sie dem Treiben nun ein Ende setzen.

„Ziehe deinen Pullover aus, ich will dich sehen. Jetzt“, sagte sie mit Nachdruck und sah, wie er zusammenzuckte.

„Aber …“

„Kein Aber, ich will dich sehen. Jetzt!“, wurde ihre Stimme nahezu bedrohlich, denn sie spürte, dass Angst in ihr aufstieg. Hatte er sie wirklich betrogen, nach gestern Abend? Niemals! Wie konnte sie nur so etwas Dummes von ihm denken? Sie dachte an die Worte von Lee Baekhyun. Er liebte sie bereits seit jenem Abend, als sie ihn weggeschickt hatte.

„Bitte vertraue mir. Es wird nichts geben, weshalb ich dich nicht mehr lieben würde“, fügte sie etwas sanfter hinzu.

Er blickte in die Kamera und seine Augen wirkten unendlich traurig. Langsam begann er seinen Pullover auszuziehen. Zuerst verstand sie nicht, bis sie die Prellungen und Blutergüsse sah, welche sich über seine Arme und seinen Brustkorb zogen. Bis hinauf an seinen Hals, wo offenbar Würgemale waren.

„Oh mein Gott, was ist passiert?“, schrie sie entsetzt.

Niedergeschlagen senkte er seinen Kopf. Er hatte es geahnt, in ihren Augen war er kein Mann mehr, weil er sich so hatte zurichten lassen. Er, der ein Martial-Arts-Kämpfer war! Sie würde ihn verlassen, es gab keinen Zweifel und er wartete voller Traurigkeit, dass sie es ihm sagte oder vielleicht jetzt sofort die Verbindung abbrach.

„Wer hat dir das angetan und warum?“, hörte er ihre Stimme. Sie klang traurig und sie schien mit den Tränen zu kämpfen.

Hyeong-Joon horchte auf. Sie war wegen ihm bekümmert? Er, ein Nichts und Niemand, und sie, die große CEO Icequeen. Hoffnung keimte in ihm heran. Konnte es sein, dass sie ihm eine Chance gab? Sogleich verflog der Hoffnungsschimmer. Nein, wenn sie erst erfuhr, dass er unzuverlässig war, würde sie sich von ihm abwenden. Er war nicht gut genug für sie.

„Das Management, ich habe einen Fehler gemacht“, sagte er leise.

„Einen Fehler? Welcher Fehler kann so groß sein, dass man einen fast umbringt?“, rief sie aufgebracht und eine kleine Träne bahnte sich den Weg über ihre Wange.

Er sah die Träne und sein Herz zog sich leidvoll zusammen. Auch seine Augen füllten sich jetzt mit Tränen. Doch nicht wegen der Schmerzen, die höllisch waren, sondern weil sie sich seinetwegen sorgte. Er wollte sie glücklich machen, sie lachend und strahlend sehen. Nicht wie jetzt wütend und traurig.

„Ich bin zu spät zu einem Termin gekommen."

„Zu spät?"

„Ja, ich habe mich mit einem Freund unterhalten, am Telefon, und die Zeit vergessen."

„Wie viel Zeit?", hakte sie nach und wusste, dass sie Unfassbares hören würde.

„Drei Minuten. Das ist nicht gut."

Sie schüttelte den Kopf und schlug die Hände vor ihr Gesicht. Drei Minuten! Für dumme drei Minuten hatten sie ihn fast totgeprügelt. Dass er starke Schmerzen hatte, sah sie. Immer wieder versuchte er, seine Sitzposition etwas zu ändern, um ihr respektvoll gegenüber zu sitzen.

„Hast du Tabletten, etwas, das deine Schmerzen lindert. Eine Salbe?"

„Du wirst mich nicht verlassen?" Erneut erwachte Hoffnung in ihm.

„Verlassen? Warum sollte ich dich verlassen? Nur weil ein fuck Management nichts anderes zu tun hat, als dich kleinzumachen? Du bist das Beste, was sie haben! Ihre goldene Kuh, die, egal wo sie geht und steht, nur eines bringt: Geld, Geld, Geld."

Er war überrascht, aber vor allem überfordert. Noch nie hatte er sich so gesehen. Er war wertvoll. Stimmte das? All die Jahre hatte man ihm erzählt, dass er ohne das Management ein Nichts und Niemand wäre. Alles, was er erreicht hatte und noch erreichen würde, wäre ihr Verdienst. Sobald er sich nicht mehr an die Regeln halten würde, käme er zurück in ein Leben, das nicht mehr lebenswert sei. Geprägt von der Armut, die ihn in seiner Kindheit begleitet hatte, und schlimmer noch, der Verlust seines Ansehens und das seiner Familie.

Er wusste, dass viele an den Forderungen und dem Druck zerbrochen waren. Selbstmorde waren nicht selten. Sie wurden vertuscht. Man sprach oftmals von einem unglücklichen Zwischenfall. Wenn ein Künstler unbequem wurde, konnte es auch geschehen, dass man einen tödlichen Unfall herbeiführte. Nur wer gehorchte und keinen Fehler machte, durfte ein Leben in einem schönen Haus mit einem weichen Bett führen.

„Ich danke dir", sagte er leise.

„Für was? Ich liebe dich. Ich möchte, dass du jetzt Tabletten gegen die Schmerzen nimmst."

„Das habe ich schon."

„Gut, dann legst du dich bitte in dein Bett, so wie es dir guttut. Ich bleibe bei dir. Ich will, dass du dich schonst, und ich werde dir ein wenig aus meinem Leben erzählen", sagte sie ruhig.

Er stand langsam auf und zog vorsichtig seine Hose aus. Er hatte große Schmerzen, es war unübersehbar. Es schien ewig zu dauern, bis er seine Hose ausgezogen hatte und sich wieder ins Bett legte.

„Hast du jemanden, der nach dir schaut? Dir etwas zu essen und trinken gibt?"

„Ja. Kim Jong-Hun. Ich habe ihn angerufen und er kam. Er brachte mir Essen und hat mir eine Salbe aufgetragen. Ich vertraue ihm."

„Lege dich hin, Joona. Versuche, dich zu entspannen. Ich bin bei dir", sagte sie und nahm den Laptop auf ihren Schoß, damit er sie ganz nah sehen konnte.

Als er endlich eine bequeme Liegeposition gefunden hatte, begann Susanne, von sich zu erzählen. Wie sie ihre Firma gegründet hatte. Die Höhen und Tiefen und auch, warum sie ihn damals abgewiesen hatte.

Hyeong-Joon schloss erschöpft die Augen. Er hatte lange Zeit gedacht, dass es an ihm gelegen hatte. Dass er nicht gut genug oder gar würdig wäre. Jetzt die Wahrheit zu hören, erfüllte ihn mit Freude. Er lauschte ihren Worten und Erzählungen und gähnte. Die Tabletten machten ihn müde. Er wusste, dass er bald wieder aufstehen musste. Die Nacht war für ihn fast vorbei, aber jetzt wollte er sich auf sie konzentrieren, ihrer wunderbaren Stimme lauschen.

Immer wieder suchte er ihren Blick und erfreute sich an ihrem Lächeln. Sie erzählte ihm von den Videolinks, seinen Songs im Internet, selbst von dem Abend, als sie früher gegangen war. Sie hatte sich seinen Auftritt heruntergeladen und trug ihn nun in ihrem Handy bei sich? Er spürte, dass sich eine Erleichterung in seinem Körper ausbreitete. Dinge, die er in sich trug und ihn belastet hatten, lösten sich. Sie war nicht wegen ihm gegangen. Sie war bei ihm. Auch in diesem schmerzhaften Moment. All die Jahre zuvor war er immer allein gewesen. Jetzt hatte er sie.

Die Schmerzen sagten ihm ganz klar, dass sein Leben war wie immer. Bestrafung und Druck. Doch es fühlte sich anders an. Nicht nur, weil *sie* jetzt bei ihm war, sondern auch, weil sie ihm eine andere Sicht auf die Dinge gab. Eine, die bisher nicht in seinem Kopf existiert und vor der er ein wenig Angst hatte. Sie weckte in ihm das Gefühl, von einem anderen Leben träumen zu dürfen. Das er vielleicht niemals wirklich kennenlernen würde, aber träumen? Das durfte er.

Susanne ging so vieles durch den Kopf. In welcher Welt lebten sie nur?

Seine Welt war geprägt von Schlägen, Unterdrückung, Diensten, die nichts anderes als erzwungene Prostitution waren. In ihrer Welt beschwerten sich die Stars, wenn ein Regisseur als Gegenleistung für eine bessere Rolle sexuelle Dienste forderte. Was für ein Hohn!

Sie war außer sich, wenn sie daran dachte, wie verschieden die Welten waren. Noch mehr machte sie sich Sorgen um ihn. Prügelstrafe, weil er nicht gehorchte? Hungern, weil er zu einem Shooting musste? Schläge, weil er zu spät kam? Was würde noch geschehen und wie oft hatte er dies bereits in dieser oder in einer stärkeren Form erlebt?

Wut kroch in ihr hoch und zu gerne wollte sie ihn jetzt bei sich haben. Ihn in ihren Armen halten. Leider mussten sie sich damit begnügen, sich online zu sehen. Denn was noch vor wenigen Wochen möglich gewesen wäre, einfach zu ihm zu fliegen, war nun nicht mehr möglich. Es gab einen unsichtbaren Feind, der die ganze Welt langsam aber sich immer mehr einnahm. Corona.

In der Schweiz traten immer mehr Fälle auf und von anderen Ländern wusste sie, dass bereits über Komplettschließungen von Geschäften gesprochen wurde und schlimmer noch: Reiseverbote. China hatte alle Grenzen geschlossen, Niederlande Einreisestopp verhängt, Italien befand sich im harten Lockdown. Noch war es Geschäftsreisenden mit bestehendem Visa erlaubt zu reisen. Noch. Irgendwann würde auch Joona damit konfrontiert werden, denn es gab erste Hinweise, dass Korea seine Ein- und Ausreiseregeln ändern würde.

Was Hyeong-Joon heute brauchte, war ein Halt, der viele Tausende Kilometer entfernt auf einem Bett saß und geduldig aus seinem Leben erzählte, während das Herz schrie und weinte.

Susanne legte ruhige Musik auf und erzählte ihm Geschichten über ihre Heimat. Allmählich schlummerte Hyeong-Joon weg. Hin und wieder öffnete er seine Augen, prüfte, ob sie noch da war. Und sank dann lächelnd wieder in einen heilenden Schlaf.

KAPITEL 17

Acht Monate waren seit diesem Vorfall vergangen und ihre sowie seine Liebe waren ungebrochen. Mehr noch, sie waren sich dadurch noch näher gekommen. Susanne war keine Icequeen mehr, nicht bei ihm. Sie war fürsorglich, sprach täglich mit ihm und war stets für ihn da. Wann immer Hyeong-Joon sie sehen oder hören wollte, war sie an seiner Seite, trotz des Zeitunterschiedes. Digital. Denn Corona hatte auch sein Land erreicht.

Menschen rannten mit Masken hektisch über die Straßen und es schien, als wollten sie davonlaufen. Vor was? Corona war offenbar überall. Nicht nur, dass man ganze Straßenzüge voller Restaurants und Hotels schloss. Auch sein Geschäftszweig war betroffen. Shootings mussten abgesagt werden oder unter solch großem Aufwand stattfinden, dass sie kaum noch realisierbar waren. Mehrfach wurden geplante Drehs verschoben oder komplett abgesagt. Dies brachte ihm mehr Zeit mit ihr, aber auch die Gewissheit, dass sie sich so schnell nicht sehen würden.

Immer wieder kamen Angst und Zweifel, wie es mit ihnen weitergehen konnte. Wie sollte ihre Liebe dies überstehen? Er in Korea, sie in der Schweiz. Nicht nur die Entfernung trennte sie, sondern auch der Zeitunterschied. Er wusste, dass sie aufgrund ihrer Erkrankung Pausen benötigte. Seine Sehnsucht nach ihr war so groß, dass er es oftmals vergaß und sie spät in der Nacht oder frühmorgens anrief. Nur, um für einen kurzen Moment ihre Stimme zu hören.

Drehs und Shootings außerhalb von Korea waren unmöglich. Europa hatte seine Grenzen geschlossen und die Aussicht, dass es sich verbessern könnte, wurde mit jeder neuen Nachricht zunichtegemacht. Sie versuchten an den Abenden, an denen sie sich online trafen, nicht darüber zu reden. Dennoch lag diese körperliche Distanz wie ein dunkler Schatten zwischen ihnen und schmerzte sie beide, aber vor allem ihn.

Gerade jetzt, wo er wieder bei einem Shooting saß und darauf wartete, dass es bald beginnen würde. Dieses Mal würde er die nächste Sommerkollektion von Prada vorstellen. Doch der Hauch des Sommers war weit entfernt. Es war November und mitten in einer Zeit, in welcher Corona unaufhörlich die Welt eroberte. Ob und wann sie sich wieder treffen konnten, war in unerreichbare Weite gerückt. Man hatte erneut die Regeln verschärft. Insbesondere auch die Schweiz.

Für Susanne war es noch möglich, in bestimmte Länder zu reisen, aber nicht für ihn. Zu hoch war der Aufwand an Sondergenehmigungen, die er durch sein Management niemals erhalten hätte. Denn weder Shootings noch Filmdrehs im Ausland waren derzeit geplant.

Resigniert wippte Hyeong-Joon mit seinem Knie auf und ab und nahm einen Schluck von seinem kalten Kaffee. Seine Gedanken waren nicht hier. Nicht bei dem Shooting, sondern bei ihr. Er dachte an gestern, als er sie wieder online gesehen hatte. Verführerisch hatte sie auf ihrem Bett gelegen und ihn bereits erwartet. Ein Hauch von Nichts zierte ihren Körper und bereits bei ihrem Anblick war er hin und weg. Als sie sich dann noch berührte und ihre Zunge über die wundervoll roten Lippen kreisen ließ, war es um ihn geschehen und es gab genauso wenig ein Halten wie im Aufzug in London vor mehr als einem Jahr.

Er fühlte sich manchmal schlecht dabei, denn er hatte das Gefühl, als ob er es nicht steuern könnte. Sie lächelte immer nur sanft und bestätigte ihm, was er für ein toller Mann sei. Was wohl auch stimmte. Sie sagte das, was sie meinte. Für Lügen und Nettigkeiten, die nicht ehrlich gemeint waren, war ihr die Zeit zu kostbar.

Gänsehaut überströmte seinen Körper. Dieses Mal lag es nicht an seinen Gedanken, sondern an der Lokation. Es war kalt und er präsentierte eine Sommerkollektion bestehend aus kurzen Hosen und dünnen Hemden.

Er beschwerte sich nicht. Im Gegenteil, er durfte etwas arbeiten. Das war gut. Denn langsam, aber sicher machte sich eine kleine Depression bereit, ihn zu verschlingen. Arbeit war also gut. Wenn er dabei halb erfrieren musste, zeigte es ihm, dass er noch fühlte. Er war es zudem gewohnt. Im Sommer in dicken Jacken zu schwitzen, weil die Shootings für den nächsten Winter anstanden und jetzt im Winter für die Trends des Sommers.

Zu gerne wäre er jetzt bei ihr. Wie so oft träumte er davon, sie in seinen Armen zu halten. Sie zu fühlen. Ihren Herzschlag auf seiner Brust, ihre weichen Haare an seiner Schulter. Wie im Aufzug in London. Er schrak für einen kurzen Moment zusammen, denn sein Handy vibrierte. Es konnte nur sie sein. Es war das geheime Handy, das er stets bei sich trug, um mit ihr schreiben zu können. Vorsichtig blickte er sich um, ob ihn niemand beobachtete, und zog es dann vorsichtig aus seiner Tasche, die unterhalb des Stuhls lag.

Ich vermisse dich und freue mich, wenn ich dich wiedersehe. Vielleicht schneller als du denkst …

Er lächelte. Gestern noch hatte sie ihm gesagt, dass sie sich heute nicht online treffen konnten, da sie auf einem Geburtstag eingeladen wäre. Offenbar hatte sie es sich anders überlegt.

„Aha, nicht bei der Sache", hörte er plötzlich eine Stimme und sah erschrocken auf. Als er jedoch das Gesicht erblickte, zu dem sie gehörte, entspannte er sich und lächelte.

„Baekhyun, was machst du hier?", freute er sich und stand auf, um ihm die Hand zu geben.

„Wir müssen reden. Es ist wichtig."

Seine Stimme klang ernst und ein mulmiges Gefühl überfiel Hyeong-Joon. Er ließ sein Handy in die Tasche gleiten und folgte dem Älteren zu einer kleinen Trennwand, die als provisorische Umkleide diente.

„Was ist geschehen?", fragte er ihn, noch bevor sie sie erreichten.

„Leise. Man darf uns nicht hören!"

Hyeong-Joon erstarrte. Was war nur los? Das klang ernst! Sein Brustkorb bebte durch das schnelle Atmen und selbst sein Gesicht wirkte angespannt. Nichts mehr war von dem Lächeln zu sehen, das gerade noch seine Lippen umspielt hatte.

„Jetzt beruhige dich erst einmal und höre mir genau zu", begann Baekhyun.

Zu spät. Hyeong-Joon war in heller Aufregung und verschüttete fast seinen Rest Kaffee, da seine Hand so zitterte. Baekhyun nahm ihm den Becher aus der Hand und warf ihn in einen der Abfalleimer. Als er zurückkam, blickte er in die ängstlichen, aber vor allem verunsicherten Augen seines Freundes.

„Hör mir zur", sagte er eindringlich. „Ich will, dass du mir jetzt genau zuhörst."

Statt einer Antwort bekam er nur ein kurzes, aber eifriges Nicken. Baekhyun verspürte Mitleid. Was musste der Junge bereits alles erlebt haben, um so ängstlich auf ein paar Sätze zu reagieren.

„Du weißt, ich bin immer wieder auf der Suche nach geeigneten Drehorten."

Baekhyun sah Hyeong-Joon aufmerksam an, doch der blieb stumm. Er zitterte noch immer. Wenn Baekhyun es so heimlich machte, musste es schlimm sein. Sehr schlimm, denn er hatte nicht gewartet, bis sie sich in seinem Haus in aller Ruhe unterhalten konnten.

„Es ist wichtig, dass du es für dich behältst. Ich werde nach Europa reisen, in genau zwei Tagen, und du wirst mich begleiten."

Hyeong-Joon sah seinen Freund irritiert an. „Ich soll dich nach Europa begleiten?"

„Ja."

„Und das Management?" Ungläubigkeit sprach aus seiner Stimme.

„Es geht um einen neuen Film, zu dem du die Filmmusik schreiben sollst. Und den Video-Dreh organisieren musst. Meine Agentur wurde damit beauftragt und du wurdest angefordert. Dein Management weiß Bescheid. Ich habe es mit ihnen vorab geklärt."

„Aber was soll ich dort? In Europa? Was ist meine Aufgabe?"

Baekhyun beugte sich näher zu ihm, sodass sich fast ihre Nasenspitzen trafen, und sagte dann leise: „Du wirst dort jemanden treffen."

„Wen?" Allmählich löste sich seine Angst auf. Wenn sein Management Bescheid wusste, konnte es nichts Schlimmes sein. Nur den Sinn einer Fahrt nach Europa, ausgerechnet jetzt zur Zeit von Corona, begriff er nicht.

„Sie."

Hyeong-Joon runzelte die Stirn. Sie. Wer war … Ein kurzer Schrei entglitt seiner Kehle und schnell sahen sich beide um. Offenbar hatte es niemand mitbekommen, denn alle anderen waren noch damit beschäftigt, das nächste Set aufzubauen. Zum Glück weit genug von ihnen entfernt.

Sie. Er würde seine CEO wieder treffen! Seine große Liebe. Und sie hatte es gewusst! Daher die Nachricht, dass sie sich vielleicht schneller treffen würden als gedacht. Hyeong-Joon riss voller Staunen die Augen auf und versuchte zu verstehen. Europa? Trotz Corona? Nach einer endlos langen Trennung ein erstes Treffen mit ihr, der schönsten und wundervollsten Frau, die er kannte. Der Tag war für ihn gelaufen und dies spiegelte sich auch in seiner Arbeit wider. Man musste mehrfach die Einstellungen wiederholen, da er unkonzentriert war.

Erst als sein Manager am Set erschien, bekam Hyeong-Joon wieder etwas von seiner Professionalität zurück. Gerade jetzt konnte er es sich nicht leisten, dass das Management unzufrieden mit ihm war und ihm womöglich den Auftrag in Europa entzog. Er hatte große Angst vor Lee Sukh-Jae. Keinesfalls wollte er ihn verärgern, sodass einem Treffen etwas im Wege stand. Nicht jetzt, wo er sie unverhofft wiedersehen würde.

Nur noch ein paar Stunden, dachte er immer wieder und blickte verstohlen auf eine der Uhren.

Endlich war das Shooting vorbei. Er musste sie unbedingt sprechen, doch das Risiko, dass es jemand mitbekommen würde, war zu groß. Niemand durfte wissen, dass es ein zweites Handy gab, und so behielt er es in seiner Tasche, bis er wieder sicher in der Limousine saß, die ihn nach Hause brachte. Man verzichtete diesmal auf Bodyguards, da er direkt nach Hause fuhr, und so war er mit dem Fahrer allein.

Während der sich auf die belebten Straßen konzentrierte, öffnete er seine Tasche und zog es heraus. Endlich war sie bei ihm. Er konnte ihr schreiben, ihr nah sein. Auch wenn nur in Worten.

> Baekhyun war bei mir und hat es mir gesagt! Ich kann es kaum fassen, wie glücklich ich bin.

Und wie viel Angst ich habe, dass es doch nicht gelingt, hätte er am liebsten hinzugefügt. Aber darauf verzichtete er. Keinesfalls wollte er sie beunruhigen. Ehe er sich versah, bekam er bereits eine Antwort.

> Ich kann es auch kaum fassen. Nur noch wenige Stunden trennen uns. Ich werde auf dich warten.

Als er endlich zu Hause war, trafen sie sich online.

Zuerst war die Situation seltsam, denn beide trugen unendlich viel Freude in sich und konnten sie nur mit ihren eigenen vier Wänden teilen. Zu gerne hätte Susanne ihn jetzt schon in ihre Arme genommen. Ihn gehalten und all ihre Liebe spüren lassen. Ihm ging es nicht anders. Er spürte, dass die Sehnsucht nach ihr ungebrochen war. Sie plauderten, planten und alles lief darauf hinaus, dass sie nur unsagbar glücklich waren, wenn sie endlich einander im Arm halten konnten. Zum ersten Mal …

Als Hyeong-Joon in seinem Bett lag und sie schon lange ihr Skype-Treffen beendet hatten, dachte er noch immer an sie. Ihren wunderschönen fraulichen Körper, ihre sanfte Stimme, aber vor allem daran, dass er bald ihren Duft einatmen konnte und ihre weiche, zarte Haut spüren. Bald würde er ihre wilden, blonden Haare anfassen können, ihre aufregend roten Lippen … Er seufzte. Es würde das erste Mal sein, dass er eine Frau küsste. Es musste gelingen! Dabei gab es noch so viele Fragen. Bis jetzt wussten weder er noch sie, wo sie sich treffen würden. Baekhyun hatte ihnen gesagt, dass sie erst einen Tag vorher eine Info bekommen würden.

Für sie war es kein Problem. Denn Europa war frei und so blieb ihr die Wahl zwischen einer Autofahrt und einem Flieger. Bei ihm war es anders. Für Südkorea galten andere Bestimmungen, die weitaus mehr Aufwand bedeuteten als für sie. Corona war weiter auf dem Vormarsch. Täglich erreichten sie neue Nachrichten, dass wieder Einreiseverbote ausgesprochen wurden. Er war unruhig und hoffte, dass in den nächsten vierundzwanzig Stunden nicht irgendetwas geschah, was eine Ausreise unmöglich machte.

Die Aufregung war so groß, dass Hyeong-Joon schließlich aufgab. Sein Wecker zeigte fast sieben Uhr an. Jetzt noch eine Stunde schlafen, war undenkbar, dazu war er viel zu unruhig. Er stand also auf und ging duschen.

Auch Susanne lag wach.

Nur noch ein Tag, betete sie. Dann wüsste sie, wann und wo sie ihn endlich treffen konnte. Ihr Herz begann schneller zu pochen, wenn sie nur daran dachte, mit ihm allein zu sein. Sie würde ihn stundenlang küssen und einfach nur festhalten.

Sie musste schmunzeln. Nun gut. Wahrscheinlich würden sie auch mehr tun in diesen Stunden. Hyeong-Joon war unerfahren. Sie seine erste Frau, die ihm näherkam. Aber all dies machte ihr nichts aus. Sie liebte ihn und Unerfahrenheit gab es in ihrem Wortschatz nicht. Er hatte so viel zu geben, dass dieses Kapitel auch bald der Vergangenheit angehören würde.

Im gleichen Moment, aber zu einer anderen Zeit, kam Hyeong-Joon gerade aus dem Badezimmer, als sein Handy vibrierte. Ein kurzer

Blick aufs Display und sein Herz begann aufgeregt zu pochen. Baekhyun!

„Ja“, sagte er und versuchte, das Zittern seiner Hand zu unterdrücken.

„Amsterdam.“

„Amsterdam? Holland?“, wiederholte er und fuhr sich durch seine nassen Haare.

„Ja, morgen fliegen wir, morgens um 6 Uhr.“

„Das heißt, in weniger als vierundzwanzig Stunden werde ich sie wiedersehen?“ Seine Stimme brach ab und er ließ sich aufs Bett fallen.

„Ja. Ich hole dich um vier Uhr ab, dann fahren wir zusammen zum Flughafen. Es werden uns vier von meinen Bodyguards begleiten und nicht vergessen: Mundschutz. Wegen des Virus, aber vor allem deshalb, damit dich niemand erkennt. Wobei ich denke, dass derzeit wenig Touristen unterwegs sind.“

Hyeong-Joon legte auf und starrte an die Decke. Seine Gedanken waren weit weg. Bereits in Holland. Einem Land, das er bisher nur vom Hören kannte und einigen Bildern. Das für ihn zum Retter wurde, weil er sie wiedertreffen konnte. Es fühlte sich seltsam an, zu wissen, dass sie nur noch wenige Stunden trennten.

Hyeong-Joon versuchte, sich mit Sport abzulenken. Seine Seele war im Ausnahmezustand. Die Stunden schleppten sich so langsam dahin, dass er das Gefühl hatte, wahnsinnig zu werden.

Selbst Telefonate mit ihr und letztlich auch ein finales Skype-Treffen konnten ihn nicht mehr beruhigen. Hyeong-Joons Herz brannte lichterloh. Die kommende Nacht wurde eine niemals von ihm erahnte Hölle. Er fiel nur ab und zu in einen Erschöpfungsschlaf und als Baekhyun ihn am Morgen endlich abholte, war Hyeong-Joon nur noch ein Wrack.

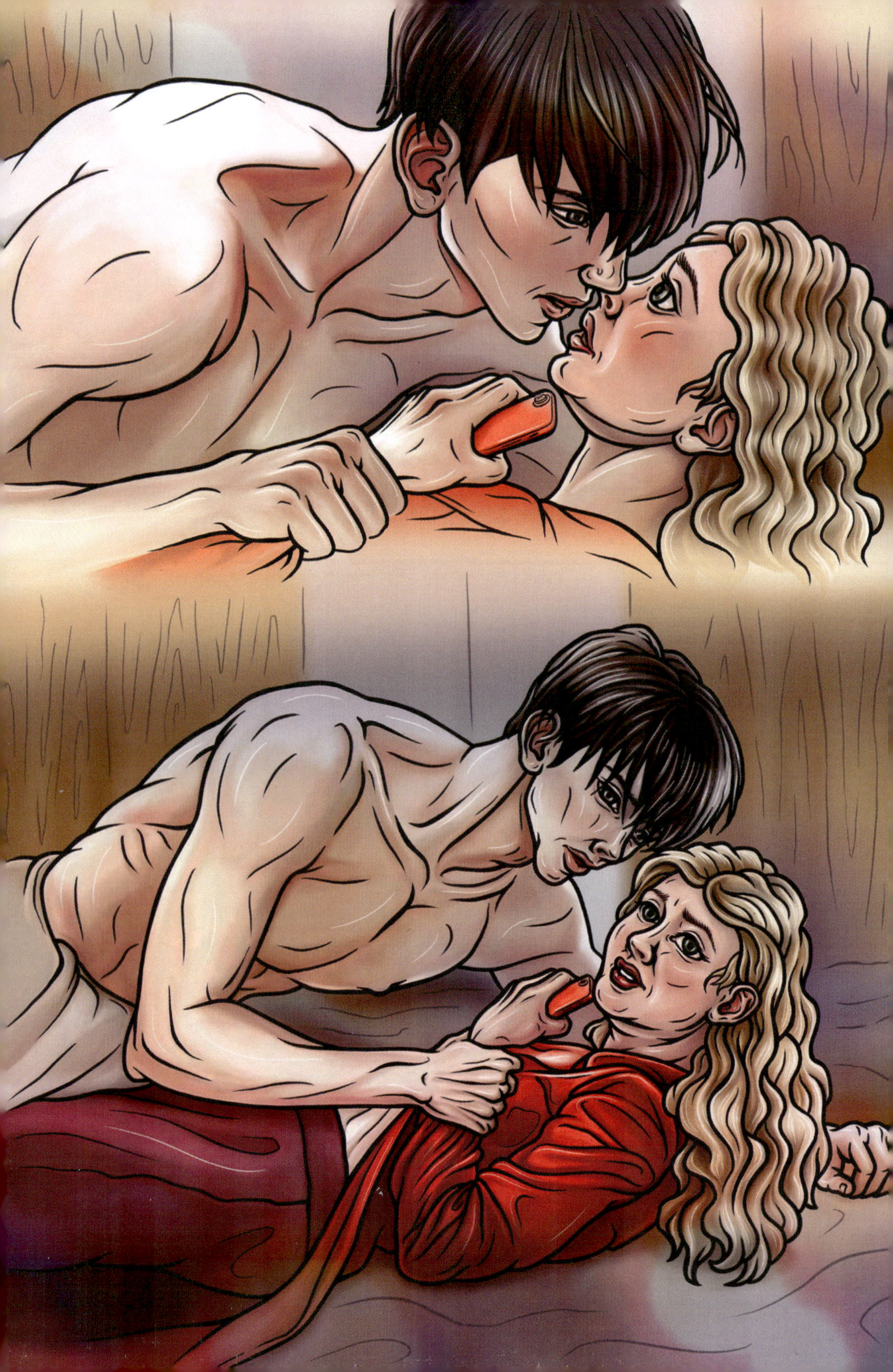

KAPITEL 18

Anspannung lag in der Luft, als sie den Flughafen erreichten.

Hyeong-Joons Gedanken kreisten um das bevorstehende Treffen. Zum ersten Mal würden sie sich näherkommen. Küssen, halten, einander lieben. Allein dieser Gedanke trieb ihm den Schweiß ins Gesicht. Wie sollte er sich verhalten? Online war inzwischen alles kein Problem, denn er tat das, was sie ihm sagte. Und hatte viel gelernt. In Holland wären sie jedoch in einem Zimmer und einander ganz nah. Hyeong-Joon begann zu zittern, vor Freude, aber vor allem vor Aufregung. Er wollte sie glücklich machen. Ihr das Gefühl geben, dass er sie liebte. Und nun stand er am Flughafen, hielt sein Ticket in der Hand und war fern davon, irgendjemanden glücklich zu machen.

Wieder und wieder prüfte er die Daten. Seinen Namen und den Ankunftsort. Holland. Baekhyun bemerkte natürlich, dass er nervös war. Er konnte es verstehen, schließlich ging es hier um eine besondere Liebe, die Sehnsucht nach der ersten Begegnung nach einer langen Durststrecke.

Sie hatten noch ein wenig Zeit und so gingen sie in die VIP-Lounge und tranken einen Kaffee. Die Bodyguards postierten sich nicht weit entfernt, aber genug, um kein unnötiges Aufsehen zu erregen. Sie waren fast allein, denn nur wenigen Geschäftskunden wie ihnen war es gestattet, ihr Land zu verlassen.

„Warum hast du das gemacht?", fragte Hyeong-Joon seinen älteren Freund.

Dabei streichelte er sein Ticket. Es war für ihn mehr als nur ein Ticket. Es war ein Symbol dafür, dass Liebe alles möglich machen konnte.

Baekhyun blickte von seinem Kaffee auf und lächelte matt. „Weil ich es kann."

„Was, wenn ich es nicht schaffe?", flüsterte Hyeong-Joon unsicher.

Baekhyun ahnte, woran er dachte.

„Es ist alles gut. Entspann dich", lächelte er.

Hyeong-Joon warf ihm einen kurzen Blick zu. Unruhig spielte er mit dem Ticket, die ihm als einziges Sicherheit zu geben schien.

„Du hast mir ein Stück von meinem alten Leben zurückgegeben", erklärte Baekhyun. „Für mich ist es eine Ehre, dass ich jetzt die Möglichkeit habe, dir ein Stück zurückzugeben. Ich weiß, wie sehr du sie liebst."

Hyeong-Joon blickte auf das Ticket in seinen Händen. Die Aufregung sie wiederzusehen, sie dieses Mal im Arm halten zu dürfen, sie vielleicht zu lieben. Unsagbar. Er sah zur Anzeigentafel der Abflüge und für einen Moment hielt er den Atem an. Man hatte die Daten aktualisiert und einige der Flüge waren gecancelt worden. Auch ihrer? Sein Herz schien fast zu zerspringen vor Angst.

Baekhyun schien seine Gedanken zu lesen und griff nach seinem Handgelenk.

„Wir fliegen, das ist sicher", versuchte er ihn zu beruhigen.

„Ja, wir fliegen", wiederholte Hyeong-Joon mechanisch und spürte, dass ihm übel wurde.

Schnell stand er auf und rannte zur Toilette. Gerade noch zum rechten Zeitpunkt schaffte er es in die Kabine und erbrach sein Frühstück. Wieder und wieder würgte er, nur sein Ticket behielt er weiterhin in der Hand. Es war sein Ticket zu ihr. Niemals würde er es hergeben.

„Alles in Ordnung?", hörte er die besorgte Stimme Baekhyuns hinter sich.

Sein Kopf hing noch über der Toilettenschüssel. Erst jetzt wurde ihm bewusst, dass er vergessen hatte, die Tür seiner Kabine zu schließen.

„Ja. Ich denke, es liegt am Kaffee."

„Am Kaffee", lachte Baekhyun und betätigte die Toilettenspülung. „Du machst dich jetzt frisch. Ich warte auf dich. In zehn Minuten können wir einsteigen. Also lass dir nicht allzu viel Zeit."

„Zehn Minuten?"

„Ja, keine Minute länger. Und wenn ich dich in den Flieger tragen muss", grinste Baekhyun und verließ die Toilette.

Schnell wusch Hyeong-Joon sich das Gesicht und blickte für einen Moment in den Spiegel. Er sah furchtbar aus. Ein zehnstündiger Flug lag vor ihnen. Sicherlich würde er beim Fliegen ein wenig Schlaf finden. Er brauchte ihn dringend.

Sein Magen schmerzte. Er verspürte ein Gefühl von Niedergeschlagenheit, Erschöpfung, warum auch immer. Es fühlte sich an, als ob er keinen Tropfen Blut mehr in seinen Adern hätte. War er kurz vorm Durchdrehen?

Wieder griff er nach seinem Ticket. Es war mehr als nur ein Stück

Papier. Ein Anker, der ihn jetzt davor retten musste, zusammenzubrechen. Bald war er bei ihr. Nur daran durfte er denken. Bald.

Kaum waren sie eingestiegen, erwähnte Baekhyun, dass sie einmal umsteigen müssten. In Japan. Nicht ungewöhnlich, wenn man einen so langen Flug vor sich hatte. Doch in Corona Zeiten etwas, das verunsicherte. Wieder dachte er an die gestrichenen Flüge, welche er auf der Anzeigentafel gesehen hatte. Ihm wurde schlecht und die Übelkeit wurde stärker, als sich das Flugzeug gen Himmel erhob und über den Wolken verschwand. Hoffentlich würde alles funktionieren.

Bitte keine weitere Stornierung und nicht von seinem Flug, dachte er.

Er zog sein Handy aus der Jackentasche und schob es wieder zurück, als ihn Baekhyun mahnend ansah. Er blickte hinaus. Kleine Eiskristalle bildeten sich an der Scheibe. Eine der Stewardessen kam und bot ihnen etwas zu essen und zu trinken an. Er lehnte ab, da er keinen Hunger verspürte. Baekhyun blickte ihn aufmunternd an, aber er konnte jetzt nichts essen.

In Gedanken war er wieder bei ihr. Wie sie sich im Moment fühlte? Ob sie genauso aufgeregt war wie er? Gestern Abend noch schien sie entspannt zu sein. Er war sich sicher, dass sie dem Treffen wie er entgegenfieberte. Nur war bei ihm alles viel intensiver. Es würde sein erstes Mal sein! Allein der Gedanke brachte sein Herz in Wallung und verschlug ihm für Sekunden den Atem.

Wieder blickte er zum Fenster hinaus und sah unter sich die Wolken. Sie zogen vorüber und wirkten wie übergroße Zuckerwatte.

Nicht mehr lange, dachte er und blickte auf seine Uhr. Der Zwischenstopp musste bald kommen.

Dass es nicht mehr lange dauern konnte, spürte er ein wenig in seiner Magengrube. Das Flugzeug senkte sich und die Stewardessen begannen, das Geschirr und die Gläser der anderen Gäste abzuräumen. Der Flieger durchdrang die Wolken und erste Häuserdächer zeichneten sich unter ihnen ab. Er spürte, dass seine Aufregung stieg.

Es war nur ein Zwischenstopp, rief er sich ins Gedächtnis, doch es half nichts. Er konnte nicht mehr klar denken. So sehr er sich auch bemühte. Hilfesuchend schaute er zu Baekhyun. Der las jedoch gerade in einer der Zeitschriften und bekam von seiner Unsicherheit nichts mit. Erst als der Pilot darüber informierte, dass sie gleich den Flughafen erreichen würden, sah er auf.

„Alles in Ordnung?", fragte er entspannt und lächelte.

„Ja", log Hyeong-Joon und blickte sofort wieder zum Fenster hinaus. Bis er die Durchsage vernahm. Der Weiterflug nach Holland war gestrichen worden!

„Gestrichen", rief er geschockt und sah zu Baekhyun.

Der war in diesem Moment ebenso hilflos und wusste nicht, wie er Hyeong-Joon beruhigen sollte. Es musste eine Lösung her und das schnell, sonst würde Hyeong-Joon durchdrehen. Dass er nicht mehr weit davon entfernt war, sah man an seinem Gesicht. Aus seinen aufgerissenen Augen sprach Entsetzen und Panik. Er wollte sie sehen, kein Zweifel, und wenn er es nun nicht konnte, würde er vermutlich sterben. Nicht körperlich, aber seelisch. Das stand für Baekhyun in diesem Moment außer Frage.

„Warten wir erst einmal ab, bis wir gelandet sind", bat der ältere und versuchte, seinen eigenen Anflug von Verzweiflung zu unterdrücken.

Er hatte Hyeong-Joon so viel zu verdanken und wollte ihm eine Freude machen mit etwas, was dieser nicht selbst hätte organisieren können. Und nun war sein Plan gescheitert.

Tränen bildeten sich in Hyeong-Joons Augen und als er die Blicke von Baekhyun bemerkte, drehte er seinen Kopf schnell erneut zum Fenster. Die Weltmetropole unter ihnen kam unerbittlich näher, doch es war keine Freude, die er empfand, sondern Traurigkeit und vor allem Wut.

Warum ging der Flug nicht weiter? Warum ausgerechnet sein Flug? Er blinzelte die aufkeimenden Tränen weg. Keinesfalls wollte er vor Baekhyun weinen. Die Verzweiflung suchte sich einen Weg. Er ballte die Hände zusammen, bis sich die Nägel in seine Handflächen gruben.

Warum nur, warum? Diese Frage kreiste unaufhörlich in seinem Kopf. Er würde wieder zurückfliegen müssen. Und sie? Sie würde bereits auf ihn warten, vielleicht schon im Hotel! Er blickte auf seine Uhr. Nein, sie war gerade auf dem Weg dorthin. Vermutlich hatte sie die Hälfte der Strecke hinter sich.

Baekhyun musste sie informieren!

Er blickte zu seinem Freund und versuchte, seiner Stimme einen normalen Klang zu geben. Es gelang nicht ganz. Die Verzweiflung saß zu tief in ihm.

„Wir müssen sie informieren", sagte er während der Landung.

„Wir steigen erst einmal aus, dann sehen wir weiter."

„Warum aussteigen, wir müssen zurück", lamentierte Hyeong-Joon und sah, dass sich tiefe Rillen seiner Nägel in die Handflächen abgezeichnet hatten.

„Wir müssen auf jeden Fall aussteigen oder denkst du, der Flieger geht sofort wieder zurück?", antwortete Baekhyun gereizt.

Als er die traurigen Augen seines Freundes sah, bereute er seine laute Antwort. Er musste nun der Starke sein und seinen jungen Freund beruhigen, so gut er konnte.

„Ich verspreche dir, ich werde eine Lösung finden." Ein Satz, der ihm leichter von den Lippen ging, als es möglich war, dieses Versprechen auch einzulösen.

„Wirklich?" Es war nicht die Frage eines Mannes, sondern eines kleinen Jungen, der ihn nun mit großen, hoffnungsvollen Augen ansah.

„Ich werde alles versuchen, was möglich ist", bekräftigte Baekhyun erncut, auch wenn er nicht wusste, wie er dies schaffen sollte.

Sie verließen den Flieger und er eilte mit Hyeong-Joon in die Zwischenhalle, um erst einmal in Ruhe telefonieren zu können.

***

Frankfurt am Main stand auf einem der Schilder, die gerade an Susanne vorüberzogen. Ihr Zürich, die Berge und die Landschaft, welche sie so liebte, lagen seit Stunden hinter ihr und noch mindestens vierhundert Kilometer vor ihr. Was sie hier sah, waren Wolkenkratzer, die weit in den Himmel ragten und nichts von den gemütlichen Häusern und Gebäuden hatte, die sie aus ihrer Stadt kannte.

Sie hatte keine Pause gemacht, auch wenn sie wusste, dass er später ankommen würde als sie. Deutschland war kein Problem gewesen, denn die Grenzen waren offen und sie konnte sie ohne Coronatest überqueren, aber Holland stand ihr noch bevor. Sie hatte die Nachrichten den ganzen Weg über verfolgt und immer wieder kamen aktualisierte Meldungen, die ihr mehr und mehr Angst einjagten. Von Ländern, die einen sofortigen Einreisestopp verhängten. Bis jetzt hatte sie nichts von Holland gehört.

Hoffentlich würde es so bleiben, dachte sie und fuhr weiter.

Ein Blick auf ihre Tankuhr ermahnte sie, kein Risiko einzugehen. So hielt sie an einer Raststätte, um zu tanken. Während die Zahlen an der Säule unaufhörlich liefen, waren ihre Gedanken bei ihm. Sie liebte ihn und in wenigen Stunden würde sie ihn wiedersehen.

Sein Flieger musste gerade gestartet sein, überlegte sie und lächelte verliebt. Armer Baekhyun. Er war es, der diese Reise letztendlich erst ermöglicht hatte. Aus Dankbarkeit zu Joona, wie er ihr gesagt hatte.

***

„SusanneShi?"

„Ja, wer ist da?", fragte sie damals und war gerade dabei auf die Autobahn zu fahren. Ein Geschäftstermin, der sie von Zürich ins Landesinnere führte.

„Ich bin es Baekhyun."

„Du schon wieder", lachte sie und reihte sich in den fließenden Verkehr ein. Es war viel los. Zu viel, sie wie genervt feststellte. Ihr Termin war in einer Stunde. Die Straßenverhältnisse ließen nichts Gutes vermuten.

„Ich schon wieder", wiederholte er ihre Worte und etwas Spott klang in seiner Stimme.

Ihr bewusst, wie kaltschnäuzig dies geklungen haben musste, und sie räusperte sich verlegen.

„Äh, schön von dir zu hören", wagte sie einen neuen Versuch und überholte einen Kleinwagen.

Statt einer Antwort kam nun ein Lachen. Sie sah ihn genau vor sich. Seine weichen Gesichtszüge, die engelhaft anmuteten, so wie sein Körper. Sie kannte ihn aus zahlreichen Filmen, persönlich war sie ihm noch nie begegnet. Als ein Freund von Joona hatte sie ihn schätzen gelernt. Er war sensibel und verletzlich. Genau wie sie selbst, wagten sie es nicht, es nach außen zu tragen. Denn dies machte sie angreifbar, was sie nicht wollten.

„Wie geht es dir?"

„Gut", kam es prompt über ihre Lippen, auch wenn ihr Herz schmerzte. Erst am Vortag hatte sie Joona über Skype gesehen. Viel zu frisch war er ihr der Anblick seiner blauen Flecke in Erinnerung.

„Du weißt, was passiert ist?", fragte Baekhyun.

„Was meinst du?"

„Dass er diszipliniert wurde."

Sie atmete tief ein und hoffte, damit den Schmerz zu vertreiben. Es gelang ihr nicht. Binnen Sekunden erfasste er sie so heftig, dass ihr Tränen in die Augen traten. Sie hatte es nicht unter Kontrolle. Statt ihm zu antworten, schluckte sie mühsam, um die Tränen aufzuhalten. Vergeblich. Es wurden immer mehr und Baekhyun schien dies zu hören und zu spüren.

„Ich weiß, es tut weh. Mir geht es nicht anders. Ich habe ihn besucht und er sieht furchtbar aus. Du weißt, er hat viel für mich getan. Deshalb möchte ich mich revanchieren."

„Und wie?", brachte sie mühsam heraus, während sie versuchte, ihre Tränen wegzuwischen. Warum erzählte er ihr, dass er sich revanchieren wollte? Was hatte sie damit zu tun?

„Ich möchte euch unterstützen, sodass ihr euch wiedersehen könnt."

„Was?", rief sie aufgewühlt und verriss den Wagen, sodass sie einem überholenden Fahrzeug gefährlich nahekam.

Der Autofahrer hupte erbost. Sie achtete nicht darauf, reihte sich hinter ihm ein und überholte nach und nach die anderen Fahrzeuge. Sie fuhr zu schnell. Es war ihr egal, sie passte ihren Fahrstil im Moment ihrem Herzschlag an.

Dass sie sich wieder sehen würden … Wann? Wusste Baekhyun nicht, dass es Corona gab?

„Alles in Ordnung bei dir? Ich hörte jemanden hupen", fragte er irritiert.

„Ich bin gerade im Auto unterwegs und die wissen heute offenbar nicht mehr, wie man ein Auto fährt", erklärte sie und verdrängte, dass sie fast einen Unfall verursacht hätte.

Dass sie sich wiedersehen könnten … immer noch hallten Baekhyuns Worte in ihrem Kopf.

„Sollen wir später telefonieren?", fragte er.

„Nein!", schrie sie aufgeregt und bekam feuchte Hände.

Sie fuhr zu schnell, war nervös und er sagte ihr noch immer nicht, welche Möglichkeit er für Joona sah! Für sie selbst war es ein weitaus leichter in Coronazeiten zu reisen. Was hatte er für einen Plan? Sie musste es wissen!

„Also gut. Ich wurde von einem Management angesprochen, welches eine Lokation in Europa sucht. Ein neuer Film ist für nächstes

Jahr geplant und sie sind auf der Suche nach Städten, die bestimmte Voraussetzungen haben."

„Und was hat das mit Joona und mir zu tun?", unterbrach sie ihn und hoffte, dass er es nicht zu forsch fand. Ihre Geduld war seit gestern Abend mehr als begrenzt und für lange Erzählungen fehlten ihr im Moment die Nerven.

„Wenn ich ihn dort hinbringe, könntest du kommen und ihr würdet euch sehen."

„Du meinst, du bringst ihn nach Europa?"

„Ja, aber im Moment kann ich dir noch nicht sagen, wo genau. Behalte jedoch bitte Deutschland und Holland im Auge."

„Wann?"

„Wann? Ich verstehe nicht."

„Wann werde ich ihn treffen?" Susannes Herz klopfte wie wahnsinnig.

Endlich eine Chance für ihre Liebe. Sie würde nicht davon träumen müssen, ihn in den Arm zu nehmen, sie würde es tun können.

„Das kann ich dir noch nicht sagen, vielleicht erst in ein paar Monaten. Es braucht etwas Vorlaufzeit. Außerdem müssen wir vorsichtig sein, dass sie keinen Verdacht schöpfen. Und wir brauchen ein Land, das uns einreisen lässt, trotz Corona."

„Gut. Egal wann und wo, ich werde da sein."

„Das dachte ich mir. Deshalb wollte ich dir bereits vorab eine Info geben. Hyeong-Joon sage ich es erst kurzfristig. Denn sollte es nicht funktionieren, würde er es vermutlich nicht überleben", sagte er.

Obwohl es ein Scherz sein sollte, wussten er und sie genau, dass er vermutlich recht hatte. Auch wenn es in Hyeong-Joons Fall der seelische Tod wäre.

***

Das Gespräch lag nun Monate hinter ihr und alles war so gekommen, wie Baekhyun es angekündigt hatte. Sie ging in die Raststation hinein, bezahlte und nahm sich noch einen Kaffee mit. In wenigen Stunden würde sie ihn wiedersehen. Wie würde das Treffen ablaufen? Nur in den Arm nehmen oder ein erster Kuss? Ihr Herz begann schneller zu schlagen, während sie daran dachte. Aufgeregt eilte sie zu ihrem Wagen, um die Fahrt fortzusetzen.

Die Autobahnen waren frei und so hatte sie genügend Zeit, ihre Gedanken treiben zu lassen. Baekhyun hatte ihr die Adresse des Hotels genannt. Etwas abseits und exklusiv, wo man keine Fragen stellte, da alle Fragen bereits mit der Platin-Kreditkarte bezahlt wurden. Er hatte sie gebeten, im Zimmer zu bleiben, bis er kommen würde. Man wollte kein Aufsehen erregen. Dass es sich bei den Hotelgästen um jemand Besonderen handeln musste, war offensichtlich. Baekhyun und Joona in Begleitung von vier Bodyguards und weiterem Personal.

Wofür auch immer sie waren, dachte Susanne und sah bereits geraume Zeit später den Grenzübergang zu Holland. Je näher sie ihm kam, umso nervöser wurde sie. Doch all ihre Besorgnis war überflüssig. Sie konnte die Autobahn ungehindert weiterfahren, denn die Grenzposten waren damit beschäftigt einige Fahrzeuge zu kontrollieren und sich deren Inhalt näher anzusehen. Erleichtert und mit einem kurzen Pfiff auf den Lippen, fuhr sie nun auf holländischen Straßen und ihrer Liebe entgegen, als das Handy klingelte. Es wurde auf die Freisprechanlage umgeleitet. Als sie die Nummer des Anrufers sah, zog ein Lächeln über ihre Lippen.

„Hallo, Baekhyun", begrüßte sie ihn erfreut.

„Hallo, SusanneShi. Es tut mir leid, dich zu stören", begann er.

„Du störst mich nicht, ich bin gerade über die Grenze gefahren und bin jetzt in Holland. Ihr müsstest beim Zwischenstopp sein, oder?", fragte sie erfreut.

„Ja. Es gibt ein Problem."

„Ein Problem, was meinst du?" Sie runzelte die Stirn und ein unangenehmes Gefühl breitete sich in ihrem Magen aus.

„Der Flug nach Amsterdam wurde gecancelt. Wir müssen vielleicht wieder zurück." Kaum, dass er es ausgesprochen hatte, hörte sie im Hintergrund ein lautes Schluchzen. Joona.

***

Hyeong-Joon drückte Baekhyuns Hand so fest, dass dieser Mühe hatte, sich zu befreien.

„Warte einen Moment", bat er seinen jungen Freund und sah ihn ernst an.

„Was hat sie gesagt?"

„Nicht viel, ich hörte sie nur aufgeregt schnaufen."

Joona war geschockt. Sicher erging es ihr nicht anders. Nur mit dem Unterschied, dass sie vermutlich bald in Amsterdam sein würde. Während er hier in Japan festsaß und zurück nach Seoul musste.

„Ich sagte ihr, dass sie dennoch zum Hotel fahren soll. Ich werde mir etwas einfallen lassen."

„Aber was, aber was?", fragte Hyeong-Joon hysterisch und griff wieder nach seiner Hand.

Statt dieses Mal eine Antwort abzuwarten, zerrte er Baekhyun in die nahe gelegene Männertoilette. Er blickte sich kurz um. Die Türen waren alle geöffnet und der einzige Mann verließ bei ihrem Eintreten die Toilette.

„Ich werde den Flughafen nicht verlassen. Ich werde ihn nicht verlassen! Egal wie du es auch machst. Bringe mich nach Europa, egal wie!", schrie er hysterisch und Tränen rannen über sein Gesicht. Noch immer hielt er Baekhyuns Hand so fest, dass sich seine Finger weiß verfärbten. Aber nicht nur seine.

Baekhyun sah ihn vor sich stehen. Am ganzen Körper zitternd. Er befürchtete, dass sein junger Freund bald zusammenbrach.

Hyeong-Joon war es egal. In seinem Kopf wirbelten Sehnsucht, Angst, Verzweiflung einen wilden Reigen. Er wollte nicht zurück, niemals. Es musste einen Weg nach Amsterdam geben, zu seiner großen Liebe. Das Schicksal konnte ihn unmöglich so hintergehen!

„Ja, ich werde sehen, was ich tun kann", sagte Baekhyun so ruhig, wie es ihm möglich war. „Lass uns rausgehen."

Er befreite sich aus dem festen Griff und lief Richtung Tür. Hyeong-Joon folgte ihm wie ein kleiner Junge und mit jedem Schritt wich ein Stück Hoffnung, sie doch noch zu sehen. Traurig blickte Hyeong-Joon zu Baekhyun, der sein Handy aus der Jackentasche zog und verschiedene Einträge durchscrollte.

„Du rufst sie noch einmal an?", fragte er unsicher.

„Nein, ich rufe jemanden an, der uns vielleicht helfen kann", kam die knappe Antwort.

Endlich fand Baekhyun, nach was er gesucht hatte. Einen Eintrag, den sie jetzt gut gebrauchen konnten. Den eines Freundes, der in Japan zu Hause war und bei dem keine Beschränkungen galten. Er trat ein Stück zur Seite und begann, mit jemanden zu reden.

Hyeong-Joon fühlte sich in diesem Moment allein. Obwohl die Halle voller Menschen war, so war er doch einsam. Niemand nahm ihn wahr. Vielleicht lag es an der Maske, die er wegen Corona tragen musste. Für ihn war sie nicht nur ein Schutz vor dem Virus, sondern auch eine Möglichkeit, dass man ihn nicht erkannte.

Die Bodyguards schienen ein wenig irritiert. Sicher erwarteten sie, dass sie sich um einen Rückflug bemühten. Als sie Baekhyuns Nicken sahen, wussten sie, dass alles seine Wege ging. Wohin auch immer. So blieben sie in einigem Abstand gelassen stehen.

Hyeong-Joon war verzweifelt. Diese Ruhe und Sicherheit verspürte er nicht. Am liebsten wäre er zurück in die Toilette gerannt und hätte sich eingesperrt. Stattdessen stand er nun hier und wartete. Er konnte gar nichts tun. Sein Herz brannte, sein Magen schmerzte, er war müde und völlig erschöpft. Wut wechselte sich ab mit Verzweiflung und dann wieder Hoffnung, dass sein älterer Freund es regeln würde.

Baekhyun hatte ihm den Rücken zugewandt und schien auf jemanden einzureden. Er verstand nichts. In seinen Ohren rauschte es. Je länger das Telefonat dauerte, desto klarer wurde ihm: Es war vorüber.

Alles vorbei, dachte er resigniert. Er ließ die Schultern hängen und wartete, dass Baekhyun das Gespräch beendete und ihm mitteilte, dass sie wieder zurückmussten.

Irgendwann legte er auf und sah kurz zu ihm. Sein Blick war verändert, aber nicht zu deuten. Statt etwas zu sagen, wählte er erneut eine Nummer und drehte ihm wieder den Rücken zu. Es war vorbei. Nur dies kreiste in seinem Kopf. Es war vorbei. Da war er sich sicher. Der letzte Schimmer an Hoffnung schien ihn so zu verlassen wie seine Kraft. Sein Magen brannte und der Schmerz breitete sich bereits auf seinem ganzen Rücken aus.

Baekhyun drehte sich um, legte auf und lief zu ihm. Gab es noch Hoffnung?

***

Susanne war fassungslos und fuhr auf den nächsten Rastplatz. Wie könnte sie jetzt weiterfahren? Der Flug nach Amsterdam war gecancelt worden, hatte er gesagt. Vielleicht mussten sie wieder zurück. Das Gespräch kreiste in ihrem Kopf und machte ihr die Atmung schwer.

***

„Wie kann das sein?“, hatte sie Baekhyun aufgebracht gefragt.

„Corona“, war seine knappe und resignierte Antwort.

„Das heißt, sie haben den Flug einfach so gestrichen?“

Sie war nah dran zu schreien und hielt sich nur mühsam zurück. Es brachte nichts.

Sie fuhr mit über hundertsechzig auf der linken Spur und es gab im Moment noch keine Möglichkeit, sie zu wechseln. Noch immer hörte sie im Hintergrund Joona schluchzen. Mit jedem Laut wurde ihr Herz schwerer und die Wut auf Corona größer. Sie hatte die ganze Zeit Angst gehabt, dass die Grenze zu Holland geschlossen wird und sie in Deutschland festsitzen würde. An ein Canceln seines Fluges hatte sie zu keinem Zeitpunkt gedacht. Nicht, wenn es um einen Zwischenstopp ging. Was sollte sie nur tun? Wieder umkehren? Verzweiflung und Wut bahnten sich weiter ihren Weg.

„Fahre zum Hotel, ich werde eine Lösung finden.“

„Und welche?“, entfuhr es ihr härter als gewollt.

Wie immer blieb Baekhyun ruhig.

„Mir wird etwas einfallen. Bitte fahre zum Hotel“, wiederholte er und seine Stimme klang etwas strenger. Jedoch immer noch mit einer Höflichkeit, die sie an ihm bewunderte. Er war ein Mann von Welt. Der wusste, was zu tun war, und sich zurücknahm, wenn es die Situation forderte. Keinesfalls war er das, was die Zeitungen geschrieben hatten.

„Also gut, ich fahre zum Hotel und werde auf euch warten“, lenkte sie ein.

„Ich werde alles tun, dass es funktioniert“, waren seine letzten Worte, ehe er sich verabschiedete und auflegte.

***

Nun stand Susanne auf einem Rastplatz in Holland, wo die Abfalleimer überquollen und zwielichtige Gestalten sie aus ihren Fahrzeugen neugierig beobachteten. Es war dunkel. Ihr Herz raste vor Anspannung und Sorge schlich sich in ihre Gedanken. Sie drückte den Türschließer und blickte auf ihr Handy.

Noch immer nichts. Keine Nachricht, keine Info. Wie mochte es

Joona gehen? Sein Schluchzen hatte ihr das Herz zerrissen. Gänsehaut überflutete ihren Körper und sie spürte, dass sie den Tränen nahe war. Es war Verzweiflung, aber mehr noch Enttäuschung. Seit ihrem letzten Treffen waren vierzehn Monate vergangen, es fühlte sich für sie wie zig Jahre an.

Wie viel Zeit mochten sie schon vergeudet haben, dachte sie plötzlich und ertappte sich dabei, wie Vorwürfe sie immer mehr überkamen. Warum nur war er ihr damals nicht aufgefallen, als er vor ihrer Tür gestanden hatte? Warum hatte sie ihn weggeschickt?

Ihre Gedanken gingen zurück in die Zeit, als sie zum ersten Mal die dunklen Schatten der Industrie persönlich erlebt hatte, in welcher er sich bewegte. Einmal in einem Hotelzimmer gegenüber von ihr und einmal hautnah auf der Bühne. Ein Schrei, der sie bis heute begleitete. Denn er war Schmerz pur gewesen, aber vor allem hatte er das schreckliche Ausmaß von der vermeintlichen Glitzerwelt gezeigt.

Sie fühlte sich schuldig. Dreieinhalb Jahre waren seitdem vergangen, so lange liebte er sie schon. Sie aber hatte sich verkrochen in sich selbst und keine Liebe zulassen wollen. Wie viel Zeit hätten sie miteinander verbringen können, wenn sie früher auf seine Bücher reagiert hätte? Auch dieses liebevoll ausgesuchte Geschenk von ihm lag bereits zwei Jahre zurück. Ein Problem wie Corona gab es damals noch nicht und somit wäre eine Situation wie jetzt undenkbar gewesen. So viel verschenkte Zeit, weil sie ihren Gefühlen nicht trauen wollte und am Altersunterschied geklammert hatte.

Susanne zuckte zusammen und starrte auf ihr blinkendes Handy.

„Ja Baekhyun? Was ist?“, fragte sie aufgeregt und drückte das Handy näher an ihr Ohr.

„Wo bist du?“

„An einer Ausfahrt. Ich konnte nicht weiterfahren, ich war zu geschockt und musste eine Pause machen“, sprudelte es aus ihr heraus.

„Du kannst weiterfahren. Ich habe eine Lösung gefunden und wir werden planmäßig eintreffen.“

„Aber wie? Wie …“

„Ich habe eine Freundin, die hier lebt, und habe ihr von meinem Dilemma erzählt. Sie versprach, mir zu helfen. Wir bekommen ihren Privatjet. Sie muss nur noch ihren Piloten informieren, aber das ist kein Problem. Wir können in einer halben Stunde starten.“

„Und …"

„Ihm geht es gut. Im Moment noch nicht, aber gleich. Ich sage ihm, dass wir nicht umkehren müssen. Bis später."

„Bis später", brachte sie gerade noch heraus, ehe ihr Kopf auf das Lenkrad sank und sie zu weinen begann. Er würde kommen! Sie schluchzte erleichtert, wischte sich die Tränen aus dem Gesicht und ließ ihren Wagen an. Noch immer konnte sie im Schein der Rastplatzlichter die Augen der Männer sehen, die sie beobachteten. Sie wirkten irritiert.

Als Susanne in den Spiegel blickte, wusste sie auch, warum. Ihr Gesicht war puterrot, genau wie ihre Augen. Tränen rannen noch über ihre Wangen hinweg. Es war ihr egal. Sie würdigte die Männer keines Blickes mehr, wendete ihren Wagen und fuhr wieder auf die Autobahn und ihrer Liebe entgegen.

***

„Also pass auf, es muss schnell gehen."

„Was, was muss schnell gehen? Wir müssen zurück?", rief Hyeong-Joon ängstlich.

„Sch … sei ruhig. Nein, wir fliegen nach Holland. Ich werde jetzt alles Weitere veranlassen. Wir gehen in unsere Lounge und ich werde alles organisieren."

„Nach Holland? Wir kommen nach Holland? Wirklich?", fragte Hyeong-Joon wieder und wieder.

Baekhyun griff ihn an der Schulter und blickte ihn streng an. „Hör mir jetzt genau zu. Wir haben nur diese eine Chance. Ich werde jetzt alles Weitere organisieren und du bleibst mit zwei Bodyguards in der Lounge, bis ich dich wieder abhole. Verstanden?"

Hyeong-Joon sah ihn mit großen Augen an. Er konnte es nicht fassen. Sie würden sich heute noch sehen! Er würde alles tun, nur um zu ihr zu kommen. Freudestrahlend wartete er.

Baekhyun besprach etwas mit den Bodyguards, woraufhin zwei auf Hyeong-Joon zukamen und ihm deuteten, ihnen zu folgen. Nicht weit entfernt war die Lounge, in welcher sich bereits einige Passagiere befanden. Im ersten Moment fühlte er sich unwohl, denn so mancher Blick war auf ihn gerichtet. Aber nicht anders als auf die Passagiere, welche nach ihm die Lounge betraten. Er setzte sich etwas abseits in einen der Sessel und blickte nervös um sich. Niemand schien ein näheres Interesse an ihm zu haben. Anders als in Seoul, wo seine Anwesenheit einen Ansturm an Medien ausgelöst hätte. Dann dachte er an die Maske, die er trug. Er hatte sie schon vergessen. Sie verdeckte einen Großteil seines Gesichtes und war wohl auch ein Grund dafür, dass niemand ihn umschwärmte.

Sein Herz schlug bis zum Hals und er fragte sich, wie Baekhyun es geschafft hatte, dass sie weiterfliegen konnten. Aber nicht lange, denn nun drängte sich seine große Liebe wieder in seine Gedanken. Bald würde er sie sehen. Ihre blonden Haare, die wunderbar füllige Figur, die roten Lippen. Ein leiser Seufzer entkam seinem Mund, als er sich vorstellte, wie er diese wunderbaren Lippen zum ersten Mal küssen würde. Wie er sie in seine Arme schloss und sich ihre frauliche Weichheit an ihn schmiegte.

Einer der Bodyguards riss ihn aus seinen Gedanken.

„Folgen Sie uns bitte“, sagte er und wies ihm den Weg. Quer durch die Halle zu einer Tür, an der bereits eine junge Frau stand und offenbar auf ihn wartete.

„Choi Hyeong-Joon“, sagte sie und sah ihn fragend an.

„Ja, das bin ich.“

„Bitte gehen Sie die Treppe hinunter. Dort wartet bereits eine Limousine auf Sie“, sagte die freundliche Dame und öffnete die Tür, damit er in den kleinen Gang eintreten konnte.

Es handelte sich offenbar um einen separaten Zugang, den kein gewöhnlicher Passagier nutzen durfte. Er war etwas irritiert. Was mochte Baekhyun organisiert haben? Langsam ging er den kleinen Gang entlang und die Treppen hinunter, während ihm die beiden Bodyguards folgten. Unten angekommen sah er bereits die Limousine und eine geöffnete Tür. Er beugte sich und blickte in den Innenraum. Mit Erstaunen sah er Baekhyun darinsitzen.

„Wo fahren wir hin?“, fragte Hyeong-Joon. Sein Magen verkrampfte sich vor Aufregung. Aber er wusste, er konnte seinem Freund vertrauen.

„Das wirst du gleichsehen. Steig ein“, sagte er, wartete, bis alle eingestiegen waren, und gab das Zeichen zur Abfahrt.

Der Wagen fuhr über das große Feld. Vorbei an Flugzeugen und Maschinen, die gerade ihre Parkposition einnahmen. Hyeong-Joon blickte neugierig aus dem Fenster und war so nah an der Scheibe, dass seine Nasenspitze sie für einen kurzen Moment berührte. Als Star war er manchen Luxus gewohnt, das hier überstieg dennoch seine Vorstellung.

Nach kurzer Fahrt hielten sie vor einem Jet.

„Wir müssen aussteigen", sagte Baekhyun und öffnete seine Tür.

„Ist das ... ist das ein Privatjet?", fragte Hyeong-Joon und stieg ebenfalls aus.

„Ja, von einer Bekannten von mir."

„Und sie gibt ihn dir? Einfach so?"

Statt einer Antwort bekam er nur ein breites Lächeln. Gemeinsam gingen sie zum Jet und stiegen hinein. Er war mit allem ausgestattet, was er von den Jets kannte, in denen er früher einmal mitgeflogen war.

„Setz dich und schnall dich an. Es geht gleich los", sagte Baekhyun mahnend und ging zur Kabine, in welcher der Pilot saß. Er öffnete die Tür, streckte seinen Kopf hinein und sprach mit ihm. Wenige Augenblicke später kam er wieder lächelnd zurück und nahm seinen Platz ein.

„In wenigen Minuten starten wir. Fast planmäßig", scherzte er.

„Und was ist ... mit ..." Hyeong-Joon war überfordert und brach ab.

Erst die Angst, dass es nicht funktionieren würde, und nun saß er in einem Privatjet auf dem Weg zu ihr. Und sie wusste nichts! Woher auch? Es musste alles so schnell gehen!

„Mit ihr? SusanneShi?"

„Ja, sie ... sie weiß nichts ...", stammelte er sorgenvoll.

„Beruhige dich. Es ist alles in Ordnung. Ich habe sie vorhin angerufen, als ich wusste, dass es mit dem Privatjet funktioniert. Sie weiß Bescheid und ist auf den Weg ins Hotel."

Die Tür schloss sich und sie hörten, wie die Triebwerke starteten. Ein Geräusch, das den ganzen Raum erfüllte.

Hyeong-Joon nahm nichts mehr wahr. Sie war auf den Weg ins Hotel. Bald würde er sie wiedersehen! Zum ersten Mal, seitdem sie in Japan gelandet waren, hatte er das Gefühl, dass sein Traum wahr wurde. Bald würde er sie in seinen Armen halten. Er schloss die Augen und ließ seine Tränen laufen. Mit jeder Träne wurde er ruhiger, aber vor allem sicherer, dass es wahr werden würde. Nichts und niemand könnte sie jetzt noch trennen.

Als der Flieger endlich in den Himmel stieg, fühlte er sich frei. Weg von dem Ort, der ihm noch vor geraumer Zeit Angst eingejagt hatte. Wegen eines gecancelten Fluges. Ohne diesen Privatjet wäre er jetzt noch da unten. Vermutlich bereits auf dem Weg zurück. Nun flog er in ein Abenteuer, nach dem er sich so viele Jahre gesehnt hatte.

***

Obwohl sie wusste, dass sie Joona sehen würde, begleitete Susanne die weitere Fahrt über ein merkwürdiges Gefühl. Wie sehr hatte sie sich auf dieses Treffen gefreut. Nun war es so nah. Eine unterschwellige Angst blieb, denn ein Anruf hatte ihre Träume und Hoffnungen zerstört, ein weiterer ihre Hoffnung wieder aufleben lassen. Würde er tatsächlich kommen und sie treffen? Oder gab es im letzten Moment ein Problem, sodass sie wider Erwarten zurückmussten?

Nein, beruhigte sie sich und dachte an Baekhyuns Worte. Er hatte alles in die Wege geleitet. Er hätte sie nicht informiert, wenn es nicht sicher gewesen wäre.

Baekhyun war nicht nur ein Gentleman, sondern auch ein Ehrenmann, der zu seinem Wort stand. Im Gegensatz zu vielen, die sie mittlerweile kennengelernt hatte. Sie verstand, warum er sehr vorsichtig war in seinen Äußerungen. Sein Vertrauen, das er sowohl Joona als auch ihr mit dieser Reise entgegenbrachte, war mehr als nur Freundschaft.

Susanne verstand ihn besser, seit er ihr seine Geschichte erzählt hatte. Es brauchte hundert Jahre, um Vertrauen zu gewinnen, doch nur eine Sekunde, um es zu zerstören. Dies wollte sie auf keinen Fall tun. Er war in alles eingeweiht und gab ihnen beiden die Chance, ihre Liebe leben zu können. Auch wenn die Zeit sehr begrenzt war, wollte sie daran im Moment nicht denken, sondern wie ein Kind im Hier und Jetzt genießen.

Dörfer und Industriegebiete zogen an ihr vorüber, bis sie endlich das Schild Amsterdam las. Die nächste Ausfahrt lag vor ihr und mit ihr die Ungewissheit, ob alles gut werden würde. Sie schaltete das Fernlicht aus, das sie fast die ganze Fahrt hindurch begleitet hatte. Hier in der Stadt erleuchteten die Straßenlampen den weiteren Weg.

Wieder einmal blickte sie auf ihr Handy. Hatte sie einen Anruf oder eine Nachricht überhört? Nein. Diesmal schien es zu gelingen. Erleichterung breitete sich in ihr aus.

Die kleinen Häuser wichen großen Wohnblöcken, welche offenbar zum Vorort von Amsterdam gehörten. Je weiter sie in die Innenstadt kam, umso mehr zeigte sich die Stadt von ihrer schönen Seite, die sie bereits aus Katalogen kannte. Bunte Häuserreihen mit den typisch weißen Umrandungen der Fenster säumten die Straßen und den Kanal. Ausflugsboote, die über das Wasser hinweg glitten, während auf den Wegen Radfahrer zu sehen waren.

Ein Anblick, den sie zu gerne weiter genossen hätte. Aber dafür blieb ihr keine Zeit. Auch wenn Joona erst in einigen Stunden landen würde, so wollte sie frühzeitig im Hotel sein, um alles vorzubereiten. Sowohl das Zimmer als auch sich selbst.

Gleich musste sie da sein, denn das Navigationssystem zeigte ihr wenige Minuten an. Je näher sie kam, umso stärker schlug ihr Herz. Mit feuchten Händen fuhr sie in die nächste Straße und war unangenehm überrascht. Es war nicht das, was sie erhofft hatte. Kein Hotel im herkömmlichen Stil, sondern eher ein Haus mit Appartements. Etwas irritiert prüfte sie nochmals die Adresse. Es gab keinen Zweifel, sie war richtig.

Sie parkte ihren Wagen und ging mit dem Koffer in Richtung Rezeption. Kaum, dass sie sie erreicht hatte, deutete ihr der Mann, doch bitte eine Maske zu tragen. Corona.

Wieder dieses verfluchte Corona, dachte sie und zog sie schnell über.

Die Maske war auch ein Schutz. Für sie und ihre Liebe. So schlecht war Corona letztendlich nicht. Niemand würde ihn damit erkennen.

„Guten Tag", begrüßte sie der ältere Mann und sah von seinem Computer auf.

„Es wurde ein Zimmer reserviert", antwortete sie und legte ihm die Papiere vor. Er wirkte zuerst etwas skeptisch, als er jedoch die Dokumente prüfte, wurde er mit einem Mal freundlicher.

„Einen Moment bitte", bat er sie und tippte etwas in seinen Computer ein.

Sie blickte sich verstohlen um und irgendwie wurde sie das Gefühl nicht los, als ob sie sich in einem Studentenwohnheim befand. Es war irgendwie gemütlich. Einfach und zweckmäßig. Glamour oder Exklusivität suchte man hier vergeblich.

Brauchte sie das, wenn er in ihren Armen lag? Sie lächelte und blickte zu dem Herrn, der noch immer etwas in seinen Computer eingab.

„Sie können einchecken, es ist das Appartement neunzehn. Ich lasse Ihren Koffer nach oben bringen“, sagte er und reichte ihr bereits die Chipkarte.

„Sie können den Aufzug nehmen. Es ist im ersten Stock.“

„Vielen Dank“, erwiderte sie knapp und wollte endlich ins Zimmer. Sie wusste nicht, warum, aber sie wurde nervöser. Während sie zum Aufzug lief, blickte sie wieder auf ihr Handy. Noch immer keine Nachricht. Sie wertete es als ein gutes Zeichen. Sie waren geflogen, da gab es keinen Zweifel. Seit dem Anruf waren fast drei Stunden vergangen. Hätte es nicht funktioniert, hätte Baekhyun sie längst informiert. Da war sie sich sicher. Mit erhöhtem Puls stieg sie aus dem Aufzug aus und folgte den Beschilderungen. Ein langer Gang mit vier Türen. Sie ähnelten denen eines Wohnhauses und das Gefühl, in einer Studentenunterkunft zu sein, verstärkte sich noch durch den kühlen Fliesenboden.

Siebzehn. Achtzehn. Neunzehn.

Mit leicht zittrigen Händen öffnete sie die Tür und blieb vor Verwunderung stehen.

***

„Wach auf, wir sind da“, hörte er weit entfernt die Stimme von Baekhyun.

Langsam öffnete er seine Augen und blinzelte in die Sonne Amsterdams. Sie waren da. In Amsterdam. Fast bei ihr! Schnell öffnete er den Gurt seines Sitzes und stand auf, um seine Jeansjacke anzuziehen.

„Halt, nicht so schnell, wir müssen warten, bis uns jemand abholt. Das dauert noch ein paar Minuten“, beruhigte ihn Baekhyun und deutete ihm, sich wieder zu setzen.

Er konnte und wollte nicht mehr sitzen! Seine Handoberflächen brannten, denn wieder und wieder hatte er sich beim Abflug gezwickt, ob dies alles wahr war oder doch nur einer der Träume, die ihn in den letzten Wochen und Monaten verfolgt hatten. Solche, die ihn beim Wachwerden zum Weinen brachten. Denn er war allein und sie weit entfernt. Ein Trost war gewesen, sie abends online sehen zu dürfen.

Mit ihr nun Zeit zu verbringen, war kostbar. Trotz Corona hatte er immer wieder Aufträge und durch die Zeitverschiebung grenzte es an ein Wunder, dass sie sich so oft treffen konnten. Er würde für sie alles tun. Tag und Nacht wach bleiben, um sie nur für einen Moment zu sehen. Sie zu hören.

„Wir können aussteigen", forderte ihn Baekhyun schließlich auf.

Er folgte ihm und sah zwei Limousinen mit abgedunkelten Scheiben.

„Ist das nötig?", fragte er Baekhyun.

„Sicher ist sicher", war dessen knappe Antwort.

Er wollte keinesfalls ein Risiko eingehen und so stiegen sie unter den Augen der Bodyguards und der Assistenten ein. Die Fahrt ging über das Rollfeld hinweg, in einen hinteren Trakt des Flughafengebäudes. Baekhyun wirkte etwas verunsichert, als er einige Leute sah, die mit Schutzkleidung offenbar auf sie warteten. Nachdem ihre Limousine gehalten hatte, stieg er aus und lief auf die Leute zu. Hyeong-Joon sah, dass er mit ihnen sprach und seine Miene angespannter wurde. Musste er wieder zurück? Angst beschlich ihn erneut und er krallte seine Hände in die Ledersitze.

Als Baekhyun jedoch wieder zum Wagen zurückkam und die Augen verdrehte, war er irritiert.

„Wir müssen einen COVID-Test machen, ansonsten lassen sie uns nicht weiterreisen."

„Einen Test? Quarantäne?", keuchte Hyeong-Joon entsetzt und blickte von den Leuten zu Baekhyun.

Wie ein Gespenst lauerte die Angst wieder in ihm. Hörte es denn gar nicht mehr auf? Was stand noch zwischen ihm und seiner großen Liebe?

„Nur ein Test. Es dauert nicht lange, haben sie zumindest gesagt."

„Aber wie lange?" Er hatte mit ihr nur wenige Tage. Und nun sollte weitere Zeit damit verschwendet werden, einen Test zu machen?

Baekhyun konnte offenbar seine Gedanken zu lesen, denn er lächelte verständnisvoll. „Es dauert nicht lange und dann wirst du sie sehen, okay? Ohne Test kommen wir nicht weiter."

Er hatte recht. Wie immer. Sie stiegen aus und auch die Bodyguards und Assistenten folgten einem der Männer, der sie in das Innere des Terminals führte. Lange, hell beleuchtete Gänge mit Hinweisschildern lagen vor ihnen. Nach wenigen Metern gelangten sie zu einer Tür, auf der Teststation stand.

„Einen Moment bitte", bat der Mann Baekhyun und klopfte an die Tür.

Sekunden später hörten sie ein Surren und die Tür öffnete sich. Er deutete ihnen, ihm zu folgen.

„Wir benötigen Tests für diese Passagiere. Sie kommen aus Korea beziehungsweise Japan.“

Die drei Damen, welche ebenfalls Schutzanzüge trugen, blickten hinter ihren Tresen auf und sahen zu ihnen. Hyeong-Joon fühlte sich unwohl. Als er zu Baekhyun blickte, sah er dessen mahnenden Blick.

„Guten Tag“, begrüßte Baekhyun die Damen.

Hyeong-Joon war erstaunt, wie diese hinter ihren Masken zu strahlen begannen.

„Wir werden jetzt mit den Tests beginnen“, sagte eine der Damen und öffnete eine Packung, aus der sie eine Kanüle mit einem Stäbchen zog.

„Kommen Sie bitte ein wenig näher und nehmen Sie den Mundschutz ab“, forderte sie ihn auf. Wie ihm geheißen, nahm er ihn ab und die Augen der Damen weiteten sich erneut.

Hyeong-Joon grinste und auch Baekhyuns Lippen zuckten für einen kurzen Moment. Im Gegensatz zu Hyeong-Joon schien ihn diese Reaktion nicht wirklich zu überraschen. Er war es gewohnt, dass so manche Damen bei seinem Anblick in Verzückung gerieten. Auch wenn es nicht daran lag, dass sie ihn aus dem Showbiz kannten, sondern vielmehr, dass er unglaublich gut aussah.

Er trat etwas näher und sah sie fragend an.

„Könnten Sie bitte den Mund öffnen“, bat sie ihn mit fester Stimme, während ihre anderen Kolleginnen sie mit großen Augen beobachteten.

„Gerne“ antwortete er galant, öffnete seinen Mund und noch näher.

Sie wirkte etwas irritiert und streckte ihm das Stäbchen mit zittrigen Händen entgegen.

„Ich muss einen Abstrich vom Rachen nehmen. Es könnte etwas unangenehm sein“, sagte sie und blickte sich kurz zu ihren Kolleginnen um.

Offenbar war dies eine Aufforderung, denn eine von ihnen blickte von ihr zu Hyeong-Joon und griff dann ebenfalls nach einer Kanüle, in der sich ein Stäbchen befand.

Er blickte unsicher zu Baekhyun, der zwinkerte ihm nur aufmunternd zu und wartete, bis die Dame den Abstrich genommen hatte.

Hyeong-Joon tat es ihm gleich, öffnete den Mund und ließ es über sich ergehen. Es war unangenehm. Es kratzte, aber genau wie Baekhyun blieb er ruhig stehen, ohne irgendeine Reaktion von sich zu geben. Dann war es geschafft.

„Wir benötigen bitte noch Ihre Namen“, forderte sie die erste Dame auf.

Wieder blickte Hyeong-Joon zu Baekhyun. Wie erwartet zog dieser die Reisepässe von beiden aus seiner Jackentasche und hielt sie ihr entgegen. Sie sah kurz von den Bildern zu ihnen auf, ehe sie die Namen auf die Kanülen schrieb.

„Es dauert etwa ein oder zwei Stunden“, erklärte sie.

„Was?“, rief Joona aufgeregt und erntete einen strengen Blick von Baekhyun.

„Das ist kein Problem, danke“, sagte Baekhyun. „Könnten Sie uns sagen, wo wir in dieser Zeit bleiben können?“

Er sah sich in dem großen Raum um, der nur mit dem Tresen ausgestattet war, hinter dem die Damen standen. Außer Schränken, in denen offenbar Masken und die Kanülen aufbewahrt wurden, gab es nur noch Tische. Hier legten sie die Proben in kleine Kästen, die von weiteren Kollegen in Schutzanzügen in einen separaten Raum gebracht wurden.

„Sie können so lange hier warten“, sagte die Dame und deutete ihnen, ihr zu folgen, während ihre Kolleginnen bereits Proben bei den Bodyguards entnahmen. Sie lief zu einer nahe gelegenen Tür und öffnete sie. Unerwarteterweise lag dahinter ein Raum, der offenbar zu einer Lounge umfunktioniert worden war. Einfach, aber mit all den Annehmlichkeiten, die einen das Warten erleichtern würden. Bequeme Sessel und Stühle sowie Tische, auf denen Flaschen mit verschiedenen Getränken sowie Körbe mit Obst standen.

„Vielen Dank, wir werden uns zurechtfinden“, bedankte sich Baekhyun und blickte sorgenvoll zu Hyeong-Joon, während die Dame nickte und wieder nach draußen verschwand.

„Beruhige dich“, sagte Baekhyun und ging zu einen der Sessel.

Wie sollte er sich beruhigen? Er war aufgewühlt, aufgedreht und wollte endlich zu ihr! Stattdessen musste er jetzt hier warten. Was, wenn der Test positiv ausfiel?

Angst beschlich ihn und er begann zu schwitzen. Das Wasser rann ihm den Rücken entlang, wenn er daran dachte, dass er noch länger hierbleiben müsste. Er blickte auf die Getränke. Baekhyun folgte seinem Blick, griff nach zwei Flaschen Wasser und reichte ihm eine davon.

„Ich bräuchte eher ein Bier", seufzte Hyeong-Joon und erntete erneut einen strengen Blick von Baekhyun.

Er spürte, dass der ältere Freund angespannt war. Befürchtete er, dass der Test positiv ausfallen könnte, oder lag es an der ganzen Situation? Oder gar an ihm? Hatte er ihn verärgert?

Ein erneuter Schwall an Angst und Schweiß überkam seinen Körper und er befürchtete, dass ihm übel wurde. Wie lange musste er noch warten, bis er sie endlich sah? Es konnte nicht sein, dass er so wenige Meter vor dem Ziel scheiterte. Es musste alles gut ausgehen.

Hyeong-Joon sah, wie Baekhyun sein Handy aus der Tasche zog und eine Nummer wählte. Wen wollte er jetzt anrufen? War es geschäftlich oder telefonierte er mit ... Er wollte nicht neugierig sein. Aber was konnte er hier schon großartig tun? Obst essen? Von ihr träumen? Er wollte endlich bei ihr sein!

„Wir sind angekommen. Wir mussten einen Corona-Test machen und warten auf das Ergebnis. Erst wenn alles in Ordnung ist, dürfen wir den Flughafen verlassen", hörte er ihn sagen.

Es musste sie sein, mit der er sprach. Mit wem sollte er sonst reden? Hyeong-Joons Aufregung stieg erneut. Sein Herz klopfte schneller und seine Hände begannen zu zittern vor Vorfreude. Sie wartete sicherlich schon auf ihn. Wie würde das erste Zusammentreffen sein?

Er ließ sich in einen der Sessel fallen und dachte an London zurück. Als er sie dieses eine Mal spüren durfte. So nah, so verdammt nah. Wieder und wieder hatte er diese Situation in den letzten Monaten durchgespielt. Wie musste es sich anfühlen, wenn es nicht nur bei einer Berührung blieb, sondern zu mehr kam? Sein Herz begann heftiger zu pochen. Schneller und schneller. Er trank von seinem Wasser. Es konnte seinen Herzschlag nicht beruhigen. Zu nah waren die Erinnerungen in diesem Moment, um sie noch unter Kontrolle zu haben.

Wie seine Männlichkeit im Fahrstuhl damals, dachte er beschämt und sah prüfend auf seinen Schritt. Dieses Mal war alles in Ordnung. Noch.

„Hey, träumst du?", hörte er Baekhyun sagen, der nun neben ihm stand.

„Nein, ich hoffe nur, wir können bald gehen", erwiderte er unsicher.

Baekhyun setzt sich zu ihm und blickte ihn aufmunternd an.

„Du hast mir ihr gesprochen?“, fragte Hyeong-Joon nun mit leuchtenden Augen.

„Ja, sie wartet auf uns. Ich habe ihr gesagt, dass es noch ein wenig dauern wird.“

„Ein wenig“, wiederholte Hyeong-Joon traurig und blickte auf seine Uhr.

Die Bodyguards und einige der Assistenten betraten den Raum, jedoch nahmen sie ihre Plätze mit entsprechendem Abstand zu ihnen ein. Plötzlich kam Baekhyun etwas näher und sah ihn ernst an. Hyeong-Joon wurde unsicher. Warum fixierte ihn sein Freund nur so? Was wollte er von ihm? Gab es weitere Probleme, die er ihm nun mitteilen wollte? Eine Welle von Angst überkam ihn und so stellte er sein Wasser auf den Tisch und blickte ihn fragend an.

„Hast du Vorbereitungen getroffen?“

Vorbereitungen? Was meinte er? Welche Vorbereitungen? Unsicher blickte Hyeong-Joon zu den Bodyguards, welche ihre Koffer mitgebracht hatten. Ja. Natürlich hatte er Vorbereitungen getroffen, wie konnte sein Freund nur fragen?

Baekhyun folgte amüsiert seinen Blicken. „Ich meine nicht deinen gepackten Koffer und deine Kleidung. Was ist mit Verhütung?“

Hyeong-Joon riss die Augen auf. *Verhütung?* Wie konnte er ihn nach so etwas fragen?! Was meinte er? Er wollte ihr näherkommen. Sie im Arm halten, sie küssen. Aber mehr?

Baekhyun sah, dass er ihn verwirrt hatte, und es lag weniger an dem Stress, welchen er seit der Streichung des Fluges durchgemacht hatte. Wie erwartet, würde sein junger Freund unvorbereitet auf sie treffen. Dies wollte er, wenn möglich, vermeiden.

„Ich gehe davon aus, dass ihr euch näherkommen werdet“, begann er vorsichtig und sah, dass Hyeong-Joons Wangen rot wurden.

Sein Schweigen bestätigte Baekhyuns Verdacht und so fuhr er vorsichtig fort, während Hyeong-Joon bereits wieder ihren Körper spürte. Den Moment im Aufzug, welcher ihm beim bloßen Gedanken noch immer den Atem nahm.

„Wenn ihr euch liebt, solltest du vorsorgen, damit sie nicht schwanger wird. Du weißt, was ich meine?“

Hyeong-Joons Augen weiteten sich und blickten fast ängstlich.

Schwanger. Natürlich hatte er immer wieder überlegt, dass sie sich lieben würden. Aber was genau das bedeutete, darüber hatte er nicht nachgedacht. Und schwanger? Nein, über eine solche Möglichkeit hatte er sich nie informiert. Er schluckte nervös. Was, wenn sie von ihm erwartete, dass er sich damit auskannte? Schließlich war er der Mann.

Während Baekhyun sich unauffällig im Raum umblickte, wo er seinem jungen Freund eine schnelle Aufklärung geben konnte, bekam er von Hyeong-Joons Ängsten und Sorgen nichts mit.

Wie hatte er es nur vergessen können? Weil er gar nicht so weit gedacht hatte! In seinen Träumen hielt er sie im Arm, küsste sie und streichelte ihren Körper. Und jetzt sprach Baekhyun davon, dass sie schwanger werden könnte! Von ihm und das bei seinem ersten Mal! Er war schockiert über sich selbst. Wie konnte er nur so sorglos sein?

„Komm mit", forderte Baekhyun ihn auf.

Die Bodyguards blickten zu ihnen und wollten ihnen schon folgen, als Baekhyun ihnen ein Zeichen gab zu warten. Sie deuteten eine Verbeugung an und nahmen wieder ihre Position ein.

„Komm", forderte er ihn erneut auf und zog ihn ein wenig an seiner Jeansjacke.

Auf dem Weg zu den Toiletten sah Hyeong-Joon, dass er etwas aus einem der Obstkörbe genommen hatte. Irritiert folgte er ihm und war froh, als sie endlich in der schäbigen Toilette standen und die Tür hinter ihnen ins Schloss fiel.

„Was wollen wir hier?", fragte er Baekhyun.

Statt einer Antwort näherte der sich einem Automaten, der an der Wand hing. Er nahm aus seinem Geldbeutel einige Münzen, warf sie ein und zog an einem Schubkasten. Hyeong-Joon trat näher und blickte ihn neugierig an.

Kondome! Hyeong-Joon war einer Ohnmacht nahe. Nie zuvor hatte er so etwas gesehen. Man sprach vielleicht darüber, mehr auch nicht. Dieses Teil nun in den Händen seines Freundes zu sehen, brachte ihn fast zum Wahnsinn. Er hätte am liebsten vor Anspannung und Entsetzen geschrien. Was sollte er mit diesem Tütchen anfangen? Sein Blick wurde starr. Er fixierte die Packung mit seinen Augen wie ein Tiger seine Beute. Nur, dass der Tiger die Beute wollte. Er hingegen verspürte Angst und eine Unsicherheit und hätte die *Beute* am liebsten weit fortgeschleudert.

Baekhyun blickte zu ihm. Hyeong-Joon erinnerte ihn für einen Moment an einen verschreckten Hasen, deshalb zog er ihn in eine der Kabinen.

„Setz dich", forderte er ihn auf und wartete, bis er vor ihm saß.

Dann nahm er eine Banane aus seiner Tasche und hielt sie ihm vor sein Gesicht. Hyeong-Joons Augen wurden größer. Noch mehr, als er sah, wie Baekhyun eines der Kondome in seiner Hand hielt. Er führte das Päckchen zu seinem Mund und riss es mit seinen Zähnen auf.

Hyeong-Joon war geschockt. Was würde er jetzt tun?

Baekhyun nahm das Kondom und stülpte es über die Banane. Je weiter er es über die Banane abrollte, umso schneller schlug Joonas Herz. Er konnte nichts sagen, sondern blickte mit großen Augen zu.

„Jetzt du", forderte Baekhyun ihn auf und reichte ihm ein Kondom, während er das andere wieder von der Banane entfernte und in den Papierkorb warf.

Hyeong-Joon saß auf der Toilette. In einer Hand die Banane, in der anderen das verpackte Kondom. Was sollte er nur tun? So galant wie Baekhyun war er nicht. Keinesfalls könnte oder würde er es mit seinen Zähnen öffnen. Niemals! Er spürte, wie sich alles in ihm sträubte. Dann sah er die mahnenden Blicke von Baekhyun.

„Du musst dich vorbereiten", sagte dieser ruhig und deutete ihm mit dem Kopf, das Kondom zu öffnen.

Hyeong-Joon legte die Banane auf seinen Schoß und öffnete umständlich die Verpackung. Ein Lächeln umspielte Baekhyuns Lippen, als er sah, wie der Jüngere es vorsichtig aus der Packung nahm und danach zur Banane griff.

Es ging langsam und er war sehr vorsichtig. Vor allem spürte er Angst und Unsicherheit. Seine Finger zitterten, als er es über die Banane stülpte. Innerlich starb er tausend Tode. Es zu tun. Jetzt und vor ihm! Es brachte ihn an den Rand seiner Beherrschung.

Baekhyun zog weitere Kondome am Automaten, während Hyeong-Joon übte und den Gedanken verdrängte, etwas zutiefst Unanständiges zu tun. In aller Öffentlichkeit. Vielleicht nicht ganz so öffentlich, aber vor einem anderen Mann. Um sich abzulenken, dachte er an sie. Wie sie im Schaumbad lag. Oder mit einem Negligé auf ihrem Bett. Und nicht, wie er einer Banane ein Kondom überzog.

Brauchte er es überhaupt? Sie hatte nichts davon gesagt oder je erwähnt! Er hätte am liebsten seine Anspannung hinausgeschrien. Sie wartete auf ihn. Er war hier und musste auf ein Testergebnis warten. Und statt draußen im Sessel zu sitzen und von ihr zu träumen, saß er auf einer Toilette und stülpte einer Banane ein Kondom nach dem anderen über!

„Herr Lee", hörte er plötzlich die Stimme eines Bodyguards.

„Ja", antwortete dieser und deutete Hyeong-Joon, sitzen zu bleiben. Er trat einen Schritt aus der Kabine und blickte zum Bodyguard, der in der Eingangstür stand.

„Sie sagen, die Tests sind negativ. Wir können gehen."

„Gut, wir kommen gleich", antwortete er und wartete, bis der Bodyguard wieder verschwunden war. Dann wandte er sich an Hyeong-Joon.

„Also, wir können gehen. Hier hast du noch ein paar zur Reserve, aber nicht alle auf einmal verbrauchen", scherzte er und reichte seinem jungen Freund mehrere Packungen Kondome.

Hyeong-Joon konnte nicht lächeln, denn er war angespannt. Er freute sich darauf, sie endlich zu sehen. Wenn er so auf die Banane blickte, wurde er unsicher. Was, wenn er sie nicht glücklich machen würde? Sie mehr wollte und er versagte, genau wie bei der Banane? Fragen, die er nicht beantworten konnte. Weder hier auf der Toilette noch als sie zur Limousine liefen, die sie ins Hotel bringen würde.

Vor der Reise hatte er daran gedacht, wie er sie im Arm halten würde. Zum ersten Mal ihre Lippen auf den seinen spürte. Ihren Körper umarmen, ihn vielleicht sogar streicheln durfte. Nun hatte er mehrere Packungen Kondome in seiner Tasche und eine Erfahrung mit einer Banane, die ihn verunsicherte.

***

Langsam gewöhnte Susanne sich an das Ambiente, dass so gar nicht nach den Hotels aussah, wie sie es bisher immer auf Dienstreisen gebucht hatte. Klassische Möbel, wie man sie in jeder Wohnung finden konnte. Es war eine Wohnung, ein Appartement, wenn auch exklusiver, über zwei Etagen hinweg und mit einem Whirlpool. Unten war ein Wohn- und Kochbereich, während man oben ein großes Badezimmer sowie ein Schlafzimmer vorfand. Es war alles in einem schlichten Grau gehalten, welches dem Appartement etwas Wohnliches gab. Nicht so steril wie in manchen Hotels.

Wer würde sich dies mieten, fragte sie sich und hatte sich während des Wartens alles genau angesehen und bereits so manches getestet, unter anderem das Bett und die Dusche. Direkt nach der Ankunft hatte sie sich schlafen gelegt und danach ausgiebig geduscht. Zwar verspürte sie Hunger, aber sie wagte nicht, wegzugehen. Immerhin hatte ihr Baekhyun gesagt, sie solle das Hotel nicht verlassen, sondern auf deren Ankunft warten. Als dann der Anruf von Baekhyun kam, dass sie erst noch einen Test machen mussten, um den Flughafen verlassen zu dürfen, war sie wieder genauso nervös wie vorher. Joona war so nah und dennoch so weit entfernt. Erneute Zweifel kamen in ihr hoch, ob er vielleicht zurückkehren musste, ohne dass sie die Chance hatten, einander zu sehen.

Endlich kam der ersehnte Anruf, dass sie den Flughafen verlassen durften. Seitdem schlug ihr Herz von Minute zu Minute schneller. Sie war nervös, aber vor allem aufgeregt. Beim letzten Treffen waren die einzigen Berührungen sehr sanft aber vor allem zurückhaltend gewesen.

Während der letzten Monate waren sie sich online nähergekommen, sehr nah. Keine tatsächliche Berührung, kein wirklicher Sex, wie man es normalerweise zwischen zwei Verliebten kannte. Sie hatten alle Konventionen übergangen, indem sie online Sex, noch bevor sie sich wirklich nahegekommen waren. Normalerweise war es umgekehrt.

Wer wollte normal sein, dachte sie, als ihr dies richtig bewusst wurde.

Während sie wartete, dachte sie an die Worte von Baekhyun zurück. Dass sie das Licht ausschalten sollte, sofern es dunkel wurde, um kein unnötiges Aufsehen zu erregen. Sie wusste, dass er in seinem Land und in einigen weiteren ein Star war. Europa hatte er bisher nicht in dieser Form erobert. Warum also diese Vorsicht? Es war nicht wichtig, sich darüber Gedanken zu machen. Sie vertraute Baekhyun und wusste, dass er nur vorsichtig war und Joona schützen wollte.

Sie blickte auf ihre lackierten Fingernägel und prüfte ihren Lippenstift. Es konnte nicht mehr lange dauern, bis sie kamen. Wie würde die erste Begegnung nach der langen Zeit sein? Zumal so viel zwischen ihnen passiert war. Er kannte ihren Körper, genau wie sie seinen. In allen Einzelheiten. Trotzdem würden sie sich vermutlich wie zwei Fremde gegenüberstehen.

Susanne spürte, dass sie zu schwitzen begann. Es lag nicht an der Wärme im Zimmer, sondern an dem Wissen, dass er bald da sein würde. Konnte sie ihn von hier aus sehen, wenn er kam? Sie war unsicher und lief zum Fenster. Es lag direkt hinter dem Parkplatz und vom ersten Stock hatte sie einen hervorragenden Blick auf das gesamte Gelände. Wie erwartet, forderte Corona auch hier seinen Tribut. Nur wenige Fahrzeuge parkten dort. Die paar konnte sie schnell überblicken. Sie war sich sicher, dass er noch nicht angekommen war.

Draußen begann es zu dämmern. Die ersten Laternen schalteten sich ein. Wie lange musste sie noch auf ihn warten? Sie hatten nur eine begrenzte Zeit, die immer weniger wurde. Unerheblich, wie viel Zeit ihnen auch bleiben würde, sie wollte jeden Augenblick mit ihm genießen. Ein Blick auf die Uhr zeigte ihr, dass es nicht mehr lange dauern konnte. Wie viel Zeit brauchten sie, um vom Flughafen hierher zu kommen? Vielleicht wenige Minuten? Sie war sich nicht sicher. Zwar hatte sie beim Herfahren einige Flugzeuge im Landeanflug gesehen, wo sich letztendlich der Flughafen befand, wusste sie nicht genau. Sollte sie Baekhyun anrufen und fragen? Nein, kam die klare Antwort. Was würde er von ihr denken? Der ganze Trip war aufregend genug für ihn gewesen.

Susanne atmete tief durch und lief auf und ab. Sie konnte unmöglich so herumstehen! Ihr Koffer war ausgepackt, sie war ausgeschlafen und fertig geduscht. Jetzt allerdings hatte sie das Gefühl, als würde sie jeden Moment davon schwimmen. Der Schweiß lief ihr den Rücken entlang. Sie ging zum Fenster, um es ein wenig zu öffnen. Lichter. Drei Fahrzeug fuhren auf den Parkplatz. Dunkle Limousinen, welche direkt vor dem Eingang parkten. Eine der Türen öffnete sich und ein kurzer Aufschrei glitt über ihre Lippen. Es war einer der Bodyguards. Er war da!

***

Die Limousinen schoben sich auf die vollen Straßen. Nur noch weg, dachte Hyeong-Joon und blickte zum Fenster hinaus. Er fühlte sich unwohl. Nicht, weil er sie gleich sehen würde, sondern noch immer das Bild von der Banane und dem Kondom vor Augen hatte.

Die ganze Zeit über, auch während sie online Sex hatten, war ihm nicht einmal der Gedanke gekommen, dass er eines brauchen würde.

Bis zu dem Zeitpunkt, als Baekhyun es ansprach. Zu keinem Zeitpunkt hatte er daran gedacht. Während ihrer Zeit online war er fasziniert von ihrem Körper, was sie tat und ihm zeigte. Doch in seinen Träumen, wo er sie bei sich hatte, gab es keinen Sex in dieser Art, denn er hielt sie immer in seinen Armen. Er spürte ihre Lippen, ihre Haut und roch an ihrem Haar. Jetzt aber war alles anders. Baekhyun bereitete ihn auf etwas vor, das bisher nicht in seinen Träumen existierte, nicht in dieser realen Form. Er war Jungfrau, es gab keine Aufklärungsbücher für ihn, deshalb hatte er keine wirkliche Vorstellung von dem, was zwischen Mann und Frau geschah.

Manchmal hatte er an Liebe machen gedacht, aber irgendwie abstrakter, und sich dabei ertappt, intimere Gedanken zu verdrängen. Es gehörte sich nicht, war zu persönlich. Und dann kam Baekhyun mit der Banane.

Bisher hielt Hyeong-Joon sie gedanklich in seinen Armen, vorsichtig und schüchtern. Sah sie vor sich, wie er sich ihr langsam näherte. Roch sie, ihr Duschgel, das er so sehr liebte. Aber weiter gehen, sie berühren, ihre nackte Haut auf seiner fühlen? Ein Gedanke, der sein Herz zum Beben brachte.

Ausgerechnet jetzt mischte sich diese Banane zwischen seine Fantasien, die Banane mit den Kondomen und er bekam Angst. Wie sollte er sich verhalten? Beim letzten Mal gab es einen flüchtigen Kuss auf die Wange und eine Berührung, die ohne die Touristen niemals stattgefunden hätte. Gleich würde er mit ihr allein sein. In einem Zimmer!

Wie würde sie ihn begrüßen? Wie sollte er es erwidern? Noch nie hatte er eine Frau auf diese Weise geküsst. Einmal, an die Situation mochte er sich jetzt nicht erinnern. Es war ein herber Schlag gewesen. Würde es ihn heute Abend wieder ereilen? Angst kroch in ihm hinauf, packte ihn beim Hals, bis er das Gefühl hatte, nicht mehr atmen zu können. Er war nur noch wenige Minuten von ihr entfernt und in seinem Kopf kreisten die Gedanken wie wild. Sie ängstigten ihn, stellten ihn vor neue Herausforderungen, die er bisher nicht kannte.

Er war ein Mann, natürlich, aber was man von ihm erwartete, war mehr, als er sich jemals zuvor vorgestellt hatte. Vielleicht würde sie es gar nicht erwarten? Vielleicht machte er sich umsonst all diese Sorgen?

Nein, er musste ehrlich zu sich sein. Nach all den Online-Erfahrungen, die er mit ihr erleben durfte, war es ausgeschlossen, dass sie nicht mehr wollte. Wie konnte er nur denken, dass es bei einem Kuss und in den Arm nehmen bleiben würde?

„Das ist das falsche Hotel“, hörte er plötzlich Baekhyun zum Fahrer sagen.

„Das falsche Hotel?“, wiederholte der Fahrer und stoppte an einem Seitenstreifen. Er blickte zum Fenster hinaus und sah ein Gebäude, das hell beleuchtet war. *Grandhotel* prangte in einer goldenen Schrift über dem Eingang.

„Wir sind nicht im Grandhotel. Es ist ein Hotel mit Appartements“, wies Baekhyun ihn an. Er blickte auf sein Handy und teilte ihm die richtige Adresse mit.

Sie waren falsch! Hyeong-Joon stöhnte innerlich laut auf. Wie lange musste er noch warten, bis er sie endlich sehen konnte! Erst der Stopp in Japan und die Ungewissheit, ob sie weiterreisen konnten. Dann der Corona-Test und nun das falsche Hotel! Er war kurz vorm Durchdrehen. Er wippte unruhig mit seinem Knie, bis Baekhyun ihn ansah. Er sagte nichts, doch seine Augen deuteten Hyeong-Joon, sich zu beruhigen.

Er starrte aus dem Fenster, konzentrierte sich auf die Umgebung. Er brauchte Ablenkung von seinen rotierenden Gedanken, der Angst, die ihn gepackt hielt. Aber auch Ablenkung von seiner Sehnsucht, die so sehr nach ihr verlangte, dass es wehtat.

Der Wagen schlängelte sich durch die engen Straßen. Vorbei an bunten Häusern und Restaurants, die trotz Corona belebt waren. Radfahrer fuhren herum und prägten das Straßenbild. Es wirkte alles so harmonisch. Eine Ruhe überkam ihn. Nahm ihm für einen Moment die Angst vor der ersten Begegnung und der Unsicherheit wegen der Banane.

„Wir sind gleich da“, sagte Baekhyun.

Mit diesen Worten zerbrach der schützende Wall, den er sich aufgebaut hatte. Mit voller Wucht stürmte alles auf ihn ein. Übermächtig. Er spürte die Angst zu versagen, nicht gut genug zu sein für sie. Online war alles so leicht gewesen. Aber jetzt?

Sein Herz schlug schneller, er bekam kaum noch Luft. Er sollte sich freuen. Nur noch wenige Minuten und er würde sie sehen. Stattdessen fühlte er eine Aggression und Wut über die Situation, in der er noch immer war. Es war Zeitverschwendung gewesen zu diesem Grandhotel zu fahren. Er wäre längst bei ihr! Er verdrängte seine Angst und Unsicherheit vor dieser ersten realen Begegnung und ließ der Wut seinen Lauf. Mit jeder Minute wurde die Wut größer. Selbst den Bodyguard, der ihm etwas zu trinken anbot, schnauzte er an.

Als sie endlich beim Hotel ankamen, war er nicht mehr bei Sinnen. Sein Herz drohte zu brechen, weil er schon viel zu lange auf sie warten musste. Er blickte fokussiert auf den Eingang. Nichts und niemand konnte ihn beruhigen. Und so schwieg er. Die einzige Methode, um nicht noch unhöflicher zu werden, als er es ohnehin schon war.

Die Limousinen fuhren auf den großen Parkplatz. Er starrte zum Fenster hinaus und betrachtete das Hotel von außen. Wie Baekhyun bereits gesagt hatte, handelte es sich um Appartements, und so sah das Haus von außen aus. Wie ein normales Wohnhaus, in welches er normalerweise nicht gehen würde. Was gut war, denn hier würde ihn niemals jemand suchen! Kein Paparazzi würde annehmen, dass ein Choi Hyeong-Joon hier residierte. Erneut kroch Unmut in ihm auf und wieder schwieg er. Paparazzi. Medien. Die Pest!

Endlich hatte der Wagen angehalten und Hyeong-Joon konnte aussteigen. Baekhyun ging vor ihm zum Eingang und checkte an der Rezeption ein, während er etwas entfernt wartete. Er fühlte sich unwohl. Die Halle war nicht allzu groß und er wollte zu ihr. Jetzt! Warum musste Baekhyun noch etwas unterschreiben? Warum fragte der Rezeptionist so viel? Seine Ungeduld und der Frust wurden immer stärker. Es gab keine Möglichkeit, sie abzubauen. Nicht jetzt und nicht hier.

„Wir können in die Zimmer“, sagte Baekhyun und deutete ihm zu folgen.

Sie liefen zum Aufzug, der wie erwartet nicht da war. Erneut mussten sie warten. Zu viel für Joona. Seine Geduld war mehr als strapaziert und er kickte mit dem Fuß gegen die noch geschlossenen Türen. Baekhyuns Augen weiteten sich für einen Moment, ehe er ihn mahnend ansah.

Blicke, die töten konnten, dachte Hyeong-Joon und sah beschämt zu Boden.

Endlich öffneten sich die Türen und sie konnten eintreten. Nur eine Etage, dann war er bei ihr. Sein Herz schlug schneller und er stellte mit Entsetzen fest, dass sein Hemd komplett nass und durchgeschwitzt war. Nicht nur das. Der Schweiß lief ihm bereits über den Rücken, hinab zu seinen Beinen. Bis er bei ihr war, würde er triefen, als wäre er geschwommen. Was passierte noch alles, bis er ihr endlich gegenüberstand? Wie schnell würde sie es bemerken? Noch trug er seine Jeansjacke. Roch er streng? Was, wenn er sie auszog und sie ihn schlimmstenfalls ablehnte?

Es war zu spät für egal was. Sie waren da. Die Türen öffneten sich und Baekhyun trat in den langen Gang. Er war hell beleuchtet. Neonröhren, welche die weißen Wände noch gespenstischer erscheinen ließen.

Hyeong-Joon fühlte sich unwohl. Nicht nur wegen der fremden Umgebung, sondern der Situation, welcher er in wenigen Sekunden gegenüberstehen würde. Ein erneuter Schwall an Hitze übermannte ihn und brachte seinen Körper zum Beben. Er begann zu zittern. So stark, dass er kaum noch gehen konnte. Es fühlte sich an, als ob er jeden Moment ohnmächtig werden würde. Mit zitternden Händen griff er den Riemen seines Rucksacks. Ein kleiner Halt, etwas anderes hatte er im Moment nicht. Sie mussten gleich da sein. Es gab nur wenige Türen und wirkte wie in einem Wohnhaus.

Baekhyun blieb plötzlich vor einer Tür stehen. Neunzehn. Seine Zahl! Ein Hoffnungsschimmer, der ihm im Moment etwas Trost spendete. Wenn auch nur ein kleiner. Er war ein Wrack und nicht mehr fähig, etwas von sich zu geben. Hinter dieser Tür war sie.

Kapitel 19

Hyeong-Joon wollte gerade klopfen, als die Tür sich öffnete und er in ihre Augen blickte. Ihm stockte der Atem. Sie war so schön. Viel schöner, als er in Erinnerung hatte. Baekhyun begrüßte sie und nickte ihr kurz zu, ehe er Richtung Aufzug ging. Er wusste, wie kostbar für seine Freunde die Zeit war und verschwendete nicht ihre Zeit mit Austausch von Höflichkeiten.

Hyeong-Joon stand wie angewurzelt. Da war sie nun vor ihm und lächelte ihn mit ihren roten Lippen an. Er konnte sich nicht rühren, fühlte sich hilflos und so sehr von seiner Sehnsucht nach ihr überschwemmt, dass er sie nur ansehen konnte.

Sie schien seine Unsicherheit zu spüren. Denn sie nahm wortlos seine Hand und führte ihn ins Zimmer, schloss die Tür. Die Vorhänge waren zugezogen und nur der Schein einer Kerze auf dem Tisch spendete ihnen in diesem Moment etwas Licht. Er bemerkte davon nichts. Er sah nur sie und diese verführerischen Lippen.

Sie kam näher, legte ihre Arme um ihn und hielt ihn einfach nur fest. Er war überfordert, war nicht imstande zu reagieren, sondern genoss für einen Moment dieses Gefühl, bis ihn die Realität wieder einholte. Er roch sie, spürte sie und mit ihr auch seinen Körper, der noch immer schweißgebadet war. Würde sie es bemerken und wenn ja, wann?

Ein Gedanke, der sofort wieder verflog, als er sich ihrer Umarmung bewusst wurde. Sein ganzer Körper zitterte noch immer und sie spürte es ebenfalls. Sie sprach zu ihm, leise, beruhigend, und führte ihn zum Sofa, das nicht weit entfernt von ihnen stand. Er war noch immer sprachlos. Über ihr Dasein, ihre wunderschöne Stimme und wie sie ihn berührte. Vorsichtig legte sie seinen Rucksack zur Seite und half ihm aus seiner Jeansjacke. Auch sie wurde sorgsam weggelegt, ehe sie ihn schweigend in ihre Arme schloss und ihn hielt.

Er fühlte ihren weichen Körper, die Wärme. Mit jedem Atemzug, den sie im Gleichklang waren, fiel all der Ballast der letzten Tage, Wochen, Monate und vor allem der letzten Stunden von ihm ab. Er schloss die Augen und konnte all das Loslassen, was ihn bis jetzt verfolgt hatte. Endlich gelang es auch ihm, sie zu umarmen, seine Hände vorsichtig an ihren Rücken zu legen.

Sie wussten nicht, wie lange sie so auf dem Sofa gesessen hatten, als er sich von ihr löste und seine Augen öffnete. Er blickte sie an, verlor sich in ihren Augen und hob seine zittrige Hand, um ihr Haar zu berühren. Kaum, dass er es zwischen seinen Fingern spürte, begann sie noch mehr zu zittern. Sein ganzer Körper vibrierte und mehr und mehr verlor er die Kontrolle. Er musste sich beruhigen und schloss wieder seine Augen.

Sie vernahm, wie er hörbar die Luft einsog, und blickte in dieses vollkommene Gesicht. Wie viele Nächte hatte sie davon geträumt, ihn so vor sich zu sehen. So nah. Ihn zu spüren, seine Nähe zu fühlen und ihn zu küssen. Keinesfalls würde sie den ersten Schritt machen, es überforderte ihn sicherlich. Er schien sich in einem innerlichen Notzustand zu befinden. Sie liebte ihn so sehr und gab ihm alle Zeit, die er brauchte, um zur Ruhe zu kommen und seine eigenen Wünsche zu zeigen.

Er spürte sein wild schlagendes Herz, die Sehnsucht nach ihr. Wie nur konnte er sich ihr nähern? Er musste fürchterlich riechen. Sein Körper war schweißgebadet, er hatte vor einer Ewigkeit das letzte Mal geduscht. Konnte er ihr das sagen? Nein, sie erwartete sicher etwas anderes von ihm.

Er öffnete seine Augen und sah in ihre wundervollen blauen Augen, die ihn so voller Liebe anstrahlten. Ihre Hände lagen auf seinem Oberschenkel, ganz sacht nur. Ihr wundervoller Körper war in ein rotes Kleid gehüllt. Er liebte diese Farbe, denn sie liebte sie. Ganz langsam wich die Angst in ihm. Das Zittern ließ nach.

„SusanneShi", flüsterte er und hob erneut seine Hände, um ihr Gesicht zu streicheln.

Wie weich ihre Haut war. Tief atmete er ein. Ein wunderbarer Duft ging von ihr aus und weckte sein Begehren. Vorsichtig glitten seine Hände tiefer, streichelten ihren Hals, ihre Schultern. Wie von selbst beugten sie sich zueinander. Alle Gedanken verflogen und nur noch Liebe und Sehnsucht war zu spüren. Langsam kam er näher und legte seine weichen, warmen Lippen auf die ihren. Sein Körper bebte, verlangte nach mehr.

Susanne ahnte es, denn Joona ließ sich immer mehr fallen, schob sie sanft in Liegeposition und ruhte erst, als sie seinen Körper auf dem ihren spürte. Er sah sie an und versuchte, Herr der tausend kleinen Schmetterlinge zu werden, die durch seinen Magen flatterten. Als Susanne ihn anlächelte, fühlte er eine sengende Hitze in seinem Inneren. Schmerzhaft meldete sich seine Männlichkeit und gab ein Verlangen preis, das er so noch nie gefühlt hatte.

Er keuchte hilflos auf. Mehr. Er wollte mehr. Viel mehr! Er kämpfte mit sich, denn seine Männlichkeit hatte die Kontrolle übernommen. Er starb vor Erregung. Noch nie zuvor hatte er sie so stark empfunden, wie in diesem Moment. Aber schwerer wog die Scham, sich so offensichtlich hinzugeben. Ehe er weiter darüber nachdenken konnte, nahm Susanne sein Gesicht zwischen ihre Hände und küsste ihn. Verführerisch berührte sie seine Lippen und liebkoste ihn. Eine Wärme erfüllte ihn, wie er sie noch nie zuvor verspürt hatte. Vergessen war die schlechte Erfahrung des ersten Kusses vor so langer Zeit.

Erstaunt spürte er, wie sie ihren Mund öffnete und ihre Zunge gegen seine Lippen drängte. Weich, warm und begierig. Er war überfordert und versuchte auszuweichen. Sie streichelte sein Gesicht und ließ zu, dass er sich etwas entfernte. Lächelnd sah sie ihm in die Augen.

„Entspann dich", flüsterte sie ihm ins Ohr und küsste ihn erneut.

Er spürte wieder ihre weichen Lippen, wie sie sich öffneten und ihre Zunge seine ertastete. Es fühlte sich an, als würde jeden Moment sein Kopf explodieren und nicht nur das. Seine Männlichkeit wurde immer energischer.

Hyeong-Joons unterdrückte Lust ließ ihn gequält ausatmen. Er begann heftig zu zittern. Noch mehr, als ihre Zunge seine Lippen verwöhnte und hinab zu seinem Hals wanderte. Nie zuvor hatte eine Frau ihn so berührt. Er schloss die Augen und hörte weit entfernt seine eigene Stimme. Es war nicht die Stimme, die er kannte aus Interviews, Filmen oder dem Gesang. Sie war neu, genau wie diese Situation. Ein schweres Atmen, das sich in ein leises Stöhnen wandelte, je mehr ihre Zunge seinen Körper erkundete. Vergessen war seine Besorgnis, ob sie es stören würde, dass er verschwitzt war. Er wollte mehr und in sein Stöhnen mischte sich ein Wimmern. Sie verstand und zog ihn noch näher an sich heran. Joona spürte ihre weichen Brüste und wie sich ihre Hüften bewegten. Langsam aber in einem Rhythmus, der ihm den Atem erneut nahm. Auch seine Männlichkeit spürte ihn, aber wie sollte er reagieren?

„Soll ich dir helfen?", hörte er sie leise wispern.

Helfen? Ihm? Wie? Er war entsetzt. Wie sollte sie ihm helfen? Oh

Gott, sie dachte … dachte … Wieder sah er die Banane und die Kondome vor sich. Nein, nicht jetzt. Nicht in diesem Moment, in welchem sie ihm so nah war.

„Ich … nein … keine Hilfe … ich kann … Kondom … ich …"

Er war heillos überfordert und sie hatte fast Mitleid mit ihm. Er wusste um das Thema Verhütung, so klang es zumindest. Selbst praktiziert hatte er es vermutlich noch nicht. Sie lächelte ihn aufmunternd an.

„Mach dir keine Sorgen. Wir brauchen kein Kondom und keine Verhütung. Entspanne dich. Ich kann keine Kinder bekommen. Also bleib gelassen, es ist alles in Ordnung", versuchte sie ihn zu beruhigen. Es gelang ihr offenbar.

Er lauschte ihrer leisen warmen Stimme und nickte. Ein Nicken, das nicht nur bewirkte, dass er sich entspannte, sondern ihr auch signalisieren sollte, dass sie die Führung übernahm. Sie verstand ihn und schob ihn ein wenig von sich. Zärtlich strich sie seinen Oberkörper hinunter, zum Saum seines Shirts und begann, es nach oben zu streifen.

Ein Schauer fuhr durch seinen Körper. Ihre Fingerspitzen auf seiner Haut. Wie sie höher glitten. Er war unfähig, etwas zu tun und verfolgte mit wild klopfendem Herzen ihr weiteres Vorgehen. Sie stand auf und deutete ihm, ihr es gleich zu tun. Sie kam näher und öffnete den Knopf seiner Jeans. Allein ihre Berührung an der Hose zu spüren, brachte ihn erneut in Bedrängnis. Sein Körper, jede einzelne Zelle schrie danach, sie inniger zu spüren. Vergessen waren die Kondome, welche noch in seiner Hosentasche steckten, und die unsägliche Banane.

Er war bei ihr und blickte an sich hinab. Rot lackierte Nägel öffneten den Reißverschluss seiner Jeans. Ein Anblick, der nicht heißer sein konnte und ihm einen lauten Seufzer entlockte. Er erschrak über sich selbst. Was für ein animalischer Laut! Nie hatte er solch einen Laut von sich gegeben. Noch nicht einmal, als er sie online getroffen hatte. Aber wie auch? Da war er allein gewesen. Mit sich und seinen Händen. Jetzt spürte er sie, roch sie und fühlte, wie seine Jeans und auch seine restliche Kleidung zu Boden sanken. Sie wollte mehr, genauso wie er.

Langsam ließ sie sich wieder auf das Sofa gleiten und zog ihn zu sich heran. Joonas Atmung wurde schneller. Sein Herz pochte heftig gegen seine Brust, als er spürte, dass er nun zwischen ihren Beinen lag. Sie trug noch immer ihr rotes Kleid, doch sie hatte es nach oben geschoben. Zum ersten Mal fühlte er ihre warmen Beine, ihre heißen Schenkel. Alles begann sich zu drehen und während sie ihn küsste, berührte sie seine Männlichkeit. Sanft, zärtlich. Mit jeder Bewegung erzeugte sie bei ihm ein weiteres Stöhnen, das über seine Lippen kam. Mehr und mehr. Sie fühlte seine Brust auf ihrer und die Männlichkeit zwischen ihrer Hand, die nicht mehr länger warten konnte. Genauso wenig wie sie. Er schlang seine Arme um sie und drückte sie an sich. So fest, dass es ihr fast den Atem verschlug, doch sie sagte nichts. Stattdessen ließ sie von seiner Männlichkeit ab und streichelte zärtlich über seinen Rücken und sein Haar. Wieder und wieder, bis sich sein Griff etwas lockerte.

„Lass mich dich spüren“, hauchte sie und sah ihn an.

Seine Augen weiteten sich für einen Moment. Er fühlte, was sie von ihm erwartete. Vorsichtig löste er einen Arm von ihr, tastete nach seiner harten Männlichkeit und suchte den Eingang. Bisher kannte er ihn nur von den online Treffen, wenn sie sich selbst gestreichelt hatte. Jetzt war es ganz anders. Er fühlte sich unbeholfen.

„Lass dir Zeit“, murmelte sie und er spürte, wie ihre Hand zu seiner glitt und ihn führte.

Endlich fand er den Zugang. Sein Herz schien zu explodieren. Mit großen Augen sah er sie an, ein wenig ängstlich und voller Begier und drang in sie ein. Langsam, aber immer tiefer, bis er sie zum ersten Mal vollends um sich herum spürte.

Sein Herz pochte so schnell, als würde es jeden Moment aus seiner Brust springen. Er fühlte sie und ihre Hüften, die sich nun in seinem Takt bewegten. Sachte und vorsichtig, bis er immer mehr Sicherheit gewann und schneller wurde. Ihm wurde für eine Sekunde bewusst, was man ihm damals hatte sagen wollen. *Wenn es so weit ist, weiß dein Körper, was zu tun ist.* Dies war der letzte klare Gedanke, den er fassen konnte. Danach verschwammen seine Bedenken und seine Hormone übernahmen.

Er sah alles durch einen Schleier. All sein Empfinden war jetzt bei und in ihr. Noch nie zuvor hatte er so etwas Wundervolles gespürt. Vergessen waren die Jahre der Einsamkeit und der Zeit, in welcher die einzige Berührung daraus bestand, dass man ihn körperlich bestrafte. In ihr zu versinken, war unbeschreiblich. Er stöhnte laut auf. Wie oft hatte er davon geträumt, wie es sein müsste, sie zu lieben. Und wie beschämt war er am nächsten Morgen, dass er solche Gedanken gehabt hatte. Jetzt war sie bei ihm und er spürte ihren Körper und all ihre Liebe, die sie ihm geben konnte. Er gab sich ihr vollends hin und als er zum Höhepunkt kam, erlebte er ein Wunder, das sich ihm nie in dieser Art offenbart hatte. Ein Hitzewall überflutete seinen Rücken und es fühlte sich an, als würde er brennen. Seine Sinne und sein Verlangen drangen aus seinem Inneren heraus, und seine Anspannung floss mit einer letzten Bewegung in ihr Innerstes.

Als er wieder zu Verstand kam und das Rauschen in seinem Kopf abebbte, schmiegte er sich erfüllt in ihre Arme. Er hatte mit ihr geschlafen, ihr seine Liebe gezeigt. Sanft küsste er ihren Hals und streichelte ihre Wangen. Fast andächtig betrachtete er ihr Antlitz und freute sich scheu über ihre geröteten Wangen.

Gerade, als er glücklich seine Augen schließen wollte, wurde ihm bewusst, dass etwas nicht stimmte. Vorsichtig richtete er sich auf und sah ihr tief in die Augen. Er hatte sie völlig vergessen und war nur auf sich fixiert gewesen! Wie konnte er nur? Hatte sie zumindest etwas empfunden?

Er war machtlos gewesen. Sie zu spüren, zu fühlen. Niemand hätte ihn von ihr wegnehmen können, ohne dass er ihn nicht getötet hätte. Er brauchte sie und niemals hätte er sie mehr loslassen wollen.

„Mach dir keine Sorgen, Joona. Wir haben noch so viel Zeit für mich."

Er schloss die Augen und fluchte. Er hatte die wichtigste Regel der Welt vergessen. *Zuerst verwöhne deine Frau. Dann erfülle deine eigenen Sehnsüchte.*

Enttäuscht über sich ließ er seinen Kopf sinken und legte seine Stirn auf ihr Kinn. Verdammt! Er war bereit, in Selbstvorwürfen zu zerfließen, hätte er nicht ihr glockenhelles Glucksen vernommen.

„Du lachst?"

„Ja, Joona, denn ich bin glücklich. Und ich freue mich, dass ich nun drei Tage habe, um all die Dinge mit dir anzustellen, die wir letzte Woche noch auf unsere Wunschzettel geschrieben haben."

Susanne strich ihm liebevoll über den Nasenrücken und küsste ihn auf die Nasenspitze. „Danke für dieses Geschenk."

Irritiert suchte er ihren Blick.

„Du hast dich mir geschenkt. Ich habe noch niemals im Leben so etwas Schönes bekommen! Du bist mein und ich geb dich nie wieder her."

Joonas Herz pochte verliebt. Er hatte sich ihr geschenkt. Ja, so konnte man das nennen. Susanne lächelte, zwinkerte ihm zu und küsste ihn innig. Wieder schloss er die Augen und ergab sich dem Moment. Einem

Moment, der nie mehr enden sollte. Und so lag er nun in ihren Armen, während ihre Lippen über sein Gesicht, seine Lippen und seinen Hals wanderten.

***

In der Nacht wachte Hyeong-Joon immer wieder auf. Er prüfte, ob Susanne noch neben ihm lag. Er musste einfach wissen, dass all das, was geschah, nicht nur ein Traum war. Er liebte sie von ganzem Herzen und jeder Atemzug, den er nun machte, gehörte ganz ihr. Vorbei war die Zeit, in welcher er sich nach etwas sehnte, dass er sich noch nicht einmal vorstellen konnte, da er es niemals zuvor erlebt hatte.

Auch Susanne schlief unruhiger als sonst, denn sie war aufgewühlt. Immer wieder sah sie ihn vor sich. Seinen wunderschönen Körper, das makellose Gesicht und seine Art, wie er sie behandelte. Er hatte sich seit London verändert. Seiner Scheu war Selbstvertrauen gewichen. Noch vorsichtig und aufblühend, aber es war da. Sie dachte an die Bilder, Interviews und Filme, die sie von ihm kannte. Smart, professionell aber vor allem Businessman. Der Mann, welcher sich hinter dieser Image-Maske versteckte, war jedoch anders. Er war sanftmütig, verletzbar und unendlich einsam.

Zärtlich streichelte sie ihm über die Stirn und beobachtete ihn im Schlaf. Wie mochte er sich jetzt fühlen? Hier bei ihr? Es war sein erstes Mal, sie hatte es gewusst und dankte ihm für sein Vertrauen. Nicht nur, dass er sich ihr hingegeben hatte. Er riskierte viel, sich heimlich mit ihr zu treffen. Seine Gesundheit, vielleicht sogar sein Leben. Was, wenn jemand herausfand, dass sie sich liebten und diese Reise nicht dazu diente, neue Drehorte für Musikvideos zu prüfen? Was würden sie mit ihm machen?

Ihr Herz schlug schneller und sie verdrängte die Gedanken, so wie sie gekommen waren, denn sie dachte an Baekhyun. Er war es, der dies alles erst ermöglichte. Würde er solch ein hohes Risiko eingehen?

Niemals, kam die klare Antwort. Baekhyun würde Joona nicht in Gefahr bringen. Aufatmend begann sie, sich wieder etwas zu entspannen.

Sie hatten nur noch etwas über zwei Tage. In London hatten sie sich das Museum angesehen, doch ihr war nicht entgangen, wie fasziniert er auf die Themse geblickt hatte. Er mochte das Wasser. Sollten sie eine

Grachtenfahrt buchen? Vielleicht sollten sie einen Tag am Meer verbringen? Sie schloss wieder die Augen, um noch ein wenig zu schlafen. Auch wenn es ihr schwerfiel, ihn nicht zu beobachten, während er ruhig neben ihr lag und schlief.

***

Als sie am nächsten Morgen erwachten, schien bereits die Sonne zu ihnen ins Zimmer. Irgendwann hatte Susanne die Vorhänge aufgezogen, um den Sonnenaufgang zu beobachten, war dann noch einmal zu ihm ins Bett geschlüpft und wieder eingeschlafen. Nun tanzten die ersten Strahlen auf seinem Gesicht, während sie neben ihm lag und ihn beobachtete.

Es war ein schöner Novembermorgen. Die Strahlen wärmten ihre Haut, allerdings nur hier im Zimmer. Draußen war es kalt, besonders am Meer. Und sie wollte zum Meer, da war sie sich sicher. Nie würde sie das Strahlen in seinen Augen vergessen, wenn sie an London und seinen Blick zur Themse zurückdachte. Jedoch machten sich erste Zweifel breit, ob Baekhyun es zuließ. Ob es nicht zu gefährlich war.

Dank Corona mussten alle einen Mundschutz tragen, selbst auf der Straße. Dies könnte ihnen in der Stadt die Sicherheit geben, unbemerkt zu bleiben. Wie war es am Meer, am Strand? Würden sie nicht schon Aufmerksamkeit dadurch erregen, dass sie dort waren, obwohl es kalt war?

Immer mehr Zweifel stiegen in ihr auf, ob dies eine so gute Idee war.

Vielleicht sollten sie sich nur auf die Innenstadt konzentrieren, überlegte sie. Und ging in Gedanken einige Geschäfte durch, die sie sich bereits über das Internet angesehen hatte. Sie wusste, dass Amsterdam wunderschön war. Schmale bunte Häuser, welche die Innenstadt zierten, genauso wie die großen Blumenranken an den Brücken, die über den Kanal hinwegführten. Sowohl Museen als auch Geschäfte und Restaurants gab es zur Genüge. Wahrscheinlich hatten nicht alle geöffnet. Mehr und mehr hatten sich die letzten Tage und Wochen einige Länder dazu entschieden, Lokalitäten zu schließen. Davon hatte sich Holland sicherlich nicht ausgeschlossen.

Sie nahm ihr Handy vom Nachttisch und las die aktuellen Meldungen. Sowohl Deutschland als auch die Schweiz und weitere Länder hatten ihre Maßnahmen verschärft. Sie verhängten nicht nur Einreisesperren, sondern entschieden, wie bereits vermutet, auch Restaurants sowie Läden zu schließen. Welch ein Desaster. Auch für sie.

Wie lange mochte Corona noch wüten und nach den Existenzen von ihr und all den anderen greifen? Sie lebte von der Industrie, die gerade dazu gezwungen wurde, das Geschäft bis auf unbekannte Zeit ruhen zu lassen. Die letzten Jahre waren gut und sie hatte vorsorglich so gewirtschaftet, dass es für sie auch nach Corona weitergehen konnte. Doch viele andere würden kein solches Glück haben. Ihr Herz blieb für einen Moment stehen, als sie die Liste der Länder mit Einreisebeschränkungen überflog. Holland. Seit heute.

Welch ein Glück hatte sie gehabt, dass Baekhyun gestern als Anreisetag benannt hatte und nicht heute! Selbst mit einem negativen Test wäre eine Überquerung der Grenzen heute nicht mehr möglich gewesen, auch nicht für ihn. Undenkbar für sie, aber noch mehr für ihn. Sie wusste, wie wichtig das Treffen für ihn war. Wie sehr er sich die letzten Tage und Wochen nach einem Wiedersehen gesehnt hatte und besonders, als Baekhyun ihm von Amsterdam erzählt hatte.

Jetzt waren sie hier, zusammen und noch immer lag er friedlich neben ihr und schlief. Wie würde es sein, wenn er erwachte? Gestern hatten sie sich noch lange im Arm gehalten und geküsst, bis sie eingeschlafen waren. Aber jetzt war der Morgen danach. Sie kannte einige Morgen danach. Bisher nicht mit jemanden, mit dem sie so tief verbunden war wie mit ihm.

„Guten Morgen", hörte sie plötzlich seine verschlafene Stimme und blickte zu ihm. Die Sonne blendete ihn und er hatte Mühe, seine Augen zu öffnen.

„Guten Morgen", erwiderte sie und strich mit ihrer Hand vorsichtig über seine Wange.

Als er sie spürte, griff er nach ihrer Hand und schloss wieder die Augen. Er genoss es, sie zu fühlen, ihre weiche Hand und ihre Liebe, die sie ihm damit zeigte. Wie letzte Nacht. Arm in Arm waren sie eingeschlafen, nachdem sie sich noch unzählige Male geküsst und berührt hatten. Es fühlte sich wie ein Traum an und er ertappte sich dabei, dass er sich hin und wieder zwickte, um zu prüfen, dass es Realität war.

Zu schön schien der Moment mit ihr und dem Gewesenen, als dass es wirklich wahr sein konnte. Umso schmerzlicher würde der Abschied.

All das wieder hinter sich lassen zu müssen, für eine unbestimmte Zeit. Er wusste, dass es nur Baekhyun zu verdanken war, dass er all dies erleben durfte.

Würde sein Freund ihnen ein weiteres Mal ermöglichen oder hatte das Management vielleicht schon Verdacht geschöpft? Ein Schauer zog über seinen Rücken, wenn er nur daran dachte. Er musste es verdrängen, denn sie lag jetzt neben ihm. Er durfte die kostbare Zeit nicht durch seine Ängste verderben.

Noch zwei weitere Nächte, ehe er wieder in sein Leben zurückkehren würde. Aber nicht mehr das, welches er vor einem Tag verlassen hatte. Er hatte mit einer Frau geschlafen, sie gespürt und wieder wurde ihm bewusst, dass er dabei nicht an sie gedacht hatte. Auch wenn sie nichts sagte, so befürchtete er, dass er sie nicht glücklich machte. Er hatte sich fallen lassen und genommen. Hatte das Gefühl der Vollkommenheit erlebt, wie noch niemals zuvor in seinem Leben.

Was war mit ihr? War sie auch gekommen? So, wie manchmal in der Badewanne, wenn er zusehen durfte? Er konnte es nicht sagen, denn er kannte das Gefühl nicht. Er wusste, wie sie bei einem Höhepunkt klang. Aber gestern war alles anders gewesen. Er hätte nicht einmal einen Panzer bemerkt, der durchs Zimmer fuhr. Sollte er sie fragen? Allein bei dem Gedanken brannten seine Wangen.

„Die Sonne ist warm", lachte sie und gab ihm einen Kuss auf die Wange.

„Ja … sie ist warm", wiederholte er schnell und schämte sich, dass sie die Röte bemerkt hatte, auch wenn die Sonne nicht der wahre Grund war.

„Was wollen wir heute machen?", fragte sie und überging seine offensichtliche Unsicherheit.

„Ich weiß nicht, vielleicht in die Stadt gehen, so wie wir es in London getan haben?"

„Sollten wir vorher Baekhyun fragen? Falls er etwas geplant. Immerhin seid ihr offiziell geschäftlich da."

„Er sagte, dass wir nur ein paar Bilder machen müssten. Das reicht morgen auch noch. Jedoch wird es nicht ohne Bodyguard gehen", sagte er und etwas Trauriges lag in seiner Stimme.

„Es sind Bodyguards von Baekhyun. Also ist alles in Ordnung", versuchte sie ihn aufzumuntern und sah, dass er zu lächeln begann.

Sie wollte aufstehen, doch Hyeong-Joon schüttelte den Kopf. Er zog sie in seine Arme und küsste sie so lange, bis beide atemlos nach Luft rangen. Der Moment des Erwachens und das Bewusstsein, dass sie gestern einander näher waren als jemals zuvor, ließ kein Unbehagen mehr in ihm aufkommen. Zu oft hatte er sie in der Nacht angesehen und heimlich beobachtet, wie sie schlief. Erst, als auch sie offenbar aufgewacht war, hatte er seine Augen geschlossen und so getan, als würde er schlafen, bis ihn letztendlich die Müdigkeit übermannt hatte. Ein Wunder, denn er spürte unendlich viel Energie in seinem Körper.

Es fühlte sich anders an. Es war nicht nur Adrenalin, Aufregung oder Freude. Zum ersten Mal in seinem Leben war es, als würde er leben. Beschränkungen, die ihn all die Jahre begleitet und in enge Grenzen gesperrt hatten, existierten im Moment nicht. Und an übermorgen, wenn sie wieder abreisen mussten, wollte er nicht denken.

Er schloss die Augen und küsste diese Frau, bis ihm schwindelig wurde. Und folgte ihr schließlich zu einem neuen Abenteuer. Einer gemeinsamen Dusche. Das damit endete, dass er erneut ein erstes Mal erleben durfte. Und begleitet von Küssen zumindest für ihn erneut in einem Höhepunkt endete.

KAPITEL 20

Gut maskiert verließen sie wenige Zeit später Hand in Hand ihr Hotel. Amsterdam lag vor ihnen, strahlte ihnen mit seiner wundervollen Innenstadt entgegen. Und hinter ihnen zwei Bodyguards, die jedoch zivil getarnt ausreichend Abstand hielten.

Es war kalt. Davon bekamen weder Hyeong-Joon noch Susanne etwas mit. Gestern hatte sie die Führung übernommen. Weil er es so wollte. Heute würde sie diese an ihn zurückgeben. Sie brauchte nicht lange zu warten, bis er ihre Hand nahm und sie nahezu durch die Stadt zog und schob.

Er entdeckte eine ihm unbekannte Welt und schien voller Begeisterung aufzublühen. Nicht nur Amsterdam mit seinen Kanälen, auf denen sich große Boote hindurchschoben, unzählige Cafés, in denen die Leute, wenn auch mit Abstand, gemütlich zusammensaßen. Es war das Gesamte, was ihn so faszinierte. Er lief mit seiner großen Liebe durch eine wunderschöne Innenstadt und fühlte sich frei. Die Maske half ihm, sein wahres Ich zu verstecken. Auch wenn die Möglichkeit, dass er hier erkannt werden wurde, sehr gering war. In Korea undenkbar. Eingeschworene Fans würden ihn selbst an seinen Händen, seinem Haarschnitt oder seinem Gang erkennen. Hier blickte niemand auf ihn und wenn, dann nur kurz. Er gewann immer mehr Sicherheit, auch wenn sie in die einzelnen Geschäfte gingen. Je mehr Zeit sie damit verbrachten, sich die Auslagen anzusehen, umso sicherer wurde er. Sie spürte, dass Joona sich zusehends entspannte und sich an all dem erfreute.

„Wollen wir etwas trinken?", fragte sie ihn, nachdem sie einige Stunden herumflaniert waren.

„Ja, gerne, wo willst du hin?"

„Vielleicht gleich in das Café", antwortete sie und zeigte auf eines, das auf der gegenüberliegenden Seite lag. Es ähnelte einem Studentencafé. An den Wänden sah man die Backsteine, aus welchem das Haus gebaut worden war, und grobe Holztische mit unscheinbaren Plastikstühlen bildeten das Mobiliar. Es war einfach, sehr einfach gehalten und dennoch passend für sie. Bereits als sie das Café betreten hatten, drang ihnen ein Duft aus Kaffee und Kuchen entgegen. Auch ihm war es nicht entgangen und sie bemerkte seinen suchenden Blick, der durch den

Raum wanderte. Aber nicht auf der Suche nach einem freien Platz, sondern der Kuchentheke. Er brauchte nicht lange, um sie zu finden, und seine Augen weiteten sich vor Freude. Gebäckteile in vielerlei Farben waren auf Etageren und Blechen verteilt. Seine Augen hafteten auf der Auslage. Als den Blick der Verkäuferin bemerkte, wendete er ihn ab.

„Wollen wir uns hier hinsetzen?“, fragte er nun stattdessen und deutete auf einen der freien Plätze.

Die Bodyguards wählten einen Tisch etwas entfernt, um, wie von Baekhyun angewiesen, die Privatsphäre zu wahren. Susanne sah ihn etwas verwundert an, denn der Platz war nahe am Fenster. Er wurde mutiger. Mit jedem Schritt, den sie in Amsterdam gegangen waren und er nicht angesprochen worden war oder ein Blick länger auf ihm verweilt hatte, wurde er sicherer.

„Gerne, dann können wir die Leute ein wenig beobachten“, grinste sie und setzte sich.

„Was möchtest du trinken?“, fragte sie und gab ihm eine der Speisekarten, die auf dem Tisch lagen.

„Einen Kaffee“, erwiderte er und legte die Karte wieder auf den Tisch zurück.

„Und was willst du essen?“

Mit großen Augen sah er sie an. Was er zum Essen wollte? Sie fragte schon wieder, was er wollte.

„Weißt du schon, was du willst?“, fragte sie erneut.

Seine Blicke huschten blitzschnell zum Kuchenbuffet hinüber, auch wenn er von dem Platz aus nicht wirklich etwas sehen konnte. Sie lächelte, denn sie spürte, dass er mit sich rang. Es war wie in London, als sie ihn gefragt hatte, was er mochte. Er war im Kopf noch gefangen in seinem bis dato gelebten „Diät-Gefängnis“.

Nicht weit von ihnen entfernt wurden bereits die beiden Bodyguards bedient. Die würde es nicht im Geringsten interessieren, was er aß. Vielleicht Baekhyun, da er auf dessen Wohl achtete und sich selbst nur selten dem Genuss von Süßigkeiten hingab, wie er ihr einmal lächelnd gestanden hatte. Aber er war nicht da und somit gab es keinen Grund, dass Joona auf etwas verzichten sollte. Unsicherheit breitete sich auf seinem Gesicht aus, als er von dem Buffet zurück zu ihr blickte.

„Ich kann leider nichts essen, aber es würde mir Spaß machen, dir dabei zuzusehen“, lächelte sie und blinzelte ihm zu.

Sein Blick wanderte kurz zu den Bodyguards, die sie zwar beobachteten, aber so zurückhaltend, dass niemand auch nur im Entferntesten ahnte, dass sie zusammengehörten. Sollte er es wagen? Niemand würde davon wissen oder sah man es ihm danach an? Wieder und wieder hatte das Management ihm gesagt, dass er keine Nudeln essen durfte, da sein Gesicht dick danach aussehen würde. Es waren noch zwei Tage, bis er wieder zurückfliegen musste, und bis dahin wollte er dann weniger essen. Niemand würde bemerken, dass er Süßes gegessen hatte. Sie sah, wie seine Augen zu leuchten begannen, auch wenn sie nicht wusste, welcher Gedanke es gewesen sein konnte. Bis die Bedienung kam und auch ihre Bestellung aufnahm.

„Guten Morgen, was darf ich Ihnen bringen?", fragte die junge Frau freundlich und hielt bereits einen Stift und Zettel bereit.

„Ich nehme bitte ein Mineralwasser."

„Und ich einen Kaffee", sagte Joona. Sie war verwundert. Haderte er mit sich? Soeben strahlten seine Augen noch und nun bestellte er nur einen Kaffee?

„Und welchen Kuchen wolltest du?", ergriff sie nun die Initiative. Bewusst hatte sie ihre Stimme strenger klingen lassen. Etwas, das ihm nicht entging und dazu führte, dass er sie für einen Moment erschrocken anblickte. Als er jedoch das Zucken ihrer Lippen sah, welches ein angedeutetes Lächeln verbarg, begann auch er zu lächeln.

„Ich nehme bitte einen Donut."

„Und welchen? Mit Erdbeere, Schokolade, Vanille, Haselnuss …"

„Mit Schokolade", sagte er schnell und sie sah, wie seine Wangen leicht erröteten. In diesem Moment war er wie ein Kind. Er freute sich auf etwas Süßes, obwohl es das Normalste der Welt war. Aber nicht in seiner, wie sie schmerzlich feststellen musste.

„Haben Sie sonst noch einen Wunsch?"

„Nein, danke", erwiderte er schnell und sie spürte, dass er weiterhin mit sich rang. Warum auch immer.

Kaum, dass die Bedienung ihnen den Rücken zugewandt hatte, sah sie seinen zweifelnden Blick. Es dauerte nicht lang, da ging ein sichtbarer Ruck durch seinen Körper.

„Entschuldigen Sie, ich möchte gerne noch einen mit Vanille", rief er der Kellnerin nach, die es daraufhin auf ihren Zettel notierte und lächelnd ging.

Susanne sagte nichts, denn es war auch nicht nötig. Er blickte etwas unsicher zu ihr und lächelte zaghaft.

„Warum so unsicher?"

„Es ist wie im Schlaraffenland und ich begehe vielleicht einen Fehler", erklärte er verlegen.

„Einen Fehler, wenn du zwei Donuts isst?"

„Ja, danach wird mein Gesicht dick aussehen", erwiderte er und es schien, als würde er seine Entscheidung bereits bereuen.

Wie konnte er nur so etwas denken? Weshalb sollte man nach zwei Donuts dick aussehen?

„Wie kommst du auf so einen Schwachsinn?", fragte sie ihn geradeheraus und ihre klare Art war etwas, was er liebte, aber auch fürchtete.

„Weil es das Management sagte. Deshalb esse ich auch keine Nudeln."

Was für ein Nonsens, hätte sie am liebsten laut ausgerufen. Doch vor ihr saß ein junger Mann, dessen Leben seit Jahrzehnten von anderen gesteuert wurde. Schlimmer noch, sie hatten ihn offenbar in solch einer Weise manipuliert, dass er etwas glaubte, was physisch überhaupt nicht möglich war! Nicht bei der Menge und dem Zeitraum, wie er dachte.

„Niemand wird es nur ansatzweise erahnen, dass du Donuts gegessen hast. Kein Körper der Welt ist in der Lage, das Essen so umzusetzen, dass man es sofort sieht. Keiner", betonte sie nochmals ausdrücklich und zeigte auf ihren Körper.

„Das ist die harte Arbeit von Jahren", lachte sie und fuhr sich mit der Hand durch ihre blonden Haare. Sie hatte es geschafft. Er begann zu lächeln, auch wenn sein Denken dies erst einmal verarbeiten musste.

Wie mochte es sich anfühlen, über Jahre hinweg Dinge gesagt zu bekommen, und nun wurden sie mit einem Satz revidiert oder zumindest ins Wanken gebracht? Es war keine Zeit mehr zum Nachdenken, denn die Bedienung kam mit ihrer Bestellung zurück. Als sie die Sachen vor ihnen abstellte und er den Teller mit den Donuts sah, waren alle Restzweifel verschwunden.

„Lass es dir schmecken", lächelte sie, öffnete ihre Flasche Mineralwasser und goss sich etwas ins Glas. Etwas unsicher blickte er noch auf die Donuts, ehe er den mit Schokolade nahm und vorsichtig hineinbiss. Voller Glück schloss er die Augen und seufzte genüsslich.

Susannes Herz pikste gewaltig. Sie würde lachen, wenn es nicht so traurig wäre. Ein junger Mann saß vor ihr und genoss etwas Süßes. Das Normalste der Welt. Für ihn musste es sich anfühlen wie Weihnachten, Ostern und Geburtstag zusammen. Er schien aufzuleben. Aber die alten Muster ließen ihn nicht los. Bevor er den zweiten Bissen nahm, blickte er aus den Augenwinkeln zu den Bodyguards, die jedoch nicht den Eindruck erweckten, als würden sie sein Handeln verurteilen. Im Gegenteil, auch sie konnten der Versuchung nicht widerstehen und hatten sich ebenfalls welche bestellt.

Für Susanne selbst waren die göttlichen Teilchen Tabu, denn die Inhaltsstoffe, welche sie nicht kannte, könnten einen Anfall auslösen. Und dies wollte sie nicht riskieren. Nicht vor seinen Augen. Auch wenn sie tough war und alles regelte, fühlte sie durchaus Scham bei diesem Gedanken. Sie wusste, wie sich ihr Gesicht verändern würde. Schwellungen und Rötungen, welche es für kurze Zeit nahezu entstellten. Sie bekäme heftige Schmerzen und, wenn es ganz schlimm wurde, musste sie erbrechen. Sie konnte sogar in Ohnmacht fallen. Sie würde leiden. Doch noch mehr würde er mit ihr leiden, da war sie sich sicher und dies wollte sie ihm auf alle Fälle ersparen.

„Schmeckt es dir?", fragte sie und nippte von ihrem Wasser. Welch eine Frage dachte sie im gleichen Moment. Reste von Schokolade waren in seinen Mundwinkeln, während er bereits den anderen Donut verspeiste. Zu gerne hätte sie ihn jetzt geküsst. Das Süße von seinen Mundwinkeln mit ihrer Zunge geleckt, doch sie waren am falschen Ort. Und es bedeutete eventuell Anfall. Sie sehnte sich nach einem Kuss, einer innigen Berührung. Solange sie hier in der Stadt waren, würde er es nicht wagen. Und sie wollte nicht wieder die Initiative ergreifen. Sie mussten woanders hin und ein Lächeln umspielte ihre Lippen.

„Du lächelst?", fragte er und wischte sich mit seiner Serviette die Hände und den Mund ab.

„Ja, ich denke, wir gehen dann."

„Ich trinke nur noch meinen Kaffee", antwortete er und griff nach seiner Tasse.

„Nicht nur aus dem Café, sondern auch raus aus der Innenstadt."

„Und zurück ins Hotel?", fragte er und Aufregung lag in seiner Stimme.

Er war sofort in Gedanken bei gestern Abend und dem, was sie getan hatten. Wenn er nur daran dachte oder wie gerade eben, als sie durch ihr Haar gefasst hatte, spürte er seine Männlichkeit. Wie so etwas möglich war, begriff er nicht. Ihre Nähe berauschte ihn so sehr. Er wollte sie wieder spüren. Ganz nah. Heute Morgen, als sie geduscht hatten, er ihren Körper mit dem herrlich duftenden Duschgel eincremen durfte. Es hatte ihn glücklich gemacht. Wie oft hatte er sich in den letzten Wochen und Monaten nach diesem Duft gesehnt. Sie jetzt auch noch spüren zu können, war unbeschreiblich.

„Nein, Joona, ich habe etwas anderes vor", lächelte sie.

Er wirkte im ersten Moment etwas enttäuscht. Dann entspannte er sich wieder. Eigentlich war es ihm egal, was sie vorhatte. Er wollte sie an seiner Seite wissen. Am liebsten für immer.

Sie rief die Bedienung zu sich, welche kurz darauf kam und ihnen die Rechnung brachte. Joona bezahlte, nahm einen letzten Schluck von seinem Kaffee und kurze Zeit später verließen sie das Café.

„Und wo willst du hin?", fragte er, nachdem sie wieder auf der Straße standen.

„Zum Strand."

„Strand? Ich habe keinen gesehen", sagte er etwas irritiert und blickte sich suchend um.

„Er ist etwas weiter entfernt, am besten, wir nehmen meinen Wagen", lachte sie und blickte in sein erstauntes Gesicht.

„Was ist? Hast du Angst, ich kann nicht Auto fahren?"

„Nein, das nicht. Es ist nur …", sagte er langsam und deutete auf die Bodyguards.

„Die sollen uns in ihrem Wagen folgen", stellte sie sachlich fest und ging bereits Richtung Hotel. Sie hörte, dass er ihnen entsprechende Anweisungen gab, und wie erwartet hatten sie keine Einwände, sondern folgten ihnen zum Hotelparkplatz.

„Wie weit ist es etwa?", fragte Joona, nachdem sie bereits in ihren Wagen eingestiegen war und die Daten ins Navigationssystem eingab.

„Einen Moment", antwortete sie und sah auf das blinkende Display, das die Route errechnete. Bei der letzten Eingabe war sie noch zu Hause gewesen. In Zürich. Und hoffte, ihn bald wieder zu sehen. Dass es jedoch Hindernisse solchen Ausmaßes geben sollte, damit hatte sie zu keinem Zeitpunkt gerechnet. Aber das lag nun hinter ihr und vor ihnen ein Nachmittag am Strand.

„Etwa zwanzig Minuten Fahrt", sagte sie und sah, wie er zu den Bodyguards lief und es ihnen mitteilte. Sie nickten nur und stiegen dann in ihre Limousine.

„Auf zum Strand", rief sie erfreut, wartete, bis auch Joona bei ihr eingestiegen war, und startete den Wagen. Es war das erste Mal, dass sie allein in einem Wagen saßen, und dass sie den Wagen fuhr. Nicht er, der Mann, wie es bei Sajan üblich gewesen war. Choi Hyeong-Joon, ihr Joona, war da anders. Er musste nicht den Mann, den Helden der Stunde mimen. Er war Mann, durch und durch. Dem es nichts ausmachte, dass seine Frau stark war.

Während Susanne sich auf den Verkehr konzentrierte, beobachtete Joona sie verliebt. Ihm gefiel ihre Selbstständigkeit, ihr Selbstvertrauen, aber vor allem der Mut, welchen sie jeden Tag aufs Neue bewies. Sie bot ihrer Krankheit die Stirn, wie eben im Café. Nicht einen Moment hatte er das Gefühl, dass sie sich über ihr Leben beschwerte, als er diese herrlichen Donuts und den Kaffee genießen durfte, während sie an ihrem Wasser nippte.

Sie war etwas Besonderes und niemals in seinem Leben wollte er sie verlieren. Alleine der Gedanke daran brachte ihn zum Wahnsinn und trieb ihm Schweiß auf die Stirn. Niemals würde er etwas tun, um sie zu verlieren. Niemals. Diese Frau war ein Traum, sein Traum. Glücklich griff er nach ihrer Hand und schmiegte sich in den Sitz. Susanne lächelte ihn an und genoss, dass er neben ihr saß, die Augen schloss und ihre Berührung einforderte.

Zügig fuhr sie die Straßen entlang, hinaus in die Vororte, bis sie bereits von Weitem das Meer sahen. Die Sonne hatte die letzten Wolken vertrieben und strahlte ihnen nun entgegen. Wie erwartet, waren so gut wie keine anderen Leute am Strand. Vereinzelt gingen Paare spazieren oder man sah welche mit ihren Hunden, die vergeblich versuchten, die Wellen zu fangen. Es war November und eindeutig zu kalt, um einen gemütlichen Spaziergang zu machen. Aber genau die Zeit, welche ihnen nun eine kleine Freiheit gab, von der er noch nichts ahnte.

„Wir sind fast da", lächelte sie und steuerte den Wagen auf eine der großen Parkflächen. Es waren Betonflächen, die man mit einfachen Holzpfählen umrandet hatte. Hier war es nahezu leer.

„Das Meer", sagte er und starrte auf das Meer, während sie den Motor abstellte.

„Ja, es wird herrlich", lachte sie und stieg aus.

„Und windig“, fuhr sie fort, als der Wind ihr bereits durchs Haar fuhr und es wild herumwirbelte.

Auch er war ausgestiegen und wusste in diesem Moment nicht, was aufregender war. Das Meer, dessen Wellen unaufhörlich auf den Strand zurollten und wieder verschwanden, oder der Anblick von ihr. Sie schlug die Tür zu und trug noch etwas Lippenstift auf, ehe sie ihn aufmunternd anlächelte.

„Und, wollen wir ein Stück gehen?“, fragte sie und grinste.

„Ja, gerne“, antwortete er und schloss die Tür des Wagens.

„Der Mundschutz“, sagte er und griff in seine Jackentasche.

„Nein, den brauchen wir hier nicht. Niemand ist da, wir sind fast allein“, beruhigte sie ihn und deutete auf den Strand, der vor ihnen lag.

Sie überquerten den Fußgängerweg und liefen über die kleinen Dünen hinweg zum Strand. Je näher sie ihm kamen, umso windiger wurde es. Sie mussten gegen den Wind ankämpfen, doch die Aussicht war all die Mühe wert. Weit und breit war niemand mehr zu sehen. Nur noch sie, das Meer und die Bodyguards, welche entfernt standen.

„Wie traumhaft“, sagte sie und hielt sich die Hand über ihre Augen, da sie von der Sonne geblendet wurde.

Er achtete nicht auf die Sonne. Fasziniert blickte er auf das Meer hinaus. Der Wind wurde stärker und peitschte über das Wasser hinweg, fing vereinzelt Tropfen ein und trug sie bis zu ihnen. Einige benetzten sein Gesicht. Er nahm es nicht wahr. Seine Augen waren in die Ferne gerichtet, überwältigt von dem, was er sah.

Als sie sich zu ihm drehte und sein Staunen bemerkte, blieb ihr in diesem Moment nichts anderes, als ihn anzusehen. Er war faszinierend. Das Wunderbarste, was sie jemals in ihrem Leben gesehen hatte. Denn seine Schönheit war etwas Besonderes. Sie war nicht nur äußerlich, sondern auch innen. Tief in ihm war sie verborgen und nur selten konnte er sie so zeigen, wie er wollte.

„Es ist traumhaft“, sagte er und nahm ihre Hand.

„Genau wie du“, erwiderte sie und stellte sich vor ihn.

„Wie ich?“ Ungläubig blickte er zu ihr.

Er wäre traumhaft? Niemals zuvor hatte jemand so etwas zu ihm gesagt. Die Attribute, die man bisher für ihn verwendete, waren zumeist negativ und betrafen Dinge, die er nicht richtig gemacht hatte. Sie gab ihm ein völlig neues Gefühl zu leben. Jemand zu sein. Ehe er weiter darüber nachdenken konnte, beugte er sich zu ihr und küsste sie. Ihre Lippen waren kalt, wie der Wind, welcher sie umgab. Er zog sie zärtlich an sich und küsste sie mit all seiner Liebe, die er geben konnte.

Trug sie das gleiche, unbeschreibliche Gefühl in sich wie er? Immer wieder kamen Zweifel in ihm auf, doch ihre Küsse und Berührungen trugen sie hinweg. Stück für Stück. Er löste sich von ihr und sah in ihre Augen. Sie waren wunderschön und leuchteten. Genau wie ihr roter Lippenstift, den er so sehr liebte. Wie alles an ihr.

Eine weitere Böe erfasste sie, ließ ihre Haare wild im Wind flattern und erfasste auch sein Inneres. Er hatte das Bedürfnis, seine Jacke auszuziehen, und warf sie auf den Boden. Darunter trug er nur noch ein Shirt, an dem der Wind nun unaufhörlich zerrte. Er spürte es nicht. Genauso wenig den kalten Sand, nachdem er seine Schuhe ausgezogen hatte.

„Was machst du?", hörte er sie lachen.

Während er nun mit erhobenen Händen dastand und den Wind über sich hinwegfegen ließ, zog sie ihren warmen Mantel enger um sich und schüttelte lächelnd den Kopf. Er wirkte wie ein Gemälde, wie er so vor ihr stand, und ihr Geist schenkte ihr ein Bild, das sich für immer in ihr Gedächtnis einbrannte.

Joona war ein atemberaubender Mann, war es sich jedoch nicht ansatzweise bewusst. Susanne erfreute sich an dem Anblick seines markanten Kinns und des Ausdrucks auf seinem Gesicht, als er seinen Blick nun wieder über das Meer hinweg schweifen ließ.

Er genoss das Rauschen der Wellen, die Schaumkronen, welche herangespült wurden, um im nächsten Moment im Sand zu versiegen. Das Rascheln der Gräser, welche sich an den Dünen dem Wind ergaben. Er atmete tief ein und aus. Er sog die Luft ein und die Freiheit, welche er in diesem Moment damit verband.

Es war ein Moment der Stille, eines inneren Friedens, den auch Susanne spürte. Ihr war klar, dass sie einiges in seinem Leben verändert hatte und noch viele Änderungen kommen würden. Aber wie tief sie ihn berührte, wurde ihr in diesem Moment erst richtig bewusst.

Wie oft hatte sie an einem Strand gestanden, hatte die Wellen beobachtet oder den Sonnenuntergang? Was war mit ihm? Ein Blick genügte, um zu sehen, dass er es in dieser Form noch nie erlebt hatte. Vielleicht auch nicht durfte. Ob Baekhyun dies auch so bewusst war? Er hatte im Gegensatz zu Joona alle Facetten eines solchen Daseins erlebt. Vom gefeierten Star, zum Geächteten bis zu einer Auferstehung, die er letztendlich vor allem Choi Hyeong-Joon zu verdanken hatte.

Sie spürte, dass sie dieses Wissen berührte, mehr, als sie es sich bisher eingestanden hatte. Sie musste stark sein, für sich, aber auch für ihn. Übermorgen war er wieder in seiner Welt und sie in ihrer. Und wegen Corona war es ungewiss, wann sie sich wiedersehen würden. Dann war da noch die Frage nach dem Altersunterschied. Auch wenn sie glücklich war, so nagte diese kleine Tatsache an ihrem Gewissen. Er war immerhin mehr als zehn Jahre jünger als sie.

Ein weiterer Blick auf ihn half ihr jedoch, diese Gedanken zu bekämpfen. Seit wann interessierte sie es, was Leute zu sagen hatten? Dieser Mann hier machte sie glücklich.

Zum Teufel mit dem Altersunterschied, dachte sie nun energisch und verdrängte ihn. Joona liebte sie und für ihn gab es dieses Thema nicht.

Noch nicht, ermahnte sie wieder ihr Verstand.

Entnervt über sich schnaubte Susanne auf. Warum nur konnte sie dieses Thema nicht genauso sehen wie Joona? Sich einfach einmal fallen lassen? Genau wie er in diesem Moment. In ihr tauchte der Wunsch auf, ihm ihre Liebe zu beweisen durch ein Zeichen. Etwas, das symbolisch, aber aussagekräftig genug war, das … Sie sah es genau vor sich. Hierfür brauchte sie Hilfe. Schnell zog sie ihr Handy aus der Tasche. Als Joona sie fragend ansah, lächelte sie aufgeregt.

„Einen Moment, ich muss kurz eine Mail beantworten", sagte sie und tippte bereits etwas ein. Eine Nachricht an Baekhyun. Sie konnte sie gerade noch abschicken, ehe er bei ihr war.

„Es ist herrlich", hörte sie ihn sagen und spürte wenige Augenblicke später, wie er seine Arme um sie legte.

„Du musst dir unbedingt wieder etwas anziehen, es ist zu kalt", lachte sie.

„Gleich, aber erst will ich dich in meinen Armen halten", antwortete er.

Ehe sie noch etwas sagen konnte, küsste er sie bereits. Der Strandbesuch war neu für ihn, genau wie das Leben mit ihr. Es war zeitlich begrenzt und er schwor sich, jede Minute zu genießen und sich einzuprägen. Nie mehr wollte er dieses Gefühl missen. Stattdessen beschloss er, weitere solcher Momente mit ihr zu teilen. Wann immer es möglich wäre. Er würde Baekhyun bitten, ihn dabei zu unterstützen. Vielleicht noch am gleichen Abend, wenn sie zusammen Essen gehen würden. In einem kurzen Moment, an dem sie nicht mit am Tisch war.

Während er tief den Geruch des Meeres und ihrer windzerzausten Haare in sich aufnahm, hielt er sie fest im Arm. Sie war sein. Und zumindest für diesen Moment bildete er sich ein, dass er sie nie mehr im Leben loslassen würde.

***

Stundenlang spazierten sie am Strand entlang, ehe sie wieder in ihr Hotel zurückkehrten. Baekhyun wartete bereits auf sie. Er hatte das Abendessen in einem nahe gelegenen Restaurant gebucht und dafür gesorgt, dass sie abgeteilt von den anderen Gästen ungestört essen konnten.

Es war für Joona eine Premiere. Denn niemand sagte ihm, was er zu essen und zu trinken hätte. Er konnte selbst entscheiden. Eine Erfahrung, die erst durch sie möglich wurde. Joona wusste, dass er durch sie noch vieles lernen, aber vor allem entdecken würde. Und dies sollte sich später auch im Hotelzimmer wieder beweisen.

***

„Möchtest du mit mir baden?“, fragte Susanne und zog bereits ein verführerisches Negligé aus dem Schrank.

Mit leicht geöffnetem Mund starrte er auf das verführerische schwarze Teil, das nur aus zarten Spitzen zu bestehen schien. Ein Hauch von Nichts. Ähnliche Kleidungsstücke hatte sie auch bei ihren online Treffen getragen. Aber es war etwas ganz anderes, es nun vor Augen zu haben und berühren zu können.

„Hallo? Baden?“

Joona antwortete nicht, denn sein Blick lag auf dem schwarzen, durchsichtigen Etwas, das sie zwischen ihren Händen hielt. Seine Jeans offenbarte deutlich, was er gerade fühlt.

„Ich denke, das ist ein ja“, lachte sie und ging bereits ins Bad.

Etwas unsicher folgte er ihr und überlegte, was er nun tun sollte. Was würde sie von ihm erwarten? Dass er sie auszog? Allein bei dem

Gedanken wurde ihm heiß, mehr, als er im Moment ertragen konnte. Sie öffnete bereits den seitlichen Reißverschluss ihres Kleides.

„Willst du mir behilflich sein?", fragte sie und sah in seine bewundernden Augen, die auf ihr ruhten. Aber nicht lüstern wie bei all den anderen Männern, die sie kennengelernt hatte, sondern *besonders*. Es war ein ehrfürchtiger Blick. So, als ob er sich nicht einmal traute, in ihre Nähe zukommen.

Seine Blicke wanderten über ihre Haare, ihr Gesicht, bis zu dem geöffneten Reißverschluss. Er konnte bereits erste Stellen ihrer Hüfte sehen. Es verschlug ihm erneut den Atem. Sie war wunderschön und er konnte es kaum noch erwarten, bis er sie ganz sah. Nackt, im Kleid ihrer Geburt, wie er es nannte. Er zögerte. Geduldig nahm sie seine Hand und führte sie zum Reißverschluss, bis dieser vollends geöffnet war.

„Und jetzt ziehst du mir das Kleid aus", forderte sie sanft.

Langsam, mit zitternden Händen, schob er das Kleid an den Schultern herunter, bis es zu Boden fiel. Sie trug noch ihre Unterwäsche, spitzenbesetzte Dessous, die ihre Rundungen reizvoll zur Geltung brachten. Es pochte in ihm und seine Jeans wurde viel zu eng. Sein Verlangen nach ihr machte ihn schwindlig.

Susanne bemerkte seine Aufregung, was dazu führte, dass sie lächelte.

„Wie ich sehe, denkst du an das gleiche wie ich", grinste sie und begann damit, sein Shirt auszuziehen.

Joona konnte kaum atmen, so sehr wollte er sie. Jetzt und hier. Er brauchte kein Bad mehr, keine weitere Zeit. Sein ganzer Körper sehnte sich nach dem Gefühl von gestern Abend. Als er sie zum ersten Mal hatte haben dürfen und sie ihm all die Liebe gab, die er nie zuvor verspürt hatte.

Seine Scheu hielt ihn auf. Er wagte es nicht, sie mit seiner ungeduldigen Sehnsucht zu überfallen. So sah er schweigend zu, wie sie sein Shirt auf den Boden warf und nach dem Knopf seiner Hose tastete. Sie ließ sich viel Zeit beim Öffnen seiner Jeans. Ihre Augen beobachteten ihn, während sie den Reißverschluss nach unten zog. Jeder Zentimeter, den sie ihn weiter öffnete, ließ sein Herz brennen. Doch er blieb ruhig stehen und versuchte, sich und seine Sinne unter Kontrolle zu halten. Als sein Kleidungsstück zu Boden rutschte, nahm sie seine Hand, drehte sich halb und führte sie zum Verschluss ihres BHs. Er schluckte unsicher und wurde rot.

„Könntest du ihn bitte öffnen?“

Er sollte ... dieses Teil ... öffnen?! Was machte sie nur mit ihm? Starr stand er vor ihrem Rücken und blickte mit großen Augen darauf. Als er sie nicht berührte, drehte sie ihren Kopf zu ihm und lächelte ihn liebevoll an.

„Was ist los? Weißt du nicht, wie das geht?“

„Nein ... ich ... Moment“, waren die einzigen Worte, die jetzt noch über seine Lippen kamen, ehe er versuchte, den Verschluss mit seinen zitternden Fingern zu öffnen. Es dauerte ein wenig, doch irgendwann hatte er es geschafft und streifte die Träger über ihre Schultern. Der Stoff fühlte sich weich an, angenehm. Ein Schauer durchfuhr ihn. Über ihrer Schulter sah er ihre wunderschönen, prallen Rundungen, als der Stoff hinabglitt. Seine Männlichkeit drängte begehrlich gegen seinen Slip, als er den BH zu seiner Jeans auf den Boden gleiten ließ.

Als sie sich schließlich zu ihm umdrehte und ihm ihren nackten Oberkörper präsentierte, sog er hart die Luft ein. Er war fasziniert und verliebt und konnte nichts anderes tun, als sie anzusehen. Sein Blick wanderte über ihren Körper. Immer wieder.

„Gefällt dir, was du siehst?“

„Ja“, hauchte er atemlos und hatte Mühe, seine Gefühle unter Kontrolle zu halten. Am liebsten hätte er sie in seine Arme gezogen, an sich gepresst, damit er ihre weiche Haut auf seiner spüren konnte. Doch sie war schön, zu schön, als dass er sich all das traute, was er in seinen Träumen so oft gesehen hatte.

Respekt, mahnte er sich. Denn er war kein Tier, sondern ein Mann. Er bewunderte seine Liebe und dachte an das, was er auf dem Weg zum Hotel gelernt hatte.

***

„Du musst eine Frau mit Respekt behandeln“, mahnte ihn Baekhyun, als sie in der Limousine zum Hotel fuhren. Baekhyun sah ihm an, dass er noch immer mit den Gedanken beim Kondom und der Banane war. Er wollte seinem jungen Freund klarmachen, dass nicht Verhütung das Wichtigste war, sondern etwas anderes.

„Sie sind für uns wichtig. Mehr als wir für sie. Sie unterstützen dich, stehen an deiner Seite, helfen dir. Und das Wichtigste, sie können dir

Liebe zeigen und geben, wie du es noch nie in deinem Leben verspürt hast", sagte er und blickte Hyeong-Joon aufmerksam an.

Was sollte er antworten? Unerfahren wie er war, wusste er nicht viel über Frauen. Warum musste er ausgerechnet jetzt alles lernen? Gleich würde er sie sehen, in wenigen Minuten. Was konnte ihm Baekhyun da noch beibringen?

Wieder sah er das Kondom über der Banane und erneut spürte er eine Unsicherheit. Baekhyun war verheiratet, hatte eine wunderschöne Frau und ein süßes Kind. Er selbst würde vielleicht bald seine Unschuld verlieren. Vielleicht. Nun auch noch Respekt und weitere Dinge? Zu viele Eindrücke, zu viele Informationen, die sein Kopf im Moment nicht verarbeiten konnte. Baekhyun schien dies zu bemerken, beugte sich etwas näher zu ihm und fasste ihn an die Schulter.

„Keine Sorge, wir mussten es alle erst lernen, durch Erfahrungen. Ich möchte meine mit dir teilen. Damit du keine unnötigen Fehler machst."

Hyeong-Joon nickte und sah ihn aufmerksam an. „Aber … wenn … aber … ich …"

Ein Zeichen für Baekhyun, dass sein junger Freund innerlich aufgeregt war. Bereits zu früheren Zeiten hatte dieser im Stress zu stottern begonnen. Im Moment hatte er Stress. Wenn auch durchaus positiven.

„Beruhige dich. Sie wird dich sicherlich ein wenig führen, zur Hand nehmen. Also nehme es an und lerne. Denke immer daran, frage, ob sie es auch will. Das ist wichtig. Nein ist nein. Du musst immer fragen und ihr so deinen Respekt zeigen", hatte er ihm eindringlich gesagt.

***

Ob sie es auch will. Das ist wichtig. Genau diese Worte tanzten nun in Joonas Kopf auf und ab, wie sein Herz, das immer schneller schlug.

Susanne stand geduldig vor ihm und beobachtete ihn aufmerksam. Solch faszinierende und liebevolle Blicke hatte sie noch niemals zuvor gesehen. Er war schüchtern, zumindest im Moment. Gestern, als sie ihn in sich gespürt hatte, war all dies verschwunden.

Langsam griff sie nach seiner Hand und führte sie zu ihrem Slip. Seine Augen weiteten sich. Als er ihre Haut spürte, wurde er noch unruhiger. Sie konnte es an seiner prachtvollen Männlichkeit sehen, die kaum noch zurückgehalten werden konnte. Er zeigte seine Leidenschaft so freimütig und zitterte dennoch bei dem Gedanken, sie zu entkleiden. Das gefiel ihr sehr.

„Zieh mich aus", forderte sie ihn auf.

Er zögerte. Voller Geduld begann sie damit, ihn auszuziehen. Da endlich überwand er sich und tat es ihr gleich. Wenige Augenblicke später standen sie einander nackt gegenüber. Er in seiner vollen Männlichkeit und sie mit dem Verlangen, ihn jetzt bei sich zu haben, ihn zu spüren. So ließ sie das Wasser in den Whirlpool ein und nahm seine Hand.

„Komm, das wird uns guttun", sagte sie aufmunternd und stieg bereits in den Pool. Vorsichtig ließ sie sich hineingleiten und wartete, bis auch er zu ihr kam. Er sah sie verunsichert an.

„Setz dich hinter mich, dann kann ich mich an deine Brust kuscheln."

Er ließ sich hineingleiten und spürte Sekunden später ihren warmen Rücken an seiner Brust. Sie lehnte ihren Kopf gegen seine Schulter und blickte in seine Augen.

Er war verunsichert. Sie musste doch seine volle Männlichkeit spüren. War dies okay? Fühlte sie sich nicht zu sehr bedrängt von seiner Sehnsucht?

Susanne nahm seine Hand und führte sie zu ihrer Brust. Ein tiefer Seufzer entglitt seiner Kehle, als er ihre Brustwarze an der Innenfläche seiner Hand spürte. Es erregte ihn, sie so in seinen Armen halten zu dürfen. Sie zu spüren, zu fühlen. Und wieder fragte er sich, ob alles nur ein Traum war und er irgendwann erwachen würde.

Weiter kamen seine Gedanken nicht. Schon drehte sie sich und küsste ihn. Mit ihren wundervollen Lippen und ihrer zarten, suchenden Zunge. Ihre Brüste drängten gegen seinen Oberkörper und er streichelte sie zärtlich, drückte die prallen Rundungen, die so wunderschön waren. Stöhnend bemerkte er ihre suchende Hand.

Als sie seine Männlichkeit in ihren Händen hielt, versagte ihm der Atem. Ein lustvolles Keuchen entwich seinem Mund und er ließ den Kopf in den Nacken fallen, während sie ihn küsste.

Wie lange würde er es noch ertragen können? Sie war so zärtlich, so liebevoll. Er wollte sie, am besten jetzt sofort. Er musste sie fragen, hatte Baekhyun ihm gesagt, erst fragen, um ihr seinen Respekt zu zeigen. Aber wie?

Susanne ahnte nichts von seinen Ängsten, sie führte seine Hand zwischen ihre Beine und zeigte ihm, was sie ersehnte. Vergessen waren all seine Bedenken. Er ließ sich ein weiteres Mal von ihr führen. Weg von hier, an einen Ort, den sie sich beide gestern Abend geschaffen hatten.

Kapitel 21

Als Susanne am nächsten Morgen erwachte, fühlte sie sich schlecht. Ihr Kopf schmerzte und ihr Herz pochte heftiger, als sie es sonst gewohnt war. Etwas stimmte nicht. Als sie die Augen öffnete, lag Joona nicht neben ihr. Was war passiert?

„Joona?", rief sie und hatte im gleichen Moment das Gefühl, als ob ihr Kopf zerspringen würde.

Es war ein Anfall! Aber warum ausgerechnet heute? Hatte sie nicht extreme Vorsicht walten lassen? Sie war noch schlaftrunken, konnte kaum klar denken. Der Anfall schwächte sie zusätzlich.

„Guten Morgen", hörte sie Joonas Stimme kurz darauf, als er aus dem Bad kam. Nach einem Blick auf seine Haare war ihr alles klar. Sie waren schwarz! Nicht mehr der schöne Kupferton, den sie so sehr liebte.

„Was hast du getan? Deine Haare …"

„Ich musste sie nach dem Stil der Figurvorgabe ändern. Heute ist das Alibi-Shooting", sagte er und sah sie erschrocken an. Ihr gesamtes Gesicht war rot und wirkte geschwollen. „Was ist los?"

„Ich habe einen Anfall", sagte sie und stand auf, um ins Bad zu gehen. Kaum, dass sie es erreicht hatte, übergab sie sich ins Waschbecken.

„Aber warum?", hörte sie ihn aufgeregt rufen.

„Deine Haarfarbe. Ich bin krank. Allergisch", murmelte sie, ehe sie sich erneut übergeben musste.

„Meine Haarfarbe? Oh Gott, oh Gott …"

Joona erinnerte sich, welche Trigger sie ihm als Anfallsauslöser aufgezählt hatte. Selbst in London, beim Lackieren der Fußnägel, hatte sie ein Tuch vor ihr Gesicht gehalten. Voller Bedauern riss er sich die Kleider vom Leib und sprang unter die Dusche. So schnell er konnte, spülte er Tönung, Festiger und Haarspray aus dem Haar. Dann eilte er zu Susanne, half ihr beim Ausspülen von Mund und Haar und trug sie anschließend ins Bett.

„Was kann ich tun?" Er war leichenblass und verzweifelt. Was hatte er nur getan?

Susanne suchte mit den Augen nach ihrem Gepäck. Sie brauchte ihre Medikamente, hämmerte es in ihrem Kopf. Langsam deutete sie auf ihre Notfalltasche. Es lag immer alles griffbereit.

Joona nahm zuerst das Messgerät und prüfte den Blutdruck. 195/133. Wow. Erschrocken starrte er sie an. Susanne lächelte matt. Zu hoch, wie erwartet. Sie zeigte auf ihr Notfallmittel und setzte sich aufrecht ins Bett. Er gab ihr die Medizin und wartete. Sie schloss die Augen, während die Kopfschmerzen gegen ihren Schädel hämmerten. Ihr ganzes Gesicht sowie der Rest des Körpers pulsierten.

Beruhigend streichelte sie dem völlig geschockten Hyeong-Joon über die Wange. Es war ein Versehen, er hatte nicht wissen können, dass sie ausgerechnet auf die Färbemittel reagierte. Aber dieser Gedanke konnte sie jetzt nicht wirklich trösten. Ein Anfall in seiner Gegenwart. Erbrechen genau neben ihm.

Hervorragend, dachte sie sarkastisch. Sie hatte vermeiden wollen, dass er sie jemals so sehen würde. Jetzt war es zu spät. Er bekam das schreckliche Ausmaß ihrer Krankheit mit. Nun wusste er, was solch ein Anfall bedeutete. Sie war eine alte, kranke Frau. Da war es wieder. Der Altersunterschied. Ihr war nicht einmal klar, dass sie diese Worte aussprach. Erst als Joonas Augen sich mit Tränen füllten, nahm sie ihn wieder wahr.

„Was habe ich nur getan!“, rief er verzweifelt.

Er wollte in diesem Moment sterben. Er war schuld, dass es ihr nicht gut ging. Das schlimmste war, er konnte nichts tun, um ihr zu helfen. Nichts. Er musste mit ansehen, wie sie litt.

„Setz dich zu mir“, forderte sie ihn erschöpft auf und sah auf das Display ihres Messgerätes. Noch immer zu hoch, aber das Medikament müsste bald wirken.

„Setz dich“, wiederholte sie.

„Ich … ich … bin … wegen mir …“

„Beruhige dich. Es war ein Versehen. Ich habe mein Medikament genommen, dann wird es wieder“, sagte sie und versuchte zu lächeln. Es missglückte, zu sehr pochte es noch in ihrem Gesicht.

Sie konnte nichts tun, um ihn zu beruhigen. Er blickte zu ihr und in seinem ganzen Gesicht stand Schuld. Er war der Grund, warum es ihr nicht gut ging. Und nichts und niemand hätte ihn in diesem Moment davon überzeugen können, dass es ein Versehen war.

„Schau, der Blutdruck geht wieder runter. Aber ich denke nicht, dass ich dich zum Shooting begleiten kann. Ich werde mich ausruhen und heute Abend mit dir essen gehen. Mir geht es gut, du musst dich nicht sorgen. Du musst auf jeden Fall diese Fotos machen. Das ist unser Alibi. Ja?“

Joona nickte zustimmend, auch wenn sein Herz danach schrie, bei ihr zu bleiben. Er hatte keine Wahl. Sie mussten Fotos machen, als Alibi für die Reise. Baekhyun hatte ihm ohnehin sehr viele Freiheiten gelassen. Bis auf diesen Termin hatte Joona nirgends erscheinen müssen. Nur dieses Shooting war fest vereinbart. Er konnte und durfte Baekhyun nicht enttäuschen.

Ihm blieb noch eine Stunde, ehe er gehen musste, und diese Zeit wollte er noch mit Susanne verbringen. Vorsichtig setzte er sich neben sie auf das Bett und hielt ihre Hand.

„Es tut mir leid“, begann er.

„Sch … Es war ein Versehen“, tröstete sie ihn und sah erneut auf die Anzeige.

„Es hat sich fast wieder normalisiert.“ Sie hielt ihm das Gerät hin und er starrte auf die Zahlen. Wie erwartet, war er überfordert. Er sah nur sie, ihr Leid und dass er es hätte besser wissen müssen.

„Ich werde mich jetzt noch ein wenig hinlegen und du gehst zu deinem Shooting. Wir treffen uns später wieder und dann bin ich wie neu“, sagte sie und legte sich hin.

Noch immer harrte Joona neben ihr aus und hielt ihre Hand. Er sagte nichts und auch sie wollte nicht mehr reden. Der Schmerz hatte ihren Körper geschwächt und sie brauchte jetzt Ruhe und etwas Schlaf.

Susanne schloss die Augen und spürte, wie er zärtlich über ihre Hand strich, so lange, bis sie eingeschlafen war.

Joona blickte auf ihr Gesicht, dessen Rötung nach und nach verschwand. Sie war wunderschön, selbst dann noch, als die Krankheit sie übermannt hatte. Es gab keine Entschuldigung dafür, dass er so leichtfertig mit ihr umgegangen war. Warum hatte er nicht daran gedacht, dass das Mittel sie schädigen könnte? Würde sie ihn jetzt verlassen, weil er solch ein Fehler begangen hatte? Immerhin wusste er von ihrer Krankheit, hatte sogar im Internet darüber nachgeforscht. Wie hatte er es nur vergessen können?

Angst kroch in ihm hoch und überflutete seinen ganzen Körper. Am liebsten wäre er in den nächsten Stunden an ihrer Seite geblieben. Ihm blieb keine Wahl. Er musste gehen, sie jetzt hier allein zurücklassen. Das Shooting war geplant und die Fotografen bereits informiert.

Wieder und wieder küsste er ihre Hand, ehe er sie sanft auf das Bett zurücklegte und zu Baekhyun ging.

Der wartete an einer der Limousinen bereits auf ihn und begrüßte ihn mit einem breiten Lächeln. Als er jedoch sah, dass Susanne fehlte, hielt er inne.

„Was ist mit SusanneShi?“, fragte er.

„Sie fühlt sich nicht wohl“, erwiderte Hyeong-Joon und stieg in den Wagen. Er kämpfte mit den Tränen.

„Was ist passiert? Braucht sie einen Arzt?“, fragte Baekhyun, als der Wagen sich langsam in Bewegung setzte.

„Nein, sie hat ihre Medikamente dabei.“

„Warum bist du dann so niedergeschlagen?“

Hyeong-Joon fühlte sich unwohl dabei, über den Vorfall zu sprechen, aber er war seinem Freund eine Antwort schuldig. Eine ehrliche Antwort.

„Sie hatte einen Anfall … meinetwegen.“

Baekhyun sah ihn zweifelnd an, bis Hyeong-Joon ihm alles erzählt hatte. Bedauerlicherweise musste er zugeben, dass Hyeong-Joon schuldig war. Auch wenn es keine Absicht gewesen war, Unachtsamkeit war kein guter Anfang in einer Beziehung.

Hyeong-Joon hatte deshalb keinen schönen Tag. Das Ereignis des Vormittags verfolgte ihn den ganzen Tag über. Immer wieder sah er sie vor sich. Wie sie gelitten hatte und wie sie innerhalb von Sekunden kollabiert war. Die Schuldgefühle verfolgten ihn, bis er endlich eine erlösende Nachricht in Form eines wunderschönen Fotos von ihr erhielt. Sie war wieder wach, hatte geduscht, würde nun eine Kleinigkeit essen. Und sehnsüchtig auf ihn warten.

Er atmete auf. Nie mehr würde er etwas tun, um sie oder ihr Leben zu gefährden. Er hatte sich über ihre Krankheit informiert. Sie war tückisch und hinterhältig, lauerte im Verborgenen. Es war nicht nur schwer, sie zu erkennen, sondern auch mit ihr umzugehen. Er würde es lernen. Denn er liebte sie.

Nur noch wenige Stunden lagen vor ihm, bis er sie am Nachmittag wiedersehen würde. Unter seine Vorfreude mischte sich auch Furcht. Würde sie ihm seinen schrecklichen Fehler vergeben können?

***

Als Choi Hyeong-Joon am Nachmittag ins Zimmer zurückkam, stand Susanne bereits fertig angezogen vor ihm. Sie trug ein bordeauxfarbenes Kleid, eine Farbe, die er sehr an ihr liebte, und sah ihn strahlend an.

„Wie geht es dir?", fragte er unsicher und ging auf sie zu. Noch immer war er zu schüchtern, um sie einfach in seine Arme zu schließen.

„Besser, viel besser", antwortete Susanne und umarmte ihn.

Sie spürte, dass er Schuldgefühle mit sich trug. Und so tat sie das, was ihn auf andere Gedanken brachte. Sie stellte sich auf die Zehenspitzen und küsste ihn. Sanft streiften ihre Lippen über seine Wangen, was ihm einen Schauer über den Rücken laufen ließ.

Susanne hielt inne und wartete, bis er sich entspannte. Um dann seinen Mundwinkel zu küssen. Er brummelte leise und umarmte nun endlich mutig geworden seine Liebste. Sie platzierte einen weiteren Kuss auf seinem Kinn, weshalb er unzufrieden aufbegehrte. Das waren keine Küsse. Das war Strafe.

Er schloss die Augen, sammelte all seinen Mut und suchte unter halb geöffneten Lidern ihre Lippen. Zuerst vorsichtig, denn es war noch immer neu für ihn, dass er wirklich der Mann war, der diese Frau küssen durfte. Seine weichen Lippen schmiegten sich auf ihren Mund. Öffneten sich leicht und spielten mit ihr.

Als Susanne ihn fester umarmte und ebenfalls leicht ihre Lippen öffnete, wagte er es, die Initiative zu ergreifen. Vorsichtig schob er seine Zunge an den Rand ihres feuchten Mundes, berührte sacht ihre Zähne und tastete sich dann suchend voran. Schon kam sie ihm entgegen, ihre Zungen berührten einander, leidenschaftlicher. Sie stöhnte und auch er konnte sich nicht zurückhalten, zu mächtig wurde das Gefühl in ihm. Enger drängten ihre Körper aneinander, während sie ihren Kuss vertieften.

Keuchend löste sich Joona schließlich von ihr. Das Feuer in ihm loderte bereits versengend. Um sich irgendwie aufzuhalten, löste er sich von ihrem verführerischen Mund und schmiegte seine Stirn an ihren Hals. Er brauchte einen Moment, ehe er sprechen konnte, zu sehr war er von seiner Begierde nach ihr eingenommen.

„Wollen wir gleich los zum Abendessen oder kann ich mich noch kurz duschen?", fragte er endlich und blickte in ihre blauen, wunderbaren Augen.

„Du kannst duschen, ich werde so lange auf dich warten. Und bitte, keine Haare tönen. Sonst gleiche ich mich der Farbe meines Kleides an", mahnte sie und lachte.

Er schluckte schwer. Für ihn war dies kein Spaß, sondern eine böse Erinnerung, die er vermutlich nie mehr in seinem Leben vergessen würde.

Während er unter der Dusche stand, prüfte Susanne ihre Mails. Die Assistentinnen vertraten sie wie immer zuverlässig und hatten bereits einige Anfragen erledigt. Bis auf Mails, die nur an die CEO gesendet wurden. Anfragen zu Kooperationen, Projekten und auch mit Setkarten.

Susanne fluchte. Joonas Agentur war dabei. Sie schickten neue Bilder von ihm. Wie unwirklich war dies alles? Sie saß in einem Hotel in Holland, bekam Setkarten von ihm und er stand nur wenige Meter von ihr entfernt unter der Dusche.

Sie öffnete die Datei und sah sich die Bilder an. Es mussten Bilder sein, die vor London entstanden waren. Denn seine Augen und sein Blick wirkten traurig. Dies war nicht der Joona, den sie liebte, und nicht der, welcher heute am Strand gestanden hatte. Seine Arme ausgebreitet die Freiheit umarmend. Frei von Kontrolle und dem Zwang, der nun in einer Datei vor ihr lag.

„Können wir gehen?", hörte sie ihn fragen, weshalb sie schnell die E-Mail schloss. Keinesfalls wollte sie ihn jetzt mit seinem alten Leben konfrontieren. Und die Stimmung verderben.

Susanne drehte sich zu ihm um und atmete voller Erstaunen tief ein. Joona trug einen schwarzen Anzug von Prada, der ihm wie auf den Leib geschneidert schien. Wahrscheinlich war er das auch. Jedenfalls dankte Susanne im Geiste den Designern dieses Meisterwerks. Er sah atemberaubend aus! Am liebsten hätte sie ihn in den Arm genommen, wieder und wieder geküsst. Ja vielleicht sogar mehr. Doch es ging nicht. Baekhyun wartete bereits auf sie.

Nach einem letzten Blick auf Choi Hyeong-Joons breite Schultern erhob sie sich. Ohnehin würde sie ihn später spüren, denn die kommende Nacht sollte für ihn unvergesslich werden.

Ihr Herz klopfte verliebt, wenn sie daran dachte, diesen Mann im Arm halten zu können. Ihre Wangen glühten vor Aufregung, sie schüttelte jedoch unmerklich den Kopf. Später. Jetzt war nicht der passende Zeitpunkt. Sie würden zum Essen fahren. In ein Restaurant, das Baekhyun ausgesucht hatte. Sicher vor unerwünschten Blicken, aber vor allem mit der Gewähr von Privatsphäre.

Als sie auf dem Parkplatz ankamen, war bereits eine der Limousinen weg. Nur noch ihre stand bereit, bewacht von zwei der Bodyguards.

„Wo ist Baekhyun?", fragte sie Joona, während sie einstiegen.

„Er ist schon vorgefahren, wir werden noch etwas erledigen."

Etwas erledigen, hallten die Worte in ihr nach. Joona wirkte verändert. Nichts mehr war von dem jungen Mann zu sehen, der sie vor zwei Tagen noch schüchtern geküsst hatte. Aufmerksam beobachtete Susanne die Silhouette ihres Liebsten und genoss diesen Moment der Stille. Weiche Züger, markantes Kinn. Die längsten Wimpern, die sie jemals gesehen hatte. Und Lippen, die weich und doch so fordernd sein konnten. Es fiel ihr schwer, diesen Mann nicht schon wieder anzufassen und sich an ihn zu schmiegen.

Der Bodyguard steuerte den Wagen zielgenau in eine Straße, die sie bereits gestern gesehen hatten. Eine Einkaufsmeile, wie sie sie aus Paris kannte. Die Geschäfte von Louis Vuitton, Prada, Hilfiger und vielen weiteren lagen dicht beieinander. Ein Eintritt wurde nur über einen Sicherheitsmann an der Tür erteilt.

Die Limousine hielt vor einem der Läden. Von Weitem hatte sie bereits dessen Schriftzug gesehen. Gucci. Susanne sah sich um und fragte verwirrt.

„Gucci? Hier willst du etwas erledigen?"

Choi Hyeong-Joon schmunzelte geheimnisvoll.

„Ja, komm mit", forderte er sie auf und ehe sie etwas erwidern konnte, war er bereits ausgestiegen und öffnete ihr galant die Tür.

„Darf ich bitten", lächelte er und hielt ihr seine Hand entgegen.

„Aber was wollen wir hier?"

„Ich zeig es dir", sagte er und ging auf die Tür die. Einer der Sicherheitsleute sah ihn und die Bodyguards und begrüßte ihn freundlich.

Susanne schwieg. Gucci. Prada. Alles, was ihr Umfeld so sehr liebte. Und ihr völlig egal war. Obwohl sie zugeben musste, dass sein Anzug traumhaft war. Sie folgte ihm und achtete darauf, dass keine kompromittierenden Berührungen auf den Sicherheitskameras aufgenommen wurden. Immerhin trugen sie beide keine Masken.

Während sie Joona in den hinteren Bereich folgte, bemerkte sie einige auffällige Besucher. Sie sah sofort, dass sie nicht wirklich oft hier einkauften. Die Damen fielen nämlich auf, weil sie jede Tasche nach einem Preisschild absuchten. Susanne schmunzelte.

Um Joona nicht zu verlieren, musste sie etwas schneller gehen. Was hatte er nur vor? Sie ließ interessiert ihre Augen schweifen. Die Auslagen waren gefüllt mit Hüten, Taschen und Accessoires für die Damen. An den Kleiderstangen hingen verschiedene Modelle an Wintermode und festlichen Kleidern.

Joona hatte sich offenbar vorab informiert, denn ehe ein Verkäufer ihn ansprechen konnte, hatte Hyeong-Joon bereits einen schwarzen Mantel entdeckt und ihn genommen.

„Wie gefällt er dir?", fragte er und hielt ihr den Mantel entgegen.

„Er ist schön", sagte sie und fühlte sich ein wenig überfordert. Das war zu erledigen? Ihre Meinung einholen zur Herbstmode? Oder sollte sie ihn kaufen? Für was brauchte sie einen Mantel? Sie hatte einen und mit dem war sie zufrieden.

„Probiere ihn", forderte er sie auf und ging mit ihr zu einer der Kabinen.

Joona war vollkommen verändert, nicht mehr schüchtern, sondern völlig im Reinen mit sich. Als sie in die Kabine trat und den Vorhang zuzog, seufzte sie. Das hier, diese Fake-Welt, war seine Spielwiese. Hier war er zu Hause. Zwischen teurer Kleidung und Menschen, denen Aussehen und Mode über alles ging. Und deren Status sich mit Marken und Profit steigerte. Ein Blick auf das Preisschild bestätigte ihr diese Gedanken. 6.990,00 €. Für einen Mantel, den man nicht brauchte. Hin und hergerissen zwischen dem Wunsch, einfach mal den Kopf auszuschalten, und ihrem Wissen, dass alles nur Status war, hielt sie den Mantel im Arm.

Bis dato hatte sie sich noch nie etwas von einem Mann kaufen lassen. Ihr war schon immer ihre Unabhängigkeit wichtig gewesen. Ein Geschenk zog meist eine Erwartung nach sich. Sie wollte niemals die Erwartungen eines Menschen erfüllen müssen. Denn genau das war ihr wichtigstes Gut. *Können, nicht müssen.* Und ein Mantel für 7.000,00 € – das war zu viel. Viel zu viel.

„Passt er?", hörte sie seine Stimme von draußen.

Offenbar war auch der Verkäufer bei ihm und gab Beratung zum Besten. Joona ignorierte dessen Fragen und wartete geduldig auf sie. Susanne blieb nichts anderes übrig, als ihn zu probieren. Ein nein würde er keinesfalls akzeptieren, das wusste sie. Aber war das Annehmen eines Geschenkes in dieser Preisklasse vertretbar? Oder war es eine Falle, die sich hinterher irgendwann schwer rächte? Sie zog ihn über und er passte wie angegossen. So, als ob man ihn für sie gemacht hätte.

Langsam schob sie den Vorhang auf und trat hinaus. Joonas Augen leuchteten, als er sie sah, er lief aufgeregt um sie herum.

„Perfekt, einfach nur perfekt“, sagte er strahlend.

Als er ihren Blick sah, blieb er schüchtern stehen.

„Gefällt er dir nicht?“, fragte er unsicher.

„Er ist wunderschön“, erwiderte sie ihm und trat etwas näher an ihn heran. „Weißt du, was er kostet?“

Sein Blick veränderte sich und wirkte irritiert. „Ich möchte dich beschenken.“

„Er ist teuer. Der Designer …“, begann sie und wurde sofort von ihm unterbrochen.

„Nein. Niemals. Für dich ist nichts zu teuer. Der Designer darf froh sein, dass er mit seinem Stoff deinen Körper zieren darf.“

Eine Interpretation, die sie bis dato weder so empfunden noch gesehen hatte. Der Designer darf froh sein … Susanne kämpfte mit sich. Dies war kein kleines Geschenk. Nahm sie den Mantel an, dann würde es eine Erwartung nach sich ziehen.

Niemals begebe dich in die Lage, dich bedanken zu müssen. Kaufe dir deine Sachen selbst! Bleibe stolz und unabhängig! Die Worte ihres Vaters schwebten ihr durch den Kopf. Und gerade, als sie den Mantel ausziehen und ihn ablehnen wollte, sah sie Joonas strahlende Augen.

Susanne stutzte. Wenn sie raten sollte, dann war das Liebe und Freude in seinem Blick. Keine Berechnung. Kein Aufwiegen. Keine Falle. Sondern wirklich nur ein Geschenk?

Susanne strich über den edlen Stoff, die filigranen Stickereien. Und lächelte.

„Er scheint in der Tat wie für mich gemacht.“

Joona konnte seine Freude nicht verbergen.

„Er ist perfekt … du bist wunderschön“, stellte er flüsternd fest. Und ehe sie noch etwas sagen konnte, wandte er sich bereits an den Verkäufer.

„Wir nehmen ihn“, sagte er und hielt ihm seine Kreditkarte entgegen.

Susanne seufzte und schloss die Augen. Das hier war nicht Sajan, der niemals etwas gekauft hätte, ohne damit einen Zweck zu verfolgen. Das war Choi Hyeong-Joon. Eine der reinsten Seelen, die sie jemals hatte kennenlernen dürfen.

Susannes Augen folgten ihm und ihr Herz stolperte gewaltig. Er verwunderte sie immer mehr. War das noch der junge Mann, der sie schüchtern an der Hand nahm und zögerlich ihre Lippen berührt hatte? Der noch vorletzte Nacht in ihren Armen zum ersten Mal sein Herz für die Liebe geöffnet hatte? Nein, im Moment war er gerade der Businessmann on Tour, der zielstrebig genau das forderte, was er wollte. Und es auch bekam. Und seltsamerweise machte auch bei diesem Choi Hyeong-Joon Susannes Herz einen kleinen Hüpfer.

Wenige Minuten später verließen sie den Laden mit einem neuen Mantel, den sie sogar gleich anbehalten hatte. Susanne wusste nicht, warum oder weshalb es ihm so viel bedeutete, sie mit so etwas Teurem zu verwöhnen. Aber es war sein Wunsch. Und sie wollte ihn letztendlich auch nicht verletzen und das Geschenk ablehnen.

Die Limousine stand erneut bereit und brachte sie nun zum Restaurant. Es lag etwas außerhalb der Altstadt und die Leuchtschilder ließen erahnen, dass es sich um ein koreanisches Restaurant handeln musste.

Als sie eintraten, roch es nach Gewürzen, die ihr bereits vertraut waren. Baekhyun hatte wieder einmal einen exzellenten Geschmack bewiesen und das nicht nur beim Restaurant, sondern auch damit, dass sie ohne Bedenken etwas zu essen bestellen konnte, welches sie vertrug. Glücklich ließ sich Susanne auf einen der weichen Stühle fallen und seufzte wohlig.

Trotz des schönen Abends spürte Joona, dass Susanne etwas ruhiger wirkte. Sie redeten und unterhielten sich entspannt, doch irgendetwas an ihr war zurückhaltender als gestern. Vielleicht fühlte sie sich noch nicht so gut, überlegte er und dachte an heute Morgen zurück und seinen Fehler. Sie hatte ihm verziehen, das wusste er und dennoch blieben Restzweifel, die von Minute zu Minute mehr an ihm nagten.

Etwas war anders. Sie wirkte nervös, oder? Vielleicht wollte sie ihm etwas sagen und wusste nur noch nicht, wie? Heute war ihre letzte Nacht.

Er stutzte. Vielleicht auch generell die letzte für sie? Ihm wurde übel. Sie hatten nicht darüber gesprochen. Ob sie nun in einer Beziehung waren. Was, wenn sie festgestellt hatte, dass er den ganzen Ärger gar nicht wert war? Das Versteckspielen, die Paparazzi, die geheimen Treffen. Wollte sie ihr Leben so sehr an ihn anpassen und einschränken?

Joona entschuldigte sich und eilte auf die Toilette. Schnell lief er zu einer der Kabinen und schloss sich ein. Er zitterte am ganzen Körper. Oh mein Gott. Ihm wurde jetzt erst klar, dass ihre Zeit fast um war. Und die Zukunft unsicher! Dass der Tag eine Katastrophe gewesen war. Und im Grunde die Liebe seines Lebens nicht mal wusste, dass er nie wieder ohne sie sein konnte.

Er hielt sich den Magen. Allein der Gedanke, sie zu verlieren, brachte ihn fast um. Er liebte sie, hatte so lange auf diese Momente warten müssen und mit seinem Fehler heute hatte er vielleicht dafür gesorgt, dass es wieder vorbei war. All die schöne Zeit, würde nur noch eine Erinnerung sein, die bei jedem Mal, wenn er daran dachte, ihm erneut einen Stich ins Herz geben würde. Er schloss die Augen und ließ seinen Kopf in seine Hände sinken. Er spürte sie mit jeder Faser seines Seins und wusste, egal was er sich einredete, dass sie anders war. Doch warum?

Voller Angst atmete Hyeong-Joon tief durch. Er musste zurück. Er wusste nicht, wie lange er schon in der Kabine gesessen hatte. Sie würde ihn vermissen. Es wäre unhöflich, sie zu lange alleine am Tisch sitzen zu lassen.

Er schloss die Tür auf, wusch sich Hände und Gesicht und kehrte wieder an den Tisch zurück. Susanne sah, dass er aufgewühlt war. Auch Baekhyun schien es zu sehen, denn er warf ihr einen fragenden Blick zu. Ob Joona etwas von ihrer Überraschung ahnte? Unauffällig prüfte sie die Uhrzeit. Nur noch eine Stunde, dann würden sie zum Rummel gehen und dann wäre es so weit. Ihr Herz schlug schneller, ihre Hände zitterten. Hyeong-Joon spürte sicherlich, dass sie nervös war. Aber was sollte sie tun? Ihm es vorher sagen und somit alles verderben? Schnell nippte sie an ihrem Drink und senkte den Blick.

Joona starrte sie nahezu hypnotisch an. Aus den Augenwinkeln hatte er beobachtet, wie sie auf ihre Uhr geschaut hatte. Wollte sie gehen? Langweilte sie sich? Angst machte sich immer mehr in seinem Herzen breit.

Baekhyun fluchte innerlich. Er versuchte Gesprächsthemen zu finden, um die Anspannung zu lockern, erfolglos. Seine Freunde waren viel zu nervös. Schließlich gab er auf.

„Wollen wir aufbrechen?", fragte er und sah beide an.

Hyeong-Joon nickte sofort und zückte seine Karte. Er straffte die Schultern und beschloss, die Flucht nach vorn. Sie mussten ins Hotel. Reden! Ein guter Plan.

Mit unterschiedlichen Gefühlen verließen sie das Restaurant und standen kurz darauf auf der Straße. Es war bereits dunkel und nur wenige Fahrzeuge fuhren an ihnen vorbei.

„Und nun? Zurück ins Hotel?" Joonas Stimme hatte etwas verdächtig Ruhiges, aber vor allem Trauriges angenommen.

Susanne küsste ihn sanft auf die Wange.

„Nein, zu einem Rummelplatz", flüsterte sie und war froh, dass die Stunden des Wartens endlich vorüber waren.

„Rummelplatz, du meinst so etwas wie ein Freizeitpark?", fragte er und im Nu hellte sich sein Gesicht auf.

„Ja, so etwas ähnliches", sagte sie und freute sich, dass sich seine Körperhaltung wieder entspannte.

Sie stiegen in die Limousinen und fuhren einige Minuten quer durch die Stadt, ehe sie weit entfernt Lichter sahen, die bis zum Himmel schienen.

„Wow", hörte sie ihn sagen, als er zur Frontscheibe des Wagens hinaussah.

„Der ist aber groß", stellte er aufgeregt fest, als sie endlich angekommen waren.

Susanne stimmte ihm zu. Es war nicht der Rummelplatz, welchen sie von Zürich kannte, aber für ihre Überraschung hervorragend geeignet. Sie verließen den Wagen und folgten Backhyun zum Eingang.

Riesige Fahrgeschäfte waren auf mehreren Ebenen aufgebaut und luden die Besucher zu fantastischen Reisen ein in schwindelerregende Höhen. Geisterbahnen, die einen bereits von den Geräuschen einen Schauer über den Rücken jagten. Susannes Anspannung wuchs.

Baekhyun hatte ihr den Platz genau beschrieben, an welchem es am geeignetsten wäre und den er mehrfach mit der Security geprüft hatte. Wenige Meter davor gab er ihr das entsprechende Zeichen. Susanne atmete angespannt aus. Endlich! Es war ein Riesenrad. Joona liebte Riesenräder, die Lichter, die Musik, den Duft von Popcorn. Er stellte sich nun sogar direkt davor und betrachtete mit großen Augen, wie sich die Waggons vor ihm im Kreis drehten. Susannes Herz klopfte ihr bis zum Halse, als sie näher an ihn heran trat und ihn an der Hand nahm. Er sah zu ihr hinunter und strahlte. Er war in einer Welt, die er nie aus Kinderaugen hatte sehen dürfen und wirkte glücklich. Doch Susanne wollte ihn noch glücklicher sehen.

„Joona?"

Er hauchte ihr einen Kuss auf die Fingerspitzen und nickte.

„Ich habe ein Geschenk für dich", sagte sie und zog einen Zettel und eine kleine Schachtel aus ihrer Tasche. Er sah sie überrascht an, nahm den Zettel und faltete ihn auseinander.

Für die Liebe braucht es kein Papier

Joona runzelte die Stirn. Er verstand nicht.

Als sie ihm die kleine Schachtel übergab und er sie öffnete, starrte er mehrere Herzschläge einfach nur auf den Inhalt. Wortlos leckte er sich über die Lippen und atmete tief ein und aus.

Während im Hintergrund die Kirmesmusik dudelte, füllte sich die Luft mit Gerüchen von süßem Popcorn, herzhafter Bratwurst und betörenden Düften. All diese Eindrücke festigten sich tief in seiner Erinnerung, während seine Gedanken bei Susannes Worten weilten. *Für die Liebe braucht es kein Papier.*

Hyeong-Joon räusperte sich mehrfach, denn er war tief bewegt. Andächtig strich er über den Inhalt seiner Schachtel. Es handelte sich um zwei Ringe. Eheringe. Hyeong-Joon rieb sich vor Rührung die Augen und versuchte, die Contenance zu wahren. Die ganze Zeit über, seit heute Morgen, hatte er gedacht, sie verloren zu haben. Und nun übergab sie ihm zwei Ringe. Ein Zeichen der Verbundenheit, aber keinesfalls der Trennung, wie er es noch vor wenigen Minuten befürchtet hatte. Wie sollte er nur reagieren? Sie jetzt hier vor aller Augen in den Arm nehmen, sie küssen? Undenkbar. Scheu nahm er schließlich einen der Ringe heraus und lächelte verlegen.

„Was soll ich tun, Sanne?"

„Anstecken oder rennen?", lachte sie und zwinkerte ihm zu.

Vorsichtig nahm Joona einen Ring aus der Schachtel und schob ihn auf ihren Finger. Gut abgeschirmt vor fremden Augen. Denn Baekhyun und die Bodyguards standen bestückt mit Bratwurst und Drinks schützend mit dem Rücken vor ihnen. So erlebte Choi Hyeong-Joon ein Bündnis mit seiner Liebe. Susanne blickte einen Moment auf ihren Ring und ließ ihn in den bunten Lichtern glitzern, ehe sie auch Joona seinen Ring überstreifte. Er saß perfekt. Gerührt griff er nach ihrer Hand, zog sie an sein Herz und sah sie mit feucht schimmernden Augen an.

„Bist du glücklich?", fragte sie ihn.

Er konnte nicht antworten. Er verschränkte seine Finger mit ihren und atmete aufgewühlt. Um sich zu beruhigen, suchten seine Augen das Riesenrad und beobachteten voller Glück das Glitzern der Lichter.

„Bereit?", fragte Susanne leise.

„Wofür?"

Susanne deutete auf Baekhyun, der mit seiner Kamera grinsend darauf wartete, dass er sich neben sie stellte. Joona strahlte voller Hoffnung. Er bekam ein Foto? Bis dato hatte sie darauf bestanden, dass es kein gemeinsames Foto gab. Dies hatte ihn sehr verletzt, aber er hatte es akzeptiert. Wenn, dann durfte er nur mit Abstand neben ihr sein, sodass man keine Geschichten implizieren konnte. Was ihm nie klar gewesen war: Susanne hatte dies nicht um ihretwillen gewollt. Eine Vorsichtsmaßnahme, die sie *ihm* zuliebe strikt verfolgt hatte. Keinesfalls wollte sie, dass er in eine für ihn verfängliche Situation geraten würde. Die Medien würden ihn jagen.

Jetzt, hier, unter diesem Riesenrad, machte sie sich beiden das für ihn für lange Zeit schönste Geschenk aller Zeiten. Ein erstes, gemeinsames Foto.

Während sie kurz darauf über den Rummel schlenderten, wohl darauf bedacht, dass sie in der Öffentlichkeit waren und Abstand hielten, bewunderte Hyeong-Joon immer wieder lächelnd seinen Ringfinger.

„Er ist wunderschön", sagte er und sah sie liebevoll an.

„Ja, er ist ein Zeichen meiner Liebe zu dir", erwiderte sie.

„Und ich dachte schon, ich hätte dich verloren."

„Verloren? Ah, du meinst heute Morgen, als ich den Anfall hatte. Nein, so schnell sterbe ich nicht", lachte sie und sah seinen irritierten Blick. „Was ist? Was meinst du?"

„Ich … ich … dachte … mein … Fehler."

„Beruhige dich. Es ist alles in Ordnung. Es war ein Fehler, ja, aber es war keine Absicht. Es ist wieder alles gut, schau mich an", lachte sie und drehte sich vor ihm im Kreis.

„Schau meinen schönen Mantel an. Den hat mir jemand geschenkt, den ich liebe“, sagte sie strahlend und hätte ihn beinahe umarmt. Doch Baekhyun und die Bodyguards standen nicht weit entfernt und um sie herum weitere Besucher.

Also grinste sie ihn nur schelmisch an und zwinkerte ihm zu.

„Ein weiteres erstes Mal. Denn noch kein Mann durfte mich beschenken.“

Sein Herz raste und seine Wimpern flatterten. Auch, wenn dieser Ort magisch war, so wollte er wie sie jetzt für sich alleine haben, ihren Honeymoon genießen.

Am Wagen angekommen, spürte Susanne, dass all ihre Nervosität des heutigen Tages abgefallen war. Sie blickte immer wieder auf ihren Ring. Ihm ging es nicht anders. Er berührte ihn, als würde er prüfen, ob es auch wahr wäre. Sie stiegen ein und hatten endlich wieder die Möglichkeit, einander an den Händen zu halten. Hier oben, mit Blick über die leuchtende Stadt und den bunten Rummel, konnte niemand sie sehen.

Wie lange dauerte diese Fahrt nur, dachte sie leicht entnervt bei der nächsten Runde und seufzte. Sie wollte jetzt innige Zeit mit ihm verbringen und ihn aus diesem unverschämt sexy Anzug schälen. Ihn sehen, hören und spüren. Bevor es morgen wieder zurückging, in ein Leben, das sich ohne ihn so leer anfühlen würde.

Susanne schob diesen Gedanken sofort weg und straffte die Schultern. Morgen war morgen. Jetzt war er noch bei ihr, saß neben ihr und streichelte über ihre Hand. Aus seinem Blick sprach Liebe, Neugier und tief empfundene Zärtlichkeit. Nicht mehr der bestimmende Mann, den sie im Gucci Laden hatte sehen dürfen. Sondern der liebenswerte, zurückhaltende, schüchterne, sensible Mann, den sie in- und auswendig kannte.

***

Nur noch zwei Seitenstraßen, dann waren sie wieder im Hotel.

Obwohl die Bodyguards sicherlich wussten, was hier vor sich ging, so vermieden sie jedoch, über Privates zu reden, und beschränkten sich auf allgemeinen Small Talk über die Restaurants, an denen die Limousine vorüberzog.

Endlich hatten sie den Parkplatz erreicht. Kaum, dass sie angehalten hatten, stieg Joona bereits aus und öffnete ihre Tür. Sie spürte, dass er die ganze Fahrt über immer nervöser geworden war.

Er fasste sich an den Ring, nahm ihre Hand und strich zärtlich darüber. Die Ringe waren ein Zeichen der Liebe, der Treue, aber vor allem, dass sie nun verbunden waren. Wie Mann und Frau, nur ohne Trauschein. Es war ein berauschendes Gefühl.

Susanne folgte ihm ins Innere des Hotels und in den Fahrstuhl. Er traute sich nicht, sie in den Arm zu nehmen, denn ein weiterer Gast war mit ihnen eingestiegen. Der Aufzug setzte sich in Bewegung und würde sie zu ihrem Stockwerk und somit zum Zimmer und der Zweisamkeit bringen. Nur noch wenige Sekunden trennten sie davon.

Als sich die Türen öffneten, nahm er ihre Hand und lief mit schnellen Schritten zur Tür. Ein kurzes Piepen, nachdem er die Chipkarte hingehalten hatte, und sie war offen. Er trat ein, hielt Susanne galant, aber auch angespannt die Tür auf und schloss sie kurz darauf.

Endlich allein, pochte es in seinem Kopf.

Er schaltete das Licht an und suchte ihren Blick. Ihre strahlenden blauen Augen. Sie waren wunderschön und hielten ihn sofort gefangen. Verliebt sah er sie an. Sie wollte ihn so sehr, dass sie sich ihm mit den Ringen verbunden hatte. Wie gerne würde er sie jetzt an sich ziehen, sie küssen und in seinen Armen halten. Stattdessen fühlte er sich wieder unsicher, ob es nicht respektlos war. Immerhin war sie nach den Gesetzen seines Landes weit über ihm. Sie war älter, eine CEO. Er nur ein Produkt.

Susanne sah das scheue Flackern in seinen Augen. Sie ging einen Schritt auf ihn zu und strich mit ihrer Hand über seine Wange. Dann trat sie noch näher und stellte sich auf die Zehenspitzen, um ihn zu küssen.

Er beugte sich zu ihr und genoss es, ihre Arme, um seinen Hals zu spüren. Noch immer etwas schüchtern legte er seine Arme um ihre Taille und zog sie dichter zu sich. Sie spürte seine Männlichkeit, die gegen ihren Unterleib drückte, seine Lippen auf den ihren und seine Zunge, die an ihrem Mund entlangstrich und Einlass begehrte.

„Lass uns ins Schlafzimmer gehen“, flüsterte sie und nahm seine Hand.

„Ja“, brachte er mühsam hervor.

Er hatte solch ein starkes Verlangen nach ihr, dass er sie am liebsten sofort hier auf dem Sofa gespürt hätte. Wie vorgestern Abend, so wie bei ihrem ersten Mal. Nur dass er es dieses Mal besser machen würde. Aber sie wünschte etwas anderes und keinesfalls würde er ihr diesen Wunsch abschlagen.

Sie waren jetzt verheiratet und er wusste, dass so etwas wie ein Honeymoon auf ihn wartete. Was genau dies war, ahnte er nicht im Entferntesten. Vor zwei Tagen war er noch Jungfrau gewesen, jetzt gehörte er zu einer Frau. All diese schönen Dinge stürzten auf ihn herein, er konnte nur reagieren. Er war ein verheirateter Mann und seine Liebe lief mit ihm ins Schlafzimmer. War dies real?

Susanne spürte seinen inneren Tumult, dimmte das Licht und blickte ihm tief in seine Augen.

„Honeymoon", flüsterte sie und lächelte.

„Honeymoon", wiederholte er schüchtern und blickte sie hilfesuchend an.

Sie liebte diesen Ausdruck in seinen Augen, scheu, interessiert, unsicher und gleichzeitig voller Vertrauen.

„Es ist die erste Nacht, nachdem man geheiratet hat. Etwas ganz Besonderes", erklärte sie sanft. „Man zeigt die Liebe, welche man für den anderen empfindet."

Sie zog ihren Mantel aus und ließ ihn zu Boden gleiten. Dann trat sie an ihn heran und öffnete seinen Mantel. Er sah ihre sanften Finger mit den rot lackierten Nägeln, wie sie Knopf um Knopf öffneten, den Mantel abstreiften. Ihre roten Lippen näherten sich seinem Hals. Stöhnend fasste er sie bei der Hüfte, als er ihre Küsse spürte. Kaum realisierte er, wie sie sein Hemd ebenfalls öffnete. Erst als ihre Lippen über seine nackte Brust glitten, wachte er aus seiner Starre auf. Es war wundervoll!

„Sanne", hauchte er und legte seine Hände auf ihre Schultern.

Er sah ihr fest in die Augen, suchte dort nach Halt. Etwas unbeholfen streichelte er die nackte Haut und glitt mit den Fingerspitzen unter den Saum ihres Kleides.

„Zieh mich aus", sagte sie verlangend.

Er trat von ihr zurück, ließ sein Hemd zu Boden fallen und starrte leicht verlegen auf ihren Rücken, den sie ihm nun zudrehte. Mit zitternden Händen fasste er nach dem Reißverschluss.

Es war nichts dabei, er hatte das schon gemacht, dachte er. Außerdem war es ihr Wunsch.

Man zeigt die Liebe, welche man für den anderen empfindet.

Er liebte sie, so sehr! Ja, er würde es ihr zeigen. Etwas sicherer zog der den Zipper nach unten. Ihre zarte, weiche Haut kam zum Vorschein. Nichts als die helle Haut, die er so gern ansah. Sie trug keinen BH! Er schluckte nervös. Der Gedanke, dass er mit ihr den ganzen Abend unterwegs gewesen war und sie hatte nur den Mantel und das Kleid an … Seine Atmung beschleunigte sich und was weiter unten bei ihm geschah, daran wollte er jetzt lieber nicht denken. Jetzt war sie wichtig.

Weiter zog er den Reißverschluss auf, tiefer und tiefer. Bis er erneut stockte. Oh Gott! Nein, das konnte nicht sein! Sie trug keinen Slip! Vor Schreck ließ er den Reißverschluss los.

Sie bemerkte seine Unsicherheit und drehte sich zu ihm um.

„Es sollte eine Überraschung sein", sagte sie und gab ihm einen Kuss.

Eine Überraschung … Sie war den ganzen Abend vollkommen nackt unter dem Kleid gewesen! In aller Öffentlichkeit. Und er hatte es nicht gewusst. Sie aber schon. Und nun bat sie ihn, ihr Kleid zu öffnen, obwohl sie wusste, dass sie nichts darunter trug. Was für ein Teufel!

Er schrak für einen kurzen Moment über seine Gedanken zusammen. Er nannte sie Teufel … Er sah das Blitzen in ihren Augen, den zufrieden lächelnden Mund. Ja, sie war ein Teufel und ein Engel zugleich. Sie verführte ihn und bot sich ihm gleichzeitig an. Sie war stark und ebenso weich und anschmiegsam.

„Ich liebe dich", sagte er tief bewegt, ergriff sie bei den Schultern und drehte sie herum.

Nun öffnete er den Reißverschluss bis ganz nach unten. Er küsste ihre Schultern, während er die Träger hinunter streifte. Sanft glitt es herunter, seine Hände folgten dem Kleid, die Arme hinunter bis zu ihren Fingern. Dann glitt er nach vorn zu ihrem Bauch und streichelte sich hoch. Mit geschlossenen Augen fühlte er ihre warme, zarte Haut, setzte ein Spur an Küssen von ihren Schultern bis zu ihrem Hals.

Unterhalb ihrer vollen Rundungen stockte er. Sein Atem ging schwer und in seiner Hose pochte es verlangend. Ihm wurde bewusst, dass auch ihr Atem schneller geworden war. Mutiger tastete er sich seitlich an ihre Brüste heran, spürte die Weichheit. Im gleichen Moment entrang sich ihr ein Stöhnen. Sie drehte den Kopf ein wenig und suchte seinen Mund. Er neigte sich vor und küsste sie. Nun hob sie ihre Hände und führte seine direkt auf ihre Wölbungen, drückte zu.

Beide stöhnten vor Lust. Er fühlte ihre Brustwarzen, die härter wurden und gegen seine Handinnenfläche drängten. Begierig knetete er das weiche Fleisch, ließ seine Zunge in ihren Mund gleiten und spürte eine nie gekannte Verbundenheit mit ihr.

Es war so wundervoll. Sie war so wundervoll!

Susanne drehte sich in seinem Arm und streichelte über seine nackte Brust.

„Jetzt du", hauchte sie und küsste ihn.

Erst verstand er nicht. Bis ihre Hände seine muskulöse Brust nach unten glitten zu seiner Hose. Geschickt öffnete sie diese. Mit ihrer Zunge leckte sie spielerisch über seine Brustwarzen, küsste und neckte ihn. Wollüstige Schauer glitten über ihn hinweg. Wieder schloss er seine Augen, um zu genießen. Mit den Händen griff er in ihre blonden Locken, streichelte sie.

Nachdem sie seine Hosen heruntergestreift hatte, richtete sie sich auf die Zehenspitzen auf und drängte sich dicht an ihn. Oh Gott! Er spürte, wie seine Härte gegen ihre Scham gepresst wurde! Wie ihre Brüste gegen seinen Oberkörper drängten. Stöhnend umfasste er sie, streichelte ihren Rücken. Wieder küssten sie sich heiß und verlangend, spielten ihre Zungen in einem sanften Tanz miteinander. Bis sie sich hoch erregt voneinander lösten.

„Setz dich", hauchte sie und schob ihn sanft zum Bett.

Kaum saß er, schon beugte sie sich zu ihm hinunter und küsste ihn erneut. Aber heute wollte sie ihn nicht nur küssen. Sie wollte ihn verwöhnen. Auf eine Weise, die er noch nicht kannte. Es war ihre Hochzeitsnacht und sie wollte ihm ihre ganze Liebe zeigen und etwas, das er noch nie in seinem Leben zuvor erlebt hatte.

Langsam ging sie in die Knie, während sie ihn noch immer küsste. Ihre Lippen wanderten von seinem Mund über seinen Hals hinab zu seiner Brust. Wieder neckte sie seine Brustwarzen, ehe sie tiefer glitt, seinen Bauch entlang bis zu seiner Männlichkeit. Sie drängte seine Beine auseinander und kniete sich dazwischen. Während sie seinen heißen Schaft mit einer Hand umschloss und sanft auf und ab strich, blickte sie hoch in seine aufgerissenen Augen. Sie lächelte und senkte ihren

Kopf langsam, öffnete den Mund und gab ihm Zeit, sich auf das nun Kommende einzustellen.

Er sah zu. Mit seinen Armen stützte er sich auf dem Bett ab und starrte mit großen Augen auf das, was sie vorhatte. Die rot lackierten Finger umschlossen seine pulsierende Männlichkeit, ihre roten Lippen näherten sich. Nun konnte er sogar sehen, wie ihre Zunge hervorkam und die Spitze seiner Schwellung berührte. Keuchend ruckte sein Kopf hoch. Das war zu viel! Konnte ein Mann so viel ertragen?

Susanne leckte die ersten Lusttröpfchen, sie schmeckten salzig. Danach schob sie ihre Lippen über seine Härte, presste mit der rechten Hand den pulsierenden Stab und mit der linken drückte sie sanft seine Hoden. Sein kehliges Stöhnen zeigte ihr, dass sie es richtig machte. Genussvoll leckte sie seine Männlichkeit, saugte kräftiger, ihre rechte Hand fuhr die Länge hoch und runter. Sein Stöhnen und Keuchen bereitete ihr selbst Lust. Es kribbelte zwischen ihren Beinen, ein Prickeln glitt über ihren Körper und sie bewegte sich schneller, nahm ihn tiefer in sich auf.

Was für ein Gefühl! Wie kleine Blitze schoss es durch seinen Körper. In seinem Unterleib baute sich eine Spannung auf, wie er sie so noch nicht erlebt hatte. Ihre Lippen, die feuchte Wärme ihres Mundes, der feste Druck ihrer Hand … es war unglaublich! Ihre Finger massierten seine Hoden, schneller saugte sie an ihm, glitt kräftiger seine Männlichkeit entlang. Seine Atmung beschleunigte sich. Er bekam kaum noch Luft, so erregte es ihn.

Mit jedem weiteren Druck wurde seine Männlichkeit noch härter, bis sie spürte, dass es so weit war und er ihr all seine Liebe zeigen konnte, die er für sie empfand. Ein lauter und lang anhaltender Schrei kam über seine Lippen, als er sich pulsierend in ihrem Mund entlud. Zuckend ergoss er sich in ihr und schenkte ihr alles.

Sie nahm dankbar sein Geschenk an, streichelte seine Oberschenkel und wartete, bis sein Höhepunkt abebbte. Danach erst zog sie sich zurück und lächelte zu ihm hoch. Langsam richtete sie sich auf.

„War es schön?“, fragte sie.

Er war unfähig etwas zu sagen und nickte nur stumm, ehe er sich auf das Bett zurückfallen ließ. Sie legte sich zu ihm und strich zärtlich über seine Brust.

„Sprich mit mir“, flüsterte sie und gab ihm einen Kuss auf die Wange.

„Es … es … war … wundervoll.“

„Das freut mich“, sagte sie und schmiegte sich an ihn. „Für mich war es das auch.“

Für sie war es auch wundervoll?, dachte er verwundert. Sie hatte etwas getan, was ihn völlig durcheinanderbrachte. Auf eine Art und Weise, die er noch nie zuvor verspürt hatte. Aber wie konnte es für sie so schön gewesen sein wie für ihn?

Er drehte seinen Kopf und sah zu ihr. Ihr weicher Körper schmiegte sich perfekt an seinen. Er gab ihr einen Kuss auf die blonden Locken, die so herrlich dufteten. Aber er wusste, noch fehlte etwas. Sie hatte ihm höchste Glückseligkeit beschert. Nun war es an ihm, auch ihr solch ein Gefühl zu bereiten. Sollte er es ihr gleichtun?

Der Gedanke brachte seine Wangen zum Erröten. Er mit seinem Kopf zwischen ihren Beinen … Oh Gott … Sie würde ihn verlassen! No, no, no. Niemals würde er so etwas tun!

Er nahm sie in seine Arme und begann sie zu küssen. Er spürte, dass es ihr gefiel, denn sie drückte sich noch näher an ihn heran. Ihre Zungen schienen ineinander zu verschmelzen, genau wie ihre Körper. Hyeong-Joon wollte sie glücklich sehen, sie zu seiner Frau machen. Und hoffte, dass die Natur ihm half, den richtigen Weg zu finden.

Er begann damit, sie am Hals zu küssen, bis er das erste leise Stöhnen von ihr vernahm. Er wurde mutiger und küsste ihren Nacken, die Brust und ihren Bauch. Sie begann, ihre Hüften zu bewegen, wie beim ersten Mal auf dem Sofa.

Joonas Herz brannte lichterloh. Wie würde sie reagieren, wenn er etwas tat, was er noch nie zuvorgetan hatte? Unsicher kreiste seine Zunge über ihren Bauch, wanderte hinunter zu ihren Hüften. Seine Hände zitterten und seine Kehle war trocken vor Aufregung. Sollte er es wagen?

Er blickte zu ihr hinauf. Sie hatte die Augen für einen Moment geschlossen. Als sie diese öffnete, sah sie seinen unsicheren Blick. Lächelnd streichelte sie ihm durchs Haar und nickte. Er war ihr Mann und somit gab es für sie keine Tabus mehr.

Joona verstand. Er schmiegte seine Wange an ihre Hand und küsste ihren Bauchnabel. Etwas unsicher blickte er ein letztes Mal zu ihr hinauf, ehe er zwischen ihren Schenkeln versank und sie dorthin brachte, wo er noch kurz zuvor gewesen war.

KAPITEL 22

Als Joona am nächsten Morgen erwachte, war er glücklich. Susanne lag auf seiner Brust und schlief. Sanft strich er über ihr blondes Haar und sog den Duft ihres Shampoos ein. Drei Tage. Sie hatten nur noch wenig Zeit. Er würde sie vermissen. Schon jetzt, obwohl sie neben ihm lag. Der Gedanke schmerzte ihn so sehr, dass die erste Träne über seine Wange lief und im Kissen versank. Er wollte nicht gehen, nicht jetzt und heute. Nur noch ein paar Tage. Ein paar gemeinsame Stunden, um sie länger in seinen Armen zu halten.

Doch es gab kein Entrinnen. Er musste wieder zurück nach Korea. Sein Flieger ging in ein paar Stunden. Zurück in sein altes, neues Leben. In einen Alltag, den es nach diesem Wochenende so nicht mehr geben würde. Sie hatte sein Leben verändert, aber vor allem ihn. Die Freiheit, welche er in den Vögeln während seiner Armeezeit gesehen hatte, war zum Greifen nah und dennoch unendlich weit entfernt. Ihre Stärke gab ihm die Kraft, an ein neues Leben zu glauben.

Er wusste, sein Alltag und sein Management würden ihn wieder in seine alten Bahnen drängen.

Er seufzte schwer. Er wollte nicht mehr zurück. Nicht unter den Bedingungen, wie er sie jetzt sah. Aber wie vermochte er sie zu verändern? Eine Mischung aus Angst, Enttäuschung aber vor allem Wut breitete sich in ihm aus. Er musste stark sein, durchhalten und den Grund hatte er in seinen Armen.

Vielleicht gab es eine Möglichkeit, seinem alten Leben zu entkommen, auch wenn die Chance kleiner denn je wirkte. Er zog Susanne enger an sich und wischte die Tränen von seiner Wange. Keinesfalls sollte sie sehen, dass er weinte. Besonders nicht, wenn sie sich verabschiedeten. Sie durfte nicht mit zum Flughafen. Keinesfalls. Er würde es nicht ertragen, sie gehen zu sehen. Dann lieber hier im Hotel. Hier hatten sie sich getroffen und hier würden sie sich wieder trennen. Joona schwor sich selbst: Er würde alles tun, um sie so bald wie möglich wieder zu sehen.

Seine Gedankengänge kamen jäh zu einem Ende, da Susanne erwachte. Sie rekelte sich in seinem Arm und schmiegte sich eng an ihn. Er schloss die Augen, denn er wollte diesen Moment ganz intensiv spüren und aufnehmen.

„Guten Morgen“, sagte sie und gab ihm einen Kuss auf die Wange.

„Guten Morgen“, erwiderte er und seine Lippen suchten ihre Schläfe.

Dabei wusste er, dass es kein guter Morgen war. Er musste sie wieder gehen lassen. Aber nicht jetzt. Nicht in diesem Augenblick. Er zog sie noch enger an sich und küsste sie. Zum ersten Mal traute er sich, die Initiative zu ergreifen, und begann damit, sie zu streicheln und an den Ort zu entführen, den sie die letzten Nächte immer mehr erkundet hatten. Als er viele Herzschläge später schwer atmend in ihren Armen Erfüllung fand, versuchte er mit aller Macht, das Gefühl für immer in sich aufzunehmen. Er wurde geliebt. Diesen Zauber durfte er nicht vergessen.

***

Es war bereits mittags. Den ganzen Morgen hatten sie sich entweder geliebt und in den Armen gehalten oder gegessen und dann wieder in inniger Umarmung verbracht. Auch wenn Joona es nicht direkt angesprochen hatte, so spürte Susanne, dass er traurig war. Sie verstand ihn nur zu gut. Er wollte am liebsten mit ihr hierbleiben. Sie für immer in seinen Armen halten. Es ging nicht. Er versuchte wohl, sich mit dem nahenden Abschied zu arrangieren. Dass sie mit ihrer Vermutung richtig lag, bewies seine Bitte, dass er allein zum Flughafen fahren wollte.

Susanne stimmte ihm zu. Ein Abschied am Hotel war für sie beide das Beste. Es wäre für sie ohnehin nicht möglich gewesen, da der Duft der Desinfektionsmittel sicherlich die ganzen Hallen überflutete und bei ihr einen Anfall auslösen würden. Dies wollte sie sich, aber vor allem ihm ersparen. Hier hatte es begonnen und hier würde es enden. Susanne schloss aufgewühlt die Augen und umarmte ihn, so fest es ging.

Sie verbrachten die verbleibende Zeit noch im Bett. Nahmen ein gemeinsames, langes Bad, ehe sie ihre Sachen zusammenpackten. Und ließen sich eine letzte gemeinsame Mahlzeit aufs Zimmer bringen.

Joona sah Susanne beim Packen zu. Mit jedem Kleidungsstück, das in ihren Koffer wanderte, starb ein Teil in ihm. Der Schrank war schnell leer, denn allzu viele Dinge hatte sie in den drei Tagen nicht mitgenommen.

Als das Essen kam, konnte er kaum noch atmen. Er stocherte lustlos in seinem Lunch herum. Seine Blicke wanderten zur Uhr und zum

Koffer. Sein Herz raste, sein Magen brannte und sein Kopf sagte ihm, dass es war, wie es war.

Als Susanne kurz darauf ins Bad ging, um sich die Zähne zu putzen, schaffte Joona es gerade noch zum Mülleimer. Seine Angst hatte ihn im Griff. Wie er es wieder aufs Bett geschafft hatte, war ihm unerklärlich. Geh nicht, geh nicht. Doch die Uhr tickte erbarmungslos.

Das Knacken der Tür, als Susanne zurückkam, hallte überlaut in seinem Kopf. Er richtete sich auf und starrte sie an. Sie griff nach ihrer Tasche und versuchte, seine traurigen Augen nicht an sich heranzulassen. Er saß auf dem Bett und verfolgte ihre Bewegungen.

„Ich werde dann gehen“, sagte sie.

„Ja, ich weiß. Ich muss auch zum Flughafen. Ich … ich …“, begann er und stoppte.

Susanne ging zu ihm, nahm ihn in die Arme und drückte ihn an sich. „Ich werde dich vermissen, Joona.“

Liebevoll strich sie über seinen Rücken und gab ihm einen Kuss.

„Ich werde dich auch vermissen. Es waren wunderschöne Tage“, erwiderte er.

„Natürlich erwarte ich, dass wir es wiederholen“, lachte sie. Selbst in ihren Ohren klang der Frohsinn künstlich und gespielt.

„Das werden wir, ganz sicher.“ Er hatte sich wieder gefasst und blickte sie nun voller Liebe an. Sie seufzte. Joona war ein Kämpfer, da war sie sich sicher. Auch wenn ihn der Abschied jetzt schmerzte, so wusste er auch, dass es für sie beide keine andere Möglichkeit gab.

Als er beim Abendessen auf die Toilette gegangen war, hatte sie Baekhyun gefragt, ob sie verlängern könnten. Er hatte es verneint. Termine und das Management warteten bereits auf ihn. Selbst diese Tage waren eine Herausforderung gewesen. Sie mussten sich damit abfinden, dass ihre Zeit begrenzt war.

„Begleitest du mich noch zu meinen Wagen?“

Er schreckte aus seinen Gedanken hoch.

„Natürlich, ich trage dein Gepäck“, murmelte er und nahm ihre Reisetasche. Sie zog ihren neuen Mantel über und sah zu ihm.

„Du bist wunderschön“, stellte er erneut fest, ließ die Reisetasche zu Boden sinken und nahm sie noch einmal in seine Arme.

Sein Herz raste. Es schmerzte so sehr, sie gehen zu lassen. Er liebte sie von ganzem Herzen und wollte immer mit ihr zusammen sein, doch ihrer beider Welten waren getrennt. Noch. Er hoffte, dass diese Trennung nicht immer wäre, auch wenn er nicht wusste, wie er sie vereinen sollte.

„Du bist auch wunderschön", gab sie das Kompliment lächelnd zurück. Er war nicht schön, das wusste er, und was andere sahen, konnte er nicht verstehen. Seine Augen waren zu klein, seine Beine zu lang. Es war okay, aber nicht schön und nicht so schön wie sie.

„Lass uns gehen, sonst wird der Abschied nur immer schwerer", sagte sie und wartete, bis er wieder die Reisetasche genommen hatte.

Wider Erwarten wirkte Joona fröhlich und gelassen, als sie das Hotel verließen. Er erzählte ihr auf dem Weg zum Auto von seinen nächsten Terminen und es schien, als ob ihn der Abschied schmerzte, aber er es dennoch besser verkraftete als sie. Er lächelte immer wieder, während sie es kaum erwiderte und spürte, dass sie traurig war.

Nachdem er ihre Tasche in den Kofferraum gelegt hatte, nahm er sie in den Arm und hielt sie ganz fest. Sie wusste nicht, wie lange sie dastanden, als Baekhyun auf sie zukam.

„Du wirst doch nicht gehen, ohne dich zu verabschieden", sagte er.

„Nein, denn ich wusste, dass du kommen würdest", erwiderte sie.

„Ich wünsche dir eine gute Fahrt, pass auf dich auf."

„Das werde ich und du schaust bitte auf Joona."

„Mach dir keine Sorgen", erwiderte er und drückte sie kurz an sich.

„Wir müssen dann auch los", wandte er sich an seinen jungen Freund.

„Ich komme gleich", antwortete dieser und wartete, bis Baekhyun wieder im Hotel verschwunden war.

„Ich fahre jetzt."

„Ja, und fahre vorsichtig."

„Das werde ich", antwortete sie, gab ihm einen Kuss und stieg in ihren Wagen. „Melde dich, wenn du wieder gelandet bist."

„Noch im Flieger, bevor er seine Parkposition eingenommen hat, melde ich mich", versprach er. Er beugte sich zu ihr ins Auto und küsste sie ein letztes Mal sanft auf die Lippen.

„Bis bald."

„Bis bald", erwiderte er und sah, wie sie die Autotür schloss und den Wagen startete. Ein letzter Blick, ein letztes Lächeln und ein Handkuss, ehe sie losfuhr und wenige Augenblicke später verschwunden war.

***

Susanne blickte in den Rückspiegel und sah noch immer sein Lächeln. Joona wirkte etwas traurig, aber nicht so sehr wie sie. Es war eigentlich keine Traurigkeit, denn je weiter sie sich von ihm entfernte, umso mehr spürte sie, dass alles in ihr durcheinander war. Sie war voller Schmerz! Traurigkeit war nicht ansatzweise das Gefühl, welches sie gerade innerlich zerriss.

Sie liebte Choi Hyeong-Joon!

Wirklich? Wann war aus Verliebtheit und Anziehung Liebe geworden?

Susanne fluchte. Da waren diese unendlich nervigen Fragen, welche sich in den letzten Tagen mehr und mehr in ihren Kopf eingeschlichen hatten. Unaufhörlich hämmerten sie nun auf sie ein und führten dazu, dass sie noch nicht einmal mehr in der Lage war weiterzufahren. Stattdessen ertappte sie sich dabei, wie sie Beschilderungen folgte, die sie geradewegs zum Flughafen führten. Doch nicht zu den Terminals oder den Parkplätzen, sondern zu einem Feldweg, der hinter dem Gelände lag.

Sie blieb mitten auf dem Weg stehen und blickte zu den Maschinen. In einer dieser Flugzeuge würde er bald sitzen und zurückfliegen. In ein Leben, das von ihrem so weit entfernt war. Er ein gefeierter Star und sie eine CEO, die Events plante. Sie fühlte sich mit einem Mal leer und traurig.

Wieder standen der Altersunterschied und die Frage im Raum, wie sollte es mit ihnen weiter gehen? Hatten sie überhaupt eine Chance? Niemand durfte von ihrer Beziehung wissen, niemals könnten sie sich in der Öffentlichkeit frei bewegen und dann war da der Wunsch, welchen er noch nicht ausgesprochen hatte. Er wollte Kinder, kein Zweifel. Sobald er welche sah, begann er zu lächeln. Ein Wunsch, den sie ihm aufgrund einer Operation nicht mehr erfüllen konnte. Er wusste davon und auch wenn er es weglächelte und auf Alternativen wie eine Adoption anspielte, so spürte sie, dass es für sie beide eine Belastung wäre.

Was sollte sie nur tun und wie mochte dies alles weitergehen? Würde diese Beziehung aus ein paar heimlichen Treffen im Jahr und abendlichen online Chats bestehen? Wo war sie nur hineingeraten? Und wieso schmerzte dieses dumme Herz so heftig?

Susanne war von ihm fasziniert und sie wusste, dass sie etwas für ihn empfand. Es fühlte sich an wie Liebe. Allerdings eine, in der es das Wort Zukunft nicht in der Form gab, wie sie es sonst kannte: Man lernte sich kennen, zog zusammen und führte ein gemeinsames Leben. Dies war in ihrem Fall unmöglich!

Sie blickte auf den Ring an ihrem Finger und erneute Zweifel schwappten über sie hinweg. Was hatte sie nur getan? Meinte sie, mit dem Ring ein Zeichen zu setzen, und alles war gut? Nichts war gut, überhaupt nichts war gut!

Susanne war verzweifelt und erste Tränen rannen über ihre Wangen. Noch nie in ihrem Leben hatte sie so für jemanden empfunden und doch sagte ihr eine innere Stimme, dass es vergebens sein würde. Ihrer beider Welten waren zu verschieden, als dass es irgendeine Möglichkeit gab, um sie zu vereinen. Weder jetzt noch morgen noch nächstes Jahr. Auch der Ring würde dies nicht ändern können.

Ein Wissen, dass sie nun mehr belastete als vor diesem Wochenende. Wo sie einander nur online nähergekommen waren.

Denn nun war es real.

Sie hatte ihn gespürt und sich in seinen Armen verloren. Tief in sich hörte sie nun seine Stimme, fühlte seine Lippen, nahm seinen Duft wahr. Liebe. Und das passierte ihr?

Es war vergebens, es gab keine Zukunft für sie.

Ein lautes Seufzen erfüllte ihren Wagen, ehe sie den Kopf auf das Lenkrad stützte und zu weinen begann. Der Schmerz und das Wissen, ihn gehen lassen zu müssen, da es keine Zukunft für sie gab, brachten ihren Körper zum Beben. Sie weinte unaufhörlich und schluchzte all ihren Schmerz heraus.

***

„Du wirst sie wiedersehen“, sagte Baekhyun und blickte zu Hyeong-Joon. Der reagierte nicht, sondern blickte auf den Flughafentower, der immer näherkam. In weniger als zwei Stunden würde er fliegen. Seitdem sie gefahren war, hatte er nur noch wenig gesprochen. Baekhyun hatte geahnt, dass ihn der Abschied schmerzen würde, aber nicht, dass es seinen Freund derart belastete. Er wirkte verändert, seine Gedanken waren nicht hier und so vermied er es, ihn in Gespräche verwickeln zu wollen, die nur mit einem Monolog endeten. Seinem.

Hyeong-Joon musste wieder zurück, genau wie er und es gab keine Möglichkeit etwas daran zu ändern.

Die Limousine hielt direkt vor dem Abflugterminal. Baekhyun stieg aus und bemerkte, dass Hyeong-Joon noch im Wagen saß.

„Du musst aussteigen", forderte er ihn auf.

„Ja", kam nur die leise und zögerliche Antwort.

Aussteigen. Das wäre machbar gewesen, wenn er leben würde. Aber er fühlte sich innerlich tot. Seitdem sie gefahren war, konnte er nicht mehr denken. Sein Herz raste und seine Beine schienen jeden Moment ihren Dienst zu verweigern. Er zitterte am ganzen Körper und selbst der Ring an seinem Finger vermochte ihm nicht die gleiche Ruhe und Freude zu bringen wie noch gestern Abend.

Er hatte sie verloren.

Ein Gefühl in ihm sagte, dass es ein Abschied für immer war. Sie sagte nichts dergleichen, doch in ihren Augen hatte er Zweifel gesehen. Vielleicht ob sie ihn wirklich liebte oder er sie. Noch immer stand der Altersunterschied zwischen ihnen, das wusste er. Für ihn war dies kein Thema, aber für sie. Er liebte sie so, wie sie war. Es gab für ihn keinen Altersunterschied, sondern nur Liebe und die ließ sich nicht auf Zahlen reduzieren.

Hyeong-Joon folgte Baekhyun durch den Terminal und die Absperrungen, bis sie in der gebuchten VIP-Lounge waren. Er setzte sich auf einen der Stühle und nahm sein Handy. Baekhyun stand etwas abseits, um sich einen Kaffee zu holen.

Hyeong-Joon scrollte die Bilder der letzten Tage durch. Es waren stumme Zeugen von einer wunderschönen Zeit, die jetzt so entsetzlich schmerzte. Würde er sie jemals wiedersehen und wenn, wann?

Amsterdam war von Baekhyun geplant worden. Niemals würde sein Management so etwas unterstützen. Niemals!

Und mit Corona war die Situation noch schwieriger. Neueste Meldungen zeigten, dass sich das Virus immer mehr auf der Welt verteilte und somit auch die Ungewissheit, ob Reisen in der Zukunft überhaupt noch möglich war. Irgendwann, aber vielleicht zu spät für sie und ihre Liebe!

Hyeong-Joon begann heftig zu zittern. Er legte sein Handy zurück in seine Tasche. Rechtzeitig, bevor seine Hände ihr Eigenleben entwickelten. Baekhyun sah sofort, dass etwas nicht stimmte. Sein junger Freund zitterte am ganzen Körper und wurde immer fahler im Gesicht.

„Was ist mit dir?", rief er besorgt und eilte zu ihm.

„Alles in Ordnung“, sagte Hyeong-Joon nur leise. Er legte beide Hände auf sein Gesicht und atmete tief ein und aus.

„Du trägst noch den Ring, gib ihn mir“, forderte Baekhyun ihn auf und hielt ihm seine Hand entgegen. Hyeong-Joon reagierte nicht.

„Zieh ihn ab“, forderte Baekhyun erneut.

Hyeong-Joon ließ beide Hände sinken und starrte seinen Freund erschrocken an. Seinen Ehering?

„Du kannst den Ring nicht tragen. Wenn ihn jemand sieht! Deine Fans und Medien registrieren sofort, was du trägst. Das gibt nur unnötige Fragen und Ärger“, forderte Baekhyun ihn erneut auf und sein Ton wurde härter.

Hyeong-Joon blickte auf seine Hand und dachte an den Moment zurück, als er ihn von ihr bekommen hatte. Sein Herz begann, heftig zu ziehen. Nicht nur, dass er das Gefühl hatte, sie zu verlieren. Jetzt sollte er auch noch das Zeichen ihrer Liebe abnehmen und verstecken? Er war glücklich, er liebte sie und wollte, dass es die ganze Welt erfuhr. Stattdessen saß er auf einem Flughafen, allein und das Einzige, was ihm jetzt noch blieb, waren die Erinnerungen und dieser Ring. Er wusste, dass Baekhyun recht hatte, doch ihm den Ring zu geben, schmerzte ihn. Wenn er ihn abnahm, dann war es nie geschehen. Alles war weg.

Hyeong-Joons Herzschlag veränderte sich, seine Gedanken schwirrten in Zeitlupe. Langsam zog er den Ring von seinem Finger und legte ihn Baekhyun in die ausgestreckte Hand.

„Ich werde ihn für dich aufbewahren“, sagte der versöhnlich.

Er bekam keine Antwort. Stattdessen sah er erste Schweißperlen, die sich auf Hyeong-Joons Stirn bildeten und einen starren Blick, der ihn verunsicherte.

„Was ist mit dir?“, fragte er besorgt und warf seinen vollen Kaffeebecher in einen der Mülleimer. Er packte Hyeong-Joon an den Schultern und begann, ihn ein wenig zu rütteln.

„Rede mit mir, Junge“, forderte er ihn nun etwas lauter auf. Die Bodyguards, welche nicht weit entfernt saßen, standen auf und kamen zu ihnen.

„Was ist?“, fragte einer und sah Baekhyun irritiert an.

„Ich weiß es nicht, hol etwas zu trinken, Wasser“, forderte er ihn auf, während er immer noch auf Hyeong-Joon einsprach.

„Rede mit mir. Geht es dir nicht gut? Hast du Schmerzen?“

Wieder erhielt er keine Antwort, sondern musste zusehen, wie Hyeong-Joon immer bleicher wurde und am ganzen Körper zitterte. Baekhyun fühlte sich hilflos. Jetzt einen Arzt zu holen, war unmöglich.

Hyeong-Joon blinzelte apathisch, sein Blick schweifte orientierungslos umher. Er hatte Schmerzen, ja, aber es waren die der Liebe und kein körperliches Leid. Er ertrug es nicht, sie gehen zu lassen. Und es brachte ihn um, seinen Ring nicht mehr spüren zu können. Hyeong-Joon schloss die Augen, alles verschwamm ohnehin. Er hörte seinen Freund rufen, aber er schüttelte den Kopf.

Baekhyun nahm das Glas Wasser, welches ihm der Bodyguard reichte.

„Hier, Hyeong-Joon, trink", sagte er und hielt ihm das Glas an den Mund.

Wie erwartet reagierte er nicht, sondern starrte ihn nur wortlos an, bis seine Augen plötzlich zu flackern begannen und er zur Seite kippte.

„Schnell helft mir", rief Baekhyun und versuchte, ihn wieder hinzusetzen.

„Passt auf, dass er sich nicht verletzt! Gebt ihm etwas zu trinken", wies er die Bodyguards an und zog sein Handy aus der Tasche. Er brauchte Hilfe. Jetzt.

***

Susanne fühlte sich etwas besser, auch wenn sie den Schmerz noch immer spürte. Eine Wand hatte sich in ihr aufgebaut. Eine kleine, die mit der Zeit wachsen würde und sie davor bewahrte, weitere Schmerzen ertragen zu müssen.

Joona liebte sie. All seine Liebe hatte sie die letzten Tage und Monate immer wieder gespürt. Fakt war: Er lebte in Korea. Sie in der Schweiz. Vielleicht war es besser, es jetzt zu beenden, ehe es noch mehr schmerzte.

Sie wischte die Tränen von ihren Wangen und öffnete das Fenster. Der kalte Wind zog zu ihr in den Wagen und ließ sie für einen Moment frieren. Sie spürte es nicht. Sie fühlte im Moment nichts mehr und versuchte, die Bilder der letzten Tage zu verdrängen. Wunderschöne Zeiten, die sie niemals vergessen würde, aber die auch nie wiederkamen. Sie und ihre Welten waren zu unterschiedlich, als dass es eine gemeinsame Zukunft gab.

Susanne schloss das Fenster und startete ihren Wagen. Es war Zeit, nach Hause zu fahren. Langsam fuhr sie den Feldweg entlang und blickte ein letztes Mal zu den Flugzeugen. Bald würde er starten und zurückfliegen und vielleicht erging es ihm nicht anders als ihr. Wenn er wieder in sein Leben zurückgekehrt war, dass ihn all die Jahre begleitete und weiterhin begleiten würde. Es gab keinen Ausweg, denn er hatte einen Vertrag. Sie nicht und genau das trennte sie mit vielen anderen Dingen.

Sie sah bereits die Beschilderung zur Autobahn und wollte gerade auf die Hauptstraße abbiegen, als sie das Summen ihres Handys hörte. Sie wollte jetzt nicht telefonieren. Mit niemanden und schon gar nicht geschäftlich. Es war Sonntag!

Sonntag, wurde ihr bewusst. Es konnte nichts Geschäftliches sein und so zog sie es schnell aus ihrer Tasche und schaute auf das Display.

„Baekhyun, was ist?", fragte sie mit belegter Stimme.

„Du musst kommen, er ist zusammengebrochen", hörte sie seine ernste und besorgte Stimme.

Susanne bremste und spähte auf den Verkehr im Rückspiegel. Es waren nur wenige Autos. Sie fuhr dichter an den Straßenrand und ließ sie vorbeifahren.

„Joona ist was?", rief sie aufgeregt. Als das letzte Fahrzeug sie überholt hatte, wendete sie. Sie musste zurück. Sofort.

„Er ist kollabiert, könntest du kommen?"

„Ich bin gleich da, wo seid ihr?"

„In der VIP-Lounge, von Etihad Airways. Du findest sie …"

„Ich werde sie finden, ich bin gleich da", rief sie und legte auf.

Hyeong-Joon war zusammengebrochen. Und der Grund war sie! Wie hatte sie sich nur blenden lassen können von seinem Schauspiel? Wäre sie nicht zu sehr auf den eigenen Schmerz fokussiert gewesen, hätte sie erkannt, dass er versuchte, tapfer zu sein. Wie hatte sie ihm nur abnehmen können, dass er all das unbeschadet überstehen würde? Wie konnte sie ihm glauben, ihm, der ihr lächelnd von seinen Terminen erzählte, während er innerlich zu zerbrechen schien? Warum nur machten sich Menschen das Leben unnötig schwer? Beide hatten Liebeskummer. Und doch spielten sie sich etwas vor!

Susanne raste zum Abflugterminal, stellte ihren Wagen ab und eilte los. Vergessen war die Besorgnis wegen der Desinfektionsmittel. Sie musste einfach hoffen, dass sie es ohne einen Anfall überstehen würde. Schnell zog sie die Maske über ihr Gesicht und rannte zu einem der Informationsterminals. Etihad Airways, VIP-Lounge. Der Computer brauchte nur wenige Sekunden, um ihr den genauen Weg aufzuzeigen. Sie musste ganz in der Nähe sein, doch wie sollte sie hineingelangen?

Während sie bereits zur Lounge eilte, wählte sie seine Nummer.

„Baekhyun, ich bin gleich da."

„Ich schicke jemanden, der dich abholt", erwiderte er und sie hörte, wie er jemanden eine Anweisung gab. „Er ist unterwegs, bis gleich."

„Bis gleich", sagte sie und legte auf.

Als sie ankam, stand der Bodyguard wie angekündigt an der Absperrung und sorgte dafür, dass sie ungehindert durchgehen konnte. Susanne sah bereits die Lounge, welche von einer Glasfront umgeben war. Von Joona oder Baekhyun war nichts zu sehen. Ihr Herz schlug schneller. Wo waren sie und was war mit Joona? Erleichtert stellte sie fest, dass der Bodyguard sie in eine weitere Lounge führte, die jedoch nicht von außen eingesehen werden konnte.

Als sie den Raum betrat, stand Baekhyun nicht weit von einem Sofa entfernt, auf welchem eine Decke lag.

„Wo … wo ist …", fragte sie aufgeregt. Weiter kam sie nicht, da war sie bereits beim Sofa und sah eine Gestalt darunter.

Susanne drängte Baekhyun zur Seite und hob die Decke an. Darunter lag er. Choi Hyeong-Joon. Joona. Ihre Liebe. Zusammengekrümmt wie ein Embryo und nicht ansprechbar. Seine Augen waren geöffnet, doch es schien, als würde er um sich herum nichts mehr mitgekommen.

„Joona, Joona", flüsterte sie leise und Tränen stiegen in ihre Augen.

Sie setzte sich und nahm ihn in ihre Arme. Erste Tränen benetzten bereits seine Haare, als er zu ihr aufsah.

„Du bist da? Du bist nicht gefahren und wirst mich nicht verlassen und aus deinem Leben streichen?"

Sie erstarrte innerlich. Hatte er es gespürt? Oder meinte er damit nur die Abfahrt? Nein, er hatte es gespürt, da war sie sich sicher. Und sie? War sie sich immer noch sicher, dass es keine Zukunft gab und es besser wäre, wenn sie sich trennten? Nein. Sie liebte ihn und dies wurde ihr in diesem Moment mehr bewusst als jemals zuvor. Sie nahm seine Hand und küsste sie.

„Wo ist dein Ring?"

„Ich habe ihn“, hörte sie Baekhyun sagen und sah, wie er ihn aus seiner Jackentasche zog.

„Es gäbe nur unnötige Fragen“, erklärte er und es klang fast wie eine Entschuldigung.

„Ich weiß.“ Sie nickte zustimmend und hielt Joona noch immer in ihren Armen.

„Du musst etwas trinken“, forderte sie ihn auf und Baekhyun reichte ihm das Glas Wasser. Joona nahm es und trank etwas davon.

„Geht es dir wieder besser?“, fragte Baekhyun.

„Etwas, der Ring …“

Sowohl sie als auch Baekhyun ahnten, dass es der Verlust des Rings war, der ihn hatte zusammenbrechen lassen. Es musste eine andere Lösung geben. Joona sollte etwas tragen, was sie beide verband und er immer tragen konnte, ohne ein Risiko einzugehen. Susanne verstand. Er brauchte eine Sicherheit, etwas, dass ihm einen Beweis gibt. Wie jetzt, wo sie ihn in ihren Armen hielt.

Er setzte sich langsam auf und blickte sie liebevoll an.

„Ich dachte, ich würde dich nie wiedersehen“, sagte er leise, nachdem Baekhyun zu einem der Tische gegangen war und sich einen Kaffee holte.

„Wie kannst du nur so etwas denken? Ich bin jetzt hier, bei dir.“

„Aber du wirst wieder gehen müssen und ich fliege zurück.“

„Ja, aber das heißt nicht, dass wir uns nicht wiedersehen werden. Schließlich sind wir verheiratet“, lächelte sie und gab ihm einen Kuss.

Sein Herz pochte. Sie waren verheiratet, auch wenn es nicht auf Papieren dokumentiert war. Sie war seine Frau, und dass sie zurückgekehrt war und ihn jetzt so voller Liebe ansah, brachte ihm die Sicherheit zurück, dass es doch eine Zukunft für sie beide geben würde. Wie auch immer sie aussehen mochte. „Wann geht dein Flieger?“

„Ich weiß nicht“, antwortete Joona und blickte zu Baekhyun, der wieder herangetreten war.

„In einer Stunde, warum fragst du?“, antwortete dieser.

„Genug Zeit, um noch etwas zu erledigen“, sagte sie und stand bereits auf.

„Etwas erledigen, jetzt?“, hakte Baekhyun nach.

„Ja, wenn er keinen Ring tragen darf, dann werden wir etwas anderes finden.“

„Okay, aber kommt nicht zu spät. Den ersten Flug musste ich bereits ändern“, mahnte er.

„Keine Sorge, wir sind gleich zurück.“ Sie nahm Joona bei der Hand.

„Wo willst du hin?“, fragte er und folgte ihr aus der Lounge.

„Ich habe etwas gesehen und ich denke, das könnte passen“, sagte sie verschwörerisch und lief mit ihm geradewegs zu einem Juwelier in der Duty-Free-Area.

In der Auslage sah sie bereits verschiedene Ketten und Ohrringe aber auch Armbänder. Lederbänder, die für Paare gemacht worden waren und deren Anfangsbuchstaben trugen.

„Ein Armband?“, fragte er und seine Augen begannen zu leuchten.

„Ja, das kannst du tragen, wann immer du willst. Und niemand wird etwas davon merken.“

Ihr Wunschobjekt sah in der Tat wie ein gewöhnliches Armband aus. Wie solche, die er bereits in verschiedenen Ausführungen hatte und auch gelegentlich trug. Somit wäre es nichts Ungewöhnliches und auch das Management würde keinen Verdacht schöpfen. Niemand würde es wissen, außer Baekhyun.

Kaum, dass sie wieder in der Lounge angekommen waren, fiel sein Blick sofort auf die Armgelenke.

„Ah, gut gewählt“, grinste er und nickte ihnen zu.

Joona strahlte.

„Er kann es tragen, wann immer er will“, sagte sie und blinzelte zu ihm hoch. Ein Blick voller Liebe.

Sie setzten sich und er hielt ihre Hand. Strich liebevoll darüber und sah sie mit traurigen Augen an.

„Du wolltest stark sein und nicht vor mir weinen. Aber ich spürte, dass du traurig warst“, sagte sie.

„Ja, ich dachte, ich würde sterben.“

Als er dies sagte, war es nicht nur der Satz, der sie schockierte, sondern auch das Wissen, dass er wirklich so empfand. Er war ein Businessman und doch gab es in ihm diesen jungen, sensiblen Mann, welchen sie kennenlernen durfte. Der sie liebte und versuchte, ihr die Welt zu Füßen zu legen.

„Wir müssen los, sie haben unseren Flug aufgerufen“, hörten sie Baekhyun sagen, nachdem die Ansage verklungen war.

Joona erschauerte. Aber dieses Mal war die tiefe Trauer in seinem

Herzen verschwunden. Sie hatte ihn geküsst. Und ihm versprochen, nicht aus seinem Leben zu verschwinden. Sie würden sich weiter sehen. Spätestens in zehn Stunden, wenn auch nur online. Und bald würden sie einen Weg finden, sich in den Armen zu liegen.

Einen Moment noch umarmten sie einander. Fühlten die Wärme des anderen und wussten, dass sie sich liebten. Dieser kurze Augenblick könnte nur ihnen.

Als sie sich voneinander lösten, blickte Joona auf sein Armband und fühlte sich wieder sicher. Sie liebte ihn, war zu ihm zurückgekehrt und hatte dafür gesorgt, dass sie wieder verbunden waren.

„Ich will nicht drängen, aber wir müssen nun wirklich gehen", sagte Baekhyun.

Susanne richtete Joonas Kragen und streichelte ihm sanft über die Wange.

„Wir werden uns wiedersehen", sagte sie und stand auf.

Widerwillig erhob auch er sich und dieses Mal war es anders. Nicht der toughe, lächelnde Choi Hyeong-Joon, den sie am Hotel verabschiedet hatte, sondern der Joona, den sie kannte. Es schmerzte und auch sie zeigte ihm nun, dass es ihr nicht anders ging. Ein kleiner Trost, auch wenn er nicht gehen wollte. Er nahm sie ein letztes Mal in seine Arme, drückte sie an sich und gab ihr einen letzten Kuss.

„Ich melde mich, sobald ich gelandet bin", flüsterte er und zog sie fest an sein Herz.

„Ich werde auf dich warten."

Sie küsste ihn auf die Wange und löste sich von ihm. Sie sah seine traurigen Augen, schüttelte sanft den Kopf, lächelte ihn an. Er nickte, nahm seinen Rucksack, küsste ein letztes Mal ihr Handgelenk und ging mit Baekhyun Richtung Abfluggate.

Susanne winkte ihm zu, bis er nicht mehr zu sehen war. Dann setzte sie sich und wartete, bis der Flieger abgedockt wurde und Richtung Rollfeld entschwand.

Es war Liebe, daran gab es keinen Zweifel mehr. Die Mauer, welche sie noch vor wenigen Stunden gespürt hatte, war genauso verschwunden wie Joona, nachdem er mit Baekhyun durch das Gate gegangen war und sich hinter ihnen die Schiebetüren schlossen.

Kapitel 23

Eine lange Autofahrt lag hinter Susanne und sie war froh, als sie endlich zu Hause war. Die Fahrt über hatten sie die Bilder und Eindrücke der letzten Tage begleitet. Wunderschöne Momente, die sich in ihr Herz eingebrannt hatten, genauso wie der Zweifel, nachdem sie gefahren war. Bis zu dem Zeitpunkt als Baekhyun sie angerufen hatte wegen Joonas Zusammenbruch.

Egal, was sie tat, immer dachte sie an ihn, ihren Liebsten, der sich mit jeder Minute weiter von ihr entfernte. Sie seufzte. Spätestens als sie ihn am Flughafen auf dem Sofa liegen gesehen hatte, so klein, so verletzlich, war ihr bewusst geworden, dass sie ihn liebte und sich ein Leben ohne ihn nicht mehr vorstellen konnte.

Susanne ging hinunter in die Küche und goss sich etwas Mineralwasser ein, ehe sie ihr Handy aus der Tasche zog und die eingegangenen Mails und Nachrichten prüfte. Eine war von Baekhyun. Vor fünf Stunden. Schnell öffnete sie sie und blickte auf ein Bild, dass ihr Herz zu zerreißen schien.

Unverkennbar sah sie den Hinterkopf von Joona, wie er zum Flugzeugfenster hinausblickte. Er weinte. Hielt sich die Hand vor den Mund, sein Körper zeigte seinen ganzen Abschiedsschmerz.

Auch wenn sie sein Gesicht nicht sah, spürte sie seine Verzweiflung. Genau wie am Flughafen, als sie sich verabschiedet hatten. Während sie noch immer das Bild betrachtete, klingelte es plötzlich. Wer mochte am Abend noch zu ihr kommen? Als sie ihr Glas zur Seite gestellt hatte und die Tür öffnete, stand ihr Nachbar vor ihr.

„Guten Abend, Frau Cramer", begrüßte er sie freundlich und hielt etwas in seinen Händen. Ein Paket.

„Guten Abend, Herr Gerber."

„Es ist gestern ein Paket für Sie gekommen und man hat es bei mir abgegeben", sagte er lächelnd und streckte ihr es bereits entgegen. Sie kannte ihn gut genug, um zu wissen, dass er sicherlich den Absender genau studiert hatte. Neugier war sein zweiter Name und sein Gesicht, das einem Wiesel ähnelte, unterstrich ihren Verdacht nur noch mehr.

„Warum hat man es nicht vor der Haustür abgelegt?", sagte sie trocken und nahm das Paket entgegen.

Er schien irritiert. „Weil … weil …“

Du ihn sicherlich abgefangen hast, antwortete sie für ihn im Geiste, verkniff sich jedoch einen entsprechenden Kommentar.

„Weil so viel verschwindet, nicht wahr? Und dann ist es bei Ihnen sicherer aufgehoben“, bemerkte sie süffisant.

„Ja, da haben Sie recht“, bestätigte er, ohne den Hauch einer Ahnung, was sie wirklich dachte.

„Danke, noch einen schönen Abend“, sagte sie und schloss die Tür, ehe er noch antworten konnte. Sie hasste neugierige Nachbarn und noch mehr, wenn sie ihre Post entgegennahmen.

Was mochte das sein, ihres Wissens erwartete sie keine Pakete. Sie stellte es auf den Tisch und las den Absender. Aus Korea. *Korea?* Für einen Moment war sie unsicher. Joona musste es noch vor oder während der Reise geordert haben. Aber warum sollte er ihr ein Paket aus Korea zukommen lassen, während er mit ihr in Amsterdam war? Sie holte ein Messer und öffnete die Klebestreifen. Laken von Papier und Styroporstücken waren sorgsam um zwei Päckchen drapiert worden.

Als sie das erste herauszog, musste sie lächeln. Es war eine Geschenkbox von Dior, die Schminke und ein Täschchen enthielt. Auch wenn sie die Schminke nicht nutzen konnte, so hatte er ihr eine Freude machen wollen und es war ihm gelungen.

Dann nahm sie das andere Päckchen heraus. Es war kleiner und leichter. Sie entfernte das Papier und sah den Schriftzug auf dem Kästchen. Cartier. Binnen Sekunden schlug ihr Herz schneller und ihre Finger begannen zu schwitzen und zu zittern. Was hatte er ihr nur geschickt? Langsam öffnete sie das Kästchen und blickte auf einen wunderschönen Ring, der mit Diamanten besetzt war. Die Steine funkelten unter dem kleinen Licht, das in das Kästchen eingebaut war, und glänzten ihr entgegen. Sie war sprachlos und musste sich setzen. Was für ein wunderschöner Ring. Vorsichtig zog sie ihn heraus und streifte ihn über ihren Ringfinger. Er passte perfekt. Aber was hatte sie von ihm erwartet? Er war Perfektionist.

Susanne streckte ihre Hand ein wenig aus und ließ die Diamanten im Licht ihrer Wohnzimmerlampe tanzen. Er war wunderschön und sie wollte nicht eine Sekunde darüber nachdenken, was er wohl gekostet haben mochte. Sie legte ihn zurück in die Schachtel und dachte an die gemeinsame Zeit zurück. So viele wunderschöne Momente, von denen sie zehren konnte. Für Tage, für Wochen und vielleicht auch für Monate, bis sie ihn wiedersah. Sie spürte, wie die Liebe sie mehr und mehr einnahm. Auch sie wollte ihm eine Freude bereiten und überlegte, was ihm gefallen könnte. Zuvor brauchte sie ein heißes Bad, in dem sie ihre Lebensgeister nach der langen Fahrt mobilisierte und über ein geeignetes Geschenk für ihn nachdenken konnte.

Während sie das Wasser einließ, war sie in Gedanken in Amsterdam. Als er mit ihr im Whirlpool saß. Seine scheuen Berührungen. Sie erinnerte sich daran, wie sie sich das erste Mal geliebt hatten. Sie legte ihr Handy auf eine Ablage und stieg in das warme Wasser. Es fühlte sich herrlich an und all die Anspannungen der letzten Stunden fielen von ihr ab. Vergessen waren die traurigen Gedanken auf dem Feldweg, als sie noch zu den Fliegern geblickt und darüber nachgedacht hatte, die Beziehung zu beenden. Stattdessen schmiedete sie jetzt Pläne, welches Geschenk sie ihm machen könnte. Es sollte etwas Persönliches sein. Nur für ihn und ganz individuell. Doch was?

Sie hob ihr Bein und fuhr mit dem Schwamm darüber. Es fühlte sich herrlich an und sie erinnerte sich an seinen Blick, als er sie damals zum ersten Mal in der Badewanne gesehen hatte. Er war so nah an den Bildschirm herangekommen, dass sie nur noch seine Augen sah. Genauso fasziniert hatte er sie in Amsterdam angesehen, als er sie zum ersten Mal nackt vor sich sah. Er liebte jeden Zentimeter ihres Körpers und sie würde ihm genau dies schenken. Sich. Schnell stieg sie aus der Wanne und streifte ihren Bademantel über. Als sie im Schlafzimmer war, schaltete sie das Licht an. Sie hörte es klingeln, ihr Handy! Aufgeregt eilte sie ins Badezimmer zurück und holte es. Sie wusste ganz einfach, dass er es war. Joona. Sie nahm den Anruf mit glänzenden Augen entgegen.

„Joona", rief sie erfreut und kehrte ins Schlafzimmer zurück.

„Ich bin gelandet", hörte sie seine weiche Stimme.

„Ich habe gerade an dich gedacht."

„An mich, warum?", fragte er und etwas Besorgnis lag in seiner Stimme. Hatte er etwas getan, womit er sie verärgert hatte? Ängste überkamen ihn und brachten sein Herz zum Rasen.

„Ja, ich habe deine Geschenke erhalten."

Für einen Moment hörte sie ein erleichtertes Ausatmen, gefolgt von einem kurzen Lachen.

„Gefällt es dir?", fragte er dennoch etwas unsicher.

„Ob es mir gefällt? Es ist wundervoll. Der Ring. Er ist wunderschön und …“

„Er wurde für dich gemacht. Für deine wunderschönen Finger. Der Designer lebte einzig allein dafür, deine Anmut zu unterstreichen“, sagte er.

Ein Schauer überzog ihren Rücken. Da war er wieder, der Mann, der ihr Herz zur Wallung brachte. Anfangs sah sie nur den scheuen, jungen Mann. Jetzt lernte sie den Romantiker kennen, der ebenfalls in ihm lebte. Offiziell bei seiner Arbeit, bei Shootings und dem öffentlichen Leben war er kühl und professionell. Hin und wieder brachte er diesen professionellen Mann auch in ihr Leben mit ein, was ihm etwas Verführerisches gab und ihr den Atem nahm.

Genau wie das Gemälde, vor welchem sie jetzt stand. Sie hatte es ihm nie gezeigt. Aber sie wusste, er würde es lieben. Der Maler hatte sie nackt, mit dem Rücken zu sich gezeichnet. Es hatte ihr damals den Atem verschlagen, als sie es das erste Mal sah, so perfekt hatte er sie dargestellt. Es würde Joona sicher auch den Atem nehmen.

„Ich habe ein Geschenk für dich.“

„Für mich?“, vernahm sie seine leise Stimme.

„Ja, es wird dir gefallen.“

„Wann bekomme ich es?“

„Mal sehen, ich denke bald“, antwortete sie und lächelte.

KAPITEL 24

Susanne war aufgeregt. Heute musste es endlich so weit sein. Er musste das Gemälde erhalten. Die letzten Tage waren wie verhext gewesen. Immer wieder fragte er nach seinem Geschenk und immer wieder konnte sie ihm nur sagen, dass es auf dem Weg zu ihm wäre.

Sowohl sie als auch Baekhyun machten sich Sorgen, ob etwas mit dem Transport nicht geklappt hatte. Aber die Verfolgung der Sendung ergab immer wieder, dass es noch auf dem Weg war und zugestellt würde. Was, wenn jemand das Gemälde sah? Undenkbar! Nicht wegen ihr, sondern wegen ihm. Niemand würde glauben, dass es sich um eine fremde Person handelte. Vielmehr zeigte das Gemälde Liebe und Intimität.

Bevor Susanne zur Arbeit fuhr, prüfte sie erneut den Trackinglink und sah nach. Es war zugestellt! Kein Zweifel. Er würde es erhalten. Noch heute! Schnell schrieb sie Joona eine Nachricht und verkündete die frohe Botschaft. Er würde es später lesen, wenn das Musikvideo-Shooting vorbei war. Mit einem guten Gefühl machte sie sich auf den Weg. Ob er sich gleich meldete, sobald er es ausgepackt hatte? Bei ihm war es jetzt fünfzehn Uhr. Ein, zwei Stunden würde er noch arbeiten, dann hatte er Feierabend, während bei ihr der Tag dann erst richtig losging.

Trotz des Lockdowns hatte Joona vereinzelt Shootings. Sie dauerten viel länger als früher, denn die Locations wurden akribisch gereinigt und standen immer nur für bestimmte Zeiten zur Verfügung. Eine Herausforderung für alle, die daran mitarbeiteten, aber am meisten für ihn. Stunden, in denen er zur Verfügung stehen musste, ohne etwas zu essen oder zu trinken.

Sie erinnerte sich an ein Video, das man an solch einem Shooting aufgenommen hatte. Joona stand in unbequemer Requisiten-Kleidung in einer Ecke und lächelte, machte Witze, während hinter ihm Leute standen und aßen. Die Kamera würde in einer Szene seinen nackten Oberkörper filmen, also trank er kein Wasser und trainierte fortlaufend die Muskeln. Der Duft des Essens drang bis zu ihm herüber und in einem kurzen Moment strich er über seinen Bauch, ehe wer wieder lachte und letztendlich die Tür schloss. Folter. Entsagung. Fake-Welt.

Susanne schmerzte die Erinnerung an dieses Video, denn sicherlich würde es ihm heute nicht anders ergehen. Sie schaltete das Radio ein, während sie zu ihrem Büro unterwegs war. Sie dachte an ihre gemeinsame Zeit in London und Amsterdam. Aber vor allem die Nächte, in welchen sie in seinen Armen gelegen hatte. Seoul war eine wundervolle Stadt und doch würde es nie dazu kommen, dass er ihr sein Seoul zeigen konnte. Hand in Hand und unbeschwert wie in Amsterdam.

Wenn sie an den Besuch am Strand dachte, wurde ihr immer noch heiß und kalt. Wie er da stand. Mit ausgebreiteten Armen und dem Blick zum Meer, das ihn verzaubert hatte. Genau wie sie.

Auch im Büro während der Arbeit dachte sie immer wieder an ihn. Ihr Blick glitt zur Uhr. Wann er das Paket holte? Sie spürte, dass sie aufgeregt war. Sicherlich erging es ihm nicht anders.

In ihrer Frühstückspause klingelte das Handy. Baekhyun. Was er wohl von ihr wollte?

„Baekhyun?“, fragte sie.

„Wir haben ein Problem. Joona ist ausgetickt“, hörte sie seine besorgte Stimme.

Ausgetickt. Ein Wort, das sie noch nie im Zusammenhang mit Joona gehört hatte. Das andere dies taten und in Form von Schlägen, wie es für das Management so üblich war, kannte sie, aber Joona? Sie war binnen Sekunden hellwach und drückte das Handy näher an ihr Ohr.

„Was heißt ausgetickt und warum?“

„Du hast ihm ein Paket geschickt und ihm geschrieben, dass es angekommen sei.“

„Und, ist es nicht da?“, fragte sie erschrocken. Ihre Stimme nahm etwas Schrilles an, was auch Baekhyun nicht verborgen blieb.

„Doch, es ist mittlerweile da …“

„Was heißt mittlerweile?“ Sie war aufgebracht und sprang von ihrem Stuhl auf. Schlimme Fantasien geisterten durch ihren Kopf. Hatte es jemand Falscher bekommen? War Joona zur Rechenschaft gezogen worden?

„Beruhige dich bitte und höre mir zu. Mit Joona ist wieder alles in Ordnung. Er sitzt im Wagen und wartet auf mich.“

„Aber was ist dann? Hat das Management das Paket … oh Gott … Joona.“ Sie keuchte und griff sich an den Hals. Ihr Herz raste wie wild und sie bekam kaum noch Luft.

„Nein, das Management weiß nichts.“
„Aber warum ist er dann ausgetickt?“
„Lass es mich erklären. Du hast ihm geschrieben, dass das Paket angekommen wäre, und er fragte nach. Die Poststelle sagte ihm, sie hätten nichts. Doch Hyeong-Joon beharrte darauf, wurde laut, bis der Chef der Poststelle ihn zu sich bat. Er sagte, dass es ein Versehen gewesen sei und man das Paket geöffnet habe.“
„Oh Gott“, entfuhr es ihr erneut. Angst kroch in ihr hoch. Es war ein recht freizügiges Gemälde, man könnte auch sagen, sie war nackt. Pornografie oder Kunst? Dies war nun die Frage. Was würde mit Joona geschehen? Wurde er bestraft? Noch saß er im Wagen und wartete auf Baekhyun.
„Hat er jetzt wegen des Gemäldes Probleme“, fragte sie ängstlich.
„Nein, ein Gemälde nach Rubens-Art ist ein Kunstobjekt. Das war nicht das Schlimme, denn sie gaben es ihm. Geöffnet, aber er hat es.“
„Was war das Problem?“ Langsam beruhigte sie sich.
„Nachdem wir die Poststelle verließen, kamen uns zwei Mitarbeiter entgegen, die bei der Öffnung des Pakets anwesend gewesen sein mussten, denn sie blickten von ihm auf das Paket und begannen zu lachen. Als er sie fragte, warum sie lachen, sagte einer der beiden, dass er so berühmt sei, dass er jetzt schon ‚besondere‘ Bilder bekäme und ob er darauf, du weißt schon …“
Baekhyun musste es nicht aussprechen, denn sein Entsetzen darüber war nicht geringer als ihres. Sie hatten Joona tatsächlich im feinen Korea anzüglich unterstellt, sich selbst anzufassen, nur weil er eine Frau auf Leinwand bekam? Mehr noch. Sie hatten seine Ehre verletzt. Die Reinheit seiner Gedanken!
Sie sah es genau vor sich. Seitdem sie ihm von dem Geschenk erzählt hatte, war er aufgedreht wie ein kleiner Junge. Er fragte jeden Tag, wann er es bekommen würde. Prüfte ständig die Trackingnummer. Dann bekam er von ihr die Nachricht, dass es endlich angekommen war, und musste nun feststellen, dass man es geöffnet hatte. Ohne sein Wissen. Dann noch zwei Männer, die darüber Witze machen. Susanne schloss für einen Moment die Augen und mochte sich nicht vorstellen, was geschehen war.
„Kann ich ihn sprechen?“
„Ja, einen Moment, ich gehe zu ihm“, antwortete Baekhyun und sie

hörte seine schnellen Schritte. Straßenlärm drang bis zu ihr und das Öffnen einer Tür.

„Sie will dich sprechen", hörte sie Baekhyun sagen.

Es dauerte einen kurzen Moment, ehe sie ein Schnaufen hörte. Es war Joona und er war noch immer aufgeregt.

„Joona?"

„Ja ... ich ... sie haben ... das Bild ... das wunderschöne Bild ... du." Die Worte sprudelten aus ihm heraus und auch wenn es keine Sätze waren, wusste sie, was er meinte.

„Ja, sie haben das Paket geöffnet. Aber jetzt hast du es und das ist das Wichtigste", redete sie ruhig auf ihn ein.

„Aber ... sie sagten ... dass ich es nutzen würde für ... Schändliche Worte sagten sie! Da ... habe ich ... zugeschlagen."

Susanne schloss die Augen. Wenn jemand wie Joona handgreiflich wurde, hatten sie ihm Unvorstellbares unterstellt. Baekhyun war dazwischengegangen, um Schlimmeres zu vermeiden.

„Vergiss, was sie sagten. Es ist dein Geschenk und ich möchte, dass du dafür einen Ehrenplatz findest."

„Ehrenplatz ... ja", war seine knappe Antwort und sie wusste, dass sie ihm damit eine Aufgabe stellte. Er würde alles tun, um ihrem Wunsch nachzukommen. Dass ihn dies ablenken und somit von seiner Wut abbringen würde, ahnte er nicht und es war auch nicht wichtig. Sie wollte, dass er wieder zur Ruhe kam.

„Farbe, ich brauche Farbe", sagte er und seine Stimme wurde ruhiger. Es hatte funktioniert und er plante bereits.

„Farbe?", hörte sie Baekhyuns Stimme.

„Ja, ich muss streichen und ihn anrufen, er soll mir helfen."

„Joona, wen willst du anrufen?", fragte sie und spürte, dass er bereits ganz weit weg war. In seinem Zuhause, wo er bereits alles plante. Sie lächelte, denn so kannte sie ihn. Er war spontan, sehr spontan und nun hatte er eine abendliche Aufgabe.

„Später sage ich es dir. Wir treffen uns um zwanzig Uhr deine Zeit?"

„Ja, wie immer", lachte sie und sah ihn genau vor sich. Wie er in einen der koreanischen Baumärkte fuhr, um Farbe zu kaufen.

„Bis später."

„Bis später", antwortete sie und legte auf.

Sie sah auf ihr Frühstück. Aber nach diesem Gespräch konnte sie nichts essen. Sie war noch zu aufgewühlt von dem Gedanken, dass er zwei Männer verprügelt hatte. In aller Öffentlichkeit. Wegen eines Bildes von ihr. Sie konnte nur hoffen, dass es keine schrecklichen Konsequenzen für ihn haben würde.

Seufzend packte sie das Essen weg. Wenn sie schon nicht aß, konnte sie genauso gut wieder an die Arbeit gehen. Je eher sie hier fertig war, desto eher konnte sie heimfahren. Und sich etwas ganz besonders für ihn einfallen lassen. Nach dem Schreck hatten sie es beide sicherlich nötig.

***

Es waren noch zwei Stunden, bis sie sich online sehen würden. Genug Zeit, um noch etwas zu essen und ein Bad zu nehmen. Heute hatte Susanne sich vorgenommen, wollte sie ihn verwöhnen.

Das neue Negligé und schwarze Strümpfe lagen bereit. Nur noch der rote Nagellack und der Lippenstift fehlten. Mit einer Spezialmaske setzte sie sich nach draußen und begann mit dem Lackieren. Für ihn wollte sie perfekt aussehen. Sie wusste, er liebte ihre roten Nägel und Lippen.

Sie zog sich in aller Ruhe an, prüfte verschiedene Kamerablickwinkel und wartete schließlich zufrieden auf ihn. Wie vereinbart war er um zwanzig Uhr online. Doch dieses Mal sah sie nicht ihn, sondern eine rote Fläche.

„Was ist das?", fragte sie erstaunt und dachte sich im gleichen Moment, wie dumm dies klingen musste. Es war offensichtlich eine Wand und er hatte sie rot gestrichen.

„Ein Ehrenplatz", hörte sie ihn lachen, während er die Kamera zur Wand führte, sodass sie diese noch genauer sehen konnte.

„Wow, das ist atemberaubend."

„Wie du", hörte sie seine Stimme und sah, dass er mit seiner Kamera etwas fixierte. Als es immer näherkam, erkannte sie es. Eine Schraube.

„Hier werde ich dein Bild aufhängen", sagte er.

Er nahm die Kamera wieder ein Stück zurück, sodass sie nun die ganze Wand sah, und stellte sie offenbar auf dem Tisch ab. Sekunden später sah sie ihn. Er lächelte und schickte ihr einen Handkuss.

„Du bist verrückt. Du hast die Wand gestrichen."

„Ja und Jong-Hun hat mir geholfen", lachte er.

Jong-Hun, sein Freund, der ihm immer zur Seite stand. Ob beim Besorgen der Bücher, des Handys, des Internetsticks oder als er Schmerzen hatte nach der schrecklichen *Erziehung* oder wie jetzt. Er war immer zur Stelle und immer traurig. Ihm erging es nicht anders als Joona. Auch er war einem Management unterworfen, das ihn ausbeutete und sicherlich die gleiche Gehirnwäsche betrieb wie bei ihm. Nur, dass Joona allmählich erwachte. Immer mehr.

„Und was machst du jetzt?"

„Jetzt ist die Premiere", lachte er erneut und verschwand für Sekunden aus dem Bild, ehe er mit ihrem Gemälde wieder auftauchte.

Sie riss die Augen auf und konnte es nicht glauben. Er hatte es geschafft, das gleiche Rot zu wählen, welches auf dem Gemälde zu sehen war. Und die Leinwand gerahmt!

Vorsichtig hob er es hoch und brachte es an dem vorgesehenen Platz an. Es passte perfekt.

„Wie gefällt es dir?"

„Es ist wunderschön."

„Genau wie du", sagte er und trat wieder näher an die Kamera heran.

„Du bist süß", kicherte sie und fühlte sich geschmeichelt.

„Kann ich noch kurz duschen? Die Farbe." Er zeigte ihr seine Hände, an denen rote Spritzer waren. Er musste die ganze Zeit an der Wand und dem Gemälde gearbeitet haben, dass er nicht einmal duschen konnte. Ihr Herz machte einen freudigen Satz bei diesem Gedanken.

„Kannst du, aber nimm mich mit", forderte sie ihn auf und sah sein erstauntes Gesicht.

„Du meinst, mit in die Dusche?"

„Ja", lachte sie und öffnete bereits ihren Bademantel.

Seinen Augen wurden größer und weiteten sich noch mehr, als sie ihn auszog und mit ihrem Negligé und den schwarzen Strümpfen vor ihm auf dem Bett lag.

„Ich ... duschen ... nimm ...", stotterte er unbeholfen.

„Ja, nimm mich mit", wiederholte sie und musste sich ein Lachen verkneifen. Er war zu süß, wenn er aufgeregt war. Nun kam noch hinzu, dass er sie nie zuvor mit schwarzen Seidenstrümpfen gesehen hatte.

Mit zittrigen Händen und den Blick abwechselnd auf sie und den Weg ins Bad gerichtet, lief er durch sein Haus. Joona war sprachlos. Er hatte ein Gemälde von ihr, auf dem ihr wunderschönen Körper abgebildet war, und gleichzeitig lag sie sinnlich auf ihrem Bett, eine Hand an ihrer Hüfte. Seine Männlichkeit war bereits entflammt und er konnte es kaum noch erwarten, bis er das Bad erreicht hatte. Vorsichtig stellte er die Kamera auf eine Ablage, damit sie während des Duschens zusehen konnte. Während er sich auszog, blieben seine Augen auf ihr.

Susanne lächelte, sagte ihm, was er für einen wunderschönen Körper hätte, und leckte sich lasziv über ihre roten Lippen. Er war ihr Held. Nicht nur, dass er um sein Gemälde gekämpft hatte. Nein, er verteidigte es, auch wenn ihr bei dem Gedanken immer noch etwas unwohl war. Was, wenn das Management davon erfuhr … nicht auszudenken!

Sie beobachtete, wie er sein Hemd auszog und seine Hose. Bereits an der wunderbaren Beule in seinen Pants erkannte sie, dass seine Männlichkeit überaus bereit war. Lust erwachte in ihr und die Sehnsucht, ihn jetzt bei sich zu haben und Haut an Haut zu spüren.

Er blickte zu ihr und warf ihr eine Kusshand zu, ehe er die restlichen Sachen auszog und die Dusche anstellte. Nie zuvor hatte sie ihn online so gesehen. So unbefangen. Joona griff zum Duschgel, stellte sich unter die Dusche und die ersten Wasserstrahlen bedeckten seinen Körper.

Erotik pur, dachte sie und musste sich ein Stöhnen verkneifen. Ob er ahnte, was er in ihr auslöste? Fast schien es, denn er nahm etwas von dem Duschgel und verteilte es in seinen Händen, bis es schäumte. Ihre Augen wurden größer und sie kam etwas näher an ihren Bildschirm. Langsam verstrich er den Schaum über seiner muskulösen Brust, seinem Sixpack und … seiner Männlichkeit. Es verschlug ihr den Atem und leise stöhnend leckte sie erneut über ihre Lippen. Doch was sie zum Dahinschmelzen brachte, war dieser unsagbare Blick. Eine Mischung aus schüchtern und herausfordernd. Als ob er ihr sagen wollte: Ich weiß, dass ich dich bekomme.

***

Und er hatte sie bekommen. Nicht nur einmal. Er war voll an Adrenalin.

Wäre er bei ihr gewesen, so hätte sie den Abend vermutlich nicht überlebt, dachte sie und schmunzelte. Es war Samstag und die Arbeitswoche lag hinter ihr. Aber auch eine Woche, in der sie immer wieder an Amsterdam gedacht hatte. Er war auf einem Shooting und schickte ihr

Fotos. Dieses Mal war es für die Marke Zizov. Sie waren unter anderem für ihre wunderschönen Diamantringe bekannt.

Mit Schaudern dachte sie daran, was er sich nun wieder ausdenken würde. Seit dem Diamantring hatte er ihr immer wieder Dinge geschickt. Schuhe von Prada, Taschen aber auch seine Geschenkboxen, mit denen sie ihre Agentur verschönern sollte.

Susanne lächelte bei dem Gedanken und prüfte ihre Mails. Anfragen, die sich jedoch aufgrund von Corona derzeit nicht realisieren lassen würden. Außer, der Auftraggeber würde einige Tausende mehr bezahlen, um den Hygienebestimmungen gerecht zu werden. Aber in Zeiten wie diesen, wo man nie wusste, wie die Regierung und vor allem die anderen Länder ihr weiteres Vorgehen entscheiden würden, war es schwierig.

Sie seufzte, denn diese Ungewissheit betraf auch ein weiteres Treffen mit ihm. Es war ohnehin schwer, etwas zu planen, zumal sein Management es nahezu unmöglich machte. Aber zu Zeiten von Corona, undenkbar.

Sie bekam eine weitere Nachricht mit Bildern. Er sah wieder verführerisch aus, stellte sie zufrieden fest. Er trug einen Anzug und ein weißes Hemd und wirkte geschäftlich. Selbst sein Gesichtsausdruck wirkte streng. Nicht so weich, wie sie es kannte, wenn er sie ansah. Dass es sich hierbei um eine Werbung für eine Uhr handelte, ging bei dem Foto völlig unter, zumindest für sie. Sie liebte ihn und sah nur ihn.

Auch wenn sie gerne nur an ihn denken würde, musste sie in ihre Wirklichkeit zurückkehren. Ihr Kühlschrank war leer und heute war Markttag. Eine der wenigen Gelegenheiten, wo sie einkaufen konnte, ohne ein unnötiges Risiko einzugehen. Sie mochte den Markt, denn er lag mitten in Zürich, und dank Corona konnte er stattfinden, da die Stände weit genug voneinander entfernt aufgebaut waren.

Susanne hasste es mittlerweile, diese Maske zu tragen, und hatte auch ihren Mitarbeitern Homeoffice verordnet. So konnte sie unter der Woche in Ruhe der wenigen Arbeit nachgehen und in Erinnerungen schwelgen, ohne gestört zu werden.

Sie nahm ihren Mantel und drückte ihn kurz an sich. Er hatte ihn ihr gekauft und nie würde sie seinen Spruch dazu vergessen. *Der Designer darf froh sein, dass er mit seinem Stoff deinen Körper zieren darf.* Joona war nicht nur einfühlsam, sondern auch romantisch und fand immer die passenden Worte. Er schaffte es, die Dinge so zu benennen, wie sie sie noch nie zuvor in ihrem Leben gesehen hatte.

Lächelnd schlüpfte sie in den warmen Mantel hinein und verließ das Haus. Wenige Autominuten trennten sie von dem Markt. Obwohl das Wetter sonnig war, war der Markt kaum besucht. Die Stände waren meist leer und die Verkäufer priesen beim Vorbeigehen ihre Ware an, auch wenn Susanne oftmals ablehnen musste. Duftkerzen, Gewürze und vielerlei andere Dinge würden nur einen Anfall auslösen und so umging sie weitestgehend diese Stände und hielt sich an all diese, welche sie kannte. Brot, Käse, etwas Fleisch und Gemüse.

Das reichte für die Woche, dachte sie und fuhr wieder nach Hause. Kaum, dass sie ihren Wagen geparkt hatte, hörte sie das Summen ihres Handys. Weitere Bilder, in denen er nun legere Golfkleidung trug. Dieses Mal trug er eine goldene Uhr, die auf seinem feinen Handgelenk zu protzig wirkte.

Es war Geschäft. Mehr nicht und morgen würde er sicherlich wieder für etwas anderes werben. Er nannte sich selbst einen Kleiderständer. Dieser Vergleich ließ erahnen, wie sehr er das Geschäft hasste. Wegen Corona konnte er keine Konzerte geben, nicht singen und entertainen. Also nahm er jedes Shooting wahr, das ihn zumindest etwas aus seinem Covid-Blues herausholen konnte. Joona wusste aber auch, dass er keine andere Möglichkeit hatte. Nicht jetzt. Vielleicht, wenn sein Vertrag ausgelaufen war und man neu verhandelte.

Susanne öffnete die Tür und sah aus dem Augenwinkel, dass etwas aus ihrem Briefkasten herausstand. Als sie ihn öffnete, flatterte ihr ein Brief entgegen. Irritiert blickte sie auf die Schrift und auf die Briefmarke. Korea. Es war ein Brief von ihm. Augenblicklich ließ sie die Tasche mit ihren Sachen fallen und riss ihn auf. Ihre Hände zitterten, als sie die Seiten herauszog und zu lesen begann.

Mein Liebling,
es ist noch immer Lockdown und ich habe viel Zeit für mich zum Nachdenken. Nach der Heimkehr von Amsterdam war ich ein bisschen krank, deshalb habe ich viel geschlafen. Aber jetzt bin ich hellwach und kann Schritt für Schritt zusammensetzen, was wir erlebt haben.
Ich habe inzwischen begriffen, dass Du versucht hast, mir aus dem Weg zu gehen. Und ich weiß auch, dass der Grund dafür ist, dass Du verletzt

wurdest. Du versuchst, wieder Jahre zurückzugehen, als wir uns kurz kannten und Dein Herz vermeintlich sicher gewesen war, nach der Trennung von dem Mann.
Aber LIEBE bedeutet nicht „sicher". Liebe bedeutet Liebe.
Für mich hat sich die ganze Welt verändert. Und ich spüre, dass auch Deine Welt von unseren schönen Tagen in Amsterdam beeinflusst wurde.
Ich weiß, Du denkst vielleicht, dass ich nicht die richtige Person bin, um über „Sei stark, wir können das meistern!" zu sprechen. Denn ich war derjenige, der kollabiert ist, nachdem Du gegangen bist.
Ich weiß auch, dass ich nicht wirklich in der Lage war, Dich zu unterstützen, da ich so sehr von meinen eigenen Gefühlen festgehalten wurde.
Aber jetzt sehe ich es klar. Ich sehe, wie sehr wir uns verbunden haben.
Und ich wusste, wir sind ein Paar, als Du zu mir an den Flughafen zurückkamst. Deine Augen zeigten pure Liebe. Ich habe mich sofort beruhigt, um Dich noch einmal zu umarmen. Das war ehrlich und pur.
Ich spürte, Du willst vergessen und Dich wieder in einen sicheren Hafen begeben. Ich spürte Deine Absicht, tatsächlich zu fliehen. Du liebst mich. Aber Du willst mich nicht lieben, weil es bedeutet, dass Du verletzlich bist. Dein Gehirn sagt: „Ich will das loswerden."
Ich fühle es mit jeder Faser meines Körpers. Aber ehrlich gesagt, bin ich zuversichtlich, dass Du keinen Erfolg haben wirst. Denn ich bin hartnäckig. Ich werde nicht zulassen, dass Du mich wegen einer Schwäche verlässt. Ich habe mich bei Dir eingeschlichen, was Du mir auch gestanden hast, als Du in meinen Armen lagst. Also werde ich bleiben.
Du bist nicht nur eine „Affäre" für mich. Und nein – wie Du in Amsterdam gesagt hast – Du bist nicht neu in meinem Leben oder eine schöne Erfahrung, die mir hilft, meinen Weg zu finden. Du gehörst in meinen Gedanken zu mir, seit ich Dich zum ersten Mal gesehen habe.
Ich werde meine inneren Gedanken für Dich niederschreiben, Dinge, die ich Dir in Amsterdam sagen wollte, aber es nicht konnte. Ich werde Dich wissen lassen, warum ich immer Dein sein werde. Und warum Du mich nicht stumm machen kannst, egal was passiert.
Die letzten 3 Jahre waren eine Achterbahnfahrt für mich.
Als Du mich endlich gesehen hast, war ich wie auf Drogen. So viele Jahre verweilten meine Augen auf Dir. Aber Du warst die Göttin, die ich nie erreichen konnte. Ich habe mich vom ersten Moment an in Dich verliebt. Ich sagte dir, ich konnte nicht einmal atmen. Ich starrte nur, konnte mich

nicht bewegen. Das war das erste Mal, dass ich die Hardcore-Fangirls verstand, wenn sie mich anschreien und in Ohnmacht fallen. Meine Gedanken waren wie leer gefegt.
Obwohl ich keine Hoffnung hatte, jemals auch nur mit Dir zu reden, liebte ich Dich. Diese Liebe war rein und nur meine. Ich war glücklich, dass ich wenigstens eine Liebe hatte. Es half mir durch den Tag.
Ich selbst habe mich in einen Fanboy verwandelt. Ich bin Dir auf Instagram gefolgt und war glücklich, Teil Deines digitalen Lebens zu sein. Jeden Abend gabst Du mir einen Grund, einfach nach Dir zu schauen und glücklich zu sein. Ich bekam ein Gespür für Deinen Humor. Ich kannte Deine Vorlieben und Abneigungen. Ich sah Dich tanzen. Ich war immer da. Du wusstest nicht, dass es mich gibt – aber für mich warst Du meine innere Welt.
Ich habe versucht, besser Englisch zu lernen. Ich musste mir den Unterricht hart erkämpfen, da ich nicht machen darf, was ich will. Aber ich habe so viel in meinen Wunsch investiert, irgendwie mit Dir kommunizieren zu können.
Und Dich bei einigen Gelegenheiten zu sehen, war das reine Glück. Du hast einen falschen Eindruck von mir, meine Liebe. Ich habe mich nicht „kürzlich" verliebt. Ich habe mich so viele Jahre nach Dir gesehnt. Du bist diejenige, die das nicht bemerkt hat.
Ich weiß sehr wohl, was ich fühle.
Ich gebe zu, ich habe in der Vergangenheit einige Fehler gemacht, wenn es darum ging, klare Signale zu geben, was du mir bedeutest. Und vielleicht hat es deshalb so lange gedauert, bis wir uns endlich nähergekommen sind. Vielleicht zögerst Du deshalb, mich einfach nur zu lieben, weil Du Angst hast, das könnte nicht halten. Aber ich zweifle nicht eine Minute, was meine Gefühle angeht.
Als ich von Dir abgelehnt wurde und auf der Bühne weinte, dachte ich, dass ich niemals ein Teil Deines Lebens sein könnte. Wie und warum sollte jemand wie Du einen Verlierer sehen, der seine eigene Show mit Tränen zerstört? Welcher Mann würde seine Zuneigung zu einer Dame so zeigen? Und welche Frau, welche CEO, würde einen Faulpelz wie mich tolerieren?
Heute weiß ich, dass Du nicht so über mich gedacht hast. Aber damals war es die Hölle. Ich war nur dankbar, dass Du mich nicht so bestraft hast, wie das Management es getan hat. Mein Kopf tat mir tagelang weh,

so sehr, nachdem ich geschlagen wurde. Aber das tat nicht so weh wie mein Herz. Ich hatte es nicht geschafft, Dich zu beeindrucken.
Als Du mir aber beim Japan-Fantreffen zweimal in die Augen geschaut hast, obwohl Du wusstest, wie erbärmlich ich mich auf der Bühne verhalten hatte, war ich dem Zusammenbruch nahe. Ich erinnere mich noch an jeden Moment von damals, denn er war so kostbar für mich.
Du kamst herein, trugst dieses atemberaubende Kleid mit Glitzer und Funkeln. Deine Aura war Femme fatale, Deine Körpersprache so stark, dass Dich niemand beeindrucken konnte. Du hast den Raum mit so viel Energie gefüllt, niemand konnte sich mit Dir vergleichen.
Ich habe viele Frauen getroffen, die hübsch sind – aber sie beschweren sich über ihr Gewicht oder die Haare oder ihr Aussehen. Und Du? Du standest da, als ob Du aus meinen Bildern herausgeklettert wärst. Ich erinnere mich, dass ich Dich mir wie eine zukünftige Muse von Rubens vorgestellt habe. Dein Haar war unordentlich vom Wind draußen und alle Damen waren auf der Jagd nach dem Spiegel. Du hast sie ignoriert. Und dieses Verhalten machte Dich zur schönsten Frau im Raum.
Du hast einige Tropfen deines Getränks auf Deinem Kleid verschüttet. Aber anstatt Dich zu schämen – hast Du gelacht! Du nanntest Dich selbst „ungeschicktes Ich" und gingst einfach weiter.
Du hast dich nicht um das Urteil der anderen gekümmert. Du hast getanzt und den Raum mit Freude erfüllt. Ich konnte meine Augen nicht von Dir nehmen.
Und dann gingst Du an mir vorbei, hast Dich umgedreht und gelächelt. Ich war geschockt und ich bin mir sicher, dass ich es Dir schon gesagt habe. Ich musste zweimal nachsehen. Dein Lächeln war für MICH. Mich allein.
Als Du auf mich zugingst und mir Deine Karte mit den Kontaktdaten gabst, schrie mein Inneres auf. Ich hatte solche Angst, dass die Geschäftsleitung es sehen und die Karte wegnehmen würde. Aber ich konnte sie verstecken.
Ich schätze, Du wusstest gar nicht, dass mir in diesem Moment das Herz aus der Brust sprang.
Das Management war so zufrieden mit mir, weil ich Stunden damit verbrachte Autogramme zu geben. Was ich vier Stunden zuvor noch abgelehnt hatte. Aber Dich im selben Raum zu wissen, die Chance zu haben, Dich zu sehen, ließ mich handeln, wie ich es noch nie getan hatte. Und

Du, wie Du auf mich zukamst, um mich um ein Autogramm zu bitten. Ich war im Himmel.

Eine CEO bat mich, den Kleiderständer, das Produkt, um ein Autogramm. Eine CEO aus Europa gab mir ihre Nummer.

Es war mein ganz eigenes Märchen. Du wirst immer noch nicht verstehen, wie einzigartig das ist. In Korea sehe ich mächtig aus. Aber ich bin nicht auf Deinem Stand. Ich stehe so viel tiefer.

Du hast mir die Hoffnung gegeben, zu träumen.

Dich in London wiederzusehen – das erste Mal überhaupt mehr als zwei Worte mit Dir zu sprechen – hat meine Welt erschüttert. Ich, das niedere Produkt, das einfach nur hübsch sein muss, wurde gefragt: „Wie geht es Dir?"

Du hast ihre Regeln ignoriert, den Manager zur Seite geschoben und Dich an meine Seite gesetzt. Du hast darauf bestanden, mit mir zu Abend zu essen. Ein CEO ist der Herrscher. Die Geschäftsleitung befahl mir, Dir zu Diensten zu sein. Ich wusste nicht, wie glücklich mich das machte. Ich weiß nicht, wie ich meine Gefühle ausdrücken soll. Es war wunderschön, Dir zu folgen und Deine Witze zu genießen.

Aber dass Du mich wirklich siehst, das war etwas, das ich noch nie erlebt hatte.

Von außen betrachtet, siehst Du mich. Den Star. Das Idol. Der auf jeder Zeitschrift ist, in Shows lacht, schlau ist, sexy ist, nur aus Körper und Muskeln besteht.

Aber was man nicht sieht, ist, wie sie mich trainieren. Oder uns trainieren. Wir müssen aufstehen, wann sie es sagen. Wir müssen lächeln, wenn sie es sagen. Wir müssen essen, was sie sagen. Meine Kleider sind nicht meine Kleider. Ich bin eine laufende, sprechende Warenpuppe. Nichts davon bin ich.

Du hast mich nach meinen Vorlieben gefragt. „Magst du Steak? Oder magst du Fisch? Willst du an der Themse spazieren gehen?" Keiner hat je gefragt, was ich mag.

Du wolltest die Zeit mit mir teilen. Und Du hast die Regeln ignoriert, nach denen ich mein ganzes Leben lang leben musste. Das Management, das mir Befehle gab, musste zurückstecken und Deine Befehle befolgen. Für mich, die ich Dir digital gefolgt bin, war es also eine völlig neue Erfahrung, mit Dir zu interagieren. Ich war so überwältigt von meinen Gefühlen, dass ich sogar den Mut fand, Deine Hand zu halten. Ich spür-

te, dass ich gerne mehr als nur das tun würde. Aber ich wusste nicht, wie ich das schaffen sollte.
Natürlich sagte mir das Management, ich solle Dir um jeden Preis gefallen. Das war nicht der Grund, warum ich an Deiner Seite bleiben wollte. Ich war noch Jungfrau, ich war nie aufgeklärt worden, einem Mädchen zu sagen, dass ich sie mag. Ich fühlte, wie mein Körper brannte, aber ich war nicht in der Lage, Dir zu sagen, wie sehr ich Dich mochte. Deinen Geruch, Deine Augen. Die Berührung Deiner Hand war so intensiv, dass ich wie erstarrt war. Ich hatte niemanden, den ich fragen konnte, was ich tun sollte. Und da ich Zeuge war, mit welch harten Worten Du den Geschäftsmann, der Dich angesprochen hat, weggeschickt hast, war es nicht hilfreich, einen Weg für mich zu finden.
Ich habe Dir schon gesagt, dass ich so verliebt in Dich war, dass ich mich nicht mehr beherrschen konnte.
Wie erbärmlich, seine Männlichkeit zu spüren, wenn man in Deiner Nähe steht. Wie peinlich, meine Liebe zu Dir in einem Aufzug loszulassen und in meiner Jeans zu kommen. Wie ein Verlierer. So fühlte ich mich.
Obwohl Du das wusstest, hast Du mich nicht verurteilt. Du hast mich am Wochenende geküsst und gesagt, das ist völlig ok.
Aber dann … willst Du leugnen, dass wir ein Liebespaar sind. Du nahmst all meine Ängste und Sorgen auf Dich, aber wolltest mich meiden.
Also, bitte denk daran, das nicht zu tun. Ich habe mich vor so vielen Jahren in Dich verliebt. Es ist nicht möglich, nicht mit mir zusammen zu sein.
Ich liebe Dich. Ich war nur nicht in der Lage, es auszudrücken.
Damals in London, als ich es nicht schaffte, Dir meine Absichten zu zeigen – es war nicht mangelndes Interesse. Es waren so viele verschiedene Punkte. Vor allem war es meine Erziehung. Die koreanische Gesellschaft ist streng und grausam. Und wir leben in Kasten, kann man sagen. Ich wurde in jungen Jahren zu meinem Management gebracht. Meine Eltern waren arm, wie Du weißt. Ich bin der älteste Sohn. So war es meine Aufgabe, die Familie zu unterstützen. Ich musste nonstop arbeiten, um ein gutes Leben zu ermöglichen. Ich gehöre eigentlich dem Management, ich bin ihr Produkt, ich darf kein Privatleben haben oder eine Freundin oder Kontakte außerhalb meines „Kreises“.

Sie haben mich gemacht, sie können mich abstürzen lassen. Mein Job ist es, ein Mann zu sein, von dem alle Mädchen träumen und mit dem sie ausgehen wollen. Aber ich darf selbst keine Geliebte haben.
Um ehrlich zu sein: Ein Idol-Star ist ein Händler. Ich bin ein Händler und die Fans sind meine Kunden. Ich verkaufe Romantik, ohne überhaupt Romantik empfangen zu dürfen. Das ist es, was mein Leben ausmacht. Ich bin nur eine Marionette. Wenn sie beschließen, mich zu verheiraten, dann wegen des Geldes. Nicht wegen der Liebe. In Korea hat die Ehe nichts mit Liebe zu tun. Ich darf mir das nicht aussuchen – so wie ich nicht mit einem CEO reden darf, weil ich das niedrigste Produkt bin. Ich bin nicht auf dem gleichen Niveau.
Das ist die Art und Weise, wie es in Korea gemacht wird. Das ist es, was sie mir sagen, seit ich ein Junge war.
Ich liebe Dich. Ich gehöre Dir. Habe ich immer, werde ich immer. Es spielt keine Rolle, wer im Raum oder an meiner Seite sein wird. Ich werde immer nur Dich wollen. Meine Augen und mein Herz sehnen sich nach Dir. Ich habe Dir letztes Wochenende meine Liebe mit jedem Zentimeter meines Herzens und Körpers gezeigt. Bitte, wenn Du schwankst, wenn Du den Glauben verlierst, schließe Deine Augen und erinnere Dich an unsere gestohlenen Tage.
Dich in meinem Leben zu haben, selbst wenn es nur mit Nachrichten und Skype ist und selbst wenn Du mich wieder auf das „Stalker von Facebook"-Niveau bringen würdest. Ich werde dankbar sein. Es würde mich glücklich machen, jeden Tag mit dir zu reden, Dich nachts im Stream zu sehen. Und zu spüren, wie dein Herz für mich schlägt.
Du vermisst mich und würdest dieses Gefühl gerne loswerden. Ich habe auch Schmerzen, ich vermisse Dich so sehr, ich könnte weinen. Aber ich tue es nicht. Ich schaue mir unsere Fotos an. Ich habe mich sogar gestern getraut, mich auf unserem Server einzuloggen, den wir eingerichtet haben. Und unsere Videos anzuschauen. Wenn ich sie sehe, weiß ich: Wir haben eine Chance. Auch, wenn wir uns nur einmal im Jahr treffen können. Ich werde unserer Beziehung eine Chance geben. Du hast mir gesagt, Du liebst mich. Ich glaube Dir. Ich kann Deine Liebe in jedem Bild sehen. Bitte baue keine Mauern auf, nur damit Du mich verlassen kannst.
Ich fühlte mich schon im Himmel, als wir anfingen zu kommunizieren. Dich auf Skype zu sehen … als ich zum ersten Mal Deine Haut gesehen

habe und Dich sogar nackt sehen durfte, ist meine Welt zusammengebrochen.
Ich weiß, du verstehst meine Gesellschaft nicht bis ins Mark. Aber ich bin überwältigt, dass Du versuchst, sie zu ertragen.
Ich weiß, es muss lästig gewesen sein, es mit mir auszuhalten. Mit meinen Ängsten, die mich kontrollieren. Mein erstes Mal, als ich mein Hemd vor Dir auszog. Ich, ein erwachsener Mann, voller Angst und Sehnsucht. Es ist keine Ausrede, wenn ich meine Erziehung oder die Gesellschaft erwähne. Es ist ein Grund.
Ich habe Dir versprochen, dass ich mein Bestes geben werde, um die Angst und die Gehirnwäsche zu überwinden. Ich habe mich Dir hingegeben, ich folge Deiner Führung. So wie ich alle meine Kleider ausgezogen habe, damit Du mich sehen kannst.
Ich hoffe, dass ich mich Dir mit diesem Brief öffnen kann, damit Du nicht nur meinen Körper, sondern auch meine Seele siehst. Ich sehe Dein wahres Gesicht. Und ich möchte, dass Du bei mir sicher bist, so wie ich bei Dir sicher bin. Ich habe mein ganzes Vertrauen in Deine Hände gelegt. Du hast mir das Gefühl gegeben, mich zu lieben. Du hast mir erlaubt, alles von Dir zu sehen. Ich möchte, dass Du alles von mir siehst.
Als wir am letzten Wochenende endlich einen Weg gefunden haben, uns zu treffen, konnte ich an nichts anderes mehr denken. Ich war so entschlossen, Dich einfach nur zu halten, ich konnte mich nicht zurückhalten.
Ich weiß, es mag sein, dass ich mich seltsam verhalten habe. Aber als ich Dich in der Tür des Hotelzimmers sah, war es, als würde ich nach einer langen Wüstenwanderung endlich Wasser bekommen. Wenn ich daran denke, wie ich mich verhalten habe, kann ich nur den Kopf schütteln. Meine ganze Anspannung löste sich in deinen Armen auf.
Ich habe das Gefühl, ich habe stundenlang nur dagestanden und dich umarmt. Ich war so angespannt, ich kann es nicht sagen. Und ich kann nicht ausdrücken, wie sehr ich mich davor gefürchtet habe, Dir nahezukommen.
Es war mein innigster Wunsch, Dich zu meiner Frau zu machen, aber ich muss mich noch einmal dafür entschuldigen, dass ich alles Tun Dir überlassen habe. Ich war zu besorgt, eine falsche Bewegung zu machen. Ich habe immer noch keine Erinnerung daran, wie wir es später ins Bett geschafft haben.

Wenn ich die Augen schließe, vibriert mein ganzer Körper. Ich musste für viele Filme auf der Leinwand küssen. Ich habe kurz die Lippen einer Frau berührt. Aber deine Lippen schmeckten für mich wie heiße Verführung. Ich weiß nicht, was ich sagen soll. Deine Zunge zu spüren, war wie ein Erlebnis von einer anderen Welt. Ich hatte noch nie zuvor so geküsst, ich kann immer noch nicht glauben, wie ich darauf reagierte.
Du hast diese erste Begegnung so besonders für mich gemacht. Ich fühlte mich, als wäre ich in einem Kokon aus Liebe geborgen.
Wenn ich mir unser erstes Treffen vorstellte, im Flugzeug und in der Limousine, habe ich mir so viele Dinge ausgemalt.
Aber ich hatte Angst, wie ich den Weg zu Dir finden soll. Ich hatte Angst, ein Kondom zu benutzen, wie Baekhyun es vorschlug und mir erklärte. Ich hatte Angst wie jede Jungfrau, schätze ich.
Ich frage mich immer noch, wie ich mich so reibungslos in dieser neuen Welt bewegen konnte. Du hast mich besänftigt, Du hast mich getröstet, Du hast mich alle Angst und alle Bedenken verlieren lassen.
Als Du mir erlaubt hast, Dich zu spüren, natürlich und rein und ohne Kondom, war ich nahe daran, in Tränen auszubrechen. Während ich meine Sehnsucht befriedigte, konnte ich an nichts anderes mehr denken als an „dein Meins". Alle meine Sinne kratzten an meinem Inneren, mein Herz war in so viel Schmerz, in süßem Schmerz. Ich konnte Dir an diesem Tag nichts sagen. Aber ich habe mich für immer in Dich verloren.
Es mag kitschig sein und für eine westliche Frau albern klingen, vielleicht nicht einmal männlich. Ich kann mein einfaches Ich nicht ändern. Aber ich muss Dir sagen, dass Du mich zu Deinem Verehrer und zu Deinem Eigen gemacht hast. Ich gehöre Dir, ich werde es immer tun. Ich hoffe, ich konnte Dir das mit all meinen Küssen und Umarmungen und meinen Augen zeigen. Mein Körper und meine Seele gehören Dir. Mein Leben mag dem Management gehören. Aber meine Gedanken, meine Liebe, meine Treue können sie nicht haben.
Susanne, ich gehöre dir. Bitte akzeptiere das. Selbst wenn Du mich verlassen würdest, was ein so beängstigender Gedanke ist, dass ich nicht atmen kann, wäre ich immer noch Dein Eigentum. Keiner kann mich so sehen wie Du. Niemand wird mich je so haben wie Du.
Ich weiß, das ist schwer zu glauben. Es mag erbärmlich sein. Aber so fühle ich mich. Du hast mir in diesen kurzen Tagen so viel Glück geschenkt, ich werde sie als reinen Schatz bei mir behalten. Wie gesagt, ich

habe das Gefühl, Du willst verschwinden. Aber darf ich Dir etwas vorschlagen? Wir haben unsere Welt auf dem versteckten Server erschaffen. Bitte logge Dich ein. Schaue Dir unsere Fotos an, die Videos. Erinnere Dich an unsere Liebesgespräche und Versprechen. Du wirst spüren, dass Du nun nichts mehr zu fürchten hast. Ich fühle Liebe beim Zuschauen. Und ich fühle auch unglaubliches Staunen.

Es ist kein Kurztrip zum Spaß oder nur zum Sex. Das nennt man LIEBE. Obwohl ich zugeben muss, dass ich mich frage, wie wir einige dieser Dinge tun konnten. Wenn Du schwankst, schau Dir die Sachen an, die wir gemacht haben. Und dass Du so viel Vertrauen in unser beider Gefühle hattest – dass Du mir erlaubt hast, einige unserer Spiele aufzunehmen. Ich konnte nicht widerstehen und habe mich gestern eingeloggt … ich musste mich vergewissern, dass wir zusammen waren. Ich zögerte und es fiel mir wirklich schwer, nicht zuzusehen. Aber ich verlor. Ich öffnete das Video und wurde wieder Zeuge, wie Deine roten Lippen meine Männlichkeit umschlossen. Ich kann immer noch in meinem Herzen und Körper spüren, wie fasziniert ich war. Du hast mir vertraut. Du hast mir erlaubt, deine Lippen auf mir aufzunehmen. Wenn das jemals jemand sieht, sind wir beide in Schwierigkeiten. Du bist vielleicht in den Medien. Aber in Korea bedeutet das den Knast.

Du hast es mir erlaubt, so wie ich es mir gewünscht habe. Und ich vertraute Dir, dass Du es nicht veröffentlichst. Wir liebten uns, wir hatten Vertrauen. Du hast mir so sehr vertraut, dass ich Dich niemals betrügen werde. Ich gehörte ganz Dir, denn ich erlaubte Dir, mich aufzunehmen, wie ich Dich genieße. Es gäbe keine Möglichkeit zu sagen: „Das bin nicht ich." Du kannst mich ganz sehen. Du hörst meine Stimme. Du siehst mein Gesicht, während ich Erlösung finde. Du hast aufgenommen, wie ich mir auf die Lippen beiße, um meine Stimme leise zu halten. Das ist Vertrauen und LIEBE.

Was ich sagen will: Ich liebe Dich. Habe ich immer, werde ich immer. Ich verlasse Dich nicht, und ich werde nicht zulassen, dass Du mich verlässt. Solange Du mich liebst, liebe mich einfach.

Wenn Dein Herz sich ändert und Du liebst mich nicht mehr – dann hätte ich natürlich kein Mitspracherecht mehr in dieser Sache. Aber Du liebst mich. Wenn ich sonst nichts auf der Welt habe – das weiß ich:

DU LIEBST MICH.

Ja, ich schreie!

Ich werde Dich sogar schütteln, so fest ich kann, um es Dir begreiflich zu machen. Ich gehöre Dir. Punkt.
Warum ich Dir das alles erzähle? Du bist mein Kompass, mein Licht in dieser schrecklichen Dunkelheit. Als Du mich gebeten hast, Dein Mann zu sein, als Du mit unseren Ringen Dein Recht über mich beansprucht hast, wusste ich, dass ich nie mehr alleine sein würde. Ich betrachte Dich als meine Frau, keine Religion dieser Welt kann das ändern. Du hast mich ausgewählt, Du hast mich in unserer Hochzeitsnacht geliebt. Für mich bist Du die Liebe meines Lebens. Du hast mich genommen. Alles von mir. Und ich habe mich Dir bereitwillig hingegeben. Ich fühle Dich, auch wenn Du nicht hier bist. Ich fühle, wenn Du traurig bist, wenn Du glücklich bist – und ich fühle, wenn Du mit uns kämpfst.
Liebe mich.
Bitte.
Immer Dein,
Joona
준

Noch während sie den Brief las, begann sie zu weinen. Tränen rannen über ihr Gesicht, es gab kein Halten mehr. Er liebte sie. Unendlich viele Male hatte er es geschrieben. Er spürte die Wand, welche sie auf einem Feldweg hinter dem Flughafengebäude errichtet hatte. Auch wenn sie nicht mehr da war, so hatte er sie gespürt und Restzweifel nagten an ihm. Sie musste es ihm sagen, mit ihm klären! Doch wann? Die nächsten zwei Abende würden sie sich nicht online sehen können, denn es stand eine große Show bevor, bei welcher Preise für die besten Filme verliehen wurden, und er würde sie dieses Mal moderieren.

Eine Ehre, aber vor allem auch ein großer Druck, der auf ihm lastete. Sie würde nicht in den kurzen Momenten, an denen sie miteinander sprachen, all das sagen können, was sie ihm sagen wollte. Niemals. Aber es war ihr wichtig, dass er bald eine Bestätigung bekam. Sie hob ihre Tasche auf und ging ins Haus.

Während sie die Sachen in den Kühlschrank legte, sah sie immer wieder auf den Brief. Es war unfassbar. Noch nie zuvor hatte ihr jemand in dieser Form seine Liebe gestanden. Nicht nur die Art und Weise, sondern, dass er solch ein Risiko einging! Und dass es das gab, war ihm sehr wohl bewusst.

Wie musste es sich anfühlen, wenn man sein Leben lang alles vorgesagt bekam, nahezu überwacht wurde? Jeder Schritt, jeder Atemzug wurde gesehen und entsprechend verurteilt, jedoch nur selten gelobt. Ein Leben, in welchem man nichts selbst entscheiden konnte, denn es war strikt vorgegeben und genehmigt durch eine väterliche Unterschrift auf einem Vertrag. Jedes private Foto, die Videos, der Brief. Zeugnisse von ihm und seiner Liebe zu ihr, welche für ihn gefährlich waren. Sie mochte nicht darüber nachdenken, wie weit man gehen würde.

Immer wieder hatte sie miterleben müssen, wie jung Schauspieler und Sänger in der Blüte ihres Lebens verstarben. Oftmals sprach man von einer vorher unbekannten Krankheit oder einem Unfall. Verfolgte man jedoch deren Werdegang, wurde man schnell fündig, dass es sich oftmals um Stars handelte, welche sich diese Unterdrückung nicht mehr bieten lassen wollten. Manch einer von ihnen ging so weit, es auch nach außen tragen zu wollen. In Form von erschreckenden Bildern, auf denen man ihn mit schlimmen Verletzungen sah, diversen Foltermethoden, indem man sie immer wieder unter Wasser tauchte, bis sie nahezu bewusstlos waren oder sogenannten Darkrooms. Lichtlose Räume, in denen man verprügelt, fast gefoltert wurde, ohne etwas zu sehen, noch einschätzen zu können. Welch ein Albtraum musste dies sein, in solch einer Welt zu leben!

Und Joona kannte sie, da gab es für sie keinen Zweifel mehr.

Dennoch schrieb er ihr diesen Brief mit all seinen Gefühlen und vertraute darauf, dass sie es für sich behalten würde. Sie war zutiefst gerührt und dennoch hin- und hergerissen. Nie zuvor hatte sie einen Liebesbrief geschrieben. Auch nicht, als sie noch jung war. Nach über vierzig Jahren wäre dies ihr erster und es war ein Terrain, das ihr etwas unbehaglich war.

Was und vor allem wie sollte sie ihn schreiben? Sie wollte, dass ihr Brief ihn letztendlich ebenso berührte, wie seiner sie berührt hatte.

Sie blickte auf die Uhr. In sechsunddreißig Stunden würde die Show beginnen. Ihr würde nicht mehr viel Zeit bleiben, wenn er die Zeilen noch vorher erhalten sollte. Mit klopfendem Herzen lief sie zu ihrem Schreibtisch, nahm Papier, Stift und einen Umschlag.

Erneut kamen Zweifel. Nicht umsonst nannte man sie Icequeen. Gefühle zu zeigen und auch noch zu schreiben, ein Unding, das es bisher nicht gab. Es war für sie eine völlig neue Erfahrung, das zu schreiben, was sie fühlte, worüber sie normalerweise noch nicht einmal sprach! Das letzte Mal, dass sie so nervös vor einem Papier gesessen hatte, lag viele Jahre zurück. In einem Klassenzimmer, als sie wusste, dass danach für sie das Berufsleben starten würde.

Doch dies war nicht nur ein Start in einen neuen Teil ihres Lebens.

Es war ein neues Leben und dies wollte sie Joona wissen lassen und begann zu schreiben.

Kapitel 25

Die Limousine mit den abgedunkelten Scheiben hielt direkt beim Hintereingang. Mittlerweile kannte er diesen und das gesamte Fernsehstudio besser als so manches Set, an welchem er einen Film gedreht hatte. Ob nun OSCAR, BAFTA, MAMA, BAEKSUNG – immer war es der gleiche Ort. Nur ein Schild über dem Eingang wie auf vielen Plakaten und Leuchtschriften, welche man extra zum jeweiligen Anlass anbringen ließ, gab den Unterschied preis.

Heute wurde also der wichtigste Musikpreis in Asien, vergleichbar mit dem Grammy in Amerika, verliehen. Und er sollte ihn dieses Jahr zum ersten Mal moderieren. Es war ein weiterer Schritt nach oben in einer Karriere, die für ihn immer unwichtiger wurde, seit er Susanne getroffen hatte.

Er vermisste sie, denn die letzten Tage konnten sie nur wenig Zeit miteinander verbringen. Kurze Telefonate und Nachrichten oder er schickte ihr Fotos von den Studios. Man erwartete, dass er nicht nur sein Bestes gab, sondern durch diesen Auftritt weitere Investoren und vor allem Regisseure und alles, was Rang und Namen hatte, auf sich aufmerksam machte.

Eine Herausforderung, welche er zur Genüge kannte. Genauso wie den Druck, welcher auf ihm lastete. Doch seit er Susanne kannte, ertrug er es leichter. Sie war seine große Liebe und nichts auf der Welt würde dies ändern können.

Er war ihr Fan, dachte er und lächelte.

Gerade eben waren sie noch an seinen Fans vorbeigefahren, die bereits seit vielen Stunden vor dem Studio standen und sehnsüchtig darauf warteten, eingelassen zu werden. Um ihn zu sehen, obwohl sie sicherlich so weit entfernt saßen, dass er für sie nur noch ein kleiner Punkt auf der Bühne war. Corona hatte auch dieses Event im Griff. Die Gestaltung hatte sich als sehr aufwendig erwiesen und es war ein Wunder, dass es stattfinden würde. Niemand hatte mehr damit gerechnet.

Der Lockdown betraf mittlerweile nicht nur die Restaurants und kleineren Betriebe, sondern schlug sich nun mit voller Wucht auch auf seine Branche nieder. Musical-Drehs wurden abgesagt. Inhouse-Drehtage wurden oftmals zusammengefasst, was auch Nachtschichten mit einschloss. Drehs selbst sollten am besten nicht wiederholt werden. Ein riesiger Druck für alle, denn dies war nahezu unmöglich.

Aber es wurde gefordert und so war die Anspannung permanent spürbar und vor allem die Angst, bestraft zu werden, sollte es nicht so laufen, wie das Management es wollte. Auch dieser Auftritt wurde nicht nur von Corona überschattet, sondern von weiteren mysteriösen Unfällen, wie es sie Presse titulierte, ehe man sie kurze Zeit später wieder aus dem Internet löschte.

Ein solcher Fall betraf ihn direkt, denn er kannte ihn noch aus seiner Anfangszeit als Sänger. Für Hyeong-Joon war er ein Freund gewesen, der sich gegen das Management aufbäumte. Immer wieder hatte man in der Branche darüber gesprochen, wenn auch unter vorgehaltener Hand. Nun war sein Freund tot.

Man hatte ihn mit einer Kopfverletzung vor seinem Haus aufgefunden. Ein Unfall stellte die Polizei fest. Ein Unfall!? Er und viele andere wussten, dass es keiner gewesen sein konnte. Die Wunde befand sich am Hinterkopf, während man ihn auf der Brust liegend auffand. Es war ein heimtückischer Anschlag, eine Hinrichtung und ein Mahnmal – davon war Hyeong-Joon überzeugt.

Die Tragik an all dem war, dass der „Unfall-Mörder" jemand gewesen sein musste, dem sein Freund vertraut hatte. Sofern man in diesem Geschäft überhaupt jemanden vertrauen konnte. Wie sonst hätte man sich ihm unbemerkt nähern können, zumal sein Freund immer von Bodyguards umgeben gewesen war? Und wenn er einmal alleine war, hätte der Angreifer bei einem fairen Angriff keine Chance gehabt. Der verstorbene war Martial-Arts-Kämpfer gewesen und es brauchte eine kleine Armee an Männern, um ihn zu überwältigen.

Hyeong-Joon fröstelte es. Ein weiterer trauriger Abschied wie viele, die ihm bereits vorausgegangen waren. Umso wichtiger war es für ihn, weiterhin seine Rolle zu spielen, bis sein Vertrag auslief und er frei war.

Bevor er Susanne kannte, war dies ein Gedanke gewesen, der nicht existierte. Als sie in sein Leben trat, wurde er geboren. Je mehr Zeit sie miteinander verbrachten, umso greifbarer wurde er.

Hyeong-Joon dachte an seinen Brief. Ob sie ihn schon erhalten hatte? Sie hatte am Telefon nichts gesagt, vielleicht war er auch noch nicht angekommen, beruhigte er sich. Er hatte ihn per Express geschickt, also müsste sie ihn bald bekommen, wenn Corona nicht auf den Versand verzögernd einwirkte. Nach der Show konnte er es überprüfen. Jetzt musste er sich auf seinen Job konzentrieren.

Der Wagen hielt an und er hatte keine Zeit mehr, darüber nachzudenken, was sie von seinem Brief halten könnte. Er hatte sich alles vom Herzen geschrieben und konnte nur hoffen, dass sie ihn verstand.

Einer der Bodyguards öffnete die Tür. Galant und mit einem Lächeln stieg Hyeong-Joon aus und winkte den bereits wartenden Fotografen zu, während er zum Eingang schritt. Ein perfektes Auftreten für perfekte Fotos. Er behielt das Lächeln auch bei, als er die Fotografen hinter sich gelassen hatte. Manchmal erschlich sich einer Zutritt und könnte ihn mit einem falschen Gesichtsausdruck ablichten. Das durfte nicht passieren.

In der ersten Halle hatte man auf großen Tischen notdürftig Flaschen mit Getränken bereitgestellt. Lange verweilen durfte hier sowieso niemand, darum war der Verzehr von Getränken stark begrenzt. Er folgte den Bodyguards durch weitere Hallen, bis er in seiner angekommen war.

Man hatte bereits die volle Beleuchtung aktiviert und es war heiß und stickig. Wie sollte er den Abend nur überleben? Mehr als zehn Strahler würden ihn während der vier Stunden Moderation begleiten. Er begann bereits jetzt in seinem schwarzen Anzug zu schwitzen und die Fliege um seinen Hals fühlte sich an, als würde sie immer enger werden.

Aber es lag nicht an der bevorstehenden Moderation. Er dachte wieder an seinen Brief. Warum hatte er gerade jetzt Zweifel, in diesem Moment? Er konnte es sich nicht erklären, sondern nur hoffen, dass er seinen Kopf und seine Gefühle unter Kontrolle halten konnte. Dieser Abend war wichtig für das Management. Mit seinem Auftritt konnte er deren Ansehen steigern – oder ruinieren. Ein Fehler nur könnte ihm viel Schaden zufügen … Daran wollte er nicht einmal denken!

Es war Zeit, hinter die Bühne zu gehen, denn jeden Moment wurden die Besucher eingelassen und niemand sollte ihn zuvor auf der Bühne sehen. Mit schnellen Schritten und gefolgt von seinen Bodyguards ging er zu einem der winzigen Räume, die man normalerweise für Requisiten nutzte, für die Show aber zu Garderoben umfunktioniert hatte. Es war ein Luxus. Für gewöhnlich mussten sich die Stars oftmals unter aller Augen oder nur hinter provisorischen Trennwänden umziehen.

Als er die Tür öffnete, war er erleichtert, denn er war allein. Noch war er für sich. Es würde nicht mehr lange dauern, bis all die anderen Stars kamen und hier warteten, bis ihr Auftritt war. Er setzte sich auf einen der Plastikstühle und schloss für einen Moment die Augen.

Da war sie wieder. Wunderschön, mit ihren blonden Locken, die ihn so sehr verzauberten, den blauen Augen, die ihm überaus vertraut waren. Und es tauchte die Frage in ihm auf, weshalb sie noch nichts zu seinem Brief gesagt hatte.

„Aufgeregt?“, hörte er plötzlich eine bekannte Stimme.

Als er aufsah, stand Baekhyun vor ihm. Dieser nickte den Bodyguards zu, welche daraufhin den Raum verließen, und schloss die Tür.

„Ja, ein wenig“, lächelte Hyeong-Joon und stand auf, um ihn kurz an sich zu drücken.

„Du bist gut vorbereitet. Ich habe dich in den letzten Tagen beobachtet“, sagte Baekhyun und zwinkerte ihm zu. „Noch zwei Stunden, dann geht es los.“

„Ich denke seit fünf Tagen an nichts anderes mehr“, erwiderte Hyeong-Joon und setzte sich wieder.

„Das glaube ich dir nicht ganz“, lachte Baekhyun und Hyeong-Joon spürte, wie er errötete.

„Ich denke auch an sie, du hast recht“, grinste Hyeong-Joon und wurde verlegen. Noch bevor er weiterreden konnte, klopfte es an der Tür. Baekhyun öffnete sie und stand einem jungen Boten gegenüber.

„Ich suche Herrn Choi Hyeong-Joon“, sagte er und hielt ihm einen Umschlag entgegen.

„Einen Moment, er ist hier“, antwortete Baekhyun und ehe er sich versah, stand Hyeong-Joon bereits neben ihm.

„Das bin ich“, sagte dieser ruhig und blickte auf den Umschlag. Wer schickte ihm jetzt noch einen Brief?

Vielleicht Textänderungen für die Moderation, überlegte er. Als er auf den Absender sah, gefror ihm das Blut in den Adern. Es war ein Expressbrief von ihr! Warum schickte sie ihm einen Brief?

Seine Gedanken überschlugen sich. Hatte er sie mit seinem brüskiert, sodass sie sich genötigt sah, ihm zu schreiben? Er konnte sich nur einen Grund für diesen Brief vorstellen: Sie wollte sich von ihm trennen!

Ehe er den Gedanken richtig realisiert hatte, entriss er dem Boten den Brief und rannte an ihm vorbei. Hinaus in die Halle. Nur noch weg. Einfach weg von hier.

Baekhyun war fassungslos, nickte dem Boten kurz zu und rannte ihm hinterher. Jetzt war der völlig falsche Zeitpunkt, um zu verschwinden! Wo war er nur? Das Studio war riesig und er hatte es in den letzten Tagen und Wochen mehrfach besucht. Er wusste, dass Hyeong-Joon jeden Winkel kannte, im Gegensatz zu ihm. Wo sollte er nur suchen? Ihm war nicht entgangen, dass der Brief aus der Schweiz kam, von ihr, und so blieb ihm nur eine Möglichkeit.

„Baekhyun, mein Freund", hörte er Sekunden später ihre erfreute Stimme.

„Hallo SusanneShi, es gibt ein Problem." Er war angespannt. Nicht nur, dass Hyeong-Joon verschwunden war, sondern weil die Show bald stattfand und er nicht wusste, in welcher Verfassung er seinen jungen Freund antreffen würde. Es stand viel auf dem Spiel, doch vor allem durfte niemand auch nur ahnen, dass es *sie* in seinem Leben gab.

„Ist etwas mit Joona?" Susanne sprang von ihrem Sofa auf, sodass ihr Laptop fast zu Boden fiel. Gerade so konnte sie ihn fassen und legte ihn unsanft auf den Tisch. Sie war aufgeregt, aber nicht nur, weil sie online seine Moderation verfolgen wollte, sondern auch, weil es nun Probleme gab.

„Er hat deinen Brief erhalten."

„Und?" Sie war sich in dem Moment keiner Schuld bewusst. Es stand nichts darin, was ihn verletzen konnte. Im Gegenteil. Sie hatte alle ihre Gefühle niedergeschrieben und gehofft, dass es ihn glücklich machte.

„Er ist verschwunden."

„Der Brief?" Sie schüttelte verwirrt den Kopf und begriff nicht, was los war.

„Nein, Joona. Zusammen mit dem Brief! Als der Bote ihn brachte und ihm den Brief übergab, wanderte sein Blick sofort auf den Absender. Mit einem Mal wurde er fahl im Gesicht und ohne ein Wort zu sagen, rannte er los. Seitdem ist er verschwunden."

„Oh Gott und die Show fängt bald an!"

„Ja! Ich will dir nicht zu nahetreten, aber ist es etwas Negatives, was in dem Brief steht?"

„Nein! Überhaupt nicht. Es ist meine Antwort auf seinen Brief. Nichts, was ihn beunruhigen könnte", sagte sie erstaunt und ahnte bereits, warum er verschwunden war. Sie hatte bei den letzten Gesprächen seinen Brief nicht erwähnt. Vermutlich dachte er noch immer, dass sie eine Mauer aufgebaut hätte. Statt dass sie ihm für seinen Brief dankte, bekam er nun ohne Vorankündigung einen zurück. Was musste er nur denken? Das, was vermutlich jeder denken würde: Es war ein Abschiedsbrief.

„Oh mein Gott", seufzte sie und ließ sich wieder auf ihr Sofa fallen.

„Was ist?", fragte Baekhyun, während er noch immer durch die Gänge und Hallen rannte, um ihn zu finden.

„Er wird vermutlich denken, dass es ein Abschiedsbrief ist."

„Aber warum?", fragte Baekhyun nun etwas ungehalten. Der Druck wurde stärker, auch für ihn. Er wollte nicht, dass Hyeong-Joon Probleme bekam.

„Weil ich bisher nichts zu seinem Brief gesagt habe. Stattdessen wollte ich ihm in meinem antworten."

„Und du denkst, dass er es jetzt missverstanden hat?"

„Ja."

„Okay, ich werde ihn finden. Sobald ich mehr weiß, melde ich mich."

„Danke."

„Bis dann", hörte sie ihn noch sagen, ehe er auflegte.

***

Hyeong-Joon wusste nicht mehr, wo er war. Alles drehte sich in seinem Kopf und vor seinen Augen. Sie wollte ihn verlassen und er hielt den Beweis in seinen Händen.

Noch immer lief er durch die Gänge und Hallen, bis er eine Tür mit der Aufschrift *Garderobe* las. Er lauschte, doch das Rauschen in seinem Kopf und den Ohren ließ es nicht zu, dass er etwas hören konnte. So drückte er die Klinke vorsichtig herunter und öffnete die Tür. Es war dunkel und als er den Lichtschalter betätigte, sah er Unmengen an Kleiderständer, an denen Kostüme hingen. Schnell schlich er sich hinein, schloss die Tür und setzte sich auf einen Stuhl, welcher vor einer Nähmaschine stand.

Sein Herz raste und seine Finger pulsierten, während er den Brief fest in seinen Händen hielt. Er wollte ihn nicht öffnen. Zu groß war die Angst, was er darin lesen mochte. Sein Blick haftete auf dem Absender.

Es war ein offizieller Brief, denn sie hatte ihn mit ihrer Firmenadresse versehen. Es gab keinen Zweifel mehr. Sie wollte sich von ihm trennen.

Warum? War die Mauer wieder gewachsen oder hatte er sie verletzt oder gar beleidigt? War er zu direkt gewesen? Eine Mischung aus Angst und Trauer übermannten ihn immer mehr, bis sie sich zu einer Panik steigerten, die er nicht mehr kontrollieren konnte. Er zitterte am ganzen Körper und bekam kaum noch Luft.

Nervös nestelte er an seiner Fliege und öffnete den obersten Knopf seines Hemdes. Es brachte keine Erlösung. Schweiß rann über seine Stirn, hinab zur Wange und benetzte bereits seinen Anzug.

Er musste ihn lesen, er hatte keine Wahl. Oder sollte er sie anrufen? Entnervt verdrehte Hyeong-Joon die Augen. Sein Safe-Handy lag sicher verwahrt zu Hause. Er hatte keine andere Chance, als den Brief zu lesen. Er begann mit zittrigen Fingern, den Umschlag zu öffnen. Vorsichtig zog er die Seiten heraus. Es waren viele. Würde sie so vieles schreiben, nur für einen Abschied? Er war unsicher, denn er konnte nicht mehr klar denken. Langsam faltete er die Seiten auseinander und begann zu lesen.

Mein Joona,
seit ein paar Stunden ringe ich mit mir, Dir zu schreiben und Dir zu sagen, was ich für Dich empfinde.

Das klang nicht gut, gar nicht gut, dachte Hyeong-Joon und wollte den Brief wieder zur Seite legen. Tränen bahnten sich ihren Weg und vernebelten für Sekunden seinen Blick. Nein, er konnte nicht mehr weiterlesen. Es war ein Abschiedsbrief.

Was ich für Dich empfinde. Sollte er sich täuschen? Er dachte an das Gemälde, die Zeit in Amsterdam und die letzten Telefonate. Sie waren kurz, aber niemals hatte er dabei gespürt, dass sich ihre Gefühlte geändert hätten. Er musste es wissen und so wischte er die Tränen weg und las weiter.

Auch wenn ich Angst habe, enttäuscht zu werden, wenn ich meine Seele Dir öffne, sitze ich nun vor dem leeren Blatt Papier. Und mit meinen Worten versuche ich annähernd zu beschreiben, wie wichtig Du mir bist! Lange habe ich darüber nachgedacht, wie ich es angehen soll, wie ich es

ausdrücken soll oder was ich überhaupt zu Dir sagen soll. Nicht sollen, sondern wollen.
Mir wurde klar, wie frei ich hier bin, wie zuversichtlich ich bin. Und wie schlimm es für Dich sein muss, zu befürchten, dass Dir etwas weggenommen wird, wonach Du Dich so viele Jahre gesehnt hast.
Mir ist klar, dass wir in verschiedenen Welten leben, in verschiedenen Kulturen. Und was für mich selbstverständlich ist, kann es in Deinem Land niemals geben. Aber bis heute Abend war mir nicht bewusst, welchen Druck Du aushalten musst.
Auch wenn ich Dich wahnsinnig liebe, kann uns jederzeit jemand von außen Steine in den Weg legen. Unsere Liebe ist hauptsächlich digital. Wenn uns diese Kanäle genommen werden, ist das ein tiefer Schock und die Angst greift um sich. Ich würde Dich gerne in den Arm nehmen, um Dir Trost zu spenden – und doch kann ich nicht mehr tun, als Dir meine Stimme zu geben.
Es war ein schönes Gefühl, zu spüren, dass meine Stimme und meine Worte Dir guttun und Dir den Schrecken der Vergangenheit aus der Seele nehmen. Und ich denke an Dein Versprechen, dass Du mich immer lieben wirst.
Mir wurde bewusst, dass Du mir so oft am Tag sagst, wie sehr Du mich liebst. Aber ich bleibe kühl und distanziert. Es muss sehr schwer für Dich sein, zu erraten, ob ich Dich mag oder nicht. Ich habe heute Morgen verstanden, dass Du so viele Liebessignale sendest und hoffst, dass ich das eine oder andere erwidere. Und das jeden Tag aufs Neue, obwohl ich Dir nur ein Lächeln oder ein Herzchen schenke.
Ich finde es schwierig, Romantik auszudrücken. Ich renne davon, wenn jemand abgedroschene Phrasen wie „Kein Stern im Universum leuchtet so hell und schön wie du" von sich gibt. Was Du noch nie getan hast! Deine Liebe ist rein, Deine Worte gehen direkt in mein Herz. Viele Deiner Gesten sind so süß, dass sie mich sprachlos vor Glück machen. Ich kann dann nicht einmal antworten, weil ich tief berührt bin. Jetzt merke ich aber, dass Du vielleicht nur ein Wort von mir willst, mit dem ich Dir sage, dass es mir gefällt. Du kannst meine innere Freude nicht sehen. Und vielleicht hast Du deshalb das Gefühl, dass Deine Liebe, Gesten und Geschenke auf Gleichgültigkeit stoßen. Vielleicht spürst Du deshalb Angst.
Du bist mir im Denken und Fühlen so weit voraus, so sicher in Deiner

Liebe. Das ist alles neu für mich. Zu wissen, dass Du Dich vor vielen Jahren verliebt hast, war für mich ungemein beeindruckend. Und ich habe es betrauert.
Du erinnerst Dich an den Event, auf dem wir uns zum ersten Mal trafen. Du weißt noch jedes Detail, Du weißt, was ich anhatte, sagte, trank. Wie ich gelacht habe oder wen ich gescholten habe.
Ich hätte dich auch gerne gesehen.
Es schmerzt mich sehr, dass ich dir damals das Gefühl gegeben habe, eine Casting-Couch zu sein. Ich war so blind und mit mir selbst beschäftigt, dass ich Dein Gesicht und Deine Augen nicht sehen konnte. Selbst als Du auf der Bühne die Fassung verloren hast, habe ich nicht gemerkt, dass ich der Grund dafür war.
Du hast mir neulich erzählt, dass Du an dem Abend erbärmlich warst. Das finde ich nicht! In der Tat habe ich Dich nicht als Mann wahrgenommen – was nicht an Dir lag, sondern daran, dass ich überhaupt keinen Mann wahrgenommen habe. Aber ich habe etwas für Dich gefühlt. Ich wusste um Deine tiefen Gefühle und fühlte mit Dir. Ich habe sogar das Video behalten, weil ich Dich mochte.
Du hast also schon damals einen Eindruck auf mich gemacht! Ich wusste nur nicht, dass Du Dich damals schon in mein Herz geschlichen und meine Aufmerksamkeit bekommen hattest. Und dass Du meinetwegen geweint hast. Was es für mich heute nicht einfacher macht.
Ich liebe dieses Video so sehr, es ist einer meiner größten Schätze. Denn nur ich weiß, dass das nur meine Tränen sind.
Du warst nie erbärmlich, Joona! Du hast trotz des emotionalen Schmerzes bis zum Ende durchgehalten. Du bist stark, nicht erbärmlich! Dieser Mann auf der Bühne hat sich nicht geschämt, aus Liebe zu weinen. Und sang weiter. Das ist mutig und stark.
Es ist nicht deine Schuld, dass ich nicht offen war. Du warst ein Geschenk, das ich damals nicht öffnen konnte.
Als ich Dich in Tokio zum ersten Mal wirklich sah, hätte ich nie gedacht, dass Du mir so viel bedeuten würdest! Ich wusste, dass etwas mit mir geschehen war, als Du durch den Raum gingst, und dass die Farben um Dich herum anders waren als bei jedem anderen Mann im Raum. Ich registriere fast nie Aufmerksamkeiten oder Interesse, weil ich niemanden ansprechen will. Ich will niemanden in mein Herz lassen. Aber an diesem Tag habe ich DICH gesehen.

Ich spürte deine Augen. Und fragte mich, ob diese Wärme wirklich für mich bestimmt war. Ich musste innehalten und noch einmal schauen, ob nur ich es spürte oder ob Du Dich auch umdrehst.

Wenn ich an den Abend zurückdenke, sage ich mir immer wieder, wie viel Glück wir hatten. Du wurdest direkt nach dem Meet & Greet „mitgenommen“. Wäre ich nicht spontan auf Dich zugegangen, hätte Dich um ein Autogramm gebeten und Dir meine Nummer gegeben – wir wären uns nicht nähergekommen. Nach Deinem Büchergeschenk musste ich etwas tun, wenn ich Dich wiedersehen wollte. Da fiel mir nichts anderes ein als dieses Fantreffen in Hongkong.

Um ehrlich zu sein, nach diesem Abend starrte ich wie ein Teenager auf mein Handy und wartete auf eine Nachricht von Dir. Das mache ich nie wegen jemandem!

Aber von da an habe ich Nachforschungen über Dich angestellt. Ich besuchte online Veranstaltungen, auf denen Du auch warst. Ich muss zugeben, dass ich anfangs ein bisschen unsicher war. Denn obwohl Du mir jeden Monat und dann jede Woche eine „Have a nice day“-Nachricht geschickt hast, warst Du sehr zurückhaltend.

Das irritierte mich. Und weckte mein Interesse.

Das war der Grund, warum ich mich gezielt neben Dich gesetzt habe in London.

Ich habe mich mit Deinem Manager angelegt und verlangte, dass wir die Projekte allein beginnen.

Ich konnte nicht verstehen, warum Du mir vor dem Frühstück eine SMS geschickt hast:

Annoseyong CEO-Nim SusanneShi. Ich freue mich schon auf unsere heutige London-Sightseeing-Tour. Wenn ich für Sie ein Eis besorgen soll, so lassen Sie es mich wissen. Mit freundlichen Grüßen Hyeong-Joon.

Aber dann lächelst Du nur und weichst meinem Blick aus.

Ja, Du hast richtig gelesen.

Ich habe noch alle Deine Nachrichten 😊. Ich behalte alles. Ich speichere alles in meinem Archiv. Aber bis heute war mir nicht klar, welchen Schatz ich auf meinen Servern habe. Ich habe alle unsere kleinen, neckischen Nachrichten! Und erst heute verstehe ich, mit welcher Sanftheit Du Deine Worte gewählt hast. Und wie blind ich gewesen bin, nicht zu sehen, was Du mir sagst.

Die Busfahrt durch London, Seite an Seite.

Du hast mich den ganzen Tag berührt, so schüchtern und sanft. Du brachtest mir einen Drink. Du schältest einen Apfel für mich. Du hast dich geöffnet. Deine zögerlichen Worte, die ich als „English-for-Beginners" einordnete, waren unsichere Worte der Zuneigung. Abends im Hotelzimmer haben wir sogar geschrieben. Erinnerst Du Dich? An den Regen, der Dein weißes Hemd völlig durchnässte und mir Deinen attraktiven Körper darbot? Du warst eine Augenweide, die mir den Atem verschlug. Aber wieder hast Du Dich schüchtern verhalten, Dich verbeugt und bist auf Dein Zimmer gegangen. Was für eine Erleichterung, dass Du mir eine SMS geschickt hast!
Erinnerst Du Dich an sie?
Annoseyong CEO-Nim SusanneShi. Bitte ruhen Sie sich gut aus. Der Regen heute war nicht gut für Ihre Gesundheit. Ich wünsche Ihnen eine gute Nacht. Mit freundlichen Grüßen Hyeong-Joon.
Ich war mir dessen gar nicht bewusst!
Heute sehe ich, wie wichtig London für uns war. Du hast den Mut gefunden, selbstbewusster zu schreiben. „Mit freundlichen Grüßen, Hyeong-Joon."
Von da an hast du immer vertrauter mit mir gesprochen. Du hast mich verwöhnt. Du brachtest mir spät abends warme Milch mit Honig! Obwohl wir beide in den Regenschauer kamen, hast Du nur auf mich geachtet.
Der Zimmerservice muss Dich für verrückt gehalten haben. Milch auf dein Zimmer zu bestellen und sie mir dann zu bringen. Ich hielt es aber nicht für verrückt. Ich war schon in Deinem Bann. Ich konnte es aber nicht zugeben.
Die Zeichen waren so offensichtlich. Ich habe Dich in mein Zimmer gelassen. Das heißt, ich habe Dir mein Vertrauen geschenkt. Du konntest nicht wissen, wie nah Du mir warst. Und leider verstand ich nicht, warum Du mir immer noch nicht in die Augen schauen konntest, warum Du so nervös warst und mit Deiner Uhr gespielt hast. Ich verstand nur, dass ich mich bei Dir wohlfühlte. Und mein Instinkt sagte mir, dass ich Dich mag und mit Dir zusammen sein will.
Als wir neulich darüber sprachen, wie aufgeregt du im Aufzug in London gewesen bist, war mir noch nicht klar, dass ich unsere ganze Liebe wie ein Buch vor mir liegen hatte.
Während ich jetzt durch die Aufzeichnungen gehe und alles lese, sitze ich

hier und weine. Denn Deine Liebe und Zuneigung steckt in jeder Nachricht. Und die Magie Deines bescheidenen Wesens, das ich so sehr liebe, drückt sich in jeder aus.
Auch wenn Hunderte von Schmetterlingen in meinem Bauch herumflattern oder vielleicht sogar Flugzeuge fliegen, will ich mich nicht verstellen. Liebe … was hat sie aus mir gemacht?
Wir kennen uns eigentlich erst seit ein paar Monaten, aber es kommt mir vor, als würde ich Dich schon ewig kennen. Ich weiß, wie Du tief in Deinem Inneren bist, und Du weißt, wie ich wirklich bin.
Du bist alles, wonach ich immer gesucht habe: Ich hebe ab, Du holst mich zurück auf den Boden. Wenn ich unten bin, dann ziehst Du mich hoch. Deine Einstellung und Deine Sicht der Dinge haben mich verändert. Zum Positiven. Du bist meine bessere Hälfte, mein Lachen und mein Glück. Ich liebe Dich.
Seit wir uns sahen, habe ich jede einzelne Sekunde mit Dir genossen, bin ich bezaubert und entspannt und voller Energie. Jedes Mal, wenn Du mich ansiehst, schlägt mein Herz wie verrückt. Ich könnte mir ein Leben ohne Dich gar nicht mehr vorstellen. Jeder Tag an Deiner Seite ist wunderbar.
Ich möchte mit Dir alt werden, jeden Morgen aufwachen und in Deine strahlenden Augen schauen. Ob über Skype, WhatsApp, Facetime oder in ganz besonderen Momenten in Deinen Armen. Ich möchte Dich trösten, wenn es Dir schlecht geht, und Dir helfen, jedes Ziel zu erreichen, das Du Dir setzt. Mit Dir gehe ich bis ans Ende der Welt.
Du hast mir die Ehre gegeben, Deine erste Liebe zu sein. Schon damals wusste ich, dass Du der Mann meiner Träume bist. Mein Herz und mein Körper wussten sofort, dass Du mein Seelenverwandter bist, nach dem ich mich gesehnt habe. Du bist mein erster Gedanke, wenn ich morgens aufwache, und der letzte, bevor ich schlafen gehe. Meine Gefühle für Dich sind mehr, als ich mir jemals erträumt habe.
Mit jedem Wort, das Deine Lippen verlässt, lässt Du mich aufhorchen und aufmerksam werden. Mit jeder Bewegung, die ich sehen kann, fängst du meine Augen ein. Und jeden Moment wird es schlimmer. Mit jedem Blick, den Du mir schenkst, raubst Du mir den Atem. Mit jeder Berührung lässt Du mein Herz höherschlagen.
Ich liebe es, wenn Du mich angrinst und sich die Welt für einen kurzen Moment um uns dreht.

Ich liebe Deine Verrücktheit und Deine positive Sicht der Dinge.
Ich liebe es, wenn Du mir ins Ohr flüsterst.
Ich liebe es, wie Du meinen Namen sagst, wenn Du Deine Liebe loslässt.
Ich liebe es, wenn mein Nachthemd nach Dir riecht.
Ich liebe es, wenn Du mir mit vollem Vertrauen folgst und Dich völlig gehen lässt.
Ich liebe es, dass Du keine Tabus kennst und ich mit Dir machen darf, was ich wünsche – dass uns das beide erfüllt und mich kaum atmen lässt.
Du bist mein größtes Glück und alles, was ich brauche.
Es tut mir so weh, wenn ich daran denke, dass Du nicht erkennst, wie sehr ich Dir gehöre. Wenn Du sagst: Ich gehöre ganz Dir – bisher habe ich geantwortet: Ja, das tust Du.
Aber eigentlich möchte ich sagen.
ICH GEHÖRE GANZ DIR.
Ich, CEO-Nim SusanneShi bin Hals über Kopf in Joona, die sanfte Seele, verliebt.
Ich war in meinem Leben noch nie so glücklich wie mit Dir. Es tut mir leid, dass ich in den Momenten, in denen Du mich gebraucht hast, um Dir das zu sagen, nicht für Dich da war. Aber jeder Zentimeter meines Körpers ist in Dich verliebt, in alles, was Du bist. Ich liebe Dein Lachen, Dein freundliches Lächeln und die Art, wie Du mich ansiehst, wenn ich Dir sage, dass ich Dich liebe.
Zweifle also nicht daran, dass ich es wirklich tue. Ich verliebe mich jeden Tag mehr und mehr in Dich. Meine Gedanken kreisen nur um Dich. Ich habe mich in Dich verliebt und ich möchte, dass Du weißt, wie viel Du mir bedeutest.
Ich liebe Dich mehr als alles andere!
Wenn Du nicht in meiner Nähe bist, dann vermisse ich Dich, Deine schönen Gesichtszüge, Dein wunderbares Lächeln, Deine Fröhlichkeit. Du bist ein wunderbarer Mensch, Joona, ein Mensch, der nicht lügen kann und immer ehrlich ist. Das kann ich in jeder Silbe lesen. UND DU GEHÖRST MIR.
Ich schicke Dir mit diesem Brief ein kleines Buch.
Ich habe alle unsere Nachrichten in einem Buch gesammelt und für Dich gebunden. Es hat genau die richtige Größe, um in Deinen Safe zu passen 😉.

Ich hoffe, das Buch gefällt Dir und Du magst meinen allerersten Liebesbrief, den ich nur für Dich geschrieben habe.
Mit freundlichen Grüßen,
CEO-Nim SusanneShi
die Hals über Kopf in Joona verliebt ist.

Ein tiefes Schluchzen erfüllte den Raum. Hyeong-Joons Körper wurde immer wieder von Weinkrämpfen durchzuckt, während die Tränen unaufhörlich über seine Wangen liefen. Er ließ seinen Kopf in seine Hände fallen und weinte wie ein Kind. All seine Angst schwand. Das Gefühl, geliebt zu werden, nahm nun ihren Platz ein. Zum ersten Mal im Leben durfte er dies auf solch eine wundervolle Art erfahren.

Er wischte die Tränen aus seinem Gesicht, blickte wieder auf den Brief und begann erneut zu weinen.

„Hier bist du!", rief Baekhyun besorgt.

Er hatte den Lichtschimmer unter der Tür bemerkt und Schluchzen gehört. Irgendwie hatte er gespürt, dass es sich nur um seinen entflohenen Freund handeln konnte. Als er ihn nun weinend da sitzen sah, wurde ihm das Herz schwer. So konnte sein Freund unmöglich auf die Bühne!

Hyeong-Joon versuchte mit einer Hand die Tränenflut zu verwischen, während seine andere krampfhaft den Brief festhielt und an seine Brust drückte.

„Sie … Brief … geschrieben", brachte er mühsam unter Tränen hervor.

Schnell schloss Baekhyun die Tür, ehe noch jemand etwas von dem ganzen Drama mitbekam, was sich gerade hier abspielte. Liebevoll legte der Ältere seinem jungen Freund die Hand auf die Schulter und stand ihm schweigend zur Seite. Beide schraken zusammen, als Baekhyuns Handy klingelte. Er hatte es seit dem Gespräch mit Susanne noch immer in der Hand und sah nun auf das Display.

„Sie ist es."

„Ich … nicht … reden … Liebe …"

Baekhyun nickte und strich Hyeong-Joon sanft durchs Haar, während er den Anruf entgegennahm.

„Ich habe ihn gefunden."

„Und? Was ist mit ihm?"

„Dein Brief hat ihn tief bewegt, denn er sitzt jetzt weinend vor mir. Leider muss ich nun schauen, wie wir ihn in einer halben Stunde auf die Bühne kriegen. Ohne, dass jemand etwas von diesem Vorfall weiß", sagte er.

Susanne seufzte. Es war ein Fehler gewesen, den Brief vor seinem Auftritt zustellen zu lassen. Sie hatte es gut gemeint, aber vielleicht eine Katastrophe ausgelöst. Sie konnte nur hoffen, dass seine Emotionen keine Auswirkung auf seine Moderation haben würde.

„Ich wollte ihn nicht aus der Fassung bringen."

„Das glaube ich dir, aber jetzt müssen wir uns beeilen. Er muss geschminkt werden und ich denke, dass er auch ein frisches Hemd braucht", stellte Baekhyun nüchtern fest, nachdem er die zahlreichen nassen Flecken entdeckt hatte.

„Ich danke dir", sagte Susanne und hoffte, dass ihr der Liebesbrief ihres Lebens ihn nicht in Schwierigkeiten bringen würde.

„Ich oder besser gesagt Joona wird sich melden. Sobald wir das Haus verlassen. Noch einen schönen Abend."

„Das wünsche ich euch auch … und drücke die Daumen, dass alles gut wird."

„Ich bin bei ihm, mach dir keine Sorgen", sagte Baekhyun und legte auf.

Susannes Herz raste. Sie hatte es gut gemeint und stattdessen bekam Joona vielleicht Probleme. Was, wenn ihn jemand so aufgewühlt sah? Nicht auszudenken, welche Fragen dies aufwerfen würde. Speziell beim Management! Angst schlich sich immer bohrender in ihr Herz. Auch der Gedanke, dass Baekhyun an seiner Seite war, vermochte sie in diesem Moment nicht zu trösten.

Wie gebannt verfolgte sie nun die Vorberichte zur diesjährigen Verleihung. Nicht mehr lange und Hyeong-Joon würde auf der Bühne stehen.

Er war Profi, versuchte sie sich zu beruhigen, bis sie den ersten Ansager sah. Der Moderator stand vor einem Mikro und säuselte seinen gesamten Text herunter. Sie kannte Veranstaltungen, bei denen bekamen die Moderatoren immer kleine Helfer, wie sie es nannte. Nicht hier. Keine Hilfe durch einen Spickzettel in Form einer adretten Karte. Nichts. Das hieß, dass auch Hyeong-Joon seinen Text auswendig wissen musste. Jedes einzelne Wort. Dass dies seitens des Managements kontrolliert wurde, davon war sie sich sicher. Oh Gott. Hoffentlich würde es gut gehen.

Ihre Kehle war mit einem Mal trocken, sie musste etwas trinken. Schnell stand sie auf, griff nach der Mineralwasserflasche und trank ein paar Schlucke. Bis ihr Blick auf den Bildschirm fiel und sie sich augenblicklich verschluckte. Das Wasser spritzte in hohem Bogen aus ihrem Mund und sie konnte kaum noch atmen.

Da stand er. Kess lächelnd. Und begrüßte gut gelaunt die klatschenden und johlenden Zuschauer. Das konnte nicht sein!

Sie setzte sich ungläubig auf ihr Sofa und blickte auf den Bildschirm. Dieses Lächeln. Susannes Wangen glühten vor Aufregung.

Im gleichen Moment hörte sie das Signal einer eingehenden Nachricht. Baekhyun.

Er schickte ihr ein Bild von Joona. Wie er tränenüberströmt zwischen Kleiderständern auf einem Plastikstuhl saß und etwas an seine Brust presste. Und nun kaum ein paar Herzschläge später charmant, eloquent und freudestrahlend die ersten Gewinner präsentierte. Hyeong-Joon trug seine Maske, die sie nur zu gut aus dem Internet kannte. Doch das Foto von Baekhyun war der echte Joona, den sie so sehr liebte.

Kapitel 26

Es war bereits nach Mitternacht, als Susanne in ihrem Bett lag und versuchte, zu schlafen. Sie war noch aufgewühlt und warf sich unruhig hin und her. Joonas Auftritt und die Moderation waren ein voller Erfolg gewesen. Die Live-Chat-Funktion hatte geglüht und erstmalig die „Ein-Millionen-Viewer-Marke" gesprengt. Das Management hatte ihn dazu beglückwünscht. Eine seltene Geste, die jedoch nichts zu bedeuten hatte. Denn es wurden die Fehler gesehen, nicht, was man gut gemacht hatte. Schließlich erwartete man eine Perfektion von ihm und kein Versagen, wie sie es nannten.

Susanne hatte sich noch den Abspann, als er die Show verließ und lächelnd zu seiner Limousine ging, angesehen. Danach war sie zu Bett gegangen. Nur wenig später hatte er sie angerufen. Da war er wieder ihr Joona, nicht der Mann aus der Sendung.

Sie ließ ihn reden, denn er hatte ihr so viel zu sagen. Wie sehr er sich über den Brief gefreut hätte, seine Angst zuvor, da sie nichts zu seinem gesagt hatte und all das, was sie selbst bereits befürchtet hatte. Lächelnd hatte Susanne jede Silbe von ihm aufgenommen und sich in der Dunkelheit mit glühenden Wangen ins Kissen geschmiegt.

Der Abend war für Joona lang gewesen, die Aufregung, die Angst und dann das, wie er es nannte, berauschende Gefühl, sie zu spüren, während er ihren Brief las. Sie war bei ihm gewesen, ganz nah. Er roch ihr Haar, ihr Duschgel, das er so sehr mochte, und ihre Umarmung. Nach einem leise gehauchten Gute Nacht legten sie beide auf und Susanne kuschelte sich in ihr Bett, schloss die Augen und dachte an ihn. An das verweinte Gesicht aus der Mail von Baekhyun und kurze Zeit später das Strahlen auf der Bühne. Jekyll und Hyde dachte sie und lächelte ein letztes Mal, ehe sie in einen tiefen Schlaf fiel.

Weit entfernt hörte sie etwas surren. Es hörte nicht auf. Wurde intensiver. Susanne öffnete die Augen und versuchte, sich schlaftrunken zurechtzufinden. Langsam fand sie zurück in ihr Schlafzimmer. Sie lag in ihrem Bett, nur in ihrem Traum war sie bei ihm gewesen. Susanne seufzte. Es war so real gewesen. Er hatte sie in seinen Armen gehalten, ihre Lippen liebkost, bis … da war es erneut. Ihr Handy. Als sie danach griff und das Display aufblinkte, erschrak sie.

Joona hatte über zwanzig Mal angerufen? Und sie hatte es nicht bemerkt! Wie konnte das sein? Schnell wählte sie seine Nummer und hörte Sekunden später das Freizeichen. Aber er nahm nicht ab. Panik erfasste sie und ehe sie einen klaren Gedanken fassen konnte, hatte sie bereits Baekhyuns Nummer gewählt.

„SusanneShi", begrüßte er sie freundlich.

„Es ist etwas mit Joona", flüsterte sie.

„Was meinst du?", hörte sie ihn sagen. Es schien, als wäre er unterwegs, denn sie hörte Autos im Hintergrund fahren und ein Hupen.

„Er hat zwanzig Mal bei mir angerufen, aber ich habe es nicht gehört. Und wenn ich ihn jetzt anrufe, geht er nicht ans Telefon", rief sie angespannt und fuhr sich durch die Haare.

„Beruhige dich, ich bin unterwegs und werde gleich zu ihm fahren."

„Ich habe Angst."

„Vor was? Er ist sicherlich zu Hause, ich werde nach ihm sehen, okay? Wenn ich etwas weiß, melde ich mich."

„Ja, bitte", flehte sie nahezu und legte auf.

Erneut wählte sie Joonas Nummer, doch er nahm nicht ab. Was war nur geschehen? Keine Nachricht, keine Mail. Nur wiederkehrende Anrufversuche im Minutentakt.

Sie hielt es nicht mehr im Bett aus und stand auf. Nervös lief sie auf und ab. Prüfte immer wieder ihr Handy, rief ihn erneut an, doch nichts. Hatte das Management etwas von dem Brief herausbekommen, ihn vielleicht sogar gesehen?

Das konnte nicht sein, denn sie hatten nach der Show noch telefoniert, als er zu Hause war. Was, wenn man es auf einer der Kameras beobachtet hatte? Nicht auszudenken! Ihr wurde übel und sie schaffte es gerade noch ins Badezimmer, wo sie sich übergeben musste.

Vielleicht war er in Gefahr, durchzuckte es sie erneut und eine weitere Übelkeitswelle übermannte sie. Wenn den Brief irgendjemand finden würde, wäre nicht nur seine Karriere in Gefahr, sondern in erster Linie er. Und was man dann mit ihm machte, wollte sie sich nicht vorstellen. Zu nah waren noch die Bilder der angeblichen Unfälle oder Selbstmorde, welche das koreanische Internet flutete, um Minuten später wieder von Geisterhänden gelöscht zu werden.

***

Baekhyun raste mit seinem Wagen die Auffahrt hinauf, denn auch er hatte immer wieder probiert, seinen jungen Freund zu erreichen. Auch bei ihm ging er nicht ans Telefon.

Gott sei Dank hatte Hyeong-Joon ihm vor einiger Zeit den Code gegeben und so konnte er nicht nur auf sein Grundstück gelangen, sondern auch ins Haus.

Hyeong-Joons Wagen stand in der geöffneten Garage und alles sah friedlich aus. Doch was hatte er erwartet? Einschusslöcher, zerborstene Scheiben? Baekhyun erschrak über sich selbst. Wie konnte er nur auf solche Gedanken kommen? Vielleicht lag es daran, dass er schon viel zu viel gesehen hatte. Erinnerungen, die sich tief in ihn eingebrannt hatten und deren Schatten für immer bleiben würden. Schatten, die ihn auch jetzt begleiteten, als er die Klingel betätigte und Hyeong-Joon nicht öffnete.

Was würde er vorfinden? Er hatte genügend Blut in seinem Leben gesehen und nicht nur sein eigenes. Baekhyun gab den Code ein und öffnete die Tür. Ihn empfing eine gespenstische Stille. Er vernahm nur sein eigenes Atmen und das schnelle Pochen seines Herzens.

„Hyeong-Joonaaa?", rief er in die Eingangshalle.

Er lauschte, noch immer hörte er nichts. Er blickte sich vorsichtig um, alles schien an seinem Platz. Die wenigen Dinge waren schnell überprüft, da sein Freund keinen Wert auf eine Sammlung von Accessoires legte. Genau wie er. Klare Strukturen, die sich auch in ihrem Leben wiederfanden.

„Joona?", rief Baekhyun seinen Namen, während er Richtung Wohnzimmer ging und sich darin umschaute.

Keine Spur war von ihm zu sehen. Langsam bekam auch er Angst. Wo war der Junge nur? Hatte man ihn entführt? Es gab nichts, was es nicht gab. Und besonders in dieser Branche. Baekhyun sah sich ein letztes Mal im Wohnzimmer um, ehe er die Treppe nach oben ging. Er wusste, dass Hyeong-Joon dort sein Schlafzimmer, Badezimmer und sein Tonstudio hatte.

Vielleicht hörte er ihn nicht, schöpfte er für einen Moment Hoffnung, doch die Stille ließ sie sofort wieder schwinden.

„Joona, wo bist du?", rief Baekhyun nun lauter. Aber außer seinen eigenen Schritten war nichts zu hören. Ratlos hielt er inne. Er musste irgendwo sein. Es war unmöglich, sich in Luft aufzulösen. Er zog sein

Handy aus der Jackentasche und wählte Hyeong-Joons Nummer. Es dauerte einige Sekunden, ehe er es hörte. Weit entfernt.

Für den Hauch einer Sekunde blieb sein Herz stehen, als ihm bewusst wurde: Es kam aus dem Badezimmer. Was würde ihn hinter der geschlossenen Tür erwarten? Bilder aus seiner Vergangenheit als Cleaner tauchten vor seinem geistigen Auge auf. Von Stars, die man vollbekleidet und leblos aufgefunden hatte. Oder von „Schützlingen", die man hatte maßregeln müssen.

Baekhyun sah in manchen Nächten noch immer diesen Jungen. Den seine Cleaner-Kollegen immer wieder in einer Badewanne unter Wasser getaucht hatten, um ihm Manieren beizubringen. Baekhyun, auch wenn er vorgab, es nicht zu wissen, wusste, wie sie schrien und vergeblich versuchten, sich zu wehren. Und nun stand er vor einem Badezimmer. Er legte auf und versuchte, so ruhig zu bleiben, wie es in diesem Moment möglich war.

„Hyeong-Joon?", fragte er.

Vorsichtig presste er die Türklinke nach unten, atmete tief durch und öffnete die Tür. Vor ihm saß Hyeong-Joon. Zusammengekauert in einer Ecke. Seine Beine dicht an sich herangezogen presste er sie mit seinen Armen noch mehr an sich und versteckte seinen Kopf. Er reagierte nicht. Selbst als Baekhyun näherkam und immer wieder seinen Namen sagte, blieb er in dieser unbequemen Position. Baekhyun blickte sich um, doch nirgends war Blut, kein Wasser. Was auch immer geschehen sein mochte, es war ohne fremde Einwirkung geschehen.

„Hyeong-Joon", fragte er erneut und beugte sich zu ihm. Strich sanft über seine Haare, bis dieser seinen Kopf hob und ihn mit verweinten Augen ansah. Offenbar hatte er einen Schock, denn es schien, als würde er ihn nicht erkennen.

„Joona, alles gut, ich bin bei dir", redete er beruhigend auf ihn ein. Erst als er sich neben ihn gesetzt hatte und den jungen Mann in seinen Arm nahm, sah der ihn traurig an. Er wurde ruhiger und seine Brust hob und senkte sich zusehends langsamer.

„Was ist passiert?"

„Ich … ich … Albtraum … weg … alle weg", kamen die wenigen Worte aus ihm heraus. Baekhyun wiegte ihn in seinen Armen, drückte ihn an sich und sprach mit ihm. Hyeong-Joon wurde immer ruhiger, bis er zu erzählen begann.

„Ich habe geträumt, dass ich alle Nummern vergessen habe. Susannes Telefonnummer, ihre Adresse, den Mailaccount. Alles! Ich bin aufgewacht und habe versucht, sie anzurufen. Aber sie nahm nicht ab. Ich wollte ihr mailen, wusste jedoch nicht, wie. Alles im Kopf war weg. Dann kann ich mich an nichts mehr erinnern. Sie hatten alles gelöscht, so, als ob meine Liebe niemals in meinem Leben gewesen wäre. Sie haben mir oft gesagt, ich darf nicht daten. Ich darf den weiblichen Fans niemals meine allumfassende Liebe nehmen. Ich wurde gewarnt. Ich weiß, was passiert, wenn man meine Beziehung offenbart. Deshalb hinterlasse ich nichts. Speichere keine Nummern. Keine Fotos. Nichts. Aber was … wenn ich alles vergesse? Ich konnte mich einfach nicht mehr an Susannes Nummer erinnern!“

Jedes Wort traf Baekhyun wie ein Stich ins Herz. Was hatte man nur mit all diesen Stars gemacht? Auch er wurde solchen Taktiken unterworfen, dass man ein Nichts war und ohne das Management noch weniger. Nur dem Fan gehörte. Was hatten sie getan, dass ein junger Mann solch eine Angst verspürte, dieses Glück wieder zu verlieren und ihn Albträume verfolgten? Baekhyun wollte ihm helfen, aber wie?

„Wir müssen zuerst deine Freundin anrufen, sagen, dass es dir gut geht“, sagte Baekhyun, nahm sein Handy zur Hand und wählte ihre Nummer. Wie erwartet nahm Susanne sofort ab.

„Was ist mit Joona?“, hörte er sie mit besorgter Stimme fragen.

„Er ist bei mir. Er hatte einen Albtraum“, begann Baekhyun und erzählte ihr alles.

Sein Freund wirkte noch immer verstört. Konnte nicht wirklich klare Worte und Gedanken mit ihr besprechen. Susanne wurde klar, dass sie ihm ein gewisses Maß an Sicherheit schenken musste, damit er wieder ruhig schlafen konnte. Es musste etwas sein, dass er als Beweis vor Augen hatte, jedoch vom Management niemals erkannt würde.

„Ich habe eine Idee. Ich werde ihm etwas schicken, was er ganz nah bei sich tragen kann.“

„Aber denke daran …“

„Glaube mir, niemand wird nur erahnen, dass auf meinem Geschenk alle meine Kontaktdaten hinterlegt sind“, antwortete sie geheimnisvoll.

„Ich vertraue dir. Bitte sei dir stets bewusst, dass er jeden Tag von Medien fotografiert wird. Und man alles analysiert, was er sagt, trägt, tut. Ich werde Hyeong-Joon jetzt zurück ins Bett bringen und bleibe bei ihm. Ich denke, er wird sich später bei dir melden."

„Ja, ich bin zu Hause."

Susanne legte auf und öffnete voller Pioniergeist ihre Mails. Nur der Juwelier ihres Vertrauens würde wissen, was die kryptischen Zahlen auf Joonas neuem Armband bedeuten würden. Sie würde es innen gravieren lassen, sodass Hyeong-Joons neuer Schmuck von außen aussehen würde wie ein edler Silber-Armreif. Aber innen wären ihre Initialen, ihre Telefonnummer und ihr gemeinsamer PIN für ihren Schweizer Server versteckt.

Kapitel 27

Durch das geöffnete Fenster kämpfte sich eiskalte Winterluft ihren Weg in Hyeong-Joons Schlafzimmer. Zitternd schlüpfte er nach seiner Dusche in Jogginghose und ein Shirt. Er hatte völlig verdrängt, dass bald Weihnachten war. Kalt! Lüften war keine gute Idee gewesen. Bibbernd schloss Hyeong-Joon das Fenster und kramte in seinem Schrank nach einer Wollweste, als es klingelte. Irritiert lauschte er in den Raum. Nahezu nie klingelte es bei ihm. Vorsichtig schlich er zur Tür. Ehe Hyeong-Joon öffnete, prüfte er den Besucher per Überwachungskamera. Offenbar ein Bote.

„Ja, was wollen Sie?", fragte er ihn über die Sprechanlage.

Der Bote öffnete das Fenster seines Lieferwagens. „Ich habe für Sie ein Paket."

„Von wem?"

„Moment", hörte er den Mann sagen und verfolgte auf seinem Bildschirm, wie er sich zum Beifahrersitz beugte und einen Zettel nahm. Es dauerte eine Ewigkeit, ehe er ihn wieder zurücklegte und sich zur Sprechanlage wandte.

„CU. Communication Unlimited, Schweiz", hörte er ihn sagen.

Hyeong-Joons Herz pochte heftig. Ein Paket von ihr! Sie hatte ihm nichts davon gesagt. Es war eine Überraschung, zum Geburtstag!

„Sie können reinfahren", sagte er und öffnete das Tor.

Langsam fuhr der Wagen die Auffahrt hoch, bis er vor seiner Tür stand. Noch bevor Hyeong-Joon an der Tür war, stieg der Bote aus, öffnete die Seitentür seines Wagens und zog mit großer Anstrengung ein Paket heraus. Es war riesig. Über einen Meter hoch und fast genauso breit. Was hatte sie sich nur dieses Mal wieder einfallen lassen, überlegte er und verkniff sich ein Grinsen. Es war offenbar schwer, denn der Bote mühte sich ab, es bis zu seiner Haustür zu bringen.

„Sie müssten hier bitte unterschreiben", sagte er schweißgebadet und zog einen Zettel aus seiner Tasche.

Schnell kritzelte Hyeong-Joon seine Unterschrift darauf und griff nach dem Paket. Es war schwer, auch wenn er sich etwas leichter damit tat als der Bote. Dieser verschwand wieder in seinen Wagen und fuhr weg.

Hyeong-Joon nahm derweil das Paket mit ins Haus und wartete, bis er den Boten durch das Tor fahren sah. Er schloss das Tor und blickte neugierig auf das Monstrum.

Auf der Seite stand „Happy Birthday“. Hyeong-Joon lächelte.

Geburtstag. Den feierte er nie. Er war meist alleine. Später würde er auf eine Feier gehen, die man vom Management aus für ihn organisiert hatte. Dass diese nur Fake war, aus Assistenten und Mitarbeitern bestand, würde kein Fan so sehen, wenn man ihnen sein Geburtstagsvideo präsentierte. Es war alles ein Geschäft. Er und selbst sein Geburtstag blieben nicht verschont, wenn es um noch ein verkauftes Fanmerchandise ging. Man hatte ihm nicht nur gesagt, wann er kommen musste, sondern auch welche Kleidung er tragen sollte. Sein Outfit wurde von Verträgen und Investoren bestimmt. Sein Leben war geplant, wie immer.

Doch Susanne stellte es nunmehr seit vielen Wochen komplett auf den Kopf. Immer wenn er dachte, dass er sie annähernd kennen würde, entdeckte er eine vollkommen neue Seite an ihr. Gespannt und neugierig blickte er auf das Paket. Sollte er sie anrufen oder es bereits öffnen? Etwas unschlüssig schob er es ins Wohnzimmer und lief um das Paket herum. Seine Neugier wurde immer stärker. Er fasste es an den Ecken an und begann es ein wenig zu schütteln. Er hörte nichts. Was auch immer sich darin verbarg, war so gut eingepackt, dass es nicht gegen die Wände des Kartons schlagen konnte.

Was war so groß? Er dachte an seine Pakete, die er immer verschickte. Sie waren maximal halb so groß. Auch ihre, wenn sie ihm Schokolade und Schweizer Köstlichkeiten schickte. Aber das hier? MEGA.

Wie ein Tiger schlich Hyeong-Joon um das Paket herum. Er studierte den Adressaufkleber. Nichts gab einen Hinweis darauf, was sich darin verbarg. Er hielt es nicht mehr aus und begann damit, den breiten Klebestreifen zu entfernen. Vorsichtig zog er ihn oben ab und öffnete das Paket. Enttäuscht blickte er auf Styropor.

Er atmete tief ein und aus. Er musste es wissen! Und so begann er damit, das Styropor zu entfernen. Etwas unsicher blickte er nun in das Paket und riss die Augen auf. Fassungslos starrte er auf eine blonde Puppe. Sie wirkte so beängstigend echt. Vorsichtig strich Hyeong-Joon über die Wange seines Geschenkes. Sie war weich, genau wie Susannes Haut. Es war eine Puppe, die genauso aussah wie sie!

Als er die Puppe aus dem Karton heben wollte, brannten seine Wangen vor Scham. Sie war nackt! Er wich von dem Paket zurück und begann hektisch zu atmen. Er wusste nicht, was er sagen oder denken sollte. Sie hatte eine Puppe geschickt, die genauso aussah wie sie und nackt war!

Wieder schlich er zum Paket und blickte unsicher hinein. Wie sollte er die Puppe aus dem Paket bekommen, ohne sie zu beschädigen? Vorsichtig kippte er das Paket, bis es auf dem Boden lag, und zog sie dann langsam an ihren Schultern heraus.

Je mehr er von ihr sah, umso nervöser, aber auch erregter wurde er. Das war *sie*. Kein Zweifel! Weiche Haut, blondes Haar und die Augenfarbe! Joona nahm sie auf seine Arme und setzte sie auf sein Sofa. Es fühlte sich alles so surreal an.

War er wirklich in seinem Wohnzimmer und saß einer nackten Puppe gegenüber, die aussah, wie seine Liebe?

Sein Blick wanderte von ihr zu dem Karton. Vielleicht war noch Kleidung darin, vermutete er und sah nach. Doch außer einem kleinen Büchlein fand er nichts mehr. Als er begann, es zu lesen, wurden seine Augen vor Erstaunen immer größer. Es war eine Gebrauchsanleitung. Als er weiter blätterte, röteten sich seine Wangen vor Scham. Starr blickte er von der Puppe zum Papier und wieder zurück. Eine Liebespuppe?

Er musste sich setzen und erst einmal alles in seinem Kopf verarbeiten. Er hatte noch zwei Stunden, bis es zu seiner Feier ging, und bis dahin wollte er alles über sie wissen. Hyeong-Joon studierte gerade die Programmierung und Technik, als sein Handy klingelte. Er war so vertieft, dass er es annahm und sich nur mit einem schlichten Ja meldete.

„Joona?", hörte er die Stimme von ihr.

Ertappt und voller Scham schloss er die Augen. Wenn sie ihn jetzt sehen könnte, nicht auszudenken.

„Ah, Schweigen. Du hast mein Geschenk bekommen?", fragte sie und musste sich ein Lachen verkneifen. Sie hatte geahnt, dass es zuerst ein Schock sein würde.

Er antwortete nicht. Sie ließ ihn in Ruhe und hörte geduldig dabei zu, wie er immer wieder Seiten umblätterte, tief ein- und ausatmete, ehe er nach über zehn Minuten endlich mit ihr sprach.

„Es tut mir leid, aber ich bin sprachlos. Ich habe so etwas noch nie gesehen. Das bist du", begann er.

Sie hörte seiner Stimme an, dass er noch immer geschockt war.

„Auf keinen Fall kann sie hierbleiben! Das ist … das ist … "

„Du hast noch nie zuvor in deinem Leben so etwas gesehen?

„Puppen?"

„Liebespuppen!"

Hyeong-Joon atmete heftig. Ihm war nicht klar, ob er empört, angewidert oder interessiert sein sollte. Vor ihm saß keine schnöde Gummipuppe, sondern eine nahezu lebensechte, gefühlsechte und extrem beängstigende Kopie seiner Traumfrau.

„Wenn du kein Interesse hast, kein Problem. Dann ab in den Brennofen, kein Thema."

Hyeong-Joon atmete erschrocken ein und aus.

„Nooooooooo! Du weißt nie, wie viel künstliche Intelligenz da drinnen ist", rief er aufgebracht.

„Künstliche was?"

„Sie hat bestimmt Angst, wenn wir so etwas planen", sagte er nun etwas ruhiger und hielt der Puppe die Ohren zu.

„In erster Linie habe ich dir diese Puppe zum Kuscheln geschickt, damit du einen oder in dem Fall, meinen Körper spüren kannst."

Ein Gedanke, der seine Aufmerksamkeit wieder rein auf Susanne lenkte. Hyeong-Joon nahm die Hände von den Ohren der Puppe und studierte sie mit gemischten Gefühlen.

„Du kannst sie auch für Sex nutzen", fuhr Susanne fort. Und erklärte ihm die Möglichkeiten, die solch eine Puppe für ihn hatte.

„Aber bevor du all dies ausprobierst, musst du zuerst für ihre Sicherheit sorgen."

„Sicherheit?", fragte Hyeong-Joon und blickte sich in seinem Wohnzimmer um. In Gedanken ging er bereits sein gesamtes Sicherheitssystem durch. Sollte er noch mehr Kameras anbringen?

„Du meinst, es ist bei mir nicht sicher? Noch mehr Kameras …"

„Nein, es geht darum, dass sie keiner sehen soll", lachte sie.

„Aber wer sollte sie sehen? Ich bekomme niemals Besuch."

„Und was ist mit Baekhyun?"

Ihn hatte er völlig vergessen, doch er war auch kein Besuch. Sondern ein Freund, genauso wie Jong-Hun.

„Soll er irgendwann einmal vor deinem Bett stehen und sehen, wie du sie im Arm hältst?" Allein der Gedanke an das Gesicht von Baekhyun ließ Susanne innerlich vor Lachen zusammenbrechen. Doch keinesfalls durfte sie sich jetzt hiervon etwas anmerken lassen. Joona war noch immer zurückhaltend und langsam entspannte er sich wieder. Jetzt über etwas zu lachen, das er vielleicht nicht verstand, könnte ihn beleidigen.

„Nein, das geht nicht", sagte er aufgeregt und begann zu planen.

„Ich habe mehrere Zimmer, aber nur eines davon ist mit einem Sofa und einer Schlafcouch ausgestattet. Ich könnte es noch mit Technik ausstatten, einer Kamera und einem PC. Und ein elektrisches Schloss, damit nur ich das Zimmer betreten kann", dachte er laut nach, während sie ihm zuhörte und weiterreden ließ.

Offenbar war der Schock, Eigentümer einer Liebespuppe zu sein, überwunden. Und machte ersten Ideen und Träumen Platz.

„Vor die Tür mache ich einen großen Spiegel, denn sollten doch einmal Besucher kommen, denken sie, dass dies eine Spiegelwand sei, wie in einem Buchladen. Aber natürlich muss alles so schnell wie möglich gemacht werden", fuhr er fort und während er mit ihr redete, hörte sie, dass er bereits etwas eintippte, offenbar eine Mail. Wenige Augenblicke später klingelte sein anderes Handy.

„Einen Moment bitte", entschuldigte er sich bei ihr.

„Jong-Hun", meldete er sich erfreut. „Was machst du später, nach meiner Feier? So um Mitternacht?"

Mitternacht? Er wollte doch nicht, oder … fragte sie sich und lauschte.

„Gut, dann treffen wir uns. Bis später", sagte er und meldete sich wieder bei ihr.

„Also, wir werden den Raum noch heute für sie einrichten."

„Aber es ist doch Lockdown in Korea?"

„Schon, aber wir können alles vorbestellen und müssen es nur noch holen. Den Baum kann Jong-Hun auch gleich mitnehmen und wir schmücken ihn. Das wird ihr gefallen."

„Ihr?"

„Der Puppe."

„Ist dir an ihr etwas aufgefallen?"

Sein Blick wanderte über ihren Körper. Sie war nackt, bis auf ihr Handgelenk, an dem sie ein silberfarbenes Armband trug.

„Du hast es entdeckt?"

„Sie trägt ein Armband."

„Richtig, nimm es und schaue auf die Innenseite."

Hyeong-Joon folgte ihren Worten und nahm der Puppe das Armband ab. Er drehte es in seinen Händen und sah auf die Innenseite.

„Das … das …"

„Ja, das sind alle Nummern und Daten, unter denen du mich erreichen kannst."

„Aber …" Sein Albtraum! Sie hatte ihm alle Nummern und Accountnamen eingravieren lassen, sodass er nie mehr Angst haben musste. Schnell zog er es über. „Danke, es ist wundervoll."

„Nichts zu danken, aber trage es. Sonst bringt es dir nichts", lachte sie.

Hyeong-Joon schloss vor Rührung die Augen, er konnte gerade nicht in Worte fassen, wie durcheinander seine Gefühlswelt war.

„Du solltest ihr einen Namen geben", schlug Susanne vor.

Hyeong-Joon blinzelte. „Einen Namen? Wem?"

„Der Puppe, Joona. Wie wäre es mit Sunny?"

„Sunny? Ah, wie die Sonne und so schön wie dein Haar", freute er sich.

„Ja, wie mein Haar", lachte sie. Hyeong-Joon rieb sich die Augen und seufzte. Was für ein Geburtstag!

„Ich werde sie besser in mein Schlafzimmer bringen und verstecken."

„Vor wem?"

„Ihr Raum ist noch nicht fertig und ich muss zu meiner Geburtstagsfeier", erwiderte er und etwas Trauriges lag in seiner Stimme.

Susannes Kehle wurde trocken. Wie viele Geburtstage mochte er schon gefeiert haben, an denen er allein war. Oder bei seinem Management, welches diese Feier als Chance sah, ihn weiter zu vermarkten. Selbst seine Privatsphäre pressten sie bis auf den letzten Tropfen aus.

Wieder einmal wurde ihr klar, in welch kalter Welt er lebte. Doch sie war an seiner Seite und würde nicht mehr von ihm weichen. Er hatte es geschafft, sich in ihr Herz zu schleichen und es zu erobern. Anders und tiefer als jemals ein Mann zuvor. Sie liebte ihn von ganzem Herzen und würde alles tun, um ihn zu schützen. Auch wenn sie viele Kilometer von ihm entfernt war, konnte sie sich auf Baekhyun verlassen. Bei ihm war er sicher, und auch auf Jong-Hun, den sie nur von Joonas Erzählungen kannte und von Bildern im Internet oder seinen Filmen. Den sie aber alleine schon aufgrund Joonas Lächeln mochte, welches sich auf dessen Gesicht zeigte, sobald er von ihm berichtete.

„Haben sie schon immer eine Feier für dich organisiert?"

„Ja, jedes Jahr, damit die Fans etwas zu sehen haben. Reines Marketing."

„Ich verstehe, einen richtigen Geburtstag unter Freunden gibt es nicht."

„Welche Freunde? Ich habe nur zwei, die an meiner Seite sind. Jong-Hun und Baekhyun", erwiderte er traurig.

Susanne seufzte. Sie hatte auch wenig Freunde, doch es lag daran, dass sie niemanden zu nah an sich ranlassen wollte. Er jedoch hätte gerne welche um sich gehabt. Leider war es zu gefährlich. Man konnte niemanden trauen und wusste nie, ob es wirklich ein Freund war oder jemand von Management und somit eine Falle.

„Schickst du mir Fotos?"

„Von der Feier?"

„Nein. Wenn du mit dem Raum für Sunny fertig bist."

„Ja, ich schicke dir auch welche, während wir den Raum umbauen."

„Wie willst du das machen? Umbauen und gleichzeitig fotografieren?", hakte sie nach und hatte bereits eine Vermutung.

„Das geht. Jong-Hun baut um und ich fotografiere", scherzte er.

„Habe ich es mir doch gedacht", lachte sie und sah es genau vor sich. Joona, der alles delegierte, und Jong-Hun, welcher all dessen Anweisungen befolgte. Wie konnte es sein, dass er ihm so ergeben war? Ein Geheimnis, dass sie irgendwann noch einmal lüften würde.

Es klingelte bei ihm.

„Oh, das muss Baekhyun sein."

„Hat er nicht den Code?"

„Doch, aber wenn er weiß, dass ich zu Hause bin, klingelt er."

Susanne spürte förmlich, wie Hyeong-Joon vibrierte.

„Mist, ich muss … Sunny!"

Belustigt schmunzelte sie.

„Ja, bring sie weg, damit er sie nicht sieht."

„Bis später", brachte er noch heraus, ehe er auflegte und nach Sunny griff.

Die Bedienungsanleitung fiel zu Boden und erneut hörte er das Klingen. In Windeseile rannte er mit seiner Fracht die Treppe zu seinem Schlafzimmer hinauf, legte sie ins Bett und deckte sie zu. Zur Sicherheit schob er die Bettdecke über Sunnys Kopf, damit man sie keinesfalls sehen konnte. Er hörte bereits Schritte auf der Treppe und schrak zusammen. Er musste raus hier, jetzt.

„Hyeong-Joon?"

Schnell rannte er zur Tür.

„Ah, Baekhyun, ich habe dich gar nicht kommen hören", sagte er so ruhig, wie es nur ging, obwohl ihm sein Herz bis zum Hals schlug.

Statt einer Antwort runzelte dieser die Stirn und blickte über Hyeong-Joons Schulter hinweg ins Schlafzimmer. Schnell zog Hyeong-Joon die Tür hinter sich zu. Niemals, niemals dürfte sein väterlicher Freund wissen, dass es sie gab. Jong-Hun würde er es noch irgendwie erklären können, aber keinesfalls ihm! Niemals!

„Können wir gehen?", fragte er schüchtern.

„Ja, denn wir sind spät dran", antwortete Baekhyun mit einem verwunderten Gesichtsausdruck. Warum atmete der Junge so schwer?

Hyeong-Joon wandte den Blick ab, denn sein schlechtes Gewissen plagte ihn, weil er ihm etwas verschwieg. Er wollte es nicht, doch diese Sunny-Sache musste er selbst erst einmal verstehen.

„Was ist das für ein Karton im Wohnzimmer?", fragte Baekhyun beiläufig, als sie die Treppe hinuntergingen.

Hyeong-Joons Herz pochte schmerzhaft. Der Karton! Was sollte er nur sagen?

„Welcher Karton?"

Er war ein miserabler Lügner. Baekhyun wandte sich kurz zu ihm um und lächelte nur.

Hyeong-Joons Wimpern flatterten nervös. „Ah, du meinst den großen im Wohnzimmer?"

„Ja, im Wohnzimmer, sagte ich doch", erwiderte Baekhyun und ging die restlichen Stufen hinunter, bis sie nahe dem Wohnzimmer waren.

„Ich habe mir noch ein paar Boxen für mein Tonstudio gekauft und sie wurden erst heute geliefert." Welch eine miserable Ausrede, doch die Scham war zu groß, als dass er ihm die Wahrheit sagen konnte.

„Dann viel Spaß mit deinen neuen Boxen", grinste Baekhyun und ging bereits Richtung Haustür.

„Ich hole noch schnell mein Handy", sagte Hyeong-Joon, ging zum Tisch und steckte es ein.

Baekhyun wusste etwas, da war er sich ganz sicher. Seine Frage, das Lächeln. Als Hyeong-Joon das Wohnzimmer verließ, wusste er auch den

Grund. Die Bedienungsanleitung lag nicht mehr auf dem Boden, sondern auf dem Karton und die Abbildung der Puppe war unübersehbar. Binnen Sekunden verfärbten sich seine Wangen rot. Es gab weder eine Chance, es zu stoppen, noch dieser peinlichen Situation zu entgehen.

Als er am Wagen ankam, sah Hyeong-Joon scheu auf seine Fußspitzen. Was sollte er nun sagen? Wie erklären? Noch während er sich nervös mit dem Ärmel den Schweiß von der Stirn wischte, drängte ihn Baekhyun sanft auf den Rücksitz.

„Lass uns fahren, Junge. Die Feier?“

Hyeong-Joon nickte. Sein Freund ließ ihn mit seiner Notlüge davonkommen. Dankbar schloss Hyeong-Joon für einen kurzen Moment die Augen. Die Feier. Besser, er legte den Fokus erst einmal darauf. Und hoffentlich würde es nicht allzu lange dauern. Baekhyun würde ihn begleiten, genau wie die zwei Bodyguards, welche das Management bereits geschickt hatte, um ihn abzuholen.

Unter deren Augen stieg er nunmehr in den Wagen und wartete, bis er sich in Bewegung setzte. Während er aus dem Fenster starrte, unterhielten sich die anderen leise. Hyeong-Joon beteiligte sich nicht an dem Gespräch. Er wollte Zeit für sich und seine Mails prüfen.

Sekunden später schnellte sein Puls in die Höhe. Er hatte das falsche Handy mitgenommen. Es war das geheime, welches er nur für sie nutzte! Es war zu spät. Sie fuhren bereits die Ausfahrt hinaus, Richtung Firmengebäude seines Managements. Schnell stellte Hyeong-Joon es auf lautlos und steckte es in seine Tasche zurück. Nur ein paar Stunden, dann wäre er wieder zu Hause. Niemand durfte von dem Handy wissen, sonst wäre nicht nur er in Gefahr, sondern auch sie.

Er wollte diese Feier nicht. Viel lieber wäre er jetzt bei ihr. Würde sie in seinen Armen halten, sie spüren und fühlen. Er hatte keine Wahl. Wie so oft. Hyeong-Joon hasste dieses Leben und je mehr Zeit er mit ihr verbrachte, umso mehr sehnte er sich nach einem anderen Leben. Eines, das er bisher nicht oder nur ansatzweise kannte. Das ihm so viel mehr versprach als sein Bisheriges.

Wie all die Jahre zuvor wurde er bereits auf seiner Überraschungsparty erwartet. Nachdem er mit dem Aufzug in den dritten Stock gefahren war, ging es los. Das Management hatte es sich auch dieses Jahr nicht nehmen lassen, seinen Geburtstag medienwirksam in Szene zu setzen. Noch bevor er den Aufzug verlassen konnte, waren bereits Kameras auf ihn gerichtet. Wie immer lächelte er und winkte den zahlreichen Assistenten zu, welch bereits mit einer großen Torte auf dem Gang standen und ihn erwarteten.

Sie lachten, gratulierten und folgten ihm in das Büro. Der Besprechungstisch wurde in ein Buffet umgewandelt und sein Schreibtisch musste als Bar herhalten. Dass er von all dem nichts essen durfte, würden die Fans nicht mitbekommen. Die Vorgabe war strikt. Sich nie essend fotografieren lassen. Gewicht halten. Diät leben. Er war ein Produkt, das immer zu glänzen hatte.

Die Fans bekamen eine Kameraeinstellung, in der sie all das Essen sehen konnten, wie er seine Torte anschnitt und einen kleinen Bissen nahm. Dass er das Stück später nicht mehr anrühren durfte, wusste niemand. Außer dem Management und den anwesenden Gästen, die letztendlich keine waren. Es gab einen genau choreografierten Ablauf und daran hatte er sich zu halten, ob er wollte oder nicht.

Zuerst ein freudiges und erstauntes Gesicht, da er mit all dem nicht gerechnet hatte. Anschließend die Freude über das geschmückte Büro und all die weiteren Assistenten, die mit ihm diesen besonderen Tag feiern wollten. Ein gemeinsames Singen und Feiern, damit genügend Film- als auch Fotomaterial vorhanden war. Es war immer das gleiche und eigentlich hätte das Management sich das Briefing vorab sparen können. Doch sie bestanden darauf, wie auf so viele andere Dinge, denen er sich nicht entziehen konnte. Eine Hölle, aus der er nicht entkommen sollte. Das Produkt Hyeong-Joon war genau nach Marktanalysen geformt. Abweichen wurde bestraft. Dies ließ Hyeong-Joon ständig in Angst leben, zu einer „Nachbesprechung" eingeladen zu werden. Also versuchte er, nicht eine Silbe vom Skript abzuweichen. Dies war für ihn vorerst das Beste.

Baekhyun sah es ähnlich, denn er wirkte den Abend über ernst und angespannt. Erst, nachdem er sicher sein konnte, dass die Spitzel die Party verlassen hatten, gesellte er sich zu Hyeong-Joon und umarmte ihn.

„Happy Birthday, mein Sohn. Ab jetzt kannst du dich entspannen. Sie sind weg."

„Lass uns etwas trinken", forderte Hyeong-Joon ihn auf und hielt ihm ein Bier entgegen.

„Bier?", grinste der und nahm die Flasche.

„Es ist mein Geburtstag."

„Aber deshalb solltest du nicht unvorsichtig werden. Du weißt genau, dass du es nicht verträgst", mahnte er.

Hyeong-Joon zog einen Flunsch. Warum nur konnte er nicht einmal etwas tun, was er wollte? Ein Bier würde schon nicht schaden!

Tun und lassen, was man will, dachte er seufzend und trank einen Schluck. Dies konnte er nur bei ihr. Wieder sehnte er sich nach London, aber noch mehr nach Amsterdam. Als er sie in seinen Armen halten durfte, sie liebte und ihrer beider Körper verschmolzen.

Hyeong-Joon hatte Sehnsucht nach ihr und wollte sie spüren. Und das am besten sofort. Ob sie auch an ihn dachte? Vorsichtig blickte er sich um. Alle waren damit beschäftigt, sich zu unterhalten. Lachten und tanzten. Der geeignete Moment für ihn, um den Raum für kurze Zeit zu verlassen. Draußen angekommen ging er Richtung Aufzug und stellte sich etwas abseits. Ein letzter Blick, ehe er das Handy aus seiner Jacke nahm und ihre Nummer wählte.

„Joona? Bist du schon zu Hause?"

„Nein, aber ich wollte deine Stimme hören", sagte er übermütig und lächelte.

„Das ist zu gefährlich, wenn dich jemand sieht!"

„Ich bin rausgegangen und ich bin allein", erwiderte er, als er plötzlich einen Mann sah, der ihn offenbar beobachtete.

Als sich ihre Blicke trafen, lächelte dieser kurz und ging wieder zurück ins Büro. Offenbar handelte es sich um einen Assistenten, welcher ihm aber bisher nicht aufgefallen war.

„Du hast vielleicht recht, ich melde mich später."

„Bis dann und noch einen schönen Abend", hörte er sie sagen, ehe sie aufgelegt hatte. Ein merkwürdiges Gefühl beschlich ihn, als er sein Handy wieder in seine Tasche steckte und in sein Büro zurückging. Der Mann war noch immer da. Im Gegensatz zu vorhin unterhielt er sich nun mit einigen Damen und beachtete ihn nicht weiter.

„Wo warst du?", fragte Baekhyun, als er ihn sah.

„Ich war kurz telefonieren."

„Alles in Ordnung?" Er spürte, dass Hyeong-Joon verändert war, auch wenn er nicht wusste, warum.

„Ja, doch ich möchte gehen."

Baekhyun nahm ihn etwas zur Seite und sah ihm in die Augen. „Was ist passiert?"

Er zögerte, dann deutete er ein kurzes Nicken in Richtung des Mannes an, der ihn beobachtet hatte.

„Was ist mit ihm?“, fragte Baekhyun.

„Er hat mich gesehen, wie ich mit Susanne telefonierte.“

„Und?“

„Ich habe ein komisches Gefühl. Ich kenne ihn nicht.“

„Okay, wir gehen“, antwortete Baekhyun und gab den Bodyguards ein entsprechendes Zeichen. Alle Aufnahmen, welche das Management wollte, waren fertig und somit war seine Pflicht erfüllt.

Hyeong-Joon grübelte. Den ganzen Heimweg über sah er den Mann vor seinem inneren Auge und konnte es sich nicht erklären, aber seine Blicke verfolgten ihn noch immer. Energisch schob er schließlich die Gedanken an ihn weg. Heute war sein Geburtstag. Nun konnte er tun, was ihn erfüllte. Er wollte jetzt kein Zimmer für Sunny bauen, sondern seine Frau sehen und fühlen. Ihr nahe sein. Jong-Hun würde es verstehen, davon war er überzeugt.

Als er zu Hause angekommen war, blickte er auf den Karton und musste lächeln. Baekhyun wusste es, doch Gentleman wie er war, behielt er es für sich. So lange, bis er ihm selbst davon erzählen wollte.

Ehe er ins Badezimmer hinaufging, informierte er Jong-Hun, dass er es sich anders überlegt hatte und die Umbauten auf morgen verschieben wollte. Wie erwartet stimmte Jong-Hun zu und versprach, gleich frühmorgens bei ihm zu sein.

Jetzt wollte Hyeong-Joon Zeit mit seiner Frau verbringen und seinem Geschenk. Nachdem er geduscht hatte, waren all die dunklen Gedanken verschwunden. Es gab nur noch sie und Sunny. Er nahm seine Kamera und baute sie vor seinem Bett auf. Wie würde sie reagieren, wenn er sich online meldete und nicht wie versprochen Bilder vom Umbau schickte? Hyeong-Joon grinste und wusste genau, wie er sie überraschen konnte. Er zog seinen Bademantel aus, legte sich zu Sunny ins Bett und sendete sein Signal. Binnen Minuten war sie online. Statt einer Begrüßung weiteten sich ihre Augen und sie begann zu lächeln. Ihr gefiel, was sie da sah.

„Ich dachte, du wolltest ihr ein sicheres Zuhause bauen“, grinste sie.

„Das mache ich morgen früh. Jetzt möchte ich meinen restlichen Geburtstag mit dir verbringen.“

„Gut, dann werde ich dir die Funktionen deiner Sunny erklären“, sagte sie geheimnisvoll. „Zuvor werde ich erst einmal ein Bad nehmen. Weil du heute Geburtstag hast, darfst du mich begleiten."

Hyeong-Joons Herz klopfte vor Freude ein klein wenig schneller. Er beobachtete Susanne dabei, wie sie sich Badewasser einließ und langsam entkleidete. Wie immer war es ein aufregendes Spiel zwischen ihnen beiden. Den anderen bei den intimsten Handlungen begleiten und sich daran zu erfreuen. Was für ein schöner Geburtstag!

„Fühlst du dich gut?", fragte sie, nachdem sie in ihr Schaumbad gestiegen war. Hyeong-Joon nickte. Er schloss die Augen und nahm den Duft seiner Geliebten wahr. „Sie riecht nach dir. Wie ist das möglich?"

Susanne lächelte, während sie sich den Badeschaum über die Schultern verteilte.

„Sunny ist eine KI. Sie ist mit meiner Stimme ausgestattet. Sich selbst wärmender Haut bei Kontakt. Sie verströmt jeglichen Duft, den man ihr vorher in spezielle Taschen eingefüllt hat."

„Sie duftet nach deinem Duschgel. So als würdest du neben mir liegen."

Hyeong-Joon rieb seine Nase an Sunnys Hals und murmelte.

„Sie ist warm. Und duftet nach dir. Erzähl mir. Was kann sie alles?"

Susanne sprach sanft. „Alles, was ich auch könnte. Sie wurde gebaut, um einsamen Herzen warme Abende zu schenken."

„Und ... was möchtest du, dass ich tue?"

Hyeong-Joon hätte im Nachhinein nicht einmal mehr sagen können, ob er geschockt über die Dinge war, die er mit Sunny tun konnte und sollte. Oder erschüttert über sich selbst, dass er nicht nur in Betracht zog, mit einer KI zu schlafen. Sondern es auch tat. Vor den Augen seiner Liebe.

Oder war das alles für ihn bereits Normalität, da sein Leben schon so krank und unnatürlich war? Seit Jahren hatte er keinen schönen Moment an seinem Geburtstag gehabt. Heute war er zum ersten Mal nicht mehr alleine. Er freute sich auf einen Abend voller Illusionen und Träume. Voller Liebe und Versprechungen. Und auf ein Abenteuer und ein wenig Wärme.

Ihm war klar, dass dies hier in seinen Armen nicht die Frau seiner Träume war. Doch die Macht der Gedanken und Wünsche ließen ihn fliegen. Mit geschlossenen Augen, offenem Herzen und dem Geschenk der Fantasie.

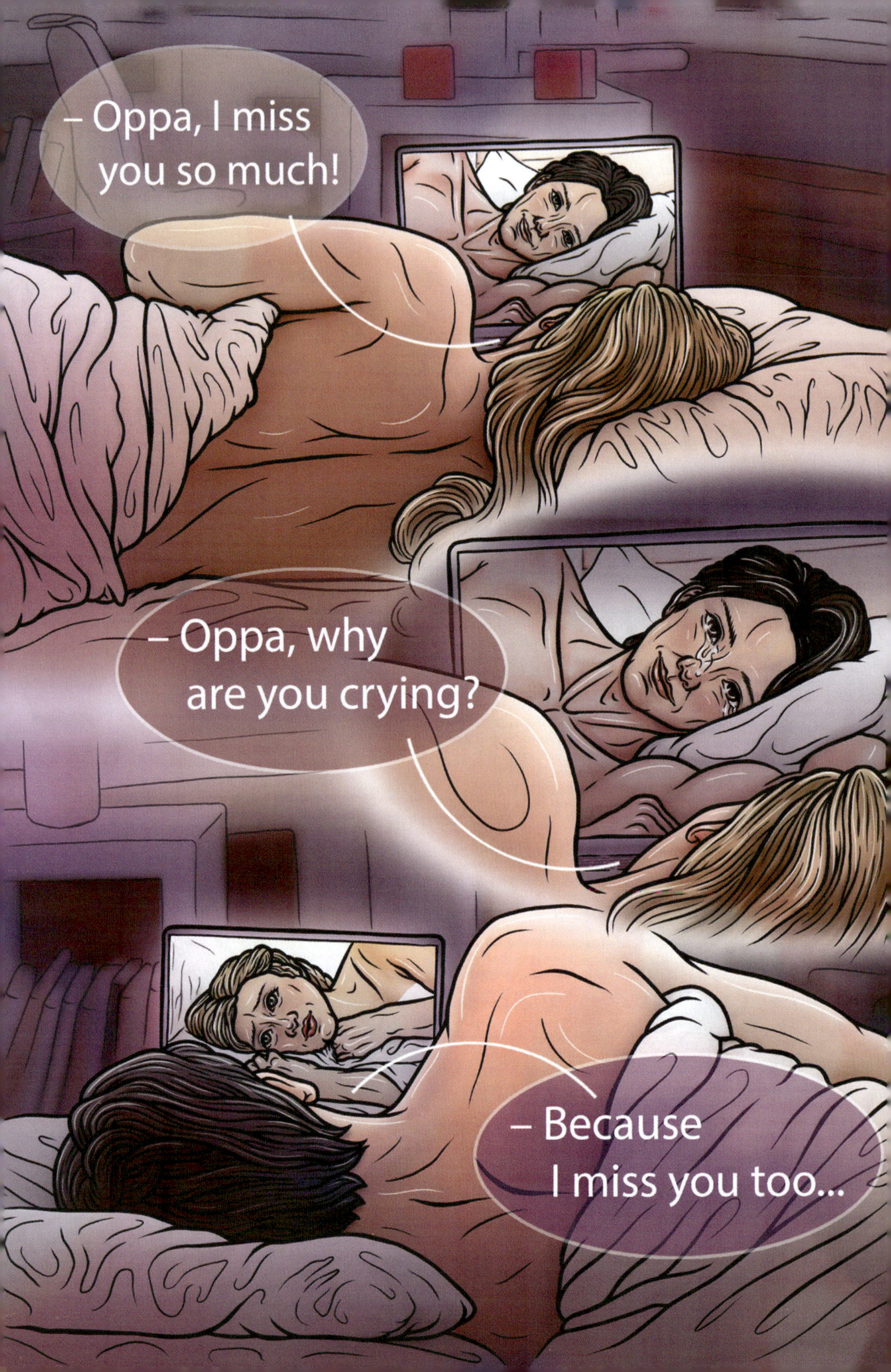
– Oppa, I miss you so much!
– Oppa, why are you crying?
– Because I miss you too...

Kapitel 28

Wie vereinbart stand Jong-Hun am nächsten Morgen pünktlich vor seiner Tür. Hyeong-Joon freute sich und umarmte ihn zur Begrüßung. Sie verband seit jener Nacht, als er schreckliche Schmerzen gehabt hatte und sein Freund bei ihm gewesen war, mehr als nur eine normale Freundschaft.

„Bei was kann ich dir helfen?“, fragte Jong-Hun.

„Wir müssen ein Zimmer umbauen, ich habe die Sachen bereits bestellt.“

„Was soll das für ein Umbau werden? Ein Studio?“

„Nein, nicht ganz. Ich werde es dir später zeigen, wenn wir wieder zurück sind.“

„Das klingt geheimnisvoll“, lächelte Jong-Hun und folgte ihm zu seinem Wagen.

Sie wollten gerade einsteigen, als eine große Limousine die Auffahrt heraufkam. Nur zwei Leute außer ihm kannten den Code für das Haus. Baekhyun und Jong-Hun. Das Tor jedoch konnten die Bodyguards öffnen. Und einzelne Mitarbeiter seines Managements. Hyeong-Joon wurde leicht nervös. Heute war keinerlei Termin. Was wollten sie?

Der Wagen hielt direkt vor ihm und einer der Bodyguards stieg aus.

„Lee Sukh-Jae erwartet Sie in Ihrem Büro“, sagte er und deutete ihm, in den Wagen zu steigen.

Hyeong-Joon war irritiert und auch Jong-Hun wirkte verunsichert. Der oberste Boss wollte ihn sehen? Man hatte ihn nicht angerufen. Hyeong-Joon zögerte, aber ihm blieb nichts anderes übrig, als das zu tun, was sie sagten.

„Ich fahre selbst“, antwortete er dem Mann.

Der wartete, bis Hyeong-Joon in seinen Wagen eingestiegen war und folgte ihm dann mit der Limousine.

„Was wollen sie von dir, Joona?“, fragte Jong-Hun, nachdem er losgefahren war.

„Ich weiß es nicht.“

„Hast du einen Termin vergessen?“

„Nein … nein, nicht, dass ich wüsste“, antwortete Hyeong-Joon und dachte an die Termine, welche er noch vor sich hatte.

Es waren Shootings, die jedoch nicht vor morgen starten würden. Jong-Hun sagte nichts mehr, sondern saß in seinem Sitz, als würde er sich verkriechen wollen. Solche „Sondertermine" beim Boss verhießen nichts Gutes. Jong-Huns Magen schmerzte fürchterlich. Hyeong-Joon ging es nicht anders. Dennoch musste er sich dem Termin stellen. Er hatte keine Wahl. Wo sollte er hin? Sobald er irgendwo auftauchte, würde man ihn erkennen. Den Kameras konnte er unmöglich entkommen.

Hyeong-Joon umklammerte sein Lenkrad und versuchte, seine Aufregung zu bekämpfen. Sein Manager würde ihn in seinem eigenen Büro erwarten. War das ein gutes Zeichen? Im Rückspiegel konnte er sehen, dass die Schergen des Teufels, wie er sie heimlich nannte, ihm folgten. Es war seltsam, ohne Vorwarnung einberufen zu werden. Noch merkwürdiger wurde es, als er ankam und ausgestiegen war. Denn die Bodyguards stiegen ebenfalls aus ihren Wagen und begleiteten ihn. Etwas stimmte nicht und das Gefühl wurde immer eindringlicher, je mehr er sich dem Gebäude näherte.

Als er die Eingangstür öffnete, blickte er noch einmal zu seinem Auto und zu Jong-Hun. Dessen Gesicht war blass, er schaute ihn mit weit aufgerissenen Augen an. Seine Lippen waren aufeinandergepresst. Eine Gestik, die Hyeong-Joon Angst einjagte. Er wollte wieder umkehren, doch die Bodyguards versperrten ihm den Weg und drängten ihn, hineinzugehen. Noch einmal blickte er zu Jong-Hun, der ihm nun zunickte, was auch immer dies heißen sollte.

Geistesgegenwärtig griff er in seine Tasche und schaltete sein Handy aus. Es war seine Verbindung zu ihr und keinesfalls wollte er, dass man davon erfahren würde. Er musste sie schützen.

Kaum, dass er das Gebäude betreten hatte, ergriffen die Bodyguards ihn an seinen Armen und zwangen ihn, die Treppe hinaufzugehen. Hyeong-Joon erstarrte. Sie stellten sicher, dass er nicht weglief? Er wusste, dass er sich von nun an in einer bedrohlichen Situation befand und sein Herz begann zu rasen.

Dort oben war der Darkroom! Bereits zwei Mal war er dort gewesen und niemals wieder wollte er dort hinein. Lieber würde er sterben! Aber wie von ihnen angekündigt gingen sie vorerst zu seinem Büro, was ihm wieder ein wenig Sicherheit gab.

Hyeong-Joons Gedanken überschlugen sich. Immer wieder überlegte er, ob etwas vorgefallen oder er unvorsichtig gewesen war. Jede kleinste Situation der letzten Tage und Wochen ging er noch einmal durch. Amsterdam lag zu weit zurück, als dass sie ihn deshalb nun sprechen wollten.

Es gab nichts, dachte er, bis er drei seiner Manager in dem Büro sitzen sah. Der XO, der CEO Lee Sukh-Jae und ein Neuer, den er bisher nicht getroffen hatte.

Hyeong-Joon riss die Augen auf. Gestern! Er hatte ihn gestern gesehen, als er ihn auf dem Gang beobachtete hatte, während er telefonierte. Ihm wurde übel vor Angst.

Scheu verbeugte er sich vor Lee Sukh-Jae und versuchte, dessen Blick standzuhalten. Der verzog keine Miene, sondern sah die Bodyguards an. Sie zwangen ihn, sich zu setzen.

„Bald ist Weihnachten, hast du schon alle Geschenke für deine Familie besorgt?“, fragte der XO.

Hyeong-Joon zuckte zusammen und suchte den Blick des Mannes. Keine Sekunde hatte er auf ihn geachtet. Jetzt, so angesprochen, blinzelte er verwirrt. Weshalb wollte er das wissen? Noch nie zuvor hatte man ihn derart Privates gefragt. Die Stimmung fühlte sich für ihn gefährlich an.

Als er in die Gesichter der drei Manager blickte, wurde ihm speiübel. Ihm blieb nichts anderes übrig, als ihnen zu antworten. Höflich, auch wenn er im Moment das Gefühl hatte, wegrennen zu müssen. Sein Herz raste und pulsierte bis zu seinem Hals.

„Ich habe bereits alles besorgt. Über die Feiertage werde ich zu Hause bleiben. Oder gibt es Auftritte, die ich wahrnehmen muss?“

Sie antworteten nicht, sondern sahen ihn nur an. Ihre Blicke schienen ihn zu durchbohren und die Stille machte alles nur noch schlimmer. Sie tranken von ihrem Kaffee und behielten ihn weiter im Auge. Die Anspannung stieg und Hyeong-Joon konnte die aufgeladene Luft förmlich knistern hören. Er wollte weg, zu Jong-Hun. Nach Hause oder irgendwohin, aber keinesfalls mehr hierbleiben. Nicht bei ihnen! Er musste einen Vorstoß wagen, um hier wieder wegzukommen.

„Können Sie mir sagen, warum Sie mich hergebeten haben?“

Sie blickten einander kurz an, ehe der XO aufstand und sich vor ihm auf den Tisch setzte. Provokativ saß er an der Ecke von Joonas Schreibtisch und ließ sein Bein hin und her wippen. Etwas in Hyeong-Joon rief „lauf, lauf“, doch er wusste genau, dass er keine Chance hätte. Wie ein kurzer Blick hinter ihn bewies. Die Bodyguards waren bereits in Stellung und bewachten die Tür.

Plötzlich beugte sich der Manager zu ihm und sah ihm direkt ins Gesicht.

„Was macht dein Liebesleben? Geschenke für die Freundin besorgt?"

Hyeong-Joon riss die Augen auf und war schockiert. Wie konnte er ihn so etwas fragen? Jeder wusste, dass er Single war. Zumindest offiziell.

„Was meinen Sie?"

Der Manager strich ihm sanft über die Wange, nahm sein Kinn und kam näher. So nah, dass Hyeong-Joon den Atem in seinem Gesicht spürte. Er blickte ihm tief in die Augen.

„Ich habe gehört, du hast eine Freundin. Du bist mit jemandem zusammen?"

Hyeong-Joons Magen zog sich zusammen.

„Du weißt, dass du das nicht darfst, oder?"

Hyeong-Joon versuchte, seine Atmung zu kontrollieren. Sie wussten etwas. Woher? Es war nicht möglich. Er hatte alle Sicherheitsmaßnahmen befolgt und immer wieder kontrolliert. Wussten sie etwas oder ahnten sie nur? Hyeong-Joon überlegte fieberhaft. Es war Zeit, seine Maske aufzusetzen, die ihm von ihnen antrainiert worden war und nicht zeigte, wie er tatsächlich fühlte. Er musste jetzt eine Rolle spielen, welche sich als die härteste in seiner Karriere herausstellen sollte, denn er musste seine große Liebe schützen.

„Nein, bin ich nicht. Keine Freundin", sagte er ruhig.

Der Manager schwieg, lehnte sich zurück und stand auf. Hyeong-Joon atmete leise aus. Er hatte es geschafft und würde gehen können. Ein Missverständnis, das nun geklärt war. Sekunden später spürte Hyeong-Joon einen brennenden Schmerz auf seiner Wange. Der Manager hatte ihm eine Ohrfeige gegeben. Der Schlag war so heftig, dass Hyeong-Joon auf seinem Stuhl für einen kurzen Moment wankte. Als er aufsah, stand dieser noch immer vor ihm und massierte seine Hand.

„Er war Zeuge, als du telefoniert hast", begann er und deutete auf den neuen Manager.

„Es muss sich um ein Liebesgeflüster gehandelt haben, denn du hast immer wieder seltsam gelächelt. Also frage ich noch einmal. Wer ist sie?"

Hyeong-Joon blickte in das Gesicht des Mannes, der ihn beobachtet hatte, und schüttelte den Kopf.

„Das muss ein Missverständnis sein, denn ich treffe keine Verabredungen mit einem Mädchen oder Frau in Korea."

Er sagte es, ohne rot zu werden, da es letztendlich auch der Wahrheit entsprach.

„Keine Dates?"

Hyeong-Joon schüttelte den Kopf.

Der XO nickte, kam wieder etwas näher zu ihm. Und gab ihm erneut eine Ohrfeige. Diese war jedoch noch schmerzhafter als zuvor und für Sekunden dachte Hyeong-Joon, er würde mit dem Stuhl kippen. Seine Wange brannte heftig, sein Kopf schmerzte. Aber er blieb zumindest sitzen. Auch wenn er nicht wusste, wie lange noch, denn der Mann stellte die gleichen Fragen immer wieder erneut.

„Nein, ich treffe keine Verabredungen", erwiderte Joona und nach jeder Antwort bekam er einen Schlag ins Gesicht. In Gedanken zählte er die Schläge und Wut kroch in ihm hoch.

Nach einem weiteren Schlag gegen die Schläfe konnte Hyeong-Joon sich nicht mehr halten. Wie ein nasser Sack rutschte er vom Stuhl. Der Peiniger ließ von ihm ab und setzte sich. Auf Hyeong-Joons Stuhl. Er kostete es grinsend aus, dass dieser auf dem Boden saß und sichtlich Probleme hatte.

Wut loderte in ihm auf und vermischte sich mit Schmerz und Angst. Sie waren in seinem Büro, der Manager saß auf seinem Stuhl und man schlug ihn.

„Kontrolliert seine Kleidung", forderte der XO nun einige der Bodyguards auf, die ihn daraufhin unsanft durchsuchten und alle privaten Dinge wie Geldbeutel, Schlüssel und Handy auf den Schreibtisch ausbreiteten.

Als sie das Handy erblickten, weiteten sich ihre Augen und Neugier sprach aus ihren Gesichtern. Ein ausländisches Model? Ein siegessicheres Lächeln legte sich auf die Lippen des XO, als er es in die Hand nahm. Aber so schnell, wie es gekommen war, verblasste es, denn das Handy war ausgeschaltet. Hyeong-Joon stieß innerlich tausend Stoßgebete gen Himmel, dass er es noch ausgeschalten hatte und sie somit seinen Code brauchten.

„Gib mir den Code", forderte der Manager ihn auf.

Hyeong-Joon schwieg. Ein fataler Fehler wie sich herausstellte, denn dies trieb die Wut des XO nur noch mehr an. Hyeong-Joon sah verzweifelt zur Tür. Er wusste, dass er keine Chance hatte. Zwei der Bodyguards standen direkt hinter ihm, während ein weiterer die Tür versperrte. Weitere vier waren vor der Tür postiert. Ein Entkommen war nicht möglich. All seine Sinne sagten ihm, was kommen würde, aber sein Kopf wollte es nicht glauben. So lange, bis die Bodyguards auf ihn zukamen und ihn nahezu umkreisten. Er schaltete seinen Verstand aus und bereitete sich innerlich auf den Kampf vor. Er kannte Prügel bereits zur Genüge. Dieses Mal ging es um weitaus mehr. Vielleicht sogar um sein Leben.

Ein weiterer Mann kam zur Tür herein und Hyeong-Joon wusste, dass der Darkroom auf ihn wartete. Horror durchschüttelte ihn. Er wehrte sich mit unbändiger Kraft voller Angst und Verzweiflung. Er schlug die nach ihm greifenden Hände weg. Wieder und wieder, unsäglich lange Minuten hinweg, bis er spürte, dass seine Kraft nachließ. Sie schlugen alle auf ihn ein, traten ihn, sodass er quer durch das Büro geschleudert wurde. Seine Brust schmerzte so sehr, dass er nicht mehr richtig atmen konnte.

Er musste sich auf den Beinen halten, hämmerte es in seinem Kopf. Würde er zu Boden gehen, wäre es vorbei und er hätte keine Chance mehr. Als einer der Bodyguards ihm einen Schlag in die Rippen versetzte, war es so weit. Für Sekunden betäubte der Schmerz seine Sinne und er dachte, er würde ohnmächtig werden. Noch nie zuvor hatte er solche Schmerzen ertragen müssen und dies schienen auch sie zu sehen. Denn sie schlugen ihn weiter, immer stärker, bis sie ihn auf den Boden drückten und Handschellen anlegten. Sie packten ihn, warfen ihn gegen die Wand und traten nun auf ihn ein.

„Genug", hörte er die laute Stimme des XO.

Ein Wort. Er fühlte unendliche Erleichterung. Hyeong-Joon hatte nichts verraten. Sie kannten nicht den Code und somit nicht sein Geheimnis. Es war geschafft. Er hatte Susanne beschützt, seine große Liebe und ihr gemeinsames Geheimnis.

Die Bodyguards packten ihn an seinen Armen und zwangen ihn, sich erneut auf den Stuhl zu setzen. Hyeong-Joon schloss für Sekunden die Augen. Er musste furchtbar aussehen, dann er entdeckte Spritzer auf seinem Hemd und schmeckte den metallischen Geschmack von Blut. Es war nicht wichtig, denn er hatte nicht aufgegeben und nichts gesagt. Er hatte unbändige Schmerzen, konnte kaum atmen und sein

Kopf fühlte sich an, als würde er jeden Moment zerspringen. Dennoch war er stolz. Er hatte nichts verraten.

Die Manager saßen hinter dem Schreibtisch und beobachteten ihn wortlos. Hyeong-Joon konzentrierte sich auf den XO, denn der hatte die Anweisung gegeben, dass es genug sei.

Hyeong-Joon zuckte zusammen, als sich der neue Manager erhob und auf ihn zukam. Er setzte sich nicht wie sein Vorgänger auf die Ecke des Schreibtisches, sondern ging um ihn herum, bis er hinter ihm stand. Hyeong-Joon sah ihn nicht mehr, jedoch spürte er Sekunden später Arme, die sich um seinen schmerzenden Oberkörper legte. Hyeong-Joon zuckte zusammen, wollte aufstehen. Er hatte keine Chance. Der Mann drückte ihn hinunter, streichelte ihm sanft über die Wange und kam ganz nah an sein Ohr.

Hyeong-Joons Herz raste. Als der Mann leise flüsterte, war dies wie der Singsang eines Vögelchens. Sanft und lieblich. Die Arme um Hyeong-Joons Brust jedoch versprachen keinerlei Sanftheit.

„Du lügst. Ich weiß, dass du eine Freundin hast. Ich habe dich telefonieren sehen. Ich weiß, wie ein glücklicher Mann aussieht."

Hyeong-Joons Brust hob und senkte sich schmerzgeplagt und voller Angst. Was sollte er antworten oder tun? Er wollte es überstehen, selbst wenn er vor Schmerz ohnmächtig werden würde. Es war ihm egal, wie lange es auch noch dauern mochte. Aber sie würden seinen Code niemals erhalten. Niemals!

Der Manager wich wieder von ihm zurück, klopfte ihm auf die Schulter und setzte sich dann an die Ecke des Schreibtisches und nickte. Es war ein Zeichen an die Bodyguards, welche nun erneut auf ihn einschlugen. Immer wieder trafen sie Hyeong-Joons Kopf, die Schultern bis hin zu den Rippen. Die Schmerzen wurden unerträglich. Tränen schossen in seine Augen. Er zitterte am ganzen geschundenen Körper. Als sie endlich aufhörten, konnte er kaum noch klar denken. Er blickte zu dem Manager auf, der blitzschnell seine Hand nach ihm ausstreckte, ihn an seinen Haaren packte und zu sich zog. Nach all den Schmerzen war dieser gering und verschaffte ihm zumindest die Möglichkeit, zu stehen und atmen zu können.

Das Gesicht des Managers kam näher. So nah, dass seine Lippen Hyeong-Joons Wangen kurz streiften, ehe er zu flüstern begann. Wieder in diesem Singsang, als wollte er ihn einlullen.

„Du denkst immer noch, du kannst entkommen? Ich weiß, dass du lügst. Ich habe dich am Telefon gehört. Und ich weiß, dass du dich verabredest. Ich verstehe, dass Schläge und Gewalt nicht helfen, um Antworten zu bekommen. Sollen wir also meine anderen Ideen ausprobieren?"

Welche anderen Ideen, schoss es Hyeong-Joon durch den Kopf. Panik machte sich in Sekundenschnelle in ihm breit. Welche anderen Ideen? Noch mehr Schläge? Die Bodyguards blieben an ihrem Platz, es gab keine weitere Order, was also konnte er meinen?

Blitzschnell zuckte die Hand des Managers nach vorn. Dieses Mal schlug er ihn nicht, sondern griff Hyeong-Joon in den Schritt. Packte dort unten kraftvoll zu. Hyeong-Joon war so erschrocken und bestürzt, dass er aufschrie. Offenbar amüsierte dies den Manager, denn er begann zu lächeln.

„Ich denke, wir werden jetzt von Schlägen zu einer eher bescheidenen Möglichkeit übergehen, um meine Macht zu zeigen. Ich kenne Wege, die dir zeigen werden, wer am Ende erfolgreich ist", sagte er leise.

Hyeong-Joon spürte, wie sich die Hand des Mannes um seine Männlichkeit schloss und er zudrückte.

„Wir werden sehen, ob du auch weiterhin schweigst, wenn sich einer meiner Männer um dich kümmert."

Hyeong-Joon atmete heftig. Geschockt riss er die Augen auf. Einer seiner Männer sollte ihn vergewaltigen?! Er wimmerte panisch. Der Druck an seiner Männlichkeit verstärkte sich. Der Manager ließ von den Haaren ab, packte stattdessen den Hals und drückte zu. Hyeong-Joon schrie schmerzerfüllt auf. Er zitterte immer heftiger und spürte, dass ihm übel wurde. Seine Kraft schwand mit jeder Minute. Voller Angst erwartete er den nächsten Schmerz. Da zog der Manager ihn in seine Arme und begann wieder zu flüstern.

Hyeong-Joons Augen brannten. Er schrie auf. Der Mann flüsterte ihm ein Versprechen ins Ohr, das er niemals mehr in seinem Leben vergessen würde. Genau wie diese Situation, dass ihn jemand vor all den Augen der Bodyguards und anderen Managern an seiner Männlichkeit berührte. Tränenüberströmt sank Hyeong-Joon in die Knie. Der Manager ließ von ihm ab, drückte ihn auf den Stuhl und setzte sich zu den anderen.

Hyeong-Joons Augen hasteten panisch zwischen den Männern hin und her. Was würde nun passieren? Unsicher sah er sich im Raum um und in die kalten Augen, welche alle auf ihn gerichtet waren, bis sein Blick auf den geöffneten Balkon fiel.

„Steh auf, so lange du noch laufen kannst", begann der XO zu sprechen.

Es war vorbei, er konnte endlich gehen?

„Du kannst selbst zu deiner ‚Erziehung' laufen, sie warten schon", fuhr er fort.

Hyeong-Joon erstarrte. Dies hieß nur eines. Darkroom. Wieder fiel sein Blick auf die geöffnete Balkontür. Hyeong-Joon wusste, dass er den Darkroom dieses Mal nicht überleben würde. Der Mann hatte ihm eben versprochen, was ihn erwartete. Hyeong-Joons Angst kannte keine Grenzen mehr. Er nahm einen letzten tiefen Atemzug, ehe er aufstand und Richtung Balkon schwankte. Doch sein Körper war erschöpft und er konnte nicht mehr rennen. Er taumelte. Seine Beine gehorchten ihm nicht mehr und er begann zu stolpern. Der Balkon kam immer näher. Hyeong-Joon begann zu weinen, vor Glück, denn nur noch wenige Schritte trennten ihn von seinem Tod, aber auch vor ihnen.

Hyeong-Joon flüchtete, bis er einen scharfen Schmerz an seiner Schläfe fühlte. Einer der Bodyguards hatte ihn mit einem Knüppel niedergeschlagen. Blut rann über seine Wange und den Mund. Hyeong-Joon schmeckte es noch, bevor er zusammenbrach und auf den Boden fiel. Die Schmerzen waren jetzt unerträglich, so stark, dass er sich übergab. Totenstille umgab ihn, nur sein Würgen war zu hören.

„Ist das wahr? Sie zerstören das beste Produkt, das Ihr Haus zu geben hat? Wollen Sie so Geld verdienen?", scholl eine laute Stimme durch den Raum.

Hyeong-Joon war unfähig, seinen Kopf zu heben. Er kannte diese Stimme! Baekhyun! Er schloss die Augen. War es vorbei? War sein Freund gekommen, um ihn rauszuholen? Jong-Hun waberte wie ein Nebelfetzen durch seinen wegdämmernden Verstand. Er hatte genickt. Hatte das Nicken ihm zeigen sollen, dass er etwas tun würde, und nun war die Hilfe da? Voller Schmerzen hob Hyeong-Joon den Blick, sah zu Baekhyun. Er begann, wie ein Kind zu schluchzen.

Baekhyun ignorierte ihn. In seinem Herzen versteckte er, wie sehr er bei diesem Anblick litt, doch Mitleid war fehl am Platze. Rettung war wichtig. So blieb er eiskalt und konzentrierte sich auf das Geschäft. Höflich ging er auf den CEO zu und verbeugte sich, bevor er ihn freundlich anlächelte.

„Sie schaden sich nur selbst, mein Freund. Wenn Sie ihn schon schlagen und bestrafen, dann müssen Sie wenigstens das Gesicht für das Fotoshooting unversehrt lassen."

Der Manager lachte und nickte seinen Schergen zu. Augenblicklich kamen zwei der Bodyguards und hoben Hyeong-Joon auf, um ihn auf seinen Stuhl zu drücken. Die anderen Manager wirkten nun freundlicher und begrüßten Baekhyun, wenn auch zurückhaltend.

„Ich wollte den Jungen grade für zwei Shootings buchen. Seine Musik-Streams laufen sehr gut. Ein Fantreffen würde helfen, die Download-Zahlen zu pushen. Kann er sitzen und lächeln? Das geht auch mit gebrochenen Beinen.

Erneut hörte Hyeong-Joon das perfide Lachen seitens der Manager.

Doch für Joona war dies nicht mehr wichtig. Er nahm wahr, wie Baekhyun Tee und Gebäck angeboten wurde, und verhielt sich völlig still.

„Was hat er denn angestellt?", fragte Baekhyun gerade.

Die Antwort des Managers konnte Hyeong-Joon nicht mehr verstehen. Ohne jegliche Gegenwehr ließ er sich vom Stuhl ziehen und auf den Boden setzen, während Baekhyun auf seinem Stuhl Platz nahm. Mit gesenktem Kopf saß er in der Ecke seines Büros und versuchte, trotz Schmerzen nicht ohnmächtig zu werden. Er hörte die Männer lachen, anstoßen und verhandeln.

Baekhyun sprach weitere Worte mit dem XO, als der plötzlich den Raum verließ. Hyeong-Joon nahm nur die Bewegung wahr und zog verängstigt das Genick ein. Als er jedoch sah, dass die anderen Manager ihm nach draußen folgten und Baekhyun seinen Bodyguard bei ihm ließ, fühlte er sich sicher. Es konnte nichts mehr passieren. Er war geschützt. Hyeong-Joon konnte nicht mehr klar denken. Seine Rippen schmerzten, der Kopf brannte wie Feuer und irgendwann gab er den Kampf auf. Sein Kopf rollte ein wenig zur Seite und er schlief ein. Er wusste nicht, wie lange er geschlafen hatte, ehe er Lee Sukh-Jae vor sich stehen sah, der über seinen Kopf strich und ihm die Handschellen abnahm.

Hyeong-Joon riss die Augen auf, sein Herz raste.

„Du hast mich enttäuscht und ich hoffe, dir ist klar, zu was du mich gezwungen hast."

Hyeong-Joon schluchzte leise. Er war müde, hatte Schmerzen und jede weitere Minute, in der er seine Augen offenhalten wollte, wurde er nur noch müder. Er schloss sie wieder. Bis er eingeschlafen war.

***

Susanne war gerade in ihrem Büro eingetroffen. Sie wollte den frühen Morgen nutzen, um ein paar Akten aufzuarbeiten, als sie der Anruf von Baekhyun erreichte. Nichts ahnend nahm sie ab.

„Cramer."

„Ich bin es, Baekhyun."

Susannes Herz blieb für eine gefühlte Ewigkeit stehen. Dieser Ton! Mit zitternden Fingern umklammerte sie das Telefon fester.

„Ist was mit Joona?", hauchte sie ängstlich.

Sie ahnte, dass etwas nicht stimmte. Joona hatte ihr keine Nachrichten geschickt, die sie sonst immer nach dem Aufwachen von ihm vorfand. An einem freien Tag! Aber sie hatte gedacht, dass er mit dem neuen Zimmer beschäftigt wäre. Baekhyuns Anruf machte ihr klar, dass sie sich geirrt hatte.

„Er ist jetzt in Sicherheit, ich kümmere mich um ihn."

„Was heißt in Sicherheit? Was meinst du mit kümmern?", fragte Susanne erschrocken. In Sekundenschnelle beschleunigte sich ihr Puls und ihr wurde übel. „Ist er verletzt?"

„Ja, aber ich kümmere mich um ihn. Ich wollte dir nur sagen, dass er dich im Moment nicht anrufen kann. Mach dir keine Sorgen. Ich melde mich."

„Gut, ich warte auf deinen Anruf", sagte sie, obwohl alles in ihr danach schrie, mehr Informationen zu bekommen. Hatte er einen Unfall gehabt? Womöglich auf dem Weg, als er das Material für Sunnys neues Zimmer holte? Oder war es etwas ganz anderes?

Benommen legte sie auf. Irgendetwas war mit ihm geschehen und sie wusste nicht, was.

Er ist in Sicherheit, bei Baekhyun, sagte sie sich immer wieder und starrte auf das Handy. Mit der Hoffnung, dass er sich bald melden würde.

KAPITEL 29

Hyeong-Joon bewegte sich wie in Trance.

Er hatte kein Zeitgefühl darüber, wie lange er auf dem kalten, harten Boden gelegen hatte. Seinen Schmerzen nach mussten es fast drei Monate sein. Orientierungslos folgte er dem Mann an seiner Seite den Flur entlang. Bis sie vor einem der Waschräume Halt machten.

Hyeong-Joon hob den Kopf und sah Baekhyun fragend an. Der lächelte ihm aufmunternd zu, öffnete die Tür und schob Hyeong-Joon in den sterilen, nach Putzmittel riechenden Raum.

Hyeong-Joon starrte auf die Handwaschbecken und krächzte. Taumelnd lief er darauf zu, drehte das Wasser auf und führte die Lippen zum kühlen Nass.

„Nein Junge, nicht!" Baekhyun hielt ihn auf, gab ihm eine Flasche Wasser und sah zu, wie Hyeong-Joon sie gierig leerte.

Diesem war nicht bewusst, dass Flüssigkeit links und rechts den Mundwinkel hinunterliefen und sein Hemd durchnässten. Wasser! Er hatte das Gefühl, seit Wochen nichts getrunken zu haben. Sein Mund war so trocken und sein Magen schmerzte, innen und außen.

„Noch eines?"

Hyeong-Joon nickte und riss Baekhyun das Wasser aus der Hand.

Baekhyuns Herz stach erbarmungslos und schickte Übelkeit in jedes Nervenende seines Seins. Sein junger Freund sah schrecklich aus. Die Kopfwunde blutete noch immer, das Auge war geschwollen. Sein Hals wies Zeichen von Strangulation auf.

Baekhyun biss knirschend die Zähne zusammen. Er nahm sein Handy und fotografierte Hyeong-Joons Kopf, sein Gesicht und den Hals. Dicke Striemen und Blutergüsse zeichneten sich immer deutlicher ab. Noch schlimmer wurde es, als Baekhyun ihm das Hemd auszog. Der ganze Körper war gezeichnet. Was hatte man ihm nur angetan?

Er hielt für einige Sekunden inne, ehe er weitere Fotos sicherte. Diese Monster! Keine zwei Räume weiter saß Hyeong-Joons Management und beriet darüber, wie sie weiter vorgehen wollten. Im Moment war der Junge sicher. Aber für wie lange?

Baekhyun hoffte, den CEO überzeugend mit genug Geld gelockt zu haben, um seinen Freund mitnehmen zu können. Nicht auszudenken, was man mit ihm anstellte, wenn sie sich gegen seine Anfrage und Buchung entschieden.

Als Baekhyun mit einem Tuch über Hyeong-Joons Nacken rieb, öffnete dieser kurz die Augen. Er war zu schwach und schien alles nur über sich ergehen zu lassen. Ein Wunder, dass er überhaupt noch gehen konnte. So wusch Baekhyun ihn vorsichtig ab und zog ihm die Ersatzkleidung an, die er mitgebracht hatte. Nach dem Anruf von Jong-Hun hatte er geahnt, dass sein Schützling etwas Frisches benötigen würde.

Baekhyun schwieg, denn er fürchtete, seine Wut und Frustration nicht mehr lange verstecken zu können. Er wusste, dass Hyeong-Joon große Schmerzen haben musste, an die seelischen Verletzungen wollte er gar nicht erst denken.

Als es an der Tür klopfte, schrak Hyeong-Joon zusammen. Doch Baekhyun flüsterte beruhigend auf ihn ein. Seine Bodyguards hatten Schmerztabletten besorgt. Er löste sie in einer Flasche Mineralwasser auf und flößte es Hyeong-Joon ein. Davon sollte kein Tropfen verloren gehen.

Langsam begann dieser zu trinken. Immer wieder schloss er die Augen vor Erschöpfung. Er konnte sich kaum mehr auf den Beinen halten. Baekhyun überlegte. Hyeong-Joon brauchte professionelle Hilfe, daran gab es keinen Zweifel. Er musste ins Krankenhaus, so schnell wie möglich und ohne weiteres Aufsehen. Baekhyun bat seine Bodyguards zu sich und verließ eilig den Raum. Nicht einmal zehn Minuten später kam er zurück und legte seinen Arm um Hyeong-Joon.

„Lass uns gehen. Schnell. Schaffst du es, zu laufen?"

Hyeong-Joon nickte. Woher er die Kraft nahm, war ihm nicht klar. Er kämpfte sich mühsam hoch, stützte sich auf Baekhyun und verließ mit ihm, mehr stolpernd als laufend, den Waschraum. Als sie das offene Büro seines CEO passierten, zitterte Hyeong-Joon vor Angst. Er senkte seinen Blick und vermied es, auch nur einen der anwesenden Männer anzusehen.

Jong-Hun saß noch immer im Wagen und wartete angespannt auf sie. Tränen schossen in seine Augen, als er sah, wie Baekhyun mit eiligen Schritten auf den Wagen zulief, während die Bodyguards Hyeong-Joon stützten. Er konnte offenbar nicht mehr gehen, denn sie trugen ihn die letzten Meter zum Wagen und setzten ihn neben Jong-Hun. Der nahm seinen Freund in seine Arme, strich vorsichtig über dessen Kopf.

Und verzog geschockt das Gesicht, als er die Wunde sah. Was hatten sie nur mit ihm gemacht?!

Hyeong-Joon hörte, wie Baekhyun seine Bodyguards anwies, ins Krankenhaus zu fahren. Er blickte zu Jong-Hun und nickte dankbar.

Baekhyun schwieg während der Fahrt. Seine Gedanken rasten. Hyeong-Joon war in Sicherheit, doch künftig müsste sich etwas ändern. Dieses Mal hatte er ihn noch retten können. Aber das nächste Mal? Er wollte nicht daran denken und begann, vorerst das Wichtigste zu planen. Zuerst musste der Junge ins Krankenhaus. Und danach verschwinden. Weg von hier und dem Management. Dann war da noch Susanne. Er musste sie informieren. Sollte er die Wahrheit sagen? Oder abschwächen? Baekhyun sah in den Rückspiegel. Dann wählte er Susannes Nummer.

„Baekhyun?", fragte Susanne mit rauer, besorgter Stimme.

„Ich habe ihn. Es geht ihm … nicht gut. Aber er wird sich erholen. Ich fahre ihn jetzt ins Krankenhaus, er braucht ärztliche Hilfe. Jong-Hun ist auch da."

„Was ist mit ihm passiert? Bitte keine Lügen. Ich will und muss wissen, was er durchgemacht hat", flüsterte sie. Ihre Nerven waren zum Zerreißen gespannt, nur mühsam kämpfte sie ihre Tränen nieder.

Baekhyun fühlte ihren Schmerz, weshalb er versuchte, so sachlich wie möglich zu antworten. Seine Worte klangen mechanisch, auch wenn sie sicher ahnte, dass es in ihm anders aussah.

„Man hat gesehen, wie er telefonierte. Gestern. Er lächelte. Flüsterte. Flirtete. Und so gehen sie davon aus, dass es mit einer Frau zu tun haben muss."

Susanne schloss die Augen. Gestern. Es handelte sich sicherlich um Anruf von seinem Büro aus, mit ihr! Joona hatte Argwohn geschöpft, das Gespräch so abrupt beendet, dass es selbst ihr aufgefallen war.

„Oh Gott, es war wahrscheinlich wirklich, als er mich angerufen hat."

„Ja. Davon müssen wir ausgehen."

„Und mit mir, einer Frau, telefonieren darf er nicht?"

Baekhyun wand sich etwas. „Doch. Das schon. Aber Lovetalk bedeutet, er hat hinter ihrem Rücken eine Freundin. Das ist ihm ganz klar verboten. Das wisst ihr. Beide. Ihr kanntet beide die Gefahr. Seine Dates sind Business. Liebe hat keinen Platz, wenn man einen der reichsten Sänger mit einem anderen reichen Menschen vermarkten will. Wir kennen alle die Regeln. Ich dachte nur nicht, dass sie derart vorgehen würden."

„Derart?", vernahm er Susannes schneidende Stimme. In ihre Angst mischte sich nun Wut, denn sie ahnte, was passiert sein mochte.

„Ich weiß, dass du mich ohnehin nicht in Ruhe lässt. Ich schicke dir die Fotos, die ich von ihm aufgenommen habe. Einen Moment bitte", sagte er und begann damit, sie zu senden. Während sie noch auf die Aufnahmen wartete, sprach Baekhyun weiter.

„Er muss jetzt erst einmal verschwinden."

„Verschwinden? Was meinst du?"

„Ich denke, du hast die Fotos erhalten. Er muss untertauchen, sich erholen. Pläne schmieden. Denn das Problem ist nicht gelöst, sie werden nicht aufgeben. Das hat mir sein Management klar signalisiert. Eine Frau zu daten, bedeutet einen Vertragsbruch. Den wird sein Management verfolgen, bis zuletzt."

„Aber wohin wollt ihr gehen?", vernahm er ihre leise Stimme, die sich mit Tränen vermischte.

„An einen sicheren Ort. Ich melde mich bei dir, sobald wir dort sind. Ich verspreche es. Ich sende dir jede Stunde Fotos. Ich halte dich über alles auf dem Laufenden."

Susanne nickte. Ihr war nicht klar, dass Baekhyun sie nicht sehen konnte, so sehr war sie in ihrer Trauer gefangen.

„Pass auf ihn auf. Bitte."

Versprochen", antwortete Baekhyun und legte auf.

„Weißt du, wo wir uns verstecken können?", fragte Jong-Hun. Er hielt den schlafenden Hyeong-Joon in seinen Armen.

„Ich überlege noch", erwiderte Baekhyun und wirkte angespannt.

Hyeong-Joon durfte keinesfalls in sein Haus. Er brauchte einen sicheren Ort. Lee Sukh-Jae hatte klar signalisiert, dass er wusste, dass Hyeong-Joon log. Dass es eine Frau in Hyeong-Joon Leben gab. Nicht nur das Lächeln hatte ihn verraten, sondern auch seine Weigerung, den Code des Handys nicht preiszugeben. Hyeong-Joon hatte mit ihnen einen Vertrag und er musste ihn einhalten. Ansonsten würde er alles verlieren. Alles.

Was das hieß, wusste Baekhyun. Er kannte die Situation, wenn man geächtet war. Sein Management zu verlassen und den Vertrag zu brechen, würde nicht weniger schlimm werden.

Jetzt war Hyeong-Joon ein gefeierter Star. Doch würden seine Fans weiterhin seine Musik streamen und seine Platten kaufen, wenn er den Vertrag brach?

Baekhyun schob diese Gedanken erst einmal beiseite. Das waren Dinge, die in der Zukunft lagen und die er im Moment nicht klären konnte. Im Augenblick zählte nur, dass Hyeong-Joon gesund wurde. Er lag ruhig in Jong-Huns Armen und schlief. Wie ein Kind.

Baekhyun blickte zum Fenster hinaus und sah bereits das Krankenhaus.

„Zum Hintereingang", wies er seinen Fahrer an, der seinen Worten folgte und auf den Parkplatz zusteuerte. Mehrere Ärzte als auch Pfleger standen bereits mit einer Trage in der Tür und hatten offenbar auf sie gewartet. Eines der Privilegien als reicher VIP. Mit Geld war alles vertuschbar. Selbst, dass man halb tot gerade noch so seinem Management hatte entfliehen können. Baekhyun war erleichtert, als der Wagen stoppte und man Joona vorsichtig auf die Trage legte.

„Du bleibst hier", sagte er zu Jong-Hun und lief zu einem der Ärzte.

„Wir werden ihn untersuchen und ein CT machen. Sobald ich etwas weiß, werde ich Sie informieren. Warten Sie bitte im grünen Bereich", sagte er zu Baekhyun und wandte sich zum Gehen.

„Nein."

„Nein?" Der Arzt stoppte und blickte irritiert.

„Ich werde mitkommen und Sie werden mir die Befunde zeitgleich zeigen und die Verletzungen nennen."

„Wie Sie wünschen", erwiderte der Arzt, verbeugte sich tief und bat ihn, ihm zu folgen. Er führte Baekhyun einen langen Gang entlang. Der typische Geruch des Krankenhauses drang ihm entgegen, während sie an einigen Türen vorbeiliefen, bis sie endlich eine davon öffneten. Es war ein großer Raum, in dem einige Geräte standen, die Baekhyun noch von seinen eigenen Aufenthalten kannte. Ultraschallgeräte, aber auch der vom Arzt benannte Kernspintomograph. Sie legten Hyeong-Joon einen Zugang.

„Was ist das?", fragte Baekhyun und deutete auf die Infusionsflaschen.

„Nur etwas Flüssigkeit. Sehen Sie auf seine blasse Haut, er ist dehydriert. Das andere waren Medikamente, damit er keine Schmerzen hat und schläft", erwiderte der Arzt mit ruhiger Stimme.

Baekhyun nickte und sah dabei zu, wie sie ihn untersuchten.

Vorsichtig zogen sie Hyeong-Joon aus und tasteten seinen Körper ab. Er war mit dicken Blutergüssen übersät. Baekhyun knirschte vor Wut mit den Zähnen. Welch Schmerzen musste er gehabt haben, wie immens seine Angst und Verzweiflung. Er sah furchtbar aus und Baekhyun konnte nur erahnen, wie es dem Jungen in der Zeit von Jong-Huns Anruf bis zu seinem Eintreffen ergangen sein musste. Die Ärzte fragten nichts, sondern konzentrierten sich auf ihre Arbeit.

„Können Sie mir schon etwas sagen?", fragte Baekhyun, als einer der Ärzte Hyeong-Joons Bauchraum mit dem Ultraschallgerät untersuchte.

„Bisher sehe ich nur, dass alle Organe unversehrt sind. Jedoch hat er einen Rippenbruch. Näheres kann ich Ihnen sagen, wenn wir die Kernspinuntersuchung gemacht haben."

„Danke, dann warten wir ab", erwiderte er und war etwas erleichtert. So wie Joonas Körper aussah, hatte er befürchtet, dass es schlimmer um ihn stand.

„Sie müssten jetzt bitte in den Nebenraum", sagte der Arzt zu Baekhyun und deutete auf ein großes Fenster, hinter dem sich offenbar der Kontrollraum befand. Als er eintrat, sah er mehrere Bildschirme und zwei weitere Ärzte, die bereits verfolgten, wie Hyeong-Joon in dem Kernspintomographen platziert wurde.

„Die Untersuchung wird etwas zehn Minuten dauern", sagte einer der beiden Ärzte.

„Danke, ich werde hier warten."

„Man hat mich bereits informiert. Ich werde Ihnen die Bilder erklären", antworte er höflich und deutete Baekhyun, sich neben ihn zu setzen. Es war so weit. Die übrigen Ärzte und Pfleger verließen den Untersuchungsraum, während man bereits laute Geräusche vom Kernspintomographen vernahm. Sie drangen bis zu ihnen und die Bildschirme begannen kurz zu flackern. Hyeong-Joon wurde immer weiter in die lange Röhre geschoben, bis sich erste Bilder auf den Monitoren zeigten. Der Arzt ging etwas näher an die Bildschirme und beobachtete sie genau.

„Was sehen Sie?", fragte Baekhyun und spürte, dass er ungeduldig wurde.

„Sehen Sie das hier?", antwortete der Arzt und zeigte auf etwas Dunkles. Es sah wie ein Streifen aus.

„Was ist das?“

„Eine Platzwunde an der Schläfe. Schmerzhaft, gemein. Aber nicht lebensgefährlich.“

Baekhyun schwieg und entspannte sich etwas, auch wenn er nicht erleichtert war. Noch war nicht sicher, ob Hyeong-Joon wirklich nichts Ernsthaftes davongetragen hatte. Immer weiter wurde er in die lange Röhre geschoben, jedoch äußerte der Arzt sich nicht mehr im Detail. Als einige Minuten vergangen waren, hielt Baekhyun es nicht mehr aus.

„Was sehen Sie? Kann er reisen?“, fragte er ungeduldig.

Um Hyeong-Joon zu schützen, musste er zumindest halbwegs gesund sein. Die ganze Fahrt über hatte Baekhyun darüber nachgedacht, wo er ihn verstecken könnte. Bis er sich an einen guten Freund erinnerte. Er war Arzt, aber nicht wie diese, welche nun neben ihm saßen. Sondern jemand, der andere Wege ging. Auf die alten Heilweisen zurückgriff und meist auf menschliche Therapeuten verzichtete, dafür auf Tiertherapie setzte. Er war bekannt, zumindest bei all denjenigen, die auf der Suche nach Diskretion und vor allem Vertrauen waren. Solches, das er und sein junger Freund bereits seit vielen Jahren verloren hatten. Er würde ihn zu ihm bringen und den Jungen heilen lassen. Doch dafür musste er transportfähig sein.

„Er hat schwere Prellungen, einen Rippenbruch und die Ihnen bekannte Platzwunde.“

„Ist er transportfähig?“

Der Arzt wandte seinen Kopf zu ihm um und sah ihn mit entgeisterten Augen an.

„Transportfähig?“, wiederholte er fragend.

„Ja“, bestätigte Baekhyun.

„Ich denke, man sollte ihn zumindest für ein paar Tage hierbehalten …“

„Nein, das ist unmöglich“, warf Baekhyun ein und sein Ton ließ keinen Zweifel offen, dass er es ernst meinte.

„Können wir ihn so stabil bekommen, um sagen wir vier Stunden per Autofahrt durchzustehen?“

„Er braucht noch medizinische Versorgung, aber wir werden Sie auf Wunsch mit Medikamenten versorgen, bis Sie ihn zu Ihrem Zielort gebracht haben“, sagte der Arzt etwas irritiert und blickte wieder auf die Monitore.

„Danke."
„Wie lange werden Sie benötigen?"
„Genau so lange, wie Ihre Medikamente ausreichen werden", erwiderte Baekhyun und ging bereits alle Schritte durch, um Hyeong-Joon in Sicherheit zu bringen. Aber vor allem, um das Management zu täuschen, sodass ihn niemand fand.

KAPITEL 30

Ein kühler Wind wehte über ihn hinweg. Hyeong-Joon fror. Es war nur ein kurzer Moment, bis er einen Schmerz fühlte. Seine Augen wollten sich nicht öffnen. Jede Bewegung schmerzte nur noch mehr. Er hörte Vögel. Wo war er? Was war geschehen?

Hyeong-Joon blinzelte. Die Bilder kehrten zurück und mit ihnen die Erinnerung an all das Furchtbare, was geschehen war. Sein Büro, die Fragen, sein Handy, der Code und den Atem des Mannes, als er ihn an seiner Männlichkeit berührte. Hyeong-Joons Wangen begannen zu brennen, der Gedanke daran erfüllte ihn mit Horror. Noch mehr, als ihm die Drohung einfiel: Bodyguards, die sich an ihm zu schaffen machen würden.

Panisch riss er die Augen auf und blickte sich in dem Zimmer um. Wo war er? Ein Hotel? Er sah einen Kleiderschrank und eine dazu passende Kommode. Langsam begann er sich zu bewegen und wollte aufstehen. Schmerzerfüllt schrie er auf.

Sofort öffnete sich die Tür und ein Schatten trat ein. Hyeong-Joon wimmerte. Er musste weg! Würden sie jetzt beenden, was sie begonnen hatten?

„Wie geht es dir?“, hörte er Baekhyuns Stimme.

Hyeong-Joon keuchte und sah sich um. Er blickte zur Tür und sah Baekhyun dort stehen, zusammen mit Jong-Hun, der vorsichtig an dem Älteren vorbei aufs Krankenbett lugte.

„Wo bin ich?“

„In Sicherheit“, erwiderte Baekhyun.

„Aber … aber …“

„Wir werden später in Ruhe reden. Jetzt musst du dich erst einmal ausruhen.“

Baekhyun und Jong-Hun traten näher an sein Bett heran und setzten sich zu ihm. Hyeong-Joon hasste es, von Gefühlen übermannt zu werden, doch er begann zu weinen. Vorsichtig legte Jong-Hun seine Arme um ihn und zog ihn näher an sich.

„Du bist in Sicherheit, es ist alles in Ordnung“, begann er.

Hyeong-Joon zitterte, während die Tränen weiterliefen. Was war Sicherheit? Sie hatten ihn gequält, nahezu gefoltert und nun war er hier.

Angeblich sicher. Für wie lange und was dann? Baekhyun konnte ihn hier nicht für immer verstecken.

„Wo bin ich?“

„Bei einem Freund von mir. Er ist Arzt und wird dir helfen, alles zu verarbeiten.“

„Wo ist mein Handy, ich muss … Susanne …“

„Sch … beruhige dich. Ich habe sie informiert und dein Handy ist hier“, antwortete Baekhyun und deutete auf den Nachttisch.

Da lag es. Es war seine einzige Chance, mit ihr zu kommunizieren, ohne sie wäre er verloren. Baekhyun spürte seine Erleichterung, aber auch, dass er noch kraftlos war. Müde und erschöpft.

„Schlaf noch etwas“, forderte er ihn auf und Jong-Hun half ihm, bis sein Kopf wieder auf dem Kissen ruhte. Dann legte er sich zu dem Verletzten und nahm ihn erneut in seinen Arm. Viele Minuten vergingen, in denen sie nicht sprachen. Sie lauschten den Gesängen der Vögel, als Hyeong-Joon etwas an seinen Füßen spürte.

Er hob ein wenig seinen Kopf und begann zu lächeln. Eine kleine Katze! Auch Baekhyun und Jong-Hun bemerkten es und konnte sich ebenso wenig ein Lächeln verkneifen. Das Tier hatte weißes Fell mit orangefarbenen Flecken und ihre blauen Augen zogen sie in ihren Bann. Anmutig strich sie am Fußende entlang.

„Wie süß“, sagte Hyeong-Joon und Aufregung lag in seiner Stimme. Auch Jong-Huns Augen begannen zu leuchten.

„Hier gibt es viele Katzen, auch Hunde und Pferde“, erklärte Baekhyun.

„Die leben alle hier?“

„Ja und wenn es dir besser geht, kannst du sie dir alle ansehen.“

„Wie lange … wann muss ich wieder …“

„Im Moment weiß niemand, wo du bist, und alles Weitere werde ich mit dem Management regeln. Ich sagte ihnen, dass du schwer verletzt bist und man warten muss, bis wieder alles abgeheilt ist. Bis dahin gibt es keine Aufträge, nichts.“

Hyeong-Joon atmete erleichtert auf, auch wenn es ihm bei all den Schmerzen schwerfiel. Er war in Sicherheit, niemand wusste, wo er war, und es gab keine Aufträge, zumindest für die nächste Zeit.

Die Katze kam näher und sah ihn mit großen Augen an. Als er seine Hand nach ihr ausstreckte, begann sie, an seinen Fingern zu schlecken und zu schnurren. Es war ein unbeschreibliches Gefühl, das ihn für Sekunden seine Schmerzen vergessen ließ.

„Ich hole dir etwas zu essen und dann ruhst du dich aus", sagte Baekhyun und stand wieder auf.

Hyeong-Joon nickte nur, denn er war vertieft in Gedanken und beschäftigt. Mit dem Streicheln der Katze und damit, ihrem Schnurren zu lauschen. Dieser idyllische Moment würde nicht lange anhalten, davon war Baekhyun überzeugt, auch wenn Jong-Hun nun bei ihm lag und ihn wie ein Kind in seinen Armen hielt. Irgendwann würden ihn die Schatten von heute einholen und ihn all das erneut durchleben lassen, was geschehen war.

Baekhyun sah mit einem schwachen Lächeln zu ihm herunter. Er war eingeschlafen. Später würde er noch einmal ihm sehen. Jetzt war Schlaf das Einzige, was den Jungen vom Denken abhalten würde. Jong-Hun machte ein Zeichen, dass er bei ihm bleiben würde. Baekhyun nickte und verließ das Zimmer. Jong-Hun betrachtete den schlafenden Freund voller Mitgefühl, bis er selbst vor Müdigkeit wegnickte.

***

Baekhyun Gedanken kreisten um das Geschehene. Immer wieder hatte er die letzten Stunden nach ihnen gesehen. Beide schliefen, hielten sich aneinander fest und gaben dem anderen Halt. Baekhyun konnte nur erahnen, wie sehr Jong-Hun mitgelitten hatte. Dieser kannte die grausamen Methoden leider zu gut, hatte einiges davon in den letzten Jahren selbst erlebt. Dass es aber den Lieblingsstar treffen konnte, hatte niemand erwartet.

Baekhyun wusste, dass Jong-Hun die letzte Nacht in seinem hell beleuchteten Zimmer nervös auf und ab gegangen war. Unruhig, da eine weitere Vertragsverlängerung vor ihm lag. Eine, die er keinesfalls mehr wollte. Baekhyun wusste um die Verzweiflung und die Frage: Wie dem Management entkommen und nicht zu einer Unterschrift „überzeugt" zu werden? Der junge Mann hatte sich ihm anvertraut. Irgendwann war er für die beiden jungen Stars eine Art Beschützer geworden.

Baekhyun seufzte. Er hatte so viel gesehen, zu viel. Und nun das mit Hyeong-Joon. Dem Star von Seoul, den das Management fest im Griff hatte. Bei ihm würde es noch dauern, bis er frei war. Sehr lange, denn sein Vertrag war vor Kurzem erst verlängert worden. Weitere zehn Jahre mit diesem Team standen ihm bevor.

Baekhyun ließ seine Augen schweifen, genoss den Anblick der Bäume und des kleinen Sees. Wie würde Hyeong-Joon reagieren, wenn er morgen früh zum ersten Mal die gesamte Anlage sah? Ob er schon zulassen konnte, ein wenig Sicherheit zu fühlen? Jong-Hun war begeistert gewesen, besonders von den Tieren und den Kindern.

Die Klinik bestand aus einzelnen Häusern, welche in einem großen, abgezäunten Park standen. Man hatte einen kleinen See angelegt, der von jedem Zimmer aus zu sehen war. Die Tiere halfen den Patienten, vertrauen zu fassen. Die Kinder halfen, Berührungen zuzulassen. Von einem Kind ging keine Gefahr aus. Einem Kind öffnete man sich. Und an einem so schönen Ort wie diesem gab es weder Leid noch Angst.

Wenn man den traurigen Hintergrund nicht kannte, würde man annehmen, dass es sich um eine Anlage mit Ferienhäusern handelte.

Hyeong-Joon würde den See lieben, denn er hatte Baekhyun seit Amsterdam immer vom Meer vorgeschwärmt. Dies war zwar kein Meer, aber groß genug, um darauf Boot zu fahren oder darin zu schwimmen. Daran war im Moment allerdings nicht zu denken. Zuerst musste Hyeong-Joon wieder zu Kräften kommen und sein Inneres stärken.

Wieder und wieder überlegte Baekhyun, wie er ihm helfen konnte. Er verbrachte nun schon Stunden damit, eine Lösung für das Problem seiner Jungs zu finden. Dies war jedoch nur eine Seite der Medaille. Wichtig war auch die Frage: Wie stand es um Hyeong-Joons Seelenheil?

Der Junge hatte kaum gesprochen, seit sie hier waren. Baekhyun fürchtete, dass dieses Trauma sukzessive das freundliche Wesen seines Schützlings sterben lassen würde. Auch Susanne hatte er seine Bedenken diesbezüglich geschildert.

Seufzend rieb er sich über die Stirn. Es war spät geworden. Ein langer Tag lag hinter ihm. Er brauchte etwas Schlaf. Müde konnte er seinen Schützlingen nicht helfen. Und sie brauchten ihn beide. Jetzt mehr als jemals zuvor.

***

Baekhyun schrak aus seinem Schlaf hoch, weil er einen panischen Schrei gehört hatte. Es war Joona! Noch völlig benommen rannte er zum Zimmer des jungen Mannes, welches seinem gegenüberlag. Er riss die Tür auf, schaltete das Licht an und sah Jong-Hun zitternd vor dem Bett stehen. Zusammengekrampft wie ein Embryo lag Hyeong-Joon seitlich im Bett und schrie.

Baekhyuns Gesicht wurde aschfahl. Er stürzte zu dem schreienden Jungen.

„Was ist passiert?", fragte er Jong-Hun.

„Ich weiß es nicht, plötzlich schrie er", antwortete der geschockt.

Vorsichtig legte Baekhyun sich zu Hyeong-Joon und nahm ihn in seine Arme. Dieser zitterte am ganzen Körper und Tränen liefen über sein Gesicht. Baekhyun konnte nichts anderes tun, als ihn in seinen Armen zu halten und leise auf ihn einzureden, bis er sich wieder beruhigte. Jong-Hun legte sich zu ihnen und strich seinem Freund vorsichtig über die Wangen.

Hyeong-Joon reagierte nicht. Er starrte auf einen imaginären Punkt und atmete gehetzt. Er war wie in einem Tunnel. Alle rationalen Gedanken waren verschwunden und nur die Bilder des Geschehenen zeigten sich, ließen ihn all das noch einmal durchleben.

Baekhyun seufzte voller Mitgefühl. Es war fragwürdig, ob sein Freund, der Arzt, ihm hierbei helfen konnte. Dieser hatte ihm versichert, dass die tierischen Therapeuten mehr Wunder bewirkten als er. Eine Zuversicht, die Baekhyun gerne teilen würde, wäre seine Besorgnis nicht so groß. Er hatte Hyeong-Joon in sein Herz geschlossen, liebte ihn wie einen Sohn. Hyeong-Joon und Jong-Hun waren ihm nahe, als wären es seine eigenen Kinder. Jeder Schmerz, der ihnen zugefügt wurde, traf auch ihn mitten ins Herz.

„Sie wird mich verlassen", hörten sie völlig unerwartet Hyeong-Joon mit leiser Stimme sagen.

„Warum?", fragte Baekhyun.

„Sie wird mich nicht mehr als Mann sehen", erwiderte er mechanisch und Baekhyun spürte, dass sich Hyeong-Joons Körper versteifte.

„Du hast Schmerzen, ich hole dir deine Tabletten", sagte er und stand auf. Er ging zu dem kleinen Tisch, auf dem Getränke standen, nahm eine Tablette und ein Glas Wasser und brachte sie seinem jungen Freund, der sie begierig hinunterschluckte. Jong-Hun wirkte irritiert und sah Baekhyun fragend an. Der deutete ihm, Ruhe zu bewahren.

Hyeong-Joon sah Baekhyun mit großen, verweinten Augen an.

„Ich werde sie verlieren“, wiederholte er erneut.

„Erkläre es mir“, forderte er ihn auf.

Hyeong-Joons Herz schlug noch immer viel zu rasch von seinem Albtraum. Er versuchte, sich zu erinnern und begann zu erzählen. Von dem Vorabend seiner Spezialbehandlung, als er so unachtsam mit seiner Liebe telefoniert hatte. Von dem Morgen, als er mit Jong-Hun zum Baumarkt wollte.

„Was wolltet ihr beim Baumarkt?“, unterbrach ihn Baekhyun.

Eine Erinnerung tauchte in Hyeong-Joon auf. Wie hatte er sein Geburtstagsgeschenk vergessen können? Er schluckte und blickte auf seine Kleidung. Erst jetzt wurde ihm bewusst, dass sie aus seinem Haus stammte. Betroffen sah er die beiden Männer an, bevor er beschämt den Kopf senkte. Sie waren in seinem Haus gewesen, in seinem Schlafzimmer. Sie hatten ihm von dort frische Kleidung besorgt und ganz sicher … er konnte nicht weiterdenken.

„Ihr habt sie gesehen?“, fragte er leise und starrte auf die Bettdecke.

„Wen, die CEO?“ Baekhyun war irritiert und auch Jong-Hun wusste nicht, was er meinte.

„Nein … die … Puppe. Sunny“, hörten sie ihn leise wispern.

Jong-Hun bekam rote Wangen und Baekhyun verkniff sich ein Lächeln.

„Ja, als wir deine Kleidung geholt haben“, erwiderte er ohne jegliche Gefühlsregung. Er spürte, dass es Hyeong-Joon peinlich war und er innerlich vor Scham zerfloss. Baekhyun zuckte mit den Schultern. Er würde keinerlei Urteil fällen. „Das ist schon in Ordnung, Junge. Ich habe sie versteckt. Ich packte sie in den Karton. Und der steht jetzt sicher in meinem Haus.“

„Bei dir?“ Überraschung, aber auch Skepsis lagen in Hyeong-Joons Stimme.

„Ich wollte kein Risiko eingehen. Nicht, so lange du nicht in deinem Haus bist“, antwortete Baekhyun aufmunternd.

Wie peinlich, dachte Hyeong-Joon und hätte sich am liebsten unter seiner Decke verkrochen.

„Hattest du wegen Sunny diesen Albtraum?“ Baekhyun strich ihm sanft durchs Haar.

Hyeong-Joon schüttelte erschöpft vom Denken den Kopf. Stockend berichtete er von seinem Traum. Der ihn immer wieder heimsuchte.

Nur dieses Mal war es anders gewesen. Er saß in seinem Büro. Auf dem Stuhl. Festgebunden. Roch den Atem des Managers. Er hatte seine Angst erneut durchlebt bis hin zu dem Moment, diese Folter selbst zu beenden. Mit einem einzigen Sprung. Dann für immer Frieden.

„Was macht dir Angst, Joona? Willst du es lieber mit ihm besprechen?“, fragte Baekhyun vorsichtig und nickte zu Jong-Hun.

Hyeong-Joon schwieg und es schien, als würde er die Worte genau auswählen wollen. Je länger er darüber nachdachte, umso schneller pochte sein Herz gegen seinen Brustkorb, was ihm große Schmerzen verursachte.

„Warum wirst du denn Susanne verlieren? Wieso denkst du das?“, fragte Jong-Hun.

Hyeong-Joon schloss die Augen und flüsterte: „Als ich im Büro war und sie mich schlugen, immer wieder, dachte ich die ganze Zeit nur an sie. Niemals hätte ich den Code herausgegeben. Ich dachte immer nur, dass ich stark sein muss, für sie und unsere Liebe.“ Abrupt endete er.

Jong-Hun runzelte die Stirn. Okay. Das beantwortete nicht wirklich seine Frage.

„Und dann?“, hakte Baekhyun nach.

„Dann … dann …“

Hyeong-Joon begann zu schluchzen und legte seinen Kopf in seine Hände, als wollte er sich verstecken. Wieder nahm Jong-Hun ihn in seine Arme und zog ihn sehr vorsichtig an sich. Zu groß war die Angst, ihm weitere Schmerzen zuzufügen.

„Was dann?“, forderte Baekhyun eine Antwort ein.

„Ich habe durchgehalten. Ich habe wirklich versucht, standhaft zu bleiben. Aber …“

Am ganzen Körper bebend kämpfte Hyeong-Joon mit der Erinnerung.

„Sie drohten mir, mich zu vergewaltigen“, flüsterte er voller Entsetzen und konnte Baekhyun nicht in die Augen sehen. Stattdessen schluchzte er auf und vergrub sein Gesicht vor Scham glühend an Jong-Huns Brust. Beide waren geschockt, mehr noch Jong-Hun. Seine Wangen begannen zu brennen. Seine Augen schmerzten, weil ihm bewusst wurde, wie knapp sein Freund vor einem traumatischen Verbrechen bewahrt worden war. Zitternd versuchte er, Hyeong-Joon trotz der Verletzungen so fest wie möglich Geborgenheit zu schenken.

„Aber sie haben es nicht getan, richtig?", fragte Baekhyun.

Beide Männer hielten den Atem an. Hyeong-Joon blickte sie mit geröteten Augen an und bekam merklich weniger Luft.

„Nein. Man sagte mir, ich könnte jetzt zu meiner ‚Ausbildung' gehen. Und dort würde man … Ich dachte sofort an den Darkroom und bekam Angst und Panik. Ich wollte nur noch weg und sah die offene Balkontür und …"

Jong-Hun ahnte, was er hatte tun wollen. Erste Tränen bahnten sich ihren Weg über seine Wangen.

„Du wolltest springen", vollendete Baekhyun den Satz.

Hyeong-Joon nickte verzweifelt.

„Aber warum denkst du, dass Susanne dich verlässt?"

„Weil ich kein Mann bin."

Jong-Hun schob ihn ein wenig von sich weg und musterte ihn irritiert. Niemals würde Susanne dies tun, das stand für ihn ebenso außer Frage wie für Baekhyun. Beide verstanden nicht, was in Hyeong-Joon vorging, das ihn zu solch einer Meinung führte.

„Lässt sich ein richtiger Mann so schlagen wie ich? Und wählt er lieber den Freitod, als an sie und ihre Trauer zu denken? Nein!"

Schluchzend schlug er sich gegen die Brust, weshalb Baekhyun eingriff. Er schob Jong-Hun sanft zur Seite und zog Hyeong-Joon an sich.

„Hör mir zu", begann Baekhyun. „Welcher einzelne Mann hat die Chance, gegen fünf Männer anzukommen, welcher? Es waren fünf gegen einen. Sie waren hinterhältig, gemein. In der Überzahl. Sie folterten dich körperlich und seelisch mehrere Stunden. Wer kann da durchhalten?"

Eine Betrachtung, die Hyeong-Joon bisher außer Acht gelassen hatte. Er schniefte nachdenklich und sah Baekhyun fragend an.

„Man drohte dir mit Vergewaltigung. Man fügte dir Schmerzen zu. Man war kurz davor, dich in einem anderen Raum deinem Schicksal zu überlassen. Welcher Mann würde in solch einer Situation nicht daran denken, sich das Leben zu nehmen, welcher?"

Hyeong-Joon räusperte sich und murmelte ein kaum hörbares: „Ihr."

„Du dummer Junge. Jeder Mensch stößt irgendwann an seine persönliche Grenze", sagte Baekhyun. „Du hast also Angst, Susanne deswegen zu verlieren?"

„Ja."

„Warum erklärst du ihr nicht die Situation? Erzähle ihr alles. Wirklich alles. Ich denke, sie wird es verstehen", schlug Jong-Hun vor.

„Bist du dir sicher?", schöpfte Hyeong-Joon Hoffnung und seufzte.

„Wenn du es nicht probierst, wirst du es nicht erfahren. Aber denke darüber nach, es ihr zu sagen. Es wird sonst an dir nagen, für immer", gab ihm Baekhyun zu bedenken.

„Vielleicht habt ihr recht."

„Schreibe ihr eine E-Mail. Die liest sie morgen. Und du hast Zeit, deine Gedanken zu ordnen", schlug Jong-Hun vor und wischte sich seine Tränen aus dem Gesicht.

Hyeong-Joon überlegte. Sollte er ihr eine E-Mail schreiben? Könnte er wirklich alles ausdrücken, was ihn belastete? Oder war es besser, mit ihr zu reden und gleich ihre Reaktion zu hören und vor allem zu sehen?

„Du zögerst?", hakte Baekhyun nach.

„Ja, natürlich. Ich habe Angst, sie zu verlieren. Wenn ich es ihr nicht sage, wird sie es spüren."

Jong-Hun verstand ihn so gut. Auch er trug jemanden in seinem Herzen und allein der Gedanke daran, ihn zu verlieren, machte ihn wahnsinnig.

„Das könnte gut sein", erwiderte Baekhyun und stand auf. „Was hältst du davon, wenn ich dir deinen Laptop gebe und du zumindest einen Brief verfasst. Du hast genügend Zeit und dann entscheidest du selbst. Entweder du schickst eine Mail ab. Oder du rufst an."

Hyeong-Joon nickte zögerlich. „Ich werde es so machen. Auch wenn es nicht meine Angst nehmen wird."

Baekhyun ging zum Schrank und holte den Laptop hervor.

Als er ihn öffnete, sah Hyeong-Joon nachdenklich auf die Stapel an Kleidung. Viele seiner Pullover, Hemden und Hosen befanden sich darin.

„Wie lange soll ich eigentlich hierbleiben?" Er dachte an sein Management. Wie würden sie reagieren, wenn er zu lange wegblieb?

„So lange, bis es dir wieder gut geht", erklärte Baekhyun mit fester Stimme und reichte ihm den Laptop.

„Und dann?", hörten sie ihn ängstlich fragen.

„Dann? Das werden wir sehen, wenn es so weit ist."

Eine klare Aussage, die keine weiteren Nachfragen zulassen würde.

Hyeong-Joon kannte Baekhyun so gut, um zu wissen, dass damit das Thema erst einmal für ihn erledigt war.

„Wir gehen jetzt wieder ins Bett und du kannst schreiben. Wenn etwas ist, ich bin im Zimmer gegenüber und Jong-Hun nebenan."

Hyeong-Joon wirkte verloren, dennoch nickte er zustimmend. Ließ sich ein letztes Mal von Jong-Hun in den Arm nehmen und sah ihnen nach, bis sie aus dem Zimmer verschwunden waren. Nun war er allein. Aber er hatte sein geheimes Handy und den Laptop. Er konnte mit seiner großen Liebe sprechen, wenn er wollte.

Hyeong-Joon gab den PIN-Code seines Handys ein. Es dauerte ein wenig, ehe er unzählige Anrufe und Nachrichten darauf fand. Sie hatte ihn angerufen, viele Male, bis ihre Kontaktaufnahmen vor über zwanzig Stunden endeten. Offenbar zu dem Zeitpunkt, als Baekhyun sie informiert hatte.

Zwanzig Stunden. Der Schmerz in seinem Körper ließ allmählich nach dank der Schmerzmittel. Dennoch fühlte es sich an, als sei die schreckliche Folter viel, viel länger her. Er schauderte, als er an seinen Traum dachte. Da war es ihm vorgekommen, als wäre es eben erst passiert. Zeit konnte so trügerisch sein.

Sein Display zeigte an, dass jetzt drei Uhr in Seoul war und zwanzig Uhr in Zürich. Er hatte beide Uhrzeiten auf der Startseite, damit er immer wusste, welche Uhrzeit bei ihr war. Wegen ihrer Krankheiten brauchte sie Ruhephasen. So wie er jetzt.

Er schloss die Augen und atmete tief ein. Langsam wieder aus. Er wollte so ruhig wie möglich sein, wenn er ihre Nachrichten öffnete. Ehe er die erste anklickte, zögerte er. Angst stieg in ihm auf. Was, wenn er dort Liebesbekundungen las? Solche, die sie noch im Glauben geschrieben hatte, dass er ein Mann war?

Sein Herz wurde schwer und sofort beschleunigte sich seine Atmung. Er spürte einen Schmerz in seinem Brustkorb, dort, wo er den heftigen Fausthieb hinbekommen hatte. Aber auch innerlich, weil er sie enttäuscht hatte. Sie sah in ihm einen starken Martial-Arts-Kämpfer und keinen zusammengeschlagenen Feigling, der … Er schluchzte auf. Immer wollte er bei ihr sein, sie nie verlassen. Und jetzt hatte er bei der ersten Prüfung versagt. Seine Gedanken wanderten zu seinem Traum oder war es eine Erinnerung der Wirklichkeit? Die offene Balkontür … Ausweg … Freiheit von Schmerz und Folter.

Er öffnete die Augen wieder, sah auf ihre Nachrichten und Tränen bildeten sich in den Augenwinkeln. Er hatte sie nicht verdient, denn er war ein Feigling, ein Nichts und Niemand und selbst ihre Liebe konnte das nicht ändern. Sie würde sich vor ihm ekeln, so wie er sich vor sich selbst ekelte.

Hyeong-Joon zog seine Wollweste enger um sich und versuchte, das Frösteln zu verdrängen. Man hatte ihn unsittlich berührt, eine Schmach, die für ihn schwerer wog als all die Schläge. Der Peiniger hatte ihm grob zwischen die Beine gegriffen. Seine Männlichkeit gepackt und zugedrückt. Und er? Er hatte nichts getan!

Niemals würde sie dies gutheißen und schon gar nicht akzeptieren. Dies würde ein richtiger Mann nicht mit sich machen lassen, würde sie ihm sagen. Verzweiflung übermannte ihn, die Tränen rannen lautlos über seine Wange.

Kaum nahm er wahr, dass sich die Tür öffnete. Es war nur ein Spalt und als er zum Boden blickte, sah er wieder die kleine Katze. Sie streckte den Kopf herein und sah ihn neugierig an. Hyeong-Joon lächelte, wischte sich die Tränen weg und versuchte, seiner Emotionen Herr zu werden. Er klopfte auf seine Bettdecke und lockte mit rauer Stimme das Kätzchen zu sich.

Es dauerte einige Sekunden, ehe sie auf ihn zulief und auf das Bett sprang. Offenbar hatte sie etwas getrunken, denn auf ihren Barthaaren waren noch ein paar Wassertropfen zu sehen.

Hyeong-Joon erstarrte. Er musste an Susanne denken. An Amsterdam. Als sie am Strand gewesen waren und der Wind das Wasser so hochpeitschte, dass sie von einzelnen Tropfen getroffen wurde. Auch im Gesicht.

Er streichelte das Kätzchen, das leise zu schnurren anfing. Ein wohltuendes Geräusch. Vermischt mit der schmerzlindernden Wirkung der Tablette wirkte es beruhigend auf ihn. Ihm wurde klar, wie sehr er sie liebte. Dass für ihn nichts schlimmer sein konnte, als sie zu verlieren. Und sie liebte ihn. Sie hatte es ihm in einem langen Brief geschildert.

Würden all diese Gefühle schwinden, wenn sie die Wahrheit kannte? Baekhyun und Jong-Hun hatten recht. Er musste sie fragen. Sonst würde er an der Unsicherheit und Ungewissheit zerbrechen. Er würde einen Brief schreiben! Denn all seine Gefühle in dem Moment, wo er sie über Skype sah, auszudrücken, wäre unmöglich.

So schaltete Hyeong-Joon seinen Laptop ein und begann zu schreiben. All seine Gedanken. Was er erlebt und empfunden hatte. Seine Angst. Seine Bedenken. Seine Träume. All seine Gefühle brachte er in diesen Brief ein. Es gab nichts mehr, dass sie jetzt nicht wissen würde. Es blieb nur noch die Frage: Wann sollte er ihr den Brief schicken?

Er legte den Laptop zur Seite und stand auf, um sich etwas Wasser zu holen. Die kleine Katze hatte es sich mittlerweile auf seinem Kopfkissen gemütlich gemacht und beobachtete neugierig, wie er zum Fenster ging. Er hatte Schmerzen. Am ganzen Körper. Er wusste, dass diese vergehen würden. Nicht jedoch die Schmerzen in seinem Inneren.

Zu oft hatte man ihn geschlagen. Dieses Mal war es zu viel gewesen.

Er hatte Susanne geschrieben, dass er das Management verlassen wollte. Doch wie? Er müsste den Vertrag brechen. Dies würde nicht nur das Ende seiner Karriere bedeuten, sondern auch den Verlust seiner Ehre und damit seiner Familie. Sie würde über die Scham nicht hinwegkommen. Seine Eltern waren stolz, einen berühmten Sänger zum Sohn zu haben. Waren angesehen in der Nachbarschaft. Lebten gut von dem, was er verdiente. Wenn er den Vertrag brach, würden sie, genau wie auch er, in den Medien verteufelt werden. Das würde sein Vater nicht erlauben.

Wäre es einfacher, wenn sie wüssten, was man ihm alles antat? Fragen, auf die er keine Antworten hatte. Nicht jetzt.

Hyeong-Joon blickte zum Fenster hinaus und sah Häuser, die sich um einen kleinen See reihten. Im Schein der aufgehenden Sonne sah alles verträumt und friedlich aus. Sein Zimmer wirkte wie ein Klinikzimmer, doch die Häuser am See sahen eher wie kleine Hotels aus. Katzen sowie Hunde streiften herum. Er hörte Vogelgezwitscher. Nachdenklich sah er zu der kleinen Katze, die sich auf seinem Kissen eingerollt hatte und schlief. Würde er wirklich so lange bleiben können, wie er es wünschte?

Er löste sich vom Fenster und ging ins Badezimmer hinüber. Seine Hände zitterten, als er das Wasser laufen ließ, um etwas über sein Gesicht zu spritzen. Das kühle Nass tat gut.

Obwohl ihm etwas schwindlig war, wollte er nicht im Bett herumliegen. Darum öffnete er seinen Schrank und suchte nach einer Maske. Er wurde fündig und atmete erleichtert auf. Er war nicht sicher, ob er auch rausgegangen wäre, wenn er keinen Schutz hier gehabt hätte.

Nun war es Zeit, sich zu orientieren, Hyeong-Joon zog die Maske über, atmete tief durch und verließ sein Zimmer. Alles war ruhig. Er schlich zu Baekhyuns Tür und lauschte. Auch hier war es still. Ein guter Moment, um ungesehen alles zu erkunden.

„Wo willst du hin?", hörte er Jong-Huns Stimme hinter sich.

Hyeong-Joon schrak zusammen und drehte sich hastig zu ihm um. Im gleichen Moment verfluchte er die schnelle Bewegung. Keuchend griff er an seine Brust und verzog sein Gesicht vor Schmerz. Er würde noch einige Zeit sparsam mit seinen Bewegungen sein müssen.

„Hast du Schmerzen? Brauchst du Hilfe?", fragte Jong-Hun besorgt.

„Ich … ich … nein", stammelte er. „Ich wollte …"

„Du wolltest dich umsehen", sagte Jong-Hun und lächelte verstehend. Er war froh, seinen Freund wieder so unternehmungslustig zu sehen und nicht mehr in seinem Bett, zusammengekauert und weinend. „Komm, ich zeig dir alles …"

„Wo wollt ihr hin?", hörten sie nun Baekhyuns Stimme. Er hatte seine Tür geöffnet und sah beide leicht vorwurfsvoll an.

„Ich wollte Joona alles zeigen", sagte Jong-Hun schnell.

„Ich mache euch einen Vorschlag. Wir gehen jetzt frühstücken, dann kannst du auch deine Tabletten nehmen, Joona. Ich werde dir alles erklären, okay?"

Beide nickten. Sie folgten dem Älteren und gingen den kleinen Gang entlang, bis sie zu der Glastür kamen, die nach draußen führte.

Als Hyeong-Joon sie öffnen wollte, spürte er, dass sein Arm schmerzte und er nahezu keine Kraft hatte. Schnell öffnete Jong-Hun die Tür und hielt sie ihm auf. Hyeong-Joon deutete eine Verneigung an, die bei Jong-Hun jedoch nur ein Grinsen erzeugte. Oft hatten sie darüber gelacht, dass Hyeong-Joon der Boss sei und er sein Sklave. Insbesondere, als er ihm dabei half, die Wand zu streichen.

Draußen angekommen schob Hyeong-Joon seine Maske nach unten und atmete tief ein und aus.

Es war kühl, doch der Anblick des Sees verzückte ihn und vertrieb die trüben Gedanken. Enten schwammen zu den Schilfgräsern, welche sich am Rand aus dem Wasser erhoben, während die Vögel laut zwitscherten. Es war idyllisch, zu idyllisch für ein Krankenhaus. War dies eine Psychiatrie? Oder ein Sanatorium?

Schweigsam folgte er Baekhyun zu einem nahe gelegenen Café,

während Jong-Hun ihn vorsichtig stützte. Man hatte im Außenbereich Stühle aufgestellt und Baekhyun wählte einen Platz für sie aus.

„Ist es nicht zu gefährlich?", fragte Hyeong-Joon und sah sich vorsichtig um.

„Hier?", lachte Baekhyun und setzte sich. Auch Jong-Hun nahm seinen Platz ein, nur Hyeong-Joon wirkte weiterhin verunsichert.

„Komm, setz dich", forderte Baekhyun ihn auf.

Hyeong-Joon fühlte sich unwohl. Nirgends war jemand zu sehen, nur im Café hinter dem Tresen stand eine Frau, die jeden Moment zu ihnen kommen würde.

„Entspanne dich", sagte Baekhyun und sah Jong-Huns fragenden Blick: Warum hatte ihr Freund Angst? Er war hier in Sicherheit!

Hyeong-Joon fühlte sich noch immer unwohl. Verstärkt wurde es, als die Dame nun direkt auf sie zukam und sie mit großen Augen ansah. Es war unübersehbar, dass sie ihre Gäste erkannte. Sie zögerte einen Moment, ehe sie freundlich grüßte.

„Guten Morgen, was darf ich Ihnen bringen?"

„Haben Sie eine Karte?", fragte Baekhyun höflich.

„Eine Karte? Einen Moment", erwiderte sie und eilte zurück ins Café.

„Hast du das gesehen?" Hyeong-Joon blickte zu Baekhyun und Jong-Hun und sah sie vorwurfsvoll an.

„Was?", grinste Baekhyun, während auch Jong-Hun langsam unsicher wurde. Vielleicht war es keine so gute Idee gewesen, ihren Freund hierher zu bringen.

„Sie weiß, wer wir sind."

„Und?"

„Und?" Hyeong-Joon konnte es nicht fassen, was war nur mit Baekhyun los? Auch Jong-Hun wirkte viel entspannter, als er es erwartet hätte. Sonst war er so vorsichtig und jetzt schien es ihm fast egal, wenn man sie erkannte.

„Ich erkläre es dir gleich", beruhigte der Ältere Hyeong-Joon und wartete, bis die Kellnerin ihnen die Karte brachte. Baekhyun überflog sie und bestellte ein reichhaltiges Frühstück, sodass sie genug Zeit hätten, um alles in Ruhe zu besprechen. Aber auch, damit er wieder zu Kräften kam. Nachdem die Dame verschwunden war, stellte Hyeong-Joon wieder seine Fragen.

„Wo sind wir hier?"

„Also gut. Ich sag es dir. Es ist eine private Klinik. Sie gehört einem Freund von mir."

„Wo sind die ganzen Patienten und weshalb bist du so entspannt? Sie erkannte uns, da bin ich ganz sicher."

„Ja, sie weiß, wer wir sind, aber sie hat wie all die anderen vorab einen Vertrag unterzeichnet. Wenn ein Wort über deren Lippen geht ..." Er stoppte und sah seinen jungen Freund ernst an. Baekhyun hatte alles abgesichert. Er überließ wie immer nichts dem Zufall und das galt auch für hier. „Du fragtest nach Patienten. Die gibt es."

„Aber wo?" Hyeong-Joon blickte sich um und sah niemanden, außer einer herumstreunenden Katze.

Als Baekhyun seinen Blick verfolgte, grinste er erneut. „Es sind Kinder und sie schlafen noch oder werden gerade beschäftigt."

„Kinder?"

„Ja, dies ist eine Klinik für traumatisierte Kinder."

„Und was machc ich hier?" Kaum hatte er die Frage ausgesprochen, da erstarrte er.

Oh Gott, hielt man ihn verrückt? War er es und hatte es nur bisher nicht bemerkt? Oder war er es erst seit gestern, als ihm all das Schreckliche widerfahren war? Angst und Panik krochen in ihm auf. Ehe er klar darüber nachdenken konnte, sprang er auf und eilte wortlos davon.

„Joona", rief Baekhyun und rannte ihm nach.

Jong-Hun war total überrascht. Sein Blick traf sich mit dem von der Bedienung, die unsicher mit dem Frühstück dastand und genauso verwirrt war wie er. „Wir sind gleich zurück", murmelte er hastig, ehe er aufsprang und den beiden mit schnellen Schritten folgte.

Baekhyun sah, dass Hyeong-Joon Schmerzen hatte, denn er rannte nicht, wie er es von ihm kannte, sondern hinkte teilweise und hielt sich seinen Brustkorb.

„Bleib stehen", forderte er ihn auf und bekam ihn am Ufer endlich zu fassen.

„Halt", schrie er ihn an und drehte ihn zu sich herum.

Jong-Hun schrak zusammen, als er die laute Stimme hörte und wie hart Baekhyun zu Hyeong-Joon sprach. Er wusste auch, dass dieser sich in dem Tunnel befand, in welchem er selbst auch immer wieder gefangen war. Ein entsetzlicher Moment, in dem der Verstand aussetzte und es nur noch eine Stimme in ihm gab, die laut schrie: Flieh!

Das Anfassen hatte zumindest insoweit geholfen, dass Hyeong-Joon stehen blieb. Er vermied es, sie anzusehen. Deutliche Spuren seiner Tränen waren sichtbar.

Baekhyun wusste nicht, was ihn derart aus der Fassung gebracht hatte und nahm Hyeong-Joon ganz sachte in seine Arme. Er redete sanft auf ihn ein und sagte sein Mantra. Dass Hyeong-Joon in Sicherheit wäre und alles in Ordnung sei. Erst als sein Schützling nicht mehr zitterte, ließ er ihn los.

„Wir setzen uns jetzt und dann sagst du mir, weswegen du weggerannt bist, in Ordnung?"

Hyeong-Joon nickte und folgte ihnen zu einer nahe gelegenen Bank. Nachdem sie sich gesetzt hatten, zog er seinen Pullover über seine Hände und wischte sich damit über seine verweinten Augen.

Er atmete ein paar Mal tief ein und aus, ehe er fragte: „Bin ich verrückt?"

„Verrückt?", hakte Baekhyun nach.

„Ja, die Klinik ..."

„Du hörst mir jetzt genau zu, okay?", begann Baekhyun und seine Stimme nahm etwas Strenges an.

Hyeong-Joon starrte ihn verängstigt an. Baekhyun bereute seinen Ton, als er in die beiden ängstlichen Gesichter blickte. Anders würde er jetzt nicht die nötige Aufmerksamkeit bekommen und so blieb er dabei.

„Dies ist eine Klinik für traumatisierte Kinder. Aber auch Erwachsene kommen manchmal hierher. Sie sind nicht verrückt, sie haben alle etwas erlebt, was sie normalerweise niemals in ihrem Leben erfahren sollten", begann Baekhyun, als sie ein weit entferntes Lachen vernahmen.

Eine Gruppe von Kindern, die am Ufer standen und die Enten fütterten. Sie lachten und quietschten vor Freude. Hyeong-Joon stand auf, um sie noch genauer zu betrachten. Kleine Kinder, die nicht älter als fünf Jahre waren, standen dort und freuten sich darüber, wie die Enten das Brot fraßen, welches sie ihnen zuwarfen.

„Das sind Kinder", rief Joona erstaunt.

„Das sagte ich dir doch."

„Aber ... aber, sie sind so klein, fast noch Babys." Er wirkte betroffen und vor allem geschockt.

„Sie haben alle etwas gemeinsam. Sie haben schlimme Dinge erlebt, ähnlich wie wir alle, und deshalb sind sie hier. Man wird ihre inneren Wunden nicht heilen können, aber sie werden lernen, es zu verstehen und mit der Erinnerung zu leben."

„Und was ist, wenn es nicht bei der Erinnerung bleibt und es wiederkommt?"

Eine berechtigte Frage, wie sich Baekhyun eingestehen musste. All die Erinnerungen würden bleiben. Und sicher auch in Albträumen wieder kommen. Aber die Tage würden besser werden. Der Schmerz weniger.

„Man wird verhindern, dass so etwas noch einmal passiert."

„Aber wer? Ich bin über dreißig und konnte mich nicht schützen. Wie sollen es dann diese Kinder?" Verzweiflung klang aus Hyeong-Joons Stimme, aber vor allem auch Wut und Resignation.

„Man wird Wege finden. Es gibt für alles eine Lösung."

„Nein. Sieh mich an. Ich bin jetzt hier und, wie du sagst, geschützt. Doch ich muss zurück und dann? Wenn Jong-Hun dich nicht angerufen hätte und du nicht gekommen wärst, wäre ich jetzt vermutlich tot."

Er sprach das aus, was Baekhyun und Jong-Hun bereits befürchtet hatten und noch immer als Gefahr sahen.

„Sie hätten dich nicht umgebracht, du bringst ihnen zu viel Geld", versuchte Baekhyun ihn zu überzeugen.

Hyeong-Joon und Jong-Hun spürten, dass auch er nicht mehr daran glaubte. Wenn es Choi Hyeong-Joon nicht mehr gäbe, hätte man einen anderen, der seinen Platz einnahm. Es war eine Produktionsfirma, in der man Produkte austauschte, wenn man es für nötig hielt. Er war ein Produkt, wie viele andere auch.

„Wir werden einen Weg finden. Welchen du auch gehst, wir werden dich unterstützen", versicherte Baekhyun und blickte zu Jong-Hun, der eifrig nickte.

„Aber welche Möglichkeit habe ich denn?", rief Hyeong-Joon aufgebracht und setzte sich aufgewühlt auf die Bank zurück. Er verbarg seinen Kopf in seinen Händen und schluchzte leise.

Heute Morgen noch, als er ihr den Brief geschrieben hatte, war er sich sicher gewesen, einen Weg zu finden, um das Management zu verlassen. Aber dies könnte dauern. Vielleicht Jahre. Bis dahin würde er jeden Tag aufs Neue ein bisschen sterben. Denn das, was gestern geschehen war, hatte ihn in seinem Innersten erschüttert. Es war nicht vorbei, sondern nur der Anfang. Hyeong-Joon blickte zu Baekhyun, der offenbar nachdachte.

„Ich kann den Vertrag nicht auflösen, also müsste ich ihn brechen. Bleibe ich, werden sie mich so lange foltern, bis sie alles herausfinden. Dann verliere ich Susanne, wenn ich bis dahin nicht schon tot bin, denn verraten werde ich sie niemals. Niemals, eher sterbe ich!"

„Ich denke, du solltest dir eine Auszeit nehmen und alles in Ruhe überdenken", begann Baekhyun, als sein Handy klingelte.

„Moment", bat er und sah auf das Display. Kaum sah er den Anrufer, da hielt er Hyeong-Joon sein Handy entgegen.

„Susanne?", fragte dieser. Er hatte nicht erwartet, dass sie wach sein könnte. Hastig griff er zu dem Handy und hob ab, um ihre Stimme zu hören.

„Ich liebe dich", rief er ins Telefon.

„Joona?"

„Ja, ich … ich."

„Wie geht es dir? Ich mache mir Sorgen."

„Gut, besser. Ich … ich …", stotterte er und begann zu schluchzen.

„Ich bin bei dir, alles wird gut. Ich liebe dich", versuchte sie ihn zu beruhigen. Ihre Worte bewirkten nur, dass er völlig aufgewühlt schluchzte.

Baekhyun nahm ihm das Handy aus der Hand und Jong-Hun nahm ihn liebevoll in den Arm.

„SusanneShi?"

„Ist mit Joona alles in Ordnung?"

„Er ist noch nicht bei Kräften, ich bringe ihn in sein Zimmer, er wird sich dann bei dir melden."

„Ja, bitte achte auf ihn, ich bin zu Hause. Er kann sich melden, wann immer er will."

„Danke, das wird er, bis bald", vernahm sie seine letzten Worte, ehe er aufgelegt hatte.

„Komm, wir gehen in dein Zimmer zurück. Ich lasse dir etwas zu essen bringen und dann kommst du zur Ruhe", schlug Baekhyun vor.

Er half Hyeong-Joon beim Aufstehen. Dieser wirkte verstört, genau wie heute Nacht, als er nach seinem Albtraum geschrien hatte. Nur dieses Mal war er wach.

Was mochte er noch alles durchmachen, überlegte Baekhyun, während sie ihn zurück zum Zimmer führten und in sein Bett legten. Vorsichtig setzte er auf den Bettrand, hielt seine Hand und strich ihm über seine Haare.

„Es wird alles gut, wir sind bei dir."

Hyeong-Joon sah ihn mit großen Augen an, die so unendlich traurig waren. Der Glanz der letzten Wochen und Monate waren vergangen. All das, was sie zum Strahlen gebracht hatte, war seit gestern verschwunden.

„Willst du etwas essen? Vielleicht Schokolade?", bot ihm Jong-Hun an.

„Schokolade?"

„Ja", grinste nun auch Baekhyun und stand auf. Er ging zum Schrank und öffnete eine Schublade.

„Lindt", rief Hyeong-Joon erfreut, als er mit einer Tafel Schokolade zu ihm kam.

„Ich habe mir die Zeit genommen, deinen Hausvorrat zu plündern."

Baekhyun kannte die Verstecke seines Schützlings, in welchen er all die Süßigkeiten hortete, die er von Susanne geschickt bekommen hatte. Feinste Schweizer Pralinen, Bitterschokolade, Kuchenvariationen.

Schokolade war tabu, das kannte er selbst zur Genüge. Sein Körper war sein Kapital. Hyeong-Joon hingegen genoss noch die Freiheit des Jungseins, indem er Schokolade aß und es anschließend wieder hart abtrainierte. Etwas, das Baekhyun längst hinter sich gelassen hatte.

Gierig griff Hyeong-Joon nach der Tafel, packte sie aus und biss genüsslich hinein. Er schloss für einen Moment die Augen und war glücklich. Der zarte Schmelz verteilte sich in seinem Mund und alte Erinnerungen kamen auf. An das erste Mal, als Susanne sie ihm geschickt hatte. Damals schon war er begeistert gewesen, aber jetzt war es ein Stück Geborgenheit. Lindt bedeutete Susanne. Hyeong-Joon hatte Sehnsucht nach ihr. Er wollte sie spüren, hören, fühlen, sie bei sich wissen und vor allem in Sicherheit.

„Ich will mit ihr reden", sagte er mit schokoladeverschmiertem Mund und sah Baekhyun bittend an.

„Dann ruf sie an", antwortete dieser und reichte ihm sein Handy.

„Nein, ich muss sie sehen, wenn ich ihr alles sage. Ich brauche meinen Laptop und Skype."

„Du willst jetzt schon darüber reden?", fragte Jong-Hun und sah ihn ungläubig an.

„Ja, sie soll es wissen und ich hoffe, dass sie mich nicht verlässt." Hyeong-Joon wirkte traurig und ließ seinen Blick nervös im Zimmer herumwandern.

„Sie wird dich nicht verlassen. Ich denke, sie wird verletzt sein", sagte Jong-Hun leise.

„Verletzt? Du denkst, wenn ich ihr es sage, verletze ich sie?" Erschrocken riss Hyeong-Joon die Augen auf.

Baekhyun fluchte innerlich. Er wusste genau, dass Hyeong-Joon jedes Wort analysierte. Jede Handlung, jeden Satz. So musste er nun seine Worte genau wählen, um einen weiteren Zusammenbruch zu vermeiden.

„Nein, was Jong-Hun meinte, war, dass sie weiß, was geschehen ist. Ich finde es gut, wenn du mit Susanne darüber sprichst. Doch sie wird traurig sein, wenn sie hört, was man dir alles angetan hat. Verstehst du? Wenn du ihr die Details erzählst."

Hyeong-Joon nickte und blickte auf seinen Laptop. „Ich will sie sehen und ich muss es ihr sagen."

„Gut, dann gehen wir, damit du ungestört bist. Aber putz dir vorher den Mund ab", grinste Baekhyun mit Blick auf Hyeong-Joons schokoladenverschmiertes Gesicht.

Jong-Hun herzte ihn noch einmal und sprach ihm Mut zu, versprach, dass alles in Ordnung kommen würde. Er hoffte es so sehr für seinen Freund. Auch wenn er Susanne nicht persönlich kannte, wusste er zumindest so viel: Sie liebte Joona. Und wenn man liebte, würde man jemanden wegen so etwas nicht verlassen. Niemals.

Kaum, dass sie das Zimmer verlassen hatten, krabbelte Hyeong-Joon aus seinem Bett und ging ins Badezimmer. Er blickte auf die Dusche und den Whirlpool, doch beides wollte er jetzt noch nicht nutzen. Er fühlte sich zu schwach dafür.

Stattdessen wagte er einen Blick in den Spiegel. Er grinste, als er die Schokolade auf seinen Lippen und den Mundwinkeln sah, bis er in seine Augen blickte. Sie leuchteten nicht mehr. Nicht so, wie die letzten Wochen und auch vorgestern Abend noch.

Vorsichtig streifte er sein Shirt ab. Es bereitete ihm große Mühe, denn jede Bewegung seiner Arme schmerzte. Aber er wollte es mit eigenen Augen sehen. Es war ein Schock. Große Blutergüsse, wie er sie noch nie zuvor gesehen hatte, waren über seinen ganzen Brustkorb verteilt. Besonders an den Rippen und auch am Rücken zeichneten sich Striemen ab. Er war entsetzt. Doch was hatte er nach all der Folter und den Schlägen erwartet?

Langsam zog er wieder sein Shirt über und wusch sich das Gesicht. Notdürftig frisierte er seine Haare und ging zurück ins Bett. Sein Herz raste, denn er wusste nicht, wie sie reagieren würde. Ihre Stimme zu hören war im Moment sein einziger Halt, aber auch seine größte Sorge. Mit zittrigen Händen nahm er den Laptop auf den Schoß und öffnete ihn.

Während das Programm startete, blickte er auf sein Handy. Vielleicht sollte er sie erst anrufen? Er verwarf den Gedanken sofort wieder. Nein, er wollte ihre Reaktion sehen, wenn er ihr alles sagte. Er loggte sich ein und wartete, ob sie es bemerken würde. Es war Nacht bei ihr. Vielleicht schlief sie schon.

Sein Herz pochte immer mehr und brachte seinen ganzen Körper zum Beben. Es schien, als würde jeder Herzschlag auch seine gebrochene Rippe treffen. Hyeong-Joon verzog schmerzverzerrt sein Gesicht und schloss die Augen.

„Joona?", hörte er ihre Stimme.

Er atmete tief durch, öffnete die Augen und sah sie direkt vor sich. Sie wirkte müde und auch ihre Augen hatten ihren Glanz verloren. Er bekam Angst, denn sie wirkte unendlich traurig.

„Wie geht es dir?", brachte er gerade noch über seine Lippen, ehe er vor Aufregung wieder stoppte.

„Mir? Wie geht es dir?", kam die Gegenfrage und sie kam näher an die Kamera heran. Sie wollte ihn sehen, seine Augen, seine Gestik. Sie vermisste ihn so sehr und fühlte sich schrecklich, weil sie in dieser schweren Zeit nicht bei ihm sein konnte.

„Gut", erwiderte er knapp und lächelte schwach. Er ahnte, dass ihr diese kurze Antwort nicht reichen würde.

„Ich muss … dir … was sagen", begann er erneut.

Sie sah ihn aufmerksam an.

„Ich will dir sagen, was … was … geschehen …"

„Du willst mir sagen, was gestern passiert ist?"

„Ja."

„Du musst nicht jetzt darüber reden. Wir können auch später…"

„Nein!", fiel er ihr ins Wort und sah, wie sie überrascht blickte.

„Entschuldige ich … es ist schwer."

„Ja, ich weiß. Ich habe die Fotos gesehen."

Fotos? Entsetzt starrte er auf den Bildschirm. Oh mein Gott, sie meinte die Bilder von Baekhyun! Sie hatte sie gesehen und wusste, wie er aussah. Hatte Baekhyun ihr auch davon erzählt, wie er ihn vorgefunden hatte? Mit Handschellen? Und wusste sie, dass er sich hatte umbringen wollen?

Panik stieg in ihm auf. Ehe sie überhandnahm, entsann er sich an Baekhyuns Worte. Er sollte ihr alles erzählen und nichts verstecken. Sie konnte es also noch nicht wissen. Im Moment fühlte er sich nicht in der Lage, all das zu sagen, was er wollte. Sobald er in ihre Augen sah, war alles weg. Er wollte sie nur noch im Arm halten und trösten und ihr nicht weitere Schmerzen hinzufügen. Sein Herz schmerzte so sehr, weil er schwach gewesen war und sie deshalb litt.

Hyeong-Joon atmete schwer. Er wollte so vieles sagen. Doch etwas hemmte ihn völlig. Aber er hatte den Brief! Eine Chance, ihr alles mitzuteilen. Er atmete erneut tief ein und sammelte all seine Kraft. Er musste es tun, er brauchte Gewissheit. Denn die Angst, sie zu verlieren, brachte ihn um den Verstand.

„Ich habe dir einen Brief geschrieben und detailliert berichtet, was passiert ist", begann er und sah, wie sich ihre Augen weiteten. Aber sie schwieg.

„Es ist leichter für mich, wenn du ihn liest, auch wenn ich Angst habe, dich zu verlieren."

„Mich verlieren? Warum?"

Er konnte es ihr nicht sagen. Nicht so aus dem Zusammenhang herausgerissen. Sie musste den Brief lesen, um all seine Beweggründe zu kennen.

„Ich schicke ihn dir zu. Per Post, dann …"

„Nein, bitte schicke ihn mir jetzt, per Mail", unterbrach sie ihn hastig.

Per Mail? Jetzt? Hyeong-Joon schrak innerlich zusammen. Sie würde ihn jetzt vor seinen Augen lesen!

„Bitte, Joona. Bis ein Brief ankommt, sind Tage vergangen. Diese Anspannung tut weder dir noch mir gut, oder?"

Hyeong-Joon nickte. Sie hatte recht.

„Einen Moment", sagte er und fügte den Brief einer Mail bei. Sekunden später hörte er einen Signalton, dass sie die Mail erhalten hatte.

Sie blickte auf den Bildschirm, lächelte und öffnete den Brief. Hyeong-Joon verharrte angespannt und beobachtete sie beim Lesen. Es war schwer, stillzuhalten und einfach nur auf sie zu sehen. Wie ihre Augen hin und her huschten, während sie las. Sein Herz pochte ihm bis zum Hals hoch, so groß war seine Angst vor ihrer Reaktion. Würde sie ihn verstehen? Er hoffte es so sehr, denn er liebte sie so sehr!

Als Susanne den Brief beendet hatte, putzte sie sich die Nase und wischte aufgewühlt ihre Tränen weg. Nun wusste sie haarklein, was vorgefallen war. Und wünschte sich, ihren Liebsten einfach nur umarmen zu können. Gerade jetzt brauchte er sie und sie war unendlich weit von ihm weg.

„Joona, warum denkst du, ich würde dich verlassen?"

Ich habe Angst, mein kompliziertes Leben könnte Dich stören. Aber dann denke ich an unsere schöne Zeit zurück. Amsterdam. Unsere Nähe. Und hoffe, dass Du mich in Deinem Leben verweilen lässt.
Ich bin der reichste Mann der Welt – das kann man nicht zerstören. Denn ich habe Dich und meinen Baekhyun und meinen Freund Jong-Hun. Und doch bin ich gefangen. Muss lügen. Dich heimlich treffen. Ich habe Angst, dass Du dies nicht willst für dich.
Meine Zukunft wird sich ändern. Ich muss mir nur überlegen, was ich tun soll. Ich habe mich für den Anfang für zwei Dinge entschieden. Und die werde ich sofort tun.
Erstens. Ich werde daran arbeiten, dieses Management zu verlassen und mich vor ihnen zu schützen.
Zweitens. Ich werde mein geheimes Leben mit Dir schützen. Obwohl ich davon geträumt habe, dass Du offiziell an meiner Seite bist – ich weiß es jetzt besser. Wenn wir uns in der Öffentlichkeit treffen, wirst Du die CEO sein – nicht mehr. Wie Du einmal vorgeschlagen hast.
ABER in meinen Nächten bist Du meine Frau. Die einzige Frau, die mein Herz besitzt. Und die einzige Frau, die ich je lieben werde.
Ich habe nie geliebt. Ich wusste es nie, bis ich Dich traf. Ich muss Dich für immer in meinem Leben haben. Egal was passiert, ich werde Dich beschützen. Ich werde mein Leben mit Dir beschützen.
Ich werde eine sichere Welt für uns aufbauen. Ich werde ein verstecktes Haus in Deutschland, Österreich oder der Schweiz kaufen. Ich werde ein Fort Knox aufbauen, wo nur Du und ich wohnen werden. Keiner wird

wissen, wo es ist. Und niemand wird wissen, wie es aussieht. Es ist unser Schloss. Unser Zuhause. Ich habe es auf DEINEN Namen gebaut.
Es ist überhaupt nicht mit mir verknüpft. Wir werden uns dort verstecken. Nur Du und ich. Keiner wird es wissen. Ich werde Dich und unsere Liebe vor ihnen beschützen. Und ich werde zur Hölle gehen und zurück, um unsere Liebe zu beschützen.
Jetzt kann ich nichts mehr tun, wegen Corona. Aber sieh mir zu, meine Liebe. Ich werde Dir ein Königreich errichten, meiner Königin würdig.
Ich weiß jetzt noch mehr, dass es nichts Wertvolleres gibt, als diesen einen Menschen in meinem Leben zu haben, der mich bedingungslos liebt.

Hyeong-Joon sah sie an, wie sie dort vor ihm lag, mit ihren wunderschönen blonden Locken. Obwohl es Nacht war bei ihr, hatte sie diese roten Lippen. Glänzend. Er sehnte sich danach, sie zu küssen. Aber aus ihren Augen rannen unaufhaltsam Tränen.

„Warum weinst du, Susanne?"

„Wieso nur denkst du, ich würde dich verlassen, wenn du all diese schönen Dinge sagst und schreibst?"

Hyeong-Joon senkte den Kopf. „Wie könnte ich von dir verlangen, für immer im Schatten zu leben?"

„Wieso denkst du, es wäre ein Schattendasein? Vielleicht ist es genau das, was ich will? Liebst du mich, Joona?"

„Liebe? Ich kann nur noch dein sein."

Mein Herz klopft so schnell, wenn ich nur an Dich denke.
Du bist es. Nur Du. Dein Denken und Dein Körper und Deine Seele.
Alles mein und alles hat mich gefiltert.
Dein Körper ist mein. Dein Herz. Alle meine Sinne sagen mir, dass ich Dich immer und immer wieder haben muss.
Ich kann mich nicht davon abhalten, über Dich zu fantasieren. Ich träume den ganzen Tag von Deinen Lippen, Deinen blitzenden Augen, Deinem süßen Duft.
Mein Gehirn spielt verrückt, wenn ich meine Augen schließe und an unsere Gespräche über Bücher, Filme, Weltanschauung denke.
Wenn ich an unser Liebesspiel denke, bin ich zu nichts mehr zu gebrauchen. Ich bin den Tränen nahe, wenn ich mich daran erinnere, wie ich in Deinen Armen alle Hemmungen fallen ließ.

Hyeong-Joon suchte schüchtern Susannes Blick und versuchte, seine Gedanken klar zu strukturieren. Er schaffte es nicht. Alles, was da war, war Gefühl. Er schwamm in einem Meer aus Empfindungen und Sehnsüchten und wusste nicht, ob dies zu viel war. Oder zu wenig. Oder was überhaupt.

„Joona, alles okay? Geht es dir gut? Du zitterst."

Hyeong-Joon nickte und griff sich mit der Hand an sein Herz. Als ob er es so bitten könnte, ihm zu helfen.

Ich kann nicht erklären, wie sehr mein Herz klopfte, als ich Dich lieben durfte. Meine Seele zittert noch immer.
Manchmal sitze ich in meinem Zimmer, schließe die Augen und sehe Dich auf meinem Schoß sitzen und mir aus einem Buch vorlesen. Mein Verstand weiß – sie ist nicht da – aber mein Körper will es nicht verstehen. Neulich war ich sogar kurz davor, ohne jede Berührung zu kommen – nur weil ich meine Augen geschlossen habe und Dich lächeln sah. Dein blondes Haar, das mir ins Gesicht fällt.
Ich sehe Dich in meiner Erinnerung. Ich sehe mein Gesicht auf Deinem zarten Busen. Ich fühle, wie Du mich auf und ab wiegst und mich in den Himmel einlädst.
Ich habe nur wenige Visionen und Momente, an die ich mich erinnern kann, da wir nur 3 Tage zusammen sein durften. Aber ich habe mir geschworen, diese Zeit zu verlängern. Ich werde unser Zuhause aufbauen. Ich werde es für Dich errichten lassen. Und ich werde das Universum bitten, mir diesen einen Wunsch zu erfüllen.
Ich will meine Frau in meiner Welt. Ich will sie aus tiefstem Herzen und mit all meinen Möglichkeiten lieben.
Ich werde dafür sorgen, dass das für uns funktioniert. ICH VERSPRECHE ES.
Ich liebe Dich für jetzt und immer. Du warst es schon immer. Und wirst es sein.
Bitte. Versuch, mir Zeit zu geben. Ich werde es hinbekommen.

„Joona."

Hyeong-Joon schloss die Augen. Jetzt würde sie ihm sagen, dass dieser ganze Stress nicht das war, was sie wollte. Aufmerksam und ängstlich hatte er verfolgt, wie sie den Brief las. Sie war ruhig gewesen. Auch ihre Augen oder ihr Atmung hatten nicht erahnen lassen, was in ihr vorging. Selbst jetzt sagte sie nur „Joona".

„Ich liebe dich, Susanne."

„Joona."

Hyeong-Joon sammelte seinen ganzen Mut zusammen, atmete tief durch und öffnete seine Augen. Erschrocken blickte er sie an. Tränen standen in ihren Augen und noch ehe sie ein Wort gesagt hatte, rannen sie über ihre Wangen.

„Nicht weinen", rief er aufgewühlt. Er wollte sie nicht verletzen, er wollte nicht, dass sie traurig war. Es war zu spät. Sie weinte und er vernahm ein Schluchzen.

„Ich wollte dich nicht verletzen", sagte er erneut und kam noch näher an den Bildschirm, um sie zu sehen.

„Du verletzt mich nicht", begann sie und wischte sich notdürftig die Tränen aus ihrem Gesicht. „Ich liebe dich und niemals könnte ich dich verlassen. Sie haben dir etwas Furchtbares angetan. Diese Bastarde!"

„Aber ich habe mich nicht gewehrt und ich wollte springen. Das tut ein richtiger Mann nicht! Ich habe dir versprochen, dich nie zu verlassen, und es beinahe nicht gehalten. Ich will dich nicht verlieren", sprudelten all seine Ängste aus ihm heraus. „Ich …"

„Stopp", unterbrach sie ihn und ihre Stimme wurde etwas lauter.

Er zuckte zusammen und sah sie mit großen Augen an. Was würde jetzt kommen?

„Wie soll sich ein einzelner Mann gegen all diese Männer wehren können? Das ist unmöglich."

„Aber ich wollte springen", warf er noch einmal ein.

Sie sah ihn mit traurigen Augen an und wischte sich erneut die aufkommenden Tränen aus dem Gesicht.

„Ich hätte vermutlich nicht anders gehandelt, aber du lebst und das zählt", erwiderte sie und schluchzte.

„Du verlässt mich nicht, obwohl ich mein Versprechen brechen wollte? Du gibst mir die Chance, alles zu richten?"

„Ich würde dich niemals verlassen, denn ich liebe dich."

Ein lautes Schluchzen durchzog nun sein Zimmer und er begann bitterlich zu weinen. Seine ganze Anspannung löste sich in einem verzweifelten Klagelaut. Sie kannte alles, seine tiefsten Gedanken, all seinen Schmerz und seine Schwäche. Und dennoch blieb sie bei ihm.

„Was ist los?“, hörten sie Baekhyuns Stimme.

Erschrocken richtete Hyeong-Joon sich auf. Baekhyun fluchte. Er hatte Joonas Klagelaut gehört und war in sein Zimmer gerannt. Als er den aufgeklappten Laptop und Susanne erblickte, wusste er, was geschehen sein mochte. Er strich Hyeong-Joon sanft durchs Haar.

„Es ist alles in Ordnung, Baekhyun-Oppa“, vernahm er ihre tränenerstickte Stimme.

Baekhyun fühlte sich unwohl, denn er war in eine Situation hineingeplatzt, die nicht hätte inniger sein können. Sie würde Hyeong-Joon nicht verlassen und offenbar wusste sie über alles Bescheid. Beide schienen in einem Tränenmeer zu baden.

„Ich gehe wieder und lasse euch allein“, verabschiedete er sich und ehe sie etwas antworten konnten, hatte er das Zimmer verlassen.

„Ich liebe dich so sehr, ich hatte solche Angst“, begann Hyeong-Joon.

„Ich liebe dich auch und werde dich nicht verlassen. Du musst jetzt zu Kräften kommen.“

„Ich bin in einer Klinik für traumatisierte Kinder.“

„Ja, ich weiß.“

„Sicherlich wird man mit mir reden wollen, vielleicht eine Art Therapie. Was bringt sie, wenn ich danach wieder zurückkehren muss?“

„Lass uns gemeinsam eine Lösung finden“, ermunterte sie Hyeong-Joon und wischte sich erneut über ihr nasses Gesicht.

„Welche und wann? Mein Vertrag läuft noch weitere zehn Jahre“, sagte er leise.

Mit jedem Wort schien seine Hoffnung zu schwinden, all dem entfliehen zu können. Angst schlich sich in ihr Herz. Er durfte nicht resignieren. Sie mussten eine Lösung finden, bald. Am besten noch während er hier in Therapie war.

Mit sanften Worten sprach sie zu ihm, lächelte ihn an und zeigte ihm all ihre Liebe, die sie für ihn empfand. Ihr Herz war so voll von Sehnsucht nach ihm, dass es überquellen wollte. Sein Brief, seine schonungslose Offenheit hatte sie sehr bewegt.

Während sie leise mit ihm sprach und in seine seelenvollen, traurigen Augen blickte, kehrte Ruhe in sie beide ein.

Allmählich fielen ihm die Augen zu und er schlief, begleitet von ihrer sanften Stimme, ein.

Susanne seufzte. Betrachtete sein markantes Gesicht auf ihrem Laptop und dachte mit Schaudern an das Gespräch mit Baekhyun zurück.

***

Baekhyun hatte sie informiert, dass er mit einigen Wochen rechnen würde, in denen er Joona hier wieder stabilisieren wollte.

„Mein Freund ist auf diese Fälle spezialisiert", hatte er ihr gesagt.

„Aber du sagtest für Kinder", wandte sie ein.

„Joonas Seele ist die eines Kindes."

„Was meinst du?"

„Er hat bereits vieles erlebt. Meist waren es schockierende Dinge, die anderen zugestoßen sind. Er selbst hat nie einen Service leisten müssen, wenn du verstehst, was ich meine."

„Ja, ich verstehe."

„Er wurde bisher bestraft in Form von Schlägen sowie dem Darkroom. Doch Folterungen wie heute oder was man anderen angetan hat, wie seinem Freund Jong-Hun, sind ihm bisher erspart geblieben."

„Was meinst du?"

„Ich schicke dir eine Datei, dann wirst du vielleicht verstehen", sagte er. Kurze Zeit später wusste sie, was er meinte.

Noch nie zuvor hatte sie jemanden so um sein Leben schreien, aber vor allem kämpfen sehen. Wieder und wieder hatte man Jong-Hun in eine Badewanne untergetaucht, bis er fast bewusstlos war. Kein Wunder, dass er bis jetzt das Wasser scheute und stets angezogen schlief, um im Notfall flüchten zu können. Und dass er sofort erkannt hatte, was Joona bevorstand.

Dieser Aufenthalt würde für beide, Joona und Jong-Hun, Balsam für ihre gequälten Seelen sein.

„Wie reagiert das Management darauf, dass er weg ist?"

„Sie wissen, dass er Zeit braucht, SusanneShi. Sie haben ihn so zugerichtet. Mit seinen Verletzungen kann er kein Foto-Shooting machen."

„Wie viel Zeit hat er?"

„Etwa drei bis vier Wochen."

***

Eine kurze Zeit. Viel zu kurz, wie sie im Moment empfand. Sie brauchten eine schnelle Lösung und keine, die erst in Monaten oder Jahren greifen würde.

Sie hatten ihn gestern gefoltert, massiv, so wie Baekhyun es beschrieb und die Fotos es wiedergaben. Doch sie hatten ihn nicht gebrochen. Im Gegenteil. Joona war die letzten Monate aufgewacht, vielleicht auch durch sie, und sah die Dinge nun mit anderen Augen. Er sah nicht mehr die Schuld bei sich, sondern konnte klar erkennen, dass man ihm Unrecht zufügte.

Energisch schob Susanne die Gedanken an diese Monster beiseite.

Sie fuhr Hyeong-Joons Antlitz auf dem Bildschirm nach und wollte sich schon zum Schlafen legen. Als er die Augen öffnete.

Liebevoll sah sie ihn an.

„Ich vermisse dich, Oppa".

Kaum dass sie es gesagt hatte, begannen seine Augen zu glänzen. Tränen liefen ihm die Wangen hinab.

„Oppa. Warum weinst du?", flüsterte sie zärtlich fragend.

Joona seufzte, lehnte seine Stirn an den Bildschirm und flüsterte.

„Weil ich dich auch vermisse."

Sekunden später war er erneut eingeschlafen von der Erschöpfung und dem Schmerz. Sein Körper brauchte noch Zeit, um zu heilen. So wie seine Seele.

Susanne verbarg schnell ihr Gesicht im Kopfkissen, denn der Schmerz der Trennung übermannte sie.

KAPITEL 31

Hyeong-Joons gewann von Tag zu Tag wieder an Kraft, wurde zuversichtlicher. Wenn sie sich allabendlich online trafen, erzählte er ihr von seinem Tag. Seinen Stunden, die er mit Baekhyun, Jong-Hun und den Kindern am See oder bei einem Picknick verbracht hatte. Oder auch von den Sitzungen mit seinem Arzt.

Baekhyuns Freund nahm sich viel Zeit exklusiv für ihn. Anstatt in einem stickigen Raum zu auszuharren, verlegten sie ihre Sitzungen oftmals auf eine Bank am See. Der Arzt spürte schnell die starke Verbundenheit zwischen Hyeong-Joon und Jong-Hun, sodass er es zuließ, dass Jong-Hun an manchen Sitzungen teilnahm.

Hyeong-Joons fühlte sich mit der Zeit sicherer, auch wenn er dem Arzt nicht wirklich vertraute. Er sprach deshalb nur Dinge an, die dem Arzt aufgrund der Video-Aufnahmen sowieso bekannt sein mussten. Sein Inneres, seine Furcht, seine Verletzungen, seine Wünsche – nichts davon gab er ihm preis.

Seine Genesung schien dem Anschein nach gut zu laufen, bis eines Tages ein Anruf vom Management bei Baekhyun einging. Es gäbe neue Aufträge und sie benötigten seine Unterschrift. Hyeong-Joon wusste es besser. Der eigentliche Beweggrund war klar: Sie wollten wissen, wo er sich aufhielt.

Baekhyun versuchte, das Management hinzuhalten, doch sie beharrten auf seiner Unterschrift. Ein wichtiger Sponsorenvertrag müsste verlängert werden. Ohne Hyeong-Joons Unterschrift würden ihm und auch dem Management Millionen entgehen. Dies würde keiner der an Hyeong-Joons Künstlernamen beteiligten Aktionäre akzeptieren. Man würde mit allen Mitteln versuchen, seiner habhaft zu werden.

Dieses Risiko konnte Baekhyun nicht eingehen, auch wenn er nicht wusste, wie Hyeong-Joons Zukunft aussehen könnte. Sie mussten vorerst den Schein waren, so lange es ging, und bis dahin eine Lösung finden.

„Ich muss mit dir geschäftlich reden. Ist das okay für dich?", fragte er deshalb am gleichen Abend Hyeong-Joon, als sie auf seiner Lieblingsbank am See saßen.

„Ja, natürlich", sagte Hyeong-Joon lächelnd.

Er hatte seine kleine Katze auf dem Schoß und kraulte sie liebevoll. Seit er hier angekommen war, hatte er sie in sein Herz geschlossen und ihr einen Namen gegeben: Lil'Noona. Noona für ältere Schwester. Denn sie brachte ihn wieder ein Stück ins Leben zurück. Wenn sie bei ihm im Bett lag, mit ihm kuschelte oder schnurrte, bis er eingeschlafen war, erfüllte sie seine Seele mit Liebe und Vertrauen. Und Lil, weil sie so klein und wuschelig war.

„Sie wollen dich sehen."

„Sie?", fragte Hyeong-Joon ruhig, doch Baekhyun sah, dass sein Atem bereits schneller ging.

„Ja, das Management."

„Aber warum? Du sagtest ..."

„Ja, alles bleibt wie versprochen. Wir bleiben hier und es ist kein Problem zu verlängern. Aber es liegen Verträge vor, die du unterzeichnen musst. Du musst zu ihnen fahren."

„Nein ... ich ... nein!"

Hyeong-Joon stand so abrupt auf, dass Lil'Noona vor Schreck davonsprang und sich in einem nahe gelegenen Gebüsch versteckte.

„Nein", rief er erneut und rannte davon.

„Warte", rief Baekhyun und eilte ihm hinterher. Nach wenigen Metern holte er Hyeong-Joon ein und packte ihn am Arm.

„Nein ... nein ... nein!", schrie der immer wieder aufgebracht, bis er zu Boden sank und zu weinen begann.

„Was ist passiert?", hörten sie Jong-Hun rufen, der auf sie zu rannte.

Angst sprach aus seinen Augen, als er Hyeong-Joon am Boden liegen sah, und er beugte sich beschützend über ihn.

„Ich sagte ihm, dass wir einen Termin bei seinem Management haben."

„Oh Gott", entfuhr es Jong-Hun.

Mit großen Augen sah er zu Baekhyun hoch. Er verstand nur zu gut, was in Hyeong-Joons vorgehen mochte. Sich nach all den Folterungen jetzt dem Management zu stellen, es war noch viel zu früh und zu viel, was ihm zugemutet wurde.

Baekhyun fühlte sich in diesem Moment machtlos und vor allem hilflos. Ihm war bewusst, dass Hyeong-Joon hier wie in einem Gefängnis ausharrte. Er versteckte sich unter falschem Namen in einem abgegrenzten Areal, zu dem nur sehr wenige Menschen Zutritt hatten unter massiven Auflagen. Ein Ort, der in den letzten Wochen ein vermeintlich sicheres Zuhause für ihn geworden war. Ein Luftschloss. Ein Hafen, der allerdings jederzeit eingenommen werden konnte.

Allein der Gedanke, dass er nun zeitnah diesen Hafen verlassen und sich in Gefahr begeben sollte, ließ ihn zusammenbrechen. Baekhyun wusste, sein Schützling würde Monate, vielleicht Jahre brauchen, um all das Gewesene zu verarbeiten. Diese Zeit hatten sie nicht. Es musste eine Lösung her. Dieses Mal eine endgültige.

Er gab Jong-Hun ein Zeichen und hob Hyeong-Joon auf seine Arme. Behutsam trug er ihn zurück in sein Zimmer. Er legte ihn in sein Bett und küsste ihn auf die Stirn. Dieser Junge war inzwischen wie ein Sohn für ihn. Sie waren sich so nah, dass sein Herz zu schmerzen begann, sobald er ihn traurig ansah.

Lil'Noona war ihnen gefolgt und sprang nun aufs Bett. Sie sah Hyeong-Joon mit großen Augen an. Er lächelte zurück. Noch immer schwieg er. Er reagierte nicht auf Baekhyuns oder Jong-Huns Worte. Stattdessen streckte er seine Hand aus und begann, Lil'Noona zu streicheln.

Wie erwartet, ließ sie sich umfallen und genoss seine Streicheleinheiten. Zeit, für Baekhyun weiter zu planen und eine Lösung zu finden, die sich bis jetzt nicht einmal annähernd zeigen wollte.

„Ich gehe wieder in mein Zimmer, ich muss noch ein paar Sachen erledigen", sagte er nach einem letzten Blick auf Hyeong-Joon und nickte Jong-Hun zu.

„Kein Problem, ich bleibe bei ihm."

„Gut, wenn etwas ist, holst du mich."

„Ja", erwiderte Jong-Hun und setzte sich zu seinem Freund aufs Bett. Lil'Noona schloss die Augen und schnurrte, während sie die Streicheleinheiten genoss. Hyeong-Joons Finger vergruben sich in dem langen Fell und erneut lächelte er. Es war kein guter Zeitpunkt, das wusste Jong-Hun, doch irgendwann musste er es ihm sagen.

„Joona."

„Ja?" Er blickte Jong-Hun fragend an.

„Ich muss dir etwas sagen."

Hyeong-Joons Magen zog sich schmerzlich zusammen. So ernst? Was wollte er ihm sagen? Eine weitere Nachricht, die ihn erschrecken würde, wie die, welche Baekhyun ihm gerade gesagt hatte?

„Ich … muss dich alleine lassen. Ich werde für ein paar Tage verreisen müssen."

„Verreisen?", rief Hyeong-Joon entsetzt.

„Ja, aber nur ein paar Tage. Es ist wichtig", versuchte Jong-Hun es, so gut es ging, zu erklären. Er konnte ihm im Moment nicht die Wahrheit sagen, denn er wusste selbst nicht, ob sich sein Plan erfüllen würde.

„Kommst du wieder?"

„Ja, auf jeden Fall. Ich brauche nur ein paar Tage, dann bin ich wieder bei dir, versprochen", sagte er und nahm Hyeong-Joon in seine Arme. Er drückte ihn so fest, dass er den Herzschlag des Freundes spürte. Er hörte ihn stöhnen und ließ ihn schnell wieder los.

„Oh, es tut mir leid, es tut mir leid", sagte Jong-Hun erschrocken.

„Deine Umarmung tut mir gut. Es war ein bisschen zu fest", beruhigte Hyeong-Joon ihn.

Sie saßen einige Minuten da und spendeten sich Trost. Es war eine Umarmung von zwei Herzen, die einander gesucht und gefunden hatten. Beide verband mehr als nur die Dramen, welche sich in ihrem Leben abgespielt hatten. Es war eine Verbundenheit, die mit jedem Tag enger wurde. Gerade in den letzten Wochen, als sie fast Tag und Nacht zusammen waren. Ihre Gedanken austauschten, aber auch zusammen lachten und für kostbare Augenblicke versuchten, all das Gewesene hinter sich zu lassen.

„Wann musst du gehen?"

„Ich werde morgen abreisen. In einer Woche bin ich wieder da. Versprochen."

Hyeong-Joon blickte ihn mit traurigen Augen an. Er wusste, dass es wichtig sein musste, sonst würde er nicht gehen.

„Ich werde dich vermissen", sagte Hyeong-Joon.

„Ich dich auch. Ich komme bald wieder. Versprochen", erwiderte Jong-Hun und legte sich mit zu ihm ins Bett. Er kuschelte sich an ihn und legte seinen Arm um Hyeong-Joon. Eine vertraute Situation, die beide in diesem Moment genossen, denn sie war innig und gab ihnen das, was sie im Moment beide brauchten. Einen Halt.

KAPITEL 32

„Ihr müsst aufstehen“, hörten sie am nächsten Morgen Baekhyuns Stimme. Beide lagen noch immer eng aneinander gekuschelt zusammen. Sie hatten die ganze Nacht so verbracht. Immer wenn Jong-Hun aufgewacht war, hatte er Hyeong-Joon beobachtet. Er liebte ihn wie seinen Bruder.

„Los aufstehen“, ermahnte sie Baekhyun und öffnete das Fenster. Kalte Morgenluft drang zu ihnen herein und langsam bewegten sie sich. Jong-Hun stand als Erster auf und lief ins Bad.

„Halt, es ist besser, wenn du bei dir duschst. Oder wollt ihr zusammen duschen?“, grinste Baekhyun.

Hyeong-Joon lachte und zog das Kissen über sein Gesicht.

„Nein, du hast ja recht, ich gehe“, erwiderte Jong-Hun und verschwand nach draußen, um in sein eigenes Zimmer zu gehen.

„Du duschst dich auch. Jong-Hun muss in einer Stunde los und wir wollen ihn richtig verabschieden, oder?“

„Ja, ich stehe gleich auf“, antwortete Hyeong-Joon und kuschelte sich ein letztes Mal in sein Bett. Er wollte nicht aufstehen. Nicht, seinen Freund verabschieden und noch weniger irgendwann zum Management fahren. Das Management!

„Wann müssen wir hin?“

„Wohin?“, fragte Baekhyun irritiert.

„Zum Management.“

„Lass uns später darüber reden.“

„Nein, ich will es jetzt wissen“, beharrte Hyeong-Joon und stand auf.

„Morgen.“

„Morgen schon?“

Augenblicklich verlor er alle Farbe aus seinem Gesicht. Angst und Panik breiteten sich binnen von Sekunden in ihm aus und Baekhyun fürchtete einen erneuten Zusammenbruch.

„Es ist alles in Ordnung. Ich werde dabei sein, fünf meiner Bodyguards und der Termin dauert nicht länger als fünfzehn Minuten.“

Auch wenn die Worte ihn beruhigen sollten, so verunsicherten sie ihn noch mehr. Wenn Baekhyun so viel an Sicherheit aufbot, was erwartete er dann von dem Termin?

„Und wo?“

Wieder sah er sein Büro vor sich, die Bilder dieses schrecklichen Tages. Es kam ihm so vor, als wäre es erst gestern gewesen.

„In einem Café in Seoul.“

„Einem Café?“, hakte Joona nach und wurde neugierig.

„Ja, ein öffentlicher Platz mit genügend Bodyguards. Ich will sichergehen und dass du entspannt bist“, grinste er.

„Aber wie stellst du sicher, dass sie uns nicht verfolgen und mich hier finden?“

„Wir werden nicht mit dem Auto fahren, sondern mit dem Zug und mehrfach umsteigen. Somit ist gewährleistet, dass wir sie auf jeden Fall erkennen, sollten sie uns folgen.“

„Und wenn doch?“

„Nein, es gibt kein, wenn doch“, stellte Baekhyun energisch fest und wandte sich zum Gehen. „Dusche dich oder willst du Jong-Hun nicht verabschieden?“

Er blickte Hyeong-Joon gespielt streng an. Als dieser im Bad verschwand, eilte er zurück in sein Zimmer. Immer wieder ging er die Planungen durch, prüfte die Strecken und Zeiten. Es musste sicher sein, dass man sie nicht verfolgte. Einen Fehler konnte er sich nicht leisten, schon wegen seines Freundes, dem diese Klinik gehörte.

Die letzten Tage hatten sich schwierig gestaltet. Die Aktionen des CEOs wurden immer massiver. Die üblichen freundlichen Förmlichkeiten und Nachfragen hatten sich gewandelt und der Ton war rauer geworden. Man erbat nicht mehr Hyeong-Joons Anwesenheit oder fragte danach, wie es ihm ging, sondern man begann zu fordern. Und diese Forderungen wurden immer lauter. Unterschwellig hatte Baekhyun das Gefühl, als ob sie nicht mehr gewillt waren, länger auf ihr Produkt zu warten. Sie wollten wieder frei darüber verfügen.

Baekhyun stellte sich nach wie vor als Vermittler zur Verfügung, was ihnen jedoch missfiel. Sie gaben ihm klar zu verstehen, dass er kein Teil von Hyeong-Joons Team wäre, kein Angehöriger des Managements sei und Hyeong-Joon bereits einen Manager habe. Sie duldeten keine weiteren Einmischungen.

Baekhyun nahm sich die gefährliche Freiheit, darauf hinzuweisen, dass er als einziger wüsste, wo Hyeong-Joon sich befand. Und bot an: So lange Hyeong-Joon seinen Verträgen nachgehen würde, es kein Problem sein dürfte, dass er seine private Assistenz übernahm. Und für ihn koordinierte, bis der Junge genesen war. Kostenfrei.

Ein Schachzug, der nicht lange anhalten würde. Spätestens morgen, wenn sie ihn sahen, wussten sie, dass er so weit gesund war, dass er wieder normal arbeiten konnte. Sie würden ihm gnadenlos Termine vorgeben, die er zu erfüllen hatte. Ob er wollte oder nicht.

Baekhyun seufzte. Die Wochen waren zerronnen wie Sand in seinen Händen. All die Rückmeldungen, welche er von hochrangigen Rechtsanwälten bekommen hatte, waren ernüchternd. Es gab keine Möglichkeit für Hyeong-Joons, das Management zu verlassen, ohne herbe Verluste einzustreichen. Nicht, bevor der Vertrag auslief.

„Baekhyun?“, hörte er Jong-Huns Stimme und ein Klopfen an seiner Tür.

„Komm rein“, sagte er und stand von seinem Stuhl auf.

„Ist Joona bei dir?“

„Nein, warum fragst du?“, erwiderte Baekhyun.

„Nur so.“

„Nein, nur so fragt man nicht einfach.“

Er ging zur Tür, schloss sie und blickte Jong-Hun fragend an. Der Junge wirkte unsicher, rieb seine Hände und blickte sich nervös im Zimmer um.

„Also, was ist? Wolltest du zu Joona oder mich etwas fragen?“

Jong-Hun rang mit sich, das konnte Baekhyun deutlich sehen. Er wirkte wie ein Schuljunge, der etwa ausgefressen hatte.

„Joona muss von diesem Management weg, sonst wird er sterben. Entweder werden sie etwas unternehmen oder er kann nicht mehr und …“

„Nein, stopp! Daran darfst du nicht einmal denken“, sagte Baekhyun und seine Stimme wurde hart. Jong-Hun zuckte zusammen und sah ihn erschrocken an.

„Niemals würde Joona mehr solch einen Gedanken haben. Niemals! Denn ich werde alles tun, um ihn zu schützen.“

„Wie willst du ihn schützen? Mit Bodyguards? Du kennst die Fälle, in denen die anderen Bodyguards hatten und dennoch wurden sie verraten.“

„Nicht meine Bodyguards! Ich werde ihn schützen.“

„Der Schutz allein nützt ihm nichts. Das Management wird nicht aufhören, zu forschen, wer die Frau an seiner Seite ist. Ich denke nicht, dass Joona diesem Druck gewachsen ist. Vielleicht die nächsten Tage und Wochen, vielleicht sogar Monate, aber niemals über Jahre hinweg."

Jong-Hun sprach das aus, was Baekhyun wusste. Was Hyeong-Joon brauchte, war eine endgültige und greifbare Lösung, die ihn aus den Fängen des Managements befreite. Nicht tägliche Hoffnungsschimmer, welche bei jedem Zusammentreffen mit dem CEO wieder erloschen.

„Ich werde eine Lösung finden", beharrte Baekhyun.

Jong-Hun seufzte. Er wollte ihm glauben. Was blieb ihm anderes übrig?

„Ich werde jetzt gehen."

„Warte, wir begleiten dich noch", sagte Baekhyun und nahm ihn in seine Arme. „Du bist so tapfer, hast all das mit Joona noch einmal durchlebt, was dich einst selbst ereilte."

Jong-Hun riss die Augen auf. „Woher weißt du?"

Baekhyun küsste ihn zärtlich auf die Schläfe und hielt ihn einfach nur fest. Woher er wusste, dass auch dieser Junge hier mit unvorstellbaren Misshandlungen hatte erwachsen werden müssen? Er wollte nicht mehr darüber nachdenken. Zu viele Kids waren gestorben. Unfall. Oder Suizid. Es war so offensichtlich. Nur sah niemand wirklich hin.

Er wusste bis ins kleinste Detail, was sie Jong-Hun angetan hatten. Der Junge war nicht nur misshandelt worden. Sondern monatelang zur Prostitution gezwungen worden. Er war austauschbare Ware. Aber er hatte überlebt. Andere schafften es nicht. Erst tags zuvor war in den Medien bekannt geworden, dass sich eine junge Sängerin das Leben genommen hatte. Ihr Management hatte sie gezwungen, mit dreiunddreißig Geschäftspartnern zu schlafen. Und sogar alles gefilmt.

Diese Kinder hier, denn das waren sie, KINDER – hatten so viel Schreckliches erlebt, dass alleine der Gedanke daran Baekhyun schier verzweifeln ließ. Und trotzdem waren sie noch fähig, Vertrauen zu schenken. Sie wollten nur jemanden zum Lieben. Sie waren frei von Arglist und Neid. Sie freuten sich über eine Tafel Schokolade. Einen Teddybären. Ein Lächeln.

„Ich hoffe, dass ihr bald frei sein werdet und euer eigenes Leben gestalten könnt. Ich wünsche es mir so sehr für euch", sagte er.

Worte, die in Jong-Huns Kopf widerhallten. Auch er wünschte sich nichts sehnlicher, als frei zu sein, doch noch mehr wünschte er es seinem Freund. Hyeong-Joon war noch sensibler als er. Ein weiteres Mal würde er all das nicht überleben, da war er sich sicher.

Als sie auf den Gang hinaustraten, stand Hyeong-Joon bereits an der Glastür.

„Da seid ihr ja", rief er und wartete, bis sie zu ihm kamen.

Jong-Hun umarmte ihn und erklärte: „Ich habe mich noch von Baekhyun verabschiedet."

Baekhyun öffnete die Tür und lächelte. Der Anblick seiner zwei Schützlinge, die sich Stärke und Kraft gaben, erfüllte ihn mit Zufriedenheit. Etwas, das er bitternötig hatte bei all den Sorgen.

Sie gingen hinaus. Winterliche Kälte umfing sie, aber auch Sonnenschein. Nicht weit entfernt mussten Kinder sein, denn sie hörten lautes Lachen, das über den See zu ihnen getragen wurde.

„Ich werde dieses Versteck vermissen", sagte Jong-Hun, während er zu seinem Wagen lief.

„Aber du kommst doch wieder", versuchte Hyeong-Joon ihn zu trösten. Eigentlich galt es sich selbst.

„Natürlich, mein Joona. In einer Woche bin ich wieder da, versprochen!"

Er öffnete seinen Wagen und blickte Hyeong-Joon an. Dieser wirkte traurig und hatte damit zu kämpfen, nicht zu weinen. Jong-Hun ging es nicht anders. Im Gegensatz zu Hyeong-Joon wusste er aber, dass sein Termin und dieser Tag wichtig waren. Sehr wichtig. Er musste nur noch ein paar Stunden warten und verharren, dann wäre alles anders. Hoffentlich!

Jong-Hun nahm seinen Freund ein letztes Mal in seine Arme, drückte ihn an sich und hielt ihn für Minuten einfach nur fest.

Baekhyun liebte diese beiden Jungs und verstand, weshalb sie so eng miteinander verbunden waren. Es waren ihrer beider Erfahrungen, die sie schmerzlich verbanden. Dennoch schafften sie es, hin und wieder einfach nur Jungs zu sein, die nicht weniger Unfug trieben als all die anderen. Nur mit dem Unterschied, dass sie nie eine Jugend hatten und diese nun nachholten.

„Ich muss los", sagte Jong-Hun und löste sich langsam von Hyeong-Joon. Zu gerne würde er ihn jetzt mitnehmen, doch es ging nicht.

Noch nicht, sprach er sich Hoffnung zu und betete, dass sich sein Wunsch erfüllen möge.

„Gute Fahrt", verabschiedete sich Baekhyun und ließ es sich nicht nehmen, ihn noch einmal in seine Arme zu schließen.

Sie wollten einander nicht gehen lassen, das war unübersehbar. Doch Jong-Hun musste los. So stieg er in seinen Wagen ein und startete ihn. Er winkte ein letztes Mal, ehe er ausparkte und auf das Tor zufuhr. Langsam öffnete es sich. Hyeong-Joon sah es nicht mehr. Denn seine Augen füllten sich mit Tränen. Baekhyun nahm ihn in den Arm und winkte ein letztes Mal, ehe der Wagen verschwand und sich das Tor wieder schloss. Jong-Hun war weg.

Er würde bald wiederkommen, sagte Hyeong-Joon zu sich, während sie zurückgingen. Er wollte jetzt nur noch in sein Zimmer.

Baekhyun machte sich Sorgen. Er wusste, dass er im Moment für ihn nichts tun konnte. Also begleitete er ihn bis zu seinem Zimmer und verriet ihm, wo er noch Schokolade finden würde. Eine kleine Freude, die Hyeong-Joons Augen zum Leuchten brachten.

Wie von Baekhyun beschrieben fand er den geheimen Vorrat in seinem Kleiderschrank und stürzte sich geradezu darüber. Er aß eine Tafel und danach noch eine, bis ihm fast schlecht wurde. Dies war ein besseres Gefühl als das, was ihn überkam, wenn er an morgen dachte. Er legte sich auf sein Bett und wollte weg. Von hier, all dem, was geschehen war, und zu Susanne. Sie in seinen Armen halten, drücken, fühlen, aber vor allem riechen.

Hyeong-Joon sehnte sich nach ihrem Duft, ihrer Liebe und begann zu träumen. Von einer Zeit, in welcher er allem entfliehen konnte und es kein Management mehr gab. Er sah ihre schönen blonden Locken, die immer ein wenig zerzaust aussahen. Ihre roten Lippen, glänzend und so verführerisch, dass er gar nicht wegsehen konnte.

Und während er sich seiner Sehnsucht nach ihr hingab, fiel er in einen tiefen Schlaf.

Er musste Stunden geschlafen haben, als Baekhyun an seine Tür klopfte und er erwachte.

„Geht es dir nicht gut?", fragte der Ältere und Besorgnis klang aus seiner Stimme.

„Ich war müde", antwortete Hyeong-Joon und streckte sich.

„Nach so viel Schokolade kein Wunder", grinste Baekhyun und blickte auf die beiden leeren Verpackungen.

„Sie hat mir gutgetan."

„Aber du musst auch in Form bleiben", ermahnte ihn der Ältere. „Also, zieh dir deine Sportsachen über und dann wirst du laufen."

„Laufen?"

„Ja, zwei Mal um den See."

Hyeong-Joons Augen weiteten sich. Als er Baekhyuns Blick sah, wusste er, dass er nicht spaßte. Binnen Minuten hatte er sich umgezogen und folgte ihm nach draußen. Es war zwar kalt, aber bei dem Gedanken an den Lauf begann er bereits jetzt zu schwitzen. Baekhyun zeigte kein Erbarmen.

„Also los", sagte er und joggte los. Hyeong-Joons folgte ihm.

Er hatte die letzten Wochen zwar schon Sport getrieben, doch seine Rippe schmerzte noch immer, sodass er Krafttraining, wie er es zuvor gemacht hatte, nicht ausüben konnte. Sein Körper hatte sich verändert. Nicht zuletzt, weil er zu Beginn abgenommen hatte. Sowohl Baekhyun als auch Jong-Hun hatten sich Sorgen gemacht, das wusste er. Erst als er wieder zu essen begann und insbesondere Schokolade, waren sie beruhigt.

Hyeong-Joon stöhnte. Baekhyun zeigte heute kein Erbarmen. Nachdem er seine Runden um den See absolviert hatte, trieb er ihn erneut an und ließ ihn Treppen laufen. Wieder und wieder, bis er geradezu um Gnade bettelte.

Baekhyun ließ sich schließlich erweichen. Leider nicht beim Abendessen. Es gab Gemüse, etwas, das Hyeong-Joon hasste.

„Schmeckt es dir nicht?", grinste Baekhyun, während er Hyeong-Joon beobachtete, wie der lustlos auf einem Brokkoli herumknabberte.

„Na ja, Fleisch wäre mir lieber."

„Morgen wieder, heute lebst du einmal gesund. Du hast zwei Tafeln Schokolade gegessen, es ist Zeit für was Gesundes."

„Ich habe Angst."

„Vor was?", fragte Baekhyun und blickte von seinem Teller auf.

„Vor morgen."

Baekhyun musste nicht fragen, was er meinte, denn ihm ging es ähnlich. Das Zusammentreffen mit dem Management war das erste nach der Folter und beide wussten nicht, wie es ablaufen würde.

„Du musst keine Angst haben. Wir gehen hin, du unterschreibst und dann gehen wir wieder."

Es klang so einfach und doch schien es für Hyeong-Joon in diesem Moment die Hölle. Bereits bei dem Gedanken daran bekam er Schweißausbrüche.

„Was, wenn sie mit mir allein sein wollen?"

„Das werden sie nicht. Denn sie wissen, dass ich dabei bin, und haben dem zugestimmt. Sie können ihr Wort nicht einfach zurückziehen."

„Und wenn sie wollen, dass ich arbeite? Vielleicht schon morgen oder nächste Woche? Und wie soll es in Zukunft werden, willst du immer an meiner Seite bleiben? Und wenn du mal keine Zeit hast und wenn …"

Er redete immer schneller, bis Baekhyun mit der Hand auf den Tisch schlug.

„Stopp!"

Hyeong-Joon zuckte zusammen und starrte seinen väterlichen Freund verwirrt an.

„Tu das nicht, Junge. Kein wenn. Deine nächsten Termine stehen noch nicht fest. Der morgige ist nur für die Unterzeichnung der Verträge. Alles andere werden wir dann besprechen, wenn es so weit ist. In Ordnung?"

Hyeong-Joon nickte und stocherte weiter in seinem Essen herum.

„Kann ich in mein Zimmer gehen?", fragte er schließlich.

„Natürlich, du kannst jederzeit gehen."

„Danke, dann würde ich jetzt aufstehen."

„Kein Problem. Ich bin dann auch auf meinem Zimmer. Wenn du etwas brauchst, ich bin da. Außer Schokolade, da habe ich keine", grinste er.

„Aber ich. Falls du eine willst, gebe ihr dir gerne eine ab."

Hyeong-Joon stand auf, drückte Baekhyun kurz an sich und ging. Es waren nur wenige Minuten, die ihn von seinem Zimmer trennten. Als er hinausging, sah er bereits die ersten Sterne am Himmel. Sie funkelten zu ihm herab und spiegelten sich im See wider. Er setzte sich auf seine Bank und schloss die Augen. Er wollte weg von hier, obwohl es derzeit sein Zufluchtsort war.

Nie mehr würde er nach Hause zurückkehren können, denn es gab für ihn dort kein Zuhause mehr. Er hatte es, wie viele andere Dinge an diesem einen Tag, verloren. Alles war verändert. Sein Denken, sein Fühlen, aber vor allem der Wunsch, dass sich die Zukunft ändern würde, und das so bald wie möglich. Er wollte frei sein und hatte es so in seinen Brief an Susanne geschrieben. Aber wie sollte er es schaffen?

Was, wenn er morgen das Management darauf ansprechen würde? Oder war die Gefahr zu groß, dass dies ihren Unwillen noch mehr steigerte? Er atmete tief ein und presste die Luft langsam wieder heraus. Wenn er den Vertrag brach, war er wieder ein Niemand. Sie würden ihm alles nehmen. Jetzt war er ein gefeierter Star, wenn auch einsam und voller Angst. Danach wäre er nur ein Nichts und Niemand und sogar weniger.

Hyeong-Joon atmete die kalte Winterluft ein. Inzwischen nahm er den Gedanken als beste Alternative in Kauf. Er wollte keine Angst mehr haben. Nie mehr und vor niemanden!

Jong-Hun ging es nicht anders. Auch er unterstand einem Management, das ihm noch mehr abverlangte, als Hyeong-Joon es wahrscheinlich jemals durchgestanden hätte. Jong-Hun ertrug es schweigend und lächelnd. Auch wenn sein Innerstes täglich ein bisschen mehr starb.

Hyeong-Joon hatte es in den letzten Wochen gesehen. Jong-Hun lächelte mehr als früher. Nur in vermeintlich unbeobachteten Momenten, wo er seinen Gedanken nachhing, vermutlich von einer besseren Zukunft träumte, wirkte er so unsagbar traurig.

Hyeong-Joon sah auf seine Uhr und lächelte, sein Herz schlug augenblicklich schneller. Es war Zeit zu gehen, denn seine Liebe würde bald online sein. Er würde ihre Stimme hören und davon träumen, in ihren Armen zu liegen. Hyeong-Joon lief zu seinem Zimmer und sah Licht unter Baekhyuns Tür.

Er lauschte. Das Einzige, was er vernahm, war Stille. Er überlegte anzuklopfen. Vielleicht sollte er ihn in Ruhe lassen. Seit über sechs Wochen war sein väterlicher Freund an seiner Seite, genau wie Jong-Hun.

Wo dieser jetzt wohl war? Sein Vorhaben klang geheimnisvoll, da er sich nicht weiter geäußert hatte. Irgendwann würde er es ihm sagen, da war sich Hyeong-Joon ganz sicher. Weiter darüber nachzudenken, blieb ihm keine Zeit, denn er hatte ein Date.

Schnell schloss er die Tür zu seinem Zimmer auf und warf seine Jacke über den Stuhl. Er würde duschen und sie dann treffen.

Nahezu jede freie Sekunde dachte er daran, wie es wäre, sie wieder zu sehen. Täglich prüfte er die Flugangebote und Einreisebestimmungen. Nach wie vor gab es keine Möglichkeit, sich zu treffen. In Korea herrschte Einreiseverbot. Und er selbst bekam für Europa kein Visum. Corona hatte die Welt weiterhin fest im Griff. Genau wie sein Management ihn.

Hyeong-Joon wusste, dass Baekhyun bereits mehrere Termine verschoben hatte und es ihm nicht sagte. Er hatte gelauscht. Und bis dato so getan, als wüsste er von nichts.

Er spürte das heiße Wasser auf seiner Haut und wünschte, Susanne wäre nun bei ihm. Würde ihn in ihren Armen halten und küssen. Nur in den Armen halten und er wäre der glücklichste Mann der Welt. Er brauchte keinen Sex, nicht jetzt. Er brauchte nur ihre ruhige, liebevolle Umarmung und alles wäre gut.

Morgen machte ihm Angst. Niemand konnte ihm diese Ängste nehmen. Sie wucherten in seinem Bauch und breiteten sich von Stunde zu Stunde weiter aus. Jetzt half nur noch eines: Sie.

Er trocknete sich ab, zog schnell etwas über und setzte sich auf sein Bett. Ein Blick auf die Uhr zeigte ihm, dass sie bald online sein müsste. Sie wusste bisher nichts von dem morgigen Treffen und er fragte sich, wie sie reagieren würde. Sicherlich wäre sie besorgt. Er musste ihr das Gefühl vermitteln, wie es Baekhyun bei ihm versuchte: Etwas Sicherheit, die es in seinen Augen jedoch nicht gab.

Er öffnete seinen Laptop und loggte sich ein. Wenige Sekunden später hörte er ein kurzes Summen und dann sah er sie. Sie lag in der Badewanne, um sie herum Kerzen und ein Glas Sekt in der Hand.

„Susanne." Er lächelte glücklich.

„Oppa, wie geht es dir?"

„Gut, Baekhyun hat mich heute laufen lassen, zwei Runden um den See."

„Warum, was hast du gemacht?", fragte sie und grinste.

„Nichts."

„Das stimmt nicht. Ich sehe es dir an. Niemals würde er dich einfach so laufen lassen."

„Gut, erwischt. Ich habe zwei Tafeln Schokolade gegessen, aber dies hatte einen Grund."

„Welchen? Was ist passiert?", fragte sie und stellte ihr Glas zur Seite.

„Jong-Hun musste abreisen."

Sie wusste, wie sehr er an Jong-Hun hing und ihn nun vermissen würde. Beide waren seit dem Vorfall noch mehr verbunden als zuvor.

Sein Gehen würde ihren Liebsten vielleicht wieder schwächen. Angst beschlich sie. Susanne überlegte, wie sie ihm Trost spenden konnte. Vielleicht eine frauliche Ablenkung?

„Gefällt dir, was du siehst?", fragte sie und erhob sich ein wenig aus dem Badewasser.

„Mir gefällt alles. Denn du bist wunderschön."

„Möchtest du mehr sehen, soll ich dich glücklich machen?"

Er zögerte. Susanne erkannte erst jetzt, dass etwas anders war. Normalerweise lag er nackt in seinem Bett und wartete sehnsüchtig auf sie.

„Was ist los?", fragte sie liebevoll.

Sie richtete sich etwas weiter auf. Der Schaum lief von ihren Schultern, hinab zu ihren Brüsten und verteilte sich im Wasser. Es war ein Anblick, der ihn sonst in Verzückung brachte. Im Moment war er zu angespannt.

„Joona, was ist los?", fragte sie erneut, nun schon deutlich besorgt.

„Ich habe morgen einen Termin beim Management."

„Warum, was wollen sie von dir? Weiß Baekhyun Bescheid?"

„Ja, er hat den Termin gemacht."

„Weißt du, warum sie den Termin wollen?"

„Ja. Angeblich, wegen weiterer Aufträge und einem Verlängerungsvertrag. Es wäre wichtig, sagt Baekhyun, denn wenn ich sie verliere, könnte dies auch Folgen in der Zukunft haben."

„Wann hast du den Termin?"

„Morgens um neun. Wir müssen früh losfahren. Gegen drei."

„Warum?"

„Baekhyun will kein Risiko eingehen und so fahren wir nicht mit dem Wagen, sondern mit dem Zug, steigen ein paar Mal um und werden am Bahnhof in Seoul von seinen Leuten abgeholt."

Susanne atmete tief durch. Baekhyun hatte wie immer vorgesorgt und anders hätte sie es auch nicht von ihm erwartet.

„Was hältst du davon, wenn du dich jetzt entspannst und ich dir etwas vorsinge?"

„Du singst für mich?" Hyeong-Joons Augen strahlten verliebt.

„Ja, wenn du willst. Eine Badenixe, die singt", grinste sie und streckte ihm ihre Beine entgegen.

„Ja, bitte", erwiderte er und schlüpfte unter seine Bettdecke.

Er stellte den Laptop neben sich, ließ seinen Kopf auf das Kissen sinken und lauschte ihrem Gesang. Hyeong-Joon verstand nichts, denn es war ihre Sprache. Es war ihm egal. Sie war ihm nah und sang nur für ihn. Es war ihre Art, ihm ihre Liebe zu zeigen, die er niemals mehr in seinem Leben missen wollte.

Er schloss sie Augen, lauschte ihrem Gesang und ließ sich hinwegtreiben an einen Ort, den er für sie beide längst in seinem Herzen trug. Wo er und sie vielleicht bald ein neues Zuhause finden würden.

Kapitel 33

Hyeong-Joon schwitzte. Sein Magen schmerzte. Schon bevor sie abgefahren waren, hatte er sich mehrfach übergeben. Baekhyun versuchte, ihn zu beruhigen. Es wollte ihm genauso wenig gelingen wie Hyeong-Joon, seine Angst unter Kontrolle zu halten. Je näher sie ihrem Ziel kamen, umso nervöser wurde er. Wieder und wieder überkam ihn ein Schwall aus Angst und Panik. Er ertappte sich dabei, wie er die Fäuste in seinen Taschen zusammenballte und wünschte, dass sie niemals ankommen würden. Doch je näher sie Seoul kamen, umso schlimmer wurde es.

Baekhyun verfolgte die Verfassung seines Schützlings mit Besorgnis. Keinesfalls durfte er jetzt zusammenbrechen. Dies wäre ein schlechtes Zeichen, auch für ihn. Man würde ihn vermutlich mit dafür verantwortlich machen, obwohl sie der eigentliche Grund dafür waren. Der Junge musste jetzt stabil sein, ihnen gegenübertreten und beweisen, dass sie ihn an jenem Tag nicht gebrochen hatte.

Sie waren fast da. Die Limousine steuerte genau auf das Einkaufcenter zu, welches Baekhyun dem Fahrer genannt hatte. Sie waren unter Leuten und in der Öffentlichkeit, was Hyeong-Joon zumindest die Angst nehmen konnte, dass man ihn vor all den Besuchern erneut angreifen würde.

Noch waren sie nicht an ihrem Zielort angelangt. Der Wagen parkte direkt vor dem Einkaufscenter. Wie erwartet blickten manche der Leute zu ihnen, als sich die Türen öffneten und sie ausstiegen. Sie trugen aufgrund von Corona Masken, was alles ein wenig vereinfachte. Dennoch erzeugten sie Aufsehen, da sie mehr als sieben Männer in Anzügen waren, die eigentlich nicht zu einem Einkaufsbummel passen wollten.

Baekhyun ließ sich davon nicht beirren und steuerte direkt auf den Eingang zu. Er hatte bereits für frühere Treffen die Lokalitäten geprüft und kannte sich aus.

„Wir sind gleich da, Joona. Halte durch“, wandte er sich an Hyeong-Joon, was bei diesem einen erneuten Schweißausbruch erzeugte.

Je näher sie dem Café kamen, umso nervöser wurde er. Hyeong-Joons sah weit entfernt bereits drei Leute an einem Tisch sitzen, vier weitere standen nur knapp dahinter. Es handelte sich eindeutig um seine Manager und deren Bodyguards. Sicherlich auch welche, die an besagtem Tag dabei gewesen waren. Und wussten, was mit ihm gemacht worden war.

Erneut zog sich sein Magen schmerzlich zusammen. Er durfte jetzt keine Angst zeigen. Niemals sollten sie sehen, wie sehr sie ihn gedemütigt und vor allem verletzt hatten. Weder äußerlich noch innerlich. Sie kamen dem Café immer näher, bis Baekhyun die Tür öffnete und eintrat.

Kaffeegeruch strömte ihnen entgegen, was ihm erneut das Gefühl gab, sich übergeben zu müssen. Sein Herz schlug schneller und er spürte, wie der Schweiß seinen Rücken entlanglief. Er musste sich jetzt ablenken, nur einen Moment, damit er nicht den Verstand verlor. Zu groß war die Aufregung, aber vor allem die Angst, ihnen in wenigen Sekunden gegenübertreten zu müssen.

Hyeong-Joon ließ den Blick über das Innere des Cafés wandern. Es war schlicht eingerichtet und nur wenige Tische waren besetzt. Was hatte er erwartet? Die meisten Leute waren bereits bei der Arbeit. Ihm wurde übel, je mehr sie sich den Managern näherten. Diese saßen an einem Tisch in einer Nische und standen nun auf, um sie zu begrüßen. Auch der Manager, welcher ihn misshandelt und unsittlich berührt hatte. Sie begrüßten einander, als wäre nie etwas vorgefallen.

So viel Heuchelei, dachte Hyeong-Joon und bemühte sich, die schrecklichen Erinnerungen zu verdrängen.

Sein CEO bot ihnen an, sich gegenüber zu setzen. Hyeong-Joon bemerkte, dass sie bereits Unterschriftsmappen vor sich liegen hatten. Er hoffte, dass sie ihm diese gaben, er unterzeichnen und direkt gehen konnte.

Sie hatten andere Pläne, wie die Worte seines Managers zeigten.

„Wir haben etwas zu essen bestellt“, sagte Lee Sukh-Jae und lächelte.

Er gab der wartenden Bedingung ein Zeichen, die daraufhin kleine Vorspeisen brachte. Augenblicklich stieg Zorn in Hyeong-Joon auf, als er das Essen sah. Glaubten sie wirklich, er würde mit ihnen essen? Nach dem, was sie ihm angetan hatten? Es war eine Beleidigung, wie er empfand, und so schob er es unberührt zur Seite, kaum dass die Bedienung es ihm hingestellt hatte.

Baekhyun sah ihn verwundert an, verkniff sich jedoch jeden Kommentar und wartete, was sie zu sagen hatten.

Lee Sukh-Jae war diese Ablehnung nicht entgangen. Er hob die Augenbrauen, doch Hyeong-Joon hielt seinem Blick stand. Er wusste nicht, woher er die Kraft nahm, aber sie war da und er wurde ruhiger, je länger er ihnen gegenübersaß.

„Offenbar hast du keinen Hunger", begann Lee Sukh-Jae. Es war unüberhörbar, dass er von seiner Reaktion überrascht war.

Hyeong-Joon reagierte nicht. Er sah ihm mit unbewegter Miene in die Augen.

„Wir haben hier ein paar neue Aufträge, sehr lukrativ", fuhr Lee Sukh-Jae fort und schob ihm die Unterschriftsmappe zu.

Hyeong-Joon öffnete sie und sah sie durch. Sie waren lukrativ. Namhafte Firmen, exklusive Brandings waren darunter. Natürlich würde er sie unterzeichnen, das stand außer Frage.

„Sie sind sehr lukrativ", betonte Lee Sukh-Jae erneut und hielt ihm seinen Stift zur Unterzeichnung entgegen.

Hyeong-Joon ignorierte ihn und zog seinen eigenen aus seiner Anzugtasche. Er prüfte einen Auftrag nach dem anderen und unterzeichnete sie nach wie vor schweigsam. Alle Augen waren auf ihn gerichtet und es wirkte geradezu gespenstisch, denn niemand von ihnen redete mehr, sondern wartete, bis er unterzeichnet hatte.

Als er fertig war, klappte er die Mappe zu und schob sie zurück.

„Wie geht es dir?", fragte Lee Sukh-Jae plötzlich und sah ihn aufmerksam an.

Hyeong-Joon blickte jedem Einzelnen von ihnen in die Augen. Er wollte sie auf die Art wissen lassen, dass sie ihn nicht gebrochen hatten. Nein, das hatten sie nicht geschafft!

„Wir erreichen dich nicht. Dein Handy ist immer ausgeschaltet. Hat das einen Grund?", fragte Lee Sukh-Jae.

„Wie Sie wissen, erholt er sich im Moment noch", wandte nun Baekhyun ein.

Lee Sukh-Jae musterte diesen kurz und fuhr dann an Hyeong-Joon gerichtet fort.

„Mir scheint, als ob du mit uns nicht mehr zusammenarbeiten möchtest." Eine kühne Behauptung, die für einen kurzen Moment auch Baekhyun den Atem nahm.

„Wie kommen Sie darauf?", entgegnete Hyeong-Joon kühl. Eine Frage, die bei seinen drei Managern erneutes Erstaunen auslöste. Jedoch nicht nur die Frage an sich, sondern der Ton, in welchem er mit ihnen sprach. Es waren die ersten Worte, die er ihnen gewährt hatte.

„Du bist nicht erreichbar, alles müssen wir über jemand anderen erfragen. Du meldest dich nicht. Und du ignorierst unsere freundliche Essenseinladung“, erwiderte er und blickte kurz zu Baekhyun, ehe er sich wieder an Hyeong-Joon wandte.

„Du kannst dich von uns trennen, das ist kein Problem. Wir sind ja keine Unmenschen. Möchtest du das?“, sagte er lauernd.

Er wartete auf Hyeong-Joons Reaktion. Der reagierte so, wie sie es ihm all die Jahre antrainiert hatten. Er lächelte und sie wussten es nicht zu deuten.

„Du kannst gehen. Aber dann bist du wieder ein Niemand. Alle Rechte, ich betone alles, gehört uns. Dein Name, deine Songs, deine Bilder, Videos, Fernsehaufzeichnungen, Bücher, alles an Merchandise ist unser und du hast nichts. Ich wiederhole. Nichts.“

Hyeong-Joon schwieg. Er lächelte noch immer tapfer, auch wenn er innerlich zu schreien begann. Sie wollten ihn vernichten, ihn kaputtmachen, sofern er es wagen sollte, sie zu verlassen. Während sie alles tun würden, um ihn zu vernichten, profitierten sie weiterhin von ihm. Tag für Tag und Jahr für Jahr. Songs, von ihm geschrieben, Aufzeichnungen, die noch nicht veröffentlicht waren, würden in den nächsten Monaten und Jahren noch folgen und sie wollten die Hand aufhalten, während es ihm vermutlich ergehen mochte wie einst Baekhyun. Vielleicht nicht im vollen Umfang, aber annähernd.

Seine Tage als Sänger wären gezählt. Sie hatten es ihm gerade noch einmal bestätigt. Hyeong-Joon konnte es drehen und wenden, wie er wollte. Entweder er löste den Vertrag, war wieder ein Niemand. Oder er blieb dort und würde weiterhin ihren Misshandlungen ausgesetzt sein. Sowohl körperlich als auch seelisch.

Baekhyun saß nun neben ihm, doch wie lange noch? Sie hatten gerade offen und direkt angedeutet, dass ihnen dies missfiel. Und bisher wiesen sie nur darauf hin. Der nächste Schritt würde nicht lange auf sich warten lassen. Dann wäre es kein Hinweis mehr, sondern eine Feststellung. Danach käme die Anweisung, Baekhyun wegzuschicken. Für immer.

Obwohl Hyeong-Joon noch immer lächelte, starb er jede Minute ein wenig mehr. Er wollte nicht, dass sie es schafften, ihn doch noch zu brechen. Er brauchte eine Auszeit. Nur einen Moment, um in Ruhe nachdenken zu können.

„Wenn sie mich kurz entschuldigen", bat er und stand auf, um auf die Toilette zu gehen.

Er hatte das Gefühl, zu ersticken. Es lag nicht an dem kleinen Raum als vielmehr daran, dass er seine Zukunft schwinden sah. Mit jeder verstreichenden Sekunde mehr. Er drehte das Wasser auf und hielt seine Hände darunter. Es war angenehm kalt. Er ließ es durch seine Finger gleiten und atmete tief durch. Er brauchte jetzt einen klaren Kopf. Hyeong-Joon nahm eine Handvoll und kühlte damit sein Gesicht. Es fühlte sich erfrischend an, auch wenn sein Kopf glühte. Zu viele Gedanken, die sich immer nur im Kreis drehten. Er war ihnen ausgeliefert und das noch die nächsten zehn Jahre.

Welche Bösartigkeiten würden sie auf ihn regnen lassen, wenn er nachgab? Nachdem sie ahnten, dass es eine Frau in seinem Leben gab? Würden Sie ihn wie Jong-Hun zwingen, gewisse Service-Leistungen für verwöhnte, reiche Vorstandstöchter auszuführen? Oder gar ihn gewinnbringend in eine Ehe manövrieren? Er wusste von der Klausel in seinem Vertrag, ihn zu verheiraten, sobald sich eine arrangierte Interessentin aufzeigte.

Bei dem Gedanken wurde ihm heiß und kalt. Er wusste, dass er seine große Liebe verlieren würde, sobald man ihn verheiratete. Egal, ob dies nun Liebe war oder wie in seinem Fall, der Bestandteil seines Vertrages. Er spürte, wie die Gefühle überhandnahmen. Alles an Angst und Panik mischte sich mit unbändigem Zorn, der binnen Sekunden in pure Verzweiflung umschwang. Er musste wieder nach draußen. Sie warteten bereits und es würde nicht mehr lange dauern, bis sie nach ihm suchten.

Er trocknete sein Gesicht mit einem Tuch ab und atmete tief durch, ehe er die Tür öffnete. In dem Moment klingelte sein geheimes Handy. Er ließ die Tür wieder zufallen und ging einen Schritt zurück in den Waschraum. Erschrocken griff er in seine Jackentasche und zog es heraus. Er hatte vergessen, es auszuschalten. Nicht auszudenken, wenn es während des Gespräches geklingelt hätte!

Mit klopfendem Herzen blickte er auf das Display. Es war nicht Susanne, stellte er mit ein klein wenig Enttäuschung fest, um sich gleich darauf für dieses Gefühl zu schämen. Immerhin kam der Anruf von seinem besten Freund, Jong-Hun!

„Jong-Hun", begrüßte er ihn.

„Joona, wie geht es dir?"

„Gut, na ja, eigentlich nicht gut. Es ist im Moment schlecht, können wir später telefonieren? Ich treffe mich gerade mit dem Management."

„Oh, tut mir leid, ich habe es vergessen. Was sagen sie?"

„Sie gaben mir die neuen Aufträge zum Unterschreiben und …" Er stoppte, denn er spürte, dass ihn das Wissen um seine weitere Zukunft verletzte, mehr, als er bisher gedacht hatte.

„Und was?", hakte Jong-Hun nach, der hörte, dass es ihm nicht gut ging.

„Sie drohten mir offen. Sollte ich gehen, werde ich alles verlieren", antwortete er kaum hörbar und kämpfte mit den Tränen.

„Joona?"

„Ja."

„Hör mir jetzt genau zu. Du wirst in ein paar Stunden durch die Medien etwas erfahren, was mich betrifft. Aber ich wollte es dir jetzt schon sagen, da du mein Freund bist."

„Was ist mit dir Jong-Hun? Was ist passiert?", fragte Hyeong-Joon verwirrt. Die Stimme seines Freundes hatte einen aufgeregten und sogar fast fröhlichen Klang. Es musste etwas Gutes in seinem Leben eingetreten sein. Aber was?

„Ich bin frei!"

„Frei?", wiederholte Hyeong-Joon und verstand nicht.

„Ja, die Frist zur Unterzeichnung für meinen Vertrag ist gestern abgelaufen und sie haben mich weder erreicht noch gefunden."

„Was meinst du?"

„Als das mit dir passiert ist, Joona, war dies die Gelegenheit für mich unterzutauchen. Baekhyun hatte alles so gut vorbereitet, dass niemand etwas davon wusste. Niemand. So konnte ich mir dir verschwinden. Bis gestern …"

„Da wussten sie, wo du bist, und deshalb bist du geflohen", vermutete Hyeong-Joon.

„Nein", hörte er Jong-Hun lachen.

Er war zwar erleichtert, dass seine Vermutung falsch war, aber vor allem irritiert. Was versuchte sein Freund ihm zu sagen?

„Ich hatte ein Fotoshooting in Dubai, von dem niemand wusste. Ich nahm das Angebot gerne an, denn es war der letzte Tag. Die letzte Gelegenheit für mein Management, um noch an eine Unterschrift von mir zu kommen. Ich saß im Flieger nach Dubai und war damit unerreichbar für sie. Ich bin frei", sagte er und eine unglaubliche Erleichterung sprach aus ihm.

„Du bist frei", wiederholte Hyeong-Joon und schüttelte den Kopf.

Er konnte es nicht glauben. Sein geliebter Freund war frei. Nie mehr würde ihn jemand schlagen, verprügeln oder quälen. Er musste keine Dienste mehr verrichten. Nie mehr, im Gegensatz zu ihm.

„Ja und du kannst auch frei sein."

Du kannst auch frei sein. Von was sprach er? Wie sollte er jemals frei sein, wenn ihm vor wenigen Minuten noch gesagt worden war, dass er bei Lösung des Vertrages ein nichts und niemand sein würde?

„Hör mir zu", sagte Jong-Hun mit energischem Tonfall. „Joona? Bist du noch dran?"

„Ja."

„Joona, du brauchst deinen Künstlernamen nicht. Sie können dir alles nehmen. Deine Filme, deine Shows, die Bilder. Alles, was mit Choi Hyeong-Joon zu tun hat. Aber nicht dich und dein Aussehen. DU bist Choi Hyeong-Joon und nicht umgekehrt."

„Ich … ich … verstehe", begann Hyeong-Joon und spürte, dass sich alles in seinem Kopf zu drehen begann.

„Atme, beruhige dich bitte und höre mir jetzt genau zu."

Außer einem schnellen Atmen hörte Jong-Hun nichts mehr.

„JOONA!", schrie er ins Telefon, denn er sorgte sich, dass sein Freund zusammengebrochen war. „Joona, bist du da? Melde dich!"

„Ja", hörte er ihn leise sagen.

„Hör mir genau zu. DU bist deine eigene Marke, du brauchst den Namen Choi Hyeong-Joon nicht. DU bist die Marke und wirst dich künftig selbst vermarkten. Sie brauchen dich, deinen Körper, deine Ausstrahlung. Der Name Choi Hyeong-Joon ist nur deren Bezeichnung dafür. Hast du verstanden?"

Wieder vernahm er nur ein hektisches Atmen. So gern würde er seinem besten Freund jetzt zur Seite stehen, ihn in die Arme nehmen und ihm alles in Ruhe erklären. Wieso nur hatte er jetzt damit angefangen? Statt ihm zu helfen, hatte er ihn überfordert.

„Was hältst du davon, wenn du zu mir kommst, dann werde ich dir alles in Ruhe erklären?", machte er den Vorschlag.

„Zu dir, nach Dubai?“

„Ja“, lachte Jong-Hun erleichtert, da Hyeong-Joon nicht mehr so still und scheu klang. Er hatte es geschafft, ihn mit seinem Vorschlag wieder ins Hier und Jetzt zurückzuholen.

„Bist du sicher, dass ich hier wegkomme?“

„Was denkst du, wie ich nach Dubai gekommen bin? Der Flughafen ist offen, jeder kann nach Dubai einreisen.“

Jeder konnte einreisen. Wenn er es konnte, dann vielleicht auch … Hyeong-Joon riss die Augen auf und starrte auf sein Spiegelbild. Mit einem Mal war er wieder ganz da und fühlte genau die Stärke, welche ihn begleitet hatte, als er das Essen abwies.

„Du kannst frei sein. Komm zu mir. Ich zeige dir den Weg. SEI FREI, mein Bruder!“

Die Tür öffnete sich und Baekhyun blickte ihn fragend an. Hyeong-Joon sah ein letztes Mal in den Spiegel. Frei sein.

„Jong-Hun, ich muss jetzt Schluss machen, Baekhyun ist da und schaut schon böse“, grinste er schelmisch. „Ich ruf dich später zurück.“

„Kein Problem und bitte komm hierher, dann reden wir.“

„Ich werde es Baekhyun sagen und melde mich.“

„Bis später.“

„Bis später“, antwortete Hyeong-Joon und legte auf.

„Was ist los mit dir? Du strahlst?“, fragte Baekhyun.

„Das erzähle ich dir später. Lass uns rausgehen und es uns beenden.“

„Wie du meinst“, erwiderte Baekhyun und sah ihn verwundert an.

Wer war dieser Mann vor ihm? Der Hyeong-Joon, welcher vor wenigen Minuten noch den Tisch verlassen hatte, war nicht mehr der Hyeong-Joon, der nun vor ihm stand.

Gemeinsam gingen sie zum Tisch zurück.

„Ich denke, es ist alles gesagt, oder hast du noch Fragen?“ Lee Sukh-Jae sah ihn genauso aufmerksam an wie die anderen Manager.

„Ja, eine noch. Aber es ist eigentlich keine Frage“, antwortete Hyeong-Joon.

„Was meinst du?“ Lee Sukh-Jae wirkte irritiert und blickte hilfesuchend zu seinen beiden Kollegen.

„Sie haben mir gerade gesagt, was mich erwarten würde, sofern ich den Vertrag bei Ihnen löse, richtig?“

„Ja, das ist richtig“, lächelte Lee Sukh-Jae siegessicher.

„Gut, ich werde es mir überlegen und Sie in einer Woche wissen lassen, wie ich mich entscheide."

Wie erwartet herrschte augenblicklich Stille. Selbst der Manager, welcher ihn damals unsittlich berührt hatte, ließ seine Kaffeetasse sinken und sah ihn ungläubig an. Niemand wagte mehr zu atmen oder etwas zu sagen. Er hatte es geschafft, sie zu schockieren. Eine kleine Genugtuung für das, was sie ihm angetan hatten.

„Ich möchte mich jetzt gerne verabschieden, sofern das für Sie in Ordnung ist. Ich muss nachdenken", sagte Hyeong-Joon zu Lee Sukh-Jae und sah ihn aufmerksam an. Es dauerte einige Sekunden, ehe dieser sich gesammelt hatte und sic zu einer Antwort durchrang.

„Ja, du kannst gehen. Vergiss bei deinen Überlegungen meine Worte nicht", wies er ihn an.

„Ich werde sie nicht vergessen. Ich bin mir meiner Lage bewusst", antwortete Hyeong-Joon und deutete eine Verbeugung an.

Der CEO grinste teuflisch. Ihm war klar, dass Hyeong-Joon nun in sein Zimmerchen gehen würde, um zu weinen. Niemand gab all das auf. Niemand. Die anderen Manager und auch Baekhyun standen auf und verabschiedeten sich voneinander.

„In einer Woche werde ich Sie meine Entscheidung wissen lassen", sagte Hyeong-Joon, deutete eine erneute Verbeugung an und verließ mit Baekhyun und den Bodyguards das Café.

„Was ist bloß in dich gefahren?", zischte Baekhyun, kaum, dass sie das Café verlassen hatten.

„Jong-Hun ist frei."

„Was meinst du mit frei?", fragte er, während sie zum Wagen liefen.

„Er sagte, dass wir es sicherlich bald offiziell erfahren würden."

„Ich verstehe nicht."

„Vielleicht ist es schon offiziell", sagte Hyeong-Joon und zog ebenso wie Baekhyun sein Handy aus der Tasche. Beide überflogen die neuesten Schlagzeilen.

„Das gibt es nicht", murmelte Baekhyun mit einem Mal.

Hyeong-Joon trat näher zu ihm und las ebenfalls die Schlagzeilen.

In großen Lettern ging die Nachricht wie ein Lauffeuer durchs Netz: Der Sänger Jong-Hun hatte nach zwölf Jahren seinen Vertrag mit seinem Management nicht verlängert. Und eine eigene Agentur gegründet.

Hyeong-Joon lachte laut. Baekhyun starrte zunächst entgeistert auf das Display seines Handys. Dann verzog sich sein Gesicht zu einem freudigen Strahlen.

„Was für ein Teufelskerl", lachte er erleichtert.

„Ja und wir werden ihn vielleicht früher sehen, als du denkst", grinste Hyeong-Joon und fühlte sich das erste Mal wieder etwas freier.

„Was meinst du? Noch eine Überraschung?"

„Wir werden ihn in Dubai besuchen."

„Dubai?", wiederholte Baekhyun und sah ihn fragend an.

„Ja, er ist dort zu einem Fotoshooting. Lass uns alles in Ruhe besprechen, wenn wir wieder zurück sind", erwiderte Hyeong-Joon und stieg in den Wagen.

Nachdenklich setzte sich Baekhyun zu ihm und als auch seine Bodyguards eingestiegen waren, ging die Fahrt zurück. Es würde ein langer Weg sein, denn auch auf der Rückfahrt würden sie viele Umwege nehmen. Keinesfalls sollte Hyeong-Joons Zuflucht entdeckt werden.

Als der Wagen sich in Bewegung setzte, wählte Hyeong-Joon die Nummer seiner Liebsten. Er musste ihr unbedingt alles erzählen. Sein Herz war übervoll. So viele Gedanken und Pläne gingen ihm durch den Kopf. Sie würde ebenso wie Baekhyun alles wissen wollen. Ein Blick auf seine Uhr zeigte ihm, dass in Zürich bald vier Uhr war. Ob sie für ihn wachgeblieben war, weil sie wusste, dass er diesen wichtigen Termin hatte?

Er klingelte durch und seine Geduld wurde auf eine harte Probe gestellt. Dann endlich hob sie ab.

„Joona!" Sie klang noch leicht verschlafen.

„Mein Herz, ich habe gute Neuigkeiten, begrüßte er sie. Der ganze Druck war von ihm gewichen. Genau jetzt fühlte er sich befreit und mit ihrer Stimme an seinem Ohr ging es ihm perfekt.

„Was sind das für Neuigkeiten? Wie war das Treffen mit dem Management?"

„Jong-Hun ist frei. Und das Treffen verlief gut." Ehe sie etwas zu seinen Worten sagen konnte, fügte er glücklich hinzu: „Wir können uns sehen. In Dubai. Dort werde ich Jong-Hun treffen. Und du kannst auch dorthin kommen."

„Dubai?" Sie verstand nicht. Zwar freute sie sich über seine übersprudelnde Art, nur begriff sie nicht, von was er sprach. Jong-Hun war gestern abgereist – nach Dubai? Es klang alles sehr verwirrend.

„Ja. Er ist bei einem Fotoshooting in Dubai und möchte, dass ich ihn besuche."

Während die Limousine zum Bahnhof fuhr, erzählte Hyeong-Joon seiner Liebsten alles bis ins Detail. Baekhyun saß daneben und lächelte. Es tat gut, seinen Schützling so glücklich und aufgeregt zu sehen. Und es tat auch gut, zu wissen, dass Jong-Hun endlich seinen sicheren Hafen für sich gefunden hatte. Sie alle gemeinsam würden auch für Hyeong-Joon eine Lösung finden.

Kurz bevor sie beim Bahnhof eintrafen, legte Hyeong-Joon auf. Etwas bekümmert sah er Baekhyun an.

„Was ist los?", fragte dieser.

„Ich habe Susanne gebeten, nach Dubai zu kommen. Ein Amsterdam-Revival sozusagen. Sie sagt, dass sie erst prüfen muss, ob sie einreisen darf. Ich vermisse sie so sehr. Ich kann fast nicht mehr. Ich will sie umarmen. Ihr Haar riechen. Ihr nah sein."

Hyeong-Joon schloss die Augen und griff sich mit der Hand an sein Herz. So, als wolle er den Schmerz damit vertreiben.

„Ich vermisse sie so sehr."

„Ich mache dir einen Vorschlag, mein Junge. Wir sollten sehr schnell das Land verlassen. Am besten noch heute Nacht. Du willst Jong-Hun besuchen. Ich werde alles buchen und du kannst dann Susanne informieren. Ich denke, sie wird einen Weg finden."

„Meinst du?"

„Ja, da bin ich mir ganz sicher", grinste Baekhyun und prüfte bereits die Flüge.

Die Fahrt zurück zu ihrem Versteck verlief ruhig. Hyeong-Joon hing seinen Gedanken nach. Baekhyun war dabei, die Flüge zu buchen und ein geeignetes Hotel in Dubai zu finden, wo sie unter sich sein konnten. Diese Reise würde ein Neuanfang sein.

Als sie Stunden später in ihrem Gefängnis, wie Hyeong-Joon es mittlerweile nannte, angekommen waren, setzten sie sich auf seine Lieblingsbank nahe dem See und redeten.

„Jong-Hun ist frei. Ich will es auch sein", sagte Hyeong-Joon und blickte auf den See.

„Dein Vertrag läuft noch zehn Jahre."

„Das weiß ich. Aber Jong-Hun sagte etwas sehr Wichtiges. Dass ich die Marke bin und nicht umgekehrt."

Baekhyun schwieg. Er fürchtete die Möglichkeiten, welche das Management hatte, um ihm seinen künftigen Weg zu versperren.

„Du machst dir Sorgen", sagte Hyeong-Joon und sah ihn aufmerksam an.

„Ein wenig."

„Über was?"

„Wenn du sie verlässt, könnten sie ihre Verbindungen spielen lassen, wenn du verstehst, was ich meine."

„Ja, ich weiß. Deals mit Werbepartner unterbinden oder sie schlimmstenfalls mit einem Nachfolger von mir besetzen."

„Unter anderem. Dir gehört nichts mehr. Noch nicht einmal die Fotos, auf denen du abgebildet bist. Sie nehmen dir alles."

„Ich habe genügend Geld, um mir ein angenehmes Leben zu machen, und werde sehen, wie ich weiterhin arbeiten kann."

„Gerade eben hast du Aufträge unterschrieben, die dir Millionen einbringen."

„Millionen richtig, aber davon sehe ich nur einen Bruchteil, denn das meiste bekommen sie. Ich habe Jong-Huns Stimme gehört und sah sein Strahlen bis zu mir! Ihm geht es gut, warum sollte es mir anders ergehen?"

„Weil er seinen Vertrag nicht gebrochen hat, so wie du es tun willst."

„Soll ich deiner Meinung nach lieber weiterhin für sie arbeiten? Warten, bis sie mich verfolgen und irgendwann totprügeln, weil ich ihnen nicht verrate, wer in meinem Herzen wohnt?", fragte Hyeong-Joon. „Sollte ich nicht besser einen neuen Weg gehen, der mich vielleicht weniger verdienen lässt, aber auf dem ich glücklich bin? Habe ich nicht auch ein Recht auf Glück?"

Tränen standen in seinen Augen. Er war verletzt und niedergeschlagen. Er verstand Baekhyuns Bedenken, doch er wollte frei sein. Jeder Tag war seit dem Vorfall für ihn ein Albtraum. Allein die letzten Stunden, bevor das Treffen mit dem Management war, starb er unendlich viele Male.

Er wollte sie nicht mehr sehen, nichts mehr mit ihnen zu tun haben. Sofern der Preis nur der war, dass er weniger Geld als bisher verdienen würde, nahm er dies gerne in Kauf.

„Nein, natürlich nicht. Ich liebe dich und weise dich nur auf das hin, was dich erwarten könnte, mehr nicht. Ich maße es mir nicht an, dir zu sagen, was du zu tun und zu lassen hast. Es ist dein Leben und du musst entscheiden, nicht ich."

Hyeong-Joon dachte über seine Worte nach und schluckte die Tränen, vor allem die Wut hinunter. Warum konnte das Management ihn nicht einfach gehen lassen? Hatten sie nicht schon genug angerichtet?

„Lass uns etwas essen."

Hyeong-Joon atmete noch einmal tief ein. Die kalte Luft schmerzte allmählich in seinen Lungen. Außerdem hatte er den ganzen Tag noch nichts gegessen und nur wenig getrunken. Wenn er nach Dubai fliegen wollte, musste er bei Kräften sein. Deshalb nickte er.

„Ja. Und dann kannst du mir verraten, ob du Flüge gefunden hast und wann genau es losgeht."

***

Nach dem Abendessen verschwand Hyeong-Joon in sein Zimmer, um zu packen. Baekhyun ahnte, dass sein junger Freund vor lauter Aufregung ein heilloses Chaos veranstalten würde. Er würde später zu ihm gehen und ihm helfen.

Aber zunächst packte er selbst einige Dinge und rief Susanne an. Vielleicht konnte sie möglichst zeitgleich etwas buchen und sie alle in Dubai treffen.

„Cramer", meldete sie sich.

„Baekhyun, SusanneShi. Ich rufe dich an, um dir unsere Flugdaten durchzugeben."

„Oh Baekhyun, Joona hat mir alles erzählt", rief sie aufgeregt. „Von Jong-Hun. Ich habe ihn sofort gegoogelt. Es gab tatsächlich ein paar fleißige Paparazzi, die ihn gefunden haben. Er gab keinen Kommentar ab, aber sein Shooting war von einer hochwertigen Marke. Ich habe mir die Bilder angesehen und hatte nicht den Eindruck, dass dies sein letztes Shooting war. Er strahlt und man sieht ihm die Freiheit an."

Baekhyun lächelte. Das klang gut. „Ich werde sie mir später ansehen. Zuerst will ich dir die Daten geben."

„Einen Moment, ich notiere sie mir."

Er gab sie ihr durch und fügte hinzu: „Lass mich wissen, wann du kommst. Ich werde veranlassen, dass man dich abholt."

„Ich werde Joona nachher sagen, dass ich komme, aber ihm einen falschen Zeitpunkt nennen", sagte sie mit fröhlicher Stimme, „damit ich ihn überraschen kann."

„Wann sagst du es ihm?"

„Wir sind in einer Stunde verabredet. Aber bitte, sag ihm nicht meine korrekten Ankunftszeiten. Die werde ich dir mitteilen, sobald ich sie habe. Nur Joona soll sie nicht wissen."

„Ich werde ihm nichts sagen, versprochen", lachte er.

„Danke, Baekhyun, bis bald."

„Bis bald." Er legte auf.

Susanne blickte noch einen Moment auf ihr Handy. Dann machte sie sich auf die Suche nach einem Flug ins traumhafte Dubai. Binnen Minuten hatte sie einen gebucht. Nun stand einem Treffen mit Hyeong-Joon nichts mehr im Weg. Sie konnte es nicht fassen, dass sie ihn schon morgen sehen würde! Noch nie zuvor war sie in Dubai gewesen. Es hatte sich einfach nicht ergeben.

Susanne klickte auf den Hotellink, den Baekhyun ihr gesendet hatte. Für einen Augenblick verschlug es ihr den Atem. Es handelte sich um ein Ressort am Meer. Nahe des berühmten Hotels, dass so aussah wie ein Segel. Atemberaubend schöne Zimmer und eine Parkanlage, wie sie selten eine gesehen hatte.

Beschwingt und voller Vorfreude machte sie für ihre Mitarbeiter ein paar Memos fertig, letzte Anweisungen vor ihrem Abflug. Gut, dass alle im Homeoffice arbeiteten, so konnte sie notfalls auch aus Dubai mit ihnen kommunizieren.

Sie wollte gerade den Laptop schließen, als ihr Blick auf einen Teddybären fiel. Er war besonders, denn er bestand aus Blumen. Als sie die Seite öffnete, traute sie ihren Augen nicht. Miracle Garden Dubai. Es handelte sich um eine riesige Parkanlage, in welcher man Tiermotive aber auch Figuren aus bekannten Filmen mit Blumen bestückt nachgebaut hatte. Ein Paradies für Groß und Klein. Aber auch eine Kulisse für ganz besondere Anlässe.

Susanne öffnete weitere Seiten und konnte ihren Blick nicht abwenden. Es war wunderschön. Ein festlich geschmückter Pavillon, der ihre Gedanken hinwegtrug zu einem Wunsch, den sie bereits seit Langem in sich spürte und den sie sich nun erfüllen wollte. Auch Joona hatte ihn hin und wieder geäußert. Richtig gefragt hatte er bisher nicht. Zu groß war seine Angst, sie könnte ablehnen.

Sie wollte es nun wagen, ihm ein Zeichen geben, wie sehr sie ihn liebte. Es sollte ihn auch bei seiner Entscheidung unterstützen und ihm Zuversicht geben. Es blieben ihr nur noch wenige Minuten, ehe er sich melden würde. Sie musste sich etwas beeilen. Mit glänzenden Augen tätigte sie ein paar Mausklicks, einen Anruf und danach lief sie eilig die Treppen in ihr Schlafzimmer hoch. Sie musste zumindest anfangen mit Packen, sonst reichte nachher die Zeit nicht.

***

Es klopfte an Hyeong-Joons Tür, als er gerade sein weißes Hemd in den Koffer legte. Er hoffte so sehr, dass sie kommen würde, und packte all das ein, was sie so gerne an ihm sah. Auch das weiße Hemd.

„Ja", rief er und wusste bereits, wer es war. Baekhyun.

„Hast du gepackt?", grinste der und sah bereits zwei gepackte Koffer und einen offenen Koffer auf dem Bett liegen.

„Fast fertig."

„Hast du mit Jong-Hun gesprochen und es ihm gesagt?"

„Ja, er freut sich und wollte wissen, wann wir landen."

„Am späten Nachmittag, ich schicke ihm nachher die Daten."

„Er will uns abholen", grinste Hyeong-Joon und sah seit Langem zum ersten Mal wieder glücklich aus. Dann runzelte er die Stirn und das Strahlen verblasste.

„Was ist?"

„Ich hoffe, dass Susanne auch kommen kann."

„Sie wird alle Hebel in Bewegung setzen, glaube mir.

„Denkst du wirklich?"

„Ja, glaube mir. Wann sprichst du wieder mit ihr?"

„In ein paar Minuten, deshalb habe ich mich beeilt, die Koffer zu packen."

„Gut, dann halte ich dich nicht mehr auf. In zwei Stunden müssen wir zum Flughafen."

„Ich werde es auf keinen Fall vergessen", grinste er und schloss seinen dritten Koffer.

„Ich hole dich ab", verabschiedete sich Baekhyun und verschwand wieder in seinem Zimmer.

Hyeong-Joon öffnete vorsichtshalber den letzten Koffer und ging nochmals seine Sachen durch, die er bereits eingepackt hatte. Er hoffte so sehr, dass er sie sehen würde. Er sehnte sich nicht unbedingt nach Sex, aber sie zu spüren, zu fühlen. Sie nur einen Moment in seinen Armen zu halten, das allein würde ihm genügen. Okay. Sex wäre auch wunderbar.

Hyeong-Joon lächelte verliebt. Auch wenn er vorhin noch mit ihr telefoniert hatte, sehnte er sich nach ihr. Sie gleich zu sehen, ließ ihn leicht zittern. Er war so aufgeregt, auch, weil er fest daran glaubte, sie in wenigen Stunden in seinen Armen halten zu dürfen.

Er öffnete seinen Laptop und wartete mit wippendem Knie, bis sie online war.

„Meine Liebe", flüsterte er schüchtern. Seine Augen glänzten vor Freude.

„Joona, mein Schatz. Hast du schon gepackt?"

„Ja, alles schon fertig! Und was ist mit dir? Kannst du auch kommen?"

„Ja, aber ..."

Weiter kam sie nicht mehr, denn er sprang auf und tanzte wild in seinem Zimmer umher, dabei sang und jubelte er lautstark. Es dauerte einige Minuten, ehe er wieder zu ihr kam und sie strahlend ansah.

„Aber", wiederholte sie mit Nachdruck und sah, dass er sofort innehielt und sie mit großen Augen ansah. „Erst in drei Tagen."

„In drei Tagen?", wiederholte er langsam und konnte seine Enttäuschung nicht verbergen.

„Ja, es ist besser, als wenn ich gar nicht fliegen könnte, oder?"

Hyeong-Joon nickte traurig. Sie hatte wie immer recht. Corona hatte die ganze Welt in seinen Bann gezogen und es gab kaum noch Möglichkeiten zu reisen. Aber es gab diese eine Chance. Er brauchte sie jetzt an seiner Seite, auch wenn er innerlich schon ahnte, welche Entscheidung er treffen würde. Er seufzte und verdrängte die Traurigkeit. Er würde sie sehen. Drei Tage. Das konnte er aushalten.

„Ich kann es kaum noch erwarten, wenn wir uns sehen", sagte er leise und kam näher an den Bildschirm.

Sie sah seine Augen, die leuchteten. Etwas, dass sie seit jenem Tag vermisst hatte.

„Hast du noch einmal über deine Entscheidung nachgedacht?"

„Ja, aber ich werde mich erst endgültig entscheiden, wenn ich mit

Jong-Hun gesprochen habe. Du weißt, sie sagten mir, dass ich alles verlieren würde."

„Ja. Du kennst auch meine Meinung, oder?"

Er kannte sie, denn sie hatte ihm als Fachfrau alles genau erklärt. Sie zeigte ihm auf, welche Risiken, aber vor allem, welche Möglichkeiten ihm nun zur Verfügung standen. Er hatte ihr gut zugehört und wusste, dass sie recht hatte. Dennoch war da diese alte Angst, die ihn immer wieder beschlich. Er dachte an sein früheres Leben zurück, die Zeit nach dem Militär, und daran, was man ihm gesagt und vor allem versprochen hatte. Sie hatten alles eingehalten, denn er wurde berühmt und vor allem reich. Jetzt hatten sie wieder etwas versprochen, auch wenn es mehr eine Drohung gewesen war. Er war sicher, dass sie es so wie damals einhalten würden.

„Lass uns von etwas anderem reden. Ich habe Sehnsucht nach dir", sagte er und sah sie mit großen Augen an.

Sie wusste genau, was er meinte. Mit einem verführerischen Lächeln begann sie, ihre Bluse zu öffnen …

Kapitel 34

Hyeong-Joon war nervös. Je näher sie dem Flughafen kamen, umso nasser wurden seine Hände. Sein Herz pochte immer stärker, denn er wusste, dass er sie in drei Tagen in Dubai sehen würde!

Zunächst stand ihm erst einmal ein zehnstündiger Flug bevor. Wie immer hatte Baekhyun alles genau geplant und kaum, dass sie aus dem Wagen gestiegen waren, führte er ihn bereits zu einer abgesperrten Lounge. Er hatte sich noch gewundert, dass Baekhyun ihn angewiesen hatte, sich so anzuziehen, dass ihn niemand erkannte. Er trug er ein Kapuzenshirt, das er tief ins Gesicht zog, und eine Maske, die nahezu sein ganzes Gesicht verdeckte. Niemand außer ihnen hatte Zutritt.

Als er Baekhyuns angespannten Gesichtsausdruck sah, wusste er auch, warum. Sein väterlicher Freund wollte keinerlei Risiko eingehen. Beschämt erkannte Hyeong-Joon, dass er sich zu wenig Gedanken gemacht hatte. Da gab es so viel zu berücksichtigen: Ärger mit dem Management, wenn er doch bei ihnen unter Vertrag blieb und ohne ihr Wissen und ihre Genehmigung geflogen war; Paparazzi, die ihn ablichteten und irgendwelche Storys über ihn verbreiteten. Er hatte nur an seine Liebe gedacht und Jong-Hun. Im Stillen dankte er Baekhyun für dessen Weitsicht. Ein Schutz, dessen er sich nun immer bewusster wurde.

Hyeong-Joon sah sich die Links an, die ihm Baekhyun geschickt hatte. Sie zeigten das Ressort, in welchem sie untergebracht waren. Vorerst für eine Woche. Vielleicht auch für länger, hatte Baekhyun durchblicken lassen. Genug Zeit, um über seine Entscheidung nachzudenken. Es sah schön aus. Ob es Susanne auch gefallen würde? Sein Herz schlug so aufgeregt, dass er am liebsten direkt in die Schweiz zu ihr geflogen wäre und nicht nach Dubai. Drei Tage. Er würde sie irgendwie überstehen.

„Wir können zum Flieger", forderte Baekhyun ihn auf.

Hyeong-Joon kannte die Gegebenheiten und vor allem die Annehmlichkeiten, die er als Star genoss. Nur ein kleiner Trost, wenn er daran dachte, was er für einen Preis zahlen musste. Aber vielleicht war bald alles vorbei. Wieder schöpfte er ein wenig Hoffnung, während er in den Flieger stieg und seinen Platz einnahm. Dieses Mal hatte Baekhyun ihm eine extra große Kabine gebucht, sodass er auch schlafen konnte. Ein langer Flug stand ihnen bevor. Sie würden Zeitzonen überfliegen, dennoch galt es fit zu sein, wenn sie nach den zehn Stunden im Morgengrauen in Dubai eintrafen. Bald war Mitternacht und eine leise Müdigkeit nach dem anstrengenden Tag machte sich in ihm breit. Bevor er sich schlafen legte, wollte er den Bordservice ausnutzen. Er liebte Fast Food. Ein kleiner Wink von ihm und eine der Damen brachte ihm alles, was er sich wünschte.

„Alles okay oder brauchst du was?", fragte Baekhyun, als er auf den Weg zu seiner Kabine war, die direkt hinter Hyeong-Joons war. Er wollte sichergehen, dass es ihm gut ging und in seiner Nähe bleiben. Auch wenn er heute einen starken Eindruck machte, so konnte es sich mit jedem Moment ändern. Er war sensibler, ängstlicher und jedes Wort musste gut überlegt sein, um nicht wieder einen Punkt zu treffen, der ihn in seinen Tunnel zurückbrachte, in dem es kein Licht gab.

„Ich denke nicht", antwortete Hyeong-Joon und hielt eine Schale mit frittierten Shrimps hoch.

„Ich hätte eine andere Airline wählen sollen", grinste Baekhyun, schüttelte den Kopf und ging weiter.

Hyeong-Joon setzte sich und aß mit großem Appetit seine Shrimps. Sie schmeckten herrlich und für einen Moment fühlte er sich glücklich und entspannt.

Er dachte an Jong-Hun und die Fotos, welche man von ihm in Dubai gemacht hatte. Er wirkte zufrieden, aber vor allem glücklich.

Sollte er auch bald dieses Gefühl haben, frei zu sein?

Er hörte das laute Geräusch der Motoren und wie sich der Flieger langsam in Bewegung setzte. Es ging los. Sie wurden aufgefordert, sich anzuschnallen, und er folgte der Anweisung. Wie immer. So wie bisher allen, die man ihm gab.

Aber vielleicht nicht mehr lange, dachte er erneut.

Er griff zu seinem Handy. Während er die Bilder von seiner Liebsten durchsah, wanderten seine Gedanken immer wieder zu der Zeit, als er ihre Freiheit entdeckte und sich wünschte, ein Teil davon zu sein.

Dann waren da Bilder seiner Familie. Was, wenn sie ihn verstoßen würden? Angst beschlich ihn und ließ den Druck vom Starten des Fliegers in seiner Magengrube stärker werden. Er schob die Gedanken beiseite und konzentrierte sich auf ihre Bilder. Wie gerne würde er jetzt in ihren Armen liegen.

Noch vor wenigen Stunden hatte sie ihm dieses herrliche Gefühl gegeben. Von Freiheit und grenzenloser Liebe, als er sie sah, nackt wie Gott sie schuf, und sie ihn mit ihren zärtlichen Versprechungen um den Verstand brachte. Ihm sagte, was sie alles mit ihm tun würde, wenn sie sich wiedersahen. Versprechen, die er sich eingeprägt hatte und einfordern würde, sobald er sie sah.

Zufrieden legte er das Handy weg und lehnte sich zurück. Er war müde. Er schloss die Augen und dachte an sie, sah sie vor sich, wie damals in Amsterdam, und begann zu träumen. Von einem neuen Leben, das nur ihnen beiden gehören würde, und schlief ein.

***

„Joona, Joona", hörte er weit entfernt die Stimme von Baekhyun.

„Ja, was ist?", fragte er schlaftrunken und rieb sich die Augen.

„Wir werden bald landen", erwiderte der und deutete auf das Fenster.

Die Sonne war gerade aufgegangen und tauchte die Silhouette vor ihm in ein rötliches Licht. Unverkennbar sah er bereits die Wolkenkratzer von Dubai, welche sich in den Himmel erhoben.

„Ich geh wieder auf meinen Platz, aber du kannst dich umziehen", forderte Baekhyun ihn auf und lächelte. Er war bereits umgezogen und frisch rasiert. Hyeong-Joon hatte ihn in all der Zeit und auch während der letzten Wochen niemals in legerer Kleidung gesehen. Stets war er auf sein Aussehen bedacht und auch jetzt trug er ein Hemd und Anzugshose.

„Mache ich", erwiderte Hyeong-Joon und gähnte.

Noch müde, aber glücklich wusch er sich und zog sich um. Danach vergnügte er sich an den Köstlichkeiten des Buffets, was man aufgebaut hatte. Bis er die mahnenden Blicke von Baekhyun sah und sich schmollend in seine Kabine verzog. Ja ja. Die Figur.

Hyeong-Joon wurde bewusst, wie stark die Kontrolle über ihn war. Wie stark die Verpflichtungen und Einschränkungen, auf die er sehr gerne verzichten würde.

Aber da war auch dieser gewohnte Luxus, eine eigene, große Kabine zu haben, ein leckeres Buffet zu erhalten, jeden Wunsch erfüllt zu bekommen. All das wäre vorbei, wenn er dem Management den

Rücken kehrte. Hatte Lee Sukh-Jae am Ende recht, dass er ein Nichts und Niemand ohne sie war? Egal welchen Weg er auch gehen würde, niemals war er frei, davon war er überzeugt. Entweder er wurde weiterhin unterdrückt oder er war ein Niemand, der um jeden Job betteln musste.

Sein Herz begann zu rasen bei diesen Gedanken. In seinem Kopf begann es sich zu drehen. Da fiel sein Blick nach draußen. Auf Dubai. Er dachte an Jong-Hun, der da unten auf ihn wartete, dessen wunderbare Nachricht, dass er frei war.

Die Stadt kam immer näher und Hyeong-Joon spürte, wie sich das Flugzeug senkte. Weit vorne, sah er bereits den Tower und das langgezogene Terminal, das von hier oben einem Ufo ähnelte. Bald schon konnte er die Landebahn sehen und kurz darauf setzte das Flugzeug auf.

Wieder spürte er einen starken Druck in seiner Magengegend, dieses Mal war es Aufregung. Er freute sich darauf, Jong-Hun wieder zu sehen, und konnte es kaum noch abwarten, ihn in seine Arme zu schließen. Voller Ungeduld beobachtete er, wie das Flugzeug seine Parkposition einnahm und er es endlich verlassen konnte. Er öffnete seine Tür und sah Baekhyun aus seiner Kabine kommen.

„Bist du so weit?“, grinste dieser.

„Ja und ich kann es kaum noch erwarten. Holt er uns ab?“

„Nein, es gibt eine Planänderung. Wir treffen ihn direkt im Hotel.“

„Warum?“, fragte Hyeong-Joon und wirkte irritiert.

„Weil bisher niemand weiß, dass wir da sind. So soll es auch bleiben. Seitdem sie wissen, dass Jong-Hun da ist, explodieren die Meldungen. Ich möchte nicht, dass du plötzlich im Focus stehst.“

Hyeong-Joon verstand und nickte nur. Er zog seine Maske über und folgte Baekhyun aus dem Flieger. Sie spürten, dass Corona auch hier seine Spuren hinterlassen hatte, denn die Gänge waren nahezu leer. Sie durchquerten Hallen, die mit weißen Marmorsäulen und Palmen gesäumt waren, bis sie endlich vor dem Flughafenterminal standen. Vier große Vans standen bereit und warteten auf sie. Sie kamen eindeutig von dem Hotel, in welchem sie die nächsten Nächte verbringen würden, wie die großen Aufschriften zeigten.

„Lass uns einsteigen, schnell“, forderte Baekhyun ihn auf und öffnete bereits den Wagen.

„Warum, was ist?“, fragte Joona und Unsicherheit klang aus seiner Stimme.

„Nichts. Nicht bis jetzt, aber ich will, dass es so bleibt“, antwortete Baekhyun und wirkte angespannt.

Ob er jemanden gesehen hatte? Hyeong-Joon stieg schnell in den Wagen und sah durch die verdunkelten Scheiben hinaus. Er bemerkte nichts Ungewöhnliches. Niemanden, der mit einer Kamera ausgestattet war, noch der sich auffällig benahm.

Endlich setzte sich der Wagen in Bewegung und auch Baekhyun schien nun gelassener zu werden, je mehr sie sich vom Flughafen entfernten. Er lehnte sich zurück, prüfte auf seinem Handy die eingegangenen Meldungen, während Hyeong-Joon im Moment nur eines wollte, ihre Stimme hören.

„Joona“, hörte er sie erfreut sagen.

„Wir sind gelandet“, platzte es aus ihm heraus.

„Und wie lange braucht ihr, bis ihr im Hotel seid?“

„Moment“, sagte er und wandte sich an Baekhyun.

„Wie lange brauchen wir noch?“

„Noch etwa zehn Minuten, dann sind wir da“, erwiderte dieser, ohne von seinem Handy aufzusehen.

„Etwa zehn Minuten.“

„Gut, dann habt ihr es ja bald geschafft. Können wir vielleicht später telefonieren oder heute Abend?“

„Ja, aber …“

„Ich habe gerade ein Meeting“, unterbrach sie ihn und schien es sehr eilig zu haben, „und später noch einen wichtigen Termin mit meinem Steuerberater. Ich melde mich bei dir, in Ordnung?“

„Ja, in Ordnung“, erwiderte er, wirkte jedoch bedrückt.

Zu gerne hätte er sie jetzt noch länger gehört. Er wusste, dass sie ihn hin und wieder auf einen anderen Zeitpunkt vertrösten musste. Dennoch schmerzte es ihn, besonders jetzt, wo er hier in Dubai war und noch eine kleine Ewigkeit auf sie warten musste.

„Bis später, ich liebe dich“, verabschiedete sie sich. Er hörte im Hintergrund einige Leute reden.

„Bis später, ich liebe dich auch“, erwiderte er leise, damit niemand es hörte.

Er legte auf und blickte hinaus. Die Sonne war nun vollends aufgegangen und bereits beim Verlassen des Flughafens hatte er eine angenehme Wärme verspürt. Wie in Korea im Sommer.

Ein Lächeln huschte über sein Gesicht. Er dachte an aufregende Nächte mit ihr. Ein schönes Dinner am Strand, lange Spaziergänge im Sonnenuntergang, aber vor allem sie wieder in seinen Armen zu halten. Ein Wunsch, der sich bald erfüllen würde.

Der Van hatte die Stadt verlassen und fuhr nun eine Straße entlang, welche an die Küste grenzte. Er sah das Meer und augenblicklich war er mit seinen Erinnerungen wieder in Amsterdam. Wie frei hatte er sich dort am Strand gefühlt, wie unbeschwert. Er würde es hier aufs Neue mit ihr erleben können. Er freute sich schon sehr darauf! Sofort begann er Fotos zu machen, die er ihr schickte.

Wenige Minuten später näherte sich der Wagen einem großen Hotel, das von Palmen umgeben war. Er hielt nicht vor dem Eingang, sondern fuhr zu einem Tor, welches daneben lag und von einem Wärter in einem kleinen Häuschen bewacht wurde. Als dieser die Wagen sah, nickte er und öffnete das elektrische Tor. Dahinter offenbarte sich eine weitläufige Parkanlage, deren Ferienhäuser um einen riesigen Pool angeordnet waren. Bequeme Liegen und Lounges, so weit das Auge reichte.

Eines fiel Hyeong-Joon direkt auf: Sie waren allesamt leer. Die wenigen Leute, welche er sah, waren Angestellte, die den Rasen pflegten oder die Wege kehrten.

Endlich hielt der Wagen an und sie stiegen aus. Die Sonne brannte bereits zu ihnen herab und auch Baekhyun schien es warm zu werden, denn er zog sein Jackett aus und legte es über seinen Arm. Einer der Bediensteten kam auf sie zu und begrüßte sie freundlich. Ein älterer Herr im vornehmen Anzug, der sich als der Manager herausstellte und es sich nicht nehmen ließ, ihnen ihre Häuser zu zeigen.

„Wenn Sie mir bitte folgen würden“, bat er sie und lief mit eiligen Schritten voraus. Die Häuser standen offen und als er sie ihnen gezeigt hatte, händigte er ihnen die Chipkarten aus.

„Der Room Service steht Ihnen vierundzwanzig Stunden zur Verfügung. Ebenso die vier Restaurants. Wir haben wie von Ihnen bestellt für heute Abend ein Dinner am Strand vorbereitet und würden Ihnen dies gerne um neunzehn Uhr servieren. Würde das für Sie passen?“, wandte er sich an Baekhyun.

„Ja, das ist perfekt.“

„Sie können alles im Haus nutzen. Die Küche, den Whirlpool, auch das Schwimmbecken. Sofern Sie jedoch ein größeres bevorzugen, haben wir dieses", fuhr er mit seiner Führung fort und ging ihnen voraus zu dem Pool, den sie bereits auf dem Weg zu den Häusern gesehen hatten.

„Sollten Sie sonst irgendwelche Wünsche haben, lassen Sie es mich wissen, wir werden sie erfüllen. Alle", endete er und sah Baekhyun aufmerksam an.

„Was ist mit dem Strand und den Nachbarn?"

„Der Strand ist ein Privatstrand. Nur wer hier wohnt, hat Zugang. Unsere anderen Gäste sind in einem separaten Bereich. Nachbarn haben Sie hier keine. Nicht im Moment und es sind auch die nächsten zwei Wochen keine zu erwarten, denn Corona macht auch hier keinen Halt", erwiderte er und etwas Bedauerliches lag in seiner Stimme.

„Und was ist mit Fremden?"

„Fremden? Was meinen Sie?"

„Paparazzi zum Beispiel", erklärte Baekhyun.

„Mein Herr, Sie sind hier in einer der exklusivsten Ressorts, die Dubai zu bieten hat. Zu unseren Gästen zählen Weltstars und auch Könige. Wir können es uns nicht leisten, dass unser Name mit kompromittierenden Bildern unserer Gäste in Verbindung gebracht wird. Verstehen Sie?"

Statt einer Antwort nickte Baekhyun und lächelte zufrieden.

„Joona, Baekhyun!" Der freudige Schrei hallte durch die Anlage, dass selbst die Angestellten einen Moment von ihrer Arbeit abließen und zu ihnen blickten. Es war Jong-Hun, der nun auf sie zu gerannt kam.

„Jong-Hun", rief Hyeong-Joon und rannte ihm entgegen. Er drückte ihn an sich, wieder und wieder. Tränen der Freude liefen über ihr Gesicht. Sie waren wieder zusammen. Ein Wiedersehen, das keine weiteren Zuschauer brauchte, wie auch der Manager empfand und sich höflich verabschiedete.

„Baekhyun", rief Jong-Hun, als er ihn erblickte, riss sich von Hyeong-Joon los und lief ihm entgegen. Er nahm ihn in seine Arme und drückte ihn an sich.

„Meinen Glückwunsch", hörte er Baekhyun sagen.

„Was meinst du?"

„Was ich meine? Die ganze Presse steht kopf, du bist frei", lachte Baekhyun und strich ihm über den Kopf. Er war stolz auf ihn, denn er hatte es geschafft.

„Ja, aber nicht ohne deine Hilfe. Ich wusste, dass ich verschwinden musste, doch nicht, wie. Bis das mit Joona passierte", endete er und sah ihn traurig an.

„Das liegt hinter ihm und vor ihm vielleicht etwas Neues."

„Ja, du hast recht, ich werde mit ihm reden. Alles wird auch für ihn gut. Vertraue mir", grinste er und lief wieder zu Hyeong-Joon.

„Zuerst sollten wir frühstücken", rief Jong-Hun aufgedreht und rannte bereits zu seinem Haus. Auf seiner überdachten Terrasse hatte man ein reichhaltiges Frühstück aufgetischt mit allem, was Joona, aber auch Baekhyun mochten. Sie setzten sich und ließen es sich schmecken, ehe Jong-Hun von sich und seiner neuen Freiheit zu erzählen begann.

Baekhyun war von ihm beeindruckt, aber noch mehr von dem, was er für seine Zukunft plante. Seitdem es sich herumgesprochen hatte, dass er nun frei war, wurde er mit Angeboten überhäuft. Im Gegensatz zu Hyeong-Joon durfte er seinen Namen behalten. War dies der Grund, warum er all die Angebote bekam?

Jong-Hun war der Meinung, dass es an seiner Person lag und nicht an seinem Namen und dem, was man damit verband. Er war so euphorisch und glücklich, dass er Hyeong-Joon damit ansteckte.

„Vielleicht sollte ich es wagen", sagte Hyeong-Joon, nachdem sie gefrühstückt hatten. Er wirkte ernster.

„Du musst es genau überdenken, denn ein Zurück gibt es nicht", mahnte ihn Baekhyun.

Hyeong-Joon nickte. Dann hellte sich sein Gesicht auf.

„Lass uns an etwas anderes denken. Zeig mir die Stadt!"

Er wollte die Zeit bis Susannes Ankunft nutzen, um all das zu tun, wozu sie Lust hatten. Jong-Hun war vor einigen Jahren schon einmal hier gewesen und kannte sich ein wenig aus.

Während Baekhyun sich von den letzten Wochen erholen wollte und sich auf der Terrasse entspannte, erkundeten die jungen Männer das alte Dubai. Baekhyun hatte ihnen Maskenpflicht verordnet und Bodyguards zur Seite gestellt, die sie vor neugierigen Blicken schützen sollten. Dennoch verbrachten sie einen wundervollen Tag. Es war abends, als seine, wie er sie mittlerweile nannte, Jungs zurückkamen und von ihren Abenteuern erzählten. Von einer Hochbahn, die über das Meer hinweg führte und bis in die Innenstadt reichte. Sie waren entspannt, fühlten sich wohl, doch vor allem waren sie glücklich. Beide strahlten. Vergessen schienen die dunklen Momente in ihrem Leben, die sie bisher begleitet hatten.

Es war Zeit für das angekündigte Dinner am Strand und Baekhyun hatte sie ermahnt, nicht zu leger daran teilzunehmen. Keinesfalls wollte er, dass sie in Jeans oder Shorts mit ihm am Tisch saßen.

Man hatte am Strand einen runden Tisch platziert, der mit Kerzen und Blumengestecken dekoriert war. Platten mit verschiedenem Essen wurden gereicht und Desserts, die Hyeong-Joon fast um den Verstand brachten. Er liebte Süßes!

Auch wenn der Abend perfekt schien, blickte er immer wieder auf sein Handy und wirkte traurig.

„Was ist?", fragte Baekhyun.

„Sie wollte sich melden. Sie sagte, am Abend. Bis jetzt hat sie sich nicht gemeldet."

„Kann es sein, dass du die Zeitverschiebung vergessen hast?"

Er runzelte die Stirn, überlegte und seine Augen begannen zu leuchten. „Richtig, es sind in der Schweiz drei Stunden weniger, das heißt, bei ihr ist es …"

„Siebzehn Uhr neunzehn", hörten sie eine Frauenstimme.

Hyeong-Joon blickte auf und sah sie!

Susanne stand vor ihm. Seine große Liebe trug ein rotes, weites Kleid und kam auf ihn zu. Ihn hielt nichts mehr auf seinem Stuhl. Er sprang so schnell auf, dass der Stuhl umkippte. Es war ihm egal. Er sah nur sie und eilte auf sie zu.

„Du … du!" Fassungslos drückte er sie, so fest er konnte, an sich.

„Ich wollte dich überraschen", flüsterte sie und gab ihm einen Kuss auf die Wange.

Hyeong-Joon atmete schwer, als er ihren Mund auf seiner Haut fühlte. Ihren Herzschlag an seiner Brust. Ihren weichen, warmen Körper. Oh, wie sehr hatte er ihren Duft vermisst und ihre blauen Augen und die blonden Haare und … Sie war da!

Baekhyun und Jong-Hun erhoben sich, um Susanne zu begrüßen.

Hyeong-Joon strich ihr sanft durchs Haar, ergriff ihre Hand, um sie nie mehr fortzulassen. „Ich … ich … liebe dich."

„Ich liebe dich auch“, erwiderte sie und küsste ihn erneut zart auf die Wange. Sie wusste, in Dubai war öffentliches Küssen verboten. Es kostete sie sehr viel Kraft, sich zurückzuhalten.

„Ich denke, die Überraschung ist gelungen“, grinste Baekhyun und zwinkerte Jong-Hun zu, der mit großen Augen auf die beiden blickte. Zum ersten Mal sah er Susanne Cramer persönlich. Er wusste, wie sehr Hyeong-Joon sie liebte.

„Lasst uns setzen, du musst hungrig sein“, forderte Baekhyun sie auf und deutete den Angestellten, ein weiteres Gedeck und einen Stuhl zu bringen.

„Du sagtest doch, dass du …“ Hyeong-Joon brach ab. Mit einer Hand strich er über ihre Wange, die leicht gerötet war. Seine andere hielt ihre Hand weiterhin fest. Keine Sekunde wollte er sie loslassen. Viel zu kostbar war sie und jede Sekunde mit ihr.

„Ich hielt es nicht mehr aus und wollte dich überraschen. Außerdem weiß man mit Corona nie, was noch kommt“, lachte sie und blickte ihm verliebt in die Augen.

„Kommt ihr beiden?“

Händchenhaltend folgten sie Baekhyun und Jong-Hun und alle setzten sich an den luxuriös gedeckten Tisch.

„Wie war dein Flug?“, fragte Baekhyun, denn er wusste um ihre Erkrankung.

„Besser als gedacht. Ich habe mit Masken und Medikamenten vorgesorgt“, grinste sie.

„Was möchtest du essen?“, fragte Baekhyun galant und deutete auf die Speisen vor ihr.

„Wenn ich ehrlich bin, habe ich im Moment keinen Hunger. Mir ist es zu warm“, erwiderte sie und fächelte sich etwas Luft zu. Sie blickte zu Hyeong-Joon und lächelte. Ein Lächeln, das er nur zu gut kannte.

„Vielleicht solltest du dich etwas ausruhen“, lächelte er und strich zärtlich über ihre Hand. Er wusste, sie fühlte wie er und hatte einen ganz anderen Hunger.

„Verstehe. Jong-Hun, dann werden wir zwei den Sonnenuntergang allein genießen müssen“, grinste Baekhyun und Jong-Hun begann zu lachen. Hyeong-Joon fühlte sich ertappt und bekam rote Wangen.

„Ich denke, dass es euch beiden nicht langweilig wird“, sagte sie verschmitzt. „Dann sehen wir uns also morgen zum Frühstück?“

„Gerne, noch einen schönen Abend“, wünschte Baekhyun.

Hyeong-Joon stand auf. Er wollte mit Susanne endlich allein sein. Er griff nach ihrer Hand, verbeugte sich zum Abschied und zog sie mit sich. Hand in Hand schlenderten sie durch den Sand zurück zum Haus. Hyeong-Joon legte zärtlich den Arm um sie.

„Du bist da. Ich kann es noch immer nicht glauben.“

„Ich auch nicht.“

Verliebt senkte er den Blick und versuchte, seinen Herzschlag zu kontrollieren. Es war traumhaft. Sie hier bei ihm. Schon viel früher als gedacht. In seinem Bauch tanzten kleine Schmetterlinge, sein Herz pochte schneller und in seinem Kopf wirbelte nichts als nur Sehnsucht herum. Sie endlich zu spüren und küssen zu dürfen.

„Wo ist dein Gepäck?“, fragte er überrascht, als er das Haus geöffnet hatte und bis auf einen kleinen Koffer nichts entdeckte.

„Hier“, grinste sie und deutete auf genau jenen Koffer.

„Nur einer?“ Mit offenem Mund starrte er sie an.

Er war nicht sicher, ob er bestürzt sein sollte oder nur überrascht. Wäre er allein mit ihr, hätte er ja gedacht, dass sie nur wenig brauchte, weil sie viel Zeit auf dem Zimmer verbringen würden. Aber da waren noch Baekhyun und Jong-Hun.

„Was meinst du? Ich dachte, wir bleiben ein paar Tage und nicht Wochen.“

Er schloss die Tür, drehte sich zu ihr und sah ihr tief in ihre wunderschönen blauen Augen.

„Warten wir ab“, sagte er lächelnd.

Dann war es mit ihrer Beherrschung vorbei. Sie waren abgeschirmt von fremden Blicken. Niemand konnte sie jetzt bezichtigen, etwas Unmoralisches zu tun. Er zog sie in seine Arme, strahlte sie voller Liebe an und näherte sich aufreizend langsam ihren Lippen.

So oft hatte er es sich in den vergangenen Monaten vorgestellt. Erst vor wenigen Stunden noch hatte er sich nach ihren roten Lippen gesehnt. Jetzt wollte er diesen ersten Kuss nach einer scheinbar endlosen Zeit zelebrieren.

Behutsam berührte er ihren Mund, schloss die Augen und vertiefte den Kuss. Ganz weich und zart küsste er sie. Nahm seine Lippen wieder fort und schmiegte sich erneut auf ihre. Sie drängte sich gegen ihn, presste ihren herrlichen Busen an seine muskulöse Brust. Leise stöhnend öffnete er den Mund, strich mit seiner Zunge ihre Lippen entlang. Erforschte mit der Zungenspitze die Mundwinkel. Dabei umfasste er ihre Hüften und streichelte sich hinunter zu ihrem Po. Während er weiter mit seiner Zunge über ihre Lippen strich, begann er ihre wundervollen Halbkugeln zu kneten.

Nun keuchte sie begierig auf. Seine Geduld trieb sie schier in den Wahnsinn. Ihre Hände fassten zu seinem Nacken, zogen ihn zu sich herunter. Sie wollte ihn mehr spüren. Nicht so zart und oberflächlich. Leidenschaftlich drängte sie ihre Zunge gegen seine, trieb sie in seinen Mund hinein. Sie drängte wollüstig ihren Unterleib gegen ihn.

„Oh Gott", keuchte sie, als sie seine Härte spürte. Schon glitten ihre Hände nach unten. Sie wollte den Knopf seiner Hose öffnen.

„Nein", sagte er ernst und nahm ihre Hände weg.

Lächelnd beugte er sich hinunter und küsste sie wieder, dieses Mal inniger. Er hielt ihren Kopf fest, vergrub seine Hände in ihren Locken und stieß mit seiner Zunge tief in sie hinein. Ihr kehliges Stöhnen bewies ihm, dass er es richtig machte. Sie drängte sich erneut gegen ihn, rieb sich leidenschaftlich an ihm. Begierig streichelten sie einander, küssten und stöhnten heiße Liebesworte.

Wieder wollte sie ihn anfassen. Erneut wies er sie ab.

Was war nur mit ihm los? Er wirkte so hart, bestimmend. Dabei verzehrte sie sich nach ihm und wollte ihn ganz spüren, tief.

„Komm mit", sagte er, ergriff sie bei der Hand und zog sie ins Bad.

Sie blickte ihn verwundert an. Ehe sie etwas sagen konnte, küsste er sie erneut. Seine Küsse berauschten sie und kaum merkte sie, dass er den Reißverschluss öffnete und ihr Kleid von den Schultern schob. Seine Lippen zogen eine heiße Spur kleiner Küsse von ihrem Mund bis zu ihrem Ohr. Sanft knabberte er an ihrem Ohrläppchen, ehe er ihren Hals küsste und dann die Schultern, die nun frei lagen. Weiter schob er das Kleid nach unten.

Stöhnend streichelte sie seine Arme, drängte ihr Becken gegen ihn und leckte sehnsüchtig über ihre Lippen. Wann gab er ihr endlich das, wonach sie sich beide verzehrten?

Er küsste ihren Busenansatz. Seine Brust hob sich schwer. Längst hatte er bemerkt, dass sie wie in Amsterdam nichts unter ihrem Kleid trug. Dieses Mal erschreckte es ihn nicht. Es machte ihn begieriger auf sie und ihren herrlichen Körper.

Noch ein Stückchen weiter schob er ihr Kleid hinunter. Nun konnte er den dunklen Ansatz ihrer Brustwarzen erkennen. Kurz blickte er zu ihr hoch. Sie hatte die Augen geschlossen, den Kopf in den Nacken gelegt. Es gefiel ihr und sie sehnte sich nach mehr. Mit seiner Zunge fuhr er den Ansatz entlang, was ihr ein lautes Stöhnen entlockte.

Er richtete sich wieder auf, gab dem Kleid einen letzten Ruck und es fiel zu Boden. Nackt stand sie vor ihm. Wunderschön und begehrenswert. In seiner Hose spürte er es längst, wie sehr er sie begehrte, und auch sie wusste, dass er bereit war. Vorsichtig strich er über ihre prallen Brüste, so weich und Sehnsucht breitete sich in ihm aus. Aber er hatte etwas anderes vor und trat einen Schritt zurück.

Erstaunt sah sie ihn an. Ihre Brust hob und senkte sich schnell, ihre Atmung war laut und unregelmäßig. Sie streckte ihre Arme aus, um an sein Hemd zu gelangen.

„Nein, du musst warten", sagte er und lächelte.

Er wusste, dass sie es liebte, wenn er duschte und die Wassertropfen seinen Körper bedeckten. Also stellte er die Dusche an. Verwirrt und gleichzeitig hoch erregt beobachtete sie sein Tun.

Während er ihr in die betörenden Augen blickte, trat er unter die Dusche. Der Wasserstrahl durchnässte sein Hemd binnen Sekunden. Keuchend griff sie an ihr Herz. Sie konnte seinen perfekt definierten Brustkorb sehen, die Nippel, die sich hart abzeichneten. Ein Anblick, der sie verzückte. Wieder versuchte sie, ihn anzufassen, doch er wehrte erneut ab und dieses Mal erntete sie einen mahnenden Blick, der sie nur noch mehr dahinschmelzen ließ. So dominant und sexy hatte sie ihn noch nie erlebt!

Nun öffnete er sein Hemd und streifte es herunter. Seine Hände wanderten über seine Brust, hinab zu seiner Hose und öffneten den Knopf. Sie schloss die Augen, atmete tief durch und wünschte sich nur noch, dass sie ihn spüren durfte.

„Nein, nicht die Augen verschließen", wisperte er. Er streckte seine Hand aus und zog sie näher zu sich heran. Lächelnd führte er ihre Hand an seinen Reißverschluss. Sie öffnete ihn. Dabei blickte sie Joona in die Augen. Sie sah die Erregung in ihnen glitzern. Sie hatte etwas Mühe, die nasse Hose von seinem Körper zu streifen, aber es war nicht wichtig. Wichtig waren seine Augen, sein Körper, seine Nähe. Mit ihren Lippen küsste sie die Wasserperlen von seiner Brust, leckte mit ihrer

Zungenspitze über seine Haut und ließ nun ihn stöhnend aufkeuchen. Seine Männlichkeit federte ihr verlangend entgegen.

„Ich liebe dich", hauchte er.

Er war heiß auf sie und wollte sie spüren. Jetzt. Wieder küsste er sie, leidenschaftlich. Hob sie hoch und presste sie gegen die Wand. Seine Hände hielten ihren Po fest umfangen, kneteten ihn. Sie schlang ihre Beine um seine Hüften, hielt sich an seinen breiten Schultern fest.

Nimm mich endlich, dachte sie, wagte aber nichts zu sagen. Er bestimmte jetzt und sie genoss es, von ihm geführt und verführt zu werden.

Er sah ihr in die Augen, als er seine harte Männlichkeit an ihren heißen, feuchten Schoß drängte. Ihre Blicke verschmolzen. Tief versenkten sie sich ineinander, sahen die pure und tiefe Liebe des anderen. Und dann stieß er in sie, vereinigte sich mit ihr und sie wurden eins. Für einen Moment verharrten sie in diesem köstlichen Augenblick, spürten einander so tief und innig wie nie zuvor.

Er senkte seinen Mund auf ihre wunderschönen roten Lippen herab, küsste sie und während ihre Zungen sich leidenschaftlich berührten, trieb er sich immer wieder tief in ihren Schoß. Leidenschaftlich und fordernd. Wieder und wieder, bis er sie zum Höhepunkt brachte.

KAPITEL 35

Als Susanne am nächsten Morgen erwachte, lag Hyeong-Joon nicht mehr neben ihr. Sie stand auf, zog ihren Bademantel über und suchte nach ihm. Ein wenig bedauerte sie, dass sie nach dieser wundervollen Nacht nicht kuschelnd mit ihm aufgewacht war. Welchen Grund er wohl hatte, das Bett ohne einen Guten-Morgen-Kuss zu verlassen?

Sie entdeckte ihn auf der Terrasse. Er saß dort und schrieb etwas.

„Was machst du?", fragte sie und ging zu ihm.

Er erschrak und wendete schnell das Blatt Papier, damit sie keinen Blick darauf werfen konnte.

„Ich … ich … ein Brief", sagte er und sah sie merkwürdig an.

„Du schreibst einen Brief an mich, wenn ich hier neben dir stehe?", grinste sie.

„Nein, es sind nur Notizen. Wenn ich zu Hause bin, will ich dir einen Brief schreiben", antwortete er und lächelte.

„Du bist süß." Sie beugte sich zu ihm und gab ihm einen Kuss. „Was wollen wir heute machen?"

„Ich will mit dir den Tag in Ruhe verbringen. Am Strand spazieren gehen, deine Hand halten und den Wellen lauschen." Er rutschte mit seinem Stuhl vom Tisch weg, umfasste ihre Hüfte und zog sie auf seinen Schoß. Lachend ließ sie es sich gefallen.

„Das ist ein vernünftiger Vorschlag", sagte sie und bekam große Augen, als er auf ihre schalkhafte Antwort gar nicht einging, sondern stattdessen mit einer Hand ihren nackten Oberschenkel hoch glitt und mit der anderen oben in den Bademantel hineinschlüpfte. Unruhig rutschte sie hin und her, als er ihre Brust umfasste und streichelte. Seine Lippen näherten sich ihrem Ohr und sie seufzte wohlig auf. Es war herrlich, wenn er sie so verwöhnte.

„Aber am Nachmittag möchte ich mit dir einen Park besuchen", keuchte sie, als er an ihrem Ohrläppchen knabberte.

„Einen Park?", hauchte er in ihr Ohr.

„Mmh, hier gibt es einen Bollywood Park."

Er zog seine Hände zurück und sah sie irritiert an. Bei Bollywood Park musste er an Indien und ihren Ex denken, Sajan Rohit Kaur. Geschäftlich stand sie weiterhin mit diesem in Kontakt und er spürte Eifersucht. Dabei ließen ihre Antworten keinen Zweifel daran zu, dass sie ihn nicht mehr liebte. Aber es war für ihn nicht immer leicht, das auch in seinem Herzen zu spüren.

„Zuerst sollten wir frühstücken, Baekhyun und Jong-Hun warten sicherlich schon auf uns", lächelte sie und wollte aufstehen.

„Nicht so schnell, ich denke, wir sollten erst noch ein wenig kuscheln", sagte er grinsend und zog sie dichter an sich.

„Joona", wehrte sie sich spielerisch, dabei konnte sie sich genau jetzt nichts Schöneres vorstellen. Als mit ihrem Liebsten noch zu kuscheln.

Dieses Mal glitt er nicht unter ihren Bademantel, er öffnete ihn und begann, sie am ganzen Körper zu küssen und zu streicheln. Bis sie vor Lust zitterte. Wissend lächelnd stand er mit ihr auf, trug sie auf seinen Armen zum Bett. Dabei hörte er nicht auf, sie zärtlich zu liebkosen. Sanft streifte er ihren Bademantel ab, legte sie auf das Bett und zog sich selbst rasch aus. Nur keine Sekunde zu lang ohne sie sein! Er legte sich über sie, stützte sich mit den Armen neben ihrem Kopf ab, küsste ihre Stirn, ihre Wangen und ihren Mund. Sie roch und schmeckte so herrlich und er liebte die Weichheit ihrer Haut.

Als er mit seiner Zunge zwischen ihre Lippen drang, vereinte er sich auch in ihrem Schoß mit ihr. Tief stieß seine harte Männlichkeit in sie. Stöhnend kam sie ihm entgegen. Es war so wundervoll, ihn zu spüren, seine Liebe zu fühlen und die innige Verbundenheit mit ihm.

Er wurde fordernder, spreizte ihre Schenkel etwas weiter, um noch tiefer in sie zu gelangen. Wollte ganz eins sein mit ihr. Ihre heiße Wärme für immer spüren. Sie schloss die Augen und fühlte seine Lippen und seine Zunge an ihren Brüsten, die kräftigen Stöße in ihren Leib, all seine Kraft und Stärke.

Sie liebte es, wie er sie küsste, berührte und ihr seine Liebe zeigte. Er ließ es sie immer wieder spüren, dass sie seine Frau war und er sie von ganzem Herzen liebte.

Als sie schließlich schwer keuchend nebeneinanderlagen, streichelte sie durch sein schweißfeuchtes Haar und lächelte glücklich.

„Wir können sie nicht länger warten lassen", flüsterte sie und bedauerte es.

„Du hast recht. Lass uns duschen, dann gehen wir zu ihnen", stimmte er ihr zu. In seinen Augen glitzerte es und sie ahnte, was ihm durch den Kopf ging.

„Nein, erst duschst du und dann ich“, lachte sie und stand auf. Sie kannte seine Tricks. Dieses Mal würde es nicht funktionieren.

„Wenn du meinst“, spielte er den Beleidigten und folgte ihr ins Bad.

Während sie ihre Zähne putzte und sich ihr Gesicht wusch, beobachtete sie ihn unter der Dusche. Sie liebte seinen Körper, wie sich die Muskeln abzeichneten, und dachte an gestern Abend, als er zum ersten Mal die Kontrolle übernommen hatte. Keine Spur von Unsicherheit, sondern pure Lust, die er verspürte und in diesem Moment auslebte. Ein Wunsch, von dem er seit Längerem träumte, wie er ihr danach gestanden hatte.

Als er die Dusche verließ und sie darunter trat, blieb er in der Nähe stehen. Kopfschüttelnd sah sie ihn an und deutete ihm zu verschwinden. Er gehorchte ihr brummig und sie genoss die heiße Dusche. Danach zog sie sich an und eilte zu ihm auf die Terrasse. Wieder saß er vor seinem Blatt Papier und drehte es schnell um, als er sie sah.

„Du bist immer noch am Schreiben?“, fragte sie.

„Na ja, es sind ja weitere Eindrücke hinzugekommen“, lachte er und steckte das Papier schnell ein.

Sie lächelte nur und nahm ihn bei der Hand. Er blieb im Herzen ihr kleiner Junge. Denn er sog alles auf, was er nur mitnehmen konnte. Insbesondere die Momente mit ihr. Als sie zu Baekhyun kamen, saß er bereits mit Jong-Hun auf seiner Terrasse. Der Tisch war reichhaltig gedeckt. Frische Omeletts, Pancakes, verschiedene Kuchen und Brotsorten waren nur eine kleine Auswahl zu den Platten, auf denen man auch Austern drapiert hatte. In einem Kühler stand eine bereits geöffnete Flasche Champagner, doch die Herren zogen bisweilen Kaffee vor.

„Guten Morgen oder besser gesagt, schönen Vormittag“, scherzte Baekhyun und nippte an seiner Tasse.

„Guten Morgen“, erwiderte Joona und setzte sich.

„Was wollt ihr heute machen?“, fragte Baekhyun und blickte von ihr zu ihm.

„Wir gehen später in einen Bollywood Park.“

„Bollywood Park, was ist das?“, fragte Jong-Hun.

„Das ist ein Park, der einen nach Indien entführt“, sagte sie geheimnisvoll.

Die jungen Männer sahen sie fragend an, nur Baekhyun schien zu ahnen, was sie meinte.

„Das ist sicherlich ein Park, der mit diesen Bollywood Filmen zu tun hat. Riesige bunte Kulissen und die typischen Bauwerke."

„Ja, so in etwa. Meines Wissens wurden Originalschauplätze von Filmen nachgebaut. Ich habe bisher nur ein paar Fotos auf der Homepage gesehen, aber es würde mich interessieren", lächelte sie und setzte sich.

„Sehr wahrscheinlich ist der Park groß. Ihr solltet euch vorher gut stärken", erwiderte Baekhyun.

„So viel Stärkung brauchen wir nicht, denn wir werden dort etwas essen, echt traditionell", erklärte Susanne. Sie sah ihrem Liebsten genau an, dass er nicht allzu große Lust auf diesen Ausflug hatte, doch es musste sein. Später würde er es sicherlich verstehen und sie dafür noch mehr lieben.

„Wollt ihr mitkommen?", fragte sie und nahm sich ein Brötchen und etwas Käse.

Baekhyun sah zu Jong-Hun und schien zu überlegen. „Warum nicht, ist sicherlich interessant."

„Ich würde mich freuen", lächelte sie und sah zu, wie Joona ihre Tasse mit Kaffee füllte.

„Das geht nicht", hörten sie Jong-Hun sagen.

„Warum?" Baekhyun sah ihn fragend an.

„Weil ich noch einen Termin beim Shooting habe. Wenn ich mich nicht beeile, komme ich zu spät. Ich bin nur noch hier, weil ich auf euch zwei Turteltauben gewartet habe."

Joona wurde rot.

„Was ist mit dir? Kommst du auch ohne Jong-Hun mit?", fragte Susanne Baekhyun und sah ihn aufmerksam an.

„Ich denke, ihr habt ohne mich auch Spaß", sagte er und nippte wieder von seinem Kaffee. „Wenn du willst, Jong-Hun, begleite ich dich." Lächelnd drehte er sich ihm zu.

„Gerne, wenn du möchtest", freute der sich und stand bereits auf.

„Also gut, dann lass uns gehen. Und euch wünsche ich noch einen schönen Tag", verabschiedete sich Baekhyun.

„Wünschen wir euch auch", erwiderte Joona und stand auf, um Jong-Hun noch kurz an sich zu drücken, ehe dieser ging.

„Viel Spaß beim Shooting. Ich habe die anderen Bilder gesehen, sie waren so schön", sagte Susanne und Stolz sprach aus ihren Worten.

Jong-Hun sah sie kurz an, wandte dann den Blick ab. Es war ihm unangenehm, dass ihn jemand lobte, denn er selbst sah die Bilder nicht so. Er schämte sich immer ein wenig, wenn er sich darauf sah. Eine Eigenschaft, die ihm von seinem alten Leben geblieben war.

Beide verabschiedeten sich noch kurz, ehe sie gingen.

„Es ist herrlich", sagte Susanne und ihr Blick wanderte über den Strand. Nirgends war jemand zu sehen. Noch nicht einmal das Personal, welches sie gestern Abend bei ihrer Ankunft noch so nett begrüßt hatte.

„An was denkst du?", fragte sie Joona, als sie sah, dass er lustlos in seinem Rührei herumstocherte. Er war mit seinen Gedanken weit weg und schien sie nicht zu hören.

„Joona", wiederholte sie und griff nach seiner Hand. Erst als er ihre Berührung spürte, sah er zu ihr auf und lächelte schwach.

„Wo sind deine Gedanken? Auf jeden Fall nicht bei mir."

Er war peinlich berührt, denn sie hatte recht. Sie waren wieder bei der Entscheidung, die er in weniger als fünf Tagen zu treffen hatte. Hin- und hergerissen zwischen Jong-Huns glücklichem Gesicht, seiner Zukunft und der Angst, dass bei ihm alles anders sein könnte, da er den Vertrag brach und nicht beendete wie der Freund.

„Wollen wir ein wenig spazieren gehen?", fragte sie, denn sie wusste, was ihn bedrückte.

„Jetzt?" Er sah sie fragend an.

„Warum nicht. Ich bin mit dem Frühstück fertig und du offenbar auch." Sie zwinkerte ihm zu. „Lass uns reden."

„Bist du sicher?"

„Ja, ich bin sicher. Ich spüre, dass es dich beschäftigt. Lieber reden wir jetzt, als dass du es noch weitere Tage mit dir herumträgst." Sie nahm seine Hand und lief mit ihm Richtung Strand. Es war mühsam, denn immer wieder versanken sie im Sand. Schließlich beschlossen sie, sich auf einen nahe gelegenen Felsen zu setzen.

„Was macht dir Angst?", fragte sie und lehnte sich an ihn.

Er zögerte mit der Antwort und blickte zum Meer hinaus.

„Willst du es mir nicht sagen?"

„Ich habe keine Angst. Denn ich habe die Hölle bereits gesehen, mehrmals und das letzte Mal vor wenigen Wochen." Er blickte noch immer zum Meer und schloss für einen Moment die Augen.

„Darf ich dir sagen, was ich denke?“

„Ja, natürlich“, erwiderte er und nahm ihre Hand.

„Sie ahnen, dass es mich gibt. Ich will ehrlich sein. Ich mache mir Sorgen um dich, denn sie werden alles versuchen, um herauszufinden, wer diese Frau ist. Der ‚Vorfall‘ vor wenigen Wochen war bereits ein Zeichen.“

„Wäre Baekhyun nicht gekommen, wüsste ich nicht, ob ich jetzt noch neben dir sitzen würde“, hörte sie ihn leise sagen.

Sie rutschte näher an ihn heran. Legte ihren Arm um seine Taille und sah zu ihm hoch. Mit geschlossenen Augen saß er neben ihr. Es glitzerte an seinen Wimpern und sie ahnte, dass er seine Tränen zurückzuhalten versuchte. Ihm ging das Ganze so nah. Es würde sicher noch lange dauern, bis die Schatten der Vergangenheit sich auflösten.

„Es gibt die Möglichkeit, den Vertrag zu beenden.“

„Zu brechen“, verbesserte er und atmete tief ein.

„Nenn es, wie du willst. Für mich ist es ein Beenden und du wärst frei.“

„Aber was ist frei? Dass ich alles verliere? Vielleicht meine Familie, alles und am Ende dich?“ Jetzt riss er die Augen auf und sah zu ihr hinunter.

„Mich?“ Sie war überrascht, welche sonderbaren Gedankengänge er hatte. Wegen ihr sollte er seinen Vertrag beenden, damit sie endlich ohne Gefahr zusammen sein konnten. Er konnte sie dadurch nicht verlieren, nur für immer gewinnen.

„Ja, was willst du mit einem mittellosen Mann.“

„Mittellos?“, wiederholte sie verblüfft und begann zu lachen.

Er sah sie irritiert an. Was war daran so lustig, er verstand ihren Humor nicht oder machte sie sich über ihn lustig?

Lachend schüttelte sie den Kopf, strich ihm über die Wange und erklärte es ihm, als sie sich gefangen hatte.

„Joona, ich liebe dich, ob du arm bist oder reich. Wenn es dir aber wichtig ist, Geld in unsere Beziehung einzubringen, dann kannst du es tun. Du hast eine wunderschöne Stimme und schreibst gefühlvolle Songs“, sagte sie mit liebevollem Blick. „Dein Körper ist perfekt definiert, mit deinem Sixpack und deiner Erfahrung wirst du auch weiterhin Jobangebote als Model bekommen. Glaubst du wirklich, Prada und all die anderen Marken haben dich vergessen, nur weil du nicht mehr über das Management gebucht werden kannst? Glaubst du, die kreischenden Teenies sind nicht mehr in dich und deine Stimme verliebt, sobald du deinen Namen änderst?“

Sie atmete tief ein, blickte zum Meer und fügte lächelnd hinzu: „Ich sehe deine Zukunft genau vor mir.“

Es dauerte einige Minuten, ehe er reagierte. Viel zu sehr hatten ihn ihre Worte berührt. Sie sah etwas in ihm, das er so immer noch nicht wahrnehmen konnte. Aber ihr letzter Satz verunsicherte ihn.

„Welche Zukunft? Kommst du darin auch vor?“, fragte er vorsichtig.

„Natürlich!“, lachte sie und gab ihm einen Kuss auf die Wange.

„Dann lass mich mit dir träumen“, lächelte er.

„Ich bin mir sicher, dass du weiterhin Aufträge bekommen wirst, denn du verhandelst mit ihnen direkt und kein Management steht mehr dazwischen. Was auch heißt, dass du dir die Aufträge aussuchen kannst und dadurch noch lukrativer wirst“, grinste sie und sah seinen zweifelnden Blick.

„Träumen, Joona, nicht zweifeln!“, sagte sie energisch. „Denke an Jong-Hun. Die Fans lieben dich und wollen dich sehen. Denkst du wirklich, dass die Firmen einen Werbeträger fallen lassen, wenn sie all die Fans und Follower sehen?“

Er schien zu überlegen, doch er gab ihr keine Antwort.

„Ich bin an deiner Seite und ich werde dich unterstützen.“

„Du bist an meiner Seite, das weiß ich, aber wie willst du mich unterstützen? Denkst du, dass deutsche Firmen mich buchen werden?“ Zweifel erklangen in seinen Worten.

„Ich werde dich unterstützen, Events planen und dich vermarkten“, grinste sie.

„Vermarkten“, murmelte er und drückte sie an sich. „Du sprichst wie ein Manager.“

„Anders verstehst du mich offenbar nicht“, erwiderte sie. „Ich liebe dich, Joona, und ich sehe dich arbeiten in Korea, aber auch in anderen Teilen der Welt. Ich bin an deiner Seite. Wenn du erst einmal frei bist, können wir uns sehen, wann immer du willst.“

Er schaute auf sie hinunter, küsste sie auf ihr Haar, das so weich war und so herrlich wild und ungebunden. Ein klein wenig bedauerte er, dass sie nicht an einem anderen Strand waren, wo er sie jetzt ohne Angst vor Bestrafung hätte küssen können. Er wollte nicht mehr reden, sich keine Gedanken mehr machen. Er sehnte sich nach ihr, wünschte sich, mit ihr ewig verbunden zu sein. Dieser Wunsch konnte sich nur erfüllen, wenn er das Management verließ. Den Vertrag beendete, wie sie es freundlich formulierte.

„Dich zu sehen, wann immer ich möchte, klingt gut", grinste er.

Sie sah, dass er wieder eine Maske trug. Er wollte sie nicht verletzen, sie nicht an seinem Schmerz teilhaben lassen, sondern ihr zeigen, dass er ein starker Mann war.

„Lass uns in deinen Park gehen." Er stand auf und reichte ihr seine Hand.

„Hast du wirklich Lust darauf?", fragte sie.

„Ja, ich denke, es wird uns beiden guttun", antwortete er und lief mit ihr Richtung Haus.

„Ich möchte mich aber noch gerne etwas frisch machen und umziehen."

„Kein Problem, dann kümmere ich mich um einen Wagen. Baekhyun sagte mir, dass sie uns welche zur Verfügung stellen. Vielleicht ein schöner Mercedes", grinste er.

„Warum ausgerechnet ein Mercedes?"

„Ich mag die Marke. Außerdem habe ich solch einen Wagen bei den Leihwagen vorm Hotel stehen sehen."

Er lächelte und sie ahnte, was sie erwarten würde. Sicherlich nicht eine kleine Ausgabe.

„Also gut, dann kümmere du dich um den Wagen und ich ziehe mich um", lächelte sie und verschwand im Badezimmer.

Er bestellte bei der Rezeption ein Fahrzeug. Danach ging er ins Schlafzimmer und öffnete den Kleiderschrank. Was könnte er zum Bollywood Park anziehen? Sorgsam prüfte er die Outfits, bis ihm bewusst wurde, was er da tat. Er wollte sich umziehen, weil er es seit Jahren so gewohnt war. Nie trug er ein Outfit länger als ein paar Stunden. Ein mehrfacher Wechsel war die Vorgabe all seiner Verträge.

Eigentlich brauchte er es hier nicht, wurde ihm in diesem Moment klar. Denn niemand würde ihn fotografieren. Keine Presse, die nur darauf wartete, ihn abzulichten, und keine Firmen, die darauf hofften, dass er ihre Kleidung trug.

Er schrak zusammen, als Susanne nur mit einem Badetuch bekleidet ins Schlafzimmer kam und ihn fragend ansah.

„Ich werde mich auch umziehen", sagte er hastig und zog ein schwarzes Hemd und eine Bundfaltenhose heraus. Schnell hatte er sich vor ihren Augen umgezogen. Auch wenn er sie am liebsten in den Arm genommen und zärtlich geliebt hätte, wollte er ihr ihren Wunsch nicht abschlagen. Sie freute sich auf diesen Bollywood Park, also würde er sich in Enthaltsamkeit üben.

„Vielleicht ein bisschen zu warm", scherzte sie, ließ ihr Badetuch fallen und nahm ihr schwarzes Spitzenkleid aus dem Schrank. Fasziniert sah er zu, wie sie es überstreifte.

Vielleicht könnte er mit der Enthaltsamkeit auch ein wenig später anfangen, überlegte er.

„Nein, vergiss es. Wir gehen jetzt", lachte sie, weil sie ihm ansah, was in ihm vorging. Sie zog ihre roten, hohen Schuhe an und wollte gehen, als er sie an der Hand festhielt und zu sich drehte.

„Was ist los, wollen wir nicht gehen?", fragte sie verwundert und musterte ihn.

„Ich möchte mit dir reden", begann er und blickte ihr in die Augen. „Du weißt, wie sehr ich dich liebe. Ich legte mein Herz in deine Hände, mein ganzes Vertrauen. Obwohl ich wusste, dass nur ein Bild, ein Wort oder eine Zeile, die ich dir geschickt habe, mich vernichten könnte. Du hast mein Vertrauen nie missbraucht." Er ergriff ihre Hände, um sie zu spüren, ihre Wärme zu fühlen. „Du sagtest am Strand Dinge, die mich berührten, aber auch zum Nachdenken brachten und ich habe mich entschieden."

„Nein, Joona, warte", unterbrach sie ihn.

„Nein, lass mich bitte", sagte er energisch, zog sie dichter zu sich und gab ihr einen kurzen Kuss auf den Mund. „Du bist die Liebe meines Lebens. Du hast mir ein Leben aufgezeigt, das ich bisher nicht kannte. Durch dich habe ich angefangen zu träumen. Mehr und mehr wollte ich solch ein Leben, bis zu jenem Tag."

Er musste es nicht aussprechen, denn sie wusste genau, worauf er anspielte.

„Als ich sie wieder traf, hatte ich Angst. Seltsamerweise fühlte ich mich stark, als sie mir gegenübersaßen, und ich denke, das warst du. Deine Liebe hat mich stark gemacht."

Sie schloss für einen Moment die Augen und hoffte, dass er die richtige Entscheidung treffen würde.

Doch egal, welche es auch war, sie wäre an seiner Seite. Für jetzt und für immer.

„Der Anruf von Jong-Hun war kein Zufall. Es war für mich ein Zeichen. Und deshalb werde ich das Management verlassen."

Sie sah ihn mit aufgerissenen Augen an. „Du wirst sie wirklich verlassen, bist du dir sicher?"

„Ja. Es gibt kein Zurück", bekräftigte er. „Würde ich bleiben, wäre das früher oder später mein Tod. Denn niemals könnte ich ihnen meine Liebe verraten."

Sie schlang die Arme um seinen Hals und küsste ihn leidenschaftlich. Er war frei! Niemals wieder würde man ihm das antun, was noch vor wenigen Wochen geschehen war. Er war frei, hallte es in ihrem Kopf.

„Ich liebe dich, ich liebe dich so sehr", sagte er, schloss sie fest in seine Arme und sog den Duft ihres Duschgels in sich auf. Ihr Körper schmiegte sich perfekt an seinen und er fühlte sich unendlich glücklich.

„Wir müssen es den anderen sagen", rief sie aufgewühlt und kämpfte mit den aufkommenden Tränen.

„Ja, aber nicht auf die Schnelle über Handy. Ich möchte es ihnen persönlich sagen, wenn wir sie beim Abendessen treffen", schlug Joona vor und nahm Susanne bei der Hand. „Und jetzt möchte ich diesen Entschluss mit dir feiern, deshalb habe ich auch ein Hemd angezogen."

„Und wo?"

„In deinem Park", rief er strahlend und eilte mit ihr zur Rezeption, um seinen Mietwagen abzuholen. Wie erwartet hatte er eine große Limousine bestellt und wenig später fuhren sie los.

„Und du bist dir sicher?", fragte sie erneut, als sie im Wagen Richtung Innenstadt fuhren.

„Bisher hat alle wesentlichen Entscheidungen das Management für mich getroffen. Alles. Was und wann ich aß, die Auswahl meiner Kleidung, mein gesamtes Leben. Dann kamst du und hast alles auf den Kopf gestellt", grinste er und zwinkerte ihr zu.

„Aber zum Positiven", warf sie ein.

„Immer. Du warst stets an meiner Seite und ich will, dass es so bleibt. Ich möchte nicht, dass ich irgendwann eine Frau heiraten muss, die ich nicht liebe", sagte er und sie wusste genau, was er meinte.

„Wann wirst du es ihnen sagen?"

„Nicht sagen, schreiben."
„Du meinst, du schickst ihnen deinen Entschluss schriftlich zu und bleibst erst einmal hier?"
„Ja, zumindest so lange, bis sie sich geäußert haben. Ich denke, dass die Presse sehr schnell davon erfährt. Ich möchte nicht unbedingt in Korea sein, wenn diese Schlagzeilen ganz Korea überschwemmen werden."
Er hatte recht. Es würde einen Aufschrei geben, der bis zu ihnen reichen würde. Zuerst Jong-Hun und nun auch noch er. Zwei Stars, die so rasch nacheinander ohne Management wären. Beiden würde eine Zukunft bevorstehen, die ihnen nicht nur die Chance auf ein neues Leben gab, sondern vor allem auch, es leben zu dürfen. Die Darkrooms und Übergriffe würden für immer der Vergangenheit angehören.
„Hast du die falsche Adresse eingegeben?", fragte er und wirkte irritiert, als sie sich dem Ziel näherten. Miracle Garden las er auf den Beschilderungen und seine Augen weiteten sich, als er auf den Parkplatz fuhr und bereits einen ersten Eindruck bekam.
„Das sind alles Blumen und sie zeigen Figuren!", rief er erfreut und sprang geradezu aus dem Wagen.
„Ja, ich dachte mir, dass dir das besser gefällt", lachte sie.
„Gefallen? Ich liebe es!"
Er nahm sie bei der Hand und lief mit schnellen Schritten zur Kasse, bis er merkte, dass sie bereits Tickets aus ihrer Handtasche zog und sie dem Kassierer entgegenhielt.
„Du hast alles schon im Voraus geplant", lachte er glücklich und nahm sie in den Arm.
„Ja, ich wollte dich überraschen", antwortete sie.
Der Kassierer nickte ihnen kurz zu und wünschte ihnen einen schönen Aufenthalt.
Den würden sie haben, dachte sie und blickte in die strahlenden Augen von Joona. Vergessen waren die letzten Wochen, in denen er oftmals deprimiert gewirkt hatte. Es schien, als sei er neu geboren, und sein bisheriges Leben lag weit hinter ihm.
„Schau nur, ein Teddybär", rief er erfreut und zog sie hinter sich her.
„Langsam, ich habe hohe Schuhe an", lachte sie und hatte Mühe, ihm zu folgen.
Er zog sein Handy aus der Tasche und begann zu fotografieren. Es

gab keine Stelle von dem Teddybären, die er nicht mit seinem Handy verewigte. Es freute sie, dass sie seinen Geschmack getroffen hatte.

„Es gibt noch viele andere Sachen, die wir anschauen können", sagte sie und deutete auf ein Schiff aus Blumen.

„Das muss ich sehen", rief er mit strahlenden Augen, nahm sie wieder bei der Hand und lief mit eiligen Schritten auf das Schiff zu. „Es ist so schön hier. All die Blumen und die Palmen und ..."

Er stoppte und riss seine Augen auf. Nicht weit entfernt sah er einen Weg, über den riesige Tore in Form von Herzen aus Blumen aufgestellt waren.

„Wie romantisch", sagte er und drückte sie an sich. „Wollen wir dort entlang gehen?"

„Gerne, es ist wirklich wunderschön."

„Es ist traumhaft", schwärmte er, als sie durch den ersten Bogen gelaufen waren.

„Ja, für Verliebte", lächelte sie und sah zu ihm hoch.

„Genau richtig für uns", erwiderte er und zog sie in seine Arme.

„Ich bin glücklich", wisperte er und vergrub sein Gesicht in ihren duftenden Haaren. „Jetzt würde ich dich gerne küssen. Warum nur muss ausgerechnet in Dubai so ein wunderschöner Ort sein?"

„Mit dir, Joona, ist es überall wunderschön und küssen können wir uns später im Hotel", erwiderte sie leise und streichelte ihm sanft über die Wange. „Es gibt noch so viel zu entdecken. Komm, lass uns weitergehen."

Nur widerwillig löste er sich von ihr. Weiter schritten sie durch den Torbogen aus Herzen, als er erstarrte.

„Baekhyun, Jong-Hun, was macht ihr hier?", rief er erstaunt.

„Du hast ihm noch nichts gesagt?", fragte Baekhyun und sah Susanne mahnend an.

„Nein, noch nicht."

„Was ... was ... meint ihr?" Joona sah fragend von einem zum anderen.

„Komm mit, dann zeige ich es dir", lächelte sie und nahm ihn bei der Hand. Sie führte ihn geradewegs zu einem Eisentor, an das eine dichte Hecke angrenzte. Zwei Sicherheitsleute standen davor.

Während Baekhyun und Jong-Hun ihnen schmunzelnd folgten, wurde Joona immer nervöser. Was hatte sie nur vor?

„Willkommen", wurden sie von den beiden Herren begrüßt. Mit einem höflichen Nicken öffneten sie das Tor.

Joona kam aus dem Staunen nicht mehr heraus, als sie hindurchgeschritten waren. Hinter dem Tor verbarg sich ein weiterer Garten mit wunderschönen Figuren, die ebenfalls aus bunten Blumen bestanden, und ein Pavillon. Als er ihn erblickte, stockte ihm der Atem.

Im Pavillon befand sich ein schneeweißer Tisch mit goldenen, verschnörkelten Beinen. Dahinter stand ein Mann mit einem dunkelblauen Anzug, der offenbar auf sie wartete.

Das allerdings war es nicht, was Joona nahezu aus der Fassung brachte, sondern etwas, das auf dem Tisch stand. Es war eine mehrstöckige Torte und ganz oben war unter einem roten Herzbogen mit weißen Blüten und weißen Turteltauben ein Brautpaar zu erkennen. Eindeutig eine Hochzeitstorte!

„Wir … wir … heiraten?", stotterte er und sein Herz begann zu rasen. Er konnte nicht begreifen, was hier gerade geschah. Hilflos blickte er Susanne an.

„Ja, jetzt", erwiderte sie und strich ihm sanft über die Wange.

„Aber … aber …" Er konnte nicht mehr sprechen. Ihm versagte die Stimme. Aus seinen Augen rannen vereinzelte Tränen. Hilfesuchend fasste er nach ihrer Hand. Sah in ihre schönen blauen Augen, die ihn vom ersten Augenblick an verzaubert hatten.

„Ich wollte dir zeigen, dass ich zu dir stehe, egal, was auch immer du tust. Aber jetzt, wo du frei bist, ist dies nur ein Vorgeschmack auf unsere richtige Hochzeit", strahlte sie.

„Frei? Was meinst du?", meldete sich Baekhyun zu Wort und auch Jong-Hun sah sie mit großen Augen an.

„Ich werde das Management verlassen."

„Du wirst was?", rief Jong-Hun und ehe Joona antworten konnte, rannte sein Freund bereits auf ihn zu und umarmte ihn.

„Du bist frei, frei", rief Jong-Hun immer wieder und wirbelte mit Joona herum.

„Das ist ein mutiger Schritt", sagte Baekhyun und sah zu ihr.

„Mich brauchst du nicht ansehen, es war seine Entscheidung", lächelte sie.

„Das weiß ich, doch ohne dich hätte er diesen Weg vielleicht nie gesehen."

„Ich denke, der Dank gilt dir und auch Jong-Hun. Ohne seinen Mut und deine Unterstützung, wäre es niemals so weit gekommen."

„Nicht ganz", sagte Joona mit einem glücklichen Lächeln. „Die Kraft von Baekhyun, der Mut von Jong-Hun und deine Liebe haben mir geholfen, mein altes Leben hinter mir zu lassen."

Er ging zu seiner wunderschönen Frau, die ihm bereits in Amsterdam Eheringe geschenkt hatte, dann ein Freundschaftsarmband und nun diese Hochzeitstorte. Und doch hatte er das Gefühl, es fehlte etwas. Eine romantische Kleinigkeit.

Vorsichtig ergriff er ihre Hände, ging vor ihr auf die Knie und sah in ihre wundervollen blauen Augen, die so hell leuchteten wie der schönste Himmel bei Sonnenschein.

„Susanne, meine Liebe, mein Leben. Ich habe mein Herz vor langer Zeit an dich verloren. Willst du meine Frau werden, mir auch dein Herz schenken und eine kleine Ewigkeit mit mir verbunden bleiben?"

Als sie ihn vor sich knien sah, seine Hände an ihren fühlte, da spürte sie ein Glücksgefühl wie nie zuvor. Tausende von Schmetterlingen flatterten in ihrem Bauch, Tränen liefen ihre Wange hinunter. Sie bemerkte es nicht. Sie sah nur seine charismatischen braunen Augen, hörte seine warme, wohltuende Stimme, die ihr Schauer über den Rücken jagte. Und im Beisein von ihren liebsten Freunden und einem Standesbeamten rief sie mit übervollem Herzen: „Ja, ich will!"

Sie schlang ihre Arme um seinen Hals und es gab niemanden, der sich daran störte, als Braut und Bräutigam, Frau und Mann, Susanne Dorothea Cramer und Choi Hyeong-Joon sich zärtlich küssten.

VITA YOON SEO YONG

Ihn umgibt eine geheimnisvolle Aura. Allein mit seiner Katze Lil'Noona lebt Yoon Seo Yong in einem ländlichen Space in der Nähe von Seoul. Hier befindet sich auch sein Atelier und hier entstehen unter anderem zauberhafte Mangas und Illustrationen, die sich auch in seinem Roman „Korean Rhapsody" wiederfinden. Jedes Wort und jeder Pinselstrich zeugen von seiner tiefen Liebe zu seinem Land, der Kultur und den Menschen.
Yoon Seo Yong liebt das Meer, deutsche Schokolade und seinen Hund, der aber überwiegend bei seinen Eltern lebt. Mehr gibt der Künstler, der seine Einsamkeit und Zurückgezogenheit sehr schätzt, nicht über sich preis.

Sollte die Corona-Pandemie es zulassen, ist für Ende April zur Veröffentlichung von „Korean Rhapsody" eine Lesung geplant. Die Brighton Verlag GmbH ist stolz und glücklich, diesen außergewöhnlichen Künstler jetzt zur Autorenfamilie zählen zu dürfen.

ENGLISH VERSION: ISBN 978-3-95876-999-1 – AVAILABLE/BOOKLAUNCH at BOOKFAIR FRANKFURT OCTOBER 2021

Showbiz – a world of illusions, spiced with disappointments, deprivation and loneliness. Nothing is what it seems. And here, of all places, it is supposed to exist – the ever- lasting, pure and fabulous love till death do us part?

What is love at first sight for the smart and sensitive singer Choi Hyeong Joon – is not existent for Susanne Dorothea Cramer, the tough CEO of a record label. She doesn't want to believe at a thing called "love". She claims, that the worlds they come from and are trapped in, are way to different. And – after all – the one and only "prince on a white steed" is already taken by Cinderella!

Will love find its way and lead them to each other – or are the shadows of the past too powerful to allow such an unusual happiness and relationship?